秋月達郎

マルタの碑《いしぶみ》

日本海軍地中海を制す

マルタ島ヴァレッタ郊外カルカラ英人墓地内に建立された
『日本帝国第二特務艦隊戦死者之墓』の碑

平成3年9月、海上自衛隊として初めてのマルタ訪問が実現し、
練習艦隊の乗組員によって慰霊行事が行なわれた

写真提供／海上自衛隊

祥伝社

ナナツイロ
ナナツイロの朝

目次

装幀　中原達治
カバーイラスト　谷井健三
地図作成　三潮社

序章

碑《いしぶみ》は、とある島にたたずんでいる。

あおあおとした海のただなかに浮かぶ真珠《しんじゅ》のごとき美しい島に、それはある。

寄せどもつきぬ潮騒に抱かれ、ときには海をわたる鳥たちに肩を貸しながら、たたずんでいる。滄《あお》き海を背にし、燦々《さんさん》と降りそそぐ陽光に照りはえながら、いまもなお雅《みやび》やかな風情《ふぜい》を醸《かも》しつつ、建ちつづけている。

海の名は、地中海という。

この瑠璃《るり》色の油絵具で塗りこめたような海にとりまかれた島は、ふたつの小島をしたがえている。妻とその子供をふところに掻《か》きいだくようにして、滄海《そうかい》のただなかに浮かんでいる。いちばん小さな子供のような島は「コミノ」といい、つれあっている傍《かたわ》らの島は「ゴゾ」という。

そして、碑のある本島の名は「マルタ」という。

地中海がおおきく括《くび》れた臍《へそ》のあたりに位置し、別な観方《みかた》をすれば長靴《ブーツ》のようなイタリアのすぐ沖に浮かぶ大島シチリアと対岸のチュニジアに挟《はさ》まれながら、あおあおとした濤《なみ》に揺られている。

わたしどもの棲《す》んでいる日本からすれば、まさに地球の裏側にあたる。

そんな遙《はる》けき瑠璃色のかなたに、碑はたたずんでいる。

碑の銘には、こうある。

——大日本帝国第二特務艦隊戦死者之墓。

昭和四十八年（一九七三）も秋のころ、日本国の国費によって「再建」されたものだという。

側面には「戦没者一覧」ならびに「第二特務艦隊戦没者墓碑建設ノ沿革」とが刻まれ、さらに「第二特務艦隊戦没者墓碑再建の沿革」と題して「当初の墓碑」および「再建の墓碑」について、くわしく刻みこまれている。

古きほうの碑は、大正七年（一九一八）六月十日に竣工《しゅんこう》したらしい。やはり、大石の正面には「大日本帝国第二特務艦隊戦死者之墓」と刻まれ、側面には六六名におよぶ日本海軍将兵の名が刻まれていたのだろう。

だが、この碑は第二次世界大戦のおり、当時の枢軸《すうじく》側同盟国であるナチス＝ドイツ軍の爆撃に遭《あ》い、まことに皮肉なことに「大日本」という文字の部分だけを木端《こっぱ》微塵《みじん》に砕《くだ》かれ、そののち二十数年ものあいだ、放置されつづけていた。

もっとも、現在の碑も、土台だけは往時のままのものを使用しているらしい。

〝SACRED TO THE MEMORY OF THE OFFICERS AND MEN BELONGING TO HIS IMPERIAL JAPANESE MAJESTY'S 2 DETACHED SQUADRON WHO GLORIOUSLY FELL IN THE MEDITERRANEAN DURING THE GREAT WAR 1914–1918〟

「（訳）一九一四年から一九一八年にまたがる史上最大の戦争において、地中海にその栄光ある死を遂げた大日本帝国第二特務艦隊将兵に捧ぐ」

とあるのを観れば、第一次世界大戦当時のままだということがありありとわかる。

なぜなら、碑には「THE GREAT WAR」とだけ刻まれていて「THE FIRST WORLD WAR」とも「WW I」とも銘記されてはいないからである。碑の建設時、まさか世界的な大戦がふたたび勃発しようなどとは夢にもおもっていなかったにちがいない。

つまり、いまも建っている碑は、石柱の部分だけが「再建」されたものということになり、その土台はおよそ一世紀ちかくも、静かにたたずんでいるということにもなる。

実際にこの墓碑銘を読むには、マルタ島の首都ヴァレッタに降りたてばいい。

古《いにし》えからの風光がいまもなお活《い》きつづける街中から、あざやかな白色と橙《だいだい》色と黄色に彩《いろど》られたバスに乗って、決して舗装《ほそう》がゆきとどいているとはいえない道をがらがらと進み、首都東側の郊外に出、カルカラなる住宅地域のなかにある外国人戦没者墓地で降りればいい。

そこには「旧日本海軍戦没者墓地」と掲《かか》げられた看板があり、それに導《みちび》かれるまま、まうしろに住宅をひかえた碑のところまで歩いてゆくことができる。

ただし、ここを訪《おとな》うものはほとんどいない。

実際のところ、島のひとびとの内、いったいどれくらいの数がその碑のあることを承知しているのだろうか。すくなくとも、島をおとずれる観光客のほとんどは、ここに日本国政府の建てた碑があることも知らないばかりか、ここで戦い、かつ死んでいった日本兵がほんとうにいたことすら耳朶《じだ》にとどめることは稀《まれ》であろう。

だが、それを責めることなど、誰にもできない。

この地の正式な国名は「マルタ共和国」という。

地誌の片鱗に触れてみると、面積はおよそ三一六平方キロメートルで、身近な例をあげると、淡路島《あわじしま》のおよそ半分くらいのおおきさにあたる。この可憐《かれん》なほどに小さな島に棲《す》んでいる国民は三七万人程度でしかない。

日本でいえば、中規模の地方都市くらいなものであろう。

国民のほとんどはローマ・カトリックの敬虔《けいけん》なる信者となっている。かつてはマルタ騎士団とともに地中海に覇《は》をとなえ、かずかずの侵略にも果敢にあらがいつづけたとはおもえないほど、穏やかな国民性をもっている。

かれらは、第二次世界大戦のころなど、第二次大包囲戦（Second Great Siege）と呼ばれる枢軸側（独伊軍）による封鎖と空爆にたいし、たった四機のグロスター・グラディエーター戦闘機でもって死にものぐるいの抵抗をつづけた。この世界が驚嘆するような勇気と行動は、当時の宗主たる英国国王ジョージ六世を感動させ、英国においては最高位ともいうべき「ジョージ六世十字勲章」を授《さず》けられるにいたったが、現在、外敵にたいして果敢に立ちむかっていった島とはおもえないほど、ひとびとの表情は優しい。

島をおとずれるものにたいして常に穏やかな笑顔をむけ、血腥《ちなまぐさ》さや硝煙臭さとはおよそ相容《あいい》れないような生活を営《いとな》んでいる。

また現在では、イギリス連邦の一員でありつづけながらも大統領を元首とする共和制を宣言するにいたっている。記憶にあたらしいところでは島内マルサシロク湾にてジョージ・ブッシュとミハイル・ゴルバチョフによる米ソ首脳会談（マルタ・サミット）が催《もよお》され、これが冷戦の終結となる記念碑的な出来事となった。

もちろん、軍隊もあるにはあるが、二〇〇〇名程度の兵力しかなく、島の自警団というにひとしい。

要するに、対外戦争をまっこうから否定する島なのである。

だが、いまも触れたとおり、かつては平和とは無縁の島だった。

すくなくとも第二次世界大戦が終了するまでは、地中海のまんなかに浮かんでいたがゆえに戦乱の風に常にさらされ、騒乱の濤に翻弄《ほんろう》されてきた。

墓碑銘に名を刻まれた日本の将兵たちが島にあったときもまた、爆弾の炸裂と兵卒たちの悲鳴につつまれ、住民たちは眉間《みけん》に苦悶の皺《しわ》を刻みつづけていたにちがいない。

そうしたなかに、

――日本海軍地中海遠征。

という、ひとつの風景がある。

もはや、時の流れのかなたに置きわすれられてしまったかもしれないような風景がある。

それは四年三カ月にわたって欧洲に展開された大戦のおりの風景であり、もうすこし詳しくいえば、はるばる地球を半周してドイツ・オーストリア海軍に挑んでいった日本海軍の風景である。また、碑に刻まれた将兵たちの死は、参加兵力六四〇〇万人、戦死者一〇〇〇万人、負傷者二〇〇〇万人という未曾有《みぞう》の戦争のなかの死であった。

だが、その当時のことを語るには、いましばらく、当時の日本のことを語っておかねばならない。はるばる地中海まで遠征して戦った若者たちについて、頁《ページ》を割《さ》いておかねばならない。

かれらのあるものは最後まで戦いつづけ、あるものは爆風のなかで生涯を終え、またあるものは慣れぬ気候のために病《やまい》を患《わずら》い、さらにあるものは大戦が終わっても尚《なお》、あたらしい任務のために欧洲に残されることとなった。

そうした将兵たちの内の幾人かに焦点をしぼり、内外の情勢をふくめて見つめていくこととしたい。そうでなければ、なぜ、二〇世紀の初頭に日本海軍がわざわざ地中海にまで遠征していかねばならなかったのか、なぜ、かれらはマルタ島で戦いつづけなければならなかったのかが、つかみづらいからである。

マルタには坂がおおいが、日本国の帝都もまた坂はおおい。

この物語は、そうした坂のひとつから始めたい。

第一章　鬼灯《ほおずき》の坂

一

坂の名の由来は、よくわからない。

この長い長い坂の上に高田穴八幡《たかだあなはちまん》の御旅所《おたびどころ》があって、その祭礼のおり、坂の入口で神楽《かぐら》を奏したからだというひともあれば、いや、築土《つくど》神社が江戸城内の田安《たやす》の地から筑土《つくど》八幡町まで移転したおりに、この坂で神楽を奏したからだというひともある。だが、由来などはどうでもいい。すでに江戸も中期のころから、この坂は「神楽坂」と呼ばれ、そのころでも早や、いわれについてはよくわからなくなっていたらしい。

ただ、もともとは息をつくほどな急坂だったらしいことはまちがいない。人馬が通うころならばまだしもそれでよかったのだが、この国が文明開化を味わって幾多もの車輛が登り下りしはじめるようになると、段差ばかりの目立つ坂ではやや不便になってきた。そこで明治もなかばにさしかかったあたりに坂の上のほうが削りとられ、ゆるやかな坂にされたのだという。

この坂が、帝都の市民に親しまれはじめたのは、どうも、そのあたりを初めとするらしい。

明治も二十八年のころ、坂の下の堀端に甲武《こうぶ》鉄道牛《うし》込《ごめ》停車場が開設され、そこから坂にかけて商店が雨後の筍《たけのこ》のようににょきにょきと建ちはじめ、気づいたときには牛込界隈《かいわい》ではゆびおりの繁華街になっていた。

――山の手銀座。

などと呼ばれだしたのもこのころからで、当時は尾《お》崎《ざき》紅葉《こうよう》や小栗風葉《おぐりふうよう》などの硯友社《けんゆうしゃ》をはじめとする文人らが「牛馬車禁止」という標識まで出された雑踏をかきわけながら闊歩《かっぽ》し、善國《ぜんこく》寺毘沙門天《びしゃもんてん》で縁日がひらかれる夜には外堀の水面にまで睦《むつ》みあう男女の影が揺らいでみえた。坂のいただきに立てば、東方に上野《うえの》の森が手にとるように見え、西方はるかには富士の高嶺のあおあおとした地膚が望まれた。

もっとも、太平洋戦争のおりには置屋も甘味処《どころ》も芸者も学生もなにもかもが区別もされずに絨毯《じゅうたん》爆撃の劫火《ごうか》をあびて、一面の焼け野原にされてしまったが、この物語の時代は、まだまだ湧きあがるような活気と雅やかな情趣に盈《み》ちていた。

いまも、その坂をひとりの若者が上ってゆく。

大正三年（一九一四）も夏七月、その黄昏《たそがれ》時のことである。

若者は潑剌《はつらつ》とした足どりで、わずかばかりも息をきらさず、胸をはって上ってゆく。纏《まと》っているのは純白の第二種軍装で、桜花ひとつの襟《えり》章と肩章、そしてひとすじの袖《そで》章を観れば、この涼しげな若者が海軍の少尉であることは瞭然とわかる。

みずみずしい肌をこころもち紅潮させながら足早で坂をいそぐ若者は、まだまだ身体ができあがっていないのか、どことなく筋《すじ》張っていて、見ようによっては華奢《きゃしゃ》な印象すら受ける。かれはのちになって布袋《ほてい》さまのようにどっしりとした体格になってゆくのだが、兵学校を出てまもないこの時期は、まだひたすら、少年のような爽快さにつつまれている。実際、二十歳を超えたばかりなのである。

坂の上の左手に、いまも触れた善國寺毘沙門天があり、この若者の自宅はそのすぐ裏手にあった。したたるような緑につつまれた広壮な屋敷で、かれの家系をいうに、父祖より松江《まつえ》藩に仕《つか》えてきた武家の出であった。

ちなみに若者の父の名は山口宗義《やまぐちむねよし》という。

二〇〇石どりの侍で、たいそうな英才であったらしいが、維新とともに藩主の声が掛かって上京し、のちになってこの坂の上に……牛込砂土原《さどはら》町に……居をかまえた。山口家では、つねに直系の男子には「宗」や「弘」という字をつけることが慣わしのようになっている。ところが、この若者の父親はなにかおもうところでもあったのか、そうした慣わしをやんわりと避け、唯一、長男にのみ山口家の第一代として挙《あ》げられている「宗堅《むねかた》」から一字をもらって「堅吉《けんきち》」とつけた。あとの息子たちには、なんの脈絡もない名をあたえた。

若者《かれ》は、三男である。

——多聞《たもん》。

と、いう。

「おまえの名はな……」

そう、父宗義は名の由来について告げたらしい。

「……大楠公《だいなんこう》の幼名、多聞丸《たもんまる》から頂戴《ちょうだい》したのだよ」

大楠公とは、あらためて説明するまでもなく南北朝時代の武将、楠木正成《くすのきまさしげ》のことである。

「多聞丸というのは、多聞天からきている」

宗義は、おそらく、ものごしも穏やかに幼き日の山口多聞にいいきかせたことであろう。

多聞天は倶毘羅《くびら》とも呼ばれ、毘沙門天の別称でもある。つねより仏の道場を守護しつづけ、さまざまな法を聞くということから、その名がつけられている。そもそも毘沙門ということばからして、梵語《ぼんご》でいう「V-aisravana」……つまり、あまねく聞く……という意味をもつのだが、四天王のうちのひとりとして北方世界を守護する神として認知されている。だが、そんな細かいことは、おさない多聞にはどうでもよいことであったろう。

「おすがたは、武神のなりをされている」

という父のことばこそが、かれにとって重要であったにちがいない。

また、母貞子《さだこ》に手をひかれて近くの善國寺まで幾度となく連れていかれたことも、かれという人間をかたちづくるうえで大切な要因となったにちがいない。

幼きころから寺の境内《けいだい》にいくたびとなく立ち、

——ここにおわされる毘沙門さまと、おなじ名前なのだ。

と、知らず知らずのうちに、こころのなかに唱《とな》えつづけていたのだろう。

そうした心象風景ともいえるようなものが長じての山口多聞というひとを造りあげていったといえなくもない。

いや、もしかしたら、父宗義は、かなりの期待をもって多聞という名をつけ、息子が軍人になることを望

んだのかもしれないし、母貞子にしても、

——多聞さん、軍人さんにおなりなさい。

と、つねづね、囁《ささや》いていたかもしれない。

貞子はかなり躾《しつけ》も厳しかったらしく、多聞が立身をとげてのちも、職場や任地から帰ってくるとまず本家をたずねて母に挨拶《あいさつ》をし、それからようやく自宅まで帰るようにしむけていたらしい。当時の良家の母としては決して珍しくない風景ではあるが、それでも厳しいほうだったにちがいない。

そうした家庭に育ったためか、もしくはそうした環境で育《はぐく》まれたためか、多聞は学生になったあたりから兵書や軍学書を好んで読むようになっていったのだが、そのときも書の裏表紙などに、

——正成第七代の生まれかわり多聞。

という署名をいれたりした。

かれに軍人の道にすすむことを決定づけたものがなんであったのか、その明確な点はいまとなっては計りかねるところがあるものの、しかし、ものごころがついてより、楠木正成のごとく忠節のひとでありたいと望んでいたことだけはおそらく疑いない。

ただし、多聞のそのころの気分をおしはかるに、かれは正成のようになろうという希求はかなりあったろうが、決してがつがつして軍人だけをめざしていたわけでもなさそうにおもえる。

たとえば兵学校を受験するおり、江田島《えたじま》からすぐ上の兄張雄《はるお》にあてた手紙のなかでも、

——のんびりやろうとおもっています。落ちたら、一高にでも進んで外交官になろうとおもいます。

というような余裕をみせ、暢気《のんき》ぶりを印象づけようとしている。

もちろん、どこまで「のんびり」とかまえていたのかは本人にしかわからない。ただ、たしかなこととしていえることは、かれは結局のところ多聞天のごとく生きたということであろう。

多聞天は北方をつかさどっている。かれがこのさき身をおいた戦いの海原は、地球儀のなかにおいてはまちがいなく「北の海」であった。すくなくとも北回帰線よりも北方において、かれは奮戦し、そして名のと

おり毘沙門立ちながら逝《い》った。

だが、その悲劇はまだまだのちのことで、いまの多聞は、清々《すがすが》しさが匂いたつような夏仕立ての海軍服に身をつつみながら、神楽坂を駈けのぼっている。梅雨の名残の水たまりをひょいひょいとかろやかに飛びこえ、毘沙門天にむかって駈けのぼっている。

二

多聞の耳朶にとどいてくるのは、祭めいた物声《ざわめき》だった。

おそらく、善國寺の境内に立っている鬼灯市《ほおずきいち》から洩《も》れでているものだろう。

その潮騒のような閙熱《さわが》しさに導かれるごとく、多聞は、足を踏みいれた。かすかに目眩《めくら》むような感じがした。

夕陽のかわりにアセチレンランプの仄《ほの》かな明かりが境内を照らしはじめ、市をおとずれているひとびとの顔に陰影を彫りつけはじめていたからか、それとところどころに走馬燈が掲げられ、それが緑の葉陰に赤い実をつけた鉢《はち》に彩《いろど》りをそえるように光を投げかけていたからなのか、それはわからない。ともかく幻想的ともいえるような初夏の風光が、門前から境内にかけて凝縮していた。

多聞は、あたりに視線を配りながら、市のなかを進んだ。

無数の鉢が、これまた無数の竹籠に入れられ、葦簾《よしず》ばりの出店の天井から吊《つ》りさげられている。鬼灯は、いまをさかりと破裂しそうに花弁を膨張させ、複雑な赤みを滲《にじ》ませている。赤というのか、朱というのか、それともやはり酸漿色《ほおずきいろ》というべきか、ともかく淡い色から濃厚な色合いまで、じつにさまざまな鬼灯が、そこかしこに並んでいる。

「おそいぞ、多聞」

鬼灯のあいだをゆく多聞に、前方のひとごみから声《こわ》音《ね》が飛んできた。

見やれば、人影が四つ、アセチレンの光のなかに浮かびあがっている。どれも海軍士官で、少佐（海兵三十期）の金子養三《かねこようぞう》、大尉（海兵三十一期）の安曇十《あずみじゅう》兵衛《べえ》、中尉（海兵三十七期）の小澤治三郎《おざわじさぶろう》、おなじく中尉（海兵三十八期）の藤村弥市郎《ふじむらやいちろう》、そして多聞とは同期にあたる海兵四十期の五木喜久松《いつききくまつ》の影だった。

「きさまが、うちのちかくの鬼灯市にご招待しますというから、金子さんなどはわざわざ横鎮《よこちん》（横須賀《よこすか》鎮守府）から来られたというのに、あるじが遅れてどうする」

冗談まじりに告げてくるのは藤村である。

藤村は兵学校のころから多聞と喜久松を可愛がり、まるで兄のように接してきた。多聞らもまた藤村には深く兄事し、親しみをこめて「弥市郎さん」と呼び、濠洲《ごうしゅう》への遠洋航海のおりもあれこれとなく世話になった。

もっとも世話になるというのは、殴られるのも意味している。

兵学校内の序列でいえば、藤村が一号（最上級生）であったとき、多聞らは三号（新入生）であり、一号からの鉄拳《やじり》をうけねばならない立場にあった。むろん、藤村も殴った。どこかしら女性的な面立ちの藤村だったが、げんこつの味は濃厚なものがあった。ただし、藤村の場合、その場で一発、愛情のこもった拳《こぶし》をいきおいよく突きだせばそれで終《しま》いである。禍根をのこすような殴りかたは、ただの一度もしたことがなかった。

藤村というのは、そういう人間だった。

そんな藤村のかたわらで微笑《ほほえ》んでいるのは金子と安曇のふたりだった。多聞からすれば大先輩にあたるのだが、決して尊大ぶるところなどなく、笑顔をたやしたことがない。ちなみに金子は航空畑においては現在、日本海軍の第一人者といってよく、航空術研究のためにすでにフランスへの留学も経験している。また安曇はここにいる士官たちのなかでは唯一、日本海海戦を経験した水雷の専門家であり、二期先輩の米内光政《よないみつまさ》などとともに海大を卒業したばかりだった。

ともかく、気持ちのよい海軍士官で、多聞はそんなふたりのことが大好きだった。が、口は悪い。ことに安曇が、よくない。

「鈍足肥前《ひぜん》がとっくに着いているというのに、高速筑《ちく》摩《ま》が遅れるというのは絵にならん」

そう、獅子のような面構《つらがま》えでいうのである。

ただし、この台詞《せりふ》はすこしばかり解説が必要であろう。鈍足肥前というのは喜久松が乗組んでいる旧式戦艦の名で、高速筑摩というのは多聞がこのたび乗組を命ぜられた二等巡洋艦のことである。戦艦「肥前」が一八ノットしか出せないのにくらべて、巡洋艦「筑摩」は二六ノットを記録している。文句なく、多聞の乗組んでいる艦のほうが速い。安曇はそれを踏まえて、巨大な口をひらいている。

「もっとも……」

といって、やや離れたところに控えている小澤をふりかえり、

――いつのまにやってきたのかわからぬ沈黙《だんまり》比叡《ひえい》よりも始末はいいか。

愛情まじりの皮肉をつきつけてやる。

小澤は現在、戦艦「比叡」に乗りこんでいるのだが、この寡黙《かもく》すぎるほどに寡黙な漢《おとこ》は、滅多なことでは感情をあらわにしない。だから、沈黙比叡などといわれる。しかし、皮肉をどれだけぶつけられても、つねに不気味な嗤《わら》いを浮かべるだけだった。

「まあ、よかろう」

金子が、助け舟をだした。

「そんなことよりも、多聞よ。……聞いたか」

「は……？」

なんのことか、咄嗟《とっさ》には応《こた》えられない。だが、金子はかなり真剣な表情で多聞を見つめている。いや、金子ばかりではなく、安曇も藤村も喜久松も、おなじように鬼灯市をおとずれている客たちとはまるで異質な、どことなく緊張感のただよった顔つきで立っているのである。ただし、小澤の場合は、緊張しているのかどうかすら、わからない。

「聞く……というのは……？」

じつは、おもいあたるところがないわけではない。

――判決が出たのですか。

そう、訊《たず》ねてみた。

判決というのは、この時期、帝国海軍の威信をこな

ごなに砕き、のみならず日本全国の民心をおおいに揺るがせた贈収《ぞうしゅう》賄《わい》問題のことであろう。それを「シーメンス事件」とも「シーメンス・ヴィッカース事件」ともいうのだが、やはり、後者のほうがより詳しく事件の内容をつたえているようにおもわれる。

「ああ……」

金子は、おもいだしたように吐息をもらした。

「……それもあるな。東京地裁は、七人からなる三井《みつい》物産の取締役連中に有罪判決をくだしたらしい。まあ、呑舟《どんしゅう》の魚《うお》が挙げられるのは充分に予想されたことではあったがな……」

シーメンス・ヴィッカース事件は、とあることから発覚した偶然の産物といっていい。

本年、つまり大正三年（一九一四）の一月二十二日、ベルリンを発した一通の特電が、各新聞により報じられたことに端を発する。内容はいたって単純なもので、ドイツの軍需会社シーメンス・シュッケルトの元東京支社に勤めていたタイピストが会社の機密書類を盗みだし、それを手にいれたロイター通信社の記者が恐喝を働いたことで有罪判決を受けたという、ささいな窃盗恐喝劇にすぎなかった。

ただ、おおきな問題をはらんでいた。盗まれた機密書類に、シーメンス社が日本海軍の高官にたいして贈賄を行なっていたという事実が記されていたのである。この事実が日本を震撼させたのだが、事はそれだけでは終わらなかった。巡洋戦艦「金剛《こんごう》」の発注に絡んで、建造元であるヴィッカース社から代理店の三井物産を通して莫大な贈賄があったことも判明、この不正までも追及されることになってしまった。

巨大な疑獄事件を生みだしてしまった山本権兵衛《やまもとごんのひょうえ》内閣は、当然のように弾劾《だんがい》され、三月十九日、内閣弾劾上奏案が衆議院に提出された。これを受けたかたちで第一次山本内閣は同月二十四日に総辞職へと追いこまれ、海軍の信用は地に墜ちた。

多聞が金子養三から「聞いたか」と、訊ねられたおり、最初にシーメンス事件のことをおもいうかべたのは、無理もない。海軍は、国民の信頼をうしなった。日本海海戦において世界に冠たる海軍となったはずだが、つまらぬことから汚辱《おじょく》にまみれたのである。多聞のみならず、この堕落しきった海軍をふたたび蘇生させなければならないと真剣におもっているものは、少なくなかったにちがいない。

ただ、そのためには帝国海軍が国民の期待にきちんと応えうる存在であることを、なんとかして知らしめなければならない。

（……どうすればいいのか）

身は一介の少尉にすぎないながらも、多聞は涙の出そうな感情につつまれながら、日々、それを考えつづけていた。

ところが、金子の投げかけにたいする多聞の反応は、どうやら、方向が違っていたらしい。

三

「……シーメンス事件のことではないのですか」

多聞は、すこしばかり、拍子ぬけした。

（……金子さんは、いったい、なにが仰《おっしゃ》りたいのだろう）

咄嗟におもいうかんだのは、陸軍にたいして襲いかかった悲劇のことだった。

つい三日前の七月十五日、山口歩兵第四十二聯隊《れんたい》が猛暑のなかを行軍し、日射病が続出するという悲劇がおこった。根性だのなんだのというつまらぬ精神主義ばかりが前面におしだされ、水分の補給をおこたるという現実ばなれした演習がつづけられ、その結果、七人が死亡し、数十人におよぶ重症患者が出るにおよんだ。

——八甲田山《はっこうださん》の彷徨《ほうこう》事件とおなじではないか。

という罵倒が、紙上をにぎわし、国民の怒りは陸軍にたいしても噴出した。

人間、気が滅入《めい》っていたり、身体の調子が悪くなっていたりすれば、いらいらがつのって短気になり、ささいなことにも癇気《かんき》が破裂してしまう。そこへもって生活苦であるようなら、なおさら、嚇怒《かくど》してしまいかねない。

まさに、このころの日本はそういう状態だった。

たしかに日露戦争は、辛勝《しんしょう》であったとはいえ、日本の勝利に終わった。だが、国が傾いてしまうほどに莫大な戦費を必要とし、その負債が不均衡な税制となって国民に重くのしかかってきていた。内閣は営業税、通行税、織維消費税などを整理して、世論緩和に乗りだそうとしてはいたが、東北や北海道の飢饉《ききん》は深刻で、さらに昭憲《しょうけん》皇太后が崩御され、帝都は諒闇《りょうあん》に閉ざされ、諒闇は不況をつつみこんだ。

（そこへもって、海軍と陸軍の不祥事だ……）

多聞は、まだまだ青年士官の域をでないが、いまの日本がどれほど貧窮し、かつ困惑しているのか、手にとるようにわかっている。だが、なんとか打開策を講じなければ国家のゆくすえが案じられるということも理解してはいるものの、どうしてよいのやらわからない。

（……わが国は深刻な状況にある）

走馬燈に照らされた鬼灯が、やけに赫《あか》く感じられた。

（なのに……それ以上に重要なことが、あるというのだろうか）

多聞は、わずかに当惑したような表情で、金子にむきなおった。

金子は丹唇《くちびる》をひきむすんで「サラエボだ」といいきった。

「サラエボ……というと……例の事件のことですか」

オーストリア＝ハンガリー帝国領、バルカン半島ボスニア州の都市サラエボでひきおこされたオーストリア皇太子の暗殺事件だという。

だが、多聞にはあまりぴんとこない。

六月二十八日におこったサラエボの事件については新聞などの報道によって、むろん、承知している。たしかに、各新聞は連日のように事件の概要について触れるところがおおい。紙面もそれなりに割《さ》き、ときには別報まで差しはさみ、なにやら、バルカン半島に硝《き》煙臭《なくさ》いものが立ちこめはじめているような雰囲気は濃厚に感じられる。

事実、最初は暗殺事件の速報にくわえ、オーストリア＝ハンガリーとセルビアとのあいだの確執に触れているだけのことだったが、徐々にバルカンの緊張を伝えるものにさまがわりし、つい先日もオーストリアが国境に軍隊を集結しはじめていることや、その行動をドイツが支持援助しているらしきことなどが報道されるようになっていた。

だが、たとえバルカン半島で戦争が勃発しようとも、それがシーメンス事件よりも重大なことであるのかどうかについては、自信がない。

ボスニアは、日本からすれば、距離的にも感覚的にも、あまりにも遠すぎる。

「サラエボ事件は、あまりにもまずい。……そうは、おもわんか、多聞」

金子も安曇も、市をおとずれる客たちの表情とはまるで反対の緊張しきった顔つきで、アセチレンランプの光のなかで、多聞たちを見つめている。

「……はあ……」

どうこたえたものかとおもいつつ、かすかに首をかしげたとき、あざやかな色彩が視界の端《はし》にひっかかった。

視線をもどせば、ひとりの浴衣《ゆかた》姿の女性がたたずんでいる。生成《きな》り地に臙脂《えんじ》の縦縞、そこへ抹茶の色使いですっきりとした竹模様を染めあげた、いかにも小粋《こいき》な柄につつまれたその女性は、多聞と眼をあわすなり、ほのかに微笑んだ。

おもわず、多聞は視線をふせた。

すると、矢羽根模様の鼻緒をつけた塗りの下駄が、鮮やかに瞳に飛びこんできた。いや、下駄よりも、その桜貝のように紅《あか》い爪が多聞の目を射った。どぎまぎしながら、多聞はふたたび顔をあげた。貝の口に結んだ半幅《おび》の藍《あい》が、さらに粋さを増している。襟《えり》のおくに垣間《かいま》見える肌が、これまた透きとおるように白い。

顔は……と、かすかな興味にかられて視線をあげた瞬間だった。

一陣の風が無数の鬼灯をかすめながら境内に吹きこみ、香具師《やし》たちの出している幾千もの風鈴を鳴りひびかせ、ちょうどその女性が背にしている風車をくるくると回してみせた。いったい、いくつあるのか数えきれないほどの風車が回るなか、彼女はふたたび、多聞

敬礼した。したまま、動かない。金子や安曇とボスニ

　多聞は、胸をときめかせたまま、紹介されるままに

で匂いたつような響きがあった。

吐息とともに洩れた声音もまた、どことなく哀《かな》しげ

「……しのぶ、と申します」

に清楚な美をたたえている。

　美しいと、おもわず声をあげてしまいたくなるほど

のほっそりとした姿を眺めた。

　多聞は、藤村の囁きを耳朶にとどめつつ、藤村の姉

「わがままには……とても見受けられませんが……」

の、ひとことだ」

たら、ああして浴衣まで着込んで、つれていけ……

多聞、おまえの家のちかくの鬼灯市に出かけるといっ

重宝《ちようほう》だ。だが、弟にたいしては我儘《わがまま》でな。今日も、

あ、おれも妻帯しているわけではないし、なにかと

で、さきごろから、おれの家に転がりこんでいる。ま

「……それで、駿河《するが》の実家にいるのも辛《つら》いというの

た。

　蚊の鳴くように密やかな声音で、藤村は多聞に囁い

「三行半《みくだりはん》をつきつけられてな……」

見物なんぞに出かけてくるのだろうか。

いだとも聞かされていた。なのに、どうして鬼灯市の

いてきた。実家のある静岡から飛騨《ひだ》のほうの旧家に嫁《とつ》

　藤村に姉がいるという話は、これまでにも幾度か聞

（だが……）

のまま、感じていた。

らに頰が染まってしまうのをどうしようもない気持ち

女とはよく似ている。挨拶をかわしながら、多聞はさ

といい、ほそく整った鼻梁《びりよう》といい、やはり、藤村と彼

るだろうか。いや、瓜実形《うりざね》の輪郭といい、濃いめの眉

　なるほど、いわれてみれば、わずかに目許《めもと》が似てい

「おれの姉貴だ」

「なんですって」

　そう、藤村が囁《ささや》いた。

　――姉貴だよ。

かって、

　こらえきれないほどの火照《ほて》りを頰《ほお》に感じた多聞にむ

にむかって微笑み、かるく頭をさげた。

アについての話をしている最中だったことすら、どこかにけしとんでしまったかのように「忍子《しのぶ》」を見つめてしまっている。

「おいおい、多聞」

金子が、冷やかすように嗤った。

「……だいじょうぶか、おぬし」

金子と安曇は、多聞と喜久松にむかって、サラエボ事件の概要と、それに付随するボスニアの説明をはじめていた。慌てて敬礼の手はもどしたものの、多聞の耳は、藤村姉弟の会話のほうに吸いこまれてしまっている。

忍子はどうやら鬼灯を買いもとめたいらしい。さきほどから、目をつけているものがふたつあるのだが、どちらを買ったものか、悩んでいるのだという。藤村は鬼灯などには興味がないらしく、どちらでも構わないじゃないかと素《そ》っ気《け》ない返事しかしていない。

「……しかし……事件そのものは単純だが、奥が深い」

金子は、多聞のときめきには気づかぬまま、サラエボの話に夢中になっている。

四

――バルカン。

という名は、トルコ語で「山」を意味する。トランシルヴァニア山脈以南の半円状の半島を、トルコ側から観た形容であろう。

ヨーロッパのなかでも閉鎖性の強いところといっていいのだが、ここが古代より重要視されてきたのは、ヨーロッパとアジアとをつなぐ回廊の役目をはたしていたからだった。そのため、言語と民族と宗教と文化とが複雑怪奇に絡まりあい、いわばドイツやオーストリアを核とする汎《はん》ゲルマン主義とロシアを核とする汎スラヴ主義の角逐《かくちく》場のようになってしまっていた。

サラエボは、そのバルカンにある。

また、あらためてことわるまでもなく旧ユーゴスラヴィアにある。わたしどもにとって、旧ユーゴにおける一連の分裂劇は、いまだ、記憶にあたらしい。スロヴェニア紛争、クロアティア紛争、ボスニア内戦、コソヴォ内戦など、旧ユーゴのなかの戦争はいつ果てるともなくつづき、今日にいたっても尚、いずれかの地において戦乱の火種が燻《くすぶ》りつづけている。

だが、金子にしても安曇にしても、チトーなる人物とは生涯めぐりあわなかったし、まさか、そのモンテネグロ人がのちになってパルチザンの英雄となり、ナチス＝ドイツとの戦いをくりひろげ、やがて占領されていた「ユーゴスラヴィア王国」を「ユーゴスラヴィア社会主義連邦共和国」として蘇生させるようになるとは、夢の一隅にすら、置いてはいなかった。

かれらだけではなく、この大正初期においては、日本人のおおくが多聞や喜久松と同様、セルビアなる古えからの地名は聞いたことがあっても、それがヨーロッパのどこらあたりにあるのかといった正確な地理などほとんど知らず、ボスニアだのヘルツェゴヴィナだのといわれたところで、それがどのようなものの名であるのかといった基本的なことすら、知らなかった。

このたび、霧のかなたの風景のように眼の前へ現われたというくらいの印象でしかない。

だが、金子や安曇は、そういう後輩たちよりもすこしばかり知識をもっていた。

かれらの興味は、現時点においては未だ成立していないユーゴスラヴィア連邦の一構成国となってゆくボスニアの首都サラエボで勃《お》きた暗殺事件に集中している。

事件は多聞とは同い年にあたるチトーが二十二歳をむかえたころに勃発したのだが、当然ながら、暗殺事件には殺される側と殺す側の双方に主役がいる。暗殺された側の主役はオーストリア＝ハンガリー帝国の皇位継承者であるフランツ・フェルディナント大公、および、かれの愛してやまない妻ゾフィー・ショティク大公妃である。また殺した側、つまり、ふたりの胸に銃弾を撃ちはなったものは、ボスニア出身で当年十九歳となるセルビア人の学生だった。

名を、ガブリロ・プリンチップ。

かれは郵便局員を父とする九人兄弟のうちの四番目として生まれ、一九一二年に中学を卒業してベオグラードに職をもとめたらしい。が、どのような心情で少年時代をおくっていたのかはよくわからない。ただ、ボスニアに生まれ育ったことが、かれをして尖鋭的な愛国主義者にしたてあげ、長じてのちにスラヴ統一をめざす愛国者集団「青年ボスニア」の一員とさせてしまったとしか、いえない。もっとも、それが、おおきくいえばバルカン半島に不幸を招くこととなり、ひいては欧洲にとっての悲劇の種を生むこととなっていった。

プリンチップの生まれたのは、いまも触れたようにボスニアである。

そのボスニアとヘルツェゴヴィナの二州は、一九〇八年にオーストリア＝ハンガリー帝国によって併合されていた。しかし、その二州のなかでもボスニアには、プリンチップのようなセルビア系住民がおおく居住していた。そのため、大セルビア主義をかかげる隣国セルビアはロシアをうしろだてにしながら、この地域を領有することを望んだ。

この民族主義的な感情が、オーストリアにたいする悪感情となり、それが時を追うごとに増幅された。たとえば、セルビア本国では五〇〇〇名をこえる数の義勇兵が募《つの》られ、また政府の弱腰を不満とするセルビア人解放のための秘密結社「統一か死か」またの名を「黒手組」が結成されたりしていった。

まさに爆発せんばかりの状態にあったといっていい。

こうした一触即発とも言えるような悪情勢のなか、大公夫妻がオーストリア＝ハンガリー軍の陸軍大演習を閲兵するため、サラエボを訪問したのである。

もっとも、この大公夫妻の訪問には、それなりの理由がないこともない。

この六月二十八日日曜日は一四回目の結婚記念日だった。皇太子フランツ・フェルディナントとしては、ほんとうならば、本国において多数の賓客を招待して盛大に記念日を祝し、妻をよろこばせてやりたかったろう。

だが、じつをいうと、ふたりの結婚は祝福されざるものだった。ゾフィーの実家はボヘミアのとある伯爵家で、欧洲に君臨するハプスブルク家と対等にものをいえるような立場ではなかった。

実際、この時代の各国の君主たちはどこかで血がつながっているものであり、たとえば、ベルギー国王アルベール一世の母は名門ホーエンツォレルン家から輿《こし》入《い》れしてきたし、ロシアのロマノフ朝ニコライ二世とイギリスのウィンザー朝ジョージ五世とドイツのホーエンツォレルン朝ヴィルヘルム二世とは従兄弟《いとこ》同士という関係にある。つまり、皇太子なるものは、つねに皇女、王女もしくは一国を統《す》べるような家柄の公女を妻として娶《めと》らねばならない。それはいまも記したとおり、ハプスブルク家のみの規範というわけではなかった。

にもかかわらず、皇太子フランツ・フェルディナントは、ただの伯爵家の令嬢を正妻としてしまった。これがまずかった。結婚を境にして伯父である現皇帝フランツ・ヨゼフとの仲は険悪となり、ふたりのあいだに生まれた三人の子は皇位継承権をあたえられず、妻ゾフィーにしても皇族たるべき称号をなのることは許されず、皇太子の出席するような公式の場に顔をだすことすらも認められていなかった。結婚記念日を祝うとかどうとかいう次元の問題ではなかったのである。

夫フランツ・フェルディナントとしては、はなはだ、おもしろくない。

——ならば、サラエボに出かけよう。

愛情と憐憫《れんびん》のこもった声を、肉のたれはじめた顎《あご》をふるわせつつ、発したことだろう。

——そして、あまたの兵たちに盛大に祝ってもらおうじゃないか。

そんな五十歳にしては浪漫《ろうまん》的な台詞まで、もしかしたら妻にかけてやったのかもしれないが、ともかく、そうした背景もあって帝国陸軍閲兵長官でもあったフランツ・フェルディナントは、ゾフィーをつれて大演習の閲兵にでかけたものとおもわれる。

一方、暗殺者側からすると、六月二十八日というのは特別な日であった。

かぞえて五二五年前の一三八九年、旧セルビア王国にあった虎の子の軍隊がコソヴォにおいてムラト一世ひきいるオスマン帝国軍の攻撃をうけ、殲滅《せんめつ》せしめられたという遺恨ののこる「聖ヴィドの日」である。ムラト一世はこのコソヴォの戦いで死んだが、オスマン軍はその報復として、ヤルビア軍をひきいていた王だけでなく、おおくの領主も殺しつくした。

皇太子フランツ・フェルディナントは、そのことを識《し》っていたのかどうか。

おそらく、なにも識らなかったにちがいない。もっとも、たとえ知識のなかにあったとしても、自分はオーストリア人であり、オスマン＝トルコとはなんの関わりもないとして、まったく意にすら介さず、サラエボへむかったのだろう。

だが、虐《しいた》げられている側はそうはいかない。よりによって、祖国が屈辱をあじわわされた日に、またしても宗主国による屈辱を見せつけられるのは我慢できない。

――なんとしても、殺す。

という強烈な感情が、プリンチップの胸に渦巻いていたであろうことは、想像に難くない。

もちろん、逆恨《さかうら》みにはちがいないが、要するにおのが民族を虐げるものはすべて憎むべき敵だという、どうしようもない激情につつまれていたのだろう。

こうして、プリンチップは暗殺者としてサラエボの街角に立ち、夫妻はその銃撃によって暗殺された。

ちなみに、そののちのことについて触れておけば、フランツ・フェルディナントの遺骸はすぐさま大柩《たいきゅう》車《しゃ》に載せられてウィーンのホーフブルク宮殿まで運ばれ、整列した儀仗兵に守られつつ、荘厳な葬儀が営まれた。だが、ゾフィーはまったく別な扱いをうけた。彼女の遺骸は帝国の栄誉礼を受けることもなく、ただひっそりと夫の私有地にある墓地に埋葬されただけであった。

ちなみに、当時八十三歳の高齢であった皇帝フランツ・ヨゼフは、暗殺事件を耳にしたとき「神は挑戦を受くることなし」と呟いたらしい。ハプスブルク家は「神」である。しかし、貴賤結婚をしたフランツ・フェルディナント大公はもはや「神」ではない。だから、愚かな挑戦に……暗殺に……よって命を失う羽目になったのだとでもいいたかったのだろう。

ともあれ……。

この衝撃的な事件は、即日、世界中に報道された。

そして、鬼灯市の日を待ちわびていた多聞たちも識るところとなったのである。

五

「ただ……わたしには、よくわからないのですが……」

そう、自信のなさそうな声をあげたのは五木喜久松だった。

「……その暗殺事件を、どうしてそれほどまでに危惧されるのでしょう。オーストリアとセルビアのあいだの問題ではないのですか。オーストリアをドイツがあとおししているというのなら、その三国のあいだで解決される問題のはずですが……」

「ところが、そうはいかん」

金子が、腕を組みながら眉間に皺《しわ》をよせた。

「セルビアの背後にはロシアがいる。それに……バルカンは、世界の火薬庫だからな」

どうにもいまだに理解しがたいというような顔をしつつ、喜久松は同期の多聞のほうに顔を向けた。多聞は、このときも金子や安曇のことばを聞いているのかいないのか、なんとも茫洋《ぼうよう》とした表情のまま、鬼灯市にあふれる走馬燈やアセチレンランプの光のたゆたいに瞳をほそめている。もっとも、その視線のさきには、藤村とその姉の忍子が鬼灯をまえにして、なにを買おうか思案している風光が望まれたが、そこまで喜久松は気づいていなかった。

「……金子さんはバルカン戦争のことをいっておられるのですね。しかし……バルカン戦争は、背後に列強諸国の影はありましたが、実際に列強が干戈《かんか》をまじえるまでにはいたっておりません。このたびも……」

「だからこそ、今度が危ないのだ」

安曇が、獅子のような赭《あか》ら顔で断言した。

「……クリミア戦争の豪華版になりかねん」

「列強には、列強なりの思惑というものがあってな……」

そう告げたのは金子だったが、これも疑う余地のないことだった。

ロシアは、黒海からダーダネルス海峡とボスポラス海峡を通過して地中海へと進出したいと願っていた。かの国の本能的な衝動といってもいい南進政策であり、これにしたがってヤルビアを懐柔している。しかし、これには海峡を領有するトルコが立ちはだかっていた。また、ドイツとオーストリアは、ベルリンからイスタンブール（ビザンティウム）を経てバグダッドにいたるという壮大な東方鉄道計画を推進していた。いわゆる三B政策である。この政策に老耄《ろうもう》帝国のトルコは乗った。当然、独墺《どくおう》土《と》とロシアとの対立は濃厚さを増した。ところが、この三B政策はイギリスの政策とも対立していた。当時、イギリスはカイロを臍《へそ》としてカルカッタおよびケープタウンを結ぶあまりにも巨大な三角形内部に植民地域を完成させようとはかっていた。三C政策である。ドイツとオーストリアの考える東方鉄道は、この三角形のなかを錐《きり》のように貫くことになり、これも当然ながら深刻な対立の要因になりかねなかった。

むろん、ロシアの南進政策も、トルコの領土死守という冀望《きぼう》も、三B政策も三C政策も、いってみれば列強諸国の手前勝手な国家構想であることはまちがいない。民族自決主義を濃厚にうちだしているギリシャやブルガリア、さらにはモンテネグロなどといったバルカン同盟諸国の一部とは真っ向からぶつかりあう政策であり、そうした状態においこまれたがゆえに、

「……バルカンは、世界の火薬庫となってしまったのだ」

安曇はいつのまに求めたのか、手にした風車をふうっと息で回しながら、いう。

「不幸なことに、この火薬庫は、いまや、そこらじゅうに導火線をさらけだすことになってしまっている。どの導火線に火がつこうとも、火薬庫は爆発する。そう、おもってよかろう」

喜久松は、まだ納得のいかない顔をしている。

「……お言葉ですが、わたしにはよく理解できないの

です。過去におこった戦争にしても、大国の影は見え隠れしてはおりますが、実際に干戈《かんか》をまじえているわけではありません。たとえ、これからさき、バルカンに戦闘が勃発したところで、オーストリアとセルビアのあいだで収拾されるのではないでしょうか。たとえ、独墺がイタリアと三国同盟を結んでいても……」

「甘いな」

金子が、安曇を制するようにして、にこりと微笑んだ。

「列強は、つねに戦争をおこなってきた。戦争をしていないときのほうがおかしいほどに、戦争に戦争をかさねてきた。実際、クリミア戦争をおもってみろ。黒海の覇権をあらそって、どれだけの国が大国ロシアに挑みかかったか……」

「ご高説は、ごもっともです。ですが……」

「くいさがるな、おぬしも」

安曇は、にこにこ微笑みながら、生唾をのみこみつづける喜久松を見つめた。

その双眸《そうぼう》には、どこまでも慈愛の念がこもっている。

「いいか、五木。ドイツは新興国だが、はなはだ獰猛《どうもう》だ。この国と問題をおこしているのはフランスだ。アルザス・ロレーヌ地方の領有に関してな。だが、フランス一国ではドイツに拮抗できない。どこかの国と手を組む必要がある。それが、ロシアだ。ここにイギリスが加わり、ドイツを包囲している。これが三国協商であり、イギリスと我が国とは同盟関係にある」

「……金子さんや安曇さんのご意見を拝聴しておりますと、もはや、オーストリアとセルビアの局地的な争いではなく、三国同盟と三国協商のおおいなる戦闘が勃発するのは自明のことのようにおもわれますが……しかし、わが国は、欧洲から遠くはなれたところにあります。まさか、日英同盟までもが発動するなどと仰《おっしゃ》るのでは……」

「欧洲に大戦が勃発すれば、そうなりかねんな」

「まさか……」

緊張に顔をこわばらせたまま、喜久松は安曇をみつめた。

「日露戦争では、大英帝国の参戦はなかった。しかし、このたびは次元がちがう。全面的な戦争ともなれば、世界中に散らばっている植民地をも巻きこんだものとなるのは疑いない。おぬしも知ってのとおり、ドイツの植民地は支那《しな》にも南太平洋にもある。そこで戦《いくさ》が勃発したとき、わが国が参戦しないという保証はどこにもないじゃないか」

実際、日英同盟だけでなく、協商側のロシアとは日露戦役ののちは手を組みあっており、数次におよぶ日露協約を締結しつづけてきているし、フランスとも日仏協約をむすんでいる。相互の意思が疏通していないのはドイツであり、自然、日本は協商側に組みこまれるだろう。

「五木よ」

金子が、悪戯好きな少年のような目つきで訊ねた。

「こんどは、こちらから質問しよう。まんがいち、欧洲に戦乱が巻きおこり、わが国が参戦することとなったら、きさま、どうする。北海や地中海に遠征せよと命ぜられるか、もしくはその志願兵を募ることとなったと知らされたら、どうする。征《ゆ》くか、万里の海原を越えて……」

金子は、なかば真剣なひかりを瞳にたたえて、訊いてくる。喜久松はおもわず、たじろいだ。同時に、助けをもとめるようにして、かたわらにいた多聞の肩をこづき、おい、おまえはどうするのだ、と小声で訊いた。だが、多聞はなにも応えず、鬼灯市に瞳をくばっている。

「……多聞、おまえならば、どうする」

「は……」

夢でも見ているような眼差しで、多聞は顔をあげた。

「……おれは……その……」

「……なんだ」

「……ほ……ほおずきを、買ってくる」

素《す》っ頓狂《とんきょう》な声をあげるや、はじかれるように駆けだし、忍子が前にして悩んでいる鬼灯のうちのひとつを手にとるや、あざやかに買いあげた。炎のように赤い鬼灯が五つほど下がっている美しい鉢だった。それを忍子にむかって差しだしたのである。

「肝《きも》の太いやつだ」

いきなり、安曇が嗤いだした。

「おれたちの話をまるで聞いておらん」

多聞、このとき満の二十一歳。いや、多聞だけでなく、この神楽坂の平穏な市につどっている海軍士官たちは、どれも二十代であり、まだまだ青年の域をでない。サラエボでフランツ・フェルディナント大公夫妻を暗殺したプリンチップたちとほぼ同年代であった。プリンチップらはもはやおのれの人生における戦いを終えてしまったが、多聞たちは自分らがどのような戦いの海原に遣《や》られるのかすら、いまだ、想像もつかずにいる。

六

カチューシャ　かわいや　わかれの辛《つら》さ
せめて淡雪　とけぬ間と
神に願いを　ララ　かけましょうか

このころ、島村抱月《しまむらほうげつ》と相馬御風《そうまぎょふう》の詩と中山晋平《なかやましんぺい》の曲が奇蹟的なほどに巧く嚙《か》みあった「カチューシャの唄」は、決しておおげさでなく、当時の日本の津々浦々で歌われた。松井須磨子《まついすまこ》が「復活」の舞台で初演してより、子供から年寄まで口ずさまないものはないほど、流行した。

忍子も、歌っている。

鬼灯市のあと、多聞は連中を自宅にまで案内し、母の手料理で歓待したのだが、そのおり、忍子もともに山口家に足をはこんだ。多聞にはふたりの姉とひとりの妹がいる。妹の名は太都子《たつこ》といい、多聞とはひとまわりも離れており、当年九つになる。このまだ頰のふっくらした太都子が忍子を一目見るなり、人懐《なつ》っこく纏《まと》わりついて離れない。やがては自分の部屋まで忍子の手をひいてゆき、「カチューシャの唄」まで一緒に歌わされる羽目になった。客として訪れたはずなのに、子守にされてしまっている。

寿和《すわ》、かつらといったふたりの姉は、奥のほうで夕《ゆう》餉《げ》の支度《したく》を手伝っているらしく、必然的に太都子はとりのこされたかたちとなり、忍子に面倒をかけることになってしまったようだった。多聞の実家は神楽坂の周辺でも有数の坪数がある。迷子になってしまいそうな大廈《たいか》といっていいが、その廊下から庭先にかけて、忍子と太都子の「唄」が優しげに漂っている。

「……まったく、失礼をいたします」

多聞はいかにも申し訳なさそうに藤村にむかって頭をさげた。だが、藤村も、当の忍子も意に介してはいない。藤村などは「いいんだ、姉貴は子供好きだからな」といってくれたし、忍子も忍子で太都子とふたりで遊んでいるほうが、

——殿方《とのがた》もお気楽にお話しできるでしょうから。

といってくれた。

多聞は、忍子に礼をいった。そのときの頬は、さきほど慌てて買いもとめた鬼灯のように紅く染まっていたが、誰も多聞のそんな変化には気づいてなどいない。かれらの意識は、けるかな欧洲にのみ向けられていた。


——さきほどのお話ですが。

と、耳朶に「カチューシャの唄」をよぎらせながら、五木が膝をただして切りだす。

「まんがいち、欧洲に大乱が勃発するとして、そのとき、わが国はどうあっても参戦することになるのでしょうか」

「地球の裏側まで戦さに出むくのは怖いか」

安曇が、炬火《たいまつ》のような眸子《まなこ》で豪快に嗤いながら、多聞、といって顔をむけてきた。

「おまえは、どうおもうか」

「わたしは……」

ほんのすこし思案するように視線をおとしてのち、こたえた。

「……軍人のはしくれですから、政治向きのところに興味はありません。お国の舵《かじ》取りをなさっている方々が開戦やむなしと判断され、それで開戦となった場合には、ひたすら戦うまでのことです」

「欧洲に戦場をもとめることになってもか」

「戦さの場が何処《どこ》であろうとも、海原を駆けることに

変わりはありませんから。それに……」

「なんだ」

「……どのような戦さになろうとも、臆せず戦うのが漢《おとこ》というものでしょう」

双眸をほそめて微笑みながら、あたりを見まわし、そう、いいきった。

多聞の笑みは、相対するもののこころを和《なご》ませるという評判だった。膚《はだ》白く肌目《きめ》こまやかなだけに、眼をほそめるとなおさら、綽名《あだな》のごとく「饅頭《まんじゅう》」に見える。そうした愛敬の良さがまわりを安らかにするのだろうが、しかし、このときばかりは誰のこころもぴんと張りつめた糸のように緊張しきっていたのか、多聞の笑みに攣《つ》りこまれるものはひとりもおらず、ただ、生唾をのみこむ音だけが異様におおきく座敷のなかに漂った。

「多聞のいうとおりだ」

会話を再開させたのは、藤村だった。

「戦さの場が何処になろうとも、おれたちは戦わねばならん。それが、軍人の務めだからな」

「……おれは、な」

かぶせるように金子が口をひらいた。

「どうせ、戦うのなら、世界では誰もやってのけたことのない戦いかたを披露してやりたい」

「なんです、それは」

喜久松の問いかけに、金子はにんまりと微笑んだ。

「爆弾を投下するのだ、敵の脳天をめがけて……な」

「飛行機から……ですか」

喜久松は不思議そうな顔をして、金子をみつめた。

のちの世になってこそ、航空機による爆撃は戦術上の常識になったが、欧洲が一大危機をはらみはじめているこの時期、飛行機から爆弾を投下するなどということは、どの国のどんな軍人も経験してはいなかった。

「おまえたちは、戦艦《ふね》ばかりで飛行機を知らぬ。それに、わが海軍の複葉機は、陸軍のように事故をおこす懸念などない」

「……やはり、翼は二枚あるにこしたことはないのですか」

航空に関してあまり知識のない多聞はおもわず訊い

てしまったが、じつはそういうものでもない。

たとえば、ついさきごろの六月十三日、帝国飛行協会の主催による日本初の民間飛行競技大会が兵庫の鳴《なる》尾《お》競馬場でおこなわれたのだが、そこにおいて滞空時間九四分という大記録をうちだして優勝したのはドイツ製ルンプラー式鳩型単葉機だった。

もっとも、金子にしても航空の第一人者とはいえ、単葉複葉のどちらが優秀なのかいいきれるほどには精通していない。実際「ドイツには三枚翼の戦闘機もあるというしなあ」などと呟くくらいなものだった。

「なににせよ、飛行機はこれからだ。なあ、多聞、おまえも航空に進まんか」

「……わたしは……」

ことばを濁しかけたとき、また、忍子の歌が聞こえてきた。

(きれいな声だな……)

ふと、そうおもったとき、横合いから喜久松が「どうした」と声をかけてきた。

「ああ、いや。……弥市郎さん」

といって、藤村のほうに顔をむけた。

「……姉上は、ほんとうに歌がお上手ですね」

だが、藤村は、ほんのすこし寂しそうな表情をうかべたのである。

「……子供が好きなのだろう。ほんとうは、ああやって、自分の子に唄を歌ってやりたかったのだろうが……。残念なことに姉貴は、子供が産めない体質らしくてな……それで……離縁されたのよ。……姉貴の嫁ぎ先は、飛騨の素封家《そほうか》でな。始末の悪いことに惣領《そうりよう》息子の嫁となった。最初の数年はなんとか過ごしていたが、どうしても子ができぬ。まあ、それで返されたのよ。よくある話といってしまえばそれまでだが、なんともばかばかしいことだ」

多聞は、おもわぬところから忍子の哀しみを感じてしまったためか、口を噤《つぐ》んだ。

と、そのとき、簾戸《すだれど》のむこう側から母貞子の声が掛かり、姉ふたりをしたがえて膳を運んできた。膳には若者たちにはすこしばかり贅沢ではないかとおもえるような酒肴《しゆこう》がならべられ、姉たちは手に酒や麦酒《ビール》をさしげている。

「おお、万龍《まんりゆう》ですか」

ご馳走にあずかりますと、安曇は屈託なく礼をのべ、つぎの瞬間にはかれが「万龍」と口にした麦酒を手にとって蓋をあけた。万龍というのは麦酒の名ではない。いまやひっぱりだことなっている赤坂《あかさか》の名妓《めいぎ》の名で、彼女を起用して宣伝されているのが当節流行の「カブト・ビール」であった。だが、安曇たちは「万龍」と呼んでいる。

座の緊張は「勝ってカブトのビール呑め」とうたわれた麦酒によってほぐれ、あとは砕《くだ》けっぱなしの宴となっていったが、どうやら、多聞の頰を朱に染めつづけているのは酒精《しゆせい》のためだけではなさそうだった。そっと「カチューシャの唄」に耳をかたむけている。

七

キリスト教圏では世界は七日間でかたちづくられたとされるが、戦争に彩《いろど》られた二〇世紀の歴史はこの一九一四年七月下旬から八月上旬にかけての七日間でほぼ定められてしまった。そう、いいきってかまわない。

多聞は日々、横須賀港内に碇泊《ていはく》している「筑摩」の士官室において過ごしている。

とはいえ、籠もってばかりいるのではなく、ならんで錨《いかり》をおろしている艦相互の行き来もあり、金子などは多聞や喜久松のもとを訪れては「世界初の空襲」について、おおいに語った。

当時の多聞にとって飛行機などという代物はまったく想像をこえたものであり、それについての知識など皆無にひとしかったから、金子の話はそれなりに興味ぶかく聴くことができた。

いや、多聞にかぎらず、同期の喜久松は当然として、ときには鎮守府内で顔をあわせる安曇にしても、おなじような思いであったにちがいない。これは当然のことといってよく、この時代、航空技術を習得しているものなど、航空術研究委員会のおかれている横須賀鎮守府内でも非常に数はすくなかった。だいいち、金子やかれの朋友の日置釭三郎《ひおきこうざぶろう》などが指導する航空隊は、日本ではたったひとつしかないのである。

これは世界的にそうで、実際、飛行機が最初に軍事利用されたのはほんの三年前のことだった。リビア戦争におけるイタリア軍のニューポール機がそれである。ちなみに、このとき、機上から地上にめがけて手榴弾が投下されたというが、投下用の爆弾を使用したわけではない。

なににせよ、飛行機などというものは、まだまだ生まれたばかりの産物であり、これがどれだけの働きをしめす兵器であるのか、想像もつかないというのが現実のところだった。

「世界で初めて、空から襲いかかってやるのよ」

金子はいつもそう声をはりあげつつ、拳《こぶし》をにぎりしめて蒼天をふりあおいでいる。おそらく、自分が複葉機に乗りこんで空襲してゆくさまを想いうかべているのだろうが、かれはなにごとも一番最初というのが好きであるらしい。ちなみに、日本海軍における初飛行を成功させたのも、かれだった。大正元年（一九一二）十一月六日のことで、処《ところ》は神奈川の追浜《おっぱま》である。

「だが、金子さんよ」

あるとき、安曇はこういった。

「……泣かざりし友のこころ……などとはならないでくださいよ」

三カ月前の報道をもじっていっているのだろう。その四月二十六日、東京において飛行機事故があった。熟練の操縦士であったはずの重松《しげまつ》陸軍中尉の乗るモ式第六号が、青山《あおやま》練兵場から所沢《ところざわ》飛行場をめざしたおり、着陸に失敗して炎上、重松は即死した。このとき「泣かざるは親の心」と題した報道が日本中を駈けめぐったのである。

「おれは、だいじょうぶだ」

と、金子は豪語したものの、友としては安曇も気がかりになっているらしかった。

戦争という現実が刻々と逼《せま》っているのである。覇気も旺盛になるだろうし、不安も膨張していたことだろう。また、そんなかれらの耳には毎日のように欧洲の情報がはいってきている。決して多くはない情報だったが、それだけでも、欧洲がいかに緊迫しきっているか如実《によじつ》にわかった。

もっとも、軍人でなくとも、欧洲の情勢はそれなりに識ることができた。新聞などの報道が日を追うにしたがって激しくなってきたからで、道でゆきかうひとびともまるで天気の話でもするように「欧洲は大変なことになりそうですな」という話題を口にしはじめていた。

そればかりか、日本中の本屋という本屋では欧洲関係の書籍が飛ぶように売れだし、山積にした翌日には完売しているようなありさまを呈しつつあった。欧洲からもっとも遠い位置にある日本にしてそうなのだから、もはやこの時期、全世界の瞳はバルカン半島を臍とする地域に集中していたといっても過言ではない。

ロンドン発の緊急電は「兇変地サラエボにおいて排セルビアの示威行動が開始され、民兵の召集が始まった」と報道し、在ベオグラードのパリ・ルタン通信は「オーストリアの軍隊が国境線ちかくにまで進出しつつある」と伝え、ベルリン発の時事通信は「ドイツはオーストリアをおおいに援助する決意をかためた模様」という徒事《ただごと》ではない情勢を報じてきた。

まさに時々刻々と、欧洲は緊迫の度合いをつよめている。

――いよいよ、まずいな。

一般庶民だけでなく、鎮守府や軍令部などですれちがうものは皆、おなじような台詞を発して眉間を曇らせている。

多聞とて例外ではない。第二艦隊の司令部などに顔をだしたついでに金子や安曇のもとへ足を運んだおりも、その日その日の報道についてあれこれとなく会話をかわすようになっていた。

ことに七月二十六日、朝一番に艦相互の伝達事項をかかえて、多聞が「比叡」を訪れたおり、いつにも増して丹唇《くちびる》を「への字」にした小澤から聞かされた情報は、おもわず身震いするほどのものだった。

「オーストリアが、セルビアにたいして最後通牒をつきつけたらしい」

「ほんとうですか……っ」

ちいさな目をまんまるにして、多聞は小澤をみつめた。

小澤はただ頷くだけだったが、これはまぎれもない事実だった。

七月二十三日午後六時であったという。

ドイツのあとおしをうけるかたちでオーストリア政府がセルビア政府にたいして発した要求は七項目からなっているが、かいつまんでいうと、要するに「これからさき、オーストリアへの憎悪や軽蔑心をもたず、排墺運動を禁止し、運動に参加している官吏軍人を免《めん》黜《ちゅつ》し、暗殺関係者の処罰は墺政府の監督のもとにおこなうこと」というものであった。

一見するだけなら、いかにも正当な要求であるようにおもえなくもない。

しかし、オーストリア＝ハンガリーとセルビアとのあいだにはバルカン半島における勢力圏の熾烈《しれつ》な争奪感情が渦をまいており、すでにオーストリアがたとえ公式ではないにせよ戦争準備にとりかかっていることが判明している以上、セルビアにしてみればこの最後通牒はほぼ宣戦布告にちかいものとして受けとらざるをえなかったのだろう。

事実、セルビアはこの最後通牒を拒否した。

ウィーン特電によれば二十五日午後五時五十八分のことであったらしい。

が、それでもセルビアはできるかぎりオーストリアからの通牒を遵守《じゅんしゅ》しようとした。したものの、七番目の項目である「処罰は墺政府の監督のもと」というのはあまりにも国家の主権をないがしろにするものではないかと反発、これを拒否した。セルビアが独立した主権をもつ国家である以上、いたしかたのないことはいっていい。

しかしながら、じつをいえば、これにはロシアの影が色濃く射《さ》していた。

というのも、セルビアの皇太子アレクサンダーは、ロシア皇帝のニコライ二世にたいして相談をもちかけており、これに応じてニコライ二世は「注意ぶかく進め」という戒《いまし》めとも促《うなが》しともとれるような電報をかえしてきた。

セルビアは、忠告どおり注意ぶかく進み、最後の項目だけをのぞき、あとは承諾した。

ところが、こうしたセルビアの態度に、オーストリア＝ハンガリーは敏感に反応した。すぐさま、戒厳令を布告して「セルビア、回答の期限を延長せざるなし」と公言、強硬姿勢をさらにつよめた。

オーストリア＝ハンガリー政府の姿勢は帝国内の市民にもたちどころに波及し、戦争熱がおおいに煽《あお》られた。ブダペスト来電によれば、群衆は烈しく降りしぶいている雨のなか、市街をうめつくさんばかりの行列を組んで「戦争万歳」だの「セルビアを倒せ」だのと叫びをあげているともいう。もっとも、激しい昂揚につつまれているのはセルビアもおなじで、最後通牒に回答する三時間前に動員令が下されており、すでにそのころ、国内の士気は天を衝《つ》くほどに騰《あ》がっていた。

「……両国ともに興奮の坩堝《るつぼ》、とでもいうところだろうな」

小澤は、あいかわらず冷静に口をひらいている。いや、仏頂面《ぶっちょうづら》のせいでそう見えるだけかもしれないが、そこへいくと多聞は、もともと色白なせいもあって精神の昂揚ぶりはすぐに頬の赤みとなってしまう。

「おい、多聞。おまえが興奮したところで、どうにもなるまいが」

虚無的な嗤いをこぼしながら、小澤は遙かな海原に瞳をこらした。欧洲がどのような情勢に転落していこうと自分たちの進むべき道は海原よりほかにないのだ、という気負いからであったろうか。

八

なににせよ、オーストリア＝ハンガリーとセルビアとのあいだの緊張は、そのまま周辺の諸国家を巻きこみ、欧洲世界は雪崩《なだ》れをうって一挙に大戦への坂を転げ落ちはじめていた。その間、わずか一週間である。

むろん、欧洲のすべてが戦禍に巻きこまれてしまうかもしれないというこの非常事態を未然に防ごうとした動きがないわけではない。

たとえば、イギリスの外相グレイがそのひとりであった。

かれは外国語がまったく喋れないにもかかわらず外交畑における第一人者とされており、実際にさきのバルカン戦争では縦横無尽《じゅうおうむじん》に各国のあいだを駈けまわり、強国の介入を防ぐのに成功している。このたびも、グレイは独自の外交術でもって大戦を阻止しようとつとめ、列国会議の招集をめざしていた。

いや、実際のところ、各国の元首たちは誰ひとりとして戦争など望んではいなかった。オーストリアがセルビアにたいして宣戦布告する前日までバルト海でクルーズを楽しんでいた独皇帝ヴィルヘルム二世がポツダム宮に帰還するや、

――いったい、なにが起きているのだ。

と、おもわず叫んでしまったことはその証のひとつといえるだろう。

なにしろ、ヨーロッパ諸国はさきにも触れたように血のつながった巨大な家族であり、それがおのおの、本国領土を戦場にして仲違《なかたが》いしようなどというのは、およそ考えられぬ光景であったにちがいない。

ところが、現実には大戦争となってしまった。

原因はさまざまにあるが、なによりも悪かったのがオーストリアの外相ベルヒトルトの外交だったろう。

オーストリア＝ハンガリー二重帝国には、ふたつの政府がある。かれはハンガリー首相のティサが外交のみで事態を収拾しようとするのを一蹴し、強圧的な態度でもってセルビアに対処しようとした。

強国ドイツをうしろだてにしているという自負もあったのだろうが、なんにせよ、自国とセルビアとのあいだの局地戦争が勃発することを期待していた。大セルビア主義を打ちくだき、自国の安寧《あんねい》をはかろうと画策したのである。

ベルヒトルトのもっとも愚かなところは「ロシアが参戦するようなことはない」と高をくくっていたことだったろう。そうした幻想的な想いこみをいだいたまま、宣戦布告への署名に渋る老皇帝フランツ・ヨゼフに対して「すでにセルビア軍は汽船をドナウ河に進出させ、テメスに布陣している我が軍にたいして発砲しているのです」と唆《そそのか》し、セルビアへの宣戦布告の電

報を打たしめてしまった。

七月二十八日午前十一時のことである。

そして当日夜半には、眠りにつつまれたベオグラード市街にむかって墺砲艦が主砲を撃ちはなつまでにいたった。

こうしたベルヒトルトのあさはかな行動が、二十世紀を「戦争の世紀」と化さしめてしまうのだが、当人にそこまでの意識があるはずもない。そもそも、かれは国家間の逼迫《ひっぱく》した状況を食いとめられるような手腕をもっているわけではなかった。かれは、チェコ系の貴族にして、ウィーン社交界では貴公子として評判が高かった。だが、それだけのことで、この頭髪のうすい小心な男にできることといえば、競走馬の馬主になって財産をたくわえることくらいなものだった。

事態は、ベルヒトルトの予想をおおきく覆《くつがえ》しながら爆走していった。

翌二十九日には露皇帝ニコライ二世がモスクワ・キエフ・カザン・オデッサの四軍管区に部分動員を下令し、三十日にはロシアの動きに震撼した独参謀総長モルトケが墺参謀総長コンラートにたいして全面動員を要求、午後五時にいたってオーストリアは総動員を下令した。同時にロシアにおいても陸軍総参謀長ヤヌシュケビッチが総動員を下令、もはや、東欧の情勢はぬきさしならぬところにまで至ってしまった。このとき、ドイツが焦った行動にでなければまだ大戦には移行しなかったかもしれないが、しかし、そうはいかなかった。

実際のところ、独首相ベートマン＝ホルヴェークは、英外相グレイとのあしなみはそろっていなかったにせよ、ともかく最終的には外交によって大戦となるのを防ごうとし、ベルヒトルトにたいしてセルビアへの譲歩を示唆《しさ》したが、これは拒絶されている。

このとき、ベートマンは独皇帝ヴィルヘルム二世にたいして辞意をしめしたものの、

——君がこのスープを料理したのだから、まず始めに食べなくてはなるまい。

と、あしらわれるだけのことだった。

もはや、欧洲における理性の箍《たが》は完全に外れさって

いる。ロシアの総動員にもっとも機敏に反応したのはドイツで、三十一日、ロシアにたいして動員解除を要求する最後通牒をおくりつけ、またフランスにたいしても中立維持を要求する最後通牒をおくりつけた。しかし、フランスはこれに応ぜず、午後五時十五分には総動員を下令した。

ただし、通常の場合、総動員が下令されて軍隊が国境に進出したところで、即開戦というわけではない。宣戦布告がなされない以上、ロシアやフランスがバルカン半島に勃発した戦争に巻きこまれることはないはずだった。

ところが、通常とはやや異なっている国がある。ドイツだった。ドイツにはそもそも露仏両国をあいてどるための軍事計画「シュリーフェン・プラン」なるものがあり、これは総動員が掛かると同時に宣戦布告がなされ、作戦が発動されるという恐るべきものだった。これが八月一日になって下令されたのである。

フランスもこれに反応した。三日、ドイツにたいして宣戦を布告し、戦闘がはじまった。猛然と動いたのは、ドイツのほうだった。怒濤《どとう》のいきおいで中立国であるはずのルクセンブルクとベルギーにおしよせ、ここを通過してフランスをめざしはじめた。

この軍事行動が、イギリスが参戦する大義名分《たいぎめいぶん》をひきだすことになってしまった。

翌四日、イギリスはドイツによる中立国への侵犯を理由に宣戦を布告し、ロシアもドイツとオーストリアに宣戦した。このとき、ドイツの首相ベートマンは、駐独英大使ゴッシェンの辞去の挨拶をうけている。ベートマンはそもそもセルビアとの局地戦争はいたしかたのないこととおもっており、しかし、最終的には外交によって事態は収拾できるものと信じていた。ところがそうはならず、不幸にもシュリーフェン・プランの発動をみた。

――だからといって。

ベートマンは、以下のように英大使ゴッシェンと語ったことが外交文書で残されている。

――貴国の宣戦布告はまるで生死をかけて二人の巨人を相手に戦おうとしているものの背後を攻撃するの

と同じではないか。

——われわれは名誉をかけて生死をかけた戦いに乗りだそうとしているのです。ベルギーの中立は名誉をかけても守らねばなりません。

——だが、その代償はなんだ。中立など、言葉だけではないか。そんな言葉は戦時にはいくらでも無視される。ただの紙切れ一枚にすぎぬ。イギリスは友情以外なにも求めていない血のつながった国と、わがドイツと、戦争をすることになる。わたしのすべての外交政策は紙の家のように崩れ去ってしまった。

しかし、ふたりがなにを議論したところで、もはや遅い。

ドイツは五日、イギリスに宣戦し、オーストリアは六日、ロシアに宣戦した。フランスはさらに十三日にはオーストリアにたいして国交断絶を宣言し、十五日にはイギリスがオーストリアにたいして宣戦し、オーストリアは二十二日にいたってやむなくイギリスとフランスに宣戦を布告した。

こうして、ドイツとオーストリアは、セルビア・ロシア・フランス・イギリスをあいてどった大戦に突入してしまったのだが、イギリスが協商路線に沿って参戦を表明した裏には、外相グレイの神業ともいうべき説諭があった。

この子供もなく妻に先立たれた孤独な外相は、極端なほどに社交嫌いで、週末に田舎で鱒《ます》を釣ることくらいしか趣味のない人間だったが、このたびばかりは発奮した。欧洲に戦火があがるのを誰よりも防ぎたいと願い、行動した。が、しかし、それが不可能とおもわれるや、すぐさま方針を転換、下院において一時間半におよぶ原稿なしの演説をおこない、満場の喝采《かっさい》をあび、首相アスキス以下の議員たちを説得し、ついに開戦へと踏みきらせている。

が、踏みきらせはしたものの、八月三日、グレイはつぎのように呟いたとされる。

——ヨーロッパのすべての灯《ひ》は消えつつある、わが生涯において、ふたたび灯《とも》るところは見られないだろう。

九

もっとも、グレイにしてもベルヒトルトにしても、その使命と行動について地球の反対側にいる日本人のほとんどは識りうるところではないし、かれらほどの危機感をいだいているわけでもない。

たしかに七月下旬から八月上旬にかけて外国電報は倍増していた。東京中央電信局だけでも一日平均五万通だったものが七万通を超えるようになっていた。しかし、それでも、欧洲における各国の沸騰ぶりが手にとるようにわかるかといえば、決してそんなことはなく、外交筋のほんの一部だけがグレイやベルヒトルトたちの行動を把握しているだけだった。

欧洲の情勢を気にしながらも、日々、横須賀の軍港において波光の煌《きらめ》きを眺めながら待機している多聞や喜久松たちの把握できるようなところではなかったのである。

だいいち、多聞らが咽喉《のど》から手がでそうになるほど欲しているのは、外交官たちの水面下の動きではない。より身近なもの、つまり、日本国が欧洲の大戦に参加するかどうかという、いわば切実な問題が、かれらにとっては非常に気にかかるのだった。

だが八月四日、日本はアメリカとあしなみをそろえて局外中立を宣言した。

外務省公示には、こうある。

――帝国政府は戦局がなるべく紛争の現に感染せる地方以外に波及せざらんことを冀望《きぼう》し、かつ厳正中立の態度を確守し得べきことを期待するものなり。

これは、六日におこなわれるはずだった定例閣議をくりあげ、四日午前九時半、永田町《ながたちょう》の首相官邸において開かれた閣議において、各大臣参集のもとに決定された事項として声明されたものだった。

（……戦争には参加しないのか……）

安堵したような、拍子《ひょうし》ぬけするような、なんとも妙な感慨を、多聞は抱いた。

それは、横須賀の埠頭で顔をあわせた喜久松や藤村にしても、おなじような気分だった。

かれらは七月の終わりごろから鎮守府一帯が破裂しそうな緊張感にとりつつまれているのをよく承知している。舳艫《じくろ》をそろえて主砲を林立させた艨艟《もうどう》どもは、いつなんどき出撃の命令が下ってもよいよう、すべての火砲と機関の整備をすませている。

いまも港湾のいたるところで水兵たちが荷駄《にだ》を曳《ひ》き、舟艇に積みこんでいる。もちろん、艦艇に弾薬や食糧を補充するための光景なのだが、横須賀はこの戦時にも等しいような鬧熱《どうねつ》に盈《み》ち、いうにいわれぬ沸騰感にとりつつまれていた。

「……あとは、艫纜《ともづな》を解くだけだったのだがなあ……」

喜久松などはとうに戦う決意ができていたのだろう、鎮守府の食堂において夕食をともにしたおり、きわめて残念そうな口ぶりで多聞らにむかって嗤いかけた。

かれらのもとへは欧洲の詳《つまび》らかな情報こそ入ってこないものの、東支那海《ひがししなかい》をこえたところにあるドイツ植民地「青島《チンタオ》」の容子《ようす》はどのように些細《ささい》なことでも洪水のように伝わってきていた。

ドイツは明治三十一年、東洋艦隊をして膠州湾《こうしゅう》を占領し、東洋における策源地として青島を建設した。工廠《こうしょう》を建て、浮船渠《うきドック》を造り、兵舎を設け、町を築いた。

そして現在、ここには総督ワルデックを赴任させ、艦隊には新鋭艦「シャルンホルスト」「グナイゼナウ」を主力とし、軽巡洋艦「エムデン」「ニュルンベルク」「ライプチッヒ」および砲艦「イルッツ」「チーゲル」および仮装巡洋艦「プリンツ・アイテル・フリードリッヒ」ほか数隻を配していた。どうやら「フリードリッヒ」は青島がイギリスなどの敵国から攻撃された場合、女子と子供を中立港に転送するために用意されたものらしいが、八月一日に戒厳令が布《し》かれてより、この独植民地は警戒厳重をきわめ、ほとんど戦時さながらの様相を呈しはじめていた。

「だが……かの地には、いまだに多数の邦人が残留している」

焼き魚をほおばりながら、藤村はいかにも不満そう言葉をもらした。

たしかに藤村のいうとおりで、青島の日本商店はすべてが閉鎖され、邦人の引揚げもなされてはいたものの、それは全体の約二割に盈《み》たず、八月初旬の時点では残留者は三〇〇名ちかくをかぞえ、これを収容するべく岩城《いわき》汽船「神護《じんご》丸」が派遣されたが、ドイツ官憲によって港内での停船を命ぜられていた。海路だけではない。済南《さいなん》と青島をむすぶ鉄路への日本人の乗車拒絶も青島政庁によってなされていた。

「いったい、どうやって、そのひとびとを戦場となるかもしれないようなところから救いだせばいいのだ」

藤村の怒りはもっともなことだったが、ちなみに「神護丸」は僅《わず》かのちの十四日の時点で協議がととのい、早朝、出航を許可された。

しかし、それでもなお、邦人は山東《さんとう》省内におおく残留せしめられ、最初はドイツ将兵も日本人を慰撫《いぶ》していたものの、次第に冷酷な取扱いをされるようになりつつあった。

「欧洲に戦場をもとめず、あくまでも中立を宣言するというのなら、それでもいい。いたずらに遙けき海原をめざす必要もなかろう。しかし、青島はちがう。青島には、おれたちと血をわけあった日本人がいまもなお残留し、灯火管制のなかで暮らしている。石炭や糧食を山のように甲板に積みあげながら港湾を行き来するドイツ軍艦をまのあたりにしつつ、不安きわまりない日々を過ごしている。なあ、多聞よ」

「はあ……」

「やはり、邦人救出のための出師《すいし》は必要なのではないか。せめて、わが海軍だけなりと青島に嚮《む》かうべきなのではないか」

藤村のいわんとするところがわからない多聞ではない。

自身からして、すべからく青島への出撃はあるべきだとおもっている。それだけでなく、実際のところ、国民のおおくはこのたびの局外中立宣言について「陸海軍の不甲斐《ふがい》なさよ」と噂しあっていることも、充分に承知していた。

国民は、日清戦争ののちの独露仏による三国干渉によって遼東半島を返還せしめられたことを、いまも忘れてはいない。かのおり、中心となって日本に逼《せま》ったのはドイツであり、その張本人が干渉のわずか二年後、艦隊を派遣して膠州湾を占領し、植民地としてしまった。当時、日本国民はこの独露仏の仕打ちにたいして「臥薪嘗胆《がしんしょうたん》」を膾炙《かいしゃ》させたものだった。そのドイツをあいてどることのできる戦争が、いま、眼の前にぶらさがっている。

――腑抜《ふぬ》けか。

と、国民のなかでも血気に逸《はや》りがちなひとびとが詰《なじ》ってよこすのは無理もなかったし、そうしたひとびとの気持ちも、多聞にはよくわかっている。しかし、だからといって多聞は、ドイツのかわりに青島をぶんどって我が国の植民地にするべきだとは決して主張しなかったし、政府が「戦争はしないのだ」という方針をかためているのなら、それに最後まで従うべきだとおもっていた。

ところが、じつをいうと、かれらにはまったく夢にもおもわないことが、この時期、徐々に進行しつつあった。日本の中立宣言にたいして、英外相のグレイがいきなり異をとなえはじめたことである。当初は、そうではなかった。グレイ自身、ロンドンにおいて駐英大使井上勝之助《いのうえかつのすけ》に日本の参戦不要を伝えていたし、本国の命をおびた駐日英大使グリーンもまた、外相加藤《かとう》高明《たかあき》に日英同盟の不適用を申しでていた。こうしたイギリス側の申し出にそくして、首相大隈重信《おおくましげのぶ》の責任のもとに局外中立が声明されたはずだった。

ところが、八月七日になっていきなり雲行きが変わった。グレイが井上のもとへふたたび足を運び、先日の申し出を白紙撤回し、中国近海におけるドイツ仮装巡洋艦の捜索撃滅を依頼してきた。これは日本においてもおなじだった。駐日大使グリーンが加藤高明のもとを訪れ、きわめて重大な方針転換を要請してきたのである。

――なにをいまさら。

そう、加藤から報告を受けた大隈は、胆汁《たんじゅう》をしぼりだすような声音で、唸りあげた。

無理もないことで、いくらなんでも数日前に外務省公示として日本の方針は世界にむけて発している。それを白紙に戻すどころか、まったく逆の方針をうちだせというのは、あまりにも同盟国を小馬鹿にした扱いではないのか。

——大英帝国の狼狽《ろうばい》ぶりも甚《はなは》だしい。

大隈は、顳顬《こめかみ》をふるわせながら、そうおもったことだろう。

だが、そうはいってもイギリスからの要請を無下《むげ》にすることはできない。大隈は同日の夕刻、急遽、各大臣を早稲田《わせだ》の自邸に召集し、臨時緊急閣議を催すこととした。閣議は深更まで延々と続けられ、ついに「参戦、やむなし」という結論がひきだされるにいたった。

大正三年八月八日、午前二時のことである。

一〇

しかしながら、参戦への方針をうちだしたとはいっても、それが即決できるはずもない。宣言を発表するために為すべきことは山のようにある。まずは、なにをさておいても聖断をあおがねばならない。

八日午前五時半、加藤高明は双眸《そうぼう》に異様な光をたたえながら上野《うえの》駅を発した。めざすところは日光《にっこう》田母沢《たもざわ》の御用邸である。ここに伺候《しこう》して前夜の閣議の結果を伏奏《ふくそう》し、あわせて欧洲の戦局について上奏、そのうえで聖断をあおがねばならない。加藤は、慎重に事をはこんでいったが、しかし、大正天皇は「諒闇《りょうあん》中であるから、能《よ》く協議せよ」と述べられただけだった。

——能く戦え。

とは、述べられなかった。

だが、日本は立憲君主制である。明治憲法下において、天皇は国家の方針について諮詢《しじゅん》することはできても決定することはできない。加藤は、大任をはたした。翌朝、おなじように血相をかえて伺候してきた法相尾崎行雄《おざきゆきお》とともに上野まで戻り、すぐさま、つぎなる行動にはいった。拡大閣議、すなわち元老大臣聯合《れんごう》会議を召集しなければならない。当時、元老であったのは山県有朋《やまがたありとも》、松方正義《まつかたまさよし》、大山巖《おおやまいわお》、井上馨《いのうえかおる》である。

参集は八日午後六時、病気療養中の井上をのぞいて三元老と各大臣が首相官邸の食堂にて晩餐《ばんさん》をともにし、すぐのちに協議にはいった。会議の結果は「正義に従い、断然公明の態度に出で、帝国の威信と権威を発揚するに挙国一致の態度に出ずるに決した」とされる。

日英同盟における日英協約第一条には「いずれか危《き》殆《たい》に迫るものあるを認むる時は、両国政府は相互に十分にかつ隔意なく通告し、その侵迫《しんぱく》せられたる権利または利益を擁護せんがために執《と》るべき措置を協同に考量すべし」とあり、この規定に基づいたうえで「参戦は可」という結論に達した。

ただし、元老側から条件が提示されている。

あたりまえのことながら、イギリスへもう一度、その意向を確認すべし、ということだった。イギリスが本心から参戦を冀望しているのかどうかをたしかめないかぎり、無闇な行動は慎まなければならない。もうひとつある。参戦するにしても、最後通牒の形式だけはかならず取るようにせよ、ということである。

主権ある国家としては、すべからく、そうするべきであろう。

ところが、ここにおいて、またもや信じられないことが勃《お》こった。八月十日、英外相グレイから駐英大使井上勝之助に「参戦はやはり見合わせてほしい」という「武装独船撃破依頼の取消覚書」なるものが舞いこんできたのである。大隈以下の閣僚たちにしてみれば、悪夢を見ているような事態だった。

これにくわえて、十二日には「参戦はやはり要請するも、戦闘区域を中国沿岸にのみ限定いたしたし」という旨の申し出がなされた。

理由は「日本にたいして戦闘区域を制限したのは、日本が軍事行動をおこせば、事に乗じて蘭印《らんいん》を占領し、かつまた南洋ドイツ植民地もまたあわせて占領する可能性があるため」というものだった。

——愚弄《ぐろう》しておるのか。

そう、大隈たちが叫びたくなったであろうことは想像に難くない。そもそも、独軍艦を追って海原に出撃すれば、どのような航路を進むのか予想もつかず、局地限定の戦いなどできるはずもなく、かつまた独軍艦の脅威にさらされているのはなにも戦争当事国だけではないはずで、日本国の船舶もまた難に遭《あ》う可能性がないとはいえない。ならば、日本国としては軍艦を出動させて自国船舶の航路の安全をはかるというのは妥当な行動であろう。にもかかわらず、英国は日本に他国への侵略意図《いと》があるのではないかと懸念《けねん》している。

——いったい、大英帝国は同盟国をなんだとおもっているのだ。

元老や閣僚たちの憤懣《ふんまん》が破裂しそうになったのは無理もなかった。

ところが、

——好々《いい》加減にしろ。

という吹鳴《どな》り声をあげたのは、イギリスの海相だった。のちに首相にまで上りつめるウィンストン・チャーチルである。チャーチルはこのたびの日英間の交渉にやきもきしており、グレイの態度はまさしく「たいせつな戦友を失うことになりかねない」ようなものだとして猛反発した。かれはイギリスが参戦することはあらかじめ予想がついており、とうに七月二十七日の時点で大英帝国艦隊にたいして出師の準備にはいるよう指示をだしていた。かれには、ほぼ、このたびのオーストリア・セルビア紛争がどのような事態をひきおこすのか見通しがついていたらしい。

だから、

——わが陣営には海軍力が乏しい、フランスは地中海にしか艦艇を派遣していないし、濠洲もかぎりなく艦艇数が足りない、香港《ホンコン》についてもおなじことだ、本国海軍が北海や大西洋から離れられない今、どうやってインド洋や太平洋に展開しているドイツ艦隊と戦うのか。

といってグレイを詰りとばすのは、充分に理解できることだった。

実際、香港にある英国支那艦隊は、巡洋艦「ミノトール」「ハンプシャー」および旧式戦艦「トライアンフ」を中心として、ほかに碇泊しているものといえば軽巡洋艦二隻と駆逐艦その他の艦十数隻であり、これだけの艦艇ではドイツ艦隊をつつみこんで行動の自由を奪いさることはおおよそ不可能なことといってよかった。

——海軍力において敵を圧倒するには日本帝国海軍を恃《たの》みとするほか、ないではないか。

チャーチルはグレイにむかって激喝し、数日前（十一日付）の手紙にはこう認《したた》めた。

——貴兄は、簡単に日本人を傷つけてしまうようだが、日本人は、それを決して忘れない。そしてまた、われわれは安全ではないのだ。決して、安全ではない。グレイよ、嵐はこれから来る。

こうしたチャーチルの姿勢がグレイのこころの向きを変えたのかどうかわからないが、十三日になってまたもや、イギリスは要請内容を変更した。戦闘地域を中国沿岸に限っていたものが、いきなり「太平洋全水面での作戦協力」にまで交戦区域が拡大され、さらには「最後通牒発行時、領土的な要求は含まないとの声明もあわせて発することを条件に地域限定をしない全面参戦を支持する」という旨、グレイから加藤高明のもとへ復牒された。

くわえて十四日、英陸相キッチナーから陸相岡市之《おかいちの》助《すけ》へたいして「英国陸軍が勇敢なる貴国軍と行動を共にするは光栄なり」との電報がはいり、チャーチルからも海相八代六郎《やしろろくろう》へあてて「共通の大義にむかい共通の敵にたいし、勇敢にしてシーマンライクな日本海軍とともに戦うことを喜ぶ」との報が入電した。

かくして、いっさいの日英交渉は完了し、閣議をもって天皇還幸の議を奏請し、八月十五日、御前会議が開催され、聖断をあおぎ、枢密院の諮詢を経、詔勅をもって宣言を公布することと決し、同日夕刻、ドイツ政府にたいして最後通牒が発せられるにいたった。

左に記す。

〝帝国政府は、現下の状勢に於いて極東の和平を紊乱《びんらん》すべき源泉を除去し、日英同盟協約の予期せる全般の利益を防護するの措置を講ずるは、該協約の目的とする東亜の平和を永遠に確保するがために極めて緊要の事たるを思い、ここに誠意を以って独逸《ドイツ》帝国政府に勧告する〟

そして、日本国政府はつぎのような要求をした。

すなわち「日本および支那海洋方面より、独艦艇の即時退去ならびに武装解除」と「膠州湾租借地のすべてを支那国に還付」という二項目であり、この通牒の回答期限を八月二十三日と設定した。外交上の慣例にしたがえば、最後通牒は普通二十四時間もしくは四十八時間を限るのだが、このたびは九日間の猶予をあたえた。これは通信機関の不備のために自然遅延することを考慮にいれたためだった。

また、この最後通牒を発するにあたり、首相官邸において行なわれた新聞通信社代表者招待会の席上、大隈重信と加藤高明のふたりが演説をこころみている。

大隈は「今や世界の運命を支配すべき大乱に際し、日本がこれに参加するはすなわち、日本が世界的に働くものなり」と熱弁をふるい、加藤は「もし期限内に独逸が回答をなさざるか、もしくはその回答不満足にして、無条件を以《も》って我が要求の全部を容れざるに於《お》いては、不肖ながら我が国は直ちに戦闘行為に移り、日英同盟の目的を遂行せざるべからず」と通牒を補足するような弁舌をした。

二

――なににせよ、だ。

と、金子は麦酒を一口あおりながら、東京大森《おおもり》の藤村宅に寄集《つど》った仲間を睥睨《へいげい》した。

大隈重信と加藤高明の演説の全文が新聞紙上を賑わした八月十七日、その夕のことである。

「ドイツにたいする最後通牒は、もはや、宣戦布告と同義語であると理解したほうがいい」

たしかに、そうであろう。さほど広くもない平屋の居間と台所を藤村の姉忍子が甲斐甲斐《かいがい》しく往復しながら食事の支度をつづけていたが、座敷に腰をおろしている尉官たちの表情はどれも度はずれた緊張のためか、どことはなしに青白い。金子と家主の藤村のほかには、安曇、小澤、喜久松、多聞の顔が見え、また金子が横須賀からひっぱりだしてきたらしき数人の尉官のすがたもあった。みな、金子とおなじように航空をこころざしている連中で、日置釭三郎、和田秀穂《わだひでほ》、そして大西滝治郎《おおにしたきじろう》という顔ぶれだった。

　ちなみに日置は機関大尉であり、現在「肥前」の分隊長をつとめている。和田（大尉）は金子とおなじく「若宮丸《わかみやまる》」に乗組んでおり、多聞とは同期にあたる大西は「薩摩《さつま》」に乗組んでいた。ほかの連中の配置もここで記しておけば、安曇は第二艦隊司令部付第四戦隊砲術参謀、藤村は「鞍馬《くらま》」に乗組んでおり、あとはさきにも触れたように小澤は「比叡」乗組、喜久松は「肥前」乗組、そして多聞は「筑摩」乗組だった。

　年齢からいえば、金子、日置、和田の順になるが、日置が海軍機関学校を卒業したのは明治四十年四月であり、和田が海軍兵学校を卒業したのは明治三十九年十一月であるから、経歴においてやや戸惑う。ついでながら、日置の同期には中島知久平《なかじまちくへい》がおり、ともに航空畑を志望していた。

　かれらは全員、明日をかぎりに海へ出る。ドイツの回答はおそらく通牒拒否となるであろう。となれば、すぐさま第一・第二艦隊は陸軍の輸送船団を護衛して出撃し、青島の攻略にはいらなければならない。出撃地は佐世保《させぼ》および宇品《うじな》である。

「どのような運命が待っていようと、こうして、おれたちがそろって酒を酌《く》みかわすことはしばらくあるまい。今夜は、別杯の宴だ」

　そう金子はいったが、じつはこのとき、金子と藤村はあることを企《たくら》んでいた。それは、忍子が石鯛《いしだい》の活造りを膳に載せてきたときにわかった。ふたりは多聞を上座に据えて「ほら、姉さん、酌をしてやってくれ」とうながした。多聞には、いったい、なにが起こりはじめているのか、よくわからない。だが、忍子が藍《あい》絣《がすり》の袂《たもと》をひきよせつつ「どうぞ」とばかり、自分にむかって徳利をむけてきたときには、さすがに面食らうおもいがした。

「これは、いったい……」

「お誕生日なのでしょう」

　微笑みとともに、忍子はいった。

「え……っ」

　自分ながら、忘れていた。そういえば、今日八月十七日で二十二歳となる。

「ああ……そういえば……」

おもわず声をもらした瞬間、まわりの連中は破顔《はがん》一笑、手をたたいて囃《はや》したてた。

どうやら、ほかの仲間には、今日が多聞の誕生日であることを金子と藤村があらかじめ報らせておいたらしい。ひごろは仏頂面をきめこんでいる小澤にしてからが、いかにも嬉しそうにぱんぱんと手をたたき、多聞の迂闊《うかつ》さに嗤いをなげかけてくる。

（……なんとも情けない）

照れくさいやら恥ずかしいやら嬉しいやら、わけのわからない感情が一気に身体中を駈けめぐり、多聞は真っ赤になったまま、猪口《ちょこ》に注がれた熱燗をくいっと呷《あお》った。そこへまた大きな拍手が包みこんできたが、やはり、このときも自分の頬を火照らせているのは先輩や友人たちによる慈愛ではなく、袂で控えめな微笑みをかくしている忍子のせいであることは、いかに鈍感な多聞でもわかりすぎるくらいによくわかった。

ところで、このたび、多聞のみは出撃しない。金子と和田の乗組んでいる「若宮丸」は安曇が参謀となっている第二艦隊に所属し、小澤の乗組んでいる「比叡」と大西の乗組んでいる「薩摩」とはともに第一艦隊に所属している。両艦隊は速やかに佐世保に集結しなければならない。また、日置と喜久松の乗組んでいる「肥前」と藤村の乗組んでいる「鞍馬」もまた速やかに台湾馬公《たいわんまこう》へと進出することとなっていた、しかしながら、多聞の所属艦である「筑摩」は他の数隻とともに横須賀に残留する。そういうことになっていた。

（……おれだけが置いてきぼりだ……）

そうおもったとき、ふと多聞は、もしかしたら今夕の会はそうした自分の鬱屈《うっくつ》を慰めるために先輩たちが考えてくれたものであったのかもしれないと感じた。そうなると、余計に惨《みじ》めになった。仲間たちは皆、雄《お》雄《お》しく胸をはりながら海原に漕《こ》ぎだすというのに、自分だけが基地内に碇泊した艦の士官室で命を待たねばならないなど、およそ、類のないほどに行動的な多聞に堪えられるものではなかった。

「だがな、多聞」

散会となったとき、門まで見送りにでてきた藤村が後輩の肩を抱くようにして告げた。

「欧洲の連中は、このたびの戦さは短期決戦だと信じているらしい。だが、おれはそうはおもわん。日露戦役が好い例だ。ましてや、今回は数カ国からの軍隊が正面から激突する。とてもではないが短期で終えられるような戦さではない。たしかに、いまもドイツは有利なままにベルギーへの侵攻をつづけているが、後門においてはロシア軍が攻勢に入っている。長いぞ、この大戦は……。だから、腐ることはない。おまえがお国にご奉公できる機会はいくらでもある。しばらくは、横須賀でちからをためておけ」

だが、どうにも頷きがたい。

そこへ藤村は、さらに頷きがたいことを告げてきた。

「……それとな、ひとつだけ、頼みがある。……青島は一大要塞だ。なまはんかな戦いぶりでは陥落させられぬ。馬公に赴くおれたちも、いつなんどき、出撃を命ぜられるかわからん。そのとき、もし……おれに……まんがいちのことがあったら、姉を……」

心臓が、おもわず、高鳴った。

だが、すこしばかり、瞬間的に想像したこととは違っていたらしい。

「……姉を……静岡の実家に送りかえしてやってはくれないか」

藤村の実家は駿河にある。ところが、姉の忍子は出戻りであるからといって実家に戻ろうとはしない。親は気にせずに帰ってこいといってくれてはいるのだが、忍子のほうが故郷の人目を気にしているらしい。

「このところ……不倫だ、独立だ、女子教育だと、いろいろ、騒がれてはいる。新しい女性の時代だとかいって、離婚をするものも増え、女性が社会に進出することが目立ってはきている。だが、それは帝都だけの話だ。地方に戻れば、まだまだ、根深い因習があり、物見だかい連中の口さがない噂話ばかりが先行し、良家の娘は屋敷の奥でひっそりと暮らしている。そんなところに、姉は戻りたくはないらしい。だが、それもこれも、おれが東京にいるあいだだけの話だ。おれが……帰らぬこととなったら……そうもいってはおられん。多聞、そうなったときは、おまえだけが頼みだ。姉を説得して、郷里に戻してやってくれ」

冗談ではない、と声をあげたくなるのを、多聞はなんとかこらえた。

「……姉も、そろそろ三十路《みそじ》にちかい。親は、しきりに縁談をすすめてくるが、出戻りの……それも、石女《うまずめ》などと噂のたった……姉に、良縁が待っているのかどうか、おれにはわからぬ。だが、ここでひとり寂しく暮らさせるわけにはいかぬ。多聞、頼む」

（なんてことだ……）

置いてきぼりを食らわされるばかりか、余計に眼の前が暗くなるような頼みごとを背負いこまされてしまった。だが、ここで明日にでも出撃する藤村に異をとなえるわけにもいかない。多聞は心中の苦渋だけは顔にださぬよう堪えつつ、こくりと頷いた。

——いくぞ、多聞。

安曇の声が耳朶にとどき、多聞は靴をめぐらせて藤村家の門に背をむけたが、そのとき、視界の端に忍子のすがたがひっかかった。またもや、心臓に針をつきたてられるような疼《うず》きを憶え、多聞は慌てて視線をさげた。すると、忍子のかたわらの庭先に紅い花がのぞまれた。

（……鬼灯……）

先日、多聞が買いもとめ、忍子に渡してやったものに相違ない。

網膜に鮮やかな紅色をとどめたまま、多聞は藤村の家を去った。

一二

以後、多聞は完全に海の上で過ごしている。すくなくとも、日本にとって運命の分かれ道ともなった大正三年八月二十三日をむかえるまでは、かれは「筑摩」にいた。なるほど、たしかに「筑摩」には出撃命令は下っていなかったが、かといって艦から離れるわけにもいかなかった。

多聞たちが藤村家をおとずれた翌日早朝、つまり、八月十八日、横須賀は沸きたつような音色《ねいろ》につつまれていた。

軍楽隊の吹奏する「軍艦」が響きわたるなか、聯合《れんごう》艦隊の艨艟たちはおのおの定められた出撃地にむかって出航してゆく。夏風がおおいに潮をうねらせ、群れとぶ鷗《かもめ》たちがまるで先導するように艦隊の航路のさきを飛んでゆく。

桟橋には文武の高官がこぞって見送りに出てきていたし、磯辺には記者もふくめた一般庶民がわらわらと足を運んで、浮かべる城が出陣するさまに瞳を凝《こ》らしていた。もちろん多聞も例外ではなく、自艦の甲板にあって背筋と指先をのばし、にじむような眼差《まなざ》しで、艦隊の見送りに立っていた。

大西の乗組んでいる「薩摩」が威風堂々と夏風をきりさき、安曇の乗組む第二艦隊の旗艦「周防《すおう》」が艦首で波濤をわり、小澤の乗組む「比叡」が華麗な航跡をえがき、藤村の乗組む「鞍馬」が殿艦《しんがり》をつとめてゆく。航空隊として参加している「若宮丸」の甲板では金子や和田が自慢の複葉機を背にして祖国に敬礼をおくり、おなじく「肥前」の甲板には航空機の整備に余念のない日置のすがたや、わきたつ感情をしきりに堪えている喜久松の顔が望まれる。

（楠公も、こんな気持ちを味わわれたことはあったのだろうか……）

なぞらえて想いをはせてみるのだが、しかし、どうしたところで口惜《くちお》しい。

多聞は、いかんともしがたい感情がせきあげてくるのを禁じえなかった。

この日から数えて五日後、つまり、八月二十三日の帝都は黎明《れいめい》より騒然とした雰囲気につつまれた。ことに永田町にあるドイツ大使館の周辺は日本中でいちばん温度が高かったのではないかとおもわれるほどの鬧《どう》熱《ねつ》につつまれていた。警戒にあたる憲兵、制服巡査、私服刑事、新聞記者、そして野次馬が混沌とした表情で群れているのである。しかし、大使館は沈黙を守っている。門という門はどこもかたく施錠され、槐《えんじゅ》の木蔭にたたずむ門番小屋の小さな窓からあたりをうかがう事務員の緊張した双眸だけが、ぎごちない音をたてるように不安げに動いている。つねならばとうに館上に掲げられているはずの国旗も今日ばかりはその翻《すが》姿《た》とてなく、旗柱のみがいたずらに旭日《きょくじつ》の輝きをうけて眩しげに映えている。

そのころ、おなじ町内の首相官邸もまた、おそろしいほどに張りつめた空気につつまれていた。午前十時半、すべての閣僚が顔をそろえ、回答期限である正午を待っていた。東京における二十三日正午は、ベルリンの午前四時にあたるのだが、そのときになんの返答もなければ、即刻、日本国政府は任意の行動にはいらねばならない。

回答は、なかった。

——決まりましたな。

と、大隈重信は渇ききった口をひらいた。

もちろん、ハーグ条約「開戦に関する条約第一条」の規定に基づくところの日独両国の国交断絶が、である。大隈たちは廟議《びょうぎ》一決、重要宣明について聖断をあおぐ手続きにはいり、公文書をもって東京駐在の各国大公使にたいして日独が交戦状態に入ることを通告、かくして、大詔《おおみことのり》の渙発《かんぱつ》を見るにいたった。

以下、官報号外をもって交付された詔書の全文である。

〝詔書

天祐《てんゆう》を保有し万世一系の皇祚《こうそ》を践《ふ》める大日本帝国皇帝は、忠実勇武なる汝《なんじ》有衆に示す。

朕《ちん》、ここに独逸国に対して戦いを宣す。朕が陸海軍は宜《よろ》しく力を極めて戦争の事に従うべく、朕が閣僚有司は宜しくその職務に率循《そつじゅん》して軍国の目的を達するに勗《つと》むべし。およそ国際条規の範囲に於いていっさいの手段を尽くし、必ず勝算なからんことを期せよ。

朕は深く現時欧洲戦乱の殃禍《おうか》を憂《うれ》い、もっぱら局外中立を恪守《かくしゅ》し、以って東洋の平和を保持するを念とせり。この時に方《あた》り独逸国の行動は、ついに朕の同盟国たる大《だい》不列顛《ブリテン》国をして戦端を開くのやむなきに至らしめ、その租借地たる膠州《こうしゅう》湾に於いてもまた日夜戦備を修め、その艦艇しきりに東亜の海上に出没して、帝国及び与国の通商貿易ために威圧を受け、極東の平和はまさに危殆《きたい》に瀕《ひん》せり。ここに於いて朕の政府と大不列顛国皇帝陛下の政府とは、相互隔意なき協議を遂げて、両国政府は同盟協約の予期せる全般の利益を防護するがため、必要なる措置を執るに一致したり。朕はこの目的を達せんとするに当り、なお努めて平和の手段を尽さんことを欲し、まず朕の政府をして、誠意を以って独逸帝国政府に勧告する所あらしめたり。しかれども所定の期日に及ぶも、朕の政府はついにその応諾の回牒を得るに至らず。

朕、皇祚を践んで未だいくばくならず、かつ今なお皇妣《こうひ》の喪に居《お》れり。恒に平和を眷々《けんけん》たるを以ってして、しかもついに戦いを宣するのやむを得ざるに至る。朕、深くこれを憾《うら》みとす。

朕は汝有衆の忠実勇武に倚頼《いらい》し、速やかに平和を克復し、以って帝国の光栄を宣揚せんことを期す。

御名御璽《ぎょめいぎょじ》

大正三年八月二十三日〃

（ついに……はじまったか）

多聞は巡洋艦「筑摩」の第一士官次室《ガンルーム》で、このたびの大詔を拝した。

この中尉と少尉のための士官室には幾人かの従兵がつけられており、かれらは「ガンルーム・ボーイ」と、はいからな名で呼ばれていた。みな、海軍兵（水兵は俗称）もしくは兵曹で、どの水兵《ジョンベラ》や下士官たちも二十歳前であり、まだまだ少年の面影をのこしている。とはいえ、多聞も大人びた顔をしているわけではなかったが、やはり海兵出とそうでない叩きあげの乗組員とでは天地ほどの差があった。いまも、多聞たちが艦をおりて号外をとってくるようなことはなく、陸とのささいな連絡その他はこの従兵たちが駈けずりまわっていた。

そうした連中のなかで、多聞がもっとも可愛がっていた少年がいる。十七歳になったばかりの三等水兵で、名を安武又喜《やすたけまたよし》といった。かれは、犬ころのように多聞のあとを追いかけ、ときには中学の教科書をもちこんで勉強をならい、ときには掃除の仕方が悪いとして吮鳴りつけられたりすることもあったが、ともかく、多聞のことが大好きだった。

この日、官報号外の束《たば》をかかえながら士官室にやってきたのも、又喜である。

多聞は、従兵たちにたいして、官報号外を一語一語、噛みしめるような調子で読んでやった。しかし、十代のかれらにはいまひとつ、よくわからない。又喜などは「それで……山口少尉、わが国は戦争をはじめるのでしょうか」と訊いてきた。

「戦いを宣す、とあるのだから……まあ、はじめるのだろうな」

からからと嗤いながら、多聞は号外を丁寧《ていねい》にたたみ、樫《かし》の木の卓子にそれをおくや、すっくと立ちあがった。そして又喜たちにむかって「ともに来い」といい、さきにたって甲板に出た。出るや、いったい、なにをおもったのか雑巾《ぞうきん》を用意させ、みずから主砲を磨きはじめた。

「そんなことは、われわれがいたします……っ」

しかし多聞は、あわてた又喜たちに笑みをむけ、おまえたちも一緒になって磨け、というだけで、いっこうに手を休めようとはしない。ちからのかぎり、四五口径一五センチの単装砲をごしごしと磨きつづけてゆく。そして、ようやく呆気にとられていた又喜たちが雑巾を手にしたときになって「このたびの戦さは、な」と口をひらいた。

「……どうやら、長くつづくらしい。だとすれば、おれたちの出陣もかならずあろう」

その秋《とき》が来たときに恃《たの》みとするのはこいつらだけだ、といって多聞は、さらにちからをこめた。が、しかし、こんなふうにして身体を動かしていなければ、どうにも湧きあがってくる激情をおさえきれなかったのも、また事実だった。

「山口少尉、ほんとうにわたしどもが戦う日はめぐってくるのでしょうか」

「来るさ、かならず」

ふたたび、多聞は嗤いながら蒼天をあおいだ。

どこかで、ぽんっといって鬼灯が爆《は》ぜたような気がした。

第二章　出師《すいし》の秋《とき》

一

現代ではほとんど使われることのない名称に、
——青島《チンタオ》戦争。
というものがある。

大正三年（一九一四）八月の下旬から十二月の中旬にかけて勃発した第一次世界大戦の一幕で、日本とドイツとが釁端《きんたん》をひらいた戦いだった。

このころ、両国のあいだには、いうにいわれぬ確執《かくしつ》がある。日清《にっしん》戦争ののちの独露仏《どくろふつ》による三国干渉がその原因で、日本は遼東《りょうとう》半島を還付させられた。ところが、そのわずか二年ののち、ドイツは宣教師殺害を理由に膠州《こうしゅう》湾を占領、その臍《へそ》ともいうべき青島を東洋における軍事経済の根拠地としてしまった。

日本人のおおくは、このドイツの我儘《わがまま》な行動に怒りを発した。むりもない。干渉して土地を還付させたあとで、みずから山東《さんとう》半島に進出、占拠して植民地にしたのである。日本国内に怒りが沸騰するのは、当時としてはあたりまえともいえる成りゆきだったろう。長恨綿々《ちょうこんめんめん》とはよくいったものだが、以来、日本人の多くはドイツにたいして正に「綿々たる恨み」をもちつづけてきた。

大正三年八月二十七日、日本海軍はこの恨みかさなる膠州湾の封鎖を宣言した。

第二艦隊による封鎖である。

もっとも、この艦隊は決して精強な部隊ではない。じつをいえば、中古品の寄せあつめというにちかかった。

艦隊の編成を見てみると、四つの戦隊が基幹となっている。艦隊司令長官の直率する第二戦隊は「周防《すおう》」を旗艦として以下「石見《いわみ》」「丹後《たんご》」「沖島《おきしま》」「見島《みしま》」であり、第四戦隊（司令官は中将栃内《とちない》曾次郎《そじろう》）は「磐手《いわて》」

を旗艦として「常磐《ときわ》」「八雲《やくも》」「淀《よど》」「宇治《うじ》」「嵯峨《さが》」であり、第六戦隊（司令官は少将上村翁輔《かみむらおうすけ》）は「千歳《ちとせ》」を旗艦として「千代田《ちよだ》」「秋津洲《あきつしま》」であり、第二水雷戦隊（司令官は少将岡田啓介《おかだけいすけ》）は「利根《とね》」を旗艦として第五駆逐隊（潮《うしお》、子日《ねのひ》、若葉《わかば》、朝風《あさかぜ》）と第八駆逐隊（白露《しらつゆ》、三日月《みかづき》、夕立《ゆうだち》、夕暮《ゆうぐれ》）と第九駆逐隊（野分《のわけ》、白雪《しらゆき》、白妙《しろたえ》、松風《まつかぜ》）と第十二駆逐隊（浦波《うらなみ》、綾波《あやなみ》、磯波《いそなみ》、朝霧《あさぎり》）と第十三駆逐隊（朝潮《あさしお》、白雲《しらくも》、陽炎《かげろう》、村雨《むらさめ》）をひきい、そのほかに特務艦（高千穂《たかちほ》、松江《まつえ》、熊野丸《くまのまる》）と掃海隊（甲掃海隊、乙掃海隊）と航空隊（若丸丸《わかみやまる》）と附属特務部隊（工作船関東《かんとう》、測量班、病院船八幡丸《やはたまる》）ならびに旅順《りよじゆん》要港部部隊（明石《あかし》、第九艇隊、第十一艇隊、第十二艇隊）となっている。

だが、名前だけをつらねればなにやら豪華には聞こえるものの、じつをいうと「石見」は日露戦役の戦利品である「アリヨール」だったし、つづく「丹後」も戦利品の「ポルタワ」であり、旗艦の「周防」にしてから旧名を「ポピエタ」という戦利艦であった。海軍内でも「艦褸《ぼろ》船艦隊」と揶揄《やゆ》されていたほどの老耄《ろうもう》部隊といってよかった。とてもではないが、精鋭ドイツ艦隊と真正面から渡りあえるような部隊ではない。

が、この部隊が膠州湾の封鎖をおこなったのである。

封鎖宣言書は、第二艦隊司令長官を拝命している中将加藤定吉《かとうさだきち》がおこした。

こうした封鎖戦の情況が横須賀《よこすか》にもたらされたとき、

――杉野《すぎの》は何処《いずこ》、杉野は居ずや。

そう、巡洋艦「筑摩《ちくま》」の士官室で山口多聞《やまぐちたもん》に「広瀬《ひろせ》中佐」を謡《うた》ってみせたのは、かれがたいそう可愛がっている安武又喜《やすたけまたよし》だった。又喜の脳裏には、かつての旅順港の封鎖の風景が重なっているのだろう。

だが、多聞は又喜よりもやや冷静で、

――結局は、失敗に終わった作戦だ。

と、水をさすようなことをいった。

多聞はなにも嫌味をいったつもりはなく、ひとつの艦隊が敵の根拠地を完全に封鎖するというのは、おそろしいほどに難しい作戦であるという解説をしたかっ

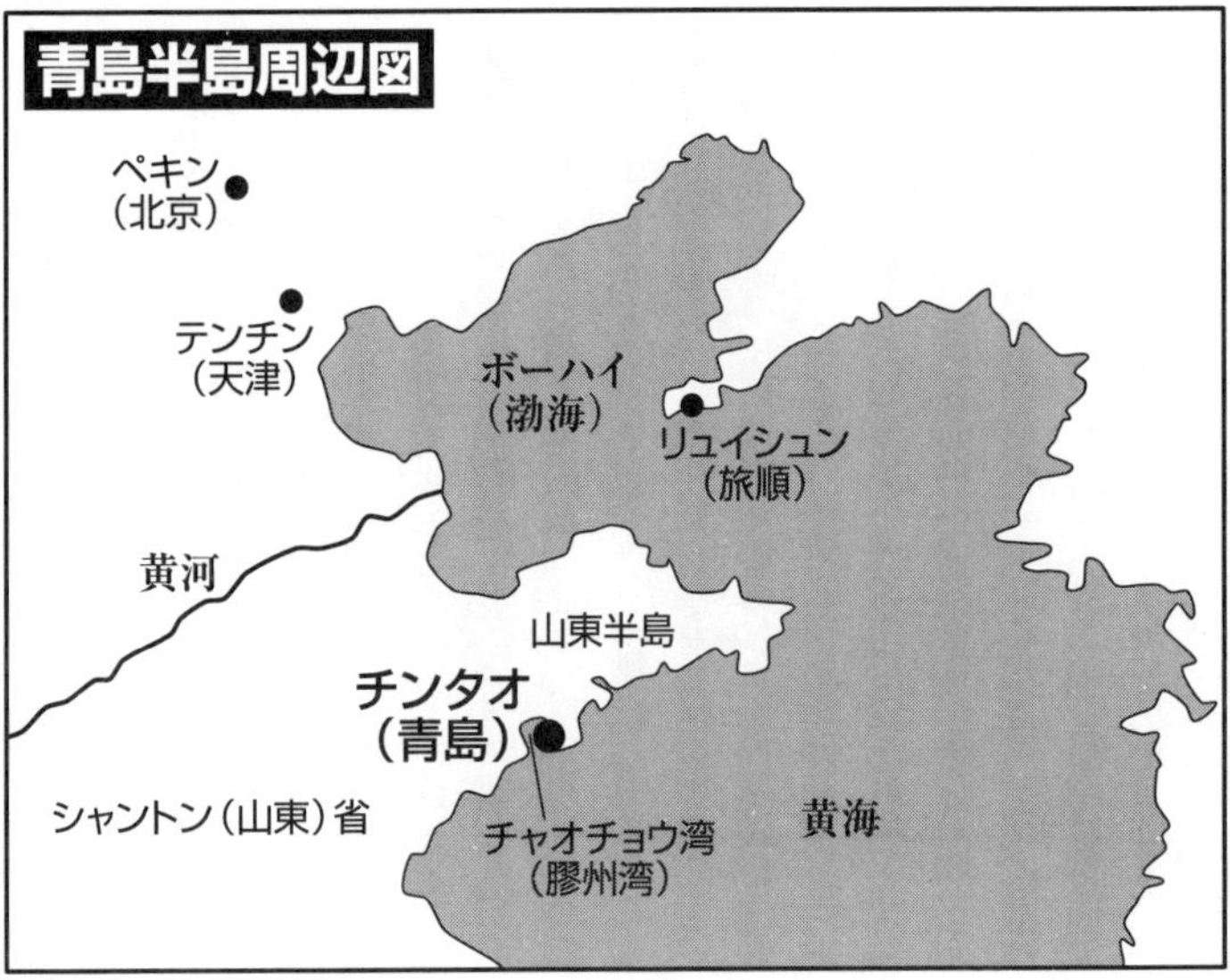

たからにほかならない。

実際、多聞のいうとおりで、青島の東洋における策源地としての規模はかならずしも強大ではないが、しかし工廠《こうしょう》もあり、浮船渠《うきドック》もあり、軍港として充分なものだった。ドイツ東洋艦隊には「シャルンホルスト」「グナイゼナウ」といった主力艦のほかに「エムデン」「ニュルンベルク」「ライプチッヒ」の三軽巡洋艦、さらには砲艦や駆逐艦なども数隻、保有されていた。

となれば、帝国海軍としては、ともかくまっさきに膠州湾を封鎖して敵の海上防衛力を削減するべきであったが、第二艦隊が封鎖をはじめたときはすでに遅く、敵の主力艦のほとんどが膠州湾から脱出し、太平洋やインド洋といった大洋に逃れてしまっていた。

「となれば、青島だけでも、いちはやく陥《お》とすよりほかにないだろう」

まるで自分が艦隊をあずかってでもいるような口ぶりで、多聞はいうのである。

多聞にかぎらず、海軍の誰もがそうおもっていた。

陸軍の上陸部隊が作戦行動をとりやすいように護衛協力し、一刻もはやく青島を攻略することが望ましいとおもっていた。事実、大正三年八月二十三日には佐世《させ》保《ぼ》在泊中の第一艦隊司令長官海軍大将加藤友三郎《ともさぶろう》ならびに第二艦隊司令長官加藤定吉の名をもって、青島攻略に協同支援すべき訓令が発せられている。ちなみに第一艦隊の概容は第一戦隊が「摂津《せっつ》」「河内《かわち》」「安芸《あき》」「薩摩《さつま》」であり、第三戦隊が「金剛《こんごう》」「比叡《ひえい》」「鞍馬《くらま》」「筑波《つくば》」であり、第五戦隊は「矢矧《やはぎ》」「新高《にいたか》」「平戸《ひらど》」「笠置《かさぎ》」であり、これに「音羽《おとわ》」を旗艦とした第一水雷戦隊（第一・第二・第十六・第十七各駆逐隊）から成っており、艦隊の任務は東支那《しな》海および黄海《こうかい》における輸送航路の保安と敵艦艇の捜索とされていた。

「いきたいなあ、黄海まで打ってでたいなあ……」

又喜などは、青島方面からさまざまな報《し》らせがはいってくるたびに、そう洩《も》らしている。

「なんでも、青島のドイツ要塞は、かつての旅順をこぶりにしたようなものだというじゃありませんか。イルチス砲台やビスマルク砲台、仲家窪《ちゅうかわ》砲台など、それこそ一〇あまりにおよぶ永久築城砲台が内陸や海側に居並んでいるとか……。いきたいですよ。いって、艦砲でもって、そいつらを木っ端微塵《こばみじん》にしてやりたい」

たしかに青島の砲台の群れは決して半端なものではなかった。重砲だけでも五三門、軽砲も四七門、あわせて一〇〇門という砲台をそなえて攻めくるものを阻《そ》止《し》せんとはかっている。守備兵力こそ、かつての日露戦役のおりの旅順の三分の一といわれていたが、強靭《きょうじん》なことには変わりない。海に戦うものならば、そのような要塞に、できれば、主砲をぶちこんでやりたいとおもうのは無理もなかった。

もちろん多聞もおなじような思いではあった。が、さすがに尉官である以上、勝手な口もきけない。こころのなかは歯嚙《が》みしたいほどに波立っていたものの、日々、天涯を見あげながら戦友たちの活躍に期待をかけるしかなかった。

ちなみに陸軍は久留米《くるめ》第十八師団にくわえ、野戦重砲兵聯隊《れんたい》および攻城部隊若干を基幹とする独立一個師団をもって、海軍の護衛協同のもとに青島要塞を攻略することになっている。

もうすこし詳しくいえば、独立攻城重砲第四大隊（二八サンチ榴弾砲六門）、同第二大隊（二四サンチ榴弾砲六門）、同第一大隊（一五サンチ加農《カノン》砲二四門）、同第三大隊（一二サンチ榴弾砲二四門）、鉄道聯隊（静岡歩兵第二十九旅団の主力）、工兵独立大隊などをあらたに師団にくわえて編成されている。

野戦部隊の主力はまず山東省北岸の渤海《ぼっかい》湾に面した龍口《りゅうこう》に上陸し、そのちかくにある萊州《らいしゅう》附近へ進出したのち、半島内陸部にある平度《へいたく》をめざす。

つまり、山東半島を北から南へむけて縦断するごとく前進してゆく。そして、重砲その他の諸兵備については膠州湾の東外側に位置する労山湾《ろうざんわん》附近に上陸せしめ、主力はこの火砲部隊と合流したのち、山東半島の黄海側に面している膠州湾をめざすこととなっている。

青島は、膠州湾の西の岬にある。だが、青島にいたる岬の付け根には孤山《こざん》や浮山《ふざん》などといった敵の前進陣地が存在している。それらの陣地を奪取し、ついで敵の防禦線を攻略してゆかないかぎり、青島市街の攻略は成らない。

要するに青島の背後から攻めてゆくのだが、海側から攻めるよりも被害は軽減されるであろうという予想から、こうした作戦が練りあげられていた。かつての旅順の攻略とまったく同じ方法であり、またいえば、はるかのちのシンガポール攻略をめざしたマレー進攻作戦とまったくおなじ戦術といっていい。

ともかく、右の計画によって編成された中将神尾光臣《かみおみつおみ》ひきいるところの独立第十八師団は、おのおのの部隊の所在地において動員がはかられ、第一期輸送部隊の主力は八月二十五日、宇品《うじな》および長崎《ながさき》において乗船し、二十八日に出帆《しゅっぱん》、待機集合地点となっている朝鮮西南端の八口浦《はっこうほ》にいたり、海軍との協議をなして一路、第一艦隊の護衛のもとに山東省龍口へとむかっている。黄海を北上し、大連《だいれん》と煙台《えんだい》にはさまれた渤海海峡を割って渤海湾へと進入してゆくのである。

この八月下旬、横須賀に碇泊《ていはく》している多聞たちにしてみれば、地団駄《じだんだ》を踏みたいほどの気分であったろう。だが、出撃命令が下されないかぎり、かれらの出番はない。主砲を磨きながら待機しているよりほかになかった。

二

しばらく、青島戦争の推移について観ていきたい。

第一艦隊に護《まも》られた陸軍部隊は九月二日、予定どおり龍口に到着し、ただちに上陸を開始した。この日、附近に外国軍艦は認められず、天候こそ折りあしく霧雨となっていたものの、さいわいにして東からの風がわずかに海面を漾《ただよ》わすくらいなもので、揚陸《ようりく》作業に支障はみられなかった。

この上陸作業の掩護《えんご》には各護衛艦に乗りこんでいた陸戦隊（旅順派遣隊）があたった。井上《いのうえ》、山本《やまもと》、岸《きし》川《かわ》、寺田《てらだ》などの各分隊であり、かれらは払暁《ふつぎょう》、ふりしきる激雨をおかして龍口南端の海浜に上陸した。ただ、干潮時であったために短艇を汀《みぎわ》ちかくまで寄せることができず、兵たちは蝗《いなご》のように水中へ躍りこみ、白波を乱して徒渉していった。かれらは艦隊との連絡をとるための無線電信の設備を構築し、桟橋を仮設し、さらには衛兵任務に就かねばならなかった。

陸戦隊の掩護によって陸軍が大挙上陸したのは龍口東側の海浜で、こちらもまた浅洲を徒渉しつつ、雲霞のようにして上陸し、すかさず隊伍をととのえ、予定地へとむかった。また一部は軍票交換所をもうけて、糧《りょう》秣《まつ》運搬用の馬車などの徴発にはいった。この軍票のおおくは御用商人ともいうべきひとびとに支払われている。

また三日、袁世凱《えんせいがい》を総統とする中華民国政府は山東省を交戦区域として開放する旨《むね》を声明している。これによれば、民国政府は「欧洲戦争にたいして中立厳守を宣言」し、かつ「ドイツおよび日英両国ともに親善の状態にある」ため、日露戦争の例にならって「交戦区域を制限」し、またこの区域にのみ「中立維持の責任を負わない」というものだった。要するに山東省のみにおいて、もしかしたら、どちらかの側に立って参戦するかもしれないという意味を匂わせたのである。

ちなみに、日英と足並みをそろえている露仏両国軍についてイギリス政府は「参加するも参加せざるも両国の任意なり」と宣言したが、結局、この青島戦争については両国ともに沈黙した。

こうして、青島攻略戦は日本軍のほかには、英国の支那駐屯軍（少将バーナジストンの指揮するサウスウェールズボーダーラス聯隊の第二大隊）が参加することとなった。かの部隊は、労山湾に上陸して、日本軍に追及することとなっている。

さて、上陸の初日あたりはそうした作業も順調におこなわれていたが、そうなにもかも首尾よく運ぶものでもない。偶然にも同地附近が何十年来という大暴風雨に遭遇し、桟橋は流され、つねより険悪であった道路は歩行できないほどの泥濘《ぬかるみ》となり、海上においても短艇の航行がまったく不可能となり、上陸作業はおもうにまかせぬというありさまを呈しはじめた。

――まずいぞ。

そう、喚《わめ》きあげたのは師団をあずかる神尾光臣だった。

――これでは予定していた七日の作業完了など、できるはずもない。

結局、神尾は時日をおおいに遷延《せんえん》するほかないと判断した。

とりあえず上陸した部隊を先遣することとし、少将山田良水《やまだよしみず》のもとに歩兵一個聯隊を基幹とする支隊を構築し、五日に龍口を発させ、莱州および平度を経て即《そく》墨《ぼく》にむかって前進せしめることとしたのである。

――爾《じ》余《よ》の部隊は数梯《てい》団となり、山田支隊に跟随《こんずい》してその前進をおこすべし。

と、神尾は下命した。

青島攻略の成否は、かれの双肩にかかっており、その重圧は黄海を北上しはじめたころより、かれの精神を徹底的に痛めつけはじめていた。そこへもっておもわぬ暴風雨による作業の妨碍《ぼうがい》が生じてしまった。河川は氾濫し、道路は破壊され、後方補給も意のごとくならない。

（ほんとうに、こんな小さな部隊で青島の攻略が成せるのか……）

誰にもいえぬ心持ちをおぼえながら、かれは恨めしそうに天をふりあおいだ。

ところで、この天にむかって雄々《おお》しく飛揚した連中がいる。

多聞にたいして、

――世界で初めて、爆弾を飛行機から投下してやりたい。

と、息巻いた金子《かねこ》養三《ようぞう》ひきいる航空隊である。

この「世界で初めて」というのは残念ながらつい先日、パリにおいて記録されてしまったため、金子が歴史的な栄光を手にいれることはできなかったが、しかし、かれらがこのたびやってのけた行動は、まちがいなく「東洋において初めて」の航空攻撃となった。

金子たちは、八月二十七日以来、髀肉《ひ》の嘆《たん》をかこちながら待ちわびてきた。もちろん、水上機による出撃のことだが、このころの飛行機は天候が険悪な場合は飛びたてない。海が荒れていても出撃は可とされず、まったく不自由な事このうえない代物といってよかった。

かといって、かれらの出撃は必要に逼《せま》られてもいた。

封鎖している膠州湾には敵艦艇が潜みつづけており、夜陰に乗じては港外にすがたをあらわし、日本艦艇にたいして攻撃を仕掛けてきている。甚大な被害はいまのところなかったものの、いったいどれだけの敵艦が膠州湾の深奥にあるのか、それをどうしても確かめておく必要があった。また、金子たちの乗りこんでいる「若宮丸」は膠州湾の沖合にあるのだが、かれらとは真反対というべき山東半島の北岸に行動して上陸作戦をつづけている第十八師団の神尾らにも青島周辺の敵防塁がどのようになっているのかを報告してやらねばならなかった。敵の陣地や砲台の容子《ようす》が明瞭にわかればわかるほど、攻略戦は短期間で達成させられるからである。

――まだ、天候は恢復《かいふく》せんのか。

金子らは、神尾とおなじように、日々、天を恨めしげに見あげながら呟きつづけていた。

船には洋上偵察距離二八〇キロをほこる四隻のモー

リス・ファルマン七〇馬力水上飛行機がある。このころ、新聞などの報道では「何機」といわず「何隻」として水上機を呼んでいるため、その数え方に従いたい。飛行機のなかには、かれらが手ずから造りだした「爆弾」が搭載されている。とはいえ、胴体に格納できるわけではなく、座席の足元あたりに置かれている。もちろん、機械的に投下するのではなく、手で持ちあげ、狙いすまして投下するしかない。

——低空およそ六〇〇メートルあたりで投下しなければ、とても命中しないからな。

そう、朋友にして現在は「肥前」に乗りこんでいる日置釭三郎《ひおきこうざぶろう》からは云われているのだが、航続飛行時間が四時間半しかないなか、はたして敵の対空砲火をくぐりぬけて爆弾を投下するような芸当ができるものかどうか、じつをいえば、金子にも和田秀穂《わだひでほ》にも自信はなかった。

だが、どうしても、やってみたかった。

——雲が割れた。

九月五日朝のこと、金子は天を見あげて叫んだ。たしかに東涯の天を旭日《きょくじつ》が黄金色に染めあげており、湾内には微風がそよそよと吹くくらいで、紺碧《こんぺき》の波のうねりもさほどではない。飛行にはおあつらえむきの天候となった。

「飛ぶぞ」

金子と和田は、中尉の武部鷹雄《たけべたかお》に同乗を命じ、全幅一九・五メートルにして九九五キログラムの水上機に乗りこみ、波間に降りた。俯仰起重機《デリック・クレーン》によって海上へ降ろされるのである。やがて推進機が鼓膜を聾《ろう》するほどに高鳴り、あたりに浮かぶ艦艇の甲板に居ならんだ水兵たちが一斉に見まもるなか、水上機は波を蹴りあげた。膠州湾外十数カイリの海上から、はるかに青島要塞を望んで中空たかく舞いあがったのである。

瞬間、第二艦隊の将士らが喝采を送った。

——おお、飛んだ。

という、まるで見世物でも眺めているような、おどろき半分の祝福だった。

たしかに世界をあげて戦争に突入してはいるものの、まだまだ、時代的にはおおらかなもので、飛行機の出撃そのものも、どことはなしに長閑《のどか》なものといってよかった。それほど、飛行機自体が、非常にめずらしいものだったのである。

金子たちは、飛んだ。

浮船《フロート》から海水を滴《したた》らせながら秒を刻むごとに高く上騰し、やがて千数百メートルという水兵たちでは想像もつかない高度に達するや、一路、青島をめざしていった。

操縦桿《かん》をにぎるのは金子である。このころは、まだ「上げ舵、下げ舵」という云いまわしでもって機を操ってゆくのだが、金子の腕はかなり鍛えあげられていた。あるいは高くあるいは低く、東西南北縦横に機を操縦し、やがて雲をかきわけながら青島市街の上空に達し、要塞や兵営の情況を見定めていった。すぐ後方に座している和田が、そうした敵要塞の概況を丹念に詳細地図のなかへ書きいれてゆく。揺れうごく機体のなかで吐気をもよおしてしまいそうになる作業といってよかった。

こうした偵察飛行をつづけたのち、

「武部、爆弾を用意せえ……っ」

風圧に発声をさまたげられながらも、金子は大声に命じた。

三

「よおく狙いをさだめてから、落とせ」

航空史上、二番目の爆撃を成功させるべく、金子は操縦桿をたおした。モーリス・ファルマン水上機が金子の意思どおりに反応して機首を落とし、徐々に下降しはじめる。鼓膜に、日置の「低空六〇〇メートル」という囁きが聞こえてくるような気がした。

「もっと、もっと高度を下げてください……っ」

武部もまた必死だった。爆弾を肩口にかかえながら、要請するのである。現代の感覚では信じられないような光景といっていい。もしも、地上から銃撃を受けるようなことがあり、それがまんがいち爆弾に命中するようなことがあれば、途端にかれらは水上機もろとも虚空《こくう》で爆《は》ぜるのである。実際、三名の耳朶《じだ》を敵兵士の発砲した弾丸がよぎっていった。

眼の前には、青島要塞が逼っている。海兵大隊の兵営があり、テレフンケン式無線電信所が瞭然と見えている。武部は「電信所をねらいます」と叫んだ。右手《めて》にはしっかりと手製の爆弾が攫《つか》まれている。金子は「わかった」とばかりにさらに高度を下げ、敵無線電信所の真上をめざした。やがて、武部が双眸《そうぼう》をひんむいて爆弾を投じた。ひゅうという風を切る音色が耳朶にとどいたかとおもった矢先、敵電信所が凄まじい音響を発して爆裂した。

「やった……っ」

武部と和田が、同時に叫んだ。

「やった、やった、やった、やった」

少年が縁日かなにかで鬼の面をつけた人形に鉄砲玉をぶつけて狂喜するような喜びようで、かれらは機体をたたき、身をのりだして騒いだ。やった、やった、やった、やった。どれだけ同じことばをくりかえしたのかわからないほど、騒ぎつづけた。

だが、小躍りしてばかりもいられない。敵は最初のうちは、航空機による爆弾投下という、およそ信じられないような攻撃を受けたことで狼狽《ろうばい》してしまっていたが、やがて電信所を破壊されたという事態に怒りを発し、ばらばらと要塞の内庭に飛びだしては天にむかって無数の銃撃を敢行してきた。

「帰る」

金子はひとこと告げるや、汗のしたたりおちる両手に操縦桿をつつみ、要塞の頭上たかくへ飛揚し、膠州湾へと反転した。

こうして、東洋における初めての空爆を達成した三名は、都合二時間におよぶ飛行を了して母艦のかたわらまで帰ってきた。ここでも、各艦からは割れんばかりの拍手が湧きあがった。東京上野《うえの》で催《もよお》されている大正博覧会の興行が、そのまま海をこえて黄海で開催されているような景況だった。

水上機の機体そのものは、母艦にある俯仰起重機《デリック・クレーン》によって甲板まで戻されるのだが、金子たちは短艇に乗りうつって母艦へと戻ることになっている。ほどもなく「若宮丸」から短艇が降ろされ、それが出迎えにやってきたが、そのときも、ちかくに浮かぶ艦艇どもから喝采が飛んできた。

金子たちは、まさに英雄だった。

ちなみに、母艦に戻って機体を検《けみ》してみると、おどろいたことに翼には総数一五個もの小銃弾の貫通した痕跡があった。青島要塞の天空を飛んだときに受けた射撃のためであろう。のちになって「よくもまあ、操縦士や爆弾にあたらなかったものだ」と、金子らの肩をたたいて慰労の辞を告げてきたのは第二艦隊をあずかる加藤定吉だったが、銃撃の事実は加藤以上に金子ら自身を驚かせた。

じつはこのとき、金子の操縦した飛行機が帰ってくる三十分ばかり前に、もう一隻の飛行機が、第二艦隊による封鎖線外の海上から膠州湾にむけて飛翔している。こちらもおなじく海軍航空隊に属している大崎教信《おおさきのりのぶ》（中尉）の操縦によるもので、同乗したのは藤瀬《ふじせ》勝《まさる》（中尉）であった。この別班は金子たちとは方向を異にして青島の西南端の半島にある遊内山《ゆうないさん》附近の砲台を偵察して帰ってきたが、高度を高くとりつづけたものか、機体には一弾も受けていなかった。

なににせよ、かれらの果たした任務は、日本軍にとって大いに有意義なものといってよかった。青島要塞の一部を破壊したことよりも、その要塞をとりまいている陣地の容子が手にとるように理解できたことが、なによりの成果といえた。

――心理的な効果も充分にあったろうな。

そう、横須賀にあって金子たちの勲功を耳にした多聞は又喜に語ってみせた。

そのとき又喜は「山口少尉も航空に進まれたくなったのではありませんか」と冗談半分にいってみたのだが、多聞は「いやあ、おれは海の上だけでいいよ」と明るく否定するだけだった。

水上機による威力偵察は、その翌日も敢行されている。九月六日午後、今度は和田が山田忠治《やまだただはる》（大尉）と飯倉貞造《いいくらていぞう》（中尉）をひきいるかたちで搭乗、飛行機はふたたび青島へと機首をむけた。天候はこの日もきわめて良好であり、碧空《へきくう》には一点の雲翳《うんえい》すらも認められなかった。

「絶好の偵察日和《びより》だ」
遊山《ゆさん》にゆくわけでもないのだが、和田はそういって操縦桿をにぎりしめた。飛行機は青島湾内の小公島《しょうこうとう》附近から各所に設《もう》けられている砲台や陣地をくまなく偵察していった。信号所および敵兵の集合している練兵場をはじめ、敵の防禦施設にいたるまで凝然とした眸子《まなこ》で確認し、ついでに爆弾もまた投下し、その効果が認められるかどうかも観察してきた。戦争をしているというより、爆弾の効能実験をしているような雰囲気だった。

が、この飛行偵察による報告を、半島の裏手にある神尾光臣は誰よりも喜んだ。

——ドイツ軍は、要塞本防禦線の堡塁《ほるい》を巧《たく》みに掩蔽《えんぺい》しつづけている。もし、本戦役に参加した飛行機の偵察がなければ、これらの配備を識《し》ることもできぬまま、敵の火網に捕まり、われわれは全滅の憂き目に遭わされたかもしれない。飛行機というものは、ありがたいものだ。

そう、いった。

実際、神尾のいうとおりで、青島のある岬の付け根には敵の防禦線が重厚に張りめぐらされており、すくなくとも五つからの堡塁の存在が確認された。それを、北からいって海岸堡塁、台東鎮東《たいとうちんひがし》堡塁、中央堡塁、小湛山北《しょうたんざんきた》堡塁、小湛山堡塁と命名して爾後の作戦をすすめることとなったのだが、これらは皆、金子たちの功績といっていい。

だが、金子にしても和田にしても、決して満足はしていない。

——和田ぁ。

と、十六日の黎明《れいめい》、航空攻撃をしかけることとなったおり、金子は声をはりあげた。

——船ぇ、沈めてこい。

港湾に低空で躍りこみ、敵艦にたいして空襲をかけろというのである。たしかに歴史上、飛行機から爆弾を投下して艦船を沈めたという快挙は、誰ひとりとして成してはいない。そもそも、可能であるなどとはおもってもいなかった。それを金子は「やれ」というのである。

和田は「やってみましょう」と快活にうなずき、武部をひきつれて水上機に乗りこんだ。また、この日は山田と大崎の乗りこむ機もともに波濤《はとう》を蹴りあげて中空に舞いあがっている。

二隻の水上機は、膠州湾に繰りだした。

和田も山田も「敵艦をたたく」という腹積もりであった。かれらは港口にはいりこむや、海面ちかくを飛翔し、まずは瞰察《かんさつ》をおこない、つねのように無線電信所や発電所などに爆弾攻撃をくわえた。これは、うまくいった。とはいえ、ひとつの機体にそう多くの爆弾を積みこんでいるわけでもない。数発が限界であった。だが、この日ばかりは最後の一発だけは残してある。

敵艦を叩かなければならない、からである。

「汽船がおりますよ」

武部が緊張した声音を発した。

たしかに、いる。爆弾を畏《おそ》れてでもいるのか、奥まった桟橋のかたすみで身をちぢめるようにして繋留された一隻の大型汽船が望まれた。武部は身をのりだして、後方にある山田機にその大型汽船があることを知らせた。

「ぶちあてろよ」

という和田の絶叫にも似た激励にしたがい、武部と大崎が爆弾をかまえた。

二隻は翼をならべるようにして汽船に接近、爆弾を投下した。桟橋からの対空射撃をものともせず、爆弾は風を切って落下した。あたった。大崎の投下した爆弾であったようにおもわれたが、たしかに汽船の甲板に命中、巨大な爆烟《ばくえん》が昇騰した。

――ほんとうに船にぶちあておったわ。

帰艦してきた二隻の水上機をでむかえながら、金子は戦争に勝ったような喜びを発した。

このときも第二艦隊の将兵たちがおおいに歓迎の拍手をもって迎えてくれたが、そのなかに砲術参謀を拝命している安曇《あずみ》十兵衛《じゅうべえ》のすがたがあった。安曇はいつものように獅子によく似た赭《あか》ら顔を破裂させるようないきおいで闊達《かったつ》に嗤《わら》い、

――ようやった、ようやった。

戦さそのものを愉《たの》しんでいるような風情《ふぜい》で、そういうのだった。

四

ところで、青島戦争に参加した飛行機は、なにも海軍ばかりではない。

陸軍機もまた雄々しく飛揚している。このとき海軍はモーリス・ファルマン水上機四隻にくわえてルンプラー・タウベ単葉水上機一隻を使用しているが、陸軍もまたモーリス・ファルマン式一三年型地上機四機とニューポールNG単葉機一機をもって参戦している。

ちなみにこのニューポール機というのは日本ではじめて時速一〇〇キロをこえた最初の機であり、エンジンはノームオメガ五〇馬力という小さなものながら、六五〇キログラムという軽量のためか、最高時速は一一〇キロにまで達していた。もっとも性能という点でいえば、この時期においてはルンプラー機が最高で、ダイムラー・ベンツ社の一〇〇馬力エンジンを搭載し、一三〇〇キログラムという巨体ながら、最高時速は一二〇キロを記録している。

そういう点でいえば、金子たちが乗りこんでいたモーリス・ファルマン水上機が性能では格段に劣っており、ルノーの七〇馬力を八五八キログラムという軽量の機体に搭載しながらも、最大速度は八三・五キロしか出すことができなかった。

さて、陸軍が前進飛行基地としたのは山東省の狗塔《くとう》埠《ほ》である。そのだだっぴろい荒野に翼をならべて青島要塞の頭上をめざした。

こちらの航空隊をひきいていたのは日本でいちばん最初に万国飛行免状をとった陸軍大尉徳川好敏《とくがわよしとし》で、かれと同時期にドイツに留学していた日野熊蔵《ひのくまぞう》（大尉）とが、明治四十三年十二月十九日、アンリ・ファルマン複葉機に乗りこんで日本における初飛行をおこない、航空界の幕をあけた。海軍大佐山路一善《やまじかずよし》ひきいる二一名が海軍航空術研究委員会を横須賀鎮守府《ちんじゅふ》に設けることとなる一年半前のことである。

徳川にひきいられた航空隊は、この大正三年八月下旬、山東半島に進出して九月から十月にかけての二カ月間、連日のように出撃し、砲弾を改造した爆弾を投下した。出撃回数は八六回におよび、爆弾の投下回数は一五回、四四個におよんだ。もっとも、これは海軍の出撃四九回という回数こそ上回ったものの、命中はほとんどしなかった。ちなみに海軍の場合は投下した爆弾の数は一九〇個という莫大な数におよんだが、命中したのはたったの八個だけだった。

とはいえ、徳川や金子の勇ましいばかりの戦いぶりは、ほぼ即日、内地へと報告され、紙上を賑わわせている。山口多聞などが臍《ほぞ》を噛《か》むようなおもいで横須賀に待機しながらも青島の容子をまのあたりにしているような気分になれるのは、そうした新聞に目をとおしているからだったが、それらはすべて従軍許可のおりた記者たちによって書かれている。

青島攻撃に加わる記者は各新聞社につき一名とされており、たとえば東京朝日は美土路昌一《みどろますいち》、時事新報は室伏高信《むろぶせこうしん》、大阪毎日新聞は日露戦争にも従軍した安藤《あんどう》繁治《しげはる》を起用していた。ちなみに、大阪毎日新聞と東京日日新聞《にちにち》とはもともと一社なのだが、別紙という扱いで「大阪毎日」の写真製版を担当している二瓶将《にへいまさる》が「東京日日」の特派員となって戦線に参加した。また、二瓶は初のカメラマンによる従軍、でもあった。かれの写真は、まず、十月十九日付の「東京日日」に「労山湾頭の壮観」と題されて載せられている。

その膠州湾の東方に展開した「壮観」だが、これは九月十八日に始まった。

第二艦隊の上村戦隊（千歳、千代田、秋津洲）が掃海ならびに海上輸送に協力し、そのためもあって陸軍の上陸は目を瞠《みは》るほどの進捗《しんちょく》ぶりをみせ、おびただしいばかりの火砲が労山湾へ揚陸されていった。かれらの任務としては、陸揚げした機材をいちはやく膠州湾の西方岸にある膠州まで輸送することで、そこで主力部隊の来着を待ち、合流することだった。

主力というのは、山東半島北岸に上陸した神尾部隊にほかならない。

さて、神尾光臣ひきいる独立第十八師団は、いまも、青島をめざしている。

山東半島の北岸においても天候の恢復《かいふく》にともない上陸作業が再開され、九月十七日にはほとんどの部隊の上陸が完了した。

また、同日、先遣していた騎兵大尉佐久間善次《さくまよしつぐ》ひきいる騎兵部隊は予定どおり膠州にまで達し、早朝八時、膠州停車場を占領し、西方からやってきた列車を接収、山東鉄道の実情をつかむにいたった。

佐久間らの報告するところによれば、山東鉄道はとうにドイツ軍の軍用鉄道と化しており、済南府《さいなんふ》方面から糧食の運搬、召集兵や苦力《クーリー》の輸送など、なにもかもがドイツに有利にはたらくことばかりで、さらには鉄道沿線における中華民国官憲および軍隊の巡邏などもドイツ人の手先のようにふるまい、そのほかの外国人にたいしては戒厳令が執行中であることを口実にして、さまざまな圧迫をくわえ、ドイツ人の補助につとめていることが判明したという。

日本政府としては、これが事実であるかどうかをたしかめたうえ、袁世凱を首班とする政府にたいして厳重に抗議をしなければならないであろう。だが、たしかめるもなにも、翌十八日、膠州にほどちかい白沙河《はくさが》附近において戦闘が勃発、騎兵隊の中隊長をつとめていた佐久間が戦死するという事態におよんでいた。

――まずいな。

白沙河方面の戦況を識るにおよび、懸命の南進をつづけている神尾は口中につぶやいた。

むろん、佐久間の戦死ということもあったが、じつはそれ以上におおきな問題が起こっている。主力部隊が合流予定日までに膠州まで進出できないという大変な問題だった。現在、主力の大半はいまだに龍口にあり、ここから如何に急いだところで、労山湾に上陸している別働隊と合流するには数日を要する。つまり、それまではたいせつな重砲部隊の掩護をすることができないという非常事態をむかえてしまう。非常にまずい情況といってよかった。

――海路、堀内《ほりうち》をまわそう。

と、神尾は断を下した。

かれが脳裏におもいうかべたのは龍口へ最後に上陸することとなっていた少将堀内文次郎《ぶんじろう》の指揮する歩兵

聯隊のことで、この部隊を支隊として労山湾方面に回航せしめ、火砲部隊の掩護に任じてはどうかと考えたのである。

（半島を横切るよりは、はるかに早かろう）

この神尾の判断は正解だった。

急遽回航された堀内支隊は九月十八日には労山湾に上陸し、第二期輸送部隊（重砲部隊など）につづいて揚陸を実施した。堀内支隊はよくやった。翌十九日には進路前方の柳樹台《りゅうじゅだい》および宅科《たくか》附近に展開していた敵を駆逐し、さらに進撃して石門山《せきもんざん》東麓にわたる線を占領し、先遣して欒家溝《らんかこうふん》坌より膠州ちかくの仲村《ちゅうそん》にいたる線まで達していた山田良水ひきいる支隊との連絡にも成功した。

これらの報に接した神尾は、

――よし。

とばかりに膝をたたき、主力をひきいて進み、二十五日には即墨附近にその開進をおわった。

翌二十六日には、敵前進陣地の攻略をなすべく運動をおこした。これによって師団主力は石門山附近の敵を駆逐し、さらに二十七日、李村河口《りそん》より李村南方高地を経て浮山にわたる一帯へ進出した。このあたりの高地にもドイツ軍は強靭な前進陣地を構築しており、神尾は麾下《きか》を奮励して一挙にそれらの陣地を撃ちくだき、同時に占領している。

ちなみに、青島戦争はなにも日本とドイツとだけが戦っていたわけではない。

さきにも触れたように、英支那駐屯軍サウスウェールズボーダーラス聯隊の第二大隊が労山湾に上陸し、日本陸軍と歩調をあわせて青島の攻略にはいることとなっていた。その部隊は、神尾が李村南方高地の敵陣地を撃破したころ、ようやく湾内に上陸をはたした。

それからは早かった。懸命になって日本軍に追及し、二十八日、青島の手前にあたる孤山および浮山の戦闘がおこなわれている最中、第一線に到着した。

かれらはすみやかに神尾の指揮下にはいったが、じつをいえば、このほど山東半島に送りこまれているイギリス軍は、かれらだけではなかった。日独の戦闘情況を見定めてから出撃するつもりだったのか、天津《てんしん》にあった英印軍シーク第三十六大隊（半部欠）が急遽増加され、砂塵をあげて戦闘に参加してきた。

この大英帝国における最大の植民地インドにおいて召集されたシーク教徒を主体にした部隊は、おそらくイギリス軍のなかでは最強の部隊といってよく、このたびもドイツ軍の頑強な抵抗をあざわらうように跳《ちょう》梁《りょう》し、つぎつぎに小陣地を撃破し、青島への道をひらいていった。

（よくもまあ、あれだけの強さを誇りながら植民地に甘んじているものだ）

激烈な弾雨のなか、そんなふうに神尾はおもわざるをえなかったが、ここでインドの独立におもいを馳せているわけにもいかない。

孤山にしても浮山にしても、これらの地点はまだまだ青島要塞のいちばん外郭にあたる防禦線であり、敵の心臓部に砲弾をぶちこむためには、さらに部隊を推進してゆかねばならなかった。

五

山東半島から瘤《こぶ》のように南にむかって突きだしている青島小半島は、西に膠州湾を、東と南に黄海を見据えている。青島市街はこの小半島の突端ちかくにあり、北に大鮑島《たいほうとう》なる小村を置き、大港と小港を有している。円状の防波堤をもった大港には造船所が置かれていた。また南には市街に面して青島湾があり、湾内には小公島が浮かんでいる。

このあたりは、連日のように金子たちが水上機によって襲撃しているところで、いまも、かれらの投下した爆弾によるものか、瓦礫のなかから白煙が燻《くすぶ》りのぼっている。

神尾たちが注意しなければならないのは、そうした青島市街をまもるように市街手前に屏風のごとく盛りあがっている小山の群れだった。この小山がモルトケ山、ビスマルク山、イルチス山などで、さらには台東鎮や湛山などが連なっている。むろん、ただの小山ではなく、ドイツ軍の前進陣地であり、火砲をつらねた堅牢な防御線である。孤山や浮山はそうした屛風からはずれた小山であり、神尾たちはいちばん手前の小屛風をたおしたにすぎない。

神尾は、孤山北方の滄口《そうこう》まで軍司令部を推進し、幕僚をあつめて協議した。

敵の前進陣地を攻略するため、師団としてはまずその防御線に面して攻囲陣地を構成し、しかるのちに攻撃にはいりたい。そのための軍隊区分をしなければならず、おのおのの攻撃目標も定めておかなければならなかった。

神尾は、幕僚および英軍将校をまえにして、つぎのように下達している。

――浄法寺五郎《じょうほうじごろう》少将の指揮する歩兵第三十四聯隊および歩兵第六十七聯隊をもって第一中央隊と第二中央隊とし、両部隊は市街手前のおもに北側にある海岸堡塁と台東鎮東堡塁および中央堡塁へ攻撃をしかけるべし。また、堀内文次郎の指揮する歩兵第五十五聯隊および歩兵第四十六聯隊をもって左翼隊とし、部隊は市街手前のおもに南側にある小湛山北堡塁および小湛山堡塁への攻撃にはいるべし。さらに歩兵三個大隊は予備隊とし、その騎兵聯隊をもって対岸の膠州湾沿岸を警備せしめ、敵の交通を遮断するべし。英軍部隊は各部隊の支援にはいるべし。

「すみやかに、攻撃準備にはいってもらいたい」

そう、告げた。

ところで、このときの日本は体面上、ともかくも国際的な一流国家であろうとしている。

たしかに日清日露の両戦役をまがりなりにも勝利したし、いわば、そうした世界中が瞠目《どうもく》しているというなかで陸海軍を育ててきた日本は、このたびの大戦においても国際法を徹底的に遵守しつつ勝利をおさめ、世界の一流国のひとつとして名をとどろかせようと努力していた。一流国の条件というのは、むろん、軍事力や経済力というものもあるのだが、それ以上に民度の高さというものが要求される。

要するに、

――ひととして礼儀正しくしなければならない。

という、きわめて単純にして明快なことだった。

だが、

――隣人をうやまい、いたずらに喧嘩をせず、たがいに助けあってゆかなければならない。

というのは、非常に簡単なようでなかなかできることではない。個人にしてもそうだし、国と国とのあいだにおいても相当に難しい。それができれば欧州大戦など勃発《ぼっぱつ》しなかったろうし、たとえば、元老の山県有朋《やまがたありとも》が、大隈重信《おおくましげのぶ》などにむかって意見書を提出する必要もなかったろう。山県は、このようにいっている。

〝帝国の武力を過信し、支那に対しては、只威圧を以て志を遂ぐべしとする者あれども、人生の事は一の腕力によりて決定せられ得るが如き簡略のものに非ず。今日の計は先《ま》づ日支の関係を改善し、彼をして飽くまで我れに信頼するの念を起こさしむるを以て、主眼とせざる可からざるなり〟

これは、戦火が山東半島の全域にひろがったとき、日本と袁世凱政府とのあいだに余分な戦争が勃発しそうな気配を敏感に察したことからの警告といっていい。山県は、その意見書のなかにおいて満蒙《まんもう》の利益についても触れ、これを手にするために我が国は二〇余万の生命を犠牲にし、二〇億の財貨を消糜《しょうび》したという、それに見合った利益をあげなければならないと具申している。また、そのためにはロシアとの親交を維持しなければならないといい、また中華民国との関係も円満に運ばなければならないという。

さらに進めて、山県はこのたびの大戦が終結したのち、つぎにやってくるのは白人と有色人との競争になるはずだと喝破し、

〝国家の独立を維持して、白人をして、対等民族として親交せしめんとするには、同色且つ同文なる日支両国が相親善して、互に其利を進め、害を除くに非ざれば、不可なり〟

と、説いた。

山県の懸念はのちになって的中し、やがて不幸な時代をむかえるまでにいたるのだが、それはともかく、このおり、かれは戦争を遂行してゆくうえにおいても物事というものは紳士的に進めていかなければならないと説きつづけてきた。そうした山県の意を酌《く》んだものかどうかはわからないが、大隈としては内務大臣伯爵という称をもって「独逸《ドイツ》臣民保護訓令・内務省訓令第十一号」を発している。

〝今回独逸帝国に対し戦いを宣するに至りたるは、もとより深く遺憾とするところにして、その臣民に対しては秋毫《しゅうごう》も敵意を有することなし。故に現に帝国内に在る者は安んじて居留することを得べく、その帝国を退去せんとする者は毫もこれを妨げず、新たに渡来する者また敢えて拒まず、彼等に対しては平穏かつ適法の業務に従事する限り、法令の定むる所に従いて身体、生命、名誉及び財産を保護し、かつ帝国裁判所の救済を受くることを得しむべし〟

また文部大臣の一木喜徳郎《いちききとくろう》も「内務省訓令第八号」を発し、

〝国交既に絶えたりといえども、その臣民に対してはもとより敵意あるべきにあらず、この際学生、生徒をして敵愾心《てきがいしん》に駆られて、交戦国民に対し不穏当の言動を敢えてして、国民の品格を傷つくるがごときことなからしむべし〟

と明言し、さらに「文部省論告第一号」においても、こう明言した。

〝今や帝国は独逸帝国と交戦の状態に在りといえども、臣民相互の間なんらの私怨あるにあらず。布教、伝道の職に在る者、特に意をここに効《こう》し、教徒及び檀信徒をしてこの際、交戦国民に対して深くその言動を慎しみ、いやしくも人道の本義に悖《もと》るがごときことなからしむべし〟

およそ、戦争という最終的な外交手段において「紳士的な」という形容詞がはたして使われるかどうかは疑問であるものの、先進国のなかになんとか入りこみたいと願いつづけている日本としては、戦争という特異な形態においても、できるかぎり紳士的であろうとした。

そうした匂いは、総理大臣と海軍大臣の署名による「独船拿捕《だほ》免除勅令」などを眺めても、充分に察することができる。この第百六十三号にあたる勅令において、日本国はドイツの艦船にたいして、戦時禁制品を積みこんでいないかぎり、かつ構造上軍艦に変更されているものでないかぎり、これを拿捕しないということを公布、即日施行している。

つまり、日本はたえず世界から注目をあびていることを自覚し、戦争の遂行上、どのような間違いもないように注意しつづけながら戦闘をおこなっていった。こうした臆病なほどの真面目さは、もしかしたら、日本人が古《いにし》えより持っている特質であったのかもしれないが、ともかく、日本は決して後ろゆびをさされることなき正々堂々たる戦争をするという覚悟で、このたび、臨んでいる。

艦船の話題になったからというわけではないが、このあたりで、視点を海にうつしたい。

日本はこの戦争においては同盟国との連合による艦隊も構成している。青島から東支那海などの外洋に退避しているドイツ艦船が多数あり、それらが通商破壊に従事していたため、日本海軍にたいしてイギリスなどから出撃の要請があったからだった。

六

この大正三年九月当時、青島に残っていたドイツのおもな艦船は砲艦四隻と駆逐艦二隻くらいなもので、ほかにはオーストリアの巡洋艦が一隻あるにすぎなかった。

日本とイギリスの連合陸軍の攻撃が進捗してゆくにともない、徐々に前進陣地から本防御線に退却していったドイツ軍は、港湾にある諸艦に命じて前線に逼《せま》っている日英軍への砲撃をしかけてきた。そこで、第二艦隊は地上をゆく友軍に策応し、敵の海岸の砲台および堡塁を砲撃するという戦術に出でつつあった。

しかし、そうした青島方面での動きは地球をとりつつんでいる戦闘のなかでは非常に局地的なものにすぎない。

米国の「タイムズ」などは「もし日本海軍の封鎖なかりせば、これらの独艦は香港《ホンコン》を中心とせる宏大なる通商航海の妨碍《ぼうがい》をなせしに相違なし。しかして日本は、日英両国の商業を碍《さまた》ぐる膠州湾を策源地とする独逸の計画をして画餅《がべい》に帰せしめたり」という賛辞を社説に載せたが、しかし、世界的に観れば、やはり、ちいさな封鎖戦にすぎなかった。

なんといっても、ドイツ東洋艦隊の主力はとうに膠州湾から大海原に脱出してしまっている。

――それらを叩かないかぎり、太平洋やインド洋に平穏な日々はめぐりこない。

山口多聞などは悶々としながら、毎日、そう呟きつづけている。

かれは部下たちのまえでは布袋《ほてい》さまのように穏やかな表情をつくりながら、暢気《のんき》にかまえていたが、やはり、海軍将校としての血が騒ぐのであろう。いや、おいてきぼりを食らっているという焦りが、やりきれない思いを抱かしめているといったほうがいいのかもしれない。ときに鎮守府と軍令部を列車で往復するときなど、まわりの乗客がおもわず恐慴《きょうしょう》して近寄ってこないというような雰囲気を、知らず知らずのうちに醸《かも》しだしていた。

そんな多聞ではあったが、ただ、おもわず頬の線が緩んで饒舌《じょうぜつ》になってしまっていることもあった。軍令部に所用があって出かけた帰り、大森《おおもり》にある藤村《ふじむら》弥《や》市郎《いちろう》の家を……忍子《しのぶ》のもとを……訪ねたときなど、自分でも赤面してしまうくらい、あれこれと喋りつづけてしまうのである。内容は、ほとんどが海軍に関連している軍事の話だった。というより、膠州湾からすがたを消してしまっているドイツ艦艇に集中していた。

「……敵艦のなかで、いちばん強いのは、なんといっても装甲巡洋艦のシャルンホルストとグナイゼナウでしょう。ですが、この二艦に関しては、南洋方面にあるというほか、なんの情報もはいってきません。また、とうのむかしにメキシコ沿岸に分派されていた軽巡洋艦ニュルンベルクも煙のように消えてしまっているんです。ニュルンベルクは青島からやってきたライプチッヒと交代して、この夏、青島にむけて帰港中のはずだったんです。けれど、わが海軍が封鎖をはじめたとき、サンフランシスコ方面に航路を変えたらしく、そのあとはまったく行動が不明になっているんです」

　トルストイの「復活」などが愛読書になっている忍子にとってみれば、さほど聞きたい話でもなかったろうが、多聞は庭に面した縁側に腰掛けながら、その淡い秋光に瞳をほそめつつ、経を読むようにして喋りつづけてゆく。忍子はそんな多聞に茶を淹《い》れ、かすかな笑みを口許にふくませたまま聞いている。

「膠州湾を脱したなかで、なんといっても厄介な艦は、エムデンという巡洋艦です。武力はさほどあるわけでもないのですが、どうにも、すばしこい。当初はアメリカちかくの太平洋にあって、シャルンホルストなどと無線電信を交換していたような気配があるのですが、どうもこのごろではインド洋あたりに出現しては、英国船などを撃沈してまわっているようなのです」

　実際、多聞のいうとおり、その「エムデン」ほど七面倒な軍艦はなかった。

　おそらく、このたびの大戦中、こいつほど東支那海から太平洋、そしてインド洋にかけて暴れまわり、連合国の海軍を悩ませた艦はなかったろう。艦は石炭供給船「マコーマニナ」をともなっており、ベンガル湾にあらわれて英国汽船六隻を拿捕撃沈したかとおもえば、カルカッタ沖でノルウェー船を拿捕撃沈していた。また、セイロン島の西方に浮かぶミニコイ島の附近においても英船五隻をまたたくまに撃沈し、さらに北へ転じてラッカダイブ島附近において英船四隻を撃沈したのち、いずこへともなく姿を消していた。

「できるなら……」

　多聞は、庭先の梢《こずえ》をふりあおぎながら、つぶやく。

「……インド洋に出撃して、エムデンを追いたいものです」

忍子は、そうした多聞の話をただ黙って聞いている。それだけである。彼女のほうから「いつか、かならずご命令が下りますよ」とか「多聞さんならば、きっとエムデンを撃沈できますわ」というような観測を口にするようなことはなかった。

ひとが他人にたいして、そのひとのちからだけでは叶えられないようなことを口にするのは、じつをいえば嫌味をいっているに等しくなってしまう。嫌味のつもりがなくとも、結局は「自分はこれほどあなたのことを考えてあげているのだ」ということを言葉を替えていっているにすぎず、所詮《しょせん》、おためごかしの域をでない。

忍子は、それがよくわかっている。だから、多聞自身の話題ではなく、ただ、太平洋にあるドイツ艦隊や連合軍の艦隊の情報をそれとなく尋ね、多聞の喋りたいだけ喋らせてやろうとしていた。

「……英国の支那艦隊はどうなのですか。ドイツの艦隊を追いきれないのですか」

「わが海軍の協力がなければ、不可能でしょうね」

このころ、香港を根拠地とする英国支那艦隊は「ミノトール」「ハンプシャー」の二巡洋艦と旧式戦艦「トライアンフ」のほかに軽巡洋艦が二隻あり、あとは駆逐艦ほか十数隻という艦艇をもって成りたっていた。イギリスとしてはこれらの諸艦をもって、膠州湾から上海《シャンハイ》、福州《ふくしゅう》、香港におよぶ航路を監視ならびに警戒し、通商の保護に任じ、あるいはドイツ領ヤップ島に行動して無線電信所を破壊するなどという任務に服していた。だが、多聞の観測するとおり、艦隊の勢力としてはすこしばかり頼りなかった。

それはイギリスそのものが充分に認識していることで、日本にたいして香港以北の通商保護を要請してきていた。日本海軍としては支那沿岸の警備に任じていた第三艦隊にその役目をあたえたが、第三艦隊はそもそも軽巡洋艦一隻のほか、砲艦三隻という小さな所帯であり、とてもではないが外洋に行動して敵艦と会戦するだけのちからはなかった。

「このため……」

と、多聞は説明する。

「……あらたに巡洋艦の日進《にっしん》と春日《かすが》がくわえられ、部隊は現在、馬公《まこう》を根拠地として、通商保護の任務に服しています」

馬公といえば、忍子の弟にして多聞の先輩となる藤村弥市郎が「鞍馬《くらま》」に乗りこんで赴任している。だが、忍子は弟の話題にすらも触れなかった。多聞の喋りたいようにさせている。だが、じつをいえば、多聞としては戦争のことなど喋りたくもなかった。

（まったく……おれとしたことが……）

内心、赤面したいほどの気分でいる。

せっかく忍子のところを訪ねているのだから、もうすこし気のきいたことを口にしてやればいいものを、この軍事のほかにはなにひとつとして趣味のない若者は、ついつい戦争の話題に陥ってしまう。かといって、わざわざ足を運んできて、なにも口をひらかないというのも居心地が悪く、ついつい声をうわずらせるようにして喋りまくってしまうのである。

（いったい、おれはなにをしているんだ……）

弥市郎に「……姉をたのむ……」といわれているから容子《ようす》を観に来ているはずなのに、このごろでは忍子に逢うことが唯一の愉しみのようになってしまった。待機を命じられているのは辛かったが、しかし一方では、たまなことではあるものの、忍子の顔を観られるというのが嬉しくてたまらない。そういう複雑ながらも明解な感情が、多聞という若者をとりつつんでいる。

だが、あるとき、多聞は忍子の顔を見ることが辛いとおもう出来事があった。

イギリスからの要請にしたがい、日本海軍が艦隊の再編成をおこなったときである。太平洋方面にあるはずのドイツ艦隊の主力「シャルンホルスト」「グナイゼナウ」捜索のため、第一艦隊の精鋭巡洋戦艦「鞍馬」「筑波」および第十六駆逐隊（海風《うみかぜ》、山風《やまかぜ》）、ほかに巡洋艦「浅間《あさま》」をくわえて、海軍中将山屋他人《やまやたにん》を司令官とする南遣支隊が編成され、九月中旬、マリアナ、カロリン、マーシャル群島方面にむけて出撃を開始したのである。

「そうですか……」

弟の出撃の報を受けて、忍子は顔に緊張をはしらせた。おそらく藤村は勇躍して出撃していったにちがいないものの、それでも姉としては弟の身は案じられる。このときもまた待機を命ぜられたままの多聞は、口惜しいながらも、その感情を忍子に披露することはできなかった。

七

舞台を青島にもどす。

十月にはいるとともに、青島の攻防はいよいよ激しくなっている。

金子や和田は連日のように蒼空に舞い、敵要塞および艦船にたいして手製爆弾による攻撃を敢行していた。また、栃内曾次郎ひきいる第四戦隊は「磐手」「常磐」「八雲」「淀」「宇治」「嵯峨」の六隻をもって労山港外に進出し、陸戦隊を揚陸させるとともに港への砲撃をおこない、占領に導いている。このとき、砲術指揮を見まもっていたのは安曇十兵衛である。

「……どんどん、撃て」

という、やけに景気の好い掛け声をもって、安曇は戦闘のゆくすえを見まもりつづけた。

かれはほんとうに明るく戦争をおこなっている。戦争という存在は、誰にとっても悲惨なものであり、できれば一発の砲弾も撃ちこまずして勝利を得られればそれにこしたことはないとおもっているはずだったが、そうした真面目な感情は、この安曇にだけは通用しないようだった。

安曇は、いついかなるときも陽気に生きようと懋《つと》めているらしく、このおりも半島内にある敵兵士と将棋でもさしているような雰囲気で、

——どんどん、撃ちこめ。

と、叫びあげている。

また、たとえば敵のイルチス砲台やビスマルク砲台から苛烈な砲撃がなされたときなど、至近弾による水飛沫《しぶき》を頭から被りつつも不敵に嗤《わら》い、ドイツ軍もなか

なかやりおる、という闊達《かったつ》な声をあげて、こちらも負けておるな、という喝声をとばし、さらなる砲撃をうながしたりした。ほんとうに、愉しんでいるとしかおもえない。

　こういう雰囲気は金子や和田にも無くはなかったが、しかし、十月一日に労山湾において作業中、艦が敵の機械水雷に触れて艫《ろ》部を損じたときなどは、さすがに目の色を変えた。怪我《けが》人はないか、とばかりに分隊のひとりひとりに声をかけ、浸水している個所までまっしぐらに駆け、水をかきだす手伝いに身を投じたりした。このとき、かれらの乗っている「若宮丸」の被害は戦死一名、負傷六名をかぞえた。また、同時に機雷によって掃海艦「第三長門《ながと》丸」は沈没している。

　安曇は、こうした戦闘を横目に眺めながら、負けてたまるかい、と喚きあげるや、膠州湾に隣接している董家湾《とうかわん》への吶喊《とっかん》進出を具申、これが容れられるや、ただちに灰泉角《かいせんかく》砲台および孤山から巫山《ぶさん》西方にかけて散開している敵兵を標的にして砲火をあびせかけさせた。

「敵の防御線が破れるまで、撃ちつづけろ。ひるむなよ、絶対にひるむな……っ」

　ただし、呶鳴りながらも明るさだけは失わない。かれは機雷によって負傷した海軍大尉江原《えばら》収治《しゅうじ》と上等兵曹高江《たかえ》助十郎《すけじゅうろう》にたいしても「がまんせぇよ」と肩をたたくようにして励まし、敵も苦しいんじゃ、と声をはりあげながら、みずからの肩をかして弾着の容子を見せてやったりしていた。安曇という男は、そんなふうに景色の好い漢《おとこ》だった。

　安曇と対照的なのは「比叡」に乗りこんでいる小澤《おざわ》治三郎《じさぶろう》である。安曇などは大声をはりあげて艦内を駈けずりまわっていたから、水兵どもが安曇という士官はじつは数人いるのではないかと錯覚するほどだったが、小澤の場合、どこにいるのかも見当がつかないほどに寡黙だった。しかし、かれが戦闘指揮所にたいして具申する意見はすべて的を射ていたし、決して余分な叱咤をしない分、その口から発せられた励ましは通常の士官の数倍の効力をもって水兵たちの琴線をとらえていた。まことに、ひとはさまざまであるというほかない。

ただ、このたびの青島戦争は、時代的な雰囲気を濃厚に持っていた。

というのも、たとえば、金子や和田が穹窿《きゅうりゅう》にあるとき、敵方のたった一機しかない航空機とすれちがうことも間々あったが、そのときなどは信じられないような空中戦がおこなわれた。互いに手に石ころをにぎりしめ、それを飛礫《つぶて》として「こなくそ」とばかりに投げあうのである。なかなか当たるものではないし、実際に青島の天において石の飛礫によって墜落せしめられるということはなかったのだが、欧洲の戦場ではほんとうにあった。ぐわん……と、石が脳天にぶちあたり、それで敵方の航空機が撃墜されたのである。もっとも、そうした風景は機体に機関砲などを持ちこみはじめて間もなく姿を消していったが、この時代の空中戦はそれくらい長閑《のどか》なものだった。金子らも爆弾を投擲《とうてき》したのち、敵機とすれちがうことがあっても、たがいに敬礼しあって南北の空に別れてゆくということがたびたびあった。ちょうど、古《いにし》えの一騎駈けの武者のようでもあった。

実際のところ、当時、飛行機に乗ることができるのはたとえば陸軍の徳川好敏のごとく貴族階級にあるものの特権のような雰囲気もあったし、よほど恵まれたものしか大空に羽ばたくことは許されなかった。


航空機ばかりではない。青島の総督はワルデックという人物だったが、かれは十月四日夜、青島にむかって進軍している加藤第二艦隊の司令部にたいして「国際条規に基づき、青島軍の戦死者、負傷者および俘虜《ふりょ》の数ならびにその姓名を通知せんことを希望する」という旨、かつ「既に日本軍の戦死者三名を埋葬せり」という旨をあわせて通告してきた。このため、司令長官の加藤定吉は神尾兵団の司令部に伝え、ていねいに返電させている。

それればかりではない。十月に入ったころのドイツ軍からの発射砲弾数は一日平均にして約一五〇〇発という途方もない数に達していたが、神尾光臣は十月十二日午後一時から三時にわたり、彼我《ひが》の砲撃を休止し、そのあいだに陣地前に横たわっているドイツ兵の屍骸二二体を収容し、鄭重《ていちょう》に埋葬している。また、加藤定吉との連名により、ワルデックにたいして「至仁至慈の聖旨」として「非戦闘員の処遇についての訓令」を伝達している。その内容は「閣下の名誉ある守城にあたり、現に青島に在る交戦国の非交戦者、および中立国人として攻城より生ずる損害を避けんと欲する者を救助せんとする日本皇帝陛下の至仁至慈なる聖旨、閣下に通告するの光栄を有す」というものだった。

要するに、

――青島要塞における決戦は戦闘員だけでおこなおうじゃないか。

と、声をかけたわけで、こうしたところ、のちの大戦に比べてまだまだ長閑さがある。

かといって、人的被害が少なかったというわけではけしてない。たとえば、軍艦「高千穂」の撃沈では乗組員二八〇名のほとんどが死んだ。十月十七日、艦は膠州湾外の哨戒をおこなっており、そこに独駆逐艦エス九〇号の発射した魚形水雷が直撃して火薬庫の激烈な爆発を誘起した。生存者は中尉生方乙彦《うぶかたおつひこ》ほか下士官三名、兵卒九名という少なさであり、ほかの将兵はことごとく黄海の藻屑《もくず》と消えている。

以後、空と海からの攻撃は増援されてきた香港在泊のイギリス軍艦もくわえて激越なものとなり、イルチス山や小湛山はそのかたちが変わるほどに痛めつけられた。膠州湾内にある独艦「カイゼリン・エリザベート」なども発射弾を受けて蜂の巣状態となり、並行して応戦していたティーゲル型砲艦もまた青島港内に擱《かく》座《ざ》せしめられた。

このように海軍の攻撃は日を追うごとに威力を増していったが、神尾の指揮下にある陸軍もまた青島の包囲線を徐々に縮めつつあった。

ただし、このころの天候はあたまをかかえてしまうほどに不順で、十月十五日からたびたび大雨が襲いかかり、このため、青島総攻撃の準備にかなり支障をきたしていたのも事実だった。

ところで、さきに従軍している記者についてすこしばかり記したが、そのなかに美土路昌一というものがいる。東京朝日の記者なのだが、かれは名入の記事の場合、春泥《しゅんでい》という雅号をもちいた。この春泥によるひとつの記事（十一月二日付）が内地を沸かせたことがある。

フォン・フリースなる貴族出身の青年将校の話なのだが、労山湾をみおろす巌山《がんざん》というところの監視哨を海軍の火砲が撃ちくだいたおり、そこに遺棄された革鞄のなかから詳細かつ正確な監視報告書が発見された。そこにあった署名がフリースで、かれはどうやらアンデルなる少佐の指揮下にある陸軍少尉であるらしかった。報告書を見るかぎり、かれは夜陰に乗じて日本軍の歩哨線まで進出して偵察をおこなっていたものらしく、その大胆な潜入ぶりは充分に賞賛されてよいもので、陸軍中、たれかれともなく「フォン・フリース」という名は囁かれつづけていたらしい。が、ほどなく、ドイツ軍の重砲兵陣地であったワルデルゼー高地が陥落したおり、撫子《むでしこ》の小さな花畑のなかで「ⅢS・B・5K・157」という認識票をさげた将校の屍骸と背嚢《はいのう》が見つかった。携帯品は拳銃、鉄製の煙草《たばこ》入れ、地図、軍書、シラー詩集の第三巻と第七巻、女物のまあたらしい手巾《ハンカチ》、そして一通の命令書であり、その命令書の署名はアンデル少佐であり、宛先はフォン・フリース少尉とされていた。

「……かれが、そうなのか……」

そう呟いたのは、堀内文次郎の指揮する歩兵第五十五聯隊《れんたい》の将兵たちだったが、かれらもまた戦場を駆けめぐっていた斥候将校のフォン・フリースの噂は耳にしており、許可を得て、その場で亡骸を鄭重に葬ってやり、墨で書いた墓標には「ⅢS・B・5K・157」と記した。

大正三年十月四日のことであったらしい。

八

ふたたび、多聞。

かれのやや鬱屈《うっくつ》した感情は、ますます遣り場《やば》のないものとなりつつある。

南遣支隊が出発してまもなく、イギリスはさらに日本にたいして要請をおこない、海軍はまたあらたに支隊を編成した。海軍少将松村龍雄《まつむらたつお》を司令官とする支隊である。これによって、さきの南遣支隊（鞍馬、筑波、海風、山風、浅間）は第一南遣支隊と呼称されることとなり、このたび編成された支隊は第二南遣支隊とされた。第二南遣支隊のおもな任務は、西カロリン群島方面にあってマラッカ海方面を警戒し、濠洲《ごうしゅう》航路の保安に任ずるにあった。濠洲航路というのは、欧洲の戦場に濠洲の軍隊を派遣するための航路であり、現在、この輸送を安全ならしむるために英濠の艦艇が派遣されているのだが、それだけでは足りず、日本海軍に協力をもとめてきたのだった。

（これにすら、参加できんのか……）

多聞がこころに呻《うめ》くとおり、かれの乗りこんでいる「筑摩」には声がかからなかった。第二南遣支隊は、第一艦隊の戦艦「薩摩」に軽巡洋艦二隻（平戸、矢矧）をくわえて編成されていたのである。

ちなみに「薩摩」には多聞の同期生である大西滝治《おおにしたきじ》郎《ろう》が乗りこんでおり、それが余計に多聞の感情を刺激したらしい。

（卑怯だろうが……っ）

別段、どこにも卑怯なところはなかったが、多聞からすればなにもかもが卑怯におもえた。

聞くところによれば、第二南遣支隊が出撃してまもなく、第一南遣支隊の任務もまた、わずかに変更されたらしい。出発のころの任務は、一時的な索敵行動と敵軍事施設の破壊というくらいなものだったが、これにくわえて戦略上重要とおもわれる地点を占領して根拠地となし、さらに敵艦艇を索敵してゆく、という方針に変更されたのである。また、第二南遣支隊の任務も「対敵行動の上から重要とされる独領植民地の占領」が補足された。

（……進攻作戦じゃないか）

多聞がこぶしを握りしめて悔しがるとおり、第一・第二南遣支隊における任務の変更はあきらかに南洋方面への進攻作戦といってよかった。

両支隊は多数の陸戦隊を乗艦させて出撃し、十月六日に敢行されたマーシャル群島ヤルート島への上陸進攻をかわきりに、クサイエ、ポナペ、トラック、サイパン、ヤップ、パラオ、アンガウルなど、旧独領南洋群島の諸島をつぎつぎに占領していった。

右の艦隊行動にたいして、アメリカあたりでは「ニューヨークタイムズ」や「ワシントンポスト」が「日本軍の行動区域に関して日本の宣言したところとは違っている」というような社説を掲載したが、アメリカの国務長官ブライアンによる「日本軍の行動は米国にとって大いに満足すべきことである」という発表がなされたことで、日米のあいだには波風はかろうじて立たずに済んだ。これが保障になって、日本軍はさらにいきおいづき、マーシャル、マリアナ、東西カロリン群島のすべてにわたって進攻し、かくて十月十四日水曜日、サイパン島の占領により、赤道以北の独領南洋諸島を一島のこらず占領しおえた。

このとき第二南遣艦隊に所属している「薩摩」には、いまも触れたように大西滝治郎がおり、第一南遣艦隊の「鞍馬」には藤村弥市郎が乗りこんでいた。おそらく、かれらは胸をおどらせて南洋の滄濤《そうとう》をかきわけていったにちがいない。かれらは陸戦隊を揚げて同地の軍事的施設を破壊し、武器や弾薬類を押収し、また島内に拘禁中の邦人を救出し、さらには抑留中の連合国船舶を解放し、潜伏している測量船などの独特務艦を捕獲したりしていった。

まだ、ある。

遣米支隊のことであった。当時、北アメリカ西岸には大戦が勃発するまえから、巡洋艦「出雲《いずも》」が派遣されていたのだが、こちらの方面におけるイギリス海軍は無きにひとしいほど微弱であったため、九月も下旬あたりになってイギリス側から正式に支援協力の要請がなされた。これによって「出雲」への増援というかたちで、日置釭三郎や五木喜久松《いつききくまつ》の乗りこんでいる戦艦「肥前《ひぜん》」が派遣されることとなった。こうして右記二隻が海軍少将森山慶三郎《もりやまけいざぶろう》のもとで遣米支隊を編成し、カナダのエスカイモルト軍港を根拠地として北米西岸の通商保護に任じられる旨、発令された。

だが、それでも艦艇数は足りない。なにしろ、アメリカ沿岸は飽きるほどに長すぎる。そこで、南洋方面へ行動中だった巡洋艦「浅間」に白羽の矢が立ち、ただちに分派され、いよいよ遣米支隊の所帯はおおきくなっていった。

こうしたことから、日置は日本人では初めてアメリカ沿岸における哨戒飛行を体験することになったし、喜久松にしてもまさかアメリカやカナダを背にしてドイツに相対するとはおもっていなかったのだろう、日々、胸を熱くして任務につきはじめていた。

そうした友人たちの活躍ぶりは多聞の脳裏に鮮烈な映像として浮かびあがっていたが、だからといって多聞にはなにもできない。忍子のもとを訪ねていってば、無念な感情を懸命におしころしたまま雑談をかわすことくらいしかできなかった。

ただし、多聞が夢にもおもっていない事実がひとつある。いや、多聞にかぎらず、このとき、日本海軍のほとんどのものが想像だにしていない裏の事情が、日本とイギリスのあいだに横たわっていた。

密約である。

秘密外交といってもいいのだが、このころ、欧洲の主戦場とはまったく装いをかえて、敵対している国同士もまた秘密の外交に明けくれていた。なかでもいちばん巨大なものはイタリアの参戦をめぐる外交合戦だったが、これはさまざまな事情からイタリアは連合国側についた。三国同盟を捨てての参戦だった。ドイツとしては焦ったに相違ない。そこで、他の連合国陣営の国々にたいして内密の外交をもちかけ、いろいろな条件を提示しつつ、単独講和もしくは連合軍からの脱退をうながしつづけていた。そうしたドイツとの秘密外交をもちはじめていた国のなかに、むろん、日本もあった。

この情報をえたイギリスは、弾かれるように行動した。元来、どこの国よりも秘密外交を得意としていたイギリスが、世界にたいして「単独講和を目的とするような隠密裡の外交は堅く禁止したい」という声明を発したのである。連合国陣営の国々は、イギリスの態度に拍手し、秘密外交は絶対にしない、と公表した。

ところが、実際はそうではなかった。

当のイギリスが、日本にたいして「内緒の話」をもちかけてきたのである。

——じつをいえば、わが連邦に属している濠洲は、貴国の行動をこころよくおもってはいない。南洋諸島への進出についてであるが、濠洲としてはそのまま貴国の勢力が拡大した場合、自分たちの植民地までも制覇されるのではないかという懸念があるのだ。そういうこともあって濠洲は、貴国にたいし、戦闘区域を支那沿岸に制限するべきだと主張している。だが、心配はいらない。わが大英帝国は、たいせつな同盟関係にある貴国を窮地に陥れるようなことは断乎、しない。もし、貴国が南洋諸島を植民地化するという希望をもたれているのなら、戦後処理の段階で充分な協力をしようではないか。

ただし条件がある、と、イギリス側はいうのである。

その条件こそ、

——いざとなった場合、貴国艦隊をして主戦場まで遠征せしめていただきたい。

というものだった。

主戦場なるところがいったい何処の地であるのかは、まだこの大正三年の段階では判断しにくいものの、しかし、最悪の場合、両陣営がもっとも激しく戦いつづける場を主戦場とするのなら、それはまぎれもなく「地中海」をおいてほかにない。日本政府は、このイギリス側の申し出にたいし、いざとなった場合には相談に応ずる、というように曖昧に受けこたえた。

そんなことなど、多聞は知る由もない。

だが、幸か不幸か、イギリス側は「……とりあえず……」とばかり、日英のあいだにおいて軍艦二隻を交換派遣することとしたい旨、要請してきた。これによって英国支那艦隊から戦艦「トライアンフ」および駆逐艦一隻が膠州湾封鎖に参加し、日本海軍からは巡洋戦艦「伊吹《いぶき》」および巡洋艦一隻が特別南遣支隊を編成して英国支那艦隊と協同作戦に入るよう、訓令されたのである。ちなみに指揮をとるのは先任「伊吹」艦長の海軍大佐、加藤寛治《かとうひろはる》とされた。

また特別派遣されることとなった巡洋艦こそ、多聞の乗りこんでいる「筑摩」であった。しかも出撃は即日、むかうさきはシンガポールであるという。

（……出撃できるのか……っ）

おもいもよらぬ展開に、軍令部まで出向いていた多聞は驚喜した。というよりも夢を見ているような気分だったが、夢ならば夢でいいから醒めないでほしいとだけ願い、その足ですぐさま横須賀へ戻るべく軍令部をでた。

だが、かれの足は、横須賀へは向かわなかった。大森の海岸ちかくにある藤村家へと……忍子のもとへと……宙を飛ぶように急いでいた。

九

「それは、ようございました」

忍子は、荒い息をついている多聞を座敷の上座に座らせたまま、微笑《ほほえ》んだ。

「さぞかし、ご両親さまもお喜びでしょう」

「……あ……」

じつをいえば、忘れていた。だいいち、軍令部から神楽坂《かぐらざか》などへ回っていられるような時間もなかったし、いまさら実家へ報告したところで、気丈な母などは「戦さがはじまっているのですから出撃するのはあたりまえでしょう」と叱咤するような口調で告げてくるくらいなものだろう。それよりも多聞は、まず忍子にようやく出撃できるという嬉しさを伝えたかった。

「……それに……」

多聞は、ごくりと生唾をのみこんで、端然と座っている忍子を見つめた。

「……わたしは弥市郎さんから、姉上の容子を見まもるよう云いつけられておりますし……」

「まあ……」

忍子は、あらためて目を見ひらいたが、すぐに袂《たもと》で笑みを隠した。そして「弟もつまらないお願いをしたものですわね」というように呟きつつも、花が咲くような微笑みを多聞にむけてくれた。

これまで忍子はただの一度も多聞にたいして憐《あわ》れむようなことばをかけてきたことはなかったが、しかし、それとない態度で憐憫《れんびん》にも似た雰囲気を匂いたたせていた。だが、この日はそうではなかった。きわめ

て晴れやかな表情で、玄関先まで多聞を送りだし、やがて框《かまち》の端に両膝をそろえて座り、

――いってらっしゃいませ。

と、挨拶してくれた。

多聞としては天にものぼる心地だった。心臓が破裂するかとおもうほどだった。頭をさげている忍子のうなじからほんのりと香気がたちのぼり、いいしれない感情が体内からこみあげてきた。敬礼した手をひとおもいに伸ばし、この場で忍子の頰を両掌に包み、その桜か桃の花弁のように潤った紅唇に、おのが丹唇《くちびる》をかさねてみたいような……いや、たとえ拒まれようとも、骨が折れるほどに抱きしめてみたいような衝動にかられていた。

だから、

――では。

とばかりに玄関から一歩ふみだしたものの、やはり、そのまま立ちさりがたく、意を決するような表情で振りかえるや、忍子さん、と声をかけた。忍子もまた、なにごとかを期待するような表情で、かすかな緊張をただよわせながら「はい」とこたえた。だが、どうやら、この恋愛の経験もないような海軍将校は、軍事以外のことには優柔不断にできているらしい。

「……ああ、いや……」

おもわず視線をふせて口をもごもごとさせながら態度をにごし、こんなことをいいだした。

「……いつかの、鬼灯《ほおずき》の……ことですが……」

「は……？」

「……あれは……その……提灯《ちょうちん》にするとか聞いたのですが、もし、わたしたちが敵艦をみごとに撃ちくだいて凱旋《がいせん》してきたら、それで迎えてください」

「かしこまりました」

忍子はくすくすと微笑みながら、ふたたび、叮嚀《ていねい》に頭をさげた。多聞はそのまま駈けるようにして門を飛びだしていったが、それを見送る忍子の目許には「やはり、まだあのひとも少年の域をでないのだろうか」というような溜息まじりの思いがわずかに漂っている。鬼灯提灯など、実際の実から作るわけでもなく、単に酸漿《ほおずき》色の紙でもって作るだけのものだった。

（……それに、縁起がいいのかどうか……）

提灯行列にも用いることは用いるのだが、精霊《しょうりょう》迎えに使うことも多いからである。

多聞は、駈けてゆく。

かれらは翌日黎明、横須賀を発ち、一路、シンガポールへとむかった。

ところで、さきにドイツの軽巡洋艦「エムデン」についてはは紙数を割いて触れてきたが、多聞たちが赤道をめざしていたころも、かの艦の跳梁はつづいていた。艦が神出鬼没の戦闘をつづけていたのはインド洋方面であり、艦を必死になって追跡していたのは香港からシンガポールに転出してきた英国支那艦隊であった。多聞らの「筑摩」も、その一員となるのである。

多聞らは、南へむかって波濤をこえてゆくにしたがい、独艦「エムデン」の情報がつぎつぎに入電してくるのを実感していた。

艦はどうやらマドラスへも砲撃を敢行したらしく、そののち、またもや消息を絶っていたものの、この十月中旬になってミニコイ島附近にすがたをあらわし、汽船数隻を撃沈していた。さらに「エムデン」は実際には三本であるはずの煙突を四本に偽装し、各所の港を急襲しているらしい。その攻撃ぶりには各国の海軍が翻弄され、この秋も露艦「ゼムチューグ」および仏国駆逐艦一隻、またベルギーの石炭運送船一隻が撃沈されていた。くわえていえば、日本の船舶もまた「エムデン」の餌食になっている。シンガポールにむけて航海していた室蘭《むろらん》製鋼所に属する「種ケ崎丸」が十月三十日、撃沈されているのである。

そうしたこともあって、英国支那艦隊はおおいに憂慮し、

――日本からの増援は二隻では足りない。

と主張し、結局、多聞らが横須賀を出てまもなく、英国の懇望が容れられて巡洋艦「日進」が馬公方面から増勢されることとなった。

これによって「伊吹」「筑摩」「日進」の三艦は濠洲軍の輸送護衛にあてられた。当時、濠洲軍がインド洋を経由して盛んに欧洲の戦場に輸送されていたことはわずかに触れたとおりだが、多聞らはその護衛に組み

こまれ、英艦「ミノートーア」濠洲軍艦「メルボルン」「シドニー」などと共に任務についた。

「どうせなら、眼の前にあらわれてきてほしいものですね」

そう、多聞にむかって嘯《うそぶ》いたのは安武又喜だった。

かれもまた多聞とおなじように初めての出撃に胸が高鳴り、こらえきれないほど全身が沸きたっているらしい。だからといって、多聞までもが又喜らと手をとりあって浮かれているわけにはいかない。

「……できれば、そうあってほしいところだがな」

とだけ、すこしばかり兄ぶってみせた。

ちなみに、この英国艦隊首脳部を極度に悩ませている「エムデン」だが、おそらく世界でもめずらしい軍艦であるにちがいない。

というのも、艦自体が勲章を授与されているのである。正式には「ゲオルギ剣附一等勲章」なるものなのだが、これは艦長の海軍中佐フォン・ミュラーが授けられたものでも、艦に乗りくんでいるドイツ皇帝の甥にあたる海軍中尉フランツ・ヨゼフ親王に授けられたものでもなかった。紛うことなく艦そのものが縦横無尽の活躍にたいして授与されたもので、こうした例は海軍史上、きわめて珍奇なものといっていい。

それほどまでの艦である。英国艦隊としては、慎重に行動し、なにがなんでも撃沈しなければならない。なにより、この栄光に盈《み》ちたドイツ軍艦の運動を封じこめなければ、インド洋の波濤を鎮めることができないからである。そこでイギリスとしては、さらに日本へ懇請するよりほかなかった。

日本はこれに応えた。青島封鎖中の第二艦隊から、第四戦隊に所属する巡洋艦「常磐」ならびに「八雲」を抽出し、独艦「エムデン」捜索のために増遣したのである。両艦は波を蹴立てて南へむかって航行し、大正三年十一月八日、多聞たちのあとを追うようにしてシンガポールに到着した。

そして、その翌日、インド洋の脅威であった独巡洋艦「エムデン」にとって運命の日がめぐってきた。

十一月九日午前二時、艦はセイロン島の東南約二二〇〇カイリ、スマトラ島の西北端クタラジャの南方約一八〇カイリに浮かぶココス島沖にすがたをあらわした。そして午前六時十五分、四三名の兵と四門の砲よりなる陸戦隊を揚げて無線電信所の破壊をしはじめた。だが同時刻、まったく偶然なことに、濠洲フリーマントルからコロンボをめざしていた軍輸送船隊三八隻が、日英濠の海軍部隊に護衛されながら、まさにココス島沖を通過しつつあったのである。

——敵艦、あらわる。

というココス島無線電信所からの警報が日英濠の各艦に届き、俄然、艦隊は色めきたった。

「ほんとうに、やってきましたよ」

又喜が泡をふかんばかりに驚き、多聞にむかって瞳をかがやかせた。

多聞もまた、叫びだしたいような衝動に全身がつつまれている。もはや、一分でも一秒でも惜しかった。すぐさまココス島にむかって驀航《ばくこう》し、敵艦と主砲をまじえたいと願った。敵艦は北緯一二度五分、東経九六度五三分の錫蘭《セイロン》水道という、いかにも美麗な漢字をあてられた海域にある。

日英濠の諸艦は、その「錫蘭水道」にむけて波を蹴りあげている。

第三章　青島《チンタオ》陥落

一

ココス島から緊急電が四方にむかって発信されたとき、フォン・ミュラーの座乗する独巡洋艦「エムデン」と日英濠聯合《にちえいごうれんごう》艦隊との距離は、わずか四八カイリという近さであったらしい。信じられないほどの近距離にいた。

（まちがいなく、仕留められる）

山口多聞《やまぐちたもん》は、全身の血が逆流するかとおもうほどに昂揚した。

ところが、ここに信じられないような命令が下達《かたつ》されたのである。

――日本海軍は敵艦を攻撃する必要なし。

という、おもわず耳をうたがってしまうような命令だった。

発令してきたのは濠洲軍の輸送船三八隻を護衛する先任指揮官「メルボルン」艦長M・L・シルバー（大佐）であり、これを受けたのは特別南遣支隊（伊吹《いぶき》、日進《にっしん》、筑摩《ちくま》）をひきいる海軍大佐加藤寛治《かとうひろはる》であった。

加藤はすでに全艦をもってココス島方面へむかうべく指示をくだしつつあり、その旨《むね》、シルバーに伝え、敵艦「エムデン」にたいする偵察ならびに攻撃の許可を得ようとした。

だが、シルバーは強硬に反対し、

――エムデンは、わが濠洲海軍のみで撃沈せしめる。

と、高圧的な態度で伝えてきたのである。

結果、敵艦にもっともちかい位置にある濠艦「シドニー」が先遣することとなり、これにつづいて濠艦「メルボルン」ならびに英艦「ミノトーア」が錫蘭《セイロン》水道へむけて驀航《ばくこう》していった。もちろん、指揮はシルバーが執《と》る。

「なぜだ……っ」

多聞ばかりか、全艦の将兵がいちように叫んだ。

「なぜ、わが軍だけが取りのこされねばならんのか……っ」

むりもなかった。ことに「筑摩」乗組みの将兵らの憤《いきどお》りは天を衝《つ》くほどであったろう。多聞とおなじように、かれらは開戦以来、つねに待機を命ぜられてきた。ほかの諸艦から置き去りにされたような印象で、横須賀《よこすか》の波を見つづけてきた。そしてようやく出撃の秋《とき》をむかえ、それればかりか運よく、世界中の注目をあびている独艦「エムデン」を捕捉したのである。かれらの胸中にどれだけ巨大な波が立ちあがったか、想像してもあまりあろう。

だが、戦うことは許可されなかった。

――日本海軍は、よろしくアンザック（ANZAC）軍団の護衛に懋《つと》むべし。

ANZACというのは「Australian New Zealand Army Corps」の略で、文字どおりイギリスの自治領《ドミニオン》であるオーストラリアとニュージーランドで編成された部隊だった。部隊は小さく、正規兵の数は両国あわせて一個歩兵師団と一個騎兵旅団しかなく、まともな訓練すらもなされておらず、信じられないことには戦闘用のボルトアクション式歩兵銃《ライフル》を手にしたことがなかった。これが遙《はる》か、欧洲（当面はエジプト）まで輸送された。この部隊を守れ、という。多聞にはすこしばかり理解できなかった。自分たちの兵士を日本海軍に守らせながら独艦との海戦をおこなうというのは、いったい、どういうことであろう。

（ばかにしているのか、わが日本海軍をいったいなんだとおもっているのだ）

そういう気分がむらむらと脳中に湧きおこってきていたが、加藤寛治から全艦にわたり、

――堪《た》えよ。

という訓示がなされた以上、我慢するよりほかになかった。

ともあれ、そうした背景をもって、独艦「エムデン」追躡《ついじょう》のための海戦は勃発した。

結論からいうと実際に「エムデン」と砲火をまじえ

たのは濠艦「シドニー」だけで、砲戦当初は苦戦したものの徐々に撃ち勝ち、数時間の交戦ののち、撃沈にまで追いこんでいる。

濠艦「シドニー」と独艦「エムデン」の要目を見比べると、最大速力はほぼおなじ二五ノットで、水雷発射管も二門、機関砲も四門とほとんど変わらない。しかしながら、排水量が格段にちがい、あきらかに「シドニー」のほうが大きく、強固な艦であった。しかも、主砲の性能がちがいすぎた。濠艦「シドニー」が六インチ砲八門に三ポンド砲四門であるのにくらべ、独艦「エムデン」は四インチ砲一〇門に二インチ砲四門である。これでは「エムデン」がいくら砲弾を撃ちだそうとも「シドニー」にはとどかず、ひるがえって「シドニー」はアウトレンジにおける砲撃が可能だった。

この差は、あまりにもおおきすぎた。また不幸なことに「エムデン」は最初、ちかづいてきた「シドニー」を石炭供給船「マコーマニナ」と勘違いして不用意に接近してしまったらしい。つまりは海戦の覚悟もできていないうちから、叩かれたことになる。結果、世界を震撼させた「エムデン」は前後のマストを二本とも折られ、煙突も一本うちくだかれ、後部甲板を徹底的に破壊され、珊瑚礁に擱座《かくざ》せしめられ、艦長およびフランツ・ヨゼフ親王は俘虜《ふりょ》として収容された。ちなみに、この海戦における死傷者は、独艦「エムデン」が死者一三四名、負傷者三〇名であるのにたいして濠艦「シドニー」は死者三名、負傷者一五名という軽微さだった。

ただ、ふりかえるに、独艦「エムデン」が巧《たく》みに連合国側の多数の艦船による捜索網をくぐりつつ、英商船二二隻および軍艦二隻を撃沈するなど、インド洋を舞台に暴れまわって連合国側の通商を一時は完全に破壊し、神出鬼没の活動をつづけたことは驚嘆に値する。これらはすべて艦長フォン・ミュラーの指揮能力の高さにあったといっていい。ミュラーが狙《ねら》ったのはほとんどが無線電信所であり、それを占拠するやインド洋などを航行する船舶にたいして「エムデンはおれだ」という警報を発して攪乱《かくらん》させ、外洋一帯を恐怖のどん底に陥《おとしい》れ、天然資源や濠洲軍の兵士などが欧洲の戦場へ送られることを阻止しようとしつづけた。

また、ミュラーの戦いかたは爽《さわ》やかだった。かれは商船を発見するや、停船を命じて拿捕《だほ》したのち、船内にある石炭などの物品ともども船長もまた艦内へ連れさったが、決して暴力などはふるわず、麦酒や葡萄《ぶどう》酒などで饗応しつつ、乗客などには所有の荷物を携帯させて附近の岸や港に上陸させ、そののちに「セル」という爆発薬を船内に装置して爆沈させた。

こうしたミュラーの戦いぶりは、騎士道的行為であるとして連合国でも絶賛された。タイムズ紙は「もし、ドイツ兵がミュラー艦長のように戦えば、かくのごとく憎まれることはなかっただろう」と賞賛したし、「大阪毎日」もおなじような記事を載《の》せている。前後は省くが「エムデン艦長が乗客の生命、財産に多大の注意を払い、その安全を期するやり方と、その沈着にして大胆なる行動とには、敵ながらも称讃を吝《お》しまざる由」とある。

だが、このたびばかりは敗れて、捕虜となった。

もっとも、信じられないような話ながら、この錫蘭水道から逃げきったドイツ将兵もいる。マキシム砲四門をかかえてココス島に上陸し、施設の破壊をつづけていた海軍大尉フォン・ミュッケの指揮する士官五名、下士官七名、兵三〇名がそうで、かれらは脱出をこころみ、あらゆる困難を克服して紅海《こうかい》までたどりつき、運よくアラビアのエルアラでドイツ地中海艦隊に収容された。奇蹟というよりほかにない。

多聞は、すこしばかり意気消沈している。

（こんなことで任務が終わってしまうのか）

あまりにも情けなくはないかと、おもうのである。たしかに「エムデン」が撃沈されたことでインド洋方面の危険はかなり減殺された。ということは、つまり、同方面の諸艦は随時引揚げということになりかねない。

（また、待機か……）

涙が滲《にじ》んではいないかと多聞は熱くなった目頭に手をそえたが、すぐかたわらでは安武又喜《やすたけまたよし》があたりもはばからず、ぐすぐすと鼻を鳴らしていた。どうしたと訊けば、やはり、戦うことができなかったことの悔し涙であった。

「つまらぬことで、泣くものではない」

多聞は、感情をおしころして諭《さと》した。

「たしかにわれわれに課せられた任務のひとつはエムデンの捜索にあったが、まだもうひとつ、役目は残っている。濠洲軍を無事にアデンまで送りとどけなければならん。敵艦を撃沈せしめるのも、船団の護衛をつとめるのも、任務の重さはまったく変わらない。それだけは肝に銘じておくことだ」

もちろん、おのれにむかって云いきかせている。

多聞たちは以後も濠洲船団の護衛につきつづけた。

二

もうすこしばかり、当時のオーストラリアについて触れておきたい。

このころのオーストラリアは、兵士の訓練が劣悪であった以上に、政府そのものもかなり状態はよくなかった。なによりも、かれらの標榜していた白濠《はくごう》主義というのは最悪のしろものだった。なにせ、政権を掌握している労働党の党首アンドルー・フィッシャー自身、教養というものが無きにひとしいような人物で、そうした点におおきな要因があるのだが、この人物のひきいる政府のもっとも悪質な点は、おもに先住民《アボリジニ》にたいする人種差別政策と、極端な移民制限であったと断言していい。

この時期、濠洲にあるひとびとの九割五分がかつて英国から渡ってきたプロテスタントであったが、かれらは黄色人ばかりか本国をふくむ白人の……それも宗主国からの……移民すらも制限した。この、自分たちの血筋と信仰のほかは一切を認めないという、特権意識の濃厚な連中は、カトリックすらも差別した。また格別に野心的な領土欲があり、ニューギニアなどをふくめるドイツ領を非常なまでに欲していた。そうした意識がさまざまにつみかさなって、日本の参戦と行動を案じ、かつ抑制しようという衝動がつねに働いていた。それゆえ、日本海軍が南洋諸島を占領してゆくことが堪えられず、また「エムデン」を攻撃することも許せなかった。

そういう点を眺めていると、当時のオーストラリアという国は驚くほど乱暴な性格をもった国といっていいのだろうが、そうした性格はみずからの軍隊を「オーストラリア帝国軍」と称するところにもよくあらわれている。また、おもわず呆《あき》れてしまうことに、この「帝国軍」には兵站、鉄道、医療、主計、そして情報などといった、いわゆる後方支援という、戦争を継続させるうえではもっとも大切かつ充分なものにたいする意識がまるでなかった。このため、多聞らに護衛された船団がコロンボを経由したさきにある紅海の玄関口といっていいアデンにまで到着したところで、すぐさま前線に投入できるはずもなく、しばらくはエジプトにおいて訓練をほどこさなければならなかった。

だが、いかに訓練しようとも即席の部隊ではどうしようもない。どうしたところで、かれらは敵正面への打撃兵力としてしか使うことができず、ガリポリ半島上陸作戦に投入されたおりには目もあてられないほどに痛めつけられてしまうのである。結局のところ、チャーチルが立案し、そして失脚するもととなってしまうダーダネルス海峡突破をもくろんだガリポリの戦いでは二万六〇〇〇人、西部戦線のソンムの戦いでは二万三〇〇〇人、おなじく西部戦線の第三次イープル戦におけるパッシェンデールの戦いでは四万八〇〇〇人という損害（戦傷）をだし、派遣された四二万人の兵士のうち、最終的には五万八三六五人の戦死者と、四〇九八人の捕虜、そして一六万六八一一人の傷病者をだすにいたる。

オーストラリアの傷病兵の数は交戦国のなかでも損害第一位のルーマニアに次ぐほどの規模となるのだが、国の人口との比較でいえば、おそらく最大の人的被害をこうむることとなった。だが、そんな悲惨な結果が待っているとはアンザック軍団のたれひとりとして想像していなかったろうし、かれらの輸送の護衛についている多聞たちもまた夢にもおもっていなかったろう。

アンザックの兵士たちはちょうど開拓か探検におもむく民間義勇団のような格好をしている。ヘルメットなどもなく、カウボーイハットの左片側を上にむかって折りまげて顎紐《あごひも》で止めるという、なんとも洒落《しゃれ》た風情《ふぜい》をかもしだす格好であり、日本海軍の将兵たちの目からすると、とても兵隊にはおもえなかったらしい。

また、オーストラリアとともにアンザック軍団を構成していたニュージーランド兵の被害も相当なものになった。当時、一〇九万人しか人口のない国から一二万四〇〇〇人におよぶ兵士が駆りだされ、最前線に投入されていったのだが、かれらのうちの戦死者は一万七〇〇〇人におよんでいる。

ところが、これほどの損害をこうむることとなるオーストラリア政府は、陰では交戦国であるはずのドイツと秘密外交を展開していた。太平洋における植民地をすこしでも増やしたいという野心から、隠密裡にドイツへの協力を約束するというものだったが、兵士たちの献身を踏みにじるような行為がゆるされるはずもなく、のちになって米大統領ウィルソンは、パリで催《もよお》された講和会議の席上、こうした外交を展開したアンドルー・フィッシャーにたいして、——おろかもの。

そう、なじりとばしたが、それはあたりまえのことといっていい。

ところで「エムデン」の撃沈ののち、インド洋における危機感はほとんど影をひそめており、アンザック軍団の輸送護衛についている多聞たちは、かなり気持ちに余裕ができていた。とはいえ、すべての懸念が去ったわけでもない。ドイツ軍の仮装巡洋艦「ヴォルフ」が依然として同海域にあると信じられており、これについては日本海軍の「明石《あかし》」が執拗《しつよう》に追いつづけている。最終的なことをいうと「ヴォルフ」は同海域にはなく、濠洲海軍の命令をかたくなに守りつづけた「明石」のみが東へ西へとひたすら駈けずりまわらされただけであった。

これについて当時「明石」に乗りこんでいた高木惣吉《たかぎそうきち》は尋常でない怒りをおぼえたらしい。高木は太平洋戦争でも生きのこり、そののちに自叙伝をあらわし、そこで当時の怒りを披露している。

もっとも、高木にかぎらず、多聞たちもまた、濠洲海軍の要請によって牛馬のように使役《しえき》されている。わずかのちになって英濠海軍に派遣されていたものの大部分は、第一・第二南遣支隊に編入されることとなったのだが、そのときも日本海軍は連合国側の要請にしたがい、忠実な船団護衛行動をつづけていった。多聞や安武又喜の乗りこんでいる「筑摩」も編入されたうちの一艦で、第一南遣支隊に編入されることとなり、英濠の要請どおり拠点となるシンガポールをめざしていったのだが、まだその時点では太平洋の波は穏やかになっていなかった。

アドミラル・シュペーひきいるドイツ東洋艦隊が未だに撃滅されてはいなかったからである。

それどころか、シュペー艦隊の士気は異様なほどに高かった。

ひとつの海戦に勝利をおさめたからなのだが、それをしてコロネル沖の海戦という。

大正三年十一月一日のことである。そもそもシュペーが隷下から「エムデン」を分離させたのち、艦隊の主力（グナイゼナウ、シャルンホルスト、ドレスデン、ライプチッヒ、ニュルンベルク）をもってチリ国コロネル沖に展開していたのは、本国へ帰還しようとしたからだった。日本海軍が連合国側にたって参戦してドイツ艦隊を追いはじめたのを懸念したためで、いつまでも太平洋に東洋艦隊を展開させることはあまり得策とはいえないとおもったのである。

シュペーの行動は迅速だった。主力艦隊をもって行動範囲を太平洋の南東区域に限定し、適宜《てきぎ》南米を迂回《うかい》させていった。コロネル沖において英国支隊と遭遇したのは、そんななかでの出来事だった。

だが、シュペーは勝利した。英戦艦「モンマウス」「グッド・ホープ」および軽巡洋艦二隻よりなるクラドック少将麾下《きか》の英国支隊を、みごとに撃破したのである。このとき、英艦隊は旗艦「モンマウス」および「グッド・ホープ」を擱座撃沈され、かろうじて難を逃れることができたのは軽巡洋艦「グラスゴー」だけだった。そうした勝利がシュペー艦隊をして士気を高からしめていた。

ただ、コロネル沖海戦の悲報は英国民を深憂の淵に投じたものの、このとき、あらたに軍令部長に就任した元帥ジョン・フィッシャーは、断固たる処置に出た。当時、英本国で虎の子のようにたいせつにしていた巡洋戦艦「インヴィンシブル」と「インフレキシブル」の二隻を割き、重巡「ケント」と「コーンウォール」を随伴させて提督ステーディを司令官とする艦隊を編成し、ひそかに南太平洋に進出せしめたのである。

さらに日本海軍もまた動いた。遣米支隊旗艦「出雲《いずも》」は「肥前《ひぜん》」およびあらたに編入された巡洋艦「浅間《あさま》」とメキシコ沿岸に会合するや、すみやかに北米沿岸に進出していた濠洲艦隊の旗艦たる巡洋戦艦「オーストラリア」および軽巡洋艦「ニューカッスル」と合流、ともに南下した。これが十二月上旬のことで、かれらはパナマ方面にむかって索敵した。

要するに、シュペー艦隊は太平洋と大西洋にある日英濠の艦隊に挟撃されつつあった。かくて、十二月八日、シュペー艦隊はドレーク海峡を迂回したフォークランド諸島沖で英国艦隊と遭遇した。

じつをいえば、このときも勝機はシュペー側にあった。当時、ステーディはシュペーが諸島に近づいていることを把握しており、イースト・フォークランド島のスタンリー港湾内にあった旧式戦艦「カノーパス」をして擱座させ、臨時の要塞としていたのだが、運の悪いことにシュペー艦隊が諸島にむかって攻撃を仕掛けてきたとき、かれらは全艦が石炭積込の作業中であった。ここでシュペーとしては湾内に突入して一斉射撃を敢行するべきだった。そうしていれば確実に勝利はシュペーの頭上に輝いたことだろうが、かれはそうしなかった。突撃をやめて引きかえし、本国への海路をとったのである。

危機を脱したサー・フレデリック・ステーディはすぐさま追撃を命じた。そして、シュペー艦隊を捕捉するや、全艦一斉に砲撃をおこない、勝利をえた。

三

——どうやら、英国艦隊はドイツ東洋艦隊を撃滅させたらしい。

そう、藤村弥市郎《ふじむらやいちろう》がシンガポールの港湾をまえにして多聞に告げてきたのは、フォークランド沖の海戦から数日が経ってのちのことである。藤村の乗りこんでいた巡洋戦艦「鞍馬《くらま》」は、第一南遣支隊の一艦として十一月下旬にヤルート島を発したのちフィジー島に達し、あらたに同隊に編入された巡洋戦艦「生駒《いこま》」および軽巡洋艦「筑摩」「矢矧《やはぎ》」との合流をはたして、ともにシンガポールに入港していた。

「さぞかし、日置《ひおき》さんや喜久松《きくまつ》などは口惜《くちお》しい思いであったろうな」

弥市郎のことばに、多聞はこくりとうなずいた。

日置釭三郎《こうざぶろう》や五木《いつき》喜久松の乗りこんだ「肥前」は水上機を搭載したまま、遣米支隊をかたちづくっている「出雲」や「浅間」とともにパナマの沖合を機関が焼けきれんばかりのいきおいで南下し、ドイツ東洋艦隊をさがしもとめていった。日置などは南米大陸をかなたにのぞみながら幾度となく飛揚し、眼下に南太平洋の端《はし》を俯瞰《ふかん》しつつ、敵影を追った。だが、それらの努力は報《むく》われることはなかった。すくなくとも、遣米支隊のものたちはそうおもいこんだことであろう。

「戦運とは、そういうものさ」

弥市郎などは、案外、すっきりと割りきっている。

「安曇《あずみ》さんなどは周防《すおう》で獅子のように吼《ほ》えくるって青島《チンタオ》攻略の砲撃をつづけているのだろうが、これだけ戦場が地球全土に及んでしまっては、会敵の機会など、おいそれとめぐってくるものじゃない。海の上では、なおさらのことだ」

「ですが……」

多聞は、弥市郎のように淡白な考えかたはできない。部下の又喜の前でこそ、おとなぶった物の考えかたを披瀝《ひれき》してみせたものの、やはり、こころをゆるせる先輩を前にすると、どうしても、自分の置かれている立場の情けなさにやりきれない思いが発露してしまう。

「……これで戦争をしているというんでしょうか」

「しているさ、まちがいなくしている」

弥市郎は、かがやくような微笑みでこたえた。

「……もっとも、安曇さんや金子《かねこ》さんのように死線をまのあたりにしたような緊迫しきった戦闘ではないがな。だが、日置さんにしても、小澤《おざわ》にしても、喜久松にしても、やはり、戦争をしていることだけは疑いない。そりゃあ、おれだって敵と正面から戦ってみたい。ことにシュペー艦隊は、ドイツが東洋にむけて送りこんできた強敵だったからな」

だが、もはや、敵艦隊は地球上に存在していないのだと、弥市郎は目をほそめた。おのれの感情を抑制するための表情であるのか、それとも赤道直下のひかりの眩しさにおもわず眉間《みけん》に皺《しわ》をよせてしまったものなのかは、多聞にはわからない。

多聞はただ、漠然とした情感ではあったが、

——たとえ、海の果ての諸島であろうと、一水兵の立場であろうと、敵と戦いたい。

という意識が、腹の底にあるのを感じとっていた。

その日本から見れば海の涯《はて》の涯といっていいフォークランド諸島の沖遙かにおいて、ステーディ艦隊がシュペー艦隊に勝利できたのは、完全な追躡《ついじょう》態勢をとることができたためだった。シュペー艦隊は満足な応戦もできぬまま隊伍《たいご》を乱し、一艦ごとに標的となり、フォークランド沖に砲声が轟《とどろ》きはじめてより三時間後、まず「シャルンホルスト」が撃沈され、四時間後には「グナイゼナウ」が、つづいて「ライプチッヒ」と「ニュルンベルク」が南大西洋の藻屑《もくず》と消えた。この海戦はイギリス側の圧勝といってよく、英艦隊の総損害は死者七名、負傷者四名という軽微さで、将校についてはは死傷者はひとりもでなかった。

フォークランド諸島は、まさにイギリスにとって栄光の地になったといっていい。イギリスはこのペンギンと羊しかいないような諸島が太平洋と大西洋をつなぐ関門として、いかに重要な意味をもつ島であるかを認識したことだろう。

後年、この諸島の領有をめぐってイギリスとアルゼンチンのあいだに紛争が勃発し、当時の英首相であったサッチャーは「正義のため」として徹底的に戦いつづけたが、それはすなわち、イギリスが両大洋にまたがる海の覇者でありつづけようとする意地のための戦

いであったのかもしれない。

右は余談だが、ともあれ、このフォークランド諸島沖の海戦にイギリスが勝利したことで、ドイツ東洋艦隊はほとんど全滅に帰した。同時に、太平洋からインド洋にかけての脅威が払拭《ふっしょく》され、第一・第二南遣支隊の大部分は役務をとかれ、内地に凱旋《がいせん》することとなった。年もあらたまった大正四年（一九一五）二月のことである。

しかし、遣米支隊のみは、英国の希望によって残留せしめられた。英国側からは明確な理由こそ告げられなかったが、蹤跡《そうせき》不明のドイツ巡洋艦「ドレスデン」および仮装巡洋艦「ヴォルフ」に備えるための処置であることは、まちがいなかった。

それは第一・第二南遣支隊が役務をとかれるおり、遣米支隊をあずかる森山慶三郎《もりやまけいざぶろう》にたいして、

――もし将来なお独逸《ドイツ》仮装砲艦の出没する場合には、快速力の巡洋艦または仮装巡洋艦を特派し、航路保護の任に当たらしむるべし。

という補足事項が軍令部より下されていることからもよくわかる。

もっとも「ドレスデン」については同年三月中旬、南米のジュアン・フェルナンデス島にて、英艦「ケント」の熾烈《しれつ》な砲撃のもとに撃沈された。これによって太平洋の海原からはほとんどの独艦船はすがたを消した。ただ一隻「ヴォルフ」だけは戦争が終結するまで捕捉されずに終わっている。

遣米支隊の全艦が北米大陸の沿岸をひきあげたのは、大正四年もおしせまった十二月の中旬だったが、これは米国西岸サンバルトロメ湾において「浅間」が座礁をひきおこし、艦の浮揚のためにおもわぬ時日を要したためで、ともあれ、遣米支隊の帰還とともに日本海軍の太平洋作戦は終了した。

また、ついでながら、中部太平洋のトラック諸島には、臨時南洋海軍防備隊が置かれた。このトラックをふくむ内南洋《ミクロネシア》群島が正式に日本の委任統治領とされたのは、大正八年六月二十八日、ヴェルサイユにおいて調印された講和条約による。むろん、イギリスによる約束どおりの強力な後押しがあったことはつけくわえ

るまでもない。

　イギリスといえば、多聞と弥市郎がシンガポールで再会したころ、英海相チャーチルと日海相八代六郎《やしろろくろう》とのあいだで、祝電の応酬がなされていた。これは八代のほうからステーディ艦隊の勝利にたいして祝電をおくったことによるのだが、チャーチルの答電は日本海軍を大絶賛するものだった。

〝太平洋上の平和が旧に復したるは、日本艦隊の不撓《ふとう》不屈《ふくつ》なる援助に負う所極めて大なり。今回の成功は、実に日本艦隊の有力にして倦《う》むなき援助に裏づけり。すなわち多数の日本艦隊が独艦を東洋より駆逐し、彼等をして帰還する事あたわざらしめたるは、実に今回の成功の最大原因たり。これによって東アフリカ・モザンビーク海岸より南米に亘《わた》りて危険に陥りたる交通は、ここに一路平安なるを得たり。以《も》って英国民の輿《よ》情《じょう》を適切に代表し、帝の海軍の実力優越せることを証明せり〟

　というようなものがチャーチルの答電の内容だったが、これは日本国民を歓喜させるに充分すぎるほどのものがあった。

　もちろん、すべてがすべてチャーチルのこころからの祝辞とはおもわれず、外交達者な大英帝国の海軍大臣の術のひとつであることをおもわねばならないが、たとえかなりの部分をさしひいても、チャーチル、というよりイギリス政府が日本海軍にたいして多大な期待をかけていたことは十二分にうかがえる。

　だが、このとき、国民はおろか当の海軍のたれひとりとして、祝電文の端の端にいたるまでイギリス側の巧緻《こうち》な術が隠されているとはおもってもいなかった。日本海軍をその実力以上に高く評価することによって、日本人に「帝国海軍の前に敵はない」というような倨傲《きょごう》を植えつけ、そのうえで欧洲の主戦場へ誘いこもうという大英帝国の完璧すぎるほどの術が、である。

　もちろん、その戦場となるべき海原こそ、

　――地中海。

で、あった。

そして、そこへ送りこまれてゆく運命にあるものたちこそ、現在、青島や南洋や米国の沿岸あたりにいる多聞や、喜久松や、弥市郎や、治三郎たちであったが、そんなことなど、まだ青臭い海軍士官でしかないかれらは夢のかけらにもおもっていない。

四

視点を、青島に戻したい。

山口多聞が、安武又喜とともに「エムデン」との決戦ができなかったことで臍《ほぞ》を嚙《か》みたいような鬱屈《うっくつ》にかられていたころ、第二艦隊の旗艦「周防」に乗りこんでいる安曇十兵衛《じゅうべえ》は、砲術参謀としての職務に精をだしていた。青島周辺の敵砲台にむかって渾身《こんしん》の砲撃を続行していたのである。また、その酷烈きわまりない容子《ようす》を、金子養三《ようぞう》や和田秀穂《わだひでほ》は、天空から瞳を凝らして鳥瞰《ちょうかん》しつづけていた。

こうした海上からの砲撃は、青島要塞への総攻撃にさきだった前哨戦といっていい。

すでに、総攻撃が開始されるにおよんで、同地にある非戦闘員（民間人）を戦禍《せんか》から免《まぬが》れさせようという聖旨が陸海軍の司令官を経由して青島総督ワルデックまで伝達されたことは触れてきたが、その結果、いくばくかの非戦闘員が青島から撤退していた。逆にいえば、青島には兵士のほかにはほとんど誰も残っていないようになっている。

そんな情況をふまえたうえで、大正三年十月二十九日より総攻撃は開始された。

あいかわらず、砲術の指揮所に陣取る安曇のおおきな口からは、

――どんどん、ぶちかませ。

という快活な指示がなされていたが、そのとおり、第二艦隊の全艦は主砲を青島内外にむけて撃ちはなちつづけていた。むろん、要塞近辺の敵砲台からの応射もあり、その弾幕を蹴りやぶるように砲撃をかましてゆくのだが、この方面では英艦は日本海軍への支援協力という立場をとっていた。太平洋やインド洋などと

は立場が逆転していた。

　——陸軍が突入するまで、一分たりとも射撃の手をゆるめるな。

　吼えるごとく、安曇は喝しつづけた。

　この日、天候は「静穏なれども淡き靄霧《あいむ》あり」と海軍省の公報にある。さらに公報にしたがえば、第二艦隊は董家湾《とうかわん》南方海面に進出し、イルチス山から小湛《しょうたん》山《ざん》にいたる諸砲台および敵陣地を猛撃、多数の命中弾を算したという。天候は三十日をむかえて快晴となり、展望通達、防塁に潜伏している敵銃砲のたぐいが陽を反射してきらきらと煌《きらめ》き、艦隊の主砲は明確な標的のもとに火を噴きつづけた。

　——敵防禦線だけではなく、敵艦にたいしても強襲しろ。

　安曇は機敏に動き、つぎつぎに指示をくだしていった。安曇だけではない。小澤もまた鬼瓦《おにがわら》のような形相をさらに紅潮させて発奮し、艦を的確に運動させながら、湾内にあっていまだ浮き砲台となっている敵艦「カイゼリン・エリザベート」にたちむかった。

　このとき、湾内にある独艦船は完全に翻弄《ほんろう》された。第二艦隊の一斉射撃のみならず、揚陸《ようりく》していた海軍重砲隊の猛撃も天を割らんほどの凄まじさで、敵艦に多数の命中弾をあびせかけてこれを駆逐した。独艦船は蜂の巣状態となるもの、煙突が爆裂して艦の形容そのものが変わってしまったもの、大小多数の艦船が膠《こう》州《しゅう》湾と董家湾の波間を漂流した。

　青島は、まったくその防衛機能を喪失しつつある。

　軽便鉄道の鉄路は砲撃によって捲《めく》れあがり、大沽河《たいこが》や朱里店《しゅりてん》あたりの鉄道橋は落ち、青島造船所は炎上し、大港東端の石油庫は大爆発をひきおこして焔炎《ほのお》は天に漲《みなぎ》った。二十九日から三十日に日が移るにつれて独軍の応射は活発さを喪失し、ひるがえって日本軍は青島の囲繞《いにょう》線をせばめながら敵の小銃や弾薬などを鹵《ろ》獲《かく》、捕虜もまた多数をかぞえるようになっていった。

　ここに、ひとりの新聞記者がいる。古泉《こせん》という雅号をもつ「大阪毎日」の従軍記者、安藤繁治《あんどうしげはる》である。かれはその号外に「青島攻略戦」と題して詳細な戦況報告をおこなっている。安藤の報告には若干の行抹殺があるが、ここであるものの、これを陸軍省の公表による「青島陥落経過」とあわせて見ていけば、三十一日から翌月六日まで続行された当時の戦闘の様相がいまに甦ってくる。

二十九日の夕刻から、陸軍はその攻囲線を敵本防禦線の前方おおむね一五〇〇ないし二〇〇〇メートルにある四方《しほう》、四房山《しぼうさん》、東呉家村《とうごかそん》、田家村《でんかそん》、辛家庄《しんかそう》などの線に推進せしめ、十月三十一日、当時でいう天長佳節の祝日をもって早朝六時十分、全軍百数十門におよぶ一斉砲撃を開始した。青島市街の北に敷かれた敵の防禦線はイルチス、ビスマルク、モルトケ、デートリッヒ、灰泉角、小湛山、台東鎮であり、これら諸砲台にある加農砲《カノン》もまた激烈な応戦にではじめた。双方の砲撃は時々刻々と激烈さを増し、砂塵と黒煙が数条におよんで舞いあがった。

むろん、陸軍のみならず、海上からは安曇が参謀をつとめる第二艦隊の「周防」「石見」「沖島」そして英戦艦「トライアンフ」などが十余隻の駆逐艦とともに艦砲射撃にはいっている。陸海軍に挟撃された敵防塁はたまったものではなく、いたるところで加農砲の砲身が土塊《つちくれ》とともに虚空《こくう》へ弾きとばされ、兵営や倉庫となっていた赤煉瓦《あかれんが》の建築物がつぎつぎに瓦解した。

こうした猛烈な砲撃に慄《おのの》いたのか、青島要塞に籠もる独軍兵士たちは信じられないようなことをはじめていた。基地のそこかしこにある石炭庫や石油槽、さらには諸建築物に火をはなちだしたのである。いたるところで黒煙があがり、天を焦がしだした。

――あれは、いかんぞ。

そう喚《わめ》きあげたのは、攻囲線にまで進出していた神《かみ》尾光臣《おみつおみ》である。

――自殺行為に等しいではないか、それとも戦利品として我が軍に接収されるのを拒んでいるのか。ともかく、あれは不法行為にちかかろうが。なににせよ、たいせつな石炭や石油を燃やし、建物をみずから倒壊させるようなことは、よくない。武士たるもの、まんがいち降伏せんとするときには、身のまわりを整頓し、品目を掲げて敵将をむかえいれるべきではないか。

神尾は、みずからを軍人というより武士と見るような癖があった。というより、このころの軍人は多かれ少なかれ、そういう認識のもとに軍刀をたばさんでいる。敵の行為にたいして憤った神尾は、すぐさま徳川《とくがわ》好敏《よしとし》らの飛行将校をあつめ、要塞の頭上から意見書を撒布させた。

〝戦術上の要求にあらずして、単に敵手に対しその用をなすことを嫉視し、武器、艦船、諸建築物を破壊し、その用途を全からしめざるは、神意に悖《もと》りまた人道に反す。故《ゆえ》に武士たるの名誉を保留せんとする軍人は、かかる不法行為を敢行せざるべきことを信ず。敢えて守城の将士に告ぐ〟

もっとも、こういう純日本的な物の捉えかたがゲルマン民族に正確に通じたかどうかはわからない。ともかく、陸海軍による酷烈な砲撃は夜にいたってもなお間断なくつづけられ、月下で爆《は》ぜる照明弾のひかりを浴びつつ、双方の兵士たちの怒号が果てしなく交錯した。翌日もまた、曇天のなか、殷々《いんいん》たる砲声はつづき、青島周辺の山のかたちはすこしずつながら変わりだしていた。あまりの砲弾の多さによるものだったが、それでも双方の砲撃は際限なくつづけられた。夜にいたってもなお朧《おぼ》ろに霞《かす》む月のもとで砲声は鳴りやまず、その阿鼻叫喚《あびきょうかん》のなか、陸軍の諸部隊はわずかずつながらも漸進《ぜんしん》していった。

雨とともに十一月がめぐって来、その雨があがるとともに独軍の砲撃は次第に緩慢《かんまん》なものとなっていったが、しかし、陸軍の漸進をさまたげるものは敵砲弾ばかりではなかった。

なによりも兵士たちの行動を阻害していたのは、縦に深い陣地がおどろくほど堅牢に構築されていることだった。縦横に張りめぐらされた鉄条網に電流をながし、その背後には深さ四メートルに達する塹壕《ざんごう》をほり、さらに壕内にも鉄条網をめぐらせ、塹壕のまた背後にも鉄条網をそなえるという徹底ぶりで、その防禦はすこぶる厳重であった。

ことに海泊河《かいはくが》の左岸一帯に構築された堡塁《ほるい》をはじめ、小湛山北堡塁、小湛山堡塁、仲家窪堡塁、台東鎮東堡塁、海岸堡塁の堅牢さは驚嘆すべきものがあり、そうした永久陣地にたいして陸軍部隊は突入していったのである。

ただし、突入するとはいえ、まずは鉄壁ともいえる敵の縦深陣地の鉄条網を破壊掘開して突撃路を開設しなければならない。このため、歩兵に付随して工兵が前線に進出、ほとんど死にものぐるいの状態で、各部隊の攻撃陣地および突撃路をひらいていった。

まずは、十一月一日夜、四方南方約一〇〇〇メートルの三六・五高地より、西呉家村の東端を経て、浮山所西端にわたる線に第一攻撃陣地を構築した。ついで、十一月三日夜から四日黎明《れいめい》にかけて、ポンプ所より西呉家村西端および尤家庄《ゆうかそう》東端を経て浮山所西方約三〇〇メートルから五〇〇メートルにわたる稜線に第二次攻撃陣地を展開させた。

だが、このように敵の本防禦線に近迫するにつれ、敵の砲台堡塁から撃ちだされる銃砲火は猛烈をきわめ、攻城砲兵の作業は甚《はなは》だしいまでの妨害をこうむることとなった。が、前線の諸部隊は勇を鼓して鋭意工事を敢行し、熾烈な掩護《えんご》射撃のもとに敵に逼迫《ひっぱく》し、六日夜をもって敵の最終防塁の手前にまで進出、第三攻撃陣地を構築した。

防塁のむこうがわは、青島である。

五

——さて、どうしたものか。

そう、十一月六日の日没後、陸軍部隊をひきいる神尾は、たれにいうともなく呟いた。

肉薄している防塁の南向こうは早や、青島である。敵の最終防禦線さえ衝《つ》きくずせば、それでこのたびの局地戦は終了する。それは、もはや自明のことといっていい。

そもそも籠城というものは救援が来ることを期待しておこなうもので、ドイツ東洋艦隊が地球上からすがたを消してしまった今、青島に籠もっているドイツ軍を救援してくれる兵力はもはやない。中華民国がいきなり同盟側に鞍替えして、包囲にはいっている日英軍に砲弾を撃ちこんでくれれば情況は一転するであろうが、それは夢のなかですらありえないような展開といっていい。

神尾たちの勝利は、ほぼ、確定しているのである。

だが、神尾は「どうしたものか」と呟いている。

敵線はきわめて静粛であった。ここにいたるまでの連日連夜、ものぐるいしたのかとおもわれるほどにドイツ軍は火砲をくりだしてきていたが、その天地を晦冥《かいめい》させるような砲撃の音色も、いまは聞こえなくなっている。だが、敵が沈黙しているからといって、むやみに突撃を敢行するべきではないと神尾はおもっている。ここで勝利を急げば、敵の死にものぐるいの反撃によって自軍の犠牲者がおびただしい数にのぼる虞《おそ》れもあるだろう。かれは大詰めの総攻撃は二日後の十一月八日を期しておこなうつもりだった。

ところが、包囲線の将兵たちはどうもそういう考えではないらしい。

——機を逸せず突撃に移るべきです。

と、火のでるようないきおいで、部隊長たちがみずから神尾のもとを訪れては、突撃の許可を乞うてきていた。士気が旺盛なのは結構だったが、神尾はあくまでも慎重であるべきではないかと、こころのなかではおもっていた。

——どうしたものか。

というのは、敵のこの情況の変化にともない、総攻撃を繰りあげるかどうかという逡巡《しゅんじゅん》であった。結局、神尾は隷下諸部隊におしきられるかたちとなった。現下の情況に鑑《かんが》み、第一線諸部隊は機を看《み》て突撃すべし、という命令をくだしたのである。

果然、陸軍は動いた。

このとき、敵の最終防禦線にたいして先陣を切ったのは、中央堡塁第一外壕にむかった山田良水《やまだよしみず》ひきいるところの第二中央隊、その左翼部隊である。かれらは前後三線におよぶ鉄条網を破壊して突撃路を開設するや、七日午前一時四十分、敵の虚に乗じて堡塁に突入し、その咽喉部を占領、敵兵約二〇〇名を俘虜とした。

ついで突貫の声をあげたのは堀内文次郎《ほりうちぶんじろう》の指揮する

左翼隊である。かれらは午前五時十分、小湛山北堡塁の占領に成功した。また同時三十五分には山田中央隊（右翼部隊）も漸進し、台東鎮東堡塁の占領をはたし、さらにその中央隊の半部（左翼部隊）もともに長駆し、イルチス山およびビスマルク山の砲台に驀進、突入し、午前六時より六時三十分ごろにわたってイルチス山一帯の高地を占領するとともに仲家窪附近において敵の重砲二門を鹵獲《ろかく》している。

こうしてドイツの中央防禦線である三堡塁は黎明をむかえるとともに、日本軍の占領するところとなったが、東の天を旭日が焦がしはじめても尚、青島北方の戦線から鯨波の消えることはなかった。

浄法寺五郎《じょうほうじごろう》のひきいる右翼隊とバーナジストンひきいる英国旅団の戦いが酷烈に続行していたからである。かれらの目標となっていたのは天文台（気象台）上および海岸堡塁であったが、日輪が青島市街をあかあかと染めあげても尚、頑強な抵抗は持続していた。

しかし、歩兵と工兵が束になって襲いかかったことで、午前六時半わずか前、台東鎮堡塁を奪取し、その一部はさらにすすんでモルトケ山およびビスマルク山の諸砲台を占領しており、敵の抵抗も、早や最終段階に移行しつつあった。

時にして午前七時をわずかにまわったころあいだったろうか、ちょうどそのとき、膠州湾方面からまさに旭日を背負うようにして一隻の水上機が青島上空に飛来していた。金子と和田の乗りこんだモーリス・ファルマンだった。最初に声をあげたのは、和田だった。かれは、なにを見つけたものか、機体から身体を乗りださせながら「……金子さん……っ」と叫んだ。

「ほら、ほら……あそこ……砲台に……っ」

白旗が掲げられておりますよ……と、和田が声をはりあげた。

ほんとうか、と金子が和田のさししめすさきに顔をむけた。すると、たしかに白旗だった。地上軍がまさに突撃の態勢をとりつつあるなか、正面の攻撃目標となっていた気象台上の堡塁に、晨風《あさかぜ》にひるがえる純白の旗が俯瞰された。時刻は、午前七時三十分。金子は躍りあがるようにして急旋回し、湾内に待機している

「若宮丸」へと帰還した。

このときも「若宮丸」は通常どおり第二艦隊に守られており、すぐちかくでは旗艦「周防」が波光のきらめきを舷側に照りかえしていた。甲板には、安曇がいる。

着水した金子は、遠目からでもそれとわかる安曇にたいして、いきなり、吼えるように呼びかけるや、このときのために用意してあった日章旗を機内から取りだし、

「おおおうい、おおおうい、旗だぁ、白旗があがったぞぉ……っ」

とばかり、機上、ちからのかぎり振りはじめた。

もちろん、安曇の耳に金子らの声がとどくはずもない。だが、波間に颯爽《さっそう》とひるがえる日章旗を見れば、さらに母艦から短艇がおろされて出迎えに出た水兵たちが一斉に万歳して歓喜の雄叫《おたけ》びをあげるところをまのあたりにすれば、青島がどのような瞬間をむかえたのか敏感に察することは可能だった。

「……ついに、やったか……っ」

降伏したか……と、安曇は甲板を踏みならして叫んだ。

そのとおり、ドイツ軍は降伏し、気象台上に設《しつら》えられていた砲台の上に高く白旗をかかげ、全線降伏の意を表したのである。

神尾ひきいる青島攻略部隊が正式にドイツ側から開城の申込みをうけたのは、それから約二時間が経過した午前九時二十分、東呉家村においてであった。

もっとも、すみやかに両軍の使節が開城のための談判にはいったものの、これが遅々として進まず、結局のところ、協定が交わされたのは十三日になってからで、青島占領を内外に発表することができたのは十四日の正午であった。さらには、神尾師団長以下諸隊の青島入城式が挙行されたのは、十一月十六日のことだった。補足すれば、日本側の使節は全権委員として陸軍少将の山梨半造《やまなしはんぞう》ならびに海軍少佐高橋壽太郎《たかはしじゅたろう》であり、ドイツ側の全権委員は陸軍大佐ザックェルである。

ちなみに、このたびの要塞攻略戦は、龍口に上陸し

てより僅々六十余日をかぞえたが、本戦役に参加した日本軍は、その総員は約五万名をかぞえ、このうち直接攻城に参加した兵力は約二万九〇〇〇名、軽砲約五〇門、重砲約一〇〇門であり、ドイツ軍の兵力は約五〇〇〇名と寡勢であったものの、火砲は約一三〇門におよんだ。両軍の死傷は日本側の約一二五〇名にたいし、ドイツ側は約八〇〇名であったという。また、十一月六日からあとの交戦による日本軍の損害は、新聞の速報には戦死約三六名、負傷将校一四名、負傷兵四二六名であったらしい。

ともかく、このようにして青島戦争は終わりを告げたが、このたびの作戦において日本には、山東《さんとう》鉄道を管理運営するという「おまけ」がついた。山東鉄道は、開戦してのち、ドイツ軍がほとんど接収したかたちとなり、軍事利用のための鉄道と化しており、これによって済南あたりから軍事物資が大量に青島へ運びこまれた。日本側にしてみれば「袁世凱はどちらに味方するのか」と叫びたいくらいに忌々《いまいま》しき事態であり、この事実をたしかめえたうえで、神尾は歩兵一大隊からなる金沢支隊を萊州より濰《い》県に展開させ、鉄道をおさえるよう下令した。金沢支隊はただちに行動をおこした。濰県より以西に進出し、十月七日には済南にいたる全鉄道を管理下におさめた。

のちになって日本政府は山東鉄道の完全なる占領と、日本軍による管理経営を指示、その管理に要する警備のため、師団兵力に歩兵第二十九旅団が増加させられた。旅団は、その主力を攻城に参加せしめたが、一部をもって山東鉄道の警備にあたらしめた。

また、これもくりかえしになるが、海軍陸戦重砲隊は師団の攻撃に協力している。

ところで、東洋における戦いが残らず終わったことで、青島はいちおうのところ、日本軍の管理下におかれることになったとはいえ、このまま半永久的に日本軍が駐屯《ちゅうとん》できるというわけでもない。それは欧洲における大戦の行く末が定まるまで、どうにもならない問題だった。

かといって撤退するに理由もなく、したがって日本国政府としては守備軍を置いて青島および他の占領地の守備をおこなうこととした。青島守備軍の司令部を構築し、麾下に歩兵八大隊、騎兵一中隊、野砲兵一中隊、重砲兵一大隊、工兵一中隊、その他若干部隊をもって任にあたらしめた。もっとも、こうした処置はおもに陸軍のことであり、いまだにシンガポールにいる多聞たちをふくめた海軍とはさほど関連性はなかった。

六

唐突ながら、筆者の書斎には、まさにこの当時、世に出ていたものがひとつだけある。

未使用の絵葉書で、説明文には「奉祝青島陥落記念花電車」とある。絵はすこしばかり褪《あ》せてはいるが着色された写真で、裏にはなんとも丁寧なことに「郵便はがき」「POST CARD」「CARTE POSTALE」「POSTKARTE」と数種類のことばが記されている。それだけでも、青島の陥落が当時のひとびとにとって、どれだけおおきなものであったのかが想像できる。世界にたいして知らしめたいという濃厚な意識が、感じられてならない。

花電車は、市電の路線を利用して、東京市祝賀会の会場とされた帝都の中心部を駆けめぐった。おおきさは当時の市電一輛分とおもえばいいのだが、車輪をそなえた台輪部分を紅白の幕と色とりどりの花で覆い、ちょうど漁船の甲板のように前部がひろびろと開放されている。運転席は後部にあり、その立方体の箱の上部にパンタグラフが装着されている。後部に設《しつら》えられた立方体（楼閣《ろうかく》）のかたちはさまざまだが、それよりも甲板のような前部が華麗だった。ありとあらゆる「張りぼて」がつくられ、飾られているからである。

筆者の手元にある葉書の絵柄は翼をもった天馬で、いまにも飛翔せんとする瞬間をとらえたものだった。すぐうしろにつづいている花電車には火砲の「張りぼて」が据えられ、これまた筒先の仰角をわずかに上げながら「撃ち方」の号令を待っているかのような雰囲気である。

こうした花電車は、青島において神尾たちが最後の突撃を画策しているあいだに作られたものなのだろうが、短期間で製作したにしては精緻なものに仕上がっていた。沿道につめかけた帝都のひとびとは喝采をあげながら、この祭礼の山車《だし》を髣髴《ほうふつ》とさせるような花につつまれた美麗な電車の行列を見送った。大正三年十一月十一日のことである。

「……提灯《ちょうちん》行列は、すでに、八日の時点でおこなわれたらしい」

「八日……ですか」

シンガポールに繋留《けいりゅう》中の「鞍馬」の甲板で、多聞は弥市郎にむかって聞きかえした。八日といえば、自分たちは錫蘭水道にあって「エムデン」の追撃に全霊をかたむけていたころだった。ということは、つまり、ドイツの東洋における陸海軍はまさに十一月の上旬、世界中で叩きつぶされていったことになる。

「そうでしたか……」

多聞は、すこしばかり残念そうに呟きながら、セレター軍港から眺められるシンガポールの町並みに瞳を馳せた。

大英帝国が東洋に打ちこんだ巨大な楔《くさび》といっていい最強の植民地は、いまや、平穏な静けさにつつまれている。丈高い建造物といえば高級軍人や資本家たちの宿泊施設となっているホテルくらいなもので、それも熱帯樹林を強引に伐採してつくった広々とした道の脇に、ぽつぽつと見受けられるくらいなものだった。

むろん、この東洋一美しい植民地様式の街には、ホテルのほかにも多くの建築物があり、なかでも瀟洒《しょうしゃ》なつくりになっているのは食堂や娼館などで、経営者は華僑《かきょう》がおおかったものの、日本人のすがたも少なくなかった。ことに娼館あたりにはすでに日露戦争のころから「からゆきさん」の影がよく見られた。

この十一月下旬、多聞らはこの要塞都市に錨《いかり》を下ろしていたが、艦の乗組員のおおくが、そうした懐かしい匂いのする肌をもとめて上陸していた。もっとも、多聞も弥市郎もそうした方面には、手を染めずにいる。ただ、からゆきさんたちは日本の軍艦が入港したと聞き、ちいさな「日の丸」をふりながら、多聞らの「筑摩」や「鞍馬」をむかえてくれた。みな、笑顔だった。こころからの笑顔なのかどうかは多聞にも弥市郎にも想像がつかなかったものの、娼館にひきずりこまれていく水兵と彼女らとのあいだでは、まちがいなく故郷の話に花が咲いたはずだった。

「……おれに遠慮することはないのだぞ、多聞」

からかい半分に弥市郎などは勧めてみるのだが、多聞は上陸しない。理由は口にしない。できるはずもなかった。多聞は、業務の最中であっても、ふとしたとき、海原のかなたに忍子《しのぶ》の面影を追ってしまっている。弥市郎と顔をあわせればなおさらのことだった。

「……この街で提灯行列でもあれば上陸しますがね」

「娼妓たちの日の丸行列では、だめか」

そういって弥市郎は嗤《わら》うのだが、まさか……あなたの姉に操《みさお》をたてているから……とは、さすがに口にできない。

「なんでも……提灯行列は宮城《きゅうじょう》前から英国大使館まで蜿蜒《えんえん》とつらなっていたらしい。いや、それはあくまでも最大の行列で、噂ではそれこそ日本中のありとあらゆるところで提灯行列がおこなわれたと聞くが……」

詳細なところが伝えられてきていない弥市郎たちでは漠然とした行列を想像するしかなかったが、実際のところ、都市から郡部にいたるまで、提灯行列は凄まじいいきおいでおこなわれた。

市民の熱狂ぶりは東京そのものをゆるがすほどで、日が暮れるのも待てず、午後の四時あたりから各地で「祝青島陥落」を記した細竹をかつぎ、もしくは、それこそ酸漿《ほおずき》提灯に「帝国万歳」などと書きこみ、集合場所となっている広場または寺社仏閣の前に集い、行列が始められた。先頭に立ったのは音楽隊で、つづいて大小の旗幟《きし》、高張提灯、滑稽画、日英国旗を描いた同盟提灯などがつづき、万歳を連呼しつつ、提灯を威勢良く振りながら進んだ。

もっとも、その日、戸外に出たものは行列に参加するものだけでなく、見物人もおびただしい数に膨れあがり、たとえば二重橋附近をはじめ、英仏露の各国大使館や陸海両省などの正面は身動きもとれぬほどの市民で賑わい、幾千万の小提灯が宵闇《よいやみ》のなかに浮かびあがり、万歳三唱がそこかしこで木霊《こだま》した。ことに同盟国の英国大使館前の市民の昂揚ぶりは激しかった。

この十一日付で、英国の陸相である元帥キッチナーは日本の陸相にたいし、青島要塞の陥落に関して「英軍は勇敢無比なる日本軍と相提携して青島攻囲に膺《あた》れることを誇りとす」などと打電してきていることが、行列に参加している市民たちをより一層もりあげていた。

まさに帝都は興奮の坩堝《るつぼ》となっていった。

そうしたなかに、じつをいえば、忍子のすがたもあった。

近所のひとびとに誘われて大森《おおもり》から宮城前までやって来、知らず知らずのうちに酸漿提灯を手渡され、行列のなかに引きこまれてしまった。けれど、混雑はやがて混乱になり、その海嘯《つなみ》のようないきおいに押され、押しもどされ、攫《さら》われ、ひきもどされた。気がつけば、ともに大森からやってきた町内の主婦や子どもたちのすがたはなく、忍子は行列からも弾きだされて見物人のあいだを彷徨《さまよ》っていた。

ふと、視界の端に皇居の外堀が映った。そのまま、万歳の連呼を耳朶《じだ》にとどめつつ歩いていけば、かなたに神楽坂《かぐらざか》の停車場が見えた。あたりには萬燈が灯り、洪水のように光が溢《あふ》れている。忍子はおもわず眩惑されそうな気分になりながら、神楽坂の下へ出、自分でもわからぬうちに酸漿提灯を手にさげたまま、坂を上りはじめていた。

やがて、毘沙門天《びしゃもんてん》まで上りつめたとき、ふわりと多聞の顔が浮かんだ。弟の弥市郎の顔ではなく、饅頭《まんじゅう》のようにつるりとした多聞の顔だった。出撃の直前、多聞は忍子にむかって「自分たちが凱旋《がいせん》してきたら、酸漿提灯で迎えてほしい」というような台詞《せりふ》をのこしていったが、さて、いったいいつになったら、多聞たちは帰ってくるのだろうと、このとき、忍子はおもっていた。

そんな忍子の胸中など、シンガポールにいる多聞にわかるはずもない。

弟の弥市郎にしてもおなじだった。かれらは帝都における微かな情報を得ていただけで、提灯行列など、おそらくは上野で催されている東京大正博覧会の混雑ぶりとおなじようなものだろうというくらいの想像しかしていない。だから、忍子が群衆に揉《も》みくちゃにされながら、いつのまにやら神楽坂を上りつめていったなど、想像できるはずもなかった。

多聞たちにはいってくる情報は、どちらかといえば、欧米からのもののほうが多かった。

シンガポールには陸海軍の駐在員もいたが、たとえば「ニューヨークタイムズ」などから、アメリカの世論を知ることのほうが容易だった。米国の世論は、かなり冷静に東洋における戦争の進捗情況を眺めている。いまも触れた「タイムズ」などは「……日本軍はまさしくこの大戦に於《お》ける最初的勝利を得たる名誉を博したるなり。もとより膠州の占領は日本の戦争参加の際より逃れざりし所なり」とし、さらに「支那領土より独逸が駆逐されし影響を論ずるは無益なるが、米国に於いて日本の善意を疑うべき顕著なる理由なかるべし」とも、社説に論じた。

日本にたいして胸の奥底に多少の懸念を蔵しながらも、できるかぎり客観的に観察していこうとするアメリカの姿勢が感じられる。

七

ともかく、当時の日本の興奮ぶりは想像してあまりある。

そこにあるものはひたすらの「歓喜」であり、この小さな列島が震えるほどの喜びが湧きあがっていた。そうした感情は、たとえば十二月二日、陸軍航空隊が他の部隊にさきがけて凱旋してきたときも、所沢《ところざわ》には一大緑門が建設装飾され、市民は大国旗をかかげて空の勇士たちを歓迎し、祝った。

航空隊だけではない。翌三日には第二艦隊が横須賀に帰港したが、これもまた前夜まで極秘であったにもかかわらず、おびただしい出迎えの人影に盈《み》ちた。

この日、港湾には乳色の霧が流れ、それを透かして斑《まだら》に雲の浮かぶ初冬の蒼穹《そうきゅう》が眺められたという。午前九時、風が霧を爽やかに流し、それがあたかも幕開けのようになって、旗艦「周防」以下の艦艇（千歳、利根、石見）が帰港してきた。

もちろん、前檣《マスト》に中将旗をひるがえした旗艦の甲板には誇らしげに敬礼した安曇十兵衛のすがたがあった。わざわざ汽艇に乗って出迎えにたったのは依仁親《よりひとしん》王《のう》や博恭王《ひろやすおう》をはじめ、鎮守府の高官たちや艦隊司令長官の夫人および家族などで、横須賀の市長や名誉職員らも大伝馬船を用意して、そこに紫の部旗を十数旒《りゅう》おしたて、六樽の清酒もともに積みこみ、波を蹴った。むろん、海相や軍令部長などを乗せた水雷艇も大臣旗を潮風に靡《なび》かせながら、艨艟《もうどう》たちの碇《てい》留《りゅう》地点である十一号浮標をめざして滄漣《そうれん》を割ってくる。

「……かえってきたなあ……」

安曇は、たれにいうともなく、感慨をもらした。

こうして海軍軍楽隊による「君が代」や「凱旋の曲」を鼓膜にとらえながら登舷礼のおこなわれてゆくさまを眺めるのは、ことばではいいあらわせないほどの感慨があったろう。嚠喨《りゅうりょう》と響きわたる軍楽ののちには「周防」にたいして万歳が三唱され、安曇は贈呈された樽酒に頬をより一層染めあがらせながら、退艦した。

ちなみに、第二艦隊をあずかる加藤定吉《かとうさだきち》が参謀長ほか十七名をひきつれて入京のために横須賀を発ったのは十二月四日のことで、到着駅は新橋《しんばし》だった。時に午前九時二十八分。かつて、日本海海戦によってバルチック艦隊を撃攘した東郷平八郎《とうごうへいはちろう》が凱旋してきたのもこの新橋であり、このたびはその東郷本人が出迎えるべき側にまわっていた。駅の周辺には万国旗が飾られ、ここまで出張してきた海軍軍楽隊が「海軍行進曲」を奏し、加藤らは六台の馬車に打ちのって日比谷《ひびや》にむかい、海軍省にはいった。もちろん、安曇もそこにいる。そして十時三十分、かれらは坂下門より参内、表御座所にて拝謁をおおせつけられ、海相や軍令部長が侍立するなか、加藤の口から戦況が奏上された。海軍省への帰還は十一時四十五分であったという。

また、南遣艦隊も以後、すこしずつ帰還をはじめ、最初は十二月七日午前六時半、栃内《とちない》曾《そ》次郎《じろう》ひきいる「常磐《ときわ》」「八雲《やくも》」の二艦が横須賀に帰港した。前檣に翩《へん》翻《ぽん》と中将旗をはためかせ、艦尾には粛々と軍艦旗を掲揚しつつ、やはり、海軍軍楽隊の奏する凱旋の曲と万歳の連呼によって迎えられた。

むろん、凱旋してきたのは海軍ばかりではない。陸軍もまた、陸続と勝利の戦場から帰還しつつあった。十二月十日午前六時四十分、堀内文次郎ひきいる歩兵第五十五聯隊および歩兵第四十六聯隊が臨時軍用列車で大村《おおむら》に到着し、午前十一時十分、山田良水ひきいる歩兵第二十四旅団と歩兵第五十六聯隊が久留米《くるめ》駅に凱旋した。

かれらもまた県知事をはじめとする夥《おびただ》しい数のひとびとに出迎えられたが、なんといっても数万の市民による万歳の号呼によって迎えられたのは凱旋将軍の神尾光臣であった。時は十二月十八日午前十時半、処は東京駅（中央停車場）である。また、この凱旋の日をもって東京駅は開業をむかえた。

神尾は、これよりさきの十一月十六日朝、青島への入城式も執りおこない、また同日午後にはイルチス練兵場において戦傷病死者の招魂祭も執りおこなってきた。むろん、敵も味方もない。戦闘に参加した日英軍とドイツ軍の死者を悼むべく、神尾はみずから祭文を朗読した。そして治安維持にはいっておよそ一ヵ月後、帝都に凱旋したのである。

このとき、神尾とその幕僚のまわりはどこもかしこも花につつまれていた。凱旋を見学するひとびとも道往く馬車も、長閑《のどか》に走る電車も、いや、沼津から神尾らを乗せた特別列車にしても花に埋もれていた。展望室も談話室も、寝室でさえも花環や花籠、さらには紅白の水引によって彩られていた。ちなみに帝都へ入るやや手前の国府津《こうづ》には、神尾の家族があらかじめ出迎えに立っていた。息子の毅一《たけいち》、女婿の有島武郎《ありしまたけお》、外孫の有島行光《ゆきみつ》と同敏行《としゆき》などがそうだが、このとき神尾は左右に鳥籠をかかえていた。ひとつの鳥籠には山東の張村において部下の捕獲した鸚鵡《おうむ》が、もうひとつの籠にはドイツ軍が済南と青島とのあいだの連絡に用いていた伝書鳩が入れられていた。神尾は孫をしっかりと抱きしめたのち品川に入り、ここで東京駅への一番列車となる新式の車輛に乗りかえ、花吹雪の舞いみだれる帝都のあたらしい玄関口に降りたったのである。

諸手をあげて出迎えたのは首相の大隈重信《おおくましげのぶ》であり、大隈は神尾の手をちからをこめて握りしめ、ただひとこと「ご苦労」といった。神尾は各大臣ならびに英国武官などに挨拶をしたのち、駅長の先導によって駅前の広場に出た。紅白の布をもって柱に巻きつけるなどして美麗に化粧のなった東京駅の正面には、宮内《くない》省さしまわしによる菊の御紋章付きの黒緑色の馬車が待機しており、午前十時半、神尾は万雷の歓呼のなか、この馬車に座乗し、半個小隊の儀仗騎兵に守られながら参内した。

このように、青島などの戦場からはおびただしい数の陸海将兵が帰還してきたが、この時期、まったく趣を異にした兵士たちもまた、日本に到着している。珍客といっていいのだが、要するにドイツ軍の俘虜であった。

青島戦の独軍捕虜の第一陣は、すでに十月十日の時点で久留米まで護送されてきていたが、かれらは運送船「日東丸《にっとう》」に乗りこまされたときから、信じられないような待遇をうけていた。厚遇、である。なにしろ、食事が好い。将校たちには毎朝オートミールに鶏卵二個に角麵包《食パン》に紅茶が出され、午餐にはスープに麵包に肉にライスカレーに紅茶が出され、晩餐にはスープに麵包にチキンに紅茶が出された。また兵卒には毎朝麵包に日本茶、午餐には米飯二合にシチューに日本茶、晩餐にはライスカレーに日本茶が給された。さらに内地へ到着したのちは船中において入浴もさせ、着衣と携帯物を消毒にかけ、その消毒中、将校には普通洋服を、下士卒にはフランネルの和服を二枚ずつ提供している。まさに優遇といっていい。

優遇といえば、ウイマークなる下士官がいた。よく日本語を解するので、なぜかと問うたところ、日本に滞在して七年になるという。青島へは英独が開戦したのと同時に召集されていったのだという。また、妻は日本人で現在は朝鮮にいるらしい。また、妻の妹は帝都青山《あおやま》に住しているという。ウイマークは、その義理の妹にたいして自分が久留米まで送られていることを電報で知らせてやりたいと懇願してきた。この懇願は容れられ、書信も許可されている。

このウイマークもふくめた捕虜の第一陣は将校二名、下士官九名、兵卒四四名の計五五名であったが、日を追うごとにまるで雪玉が坂を転げおちてゆくように増えつづけ、たとえば十一月二十日朝には運送船「太陽丸」によって四国高浜《たかはま》に将校五名、下士卒九四名が送りこまれ、同日午後には姫路《ひめじ》に「カイゼリン・エリザベート」の将校八名、準士官一八名、兵卒二九七名が送りこまれ、翌二十一日朝には大阪に「台東《たいとう》丸」によって将校二二名、下士卒四五〇名が送りこまれ、同日午後三時には名古屋駅に参謀将校七名以下三一四名が到着するという盛況ぶりだった。

めずらしい光景としては、大阪へ送りこまれたうちのひとりの水兵が、後生大事に一挺のバイオリンをかかえていた。聞くところによれば、青島に籠城していたなかで唯一のバイオリニストであるという。日本軍は、こうした兵士らの携帯品には武器弾薬のほかは手をつけず、柳行李《ごうり》をかかえたものもトランクをかかえたものも、すべて私物はそのままにして収容所にまで送りこんでいった。

収容所においても、かれらは厚遇されている。たとえば、将校ひとりにつき八畳二間、下士卒は八畳一間に三名ずつの割合で収容され、電信や手紙はその自由をゆるされ、朝にはボイルドエッグに麵包に紅茶、昼にはライスカレーもしくはハヤシライスにビフテキもしくはコロッケなどのフライをつけて珈琲《コーヒー》を呑ませ、三時には紅茶と果物、夜にはチキンライスや麵包にふたつばかりの副食物（ローストビーフやボイルドフーズなど）を出すというように、充分な栄養をとれるよう、日本側としてはたいそう注意をはらいつづけた。将校には、信じがたいことだが、佩剣《はいけん》まで許されている。

かれらはたしかに立場上は俘虜ではあったが、客ともいうべき待遇を受けたとおもっていい。

八

俘虜の話をもうすこしばかり、しておきたい。

ひとりのまためずらしい俘虜がいて、かれはそもそも大阪高等医学校の教授であり、開戦とともに陸軍予備役中尉として青島に籠城させられた人物だった。収容先は東京の品川《しながわ》俘虜収容所だったが、輸送されるおり、かれは「大阪毎日」の記者にたいして、こう語った。

〝余は七月下旬、予備軍人として青島に向かいしが、野戦には加わらず、参謀付として守備軍本営に詰めいたり。今回は計らずも俘虜となりて、再び貴国に見ゆる事となりしが、戦争終結後は再び懐かしき大阪の地に還《かえ》りたしと希望し居れり。貴軍の攻撃振りは勇猛無比にして、ただただ驚嘆の外なし〟

また、孤山における戦闘で俘虜となったドイツ東亜派遣隊の下士官ヤンゼンは、他の俘虜とともに久留米に送られたが、その船中、監督官の許可を得たうえで「時事新報」の記者と単独で語りあい、つぎのように述べている。

〝当初捕虜となりたる際、貴国軍人は予等に向かいいささかも侮蔑《ぶべつ》の意を示すなく、むしろ予等の武運拙《つたな》く捕虜となりたる身に対し大いに同情し、殊に砲兵少佐新納《しんのう》巌《いわお》氏のごときは、深く予等の境遇に同情して種々優しき言葉を以って慰められ、またいろいろ物品を与えられたるは、予等の終生忘るるあたわざる所なり。記念として懇望せる名刺を肌身離さず所持し居れるが、船内にてもすこぶる好遇を受けたり〟

欧洲の戦場では血で血を洗うような……相手国の兵士をとてもおなじ人間とはおもわぬような……酷烈きわまりない戦闘がつづけられているなか、ここ、日本だけはちがった。俘虜たちは国内一二カ所（のちに六カ所に統合）の収容所に送られたが、どこを眺めても、かれらのおかれている立場は、俘虜というよりは遠来の客であった。

これは、四六〇〇名あまりをかぞえたドイツ兵の多くが日本などに居住していた民間人を召集したもので、そもそも日本にたいして理解が深く、それなりに愛情をもっていたため、そうした捕虜と接する日本兵たちのこころにも同情の念が濃く浮かびあがっていたということもあったろう。だが、それ以上に、日本としては欧米などの諸外国にたいして恥をかきたくないという強烈な感情があった。世界の一等国として国際法をまわりがあきれるほどに遵守し、堂々と胸をはって欧米諸国とつきあっていきたいという明確な意志があった。自国への矜持《きょうじ》といってもいいが、別な観方をすれば、自分たちは武士であるという誇りが、俘虜をして歓迎厚遇するという現象を生むにいたった。そう、おもっていいのではないか。

実際、たとえば、徳島の俘虜収容所などは木造二階建ての壮麗な県会議事堂があてられ、主食の麺包は俘虜の指導をうけて菓子屋が焼き、毎朝、大八車に乗せて運びこんできた。また、ここの商業会議所において配布された七項からなる注意書きには「俘虜に対しては、冷嘲、悪罵または乱暴の行為を採らざるよう注意すること」からはじまり、捕虜に粗製濫造品を売りつけて日本の信用を傷つけないようにと喚起し、また「俘虜見舞人の来市に対し、旅宿業者はなるべく叮嚀《ていねい》にこれを取扱い、室内及び食器、夜具、食料品等精々清潔にせられたし」とも注意し、俘虜の出歩く町の店舗は相当の装飾をするように促し、最終的には「俘虜に対して、みだりに飲食または遊興を勧め、不当の利益を得るがごとき事を注意せられたし」と、徹頭徹尾、日本が世界にたいして恥をかかず、誇りをもって対処するよう、配慮している。

これはどの収容所においてもおなじで、静岡の衛戍《えいじゅ》司令官も通訳を介してこう訓辞した。

〝貴下等が今回の戦役に際し、不幸にして俘虜としてここに収容するに至った境遇に同情する。貴下等は独逸軍人の名誉に鑑《かんが》みて、所長以下将校の命令を守り、よく規定を遵奉《じゅんぽう》して、安らかに平和克復の機を待たれよ〟

要するに、日本に武士道があるように欧洲にも騎士道があり、それは誇りをもって互いを尊重しあうところから成りたつものである。そうである以上、いまは不幸にも敵味方とはなっているが、戦争はたんなる外交の一手段に過ぎず、これが終われば親愛の情をもって再び友となれるよう、おたがいに努力しあおうではないか、という投げかけにほかならなかった。

俘虜たちも、こうした日本側の気持ちによくこたえた。

たとえば、のちになって徳島、丸亀《まるがめ》、松山《まつやま》の収容所が統合されて徳島郊外に三九万六〇〇〇平米の板東《ばんどう》俘虜収容所ができたとき、九五三人の俘虜はみずから麺包を焼き、腸詰をつくり、山林の伐採などの労働のあとには麦酒で喉を潤《うるお》し、日本式の風呂にはいり、家畜を飼い、地元のひとびとと交流し、世間から「模範収容所の板東人」とまで呼ばれるようになっていった。かれらは信じられないことに健康保険組合まで組織し、六〇〇〇冊におよぶ蔵書の図書館から郵便局、果ては化学実験室までつくり、地元に体操を普及させ、サッカーチームをつくって指導し、独語新聞「ダス・バラッケ」まで発行し、おどろくべきことには周辺の渓谷に石造りのドイツ橋を建設し、あたりの小丘陵には二〇〇戸をこえる別荘まで建ててしまった。ちょうど激戦地青島の港を見下ろす小魚山《しょうぎょさん》の別荘地を髣髴《ほうふつ》とさせるが、いうなれば、この板東はかたちをかえた青島であったかもしれず、俘虜収容所というよりまさしくひとつのドイツ村であった。

それをものがたる幾葉もの写真がある。

村の住人である元陸軍上等兵のエドアルト・ライポルトは、写真が趣味だった。かれは愛用のカメラを首から下げて、頻繁《ひんぱん》に町へ出た。そして、そこかしこの風物を丹念に撮影していった。その写真が、現在もなお、残っている。路上で阿波《あわ》踊りをおどる女性や子ども、生糸をつくる娘、台所にしゃがみこんで料理をつくる婦人、子どもの散髪をする母親、田植えをする女性たち、葉藍づくりにはげむ村の女たち、茶摘にいそしむ婦人と子どもなど、かれはしきりにシャッターを切りつづけた。ほとんどが女性の写真であることが、かれの当時の心情を如実に物語っているが、かれはおそらく、日本女性のたぐいまれなエロティシズムに驚嘆したにちがいない。着物をはしょって水車を踏む女性をフレームのなかに見たとき、その桃色の腰巻が徐々にめくれあがり、裾から瑞々《みずみず》しい内腿が覗《のぞ》いたときなど、声をあげて感動したにちがいないし、家屋の端にしつらえられた風呂桶のなかで淡い陽をあびながら入浴する女の黒い瞳とファインダーのなかの自分の青い瞳とが官能まじりに絡みあったときなど、えもいわれぬほどに胸がときめいたことだろう。だが、板東の女たちは、そうした「ドイツさん」にたいして、なんの抵抗もなく写真を撮らせ、ほほえみかけ、むつまじく交流した。ライポルトはその一例である。

かれらは、さまざまなものを日本に残したが、そのなかでも最大のものは音楽だった。

当時、青島の沿岸砲兵隊に軍楽隊があった。隊長の名は、ヘルマン・ハンゼン。このハンゼンがのちに収容所内にMAK（沿岸砲兵隊）オーケストラと呼ばれる管弦楽団をつくり、活動したのだが、じつは所内にはもうひとつ、楽団があった。パウル・エンゲル楽団といい、このふたつが競いあうようにして演奏会を催していった。おのおの四五名の員数であったという。また、楽器や楽譜は在日外国人らの支援提供により、パウル・エンゲルは徳島市内まで出張して音楽を教授した。かれらはさまざまな曲を演奏したが、大正七年六月一日六時半、ハンゼンのオーケストラは俘虜たちをまえにして八〇名の合唱団をあわせた巨大な曲に挑んだ。ベートーヴェンの第九交響曲である。俘虜たちは最後には声をあわせて大合唱し、その双眸《そうぼう》には、望郷の想いにかられてか、涙がにじみつづけていたという。

この感動的な「第九」の日本における初演を聞きつけた日本人がいる。紀州《きしゅう》徳川家の十六代目にあたる侯爵徳川頼貞《よりさだ》で、かれは八月十三日に板東まで駈けつけ、懇請して「第九」の第一楽章を演奏してもらい、日本人ではじめて日本において「第九」を聞いた。

世は、タンクや航空機や毒ガスによる大量殺戮《さつりく》時代の幕開けであり、戦場のほどちかくでは「自由をよこせ」とばかりにアイルランドが蜂起独立し、ロシアでは「パンをよこせ」とばかりにロシア革命が勃発し、日本内地でも「米をよこせ」とばかりに米騒動が全国に飛び火し、また理想をたかだかと掲げた武者小路《むしやのこうじ》実篤《さねあつ》がトルストイに影響され、有島武郎に徹底的な非難をあびながらも、宮崎に「新しき村」を建設し、苦汁をなめつづけた。そんな激動の時代に、板東だけは時の流れから解放されたかのように、すばらしい世界を現出させた。俘虜たちはのちになって「世界の何処《どこ》にバンドーのようなラーゲリが存在しただろうか」と語り、みずからを「バンドー人」と称し、帰国してのちも「板東会」なる組織まで結成した。

奇蹟といっていい。

だが、この奇蹟は、まちがいなく日本人のこころが生み出した奇蹟にほかならない。

九

歴史は、ときとしておもわぬ偶然をつくりあげる。

まずは「第九」の偶然について記しておきたいのだが、日本人の手による「第九」全曲の初演は、徳島の板東において ドイツ人が日本人に初めて披露してから六年後の大正十三年（一九二四）一月二十六日で、九州大学フィルハーモニーによる摂政宮《せっしょうのみや》（後の昭和天皇）殿下御成婚奉祝音楽会において、医学部教授の榊保三郎《さかきやすさぶろう》の指揮のもと、和服姿の男声・女声合唱団が「歓喜の歌」を歌った。それも、日本語である。文部省撰奉祝歌詞なるもので、一番はこうなっている。

今日しも擧げますかしこき御典《みのり》
喜びことほぐ我等の聲《こえ》は
野山をうごかしみそらに満ちて
世界の果まで響きぞわたる
祝へ祝へ今日のよき日

これは偶然にも、ベートーヴェンが「第九」を初演してより、ちょうど一〇〇年目にあたっている。ちなみに、日本において毎年暮れに「第九」が演奏されるのは第一次世界大戦が契機になったのではなく、後年の第二次世界大戦が濃厚に関係している。昭和十八年（一九四三）十月二十一日、神宮外苑で出陣学徒の壮行会が催されたのだが、二カ月後の十二月、東京音楽学校（現東京芸術大学音楽学部）でも、出陣してゆく学友のために職員と生徒全員による壮行の音楽祭が催された。このとき、器楽科と声楽科の生徒がそろって演奏できる曲ということから、第九交響曲の第四楽章が選ばれた。さぞかし、凄まじい感情のほとばしりによる演奏であったろうと想像されるが、戦争が終わってのち、復員してきた生徒たちが帰らぬ身となった学友たちの霊をなぐさめるためにと、昭和二十二年十二月三十日、日比谷公会堂で思い出の曲「第九」を演奏した。以来、慣習のようにして「第九」は年末をむかえるとともに全国各地で演奏されるようになったのだが、日本における「第九」の歴史は、あまりにも数奇にできているといっていい。

というのも「第九」がドイツ人俘虜によって演奏されたのは、なにも板東だけではなかったからである。久留米の収容所にも楽団があった。四〇名からなる楽団で、かれらもまたベートーヴェンを演奏した。ベートーヴェンばかりではなく、ワーグナーもモーツァルトもブルックナーも、さまざまな交響曲を全曲演奏し、その演奏会は公式に記録されているだけで一四五回、非公式もふくめれば二〇〇回の余におよんだ。かれらがかれらの手による「第九」を初演したのは大正七年七月九日、指揮者はカール・フォークトである。板東よりも遅れること一カ月だったが、フォークトもまたパウル・エンゲルとおなじように久留米市内に出て音楽の指導をおこなっており、その縁もあって、俘虜が帰国する際の大正八年十二月三日、久留米高等女学校（現福岡県立明善《めいぜん》高校）の講堂において交歓会がもよおされ、そこで俘虜によって「第九」の第二楽章と第三楽章が奏された。女学生たちは、収容所以外で初めて演奏された「第九」を聞いたのである。そして二日後、収容所最後の演奏会が設けられ、ここにおいてようやく第四楽章が奏された。もちろん合唱付の全曲演奏で、指揮をとったのは男爵ゲオルグ・フォン・ヘルトリングなる人物であったらしい。

つけくわえるなら、さきに九大フィルハーモニーによる「第九」の日本人による全曲初演について触れたが、じつをいうと、そのときに使用されていたホルンが、久留米の収容所でドイツ人に愛用されていたものであった。歴史の系譜というのは、ときとして静かな感動を呼ぶものらしい。

ところで、偶然というのは、じつは「第九」のことではない。

板東にも久留米にも、いや、そのほかの収容所においてもドイツ俘虜による「ドイツ村」めいたものが建設された。それは、いってみれば日本とドイツとの交流の証となるのだろうが、おなじように、日本の軍人たちも「第九」が演奏されつづけた時期、ヨーロッパにおいて「小さな村」をつくった。まったく正反対のことが、おこるのである。ただし、ドイツ軍人たちの「村」は山のなかにつくられたが、日本軍人たちの「村」は海のなかにつくられた。

それが、地中海のマルタ島であり、山口多聞は、その住人のひとりとなった。

だが、いましばらくは、ならない。多聞は、翌大正四年の三月に横須賀まで帰還したが、これといって大きな役目は仰せつけられず、しかし、前年十一月の末日をもって聯合艦隊が常設されるという艦隊令も公布されているため、日々、虚しいばかりの横須賀待機をおくっていた。かれは大正四年十二月一日をもって海軍中尉に進級し、海軍砲術学校の普通科学生となり、翌五年六月一日には、海軍水雷学校の普通科学生となっている。どちらも兵科将校の義務教程であったが、海原にでることは、ほとんどなかった。

「……欧洲では、戦乱がいよいよ酷烈な様相を呈しはじめているというのに……」

多聞は、ことあるごとに、そういいつつ拳《こぶし》をにぎりしめている。

そのたびごとに、

――まあ、愚痴をこぼしても仕方あるまい。

などと、弥市郎が多聞の肩をたたいては気持ちを和らげようとしてくれるのだが、どうにも、じっとしていられない。

退屈というわけではなかったが、さまざまな報道を耳にするたびに、骨髄のなかにある軍人としての血潮が騒ぎだしてくるようで、如何ともしがたかった。

　このころのまわりの情況を眺めてみると、遣米支隊の一部（肥前、浅間）だけは依然としてアメリカにいる。つまり、同期の喜久松はいまもなお「肥前」に乗りくんだまま、米国沿岸の海原にある。弥市郎もかなり忙しい。大正四年十二月に「鞍馬」から軍令部付として転出したからで、内外の情報の収集に夜も昼もないといった具合だった。かれは大正五年十二月に大尉となって水雷学校の高等科学生となるのだが、それまでは大森の自宅に帰ることもたまにあるかどうかという状態がつづいていた。

　自然、多聞が訪ねていっても、家にいるのは忍子だけで、その都度、多聞は玄関のかたすみに置かれている「帝国万歳」と書かれた酸漿提灯を瞳にとめた。あるとき、忍子は「お約束どおりにしましたわよ」と悪戯っぽく囁いたが、刹那、多聞は全身の血が逆流するような情感をおぼえた。

　学生としての日々をおくることは、かれにとって手持ち無沙汰なものにはちがいなく、それゆえ、興味の対象が忍子になっているのか、それとも、まったくなんの関係もなく、ただ、忍子の凜《りん》とした美しさと少女のような愛らしさに、こころが傾斜してしまっているのか、多聞自身、よくわからない。だが、ふと気づくと、築地《つきじ》などで石鯛のいいのを探している自分がおり、さらに気づくと西瓜をかかえて大森の藤村宅まで急いでいる己がいるのである。そして、その昂揚しきった多聞の瞳が見つめているのは、軍令部に缶詰状態となってしまった弟を持つ、美しき姉であった。

「ねえ、多聞さん」

　あるとき、弥市郎の帰宅を待ちながら、ふたりして穴子の味醂《みりん》干しを食べていたとき、ふと、忍子がいいだした。

「……あの酸漿提灯、来年の毘沙門天さまの左義長で燃してしまってもいいかしら」

　やはり、酸漿提灯は精霊《しょうりょう》迎えのためのものであるらしいから、というのである。提灯行列で酸漿提灯をかかげるのは戦地で命を落とした英霊に捧げるためのもので、それは注連縄《しめなわ》などの正月飾りとともに灰に帰し、天にのぼらせてあげるのがいちばん好いのだと、近所の主婦から耳にしたらしい。

「……けれど、いちおう、多聞さんにお聞きしてからとおもって」

「いや……わたしなどは、なにもわかりませんから」

実際、軍事のほか、なんの興味もない。多聞はすこしばかり頬を赤らめながら、首をふった。だが、なんとなく、酸漿提灯が火にくべられてしまうと、それだけで自分と忍子とを結んでいるなにかが断ちきられてしまうような、そんな気がした。

「……けれど……鬼灯《ほおずき》ならば、ほんものの……あの鉢の鬼灯が来年もまた……」

「ええ。咲きますものね」

しっとりとした笑みをむけてくる忍子の長い睫毛を見返したとき、多聞はおもわず胸を針で突かれるような感覚をおぼえた。ほんの一瞬だったが、このまま、海原にでることもなく戦争が終わってはくれないものかともおもった。戦争が終わり、弥市郎にあたまをさげ、忍子を妻として迎えさせてほしいと頼みこんでいる平和な日々のなかの自分を、想像していた。

だが、そうはならなかった。まさに今、遙かかなたの海原に、巨大な轟音が響きわたっていたからである。海中を錐《きり》で揉《も》むように疾走してゆく魚のかたちをした恐るべき兵器が……魚雷が……地中海を地獄の海に変えつつあったからだった。多聞は、そこへ赴かなければならない。ただし、まだ、その遙かなる海で悲劇に巻きこまれてしまうことなど知る由もない。

第四章　抜《ばつ》錨《びょう》

一

　魚雷の歴史は、ちょっと驚いてしまうほどに古い。

　考案されたのは一八六四年であり、試作に成功したのはその二年後のことだった。日本史でいえば、前者は元治《げんじ》元年で、ちょうど幕末の動乱のまっただなかであった。天狗《てんぐ》党の乱、蛤御門《はまぐりごもん》の変、第一次長州《ちょうしゅう》征伐などがあり、はるかのちの第二次大戦において日本があいてどることとなる英仏米蘭の連合艦隊が下関《しものせき》を砲撃した年である。また後者は慶応《けいおう》二年にあたり、自由貿易や海外留学が許可され、第二次長州征伐が勅命により停止した年となる。そのような昔、欧洲においてすでに魚雷が造り出されていた。

　興味ぶかいことに、考案されたのは国土の大部分が山の上にある内陸の国オーストリアである。とはいえ、当時のオーストリア＝ハンガリー二重帝国はアドリア海まで版図を広げ、海軍もそれなりに構築されていた。そこのジョバンニ・ルピスなる海軍士官が魚雷を考案した。ただ、実際に試作したのは四方を海に囲まれたイギリス出身の人間で、R・ホワイトヘッドという名の技師だった。

　はじめて世に出たのは……つまり、実戦で使用されたのは……一八七七年（明治十）で、処《ところ》は黒海《こっかい》、ロシアとトルコとのあいだにおこなわれた露土戦争においてロシアの水雷艇からトルコの汽船にむけて発射された。それが歴史上、はじめての魚雷による撃沈となる。

　この魚のかたちをした水雷兵器が、このたびの欧洲大戦を悲劇に落としこんだ。不気味な唸《うな》りと気泡をあげつつ海中をつきすすみ、やがて錐《きり》で揉《も》みこむようにして敵艦のどてっぱらにつきささり、その衝撃によって爆裂するという、きわめて単純な兵器だったが、こいつが北海、大西洋、そして地中海といった欧洲の海を恐怖のどん底に叩きこんだのである。

恐怖というのは、いつどこからともなく突発的に襲ってくるからこそ恐怖たりうるわけで、あらかじめ攻撃されることがわかっていれば、さほどの恐怖心はない。つまり、水雷艇などのように遠目からでも戦闘にはいることのわかっている艦艇からの魚雷攻撃は、まだ、こころの準備ができたし、それなりに対応することも可能だった。

だが、潜水艦からの雷撃はそうはいかない。

いつ、どこから攻撃されるのか、まったくといっていいほど予測がつかないからだった。

この時代、各国の艦船は水中音波探知機などを備えているわけではなく、潜水艦にたいしてはほとんど無防備の状態にあった。それは各国ともに、いちおう海上兵力のひとつとして潜水艦を保有していたものの、まだまだ主要な艦艇としては扱われていなかったことに拠《よ》る。どちらかといえば奇抜な兵器のひとつと認識されており、あくまでも駆逐艦や海防艦などとおなじ補助艦艇という扱いが濃厚だった。それが、一躍、海上兵器の花形として、ひとつの名を轟《とどろ》かせはじめたのである。

Uボート、であった。

ちなみに「Uボート」というのは「Unter See Boot」の略であり、英語では「Under Sea Boat」となる。要するに「潜水艦」である。潜水艦についてもいささか説明しておけば、魚雷とおなじく耳をうたがってしまうほどに古い。

史上最初の潜水艦は、独立戦争（一七七五～八三）の嵐が吹きあれるアメリカで誕生した。「タートル」という。ただし、ひとり乗りで、しかも人力である。イギリス艦の艦底に時限爆薬をとりつけようとして漕ぎだしたが失敗に終わった。そのつぎに歴史のなかに顔をだすのが南北戦争（一八六一～六五）のころで、こちらは「ヘンリー」という。やはり人力推進で、南軍の兵器だった。艦首より衝《つ》きだした角のような部分に火薬を装塡《そうてん》し、北軍の軍艦めがけて体当りするというもので、見事に成功、撃沈したものの、自らもまた衝撃をうけて損傷、沈没した。

余談ながら、はるかのち……ちょうど南北戦争の終了時からかぞえて七〇年後にあたるのだが……日本軍は、これとおなじような特攻兵器を生みだすことになる。

人間魚雷「回天《かいてん》」である。

この「回天」の部隊は菊水《きくすい》隊や金剛《こんごう》隊など一〇隊が編成されたが、そのなかのひとつに多聞《たもん》隊なるものがあり、六隻の「伊《い》号」に乗りこんだ。内「伊五八潜」の多聞隊は原爆を搭載した米艦「インディアナポリス」の撃沈の準備にはいったものの、艦長橋本以行《はしもともちつら》の「人命尊重」の判断により多聞隊の出撃は中止、かわりに橋本は艦搭載の酸素魚雷によって「インディアナポリス」を撃沈、日本に三つめの原爆が投下されるのを未然に防いでいる。

もっとも、そうした「タートル」のような「ひとり乗りの潜水艦」は正式なものとはいえず、動力源である電動機の技術が確立し、潜水艦が正式に採用されるようになったのは一八八六年、フランスにおいてである。ついでながら、一九〇〇年にはアメリカが、一九〇六年にはドイツが採用に踏みきっている。つまり、この物語の時代は、まさに潜水艦が海原へ解きはなたれたばかりのころだった。

さて、オットー・ウェディゲンというドイツの海軍大尉がいる。

かれは、排水量四九三トン、乗組員二四名という小さな潜水艦「U－9」の艦長としてこのたびの大戦をむかえることになったのだが、この艦が大仰にいえば以後の海中における戦闘の歴史をつくりあげることになった。

一九一四年（大正三）九月二十二日早朝、艦はバッテリーの充電をおこなうべく、うねりのたかい北海沖に浮上した。刹那《せつな》、艦橋の見張員が声をはりあげた。視界に、三隻の敵艦が確認されたからだった。装甲巡洋艦「アブーカ」「ホーグ」「クレッシー」である。ウェディゲンはただちに魚雷を発射、排水量一万二〇〇〇トンという右記三隻の大物を撃沈した。これ以降、連合国軍はUボートを恐れるようになり、反対にUボートの跳梁《ちょうりょう》は盛んなものとなっていった。

ウェディゲンの働きは、凄《すさ》まじいものだった。

同年十月十五日にも、イギリス・スカパフローの近海において巡洋艦「ホーク」を轟沈《ごうちん》させており、これにより、かれは皇帝ヴィルヘルム二世からブルー・ル・メリット勲章を授けられている。かれは、まさしく、Uボートの名を全世界にむかって高からしめた人物であるといっていい。

だが、ウェディゲンの栄光は長くはつづかなかった。

かれは、年があらたまるとともに「U－9」から「U－29」に異動したのだが、その艦がウェディゲンにとっての棺《ひつぎ》となってしまった。

三月十一日、ウェディゲンは英商船の「アデン・ウェン」を捕捉した。かれは国際法を遵守《じゅんしゅ》するという明確な意志をもっていたから、船を拿《だ》捕《ほ》した際、乗組員の安全を確保してのち、あらためて雷撃をおこなって始末した。そして、さらなる獲物をもとめてスコットランド沖を北上していったのだが、そこで、戦艦「ドレッドノート」に発見された。当時の潜水艦は、現代のもののように潜航したまま七つの海を股にかけることはできない。浮上して航走する際に充電し、その電力によって潜航する。蓄電容量によって潜水時間も左右されるため、できるかぎり長く浮上していたい。このため、おおむね夜間は浮上航走した。発見されたのは、そうしたおりのことだった。

この「ドレッドノート」は、世に「ド級」という名をのこした記念すべき戦艦だったが、こいつが信じられないような戦法に出た。砲門によって「U－29」を撃沈しようとはせずに、あたかも古代のガレー船の戦いを観るように、艦首にある衝角《ラム》をもって激突してきたのである。この乾坤一擲《けんこんいってき》の吶喊《とっかん》によって「U－29」は横倒しとなり、ウェディゲンは他のすべての乗組員とともに北海の藻屑《もくず》と消えたが、当時の戦闘がまだまだ現代的なものとなっていないことの象徴のような光景といっていい。

だが、ウェディゲンはまちがいなく潜水艦による戦闘方法の扉をひらいたといってよく、後年、ナチス＝

ドイツが再軍備を宣言したおり、復活したUボートに
よる最初の部隊には『ウェディゲン戦隊』という名が
冠されている。

もっとも、Uボートによって連合国軍の心胆を寒か
らしめた艦長は、なにも、ウェディゲンだけではな
い。

いまひとり、アーノルト・デ・ラ・ペリエールなる
海軍大佐がいる。

もともとは軽巡洋艦「エムデン」の水雷士で、一九
一六年（大正五）一月、地中海にあった「U―35」
の艦長となり、艦に乗りこんだ。ペリエールの初戦果
は二月二十六日のサロニカ沖で、兵員輸送船「プロバ
ンス二世」をたった一本の魚雷で沈め、フランス兵九
九〇名を地中海のまっただなかへ叩きこんだことだっ
た。以来、かれの勲功は凄まじく、一九一八年（大正
七）初頭、命令によって「U―139」へ異動するま
でに軍艦三隻、兵員輸送船五隻、商船一八七隻、帆船
六二隻を始末するという多大な損害を連合国にたいし
て与えている。

こうした潜水艦による通商破壊戦は、イギリスを飢
餓状況に追いこんでいった。

当時、Uボートは北海、大西洋、地中海あたりでは
まさに無敵といってよく、こうしたイギリスのような
島国をあいてどったときの大国の戦略は、以後、徹底
的な潜水艦による無差別通商破壊戦を実施することに
よって勝利への道をきりひらくというものに定着して
いった。後年のアメリカをはじめとする連合軍が日本
にたいしておこなったもののように、である。日本は
真珠湾ののち、マレーやインドネシアでこそ凱歌をあ
げたが、以後は通商路や兵站線を残酷なほどに断ちき
られ、滅んだ。もっとも、これは余談にすぎない。

二

「観てみたいものだなぁ……」
横須賀に帰ってからというもの、山口多聞が口にす
るのはそればかりだった。
帰国後、かれは新聞などを賑わしているUボートに

たいして、いいしれない興味をもちはじめていた。もちろん、潜水艦を見たことがないわけではない。日本にもある。ただし、ライセンス生産もしくは購入によるものだった。だが、多聞が横須賀まで帰還した大正四年（一九一五）春三月の時点では、まだまだ「潜水艦」などと呼べるような代物ではなく、すべてが「潜水艇」であった。なにしろ排水量も小さく、とてもではないが諸外国の最新式の艦と肩をならべられるような代物ではなかった。

多聞が、

――観てみたいものだなあ。

と、ためいきをつくように洩《も》らすのは、むりもないことだったのである。

情報としては、整理しきれないほどに入ってきていた。諸外国の潜水艦のおおまかな数値もそれなりに識《し》ることはできた。だが、実際にまのあたりにしてみないことには、いったい、どれほどの強靭《きょうじん》さを誇り、どれくらいの威圧感をもっているのかなど、よくわからない。映像として見えてこないかぎり、多聞には想像のしようもなかった。

軍艦「筑摩《ちくま》」に乗りこんだまま横須賀で待機をつづけ、大正五年をむかえつつあるころに海軍砲術学校の学生となったが、砲術の極意を学ぶよりも、やはり潜水艦のことが頭を離れなかった。

大森《おおもり》の藤村《ふじむら》家をおとずれても、口にするのは潜水艦のことが多かった。だが、忍子《しのぶ》の弟弥市郎《やいちろう》とは、ほとんど逢《あ》えない。かれは「鞍馬《くらま》」を降りてからも軍令部が自宅であるかのように詰めている。自然、多聞は忍子をあいてにして漠然とした思いを口にするよりほかにない。もっとも、多聞にすら見当のつかない新型兵器のことなど、忍子に理解できるはずもない。ただ、そういうものなのですか、と合いの手をいれるくらいが精一杯のことだった。

「すぐにでも、欧洲に出かけていきたいものです」

あいかわらず、多聞はよく喋《しゃべ》っている。

ほかの連中を前にしたときなどはさほどでもないのだが、どうしても忍子の前にでると、舌がうわずりながらも回転しはじめる。茶をだされたときも、食事に箸《はし》をつけているときも、喋りつづけていないと落ちつかないらしい。

「じつは、近日中に呉《くれ》まで行ってきます」

あるとき、多聞はこころもち上気した顔で告げた。

「ついに、わが国にも国産の潜水艇が竣工《しゅんこう》するのです。その公試運転に立ちあいます」

呉海軍工廠が独力でつくりあげた第十六潜水艇のことで、それまでの欧米の設計によるものではない純国産の潜水艦だった。艦はのちになって三等潜水艦に類別されて「波《は》号第七」と改名される。だが、潜水艇すら観たことのない忍子には、どうも像が浮かばないらしい。

「……なんだか、海坊主みたいなもののようですわね」

そういって眉《まゆ》を顰《ひそ》めるのだが、多聞はそれでも一向にかまわず、呉から土産《みやげ》をもって帰京してきたときも潜水艦について語りつづけた。

この大正四、五年というあたりは、たしかに欧洲では戦争が膠着《こうちゃく》状態にはいり、二進《にっち》も三進《さっち》もいかないという泥沼に陥《おちい》りかけてはいたものの、日本では徐々に景気が回復し、上げ潮めいた空気が流れはじめていた。ただ、男と女では情報にたいする観方もやはりちがってくるらしく、たとえば多聞が「ロンドンにドイツの飛行船が襲来して爆弾を投下したそうです」といえば、忍子は「そうらしいですわね」と頷《うなず》くのだが、

――そういえば、ちょうどそのとき、ほら、三浦《みうら》環《たまき》さんでしたか、オペラハウスで「蝶々《ちょうちょう》夫人」を初めて演じられたそうですわね。

と、つけたしてくる。

たしかに大森の家を訪《おとな》ってみると、居間のかたすみにはこのごろ流行りのマンドリンなどが置かれていて、多聞が玄関口に立ったときなど、ズッペの「恋はやさしい野辺の花よ」や中山晋平《なかやましんぺい》の「ゴンドラの唄」あたりを爪弾《つまび》く音色が聞こえてきたものだった。多聞が目黒《めぐろ》の競馬場でおこなわれた日本最初の自動車レースの話題をだせば、忍子もまた松井須磨子《まついすまこ》の芸術座がロシア・ウラジオストックで「復活」の公演を成功させたことをもちだしてくるという感じで、まこと、男

と女とでは興味をもつ方向がかなり違っているものらしい。

だからといって多聞の足が大森の藤村家から遠のいていったかといえば、そうでもない。

いや、弥市郎にはなにも打ち明けることもなく、徐々にではあるが、多聞は忍子を外へ連れだすようにもなっていった。最初は大正天皇の即位の大典がもよおされたときで、ふたりして日本橋《にほんばし》まで花電車を眺めにいった。そのつぎは新劇の観賞に連れだした。本郷《ほんごう》座で公演された川上貞奴《かわかみさだやっこ》一座による「サロメ」だった。忍子の興奮ぶりは驚くほどで、その昂ぶった気分のまま、ふたりだけで初めてカフェに立ちより、青鞜《せいとう》社《しゃ》の平塚《ひらつか》らいてうや尾竹紅吉《おたけこうきち》などが舌を湿らせたという、ちかごろ話題の「五色の酒」をおそるおそる味わってみた。

「まあ、きれい」

グラスをまえにして、忍子は少女のような声音で驚いてみせた。

たしかに綺麗《きれい》だった。ふたりが足を運んだのは小網《こあみ》町鎧橋《よろいばし》の畔にある「メイゾン鴻《こう》の巣《す》」なるカフェで、そこがちょうど、フランスで流行している「五色の酒」を出すという評判のところだった。五色の酒というのは、ひとつのグラスに比重のちがう五種類の酒を注《つ》ぎかさねたもので、ストロベリー・リキュール（赤色）にペパーミント（緑色）にマラスキーノ（青色）にヴァニラ（白色）にコニャック（鳶色）が層になり、五彩色に煌《きら》めいていた。だが、普段から酒を呑みなれていない忍子の口にあうはずもない。ひとくち含んだだけで喉が焼けつき、おもわず全身が火照《ほて》り、かすかに時を忘れてしまいそうな眩暈《めまい》を感じた。

多聞は大酒呑みであり、これくらいの酒《カクテル》ごとき、いくら呷《あお》ったところでなんの支障もなかったが、さすがに忍子の腕をとって大森まで送っていったときは、悪酒を浴びるほど食らったときのように鼓動が激しくなっていた。玄関口で忍子の足が縺《もつ》れ、おもわず多聞にしなだれかかったときなど、自分ながら、脳が破裂するのではないかとまでおもった。

（このまま……）

酔いにまかせて添遂《そいと》げたいとおもわないでもなかったが、懸命にこらえた。

「すみません、調子に乗って、つまらないものをおすすめしてしまったようです」

　こころの奥で「いつまでも紳士をきどりつづけていても仕方がないぞ」と小さな小さな悪魔が小さな小さな声で囁《ささや》きかけていたが、多聞は、抱きかかえるようにして連れてきた忍子を、玄関の小縁に腰掛けさせるだけで精一杯だった。

　だが、その夜、そんな多聞にたいして、五つも年上の彼女は、こう、いったのである。

「……ごめんなさいね、多聞さん。……おあがりになる……?」

　リボン式の髪留《カチューシャ》が黒髪からやや垂れさがり、その先端が洋装の胸元でかすかに覗《のぞ》いている鎖骨のあたりへ掛かっている。酔いのせいか、鎖骨からうなじにかけて、わずかに汗が滲《にじ》んでおり、多聞を見あげる眸子《まなこ》もなんとなく潤《うる》んでいるように見えた。朝露に濡れた花弁のような丹唇《くちびる》が微妙に開きかげんになって、多聞を待っているようにも見えた。だが、やはり、かれの理性の箍《たが》は、どんな金梃でもはずれないようにできているらしかった。

「……今夜は、失礼いたします」

　どくどくと波打ちつづける鼓動を必死になって鎮めながら、多聞は逃げるようにして藤村家をあとにした。ただ、あまりにも興奮していたためだろう。門をでたところの闇溜まりのなかに弥市郎のすがたがあったことに、多聞は気づいていなかった。弥市郎もまた、われながら人が悪いとはおもいつつも、玄関口での多聞と姉忍子のやりとりを息をころして覗きつづけており、駈けるように飛びだしてきた多聞に声をかけることもしなかった。

　ただ、

　——まずいなあ。

　とだけ、呟きつつ、玄関先にしばらくのあいだ、佇《たたず》みつづけた。

　ふと、耳朶《じだ》に掻《か》きむしるようなマンドリンのトレモロが聞こえてきた。忍子の奏でる「ズッペ」だったが、弥市郎は胸中……野辺の花は眺めているときだけが美しいのだ……と、おもった。

もっとも、弥市郎としては多聞にいらぬ世話をやくつもりもなかった。

だいいち、それどころではない。

かれの詰めている軍令部には、津波《つなみ》のように欧洲の……それも地中海方面の……情報が飛びこみつづけていた。ドイツのUボートの跳梁を速報するもので、連合軍の艦船はそこらじゅうで悲鳴をあげ、海の藻屑と消えつづけていたのである。

野辺の花を観賞していられるような時では、なくなろうとしていた。

三

このたびの大戦において、Uボートによるイギリス一国の船舶の損害は四二〇〇隻をこえた。すさまじい数字といっていいが、しかし、そもそも通商破壊戦に出たのは、ドイツよりもイギリスのほうが早かった。

さきほども触れたオットー・ウェディゲンの指揮する「U－9」が三隻の巡洋艦を仕留めた二カ月後の一九一四年十一月、イギリス首相のハーバート・アスキスはドイツの北にひろがる北海を交戦海域に指定、中立船舶はドーバー海峡を回るように指示するとともに、敵国むけの軍需物資はすべて没収するというおもいきった方策にでたのである。

通商破壊戦のはじまりであった。

ドイツ首相ベートマン＝ホルヴェークは、イギリスから仕掛けてきた通商破壊戦にたいして厳重な抗議をおこなった。国際法上、条件付き軍需物資のなかに食糧は含まれていない。にもかかわらず、イギリスはドイツ国民の食糧までも封鎖したとして、この作戦を「飢餓封鎖」と指摘し、抗議したのである。

ただ、ドイツの場合、たれでも知っているとおり、島国ではない。

農産物などの食糧については、じつをいうと、スカンジナビア諸国やオランダなどからいくらでも陸送できた。イギリスの海上封鎖で途絶えはじめた輸入品は、石油やゴムなどといった天然資源であった。とはいえ、ドイツは天然資源についても代用品を実用化するなどして枯渇をしのぎ、経済も破綻するまでにはいたらなかった。だが、海上を封鎖されたという心理的な圧迫はつよく国民にのしかかり、食糧などが配給制にされたことで……実際に足りないということはなかったが……国内には不安の影がさし、それがインフレをひきおこしはじめていた。

こうなってくると、ドイツとしてもイギリスにたいする報復を考えねばならない。

ドイツもまた、通商破壊戦に出たのである。

一九一五年（大正四）二月四日、ドイツ政府はイギリス周辺を交戦海域に指定、商船をふくむあらゆる船舶を無警告で撃沈するという宣言をおこなった。要するにUボートによる通商破壊戦の開始である。これにたいしてイギリス政府も三月一日、対抗措置としてドイツの港湾を出入りするすべての船舶を撃沈するという声明をおこなった。

ただ、このとき、イギリスはドイツの潜水艦のちからをあなどっていた。海上における戦力は自分たちのほうが上であるという過信から、右のような措置をおこなったものとおもってよく、潜水艦などはアメリカ独立戦争時の「タートル」ほどの威力しかないと信じていた。ところがそうではなかった。

亀はいつしか狼となっており、海上は泥沼と化したのである。

この英独の競いあう通商破壊戦は、たれがどう観たところでドイツのほうが優勢だった。Uボートによる連合国軍の喪失船舶数は年を追うごとに増大していっている。開戦の年はたった三隻だったものが、翌一九一五年には三九六隻、一六年には九六四隻、一七年には二四三九隻という数にまで膨れあがっていった。これは、水上艦や機雷、さらに航空機などによる被害とは比べものにならない数値といっていい。

このようなUボートによる通商破壊戦にたいして厳重な抗議をおこなった国がある。

アメリカ合衆国であった。

理由がある。一九一五年五月七日の午後三時一〇分、ニューヨークからリバプールにむけてアイルランド南岸を航行していたイギリス・キュナード汽船株式会社所有の「ルシタニア」が「U－20」の放った魚雷の餌食《えじき》となり、一一九八名の犠牲者をだしたことが、発端だった。この「ルシタニア」は四本の巨大煙突をもつ超豪華客船で、全長二三二メートル、幅二七メートル、総噸《トン》数三万三九六トン、第一甲板から第四甲板までエレベーターで昇降し、植物園から図書館まで備えていた。この船が、たった二本の魚雷によって轟沈した。生存者は七〇〇名余をかぞえたが、犠牲者のなかにアメリカ人が一二八人いた。このため、米大統領ウィルソンのもとへドイツへの強硬外交を要求する電報が嵐のように押しよせてきた。

さらには同年八月十九日、またもや、破壊戦がおこなわれた。イギリスの大型客船「アラビック」が「U－24」によってアイルランド南方沖において撃沈され、アメリカ人四人が犠牲となった。しかしながら、それでもウィルソンは欧洲大戦に参加するという意思は示さなかった。それが米国民の希望でもあったからで、そうした世論のあとおしをうけて、翌一六年、大統領に再選されている。ただし、当面のところ、参戦はしなかったものの、ドイツにたいして厳重なる抗議だけはおこなった。

アメリカを敵に回したくないドイツとしては、同年九月一日、イギリス近海における無制限潜水艦戦を一時中止した。したものの、ドイツの提督にして海軍大臣のアルフレート・フォン・ティルピッツはあくまでも破壊戦の継続を主張し、首相のベートマンと激しく対立した。結局、この対立は一九一六年三月十二日、独皇帝ヴィルヘルム二世が首相側につき、無制限潜水艦戦の禁止を支持したため、ティルピッツが辞職するというかたちで決着がついた。ところが、決着がついたはずの翌日、独軍令部は「無制限潜水艦戦の禁止をゆるめる」というまったく正反対の措置を発表、三月二十四日にはイギリス海峡において客船「サセックス」を「新U－29」が撃沈、アメリカ政府から「客船の攻撃を中止せねば、国交断絶もありうる」という警告が発せられた。こうして同年四月二十四日、再度、ドイツは「無制限潜水艦戦の禁止措置」を発表することになったのである。

ところが、運命の渦潮は、アメリカをひきずりこもうとして、猛烈ないきおいで流れつづけていたらしい。一九一六年五月三十一日、ユトランド海戦が勃発した。これまでドイツとイギリスはヘリゴランド沖海戦やドッガーバンク海戦などによって干戈《かんか》をまじえてきており、どの海戦においてもイギリスが優位にたっていた。イギリスとしては、一気にドイツの海軍力を奪いさってしまいたいと希求していたことだろうが、そうはならなかった。

海戦は、さまざまな部隊がいりみだれたものとなった。イギリス側はジョン・ジェリコのひきいる連合艦隊（ド級戦艦二八隻基幹）とデビッド・ビーティのひきいる巡洋戦艦部隊（主力九隻）であり、ドイツ側はラインハルト・シェールのひきいる外洋艦隊（ド級戦艦一六隻基幹）とフランツ・フォン・ヒッパーのひきいる巡洋戦艦部隊（主力五隻）という布陣だったが、このほかにドイツ側は一二隻のUボートをスカパフローー軍港の周辺に配置し、英艦隊が出撃する際に奇襲攻撃をしかける腹だった。もっとも、このUボートによる撃滅戦は完全に失敗し、海戦は両国艦隊の主砲による決戦となった。詳細は省くが、ともかく、この海戦によってイギリスは巡洋戦艦三隻（インデファティガブル、クイーンメリー、インビンシブル）ならびに補助艦艇一一隻、ドイツは旧式戦艦一隻（ポンメルン）ならびに巡洋戦艦一隻（リュッツォウ）、そして補助艦艇九隻を喪失《そうしつ》した。また、イギリス側の戦死者は六〇九六名に達し、ドイツ側のそれは二五五一名をかぞえた。ちなみに、その戦死者のなかに、ひとりの日本人がいる。下村忠助《しもむらただすけ》という観戦武官で、英艦「クイーンメリー」に乗りこんでいたため、沈没死している。

ところで、そうした戦果だけに目をやれば海戦の勝利はドイツ側にやや傾いているようにもおもえるが、しかし、この海戦ののち、独艦隊はキール軍港に逼塞《ひっそく》し、イギリスの封鎖にあったまま、二度とふたたび外洋に打ってでようとはしなくなってしまった。要するに決戦を放棄し、戦域海面から離脱してしまったわけである。

のちになってこの海戦の勝利うんぬんについて東郷《とうごう》平八郎《へいはちろう》は、

――イギリスの勝ちにきまっちょる。海戦の結果、どちらの被害が多いかなどは勝敗となんの関係もなか。ドイツは、逃げた。ドイツの負けは明らかでごわす。

と、評したらしいが、その観察はまちがっていない。

ドイツの海上勢力は、完全にイギリス海軍によって追いつめられてしまったといっていい。こうなってしまうと、もはや、ドイツが恃《たの》みとするのは「海中の兵力」よりほかにない。つまりは「Uボート」であり、潜水艦による無制限の通商破壊戦の復活だった。かれらは三度《みたび》、血と涙を忘れた。一九一七年（大正六）一月三十一日のことである。

以後、Uボートは海中の悪魔と化した。結果的な数字をいえば、大戦が終了するまで、総数五七〇八隻という船舶を海原に叩きこみ、非戦闘員の商船乗組員と乗客あわせて一万三三三三人という驚愕的ともいえるような数の生命を奪いさった。それは同時に、イギリスを飢餓状況に陥れたことになるのだが、とどのつまりは通商破壊戦という、勝利のためには慈愛も憐憫《れんびん》もかなぐりすてるという戦略が、英独双方をかぎりなく疲弊させ、かつまた犠牲にならずともよいひとびとの命を奪い、より巨大な戦闘をひきよせることとなってしまった。

アメリカの参戦と日本海軍の地中海遠征である。

四

唐突ながら、以前、とある雑誌に「関《せき》ヶ原《はら》の戦い」について寄稿したことがある。

とはいえ、関ヶ原そのものをつらつらと書いたのではなく、関ヶ原でおこなわれた主力による決戦のほかにも、当時はいたるところで東西に分かれた小競り合いが勃発しており、それについて点描した。そうしたなかに、越前《えちぜん》加賀《かが》の大聖寺《だいしょうじ》城でおこなわれた戦さがあり、それなりの紙数を割《さ》いた。

山口宗永《やまぐちむねなが》という武将がいる。そもそもは小早川秀秋《こばやかわひであき》の家臣であったのだが、相容《あいい》れず、豊臣《とよとみ》家のとりなしをうけて大聖寺城をあずかった。おりしも関ヶ原の合戦が勃発し、宗永は関ヶ原へ急ぐ前田利長《まえだとしなが》勢を阻《はば》むべく、行動をおこした。とはいえ、たれが観たところで多勢に無勢であり、宗永の勝ち目はどこにもなかった。しかしながら、宗永は三日三晩にわたって前田勢の攻撃をはねかえしつづけ、ついには自らの死と交換に、前田勢の漸進《ぜんしん》をおさえきった。

そうした稿をおこしたのだが、しばらくして宗永の子孫という方からお手紙をいただいた。山口宗敏《むねとし》、といわれた。宗永の遺児が中国地方に落ち、松江《まつえ》藩に仕え宗敏氏までつづいていたらしいのだが、氏は、山口多聞のご子息であるという。かすかな驚愕《きょうがく》とともに、筆者はその雑誌の編集をされていたT氏と神楽坂《かぐらざか》をのぼった。

多聞がどこにいくにも昇降した、神楽坂である。

宗敏氏のお宅はかつての多聞の実家にあるのではなく、現在は東京郊外にお住いなのだが、とある銀行を定年で退職されてのち、都内での所用をこなすため、かつての実家ちかくにマンションを借りておられた。

そこで宗永から多聞にいたるまでの家系のお話を聞くことができたのだが、そのおり、宗敏氏は、

——多聞の遺品のひとつに、こんな葉書がありま す。

といって、ふるい一葉の葉書をさしだされた。

それは写真を葉書に印刷したもので、どうやら、多聞とその同僚たちが駆逐艦に乗っているところを撮ったものらしかった。驚いたことにはイギリスからの便りで、それも欧洲大戦が終了したおり、神楽坂の実家にあてて書いたものだった。

「お父上は、地中海の遠征に参加なさったのですか」

「そのようですね」

多聞にうりふたつの宗敏氏は、きわめて温容にうなずかれ、さらに一冊の写真集をだしてこられた。目をやったとき、おもわず声をあげるほど吃驚《びっくり》した。日本海軍の地中海遠征のおりの記録写真集で、末尾には地

中海までの航路や途中途中の風物、さらに交戦記録などが詳細な図をともなって付けられていたからだった。大正期における日本海軍のさまざまな遠征について興味をもっていた筆者にとって、それはいきなり眼の前にあらわれた宝物のような気がした。

「ですが……」

と、宗敏氏はいわれた。

「……親父がこの葉書をだしたころは、独り身です。当然、わたしは生まれてもおりません。ですから、その時代の親父がどのような思いを抱き、どのように地中海で戦ったのか、実際にはよくわからないのです」

ただ、山口多聞という人間は、きまじめなところもあるにはあったが、なんとも茶目っ気にあふれた人柄でもあったらしい。たとえば、極秘と書いたメモを残して、艦船の性能などを列挙しているかとおもえば、数々の写真のなかで自分の気に入らない将校の顔などに「鬚《ひげ》」などの落書きをして愉《たの》しんだりもしている。

そうした当時の多聞について、後世のわたしどもが逸脱しない範囲において多少の想像をめぐらすことは、おそらく許されるにちがいない。

宗敏氏のもとを辞し、神楽坂をくだるにつれ、Uボートが北海や大西洋、そして地中海を跳梁していること、多聞はなにをしていたのだろうという思いが湧きあがってきていた。海軍内の学生であったことはまちがいない。毎日、神楽坂をのぼりおりしながら欧洲の情勢におもいを馳せつつ、水雷や砲術について学習をつづけていたことだけは疑いない。

だが、大正五年の秋あたりには、大戦は泥沼状態に陥っている。また、すでにUボートの魚雷によって日本商船「八阪丸《やさか》」までもが撃沈の憂《う》き目に遭っている。感情の量がきわめて多い海軍士官が漫然とした日々を送っていられるはずもないと、本稿の担当H氏とともにふたたび神楽坂をのぼって宗敏氏のもとにお邪魔したときには、そう、確信していた。

多聞は、口惜《くや》しかったろう。

こころのなかに抱えている憤懣《ふんまん》が爆発しそうになっていたことだろう。

また、その時期は、大正五年の暮れあたりであったにちがいない。

多聞の感情が沸騰したのは、同期の五木《いつき》喜久松《きくまつ》などが、濃厚にからんでいる。喜久松は大正四年十二月に遣米支隊の任をとかれて帰国するや、多聞とともに中尉となり、そろって海軍砲術学校の普通科学生となった。また翌年（大正五）六月には海軍水雷学校の普通科学生となっている。ただし、多聞とちがうのは、同年十二月に欧洲への出張を命ぜられたことだった。

戦場の視察、である。

「どうして、おまえが欧洲で、おれが潜水艦なのだ」

そのように、憤懣をぶつけてやりたくもなったろう。

喜久松が出張を命ぜられたとき、多聞は第三潜水隊付を命ぜられていたのである。

「……そんなふうに口を尖《とが》らせて文句をいわれても、困る。多聞よ、おまえだけが内地に残留するわけでもないだろうが。実際のところ、小澤《おざわ》さんだって、学生じゃないか」

たしかに喜久松のいうとおり、小澤治三郎《じさぶろう》は、大正四年二月から横須賀海兵団付として大尉となって「千歳《ちとせ》」に乗組んでいたが、同年十二月には「河内《かわち》」の分隊長を拝命し、このほど……大正五年十二月……海大乙生として勉学の日々にはいることとなっていた。

喜久松は、多聞の肩に片手をそえながら、なぐさめるようにいった。

「ものごとというものは、おのれの希望どおりになにもかも運ぶものじゃない。小澤さんだって欧洲には行きたかろう。だが、文句ひとつ口にせず、海大へ通う準備をすすめている。小澤さんにしてからが、そうだ。多聞、おまえはおまえで励めばいいじゃないか。だいいち、おまえは潜水艦について……Uボートについて……知りたがっていただろう。実際に北海や地中海まで行かずとも、潜水艦の知識を仕入れることは充分にできるはずだ。そうはおもわないか」

「……それは、たしかにそうだが……」

多聞には、親しくしているほかの連中の動向もおもしろくない。

たとえば、第二艦隊司令部付第四戦隊の砲術参謀であった安曇十兵衛《あずみじゆうべえ》などは、とうに欧洲への出張を下達《かたつ》され、大正四年六月から渡欧（イギリス、フランス）しており、いまにいたってもなお欧洲から帰国せず、このところ、まったく顔をあわせてはいなかった。ちなみに安曇は年が明けるとともに帰国して、駆逐艦「榊《さかき》」の水雷長となるのだが、そんな人事など、艦への乗組の内示がまったくない多聞は知りたくもなかったろう。

安曇だけではない。青島《チンタオ》戦でモーリス・ファルマン水上機を駆りながら縦横無尽《じゆうおうむじん》の活躍をした金子養三《かねこようぞう》は、大正五年四月まで「若宮丸《わかみや》」に乗組んでいたが、横須賀航空隊飛行機隊長を経て大正五年九月からは、やはり、欧洲出張（大正六年十二月まで）を命ぜられていた。

また、大西滝治郎《おおにしたきじろう》は横空付、そして艦隊航空隊付と立場は変わりつつも「若宮丸」あらため「若宮」への配属はつづいていた。和田秀穂《わだひでほ》も大正四年六月まで「若宮丸」に乗組んでいたが、艦を降りてすぐの同年七月から大正五年三月まで欧洲（イギリス、フランス、イタリア）への出張を命ぜられていた。さらに帰国してからも、ふたたび「若宮」へ戻り、横空の教官も兼任していた。

さらに追撃ちをかけるがごとく、日置釭三郎《ひおきこうざぶろう》も日本にいない。かれは喜久松とともに帰国してのち、大正四年五月に「肥前《ひぜん》」の分隊長から、横鎮《よこちん》付航空術研究委員ならびに「若宮」分隊長を経、大正五年四月からフランス、イタリア方面に出張していた。はるかな後年に軍需大臣となる同期の中島知久平《なかじまちくへい》とともに造兵監督官として欧洲航空界の技術研究をおこなうためだった。

みな、西へ東へ非常にあわただしく動いている。

――そう、鬱屈《うつくつ》するものではないぞ。

と、同期に慰《なぐさ》めはんぶんに励まされたところで、鬱屈しないはずがない。

神楽坂をのぼっていく足取りも、とても潑剌《はつらつ》としたものとは見えなくなっている。こころなしか両肩もさがり、眉間《みけん》には皺《しわ》が寄り、総じて多聞という人間そのものが不満をおおいに抱えこんでいるような雰囲気を醸《かも》しだしていた。

イギリスから日本にたいして正式に「地中海への艦隊派遣」の要請があったのは、ちょうど、そのあたりのことである。

五

大正六年（一九一七）が明けるころ、世界の覇者と自他ともに認めてきた大英帝国における船舶の被害は、九〇万トンにおよぼうとしていた。いや、Uボートの猛威によって日々刻々と増大しつづけていた。こうした悲惨な状況下、英本国の食糧事情は甚《はなは》だしく悪くなっている。貯蔵されていたはずの糧秣もほとんど底をつきはじめていた。

そうした最悪の事態をむかえているイギリスには、おおくの日本海軍の将校たちがいる。

欧洲大戦の視察をおもな目的として派遣されている面々の一部だった。赴任期間に多少の差異はあるものの、安保清種《あぼきよかず》、阿武清《あんのきよし》、飯田延太郎《いいだのぶたろう》、出光万兵衛《いでみつまんべえ》、今《いま》村信次郎《むらのぶじろう》、小栗孝三郎《おぐりこうざぶろう》、塩沢幸一《しおざわこういち》、末次信正《すえつぐのぶまさ》、鳥巣玉《とすたま》樹《き》、藤田尚徳《ふじたひさのり》、舟越楫四郎《ふなこしかじしろう》、松下元《まつしたはじめ》、森田登《もりたみのる》などは、それぞれ、在英日本大使館付の武官もしくは補佐官として駐在し、ロンドンを中心にしてさまざまな施設などを視察したり、英軍艦に乗りこんで観戦におもむいたりしていた。

毛色の変わったところでは、杉政人《すぎまさと》は機関中佐造船監督官として川崎《かわさき》造船所に出向したのち、機関大佐としてイギリスに出張することとなっていたし、藤本喜《ふじもとき》久雄《くお》は造船監督官として、このたび、渡欧の準備にはいっていた。

ざっと見渡しただけでもそれだけの海軍軍人がイギリスにおり、おおくは海上で至近弾に遭遇したり、もしくはロンドンで空襲を体験し、深刻な食糧事情をまのあたりにすることとなった。かれらはたしかに同盟下にある軍人であったため、かなりの部分、めぐまれた生活をおくっていられたが、ひとたび市街に足を運ぶや、市民たちが餓えを訴えている現場に出くわし、通商破壊戦の凄まじさというものを肌で体験することとなっていった。

——酷《ひど》いな。

という言葉しか、咄嗟《とっさ》にはおもいつかなかったが、それ以外にこの惨状を的確にあらわすことのできる台詞《せりふ》はなかったろう。

連合国の多くの兵士は皆、こんかいの大戦が数ヵ月で終わるものとおもっていた。だが、その楽観的な予想は根底から覆《くつがえ》り、いまや、いつまで続いていくのかもわからない。もちろん、大英帝国内は戦車や航空機や毒瓦斯《ガス》の蹂躙《じゅうりん》する戦場となった大陸よりは幾分かはましであったが、しかし、飢餓状況は決して半端なものではなかった。

こうした悲惨な状況を……窮境を……打開するため、イギリス政府は必死になって方策を案じた。だが、これといったものは浮かんではこなかった。議会は眠れぬ夜をかぞえきれないほどに経験し、煩悶《はんもん》をくりかえしたのち、たったひとつの案に到達した。

——日本海軍に遣艦派兵を懇請するよりほかにない。

という結論であった。

これは首相になったばかりのデビッド・ロイド・ジョージの提案だった。かれはアスキスが政争によって敗れたことで、一九一六年暮れ、首相となった。それまでは、キッチナーのあとをうけて陸相の地位にあったのだが、かれの場合、開戦時は蔵相であり、さらに軍需相を経て陸相になっていた。変転の激しい人物といっていい。

ところで、アスキスの躓《つまず》きは、ダーダネルス海峡突破をもくろんだガリポリ上陸作戦の失策にあった。トルコへの真正面攻撃ともいえるこの作戦は、日本海軍が護衛して輸送しつづけたアンザック軍団をまきこみ、おおよそ一年間（一九一五年中）にわたって繰りひろげられたが、戦線の移動はほとんどなく、両陣営がおのおの二五万人という犠牲者をだしながら終了した。この作戦の失敗によってアスキス人気は地に落ち、チャーチルもまた海相の座を追われることとなった。

ちなみにチャーチルをひきずりおろしたのも、当時、軍需相となっていたロイド・ジョージであり、そのおりには「チャーチルはトルコをわれわれに刃向かわせた男だ」と激しく非難罵倒している。だが、かれは、チャーチルの才能を高く評価しており、おのれの内閣においては即座に軍需相としている。チャーチルもそんなロイド・ジョージには一目おいており、のちのちまで忠誠をつくした。

とまれ、そうした人物が首相となり、魔の海となっている地中海の波を鎮めなければならぬ立場となった。かれが主張したことは「護送船団方式」であった。駆逐艦をもって商船を護衛させ、Uボートによる被害を軽減させようとしたのである。だが、これには海軍側から猛烈な反対があった。たとえば、ユトランド海戦のおりの連合艦隊司令長官ジョン・ジェリコなどがそうで、かれは海軍大臣としての立場から、こう叫んだ。

「速度がまちまちの商船をひとまとめにする場合、いちばん鈍足の商船にあわせなければならない。そんなことになってみたまえ、敵潜の思う壺《つぼ》ではないか。たやすく発見されるばかりか、退避すらも難しくなってしまう。だいいち、駆逐艦は現在、主力艦の護衛をするだけで手一杯の状態なのだ」

このジェリコの反対意見を、かれのあとをうけて連合艦隊司令長官を拝命していたデビッド・ビーティも猛烈に支持した。素人《しろうと》がつまらぬことをいいだすな、とでもいいたげな態度であったろう。だが、ロイド・ジョージには秘策があった。

「日本海軍に駆逐艦部隊を派遣させれば済むことではないか」

地中海だけではない。Uボートが無制限通商破壊戦を展開している南アフリカ方面へも派遣をうながせばいい。すでに日本海軍はアンザック軍団をまもってインド洋へいくたびも往復している。青島戦のほか、太平洋においてドイツの東洋艦隊を追いつめていったのも、日本の南遣支隊と遣米支隊である。いま、われわれに必要なことは、寺内《てらうち》内閣にたいして執拗な懇請をおこない、日本海軍にあらたな派遣部隊を編成させ、Uボートから商船を守らせればいいのだ。そう、ロイド・ジョージは主張した。

「それに……」

ロイド・ジョージには、確信めいたものがあった。

「……わが国は、こうした非常事態のために、日本にたいしては相当の便宜をはかっている。南太平洋におけるドイツ植民地の占領も認めているし、満洲における日本の地位伸張を理解するという表明もおこなっている。そうである以上、同盟国が危急存亡にある今、日本海軍が腰をあげないなどということは決してありえない」

結局のところ、この主張は容《い》れられた。

また、春五月、イギリス海軍のなかからも駆逐艦部隊が編成され、それが船団の護衛をするべく地中海に派遣されることとなった。こうした背景をもって、イギリス政府は日本政府にたいして「艦隊の地中海派兵」を正式に要請してきたのである。

日本は……いや、海軍は……震撼した。

予想もしていなかった同盟国からの懇請に、上を下への大騒ぎとなった。むろん、軍令部は箝口令《かんこう》を布《し》いて余分な噂が洩れることをふせいだが、しかし、動揺をかくすことはできない。たしかに四方の海は波穏やかなものとなってはいるものの、余剰の艦艇をもたない聯合艦隊《れんごう》にたいして「地中海まで遠征しろ」と下達するのは、尋常でない決意の要《い》ることだった。

たとえば、外務大臣の本野一郎《もとのいちろう》は、即答は保留するべきであるとの意見をもっていた。理由は明確で、開戦のころ、イギリスは日本の参戦について要請してきたり拒否したりと優柔不断な態度をしめしつづけてきたというのに、自国が窮状に陥ったときだけ即座に艦隊を派遣してほしいと懇願するのはすこしばかり礼を失しているのではないかというものだった。また、海軍大臣の加藤友三郎《かとうともさぶろう》もおなじような意見であったといっていい。加藤は八八艦隊の提唱者のひとりであり、その艦隊建造計画に邁進するためには余剰な部隊編成はするべきではないといい、さらに諸外国の対日感情も考慮にいれて「日本海軍はインド洋以西には出撃しない」という意見を堅持しつづけていた。

そんなことは、多聞は知らない。

軍令部付の弥市郎と顔をあわせたおりも、弥市郎はこの弟のように可愛がっている純粋な青年士官にたいして、なにも告げずにいた。だが、弥市郎は多聞の鬱屈がつづいていることをよく承知していた。その鬱屈の種が、自分だけが日本に置き去りにされている、という点にあることもよくわかっている。

いや、多聞の変わりようを、いちばん、感じとっていたのは、やはり忍子だったにちがいない。ただ、聡明すぎるほどに聡明な彼女は、自分から多聞にたいして「なんとなく、お辛そうですね」とか「なにか、ご不満でもあるのですか」などといった問いかけは決してしなかった。ときおり、魚介のたぐいを抱えて大森の家まで顔をだしてくる多聞にたいして投げかけるものは、あくまでも慈愛に盈《み》ちた微笑みだけで、むだな口はいっさい叩かなかった。

六

ところで、欧洲の戦況は実際にはどのように推移していたのだろうか。ドイツがすべての鍵を握っていたことは、すでに触れてきた。その際、なによりも重要なものは、開戦を見ることなく死んだ前参謀総長アルフレート・フォン・シュリーフェンの立案したプランであったろう。

開戦とともに参謀総長たる小モルトケはこの「シュリーフェン・プラン」を発動、計画どおり、通過予定地であるベルギー・フランダース地方へと進攻した。鷲《わし》の帝国旗をかかげるドイツ軍は、クルックひきいる第一軍、ビューローひきいる第二軍、ハウゼンひきいる第三軍あわせて総勢三四個師団という巨大さであり、ひるがえってこの圧倒的な敵をむかえうつべきアルベール国王ひきいるベルギー軍はたったの六個師団という儚《はかな》さだった。

しかも、ベルギー軍の兵備は呆《あき》れかえってしまうほどに時代遅れで、軍装からしてナポレオン時代からまったく変わっておらず、上着は赤線のはいった紺《こん》色詰《つめ》襟《えり》で、金の釦《ボタン》が燦然《さんぜん》と輝いている。ズボンは薄青色であり、緑野に展開したときなど、はるかな遠方からでもすぐにそれとわかる代物だった。綺羅《きら》を飾る時代ならば、それなりに華麗であり、かつ威圧感もあったにちがいないが、できるかぎり自軍のすがたは隠蔽《いんぺい》させたうえで長距離砲でもって敵軍を粉砕するという近代戦においては、あきらかに時代遅れの戎装《じゅうそう》といってよかった。

ドイツは、この欧洲でも類をみないほどに最悪な軍隊を蹴ちらしながら進撃した。最大の激戦地となったのはベルギーとドイツとの国境ちかくに構築されていたリエージュの要塞であり、これを抜くことが、ドイツにとってシュリーフェン・プランを現実化させる唯一の方法だった。

リエージュは国境から約三〇キロほど内にはいったところにあり、ムース川という美しい流れに沿っている。南はアルデンヌの森へとつづく緑野で、アルベール国王が真珠のような美しさだと自讃する町でもあった。ここに、要塞がある。

この時期、ドイツとロシアをのぞいたヨーロッパのほとんどの要塞は、ただひとりの人物によって設計されていた。フランスの工兵中将ブリアルモンなるものがそれで、かれは自慢の分派堡塁《ほるい》式という思想をもとに町をとりつつむように堡塁を多く設置し、堡塁と堡塁とのあいだは幾重《いくえ》にもわたった塹壕《ざんごう》で繋《つな》ぎ、歩兵が守備するという要塞をつくりつづけた。

リエージュもそのひとつで、堡塁は一二個あった。防御力はかなりのものがあり、当時開発されたばかりのポルトランドセメントによる胸壁には機関銃の銃《じゅう》眼《がん》が、中央部には隠顕《いんけん》式の砲座が設置され、砲は二一〇ミリ臼砲《きゅうほう》が一基、一五〇ミリ加農《カノン》砲が四基、据えられていた。ちなみに砲座の天井は厚さ二八〇ミリの鉄板が用いられ、その中央部は六五〇ミリのコンクリートで守りぬくという堅牢ぶりだった。

しかしながら、ドイツはこれを叩きつぶした。第二軍の参謀をつとめていたエーリッヒ・ルーデンドルフは、この堅牢な要塞を木っ端微塵《こっぱみじん》にするべく、途方もなく巨大な砲をくりださせた。クルップ社の四二〇ミリ臼砲と、スコダ社の三〇五ミリ臼砲である。この二八頭の軍馬でもって曳かせてきた臼砲は、六〇〇キログラムの徹甲弾をもって敵要塞を粉々に撃ちくだき、ドイツ軍はベルギーを踏みこえた。以後、アルデンヌ、シャルルロワ、モンスなどと一九一四年夏の戦いがすすみ、ついにはマルヌの会戦におよぶ。

当時、ドイツ軍はベルギーを突破して破竹の進撃をつづけていたが、第一軍のクルックが突出しすぎていた。さらに、かれはパリを衝《つ》くことなく、まさにその直前、全軍の進路におおいかぶさるように北から南にむかって旋回した。それがパリ東方のマルヌ川である。つまり、ドイツ第一軍はパリにむかって横っ腹をさらすこととなり、この虚《きょ》を衝くかたちでパリの軍事総督であった老将ヨゼフ＝シモン・ガリエニが、ミシェル＝ヨゼフ・モーヌーリひきいる第六軍（パリ軍団）をもって吶喊させ、勝利への端緒をつかんだ。ちなみに、マルヌの会戦に参加した将兵は、英仏軍が五三個師団で、独軍は四六個師団だった。兵力差からいっても英仏軍のほうが有利ではあったが、かれらはフロンティア戦線（アルデンヌ、シャルルロワ、モンスの戦いの総称）において秩序だった撤退をつづけ、兵力をできるかぎり温存し、最後になって一気呵成に攻撃へと転じた。それが勝利への結びつきであったともっていい。しかしながら、この会戦において英仏軍は勝利を手にしたものの、完全にドイツ軍を駆逐することは叶《かな》わず、重要な港湾および炭坑、さらには農地のつづく北フランスを奪取されたまま、戦線は完全なる膠着《こうちゃく》状態に陥っていった。

これがいわゆる西部戦線なのだが、多聞に暫《しば》しの別れを告げて欧洲へ旅立っていったものたちのほとんどが、この西部戦線に身をおいている。欧洲における戦線は、東西の戦線のほかにもハンガリー方面のバルカン・ガリシア戦線、さらにトルコ方面のガリポリ戦線などがあったが、こうした悲惨な戦場すべてに日本陸海軍の将校が派遣されたというわけではなかった。ことに海軍は、そうである。

では、渡欧した多聞のまわりの連中はどうなっていたのか。安曇十兵衛は、多聞とは仲の良い海軍士官のなかでもいちばんはやく渡欧していた。大正四年（一九一五）六月のことである。かれはいくつかの英軍艦に乗りこみ、観戦武官として戦域に臨んだが、幸か不幸か、ドイツ艦艇との戦闘には遭遇しなかった。多聞とは同期の五木喜久松は海軍水雷学校を卒業してまもない大正五年十二月に欧洲へ出張した。かれがむかったさきはフランスであり、まずパリにはいり、つぎにフランスが一時期、政府機能を疎開させていたボルドーにはいり、やがて地中海に面したマルセイユにむかっているはずだった。さきの話をすると、喜久松は大正七年三月に帰朝するはずだったが、結局、そのまま待機を命ぜられ、二カ月後の五月、第二特務艦隊司令部付をおおせつかることとなる。が、それは若干《じゃっかん》さきの話である。

金子養三は、大正五年九月から大正六年十二月まで欧洲への出張を命ぜられているため、いまもなお、西部戦線の視察をつづけている。金子とは親密な間柄にある日置釭三郎も、まだ帰国していない。かれは、大正五年四月から大戦終了時までフランス、イタリア方面に出張した。かれと同期の中島知久平は大正三年一月から造兵監督官としてフランスへ出張しており、帰朝は釭三郎よりも早い。釭三郎とほとんど入れちがいになったのは穂積律之助《ほづみりつのすけ》で、かれも造船監督官として大正四年三月から五年六月までフランスに駐在した。穂積と、ほぼおなじ時期に欧洲への出張をはたしたのは和田秀穂で、かれは大正四年七月から大正五年三月にかけてイギリス、フランス、イタリアの航空界を見聞してまわり、すでに帰国していた。

そうした欧洲出張組の日々として、つぎのような風景があった。

「……飛行機には乗ったのか」

と、日置はパリの日本大使館の武官室で中島に再会したおり、開口一番に訊いた。中島はうなずいた。だが、同時に「酷《ひど》いものを観てきた」といい、すぐに「ただ、奇妙なものも観た」とつけくわえた。聞くところによれば、中島は連合国軍の好意でモランソルニエ社のN型単葉機に乗りこみ、フランダースの空に飛んだのだという。

「まあ、クリスマス・プレゼントのようなものだった」

ちょうど十二月の二十四日であったらしい。中島は上空から戦場の視察をおこない、スイスとの国境まで繋がっているとされる塹壕が幾千にもわたって掘られているのをまのあたりにした。鳥瞰する中島の瞳には、そのうねうねと曲がりくねった溝は、まるで大地に無数に横たわる大蚯蚓《みみず》のようにおもわれたのだという。

「奇妙なものというのは、その塹壕のことか」

中島は首をふった。塹壕などは飽きるほどに観ている。予想もつかないことに出くわしたのだと中島は告げた。かれが飛んだところはベルギーのイープルの上空で、眼下には浅い擂鉢《すりばち》のような大地が望まれ、そのまんなかに繊維製品の交易都市であるイープルの情緒あふれた町並みがあった。マルヌの会戦ののち、両陣営はこの場をつぎなる戦場とし、激戦につぐ激戦がおこなわれており、中島の飛行は……表向きは……その偵察も兼ねたものとされていたらしい。

「ところが、日置よ」

やや、昂揚した面持ちで中島は、機関砲が火を噴くように喋《しゃべ》りだした。かれが天空から目撃したものは、おおきな樅《もみ》の木……それも飾りたてられたクリスマスツリー……だったのである。そこは両軍の塹壕のちょうど狭間にある無人地帯で、普段ならば砲弾の弾着によって土砂が噴きあげられ、無数の銃弾の交錯するところだった。そこに、なんとも信じられないことにイギリス軍とドイツ軍の兵士が武器も持たずに現われ、煙草やチョコレート、ときには葡萄《ぶどう》酒などを交換しながら仲睦まじく語りあい、さらにはサッカーまでしている連中までいたのだという。

「おれは瞳を疑った。だが、まぎれもない事実だ。奇蹟を観るような思いがした」

たしかに中島が告げたことは事実だった。のちになって、この戦場でおこなわれた出来事は「聖夜の交歓会《クリスマス・フラタニティ》」と呼ばれたが、翌一九一五年には大量殺戮兵器が満を持して登場し、イープルのみならず、すべての戦場から人間らしい感情を奪いさっていった。

戦争という行為が、人間性の片鱗すらも粉々にしてしまう証のひとつといっていい。

七

「東部戦線では……」

という情報は、フランスやイタリアあたりにいる連中よりも……つまり、安曇や日置や喜久松などよりも……軍令部に籍を置いている藤村弥市郎のほうが早い。また、地中海における被害状況のこまやかな数値も、もしかしたら、弥市郎のほうがしっかりと把握していたかもしれない。かれは部内の人間にたいしても余分な口はきかなかったし、横須賀や佐世保《させぼ》にある聯合艦隊の面々にたいしても公表されていない情報を囁《ささや》くような人間ではなかった。だが、ひとり、弟のように想っている多聞にたいしてだけは、一月下旬の雪の夜、話してきかせている。

「……とにかく、兵士の損耗《そんもう》率が凄まじい。西部戦線の比ではない。タンネンベルク包囲殲滅《せんめつ》戦を観ても、ロッジ会戦を眺めても、その悲惨さは目をおおわんばかりだ。結局、無数の兵士とひきかえにしてヒンデンブルク、ルーデンドルフ、マッケンゼンなどが名をあげただけの、いわば、無用の戦《いく》さにすぎない。いたずらにドイツとロシアの兵力を磨りへらしただけだ。おまえも知ってのとおり、一昨年、昨年とつづけてイタリア、ブルガリア、そしてルーマニアが参戦したものの、それだけ、犠牲者の数は倍増し、いまや、計りしれないものとなってきている。おそらくこのたびの戦争だけで一五〇万をこえるかずの戦死者がでることだろう」

「つまりは、消耗戦ということですね」

「そうだ、それにつきる」

うなずきつつ、弥市郎は大森の家の居間で牛鍋をつついている。多聞もまた忍子の酌をうけながら、牛肉を頬張りつづけている。

欧洲ではその日の食事にも困っているひとびとが大勢いるのにとおもわないでもなかったが、この時期、日本の景気は軍需によって上げ潮の状態にさしかかっていた。欧洲においては、船舶が損耗した場合、それを補充するにも手が回らず、頼りになるのは日本とアメリカであった。このため、日本の造船所は連合国から注文が殺到、凄まじい稼働率となり、それが景気を底上げしはじめていたのである。

「たしかに、連合国は敢闘している。実際のところ、いかに戦争が長期化しようとも、連合国が完全なる敗北を喫することはあるまい。中央同盟国が完全に勝利するためにはパリのみならず、ロンドンやペトログラードを占領しなければならない。これは気が遠くなるくらいに大変なことだ。そうした観点からいえば、連合国がベルリンとウィーンを占領するほうが幾分か、ましだろう。現実味というものがある。となれば、独墺を核とした中央同盟国としては、英仏軍がまったく立ちあがれないような会戦をおこなっていかなければならない。それゆえ、ベルダンの戦いが勃発したし、ドイツ側のそういう姿勢を挫《くじ》くために、英仏は攻勢に転じてソンムの戦いがひきおこされた。しかし、結局のところ、双方の前線は動くことなく、いまだに西部戦線では膠着状態がつづいている。ただし……」

といって、弥市郎はすこしばかり間を置いた。嘆息しているようにも見える。

「……東部戦線には、これからさき変化が訪れる可能性はある」

「なんですか、それは」

「ロシアだよ」

革命が勃《お》こるのだと、弥市郎は断言した。

どのような情報から弥市郎が自信をもっていいきるのか、多聞にはわからなかったが、軍令部にあって各国の動きに敏感である弥市郎がなんの確証もないことをいうはずがなかった。おそらく、革命は勃発するにちがいない。

「……革命の旗頭となるのは、レーニンだ。結果はわからない。だが、ロシア国内は大揺れに揺れるだろう。東部戦線にも支障は生じてくるだろうし、革命が成功し、あらたな政権ができあがったらどうなるとおもう。かれらはまず、国内の安定をはかるにちがいない。対外戦争など、していられなくなる。となれば、ドイツとの単独講和がなされることになるかもしれない。そうなった場合、東部戦線のみならず、バルカン情勢もおおきく変化するだろう。まかりまちがえば、ドイツは背後の敵を無くすることになるだろう。そうなると……」

「……西部戦線のみに、ドイツは精力をかたむけることができますね」

「そうだ。西部戦線に足りないものは兵力と物資だ。すべて、地中海方面から運ばれてくる。しかし、ドイツは潜水艦による圧倒的なちからを保持している。無制限の通商破壊戦がおこなわれつづけるかぎり、西部戦線の英仏軍は疲弊の度をたかめ、やがては崩壊するだろう。西部戦線が崩れれば、わが陣営は敗北する。われらが血と涙であがなった青島もドイツの領有に帰することとなるだろう。むろん、南太平洋の旧ドイツ植民地にしてもおなじことだ。だが……」

たったひとつだけ、ドイツを敗北に導くことのできる方法があると、弥市郎はいう。

「……地中海で兵員や物資を運びつづけているのは英仏の商船だ。これをあらたな艦隊によって護衛させれば……Uボートと海戦をおこなって叩きつぶすことのできるような強靭《きょうじん》な艦隊が地中海におもむけば……西部戦線は破綻しない。ドイツ軍を東方へ押しかえすこともできるだろう。そう、イギリスは考え……白羽の矢を、わが海軍にむけてきた」

「ゆくのですか……っ」

多聞は、おもわず膝をすすめた。

「……ゆくのですか、地中海へ……」

だが、弥市郎は即答しない。

おもむろに腕をくみ、障子をかすかにひらいて庭先に瞳をはせた。群青色の闇につつまれたなかに音もなく粉雪が舞いおりはじめている。冷気がさわさわと座敷のなかに這ってきた。忍子は会話にはくわわらず、燗《かん》をつけるべく台所に立った。

「……航路は、南支那海からインド洋をぬけ、まずはエジプト、アレキサンドリア、そして、はるかな地中海へと出動してゆくことになるだろう。わが海軍の泊地となるのは、その眩しいほどの海原につつまれたマルタ島だ」

「……マルタ……」

多聞は、一音一音たしかめるように呟きかえした。じつをいえば、聞いたこともない場所だった。地中海にあるのだろうか、という素朴な疑問だけが脳裏に浮かんだ。当然だろう。この時期、マルタ島などという地球の裏側の島の情報など把握している日本人は、ほとんどいない。そんな多聞に、弥市郎はそっと酌をしながら、説明した。

「イタリア半島のすぐ南にシチリア島があるな。マルタ島は、その真南に浮かんでいる。アレキサンドリアとジブラルタルをむすんだ線のほぼまんなかにある。ここに泊地をもとめれば、地中海の何処であろうとも、即座に移動し、護衛にはいることができる。そのためには駆逐艦が希《のぞ》ましい。おそらく、地中海にさしむけられるのは駆逐艦を中核とした部隊になるだろう」

「そんな……っ」

多聞は、愕然とした。自分がおかれているのは潜水隊であって駆逐隊ではない。潜水隊が遠征にくわえられなければ、自分の出番はないではないか。多聞は、消沈した表情で、がくりと両肩を落とし、大粒の涙をあふれさせた。忍子の視線は感じていたが、もはや、堪えきれない。

「……いつも、おればかりです。……おれだけが、何処にもいけず、待機を……」

「そんなことはない」

「おれは、小澤さんのように剛毅沈着にはできていません。海原に立ってこそ、自分の志のようなものを感じることができます。潜水艦のことを学ぼうにも、わが国の潜水艦では満足な学習もできません。対潜攻撃についても机上ではなく、実戦で学びとりたいのです」

「あせるな、多聞」

弥市郎はそういうが、多聞は頑是《がんぜ》ない子どものように首をふった。そして忍子の心配顔をよそに浴びるように酒を呷った。どれだけ酒量が嵩《かさ》んだのかわからない。ありったけの憤懣《ふんまん》をぶちあげながら、また呑み、やがて炬燵《こたつ》の脇で倒れるようにして眠ってしまった。そんな多聞に、忍子はまるで妻のような仕草で毛布をかけてやったが、そこへ弥市郎が声をかけてきた。

「……ねえさん」

いつになく、生真面目な表情で、弥市郎は忍子にむきなおった。そのとき、ちらりと視線が流れたさきに、鉢に植えられたままの鬼灯《ほおずき》があるのを眼にとめた。ふと、神楽坂をのぼりつめたさきにある毘沙門天《びしゃもんてん》のアセチレンランプの光が瞳を射ってきたような錯覚にとらわれたが、それも一瞬のこと。弥市郎は、かるく唾を呑みこんで、こう告げた。

「たいせつな、話があるんだが……」

話の中身については、忍子もとうに察していることなのだろう、彼女は弟の正面に膝をそろえて座り、かすかに視線をふせた。弥市郎はわずかに眉根をよせ、いかにもいいづらそうな表情で、美しい姉の顔を見つめた。忍子は、ちらりとかたわらの多聞に視線をむけたが、当の多聞は赤ん坊が喚きちらして眠りこけてしまったような安らかな寝息をあげているだけだった。

八

その夜、弥市郎が忍子になにを告げたかは、しばらく擱《お》く。

さきに日本海軍の特務艦隊について、稿を割いておかなければならない。

イギリス政府からの要求は、南アフリカ・喜望峰《きぼうほう》方面に巡洋艦二隻、濠洲からセイロン島にかけての航路に巡洋艦四隻、そして地中海に駆逐艦一部隊の派遣を希望するというものだった。この要請にできるかぎり応えるべく協議にはいったのは海相の加藤友三郎と軍令部長の島村速雄《しまむらはやお》だった。ふたりとも、日露戦争においては十二分な役目をはたした人物で、現在の海軍のなかでは双璧といっていい人物たちだったが、それでも深刻な表情のまま丹唇を「への字」に歪めつつ、あたまをかかえた。むりもないことで、たしかにこのところ、日本海軍は急速に膨張しつつあるものの、だからといって余剰の兵力があるというわけではなかったからである。

いささか面倒だが、時代の背景を見てみたい。

この大戦期、加藤友三郎の唱えつづけている八八艦隊は、その完成にむけて驀進《ばくしん》した。たとえば「金剛《こんごう》」

「比叡《ひえい》」「榛名《はるな》」「霧島《きりしま》」の金剛型、また「扶桑《ふそう》」「山城《やましろ》」といった扶桑型、そして、このたび、「伊勢《いせ》」「日向《ひゅうが》」からなる伊勢型戦艦はすべて竣工《しゅんこう》した。これによって日本の海軍力は天下に隆々たるものとなり、世界のどの国にたいしても誇りうるまでに成長しつつあった。だが、いかに艦艇の量が増えたとはいえ、かぎりある補助艦艇を多数、本国から遠く離れた海原に運動させることには、それなりの決意というものが必要になるだろう。だいいち、日本の軍艦は遙かな他国にむけて進撃するようには造られていない。あくまでも国を守るためにのみ、あった。

しかし、連合国としてはそんな日本の意志などにかまってはいられなかった。もちろん、かれらの胸の内には「欧洲が悲惨な状態にあるというのに、日本ばかりは参戦国でありながらもなんら戦禍を受けることなく、海軍の充実をはかりつづけている」という不満があったろうし、大戦景気で国が潤《うるお》ってゆくことにたいする嫉妬もあったろう。さらには、ほとんど漁夫の利のようにして内南洋《ミクロネシア》の島々ならびに山東《さんとう》半島を奪取したことへの危懼《きく》もあったにちがいない。欧洲から観れば、世界のなかでただ日本一国だけが凄まじいいきおいで膨張しているようにおもわれたことだろう。そうした嫉妬と危懼は憤懣に変わっていった。

――日本は、もっと国際的に貢献しなければならない。

という声が、連合国のなかから強烈ないきおいで騰《あ》がりはじめたのである。だが、日本は日本で協力しつづけていた。たしかに失われた船舶の補充として内装も外装もない標準型貨物船《ストックボート》を売りつけたことは商売といえば商売だが、日本が船を造り、そして売らなければ、地中海での兵員物資の輸送はもはや不可能だった。ことにロシアにおける火砲と弾薬の不足は深刻をきわめており、唯一の補給路はウラジオストックであり、日本から大量の重砲や小銃、くわえて弾薬が輸入されている。なかでも迫撃砲は好評をはくしたし、今日でも大戦で使用された銃のなかで傑作と評される有坂《ありさか》式ボルトアクションライフル（三〇式または三八式歩兵銃）にいたっては九八万挺もロシアに渡った。もっとも、この小銃の代金はロシア国内に革命が勃発したため未払いになってしまったが、しかし、欧洲の戦場で血深泥《ちみどろ》になっている連合軍の兵士たちにとってそんなことはどうでもよかった。

——日本は、血を流していないではないか。

というのが、なによりもいちばん大きな憤懣だった。青島で戦おうが、南太平洋で戦おうが、インド洋で兵員を護送しようが、それらはすべて主戦場ではない。日本はなによりも悲惨な戦場に軍隊を派遣せず、いたずらに金ばかりを儲けている。そんなことはおなじ参戦国として許される行為ではない。最前線において戦うべき部隊を派遣して、実際に血と汗を流せ。

……というのが、兵士たちの偽らざる本音だったし、イギリス政府は……ロイド・ジョージは……それを楯《たて》にとって海軍の派兵を要請している。

結果、

——もはや、日本の国際的な名誉を守り、地位を確立するためには、連合軍に貢献できるだけの部隊を戦場に派遣するよりほかにあるまい。たとえ、それによって甚大な被害が出ようとも、あえて国際貢献のために捨石となるべき部隊を編成して派遣するべきなのだ。

加藤友三郎も島村速雄もそう決断するにいたったし、おなじように寺内内閣としてもイギリスの要請を承諾するという回答をおこなってしまった。そうである以上、もはや、あとには退《ひ》けない。軍令部は、すみやかに遣外艦隊を三個、編成した。それが第一・第二・第三特務艦隊であり、大正六年二月六日、艦隊出動の大命は下った。

以下、三個特務艦隊の編成について、ふれておく。

第一特務艦隊は、欧洲から帰国してきた海軍少将の小栗孝三郎《おぐりこうざぶろう》を司令官とした。のちになって石井《いしい》大使随員としてアメリカへ出張していた竹下勇《たけしたいさむ》が司令官を交代することとなるのだが、艦隊付の参謀としては欧米出張の経験もある高橋三吉《たかはしさんきち》、駆逐艦「樺《かば》」に乗りこんでいた細萱戊子郎《ほそがやぼしろう》などがついた。旗艦は巡洋艦「須《す》磨《ま》」であり、以下「矢矧《やはぎ》」および第二駆逐隊をもって編成された。のちになってここに「出雲《いずも》」「利根《とね》」「春《かす》日《が》」「吾妻《あずま》」「磐手《いわて》」などが加わり所帯がおおきくなるものの、同隊の作戦区域はインド洋、南支那海、スールー海と比較的ちかくに限定されていた。ただし、同隊には分遣隊が設けられており、こちらは巡洋艦「新高《にいたか》」「対馬《つしま》」をもって成り、作戦区域は遙か南アフリカ方面であった。また、分遣隊は独立した部隊ではなく、英国海軍喜望峰艦隊と協同作戦をおこない、インド洋から大西洋にかけての哨戒および船団護衛に従事することとされた。

第二特務艦隊についてはあとにまわし、さきに第三特務艦隊について、いささか説明しておきたい。同隊をひきいるべき司令官となったのは海軍少将の山路一善《やまじかずよし》だったが、触れておきたいのはこの人物である。なぜなら、金子や和田が今日あるは、ひとえにこの山路の献身によるからである。

山路一善は松山《まつやま》藩士山路一審の三男に生まれた。松山中学を卒業して、明治十九年（一八八六）に故郷をおなじくする秋山真之《あきやまさねゆき》とともに海軍兵学校へ入校した。日本海大海戦では駆逐艦艦長として参戦したが、のちになって航空に転進、飛行機の操縦法をはじめとするさまざまな航空術に関する研究を主眼とする委員会を設《もう》けるべきだと海軍当局に建議、そこの長となった。それからまもなくして金子養三などが帰国し、同時にファルマン機とカーチス機も到着し、大正元年（一九一二）の試験飛行にいたり、日本最初の航空母艦ともいうべき「若宮丸」による青島攻撃にまでおよぶこととなる。つまり、山路一善は海軍航空の生みの親といっていい。かれは今次大戦では第一艦隊参謀長として参加していたが、このたび、第三特務艦隊の司令官を拝命した。金子や日置、和田などとは世界が多少ではあるが異なってしまったものの、かれの功績は記しておくに値する。

余談になるが、松山にはもうひとり、海軍航空に関係した人間がいる。近藤元久《こんどうもとひさ》というのだが、かれは松山中学を卒業後、ただちに渡米し、カリフォルニア州サンディエゴ市のカーチス飛行学校に入り、日本人として最初の飛行免状を取得した。そののちも飛行学校に留まり、日本海軍から派遣されてくる将校たちの指導にあたっている。ただ、大正元年十月、新機種のカーカム複葉機のテスト飛行を頼まれたおり、ニューヨーク近郊のイーグル渓谷の風車に翼をひっかけ、墜落死した。つまり、民間航空人として海外殉難第一号ともなっている。

　さて、第三特務艦隊は山路を司令官とし、南雲《なぐも》忠《ちゅう》一《いち》などを艦隊参謀としながら編成された。作戦区域は濠洲およびニュージーランド方面とされたが、配属された艦艇は巡洋艦の「平戸《ひらど》」および「筑摩《ちくま》」であり、さほどおおきな所帯ではなかった。

　なんといってもいちばん大きな部隊となったのは、第二特務艦隊である。

　ここに、ひとりの軍人が登場する。

　佐藤皐藏《さとうこうぞう》というのだが、海軍のなかでもかれほど地道に砲術の道をあゆみ、黙々と出世してきた人間はいないのではないかとおもえるような人物だった。盛岡《もりおか》藩士佐藤庄五郎《しょうごろう》の長男として生まれ、攻玉社《こうぎょくしゃ》を経たのちの明治二十四年（一八九一）七月に海軍兵学校を出てより、イギリス駐在や第一艦隊の参謀も経験し、最新の戦艦である「扶桑」の艦長も経験してきた。海軍においては文武ともに真摯《しんし》に励んできた男だった。この髭の濃い、観るからに控えめで寡黙な軍人が、第二特務艦隊の司令官とされた。

　参謀となったのは稲垣生起《いながきあやお》、岩村清一《いわむらせいいち》、植松練磨《うえまつとうま》、近藤英次郎《こんどうえいじろう》、福永恭助《ふくながきょうすけ》、そしてこの年二月に欧洲から帰朝したばかりの安藝十兵衛で、もうひとり、司令部付の大尉として藤村弥市郎の名が見える。

旗艦は「明石《あかし》」とされ、作戦区域はいまさらいうまでもなく、

　――地中海。

で、あった。

九

「多聞、来い」

ひごろからの落ちついた物腰とはうってかわったような表情で小澤治三郎がみじかく叫んだのは、二月十日の夕刻である。特務艦隊出動の大命が降下し、軍令

部の首脳をはじめ、各鎮守府の司令部に形容しがたい緊張が走った日から四日後の夕暮れまぢかのことだった。

ふたりは、大森の藤村弥市郎宅へむかっていた。

「おれは、納得がいかない」

小澤は、憤然とした面持ちでいる。むりもないことで、二月となってすぐ、海軍内部は軍令部といわず、鎮守府といわず、水交社《すいこう》のあたりでも、どことはなしに慌《あわただ》しさが感じられるようになっていた。当然であろう。やけに海軍省の人事局あたりが活発に動きはじめ、海上陸上を問わず、海軍に勤務する士官たちの健康状態の照会がなされはじめていた。そればかりか、駆逐艦乗組の兵員や士官たちの交代がなんの予告もなく告げられたり、なかには人事局に呼びだされて身体検査を命ぜられたものまであった。

――あらたな作戦が展開されるのではないか。

という噂話がそこかしこに立ちのぼり、北は樺太《からふと》から南は台湾まで、そこらじゅうに好奇心の渦が巻きはじめていた。実際、佐世保鎮守府所属の第一水雷戦隊第十一駆逐隊（松、榊、杉、柏）が、二月になったばかりのころ、佐世保から呉にむけて航行をしていたのだが、その最中、いきなり緊急電がはいり、母港にひきかえすや、遠洋航海の準備にはいるよう下達されていた。むろん、地中海遠征の準備であったが、そんなことはほとんどの将兵たちは夢寐《むび》にもおもっていなかった。特務艦隊の編成はまったくの軍機であり、大命降下の翌日、つまり二月七日にならなければ、赤煉瓦の職員ですら知らないものがいたくらいだった。こうしたなか、七日となり、いきなり大々的に士官たちの異動が公表された。しかしながら、おのおのの士官たちは転属するさきの「特務艦隊」なるものがいったいどのような役目をになうものであるのかは、赴任したのちに聞かされることとなっており、なにやら、狐につままれたような心持ちのまま、後任者の着任すら待つことなく、事務のひきつぎも代理者におこなうという異例の慌しさのまま、各地にむかっていった。

じつをいえば、二月となってすぐ、小澤治三郎のところにも山口多聞のところにも人事局のものが顔をだしていた。このごろの健康状態であるとか、遠洋航海のおりに失策があったかなかったか、さらにはこれまで連合国軍の兵員輸送の護衛に立った経験の有無からその内容まで、細部にわたって質問された。にもかかわらず、ふたりにはどのような辞令もおりなかったのである。そうこうするうちに七日となり、異動が公表された。ふたりの名は、どこにもなかった。だが、兄弟のようにして仲良くつきあっているものの名は……

安曇十兵衛と藤村弥市郎の名は……第二特務艦隊司令部付として、誇らしげに挙げられていたのである。

「多聞、来い」

とばかりに、小澤が多聞をかっさらうようにして大森の藤村宅まで急いだ背景には、そうした事実の積みかさねがあった。が、弥市郎や安曇らに会ったからといって、ふたりの人事内容が変わるわけでもなかったが、しかし、どうにも小澤にしてみれば我慢ならなかったのだろう。

「人事局の連中はしつこいほどにおれの身辺を調査したはずだ。だいいち、おれはこのたび、身体検査まで受けている。なのに、なんの異動もないというのは、納得できない。いや、人事の連中が審査をおこない、それで安曇さんや弥市郎だけが特務艦隊付になるというのは、おれにはよくわからない。おれたちの何処に、そんな落ち度があったのか、それを知りたい」

大森の家の前まできたとき、小澤と多聞は弥市郎と忍子のもとを、たれかが訪ねているような気配を感じた。だが、小澤はあいかわらず鬼瓦のような仏頂面《ぶっちょうづら》のまま門の下の潜り戸をあけ、前庭をよこぎるようにして玄関先に立った。

そのときのこと。

見知らぬ男が玄関から出てきたのである。どうやら、ほんとうに客があったらしい。脇に控えながらも玄関のなかに瞳を遣ると、弥市郎と忍子のすがたが見えた。弥市郎は軍服姿だったが、忍子は落ちついた色柄の訪問着姿でいる。多聞が、これまでに見たことのない、やけに晴々しい衣装だった。男は、年のころは厄年を過ぎたあたりだろうか、紳士然とした雰囲気で、仕立てのよさそうな背広姿だった。多聞らに気づいうことだろう。だが、それはおれの識《し》るところではないし、たとえ、知っていてもなにも告げられない。ゆるしてほしい」

といって、あたまをさげた。弥市郎が謝る必要など何処にもなかったが、そのほうがてっとりばやいとおもったのだろう。ただ、そのあとで弥市郎は「さきほどの客人のことだが……」といって、いかにも伝えにくそうな表情を多聞にむけた。

「……じつは……」

姉忍子の婚約者であるという。三河《みかわ》の素封家の長男で、後添えをさがしていたらしい。すでに他界した先妻とのあいだに子がふたりおり、どちらも巣立って、いまは陸士にはいっているという。だから、子は生まれずともかまわないが、なにかと身の回りの世話をやいてくれ、また老後を安らかにすごすための相手が欲しいということであるらしい。そんなようなことを弥市郎は簡略に告げた。

「後添に……はいられるというのですか……」

多聞は、声音をふるわせて、弥市郎に詰めよった。

「小澤さんと、おまえの用ならわかっている。なぜ、身体検査まで受けた自分たちに辞令が降りないのかと

いている。

た。池の水面が月明かりを照りかえして晶々《きらきら》ときらめいている。

まず、八景園《はっけいえん》を左手にしながら闇坂をすすみ、やがて附近の豊富な涌き水をあつめた弁天池《べんてんいけ》に出、湖畔に立っ

歩いた。たれも口をひらこうとはしなかった。そのまびている京浜《けいひん》電気鉄道のループ線を横目に眺めながらにもおなじように誘いかけ、三人は大森停車場から延き、すこしばかり歩かないかと告げた。むろん、小澤

そうおもうまもなく、弥市郎が多聞の肩をぽんと叩

（どういうことだ……）

奥へと下がっていってしまった。

は視線をわざとはずすようにして膝をたて、そのままとだろう。忍子と眼があったかとおもった矢先、彼女ふと、多聞は屋内に瞳をはせた。すると、どうしたこ

と、玄関まで立ってきた弥市郎が声をあげたとき、

「これは、また……」

くや、叮嚀《ていねい》な辞儀をのこして去っていった。

たしかに自分は弥市郎にたいしてはなにも告げてはいなかった。おのれの忍子にたいする慕《おも》いなど、なにひとつとして語ってはいなかった。しかし、語らずとも、弥市郎ならば理解していてくれるものと、多少の希望もこめて胸におもってきた。忍子にしても多聞《じぶん》のことを憎からず想ってくれていると信じていた。だからこそ、この戦争が終わったあかつきには、堂々と忍子を妻として迎えさせてもらいたいと嘆願するつもりだった。

（なのに……）

多聞は、弥市郎を見つめた。

憎しみめいた瞳の輝きが、その視線のなかにはあったかもしれない。しかし、そんな多聞から眼をはなし、弥市郎は夜空にまたたく星をみあげた。そして、おもむろにこういったのである。

「おれは……地中海に征《ゆ》かなければならない……」

このたびの任務は地獄の釜のなかに叩きおとされるようなものだ。生還できるかどうかはまったくわからないし、予断を許さない使命であることは疑いようがない。そうである以上、姉の身の始末だけはつけてから出航したい。だから、慌しくはあったが、忍子をむかえたいという素封家にすべてを託したのだと。

「……おれでは、いけないのですか」

と、多聞はいいかけたが、やめた。弥市郎の気持ちが痛いほどにわかったからだった。多聞は山口家のたいせつな息子であり、子が生まれなかったといって三行半をつきつけられたような出戻りを妻として迎えるべきではないし、たとえ、迎えたとしても姉が不憫《ふびん》だと考えたにちがいない。ならば、はやいうちに事の決着はつけたほうがいい。

「多聞よ」

弥市郎は、いきなり、いった。

「相撲《すもう》をとろう」

かかってこい、と、弥市郎は諸手をひろげた。

多聞は、こらえきれぬ感情のまま、反射的に雄叫《おたけ》びをあげて突進していった。

第五章　遥《はる》かなる嶋《しま》へ

一

月明かりの下で、多聞《たもん》の「おお……っ」という掛け声がほとばしった。

いや、掛け声というにはあまりにも切ない気合に聞こえたが、その余韻が虚《むな》しく空のかなたへ消えさったときには、はやくも多聞は弥市郎《やいちろう》のふところへ飛びこんでいた。渾身のちからをこめて大好きな先輩をおしてゆく。

「まだまだ……っ」

優男ながらも、さすがに海兵出である。弥市郎の肉体は鋼《はがね》のように鍛えあげられている。いかに多聞が喧《けん》嘩《か》上手をうたわれていようとも、かるくあしらえるような相手ではなかった。気迫と気迫のあいだのほんのわずかな隙をつかれ、多聞はおおきく掬《すく》いあげられた。自分が投げとばされたことが一瞬、信じられないような気分だったが、しかし、すぐに起きあがるや、ふたたび、雄叫《おたけ》びもろとも弥市郎めがけて突進していった。

ちょうど、そのころ。

藤村《ふじむら》家は、幾人目かの客をむかえていた。着替えをする暇もないほどの慌しさだったが、玄関に立った忍《しの》子《ぶ》の眼の前にあらわれたのは、安曇十兵衛《あずみじゅうべえ》だった。

いきなりのことで、忍子もやや狼狽したものの、安曇も安曇で、御所解《ごしょどき》をあしらった古代紫の一越縮緬《ひとこしちりめん》に淡雪《あわゆき》模様の刺繍の帯という、礼装にちかい散歩服（訪問着）姿の忍子を観たことで、どうやら察するものがあったらしい。

すべての事の次第を聞くまでもなく、

――弥市郎は、どこです。

と、質《ただ》した。

忍子がわかるはずもない。ただ、普段からの弥市郎の散歩道を告げることしかできなかった。が、大森《おおもり》八景園の奥の弁天池と聞いたとき、安曇は胸をつかれたような気分になった。刺激的な不安が脳裏をかすめたといってもよかった。

「失敬」

とだけ忍子に告げおくや、安曇は早足で京浜《けいひん》電気鉄道の大森停車場をこえ、八景園をめざした。やけに胸が躍っていた。いつになく忍子の印象が儚《はかな》げに感じられたこともあったし、受け答えの容子《ようす》からして、弥市郎と多聞とが仲良く肩をならべて弁天池のほとりをめざしたともおもえなかったからである。

やがて、月闇のなか、鬱葱《うっそう》と繁る梢《こずえ》のかなたに弁天池の波紋が望まれはじめたとき、異様な熱気のたちのぼっているのを感じた。さらに瞳をこらしてみれば、池の端で多聞が弥市郎に組みついている。仲の良い士官同士が戯《たわむ》れているとは、どうみたところでおもえない。

「こりゃあ……いかん……っ」

軍靴を高鳴らして駈けだすとともに「多聞……っ」と大声に喚《よ》ばわった。

「多聞、弥市郎、やめろ……っ」

怒鳴りつけるように声をあげたが、しかしそのとき、安曇の腹をめがけて大きな体が前かがみになりながら、しがみついてきた。たれかとおもえば、小澤治《おざわじ》三郎《さぶろう》だった。顔をふせたまま、安曇がふたりのあいだに止めにはいるのをやめさせようとしている。

「なにをするか……っ」

放せ、とばかりに安曇は小澤にむかって怒鳴りつけた。だが、小澤はがむしゃらにしがみついたまま、安曇の動きを制しようとしている。おれをひきとめている場合か、おれなどよりもあのふたりをひきはなせ、と、安曇は烈火のごときいきおいで叫んだ。しかし、小澤はきかない。まったく、きこうとしない。

「とめないでください。おねがいです、とめないでやってください……っ」

「阿呆」

安曇は、ちからまかせに小澤をふりきろうとした。

「御国が大変な時期に、喧嘩などしている場合か……

っ」

「ちがいます、ちがいます、あれは喧嘩ではありません。相撲です」

「相撲だと……？」

小澤の懸命の声音に、安曇は顎《あご》をしゃくりあげるようにして、多聞らを見つめた。

いましも、多聞は弥市郎に投げふせられたばかりだった。石ころが悲鳴をあげ、土ぼこりが逃げだすようにして舞いあがる。だが、多聞は吶喊《とつかん》をやめない。手の甲で口をぬぐうや、全身の撥条《ばね》をきかせて崛起《くつき》し、砲弾のようないきおいで弥市郎のふところに飛びこんでゆく。あいての鳩尾《みぞおち》に脳天をおしつけながら、ぐいぐいと足を踏みだしてゆく。

「なにが相撲だ……っ」

安曇は、小澤をひきはがした。

「あんなものが相撲なものか、喧嘩だ。やめさせるんだ、はやく……っ」

「ちがいます……っ」

相撲です、相撲ですと小澤は連呼した。連呼しながら、ちからをふりしぼって安曇を制しつづけている。ふと、そのとき、安曇は小澤の声音が濡れているのに気づいた。途端に、からだから、ちからが抜けた。

「どうして……泣いておるんだ……」

脱力感に盈《み》ちたまま、安曇は問いかけた。だが、小澤はこたえない。もはや、制するというよりも抱きついているといったほうがよいような体勢になっている小澤は、鬼瓦《おにがわら》のような顔を皺苦茶にしながら、細い双眸《そうぼう》から大粒の涙をにじみださせている。

「わかったよ、わかったから、はなせ」

安曇も、安曇なりに納得したらしい。かれは小澤の両肩を抱くようにして自分からひきはがすや、苦虫《にがむし》を嚙《か》みつぶしたような表情のまま、弁天池のほとりで組みあっている多聞と弥市郎に瞳を馳せた。

（なるほど……）

小澤のやるせないほどの感傷と、多聞のこらえきれない激情をおもえば、いや、弥市郎や忍子の痛々しくもみえる心模様をおもえば、ここで自分が「相撲」を止めにはいるべきではないのだろうと、安曇はおもった。おもいつつ、腰を地面に降ろしかけた。

と、その瞬間だった。

弁天池の縁ぎりぎりのところまで押されていた弥市郎が、いきなり、多聞の巨軀をふわりと浮かし、おもいきり、うっちゃったのである。風船が舞うように多聞の足が地面をはなれ、そのまま池の真上にさしかかった。

「おおお……っ」

安曇と小澤がそろって声をあげたが、もう遅い。多聞も弥市郎の袖をつかまえて放さず、そのまま、ふたりして銀波ひらめく水面へ落下し、おおきな水柱と水音をたちのぼらせた。あわてて安曇と小澤が駈けよれば、ふたりは仰向けになったまま、池の上に漂《ただよ》っている。

「……多聞よ」

荒い息をつきながらも、きわめて優しく、そして静かに弥市郎は語りかけた。

「おれは、地中海にいく。多聞よ……。あとを、頼む」

「もう……」

多聞のほうは、満足な声音にはなっていない。

「……もう、おれの出番は来ないのでしょうか……」

「来るさ」

とは、弥市郎はこたえなかった。

おのが姉の相手としての出番なのか、それとも地中海遠征という巨大な役目についての出番なのか、どちらとも判断しかねたためであったのかもしれない。ともかく、弥市郎は濡れそぼった顔を天空にむけながら、黙って水面に浮かんでいる。

「月が、きれいですね……」

ぽつりと、多聞が洩《も》らした。

この日、つまり、大正六年（一九一七）二月十日の月は、満月から三日経ったばかりで、幽《かす》かに欠けはじめているとはいえ、まだまだ充分すぎるほどに丸く、明るく、そして美しかった。冬の冴えきった夜空に煌々と映える月だった。

「……地中海でも、おなじ月が見えるのでしょうね」

「おそらくは……な」

「しっかりと戦ってこられるよう、祈っております」

涙のためか、それとも池の水のためか、多聞の双眸はどうしようもないほどに濡れている。

二

大正六年二月十五日、東京駅は水を打ったような静謐《せいひつ》につつまれていた。

鉄路には関西方面にむかう列車が待機しており、ホームにはその列車に乗りこむべき軍人たちの見送りにやってきた家族やら友人やらのすがたが見受けられたものの、賑々しい壮行の宴がはられているわけでもなく、どちらかといえば息をおしころしたような雰囲気があった。

「ではな」

信州《しんしゅう》に実家のある安曇十兵衛には、かれを見送るものの人影はひとつたりとてなく、かれは多聞と小澤にむかって莞爾《かんじ》と微笑《ほほえ》むだけで列車のなかに消えた。まるで、呉《くれ》か舞鶴《まいづる》の鎮守府《ちんじゅふ》あたりへ出張にでもおもむくといったような風情《ふぜい》で、これが遙かな地中海まで出陣してゆく第二特務艦隊の主要な人間であろうとはとてもおもえない。

だが、まわりを見渡しても、おなじようにあっさりとした別れが、そこかしこでなされている。この日、東京駅を発する列車内のひととなったのは、第二特務艦隊の司令官に補されている海軍少将佐藤皐藏《さとうこうぞう》をはじめ、首席参謀の岸井孝一《きしいこういち》（海軍中佐）、兼務参謀の坂《さか》野常善《のつねよし》（海軍少佐）、参謀の藤沢宅雄《ふじさわたくお》（海軍大尉）、副官の山本清《やまもときよし》（同）、艦隊機関長の平岩矩《ひらいわかがり》（海軍機関大佐）、そして駆逐艦「榊《さかき》」の水雷長を拝命した安曇十兵衛（海軍少佐）、ならびに参謀職の藤村弥市郎（海軍大尉）であった。

もちろん、右のひとびとだけが艦隊の首脳とされているわけではなく、のちになって首席参謀には海軍中佐の安東昌喬《あんどうまさたか》が、兼務参謀には大尉の中田操《なかたみさお》が、参謀には大尉の福永恭助《ふくながきょうすけ》・近藤英次郎《こんどうえいじろう》・岩村清一《いわむらせいいち》が、副官には大尉の山村実《やまむらみのる》が、艦隊機関長には機関大佐の水谷光太郎《みずたにこうたろう》が交代することになっていくし、そのほかの首脳陣としては、旗艦たる「明石《あかし》」の艦長である海軍大佐の三宅大太郎《みやけだいたろう》、第十駆逐隊の司令には海軍中佐の松下芳蔵《まつしたよしぞう》、第十一駆逐隊の司令には海軍中佐の横地《よこち》錠二《じょうじ》という顔がそろえられていた。

ただし、これらの人事については軍機あつかいで、第二特務艦隊が編成されたことも、ましてやその出撃してゆくさきが地中海であるなどということも、いっさいがっさい、発表されることはなかった。

かれらが列車に乗って呉軍港をめざすことも、通常の異動となんら変わらぬ体裁を保たねばならず、新聞記者などに嗅ぎつけられるようなことがあっては絶対にならなかった。これは軍令部や海軍省の指示というより、連合国の要請による隠密行動であり、ただの軍機とは桁《けた》がちがっていた。

日本から、一度に九隻もの艦をそろえた水雷戦隊が地中海に出撃するなど、ドイツやオーストリアなどの中央同盟国にとっては想像をはるかに超えたものであったし、まんがいちにもそのような事実が暴露されるようなことになれば、地中海に展開しているUボートの数はより一層増派されるであろうことは疑いようがなかった。

ちなみに、現在、地中海にある敵国潜水艦の勢力は、オーストリア領のポーラおよびカッタロ軍港、そしてトルコ領イスタンブールに、ドイツ潜水艦のU型九隻、UB型九隻、UC型一三隻が配属され、くわえてオーストリア潜水艦一四隻とトルコ潜水艦三隻も在泊していた。これら、あわせて四八隻が地中海を通商破壊戦による地獄の海へと追いこんでいた。

日本海軍の地中海遠征部隊は、これらの敵潜水艦から輸送船団を守るという任務に就かなければならない。ただ、さして広くもないこの地中海には、日本海軍がかつて味わったこともない「波」がある。特徴的な季節風のひきおこす「三角波」で、これが想像をはるかに超えて険《けわ》しい。かれらはUボートと戦いつつ、この強烈な波とも戦わなければならなかった。

そんな詳しい事情は、見送りにきている家族や友人にはわからない。

ただ、出征してゆくものの身体を気遣ってやるだけのことしかできない。

地中海の知識をさほど与えられてはいない多聞や小澤にしても、まさか「三角波」が壁のようにそそりたつとはおもってもいなかったし、かれらとともに弥市郎の見送りに立っている忍子にしてみれば、なおさらであったろう。彼女は、最愛の弟がふたたび外地にむけて出撃してゆくという漠然とした不安だけを胸に蔵しながら、今日も見送りに立っているだけだった。

「ではね、姉さん」

役者のように瑞々《みずみず》しい顔をした弥市郎が、かるく敬礼をしつつ、微笑みをむけている。忍子はそれに言葉で応えることはなく、ただおもむろに頭をさげた。そうした姉弟のやりとりをまのあたりにしていた多聞は、ふと、まわりに瞳を配った。

（……来ていないのか……）

大森の藤村宅ですれちがった三河《みかわ》の素封家《そほうか》のことである。

（やがては義理の弟になるべきものの出陣を見送ってもやらないのか……）

ほんのすこしではあったが、多聞は発火するような感情を胸の奥に湧きあがらせていた。

そんな多聞に弥市郎が顔をむけてきたのは、列車が発車するわずかまえのことだった。弥市郎は腕をしっかりと締め、指先をぴんと張りつめさせた敬礼をおこない、その姿勢のまま、多聞と小澤にむかって「それでは、征《ゆ》く」と告げた。

「それから、多聞」

「はい」

「決して、あせるな」

声には、じつの兄が弟の行動を案じているかのような響きがあった。

「おれたちは一足先にゆく。だが、遠くない日、かならず、おまえたちにも新たな任務が下達《かたつ》されるだろう。そのときこそ、身をひきしめて出撃しろ。……ではな、地球の裏側で、おまえたちを待っている」

——地中海にて再会しよう。

と、弥市郎は告げた。

慰めのつもりであったのか、それとも、なにか特務艦隊の司令部員のみ識《し》ることのできる確かな情報があってのことか、多聞にはわからない。小澤と肩をならべたまま、反射的に敬礼をかえしたものの、胸の内では「いったい、なにをこのひとはいっているのだ」という懐疑とも諦観ともつかぬ奇妙なこころもちだけが渦巻いていた。

汽笛が鳴り、機関車の車輪と車軸が軋《きし》み、連結器が武骨な音色とともに反応する。客車の車輪が一輛ずつ廻りはじめ、線路のうえを滑りはじめる。見送りのひとびとは決して騒ぐなと告げられているのだろう、声をあげることもなく、ただ小さく手をあげながら、じりじりとホームのなかほどに後退した。客車の窓辺からも将校たちの顔は消え、陽光を反射させた八輛編成の客車がきわめて無表情なままに駅から発してゆく。

「そろそろ、われわれも出るとしましょう」

三々五々散ってゆく見送りのひとびとに視線をはしらせながら、小澤が忍子をうながした。忍子はかるく頭をさげ、やや重たげな足取りでホームをあとにした。多聞と小澤はそのうしろすがたを眺めながら駅の構内に戻ったが、やがて、赤煉瓦《あかれんが》を背にして駅正面に出たとき、忍子はかすかにふりむきつつ、こちらで失礼いたします、とだけ告げ、足を急がせた。

見やれば、駅舎の陰となったところに、一台の自動車があった。T型フォードのオープンカーモデルで「ツーリング」と呼ばれるものだった。車体は黒光りするほどに磨きこまれ、後部座席にひとりの紳士を乗せたまま、運転席のかたわらではハンチングをかぶった運転手らしい男が佇立《ちょりつ》している。

「弟さんは、発たれましたか」

後部座席の紳士が忍子のすがたを見つけるなり、温容に微笑みかけた。まちがいなく、先日の夕刻、弥市郎のところを訪ったおりにすれちがった「三河の素封家」だった。

多聞は緊張をかくせぬまま、かれと忍子とを交互に見つめた。そんな多聞の箭《や》のような視線を痛いほどに感じていたのだろう。忍子は足早にT型フォードまで急ぎ、恭《うやうや》しく後部座席のドアをあけた運転手にむかって軽く頭をさげ、身をかくすようにして乗りこんだ。紳士は忍子に二言三言はなしかけたあとで多聞と小澤のほうに顔をむけ、また、温雅な態度で笑みをなげかけた。

「おさきに、ご無礼」

とても声をかけたのだろうか、品のよい髭の下で丹《くち》唇《びる》がなにやら蠢《うごめ》いていたが、多聞の鼓膜には届いてこなかった。T型フォードはまわりの通行人たちの耳目をあつめながら、特徴的な四気筒二〇馬力の排気音を響かせつつ、東京駅前から去っていった。しばらくのあいだ、多聞と小澤はなにも会話をかわすこともなく、アメリカの生んだ名車を見送っていた。

「さあ、おれたちも帰ろうじゃないか」

やがて小澤は、そういって多聞の肩にかるく手をそえた。

三

ところで、このころ、地中海方面をめざそうとしている日本の艦船は、なにも第二特務艦隊ばかりではない。実際のところ、すでに日本船籍をもつ多くの船舶が地中海や大西洋を航行し、ドイツのUボートによる通商破壊戦の犠牲になっている。

たとえば、日本郵船の欧洲航路などが、それである。

こうした郵船の船舶をふくむ撃沈船の数は、この二月にはいって急増し、日に二二隻平均という尋常ならざる事態に直面していた。こうした危機的情況になってしまった背景は、独墺《どくおう》政府による通告文を眺めることで如実に知れる。

〝千九百十七年二月一日以後、左に掲ぐる英国、仏国、伊国沿岸及び東部地中海の封鎖区域内に於《お》けるいっさいの航海は、あらゆる武器を以って絶対に遮断さるべし。（中略）なお二月一日右封鎖区域内の港に向かい航海の途中にあるものは、相当の期間内これを猶《ゆう》予《よ》すべし。しかれどもこれらの船舶に出来る限りの方法により警告を与え、その航路を変更せしむる事を切に勧告す。封鎖区域内にある中立船舶は二月五日前に

出発し、最近航路を取り封鎖区域を通過することを得〃

かといって、戦争相手国である独墺政府のいうなりになって軍需物資や生活必需品などを欧洲大陸に輸送しないわけにはいかない。事実、日本郵船の欧洲航路には臨時船一三隻をふくめた二六隻もの船舶が就航していた。郵船としては、それなりの処置を講じなければならないであろう。

そこで逓信《ていしん》省官船局にたいして郵船が答申したものは、

――船舶を武装せしめる。

という果断な結論だった。

ちなみに、このたびの商船武装の程度と効力については、名前は残っていないけれども、海軍のとある将校がつぎのように語っている。

〃今回の商船の武装は、主として潜水艇の襲撃に対するものである。すなわち敵潜が自船の附近に浮き上がった時、または自船が近い処に突然潜水艇を発見した時、これを砲撃して沈下させ、その時逃げれば宜《よ》いのである。敵を沈めるに越した事はないが、そればかりを考えると自分が危うい。砲は言うまでもなく射程と威力の大きいほど宜いが、商船は船体の構造上、無闇に大きい砲を載せる事も出来ない。そこで三吋《インチ》砲でもないに勝るが、それでは敵を恐れしむるに足らず、三吋砲のごときは、砲架の具合が四吋七砲または六吋砲と違い、一見して直ぐ判るからあまり感心できぬ。許さば四吋七または六吋が宜かろう。この二種は玄人《くろうと》が見ても、少し離れては見別けがむずかしい上、いずれも敵の潜水艇の武装と同等または以上であるから、敵を恐れしむの効力は充分に在る。次に砲の数である。これは大抵一門でたくさんであるが、廻転に邪魔物が出来て居る場合には、補助として他の小砲または同等のものを一門置かねばならぬ〃

これといって鮮烈な意見というわけでもなく、至極あたりまえのことといっていいが、しかし、商船を武装させるという、これまでに経験したこともないような事態に直面している汽船会社は、この意見をかぎりなく尊重した。暗記するほどに幾度も読み、聞き、伝え、とにもかくにも各船に「四吋七砲」もしくは「六吋砲」を搭載するよう、寝る間も惜しんで動いていった。そうしたなかに、やはり、最大手の日本郵船がある。このとき、武装作業の中心的役割をはたしたのは本間《ほんま》航路課主事であったが、かれは時事新報の取材にたいして、つぎのように語り、そのまま新聞に掲載された。

〝もし武装せずに間違いが起こった時は申し訳がないので、ついに武装する事にしました。砲は出来る限り大きいものを積みたい。希望で六吋をと思って居りますが、これは官船局で踏査して貰った上の事にします。船によっては構造上二門の砲が要ると思いますが、平均して二十六隻で一カ年百万円の費用を食う予算であります。砲を買うとすれば六吋で、砲と砲架とその設備費及び砲薬の貯蔵装置で、大略（概・著者注）一門に就き五万円くらいと見積もって居ります。この係砲の操縦者は大部分海軍から雇い入れますが、この係は勿論船員として、船長に全責任を持たせらるるように定めます。そして一朝有事の時には、船の高等船員は皆多少砲術を心得て居りますから、一致協力して敵に当らす事であります。最初に武装さる船は今二十四日横浜入港の宮崎《みやざき》丸で、それから追々入港のたびにやる予定ですが、宮崎丸の武装の出来上がるのは三月中旬頃と思います〟

この新聞記事が掲載されたのは二月二十五日だった。

即座に海運に従事しているものたちは震撼し、あいついで船員を辞めたいというものが出はじめた。武装という処置にたいして、船員たちが面食らうばかりか決して喜ばなかったのは、まったく仕方のないことといっていい。まんがいちにも武装商船が撃沈せしめられるようなことにでもなり、さらに相手国の船舶によって救助された場合、船員たちは戦闘員として認知され、捕虜にされてしまう虞《おそ》れが濃厚にあるからだった。さらには、たとえ船員本人が危険を承知したうえで乗船を承諾したとしても、留守をあずかることになる妻や子が猛烈な声をあげて反対する場面がおおく見受けられた。日本周辺や太平洋あたりの航路ならば、まだUボートの影もなく、通常の危険度のまま出航できるが、欧洲航路だけはそうはいかない。武装してまで航行する必要があるのかどうか、人命を損なうような航路に夫や父をおもむかせるわけには絶対にいかないとして、会社側にたいして抗議を集中させたのである。

このあたり、大正デモクラシーの片鱗をかすかながら見てとることもできるが、会社側としては真剣に頭をかかえた。現今、欧洲航路ほど潤沢な利益の期待できるところはない。連合各国は日本にいては想像もできないほどに疲弊しつくしている。欧洲航路の船という船はほぼUボートによって沈められ、いくら、たとえば川崎《かわさき》造船所あたりが夜を日についで船を新造しても足りぬというありさまだった。船が沈められれば、当然、イギリスやフランスに届けられるべき物資も海中の藻屑《もくず》となっており、世界中から生活必需品や戦争遂行のための物資および資源をかきあつめたところで足りなかった。そういう情況にある以上、日本の汽船会社としてはなにがなんでも欧洲航路に進出する必要があった。莫大な利益がころがりこむからである。会社側が頭をかかえるのはそういう背景があるためで、結局、郵船としては二六隻の航路船は一隻のこらず就役させることにしたものの、強制的に乗船させることはせず、つねに本人の希望に任せることに決した。

もちろん、いきおいこんで志願するものもいた。海軍のなかにもいた。ほとんどが予備役となった砲手たちであったが、そのなかに現役の尉官もいる。いや、宮崎丸への乗組を志願するのだといって声をあげている男がいた。

焦慮《しょうりょ》を濃厚に浮かべた山口多聞であった。

「はやまった真似をするな」

と、小澤治三郎などはほとんど摑《つか》みかからんばかりの見幕で多聞をおしとどめたが、当の多聞は歯軋《はぎし》りの音が聞こえてきそうな形相で、首を横にふった。

なんとしても地中海にいくのだといってきかない。自分は潜水隊に籍をおき、対潜戦闘を充分に学んできた。現時点の海軍において爆雷などによる戦闘方法についても自分がいちばん良く知っている。この知識を地中海で活かしたい。自分が地中海にゆかずして、いったい、たれが赴《おもむ》けるのかというのである。

「ばかなことをいうものではない」

「なにが、ばかですか」

多聞は、かぶりをふった。

「つい先日も、日本汽船の沢丸《さわまる》が、アイルランド沖で敵潜によって撃沈されました。それは、小澤さんもご存知でしょう。生存者はたったの一六名です。いまだに犠牲者の数すら把握されません。沢丸は昨年の十一月に神戸《こうべ》を出航した船ですから、武装は施《ほどこ》されておりませんでした。しかし、これからさきは商船も武装できるのです。砲術を学んだ海軍のものが乗りこめるのです。おれは、どのような仕事であろうと、お役に立ちたいのです。宮崎丸に乗ります」

「断じて、ゆるさん」

小澤は、迫力に盈《み》ちた形相で、いいきった。

四

「なあ、多聞」

桃の節句もとうに過ぎたある日、小澤はあらためて多聞にむきなおった。

横須賀《よこすか》鎮守府ちかくにある甘味処「一楽《いちらく》」の奥まった座敷で、ふたりのほかには、ちょうど鎮守府に顔をみせていた和田秀穂《わだひでほ》がいた。和田はすでに欧洲の戦場を経験しているから、その見聞してきたところを語ってほしいと小澤が投げかけたものだった。

小澤は餡蜜《あんみつ》を匙《さじ》で掬《すく》いつつ、静かに口をひらいた。

「おまえがどのような生きかたをしようと、それはまわりのものがあれこれ指図すべきことではないが、たったひとつだけ、忘れてはならないことがある。おまえは、帝国海軍において現役の……しかも、将来を嘱望されている……尉官であることだ」

「それは……」

宮崎丸への乗組をするなということか……と、多聞はおもいながら聞いている。

「たしかにおれも、第二特務艦隊への選抜からはずされたときには怒気をはらみ、全身が震えるような思いにかられた。だから、おまえをひったてるようにして弥市郎のところまで急いだ。しかし、もはや、どうなるものでもない。艦隊はすでに編成された。旗艦は明石であり、所属部隊は第十・第十一駆逐隊だ。それ以外の艦艇は、現時点においては、地中海には出撃しない。これは、厳然たる事実であり、うえからのお達しだ。われわれにできることは、別命あるまで待機する、というものでしかない」

実際、小澤のいうことは正論であったし、多聞には反駁《はんばく》する糸口すらなかった。

だいいち、小澤のいうとおり、もはや、なにもかもが始まっている。

安曇十兵衛にしても、藤村弥市郎にしても、すでに先月の十九日、佐藤皐藏ひきいる幕僚とともに呉軍港から「矢矧《やはぎ》」に便乗して佐世保《させぼ》へむかっていた。佐世保が日本からの出航地として定められていたためだが、当地では第十一駆逐隊（松《まつ》、榊、杉《すぎ》、柏《かしわ》）が寝る暇もないような出動準備にはいっていた。また、ついさきごろまで南支那《しな》海の警備にあたっていた第十駆逐隊（梅《うめ》、楠《くすのき》、桂《かつら》、楓《かえで》）は香港《ホンコン》を経由してのちシンガポールのケッペル軍港に先行、碇泊して弾薬および糧食の補給と兵員の休養をおこなわせていた。さらにいえば、旗艦となるべき「明石」もまた、現時点ですでにシンガポールにある。といっても、こちらはキングストンドックに入渠して修理にはいっていた。佐藤たちはまず「矢矧」によって馬公《まこう》を経由しつつシンガポールまで赴き、そこでようやく「明石」に乗りこむのである。

とまれ、多聞らとはまったく別の次元で、地中海への遠征準備が凄まじいいきおいで始められていることだけはまちがいがなかった。

「聞くところによれば、明石の修理が終わったのは、三月八日のことであったらしい。となれば、安曇さんらがシンガポールに着くか着かぬかのころであったのだろう。なににせよ、凄まじいほどに慌しいものであったことだけはまちがいなかろう」

これもまた、そのとおりだった。

安曇や弥市郎を乗せた「矢矧」は、馬公において第一特務艦隊の「対馬《つしま》」と合流、舳艫《じくろ》をそろえてシンガポールへと向かい、やがて三月六日、ケッペル軍港に入港した。現時点からいうと十二日前のことである。

先発していた第十一駆逐隊はとうに香港を経由して簡単な補給を済ませ、数日前にはシンガポールに到着しており、石炭、重油、清水、糧食などの補充もすませていた。ちなみに、かれらが英駆逐艦の先導で香港ビクトリア港に入港したのは二月二十二日の午前九時であったらしく、四隻ともに支障なく繋留された。ついでながら、このおり、隊の士官たちは三井《みつい》物産支店長の招待を受け、純日本式の料亭「清風楼《せいふうろう》」に招かれ、壮行の宴をひらいてもらっている。ともあれ、佐藤の座乗する「矢矧」がシンガポールに入港し、幕僚ともども旗艦「明石」へと移乗し、将旗を檣楼《しょうろう》たかく掲げた瞬間、第二特務艦隊は編成業務のすべてを完了し、マルタへむけての艦隊出航は三月十一日午後三時と令達された。

以下、三月七日付の佐藤皐藏の訓示にいう。

〝本艦隊は、今や大命を奉じ、聯合諸國の艦隊と協同作戰の目的を以って、将《まさ》に地中海に向ひ進発せんとす。艦隊の勢力は有形的要素に於て強大ならずと雖《いえど》も、その代表する所は即ち大日本帝國にして、之に従事する将卒は幾多の名将を産める帝國海軍の軍人なり。而《し》かも旭旗を欧洲海面に飜《ひるがえ》して征戰に従事する如きは、建國以来日本民族の未だかつて知らざる壮挙にして、その成績の如何《いかん》は、帝國海軍の栄辱に至大の関係を有するを想はば、吾人の榮譽の大なるを感ずると同時に、その責任の極めて重大なるを覺ゆ。本職が特に諸士に要望するものは、身体を健全にして、堅忍《けんにん》不抜《ふばつ》の精神を発揚すると同時に忠恕寛容《ちゅうじょかんよう》の徳風を持続すべきこと是なり〟

艦隊は、在シンガポールの諸国軍艦乗組員の登舷礼に送られ、予定どおり出港した。波は至極おだやかにして天気晴朗、季節風すら端境期であるためか、そよとも吹かなかった。こうして翌三月十二日にはスマトラ島北西端を迂回、十三日には驟雨《しゅうう》を浴びたものの、なんら異常も支障もなく、同月十七日正午には、はやくもセイロン島のコロンボ港沖に到着している。

こうした航程については、つねに電信によって速報が到着し、東京にいる多聞や小澤の耳にも知らず知らず、はいっていた。が、もちろん、かれらから口外されることはなかった。あくまでも日本海軍の地中海遠征は極秘任務であるからだった。ただ、出征したくてたまらない多聞にしてみれば、胸の内側をかきむしられるような思いであったろう。とはいえ、宮崎丸もすでに出港のときをむかえつつある今、多聞にはなにもできない。焦慮ばかりが、こらえきれぬほどに募りつづけている。

「……もう、どうしたところで追いつけやしない」

多聞はずずずと音をたてて、おもいきり、餡蜜の汁を呑みほした。そして店の奥にむかって「おおい、おかわりだ」と大きな声をだした。自棄酒《やけざけ》ならぬ自棄餡蜜とでもいうところだったのだろう。この日、多聞は腹が破裂しそうになるまで餡蜜のおかわりをしつづけているが、一升瓶をかかえながら喚きちらすようなふるまいをするでもなく、可愛いといえばなんとなく可愛い悔しがりかたであったのかもしれない。

「……だがな、多聞」

小澤は、焙茶《ほうじちゃ》をすすりながら、ふと、こんなことをいった。

「第二特務艦隊に所属する駆逐艦はたったの八隻、あれでは、とても足りない。また、連合国海軍の駆逐艦にしても絶対量が不足している。敵潜を封じこめるためには圧倒的な量の駆逐艦によって護送船団をつくりあげるよりほかにない。だとすれば……」

「……増派もありうると……」

「実際、わが国にはまだ新型の駆逐艦が待機しているし、な……」

そういって小澤は、莞爾と嗤《わら》った。ちなみに、このたびの大戦が勃発したとき、日本海軍には第一線で用いることのできる、つまり、戦闘に耐えうるだけの駆逐艦は大型二隻、中型二隻の都合四隻しかなかった。しかし、大戦勃発とともに樺《かば》型一〇隻が、ついで磯風《いそかぜ》型四隻と桃《もも》型四隻が建造され、日本海軍における駆逐艦は都合二二隻となり、陣容も一新されている。

「どのみち」

小澤は、多聞の眼の前に積みかさねられた餡蜜の空いた硝子《ガラス》器に視線を落としつつ、いう。

「地中海に派遣される水雷戦隊は、御国にとっての捨石にすぎぬ。わが国は、このたび、青島《チンタオ》を占領した。内南洋の島々へも猛烈ないきおいで進出した。犠牲は皆無とはいえぬが、欧洲各国の死傷者とは比べものにならない。連合諸国が、わが国にたいして金や船をさしだすだけでなく血と汗をともに流せといってくるのは、人情として決してわからない話ではない。おれが、イギリス人ならば、おなじことを要請している。おれならば、わが国としても血と汗を流すための部隊を……日本国が国際的な信用を得、かつまた貢献しているということを現実に見せつけるための戦闘集団を……遙かな海にさしむけるのは、当然のことだろう。第二特務艦隊は、つまり、御国にとっての捨石なのだ。御国は、第二特務艦隊にたいして犠牲になれといっている。日本が国際的に認められるための犠牲になってこいといっている。だが……なんとも、ばかばかしいことに……おれは、できるなら、捨石になりたい」

「小澤さん……」

「海の漢《おとこ》というものは、どうやら、そういうものらしい」

「……おれも、待ちます」

多聞は、ていねいに匙を置いた。

「宮崎丸のような武装商船に乗りこみたいなどとは、もう、いいません。いたずらにがなりたてたところで、どうなるものでもなし……おれも、待ちます。弥市郎さんは、地中海で逢おうといわれました。ならば、あの言葉を信じて、出撃命令を待ちつづけます」

五

　このあたりで、駆逐艦について説明しておいたほうがいいかもしれない。

　第二特務艦隊は、いまも記してきたように旗艦となっている巡洋艦「明石」のほかは八隻の駆逐艦（第十駆逐隊／梅、楠、桂、楓および第十一駆逐隊／松、榊、杉、柏）によって編成されている。

　さきに「明石」についてすこしばかり触れておけば、同艦は明治二十六年度計画による巡洋艦で、明治三十二年三月三十一日に竣工《しゅんこう》、北清《ほくしん》事変や日露戦争に参加し、このたびの大戦でも、青島の攻略戦においては二門の一五センチ砲と六門の一二センチ砲の砲身が焼けただれるほどに活躍し、そののちは二門の魚雷発射管をひっさげてスールー海やインド洋などの警備に従事してきた。いわば、古参の軍艦である。

　だが、この「明石」のほかは、どれも竣工したばかりの新鋭駆逐艦で編成されていた。

　その駆逐艦こそ「樺型」という中型駆逐艦なのだが、それについて記すまえに、いましばらく駆逐艦の成立してきた歴史をかるく見つめておきたい。そもそも、駆逐艦は、英語でいうと「Torpedo Boat Destroyer」であり、直訳すれば「魚形水雷をせおった破壊者」となり、それが「なにもかもを破壊しつくす水雷艇」すなわち「駆逐艦」をあらわす単語になった。

　とはいえ、最初から魚雷を搭載していたわけではない。当初は汽艇の舷側もしくは舳先《へさき》に電柱のような棒を設置し、その先端に爆薬をつけ、敵艦めがけて吶喊し……ちょうど、鑓《やり》でもって敵の体軀を衝き刺すようにし……刺さった瞬間に爆裂させるという非常に荒っぽい艦種だった。さきにも触れた「タートル」に似ているが、この「爆薬を備えた鑓」のことを当時は円《スパー》在水雷《・トーピドー》もしくは外装水雷といった。この外装水雷を備えた艦に乗りこんで活躍した青年士官がいる。南北戦争のおり、北軍の海軍大尉としてアルベマール海峡の水雷戦で名をあげたW・B・カッシングなるものがそうなのだが、かれの名は栄光の名として、のちに米海軍の駆逐艦「カッシング」として伝えられた。

ただ、カッシングの乗りこんでいた汽艇が正式な「駆逐艦」であるかといえばそうでもない。駆逐艦はあくまでも魚雷をうらはなたねばならない。ここで登場するのが、以前にも触れたオーストリアの海軍大佐ジョバンニ・ルピスである。かれは発条仕掛けの「火船」なる魚雷の原型のようなものをつくりだしたが、実用にはいたらなかった。そこでつぎに登場するのが英国人ロバート・ホワイトヘッドである。かれはオーストリア海軍の根拠地になっていた港町フューメの機関製造会社の技師だったが、ここにルピスがやってきて相談をもちかけた。

——確実な自走式魚雷をつくりあげたいのだ。

というのである。

ホワイトヘッドは、この話に乗った。以来二年間、かれは研究に没頭し、ついに自重一三六キロ、直径三五・五センチ、炸薬量八・二キロで、圧力四六キロの圧搾空気を動力とする速力六ノットの「ホワイトヘッド式魚形水雷」を完成させた。のちの日本でいうところの保《ホ》式魚雷である。一八六六年のことだった。

だが、魚雷が完成したところで、それを主用兵装とする水雷艇がなければ、どうにもならない。実際、水雷艇などという艦種は、世界のどこにもなかった。奇妙なことながら、水雷艇は魚雷が完成してからかなりのち、一八七七年になって、はじめて世にでたのである。イギリスのソニークロフト社の建造による「ライトニング」つまり「稲光」という名をもつ水雷艇で、排水量二七トン、全長二六メートル、全幅三・三五メートル、四五〇馬力の蒸気機関によって速力一五ノットという性能の可愛らしいものだった。しかし、世界中がこの「ライトニング」に飛びついた。実際、ロシアなどは一〇〇隻もの水雷艇を注文し、露土戦争に突入している。

こうして、英海軍で生まれた「水雷艇」という艦種は、すぐさま艦艇表に名をつらねるようになり、実戦上では露海軍のマカロフによって磨きあげられ、水雷戦という夜戦に有利な戦法が確立していった。確立するどころか、たちどころに世界を席捲した。当然、日本海軍も、魚雷を欲した。ちなみに、日本にはじめて水雷艇が導入されたのは明治十三年（一八八〇）のことであったらしい。採用された魚雷はホワイトヘッドの完成させた保式ではなく、フューメにあるシュヴァルツコップ社製の「朱《シュ》式魚雷」だった。言葉遊びのようになるが「シュヴァルツコップ」とは「黒い頭」という意味である。

さて。

時はめぐり、このたび欧洲大戦が勃発した。だが、日本海軍には満足な駆逐艦がほとんどなかった。これは主力艦の充実にちからを注いでいたためなのだが、日露戦役の日本海海戦において世界を震撼させたほどの水雷戦を現出させた国家とはおもえないほど、貧弱な駆逐隊しかなかった。そのようなおり、大戦が始められたのである。いかに主力艦があいついで完成しつつあるとはいえ、まんがいちドイツ東洋艦隊が猛威をふるい、日本に攻めのぼってくるようなことになったとき、乾坤一擲《けんこんいってき》の戦闘艦である「水雷艇」がなければ話にも絵にもならない。

だいいち、そもそも戦艦や巡洋戦艦などといった巨大艦はおおよそ二週間くらいならば無補給で行動することが可能だったが、図体のちいさな駆逐艦はせいぜい三昼夜ほどの航海しかできなかった。くわえてボイラーの整備、機関の調整、乗組員の休養などの雑務がめまぐるしく、実働率は甚《はなは》だしく悪い。つまり、主力艦にたいして数倍の個数を必要とした。にもかかわらず、開戦時にはわずか四隻しか戦闘に耐えうる艦がなかった。四隻では、たったひとつの駆逐隊しか構成できず、これでは主力艦に付随して敵を邀《むか》え撃つことは不可能といっていい。

日本国政府は……帝国海軍は……震撼した。こうして宣戦布告のわずか五日後にあたる八月二十八日、海軍大臣の八代六郎《やしろろくろう》は議会において大いに声をはりあげ、

——駆逐艦を急造しなければならない。

とし、これには臨時軍事費をもってあてるのも可であると主張、結局、議会はこれを承認、翌九月九日に

は御裁可を得るという急旋回の速さで事を決していった。

急造することに決した駆逐艦は当面一〇隻とされ、これが、さきに計画されていた桜《さくら》型を原型とする二等駆逐艦樺型（樺、榊、楓、桂、梅、楠、柏、松、杉、桐《きり》）であった。要目は基準排水量五九五トン、水線全長八二・二九メートル、全幅七・三二メートル、速力三〇ノット、人員九四名であり、備砲については四〇口径一二センチ砲一門、四〇口径八センチ砲四門、四五センチ魚雷発射管四門となっている。建造所にあてられたのは横須賀、舞鶴、佐世保、呉にある各海軍工廠のほか、川崎、三菱《みつびし》、大阪《おおさか》、浦賀《うらが》といった私立造船所で、これらの建造所が昼夜をわかたずに操業し、信じられないことに起工から竣工まで平均五カ月という異例の速度で建造がおこなわれていった。ネームシップである「樺」にいたっては三カ月と五日という凄まじさである。ちなみに搭載重量四三三・六トンの「樺」の船体に打ちこまれた総鋲《びょう》数は三六万八八五一本であった。

右の樺型の内の八隻が、いま、地中海の遠征に赴いていることになるのだが、これらが建造に着手されはじめてわずかのち、正確にいえば大正四年初頭の第三十六議会において、さらに大型駆逐艦（磯風型）四隻（磯風、濱風《はまかぜ》、天津風《あまつかぜ》、時津風《ときつかぜ》）、中型（桃型）駆逐艦四隻（桃、樫《かし》、檜《ひのき》、柳《やなぎ》）の建造が決められ、このたび樺型八隻が遠征におもむくことになってより、その補充として中型（楢《なら》型）駆逐艦六隻（楢、桑《くわ》、椿《つばき》、槙《まき》、欅《けやき》、榎《えのき》）の建造が認められていた。

こうして日本国内の造船所は「鋲を打ちこむ音のしないときがない」というほどに稼働し、ほとんど死にものぐるいにちかいほどのいきおいで駆逐艦を建造していったのだが、じつをいうと、この時期には上記二四隻のほかに、計画には挙げられていなかった一二隻の「樺型」が建造されていた。ちょうど、地中海への遠征が決まったころの話である。

なぜ、樺型ばかりがこうも大量に造られていたのかといえば、これは「輸出艦」であった。

フランス海軍にむけての建造で、地中海における戦いのためのものだった。これら一二隻の樺型はまもなく完成し、第一・第二回航隊を編成、いずれも日本海軍の手によって地中海へと回航されていった。むろん、舳艫《じくろ》には翩翻《へんぽん》と日本軍艦旗をはためかせての回航である。

要するに、この大正六年夏、地中海には総勢二〇隻という数の樺型駆逐艦が旭日旗をひるがえして地中海の波を蹴りあげることになるのだが、そうした事実を識るものは、欧洲はおろか日本国内にもほとんどいなかった。実際のところ、第二特務艦隊の兵員たちも、まさか、自分たちの乗りこんでいる駆逐艦と同型の仏国艦がおなじ海原にあって護送船団を組むことになろうとは露《つゆ》ほども予想していなかったし、内密の辞令をもって回航隊の兵員とされたものたちも、まさか、第二特務艦隊なるものがすでに編成されており、回航ばかりか実際にUボートをあいてどって地中海で戦いを繰りひろげるべく遠征の途についているとは夢にもおもっていなかったろう。

もちろん、多聞も小澤も、樺型が一二隻も別なかたちで地中海をめざすことになっているとは、想像のかたすみにも描いていなかった。ふたりのうち、どちらかが回航員となるべき辞令を受けていれば良かったのだが、海軍省の人事局はこのたびも多聞と小澤には白羽の矢をたてようとはしなかったのである。

六

第二特務艦隊は、ひたすら、地球の裏側をめざしている。

セイロン島のコロンボにおいて英艦「ニューカッスル」および「スパ」の礼砲にむかえられつつ投錨し、ここで石炭や重油、さらには糧食などの補給をうけたのち、艦隊は三月二十日午後一時、つぎなる寄港予定地となっているアデンへむけて出港したのだが、ひとつの風景として、このコロンボにおいて安曇十兵衛は柔道着をまとい、市民に技を披露している。

これは日出《ひので》貿易商会を経営する臼井清造《うすいせいぞう》と知己になったためで、臼井はこのたび司令官以下を自宅に招待し、ついでにみずからの開いている柔道場まで案内した。そこでは日英の在留民のほか現地住民も弟子となっており、柔道三段の安曇に「ぜひとも、模範を」と頼みこんできたことによる。

「いや、わたしなどは……」

と、最初は遠慮した安曇だったが、食糧その他の便宜をはかってくれたこともあり、結局承知した。が、承知したのちの安曇は、ひさかたぶりの藺草《いぐさ》の匂いに興奮したものか、乱取りを希望する市民をあいてにおおいに汗をながした。

「つぎ……っ」

休むことなくかかってこい、とばかりに安曇は獰猛《どうもう》な獣のように吼《ほ》え、つぎつぎに相手を替えては、まるで師範代のごとく立ちまわった。

これには、司令官の佐藤も、随行してきた弥市郎らも笑いを禁じえず、最後には日頃冗談などいわないはずの佐藤が「おい、安曇」と声をかけて「このまま、コロンボに残していってやるから、われらが帰還するまで師範代をつとめておれ」という命令までくだした。

安曇はなんともいえない表情をみせて笑いとばしていたが、頼まれれば嫌とはいえない性格のためか、出港間際まで正味丸二日、かれは師範代をつとめ、艦隊の出港のおりにはこの短期間の師範代を見送る市民の渦が桟橋にできあがったくらいで、かれの乗組んでいる「榊」の艦長上原《うえはら》太一《たいち》（少佐）などは、そういう安曇にむかって「おまえは、ほんとうに得な性格をしているなあ」とあらためて感心したように言葉を投げかけた。

こんな民間使節のような役割もところどころで演じつつ、かれらはインド洋からアラビア海へと航路をとり、ほどもなくアデン湾の深奥へとはいっていった。コロンボを発してからほぼ一週間ののち、かれらは英艦「オジン」の出迎えをうけ、アラビア半島の南西端にある要港へと導かれた。わずかな草木すら生えていない峨々たる丘陵を背にした港湾だった。

アデンである。

日本海軍にとってアデンは、それなりに馴染みが深い。アンザック軍団を護送していったさきがアデンであり、もうすでに幾度となく、その港の風物を瞳にとどめている水兵も少なくはない。とはいえ、アデンまでの約一週間、ただ漫然と波光のきらめきを眺めているわけにもいかなかった。

司令官佐藤の指示にしたがい、艦隊は初めての航法を訓練した。増速してのジグザグ航法である。この巨《お》蟒《ち》がのたうつような航行は、いうまでもなく潜水艦による雷撃をかわすためのものだったが、対潜行動を経験したことのない日本海軍にとっては、まったく未知なる航法といってよかった。現代のわれわれからすれば、戦闘上、基本といっていいような操艦術なのだが、当時の乗員たちには信じられないような艦の動かしかたであったろう。

なにしろ、おおくの乗員たちにとってはこのたびの航海はなにもかもが初めてづくしで、たとえば、地中海で行動するうえで必要になるのは英海軍方式の手旗信号であることから、これも徹底的に訓練させられたし、Uボートの雷撃を蒙《こうむ》った場合にそなえて、ライフ・ジャケットなどという着たこともないような「袖《そで》無半纏《なしはんてん》」を支給されたりした。南洋航海の経験のない水兵たちには「驟雨浴方《スコールあびかた》」という奇妙きわまりない命令も初めてのことであったし、なにしろ、砂漠のなかに港湾がかたちづくられているアデンなどという荒涼たる港の風物も、おもわず瞳を奪われてしまうほどに衝撃的なものだった。

——ここは地の果てか。

と、洩らした乗員もあったくらいで、異国情緒などという微笑ましい感情など、とても湧きあがってはこなかった。

ここにはシンガポールの郊外でふりあおいだような天を衝くほどの椰子《やし》の並木もなかったし、コロンボの市街を構築している瀟洒《しょうしゃ》な植民地風の建築物もなかった。なにもかもが土塊《つちくれ》で出来あがっているような家屋と、貴重な材料であるはずの木の桟橋と、ところどころに生えている旅人掌《トラベラーズパルム》なる熱帯植物が見られるくらいで、ほかに眼につくものといえば石炭の山のあいだにかたちばかりの商店があり、軍用駱駝《らくだ》の集団が異様な鳴き声をあげている光景くらいなものだった。

「……まさに異国ですねえ」

安曇と肩をならべて給油作業を見守っていた弥市郎が、感慨ぶかげにつぶやいた。

「何度目かのアデンですが、ここへ来るたびに、日本の風物が懐かしくなりますよ」

「そうかもしれんなあ……」

信州生まれの安曇にも、弥市郎の感想はよく理解できた。ここは、ほんとうになにもかもが異なっている。南方の密林ならば、沖縄や台湾あたりで幾度となく瞳にしているし、格別の感慨もない。だが、なにもかもが土彩一色につつまれている風光には、どうにも馴染めない。幼いころに嗅いだ樹液の匂いもなければ、梢をわたる風籟《ふうらい》もない。木漏れ陽のなかをぬけてゆく小鳥たちの囀《さえず》りもない。あるものはただ、決して雪のふらない乾燥した大地と、鼻をつまみたくなるような臭気、そして立ちどまっているだけで淋漓《りんり》と汗が噴きだしてしまうほどの暑熱だけだった。ただ、悲惨な戦禍のおよんでいないことは、まちがいなく救いといってよかった。

ところが情報だけは、はいってきた。それも耳を疑うような駭報《がいほう》である。安曇が深刻そうな表情の弥市郎の口からその報告を聞いたのは三月二十八日、大地を焦がすような白日がやや西に傾きはじめたころのことだった。

「ロシアで、革命が勃こっているようです」

「革命だと……っ」

それは、三月八日……露暦でいう二月二十三日……ペトログラードの繊維工場から始まった。婦人労働者たちが「パンをよこせ」と連呼し、デモをおこなったことが発端である。当時、ロシアは都市部も農村部もどこもかしこも深刻な食糧不足の状態にあった。これは東部戦線に一四二九万人という驚嘆すべき数の召集兵が送りこまれていたためで、国内の働き手が極端に少なくなり、その結果、穀物の収穫はまるで期待できず、必然的に国力が低下し、ドイツやオーストリアと戦うことはおろか、生きてゆくことすらできぬような状態に追いこまれていた。

――パンをよこせ。

というのは、想像を絶するような飢餓状況のなかで、最後のちからをふりしぼった叫びであったろう。

そうであるがゆえに、婦人たちのひきおこしたデモは即日、震えあがるような膨張をしめした。またたくまに近隣の労働者や市民が呼応し、降りしきる雪のなか、軍隊や警察との衝突が始まり、発砲によって二〇〇名におよぶ死傷者が出、ついに三月十二日には早朝から兵士たちを巻きこんだ叛乱となり、首都は完全に統制を失うにいたった。おもいもよらぬような急展開といっていいのだが、現実に革命は成功してしまい、デモの勃発からたった一週間後の三月十五日、皇帝ニコライ二世は退位宣言書に署名し、ここにロマノフ王朝は崩壊した。

「今朝方、中央から明石へ入電してきたところによれば、現在、ペトログラードは左傾の筆頭ともいうべきアレクサンドル・ケレンスキーが法相として入閣した臨時政府と、亡命先のスイスから帰還しつつあるレーニンが主張するところのソヴィエトとのあいだで、睨みあいがつづいているようです。このままいけば、二重権力構造という奇妙な体制にもなりかねません。ですが……どのようなかたちに収束していくにしろ、もはや、ロシアが戦争を継続することは不可能でしょう。つまり……」

「……東部戦線が崩壊するということだな」

弥市郎は、緊張を隠せぬままに「……最悪の場合は……」とつけたしつつ、頷いた。

東部戦線の崩壊という非常事態が、いかに巨大な意味をもっているのか、かれらは充分に認識している。革命が完全に成功して、ロシアが戦争の継続を断念すれば、後顧の憂いのなくなったドイツ軍は、そののち、西部戦線に全力を投入してくるであろうし、むろん、地中海における通商破壊戦もいままで以上の兵力をもって拡充させてゆくにちがいない。

「要するに、おれたちの行く手には、手薬煉《てぐすね》ひいた狼の群れが増えつつあるということだ」

「……ほんとうの地獄が、待っているのかもしれませんね」

「望むところさ」

安曇はそういって、ふたりのあいだに漂いはじめた緊迫感を嗤いとばした。

七

ところで、この世紀の革命を実際にまのあたりにしていた軍人がいる。

米内光政《よないみつまさ》である。

かれは大正三年五月から四年二月まで旅順《りよじゆん》要港部の参謀をつとめていたが、そののちロシアへ異動となり、この大正六年春まで駐在した。つまり、現時点において、かれはペトログラードにおり、ロマノフ王朝が倒壊してゆくさまに瞳を凝らしていた。かれは翌四月、世情が騒然としてきたロシアを一旦あとにしたが、すぐのちの大正七年四月から八月まで、ふたたびロシアに出張した。革命後のロシア（ソヴィエト）の情勢を見定めるためで、そののちも、大正九年六月から十一年十二月までポーランドやベルリンに駐在している。

もっとも、米内のような武官は、とても多いとはいえなかったが、決して少なくもない。たとえば、第二艦隊の参謀をつとめていた有馬寛《ありまゆたか》などもペトログラードをかわきりにストックホルム、オデッサ、パリに駐在したし、のちにモスクワで自殺をはかることとなった小柳喜三郎《こやなぎきさぶろう》や、ニコライエフスクで戦死することとなる三宅駸五《みやけしんご》、さらに七田今朝一《しちだけさいち》、田中耕太郎《たなかこうたろう》などといった武官たちがロシアに出張し、オムスクを中心にして沿海州だのシベリアだのを歩きまわっている。

ただ、かれらに西部戦線は、ほとんどといっていいほど関係がない。当時、ヨーロッパに赴任している海軍将校は多く、香港やシンガポールへの出張から、そのまま欧洲への出張を命ぜられた山梨勝之進《やまなしかつのしん》をはじめ、名をあげるだけでも秋山真之《あきやまさねゆき》、井上勝純《いのうえかつずみ》、漢那憲和《かんなけんわ》、桑原虎雄《くわばらとらお》、杉山六蔵《すぎやまろくぞう》、原敢二郎《はらかんじろう》、水野広徳《みずのひろのり》などといった有能な連中がベルギーやオランダにむかい、泥沼と化した戦線をつぶさに見てまわっていた。もちろん、金子養三《かねこようぞう》などもそのうちのひとりであったが、かれにむかって「どうやら、面倒なことになりそうだねえ」と言葉では嘆息しつつも、なんとなく心躍らせているような印象を醸しだしているひとりの人物がいる。

名を、滋野《しげの》清武《きよたけ》。なんとも珍しいことに、かれはフランス軍のソンム基地第十二〝鴻《おおとり》〟飛行隊に所属する航空機搭乗員だった。この当時、日本人でありながら連合軍の兵士として志願したものは一〇人ほどいた。滋野はそのうちのひとりなのだが、かれの経歴がものすごい。

かれは明治十五年十月六日、長州《ちょうしゅう》出身の男爵にして陸軍中将でもある滋野清彦《きよひこ》の三男として名古屋《なごや》に生まれた。生まれながらの貴族である。が、あまりにも繊細にできていたためか軍人教育になじめず、姉たちの家庭教師をしていた山田耕筰《やまだこうさく》の影響からか東京音楽学校クラリネット科にすすみ、そののちフランスに留学した。この留学がかれの人生を方向づけてしまった。芸術に触れるはずが、ふとしたことから飛行機に興味をもち、ジュピシー飛行学校、コードロン飛行学校と移りつつ飛行機の操縦と設計をまなび、やがて万国飛行免状第七四四号を取得するにいたった。おなじころにパリ北方のアンリ・ファルマン飛行学校に留学していた徳川好敏《とくがわよしとし》の免状が第二八九号だから、滋野のほうがやや遅く、日本人においては第二番目の取得となる。だが、民間人での取得はまちがいなく日本最初であった。

もっとも、そのとき空での戦闘を志していたかといえばそうでもなく、パリの日々を謳歌したであろうことは、自動車免許をとってすぐにフォードを買い入れ、遊学中の与謝野鉄幹《よさのてっかん》などとドライブに興じていたことなどからも若干《じゃっかん》ながら窺《うかが》い知れる。

ただ、帰国してからもやはり空だけは忘れることができず、臨時軍用気球研究会の御用掛として陸軍将校に操縦をおしえていた。が、どうにも肌のあわない人間がいた。いまも触れた徳川好敏である。大正時代にもなって長州と徳川の確執があったかどうかはわからないが、ともかく、滋野はふたたび日本を飛びだした。

大正三年四月のことで、偶然にも欧洲大戦のはじまる三カ月前だった。そして大戦の勃発とともに志願し、仏陸軍歩兵大尉（当時は空軍がなかった）としてアポール基地のポアザン爆撃隊に配属され、イープルの戦いなどに参加することとなった。滋野の技量は群をぬいて素晴らしく、つぎつぎに敵機を撃墜して「エース」とされ、いつしか、たれいうともなく「バロン・滋野」と呼ばれるようになっていた。いまも、かれはフランス軍の野営地に身をおき、大空への出撃を待っている。

「……だがね、金子くん」

真紅のキュロットに水色の上衣という出《い》でたちの滋野は、東涯の天にむかって飛びたってゆく複葉機をふりあおぎながら、まるで布団のように敷きつめられている干草の上で横になった。金子と滋野とは飛行学校時代からの旧知の仲で、いわば同窓であったが、一介の海軍将校と男爵とでは絶対的ともいうべき身分差がある。自然、金子は叮嚀《ていねい》な物腰となった。

「ぼくらの飛行中隊は十五人で構成されているんだけど、半年もしないうちに三分の二がいれかわっていく。みんな、ドイツ軍との空中戦で、この西部戦線の空に散っていくからだ。ロシアに革命が勃こってしまった以上、もしかしたら、その損耗率は、たしかにきみの案じるとおり、これからもっと激しくなっていくのかもしれない。だがね……実際のところ、どうなのだろう。東部戦線にあるドイツ軍部隊を西部戦線へ即座に移動させられるものだろうか」

「どういうことですか」

「考えてもみたまえ。たとえ、東部戦線のロシア側が崩壊しようとも、ドイツ軍が雪崩《なだ》れをうってロシア領内に進撃することはできないぜ。王朝下にあった人民も、臨時政権下にある人民も、おのれの国を守りたいという気持ちは変わらないだろう。たしかにロシア革命は中央同盟国側にとっては僥倖《ぎようこう》にはちがいないが、現在の臨時政府には連合国政府がいろいろと口をだし、戦線の絶対継続を要求している以上、東部戦線の膠着《こうちやく》状態はつづいていくにちがいない。西部戦線に余剰の兵力をまわすなんてことは、できないよ」

「ですが、男爵」

金子は、反射的に顔をあげた。

「そもそも、ロシアは、もはや戦争を継続できるだけの体力がなくなっているのではありませんか。……これは、秋山さんなどもいわれていることですが、現在、スイスに亡命していたレーニンたちが動きだし、革命家たちはこぞって祖国ロシアにむかっているといいます。しかも、その背後にはドイツがいると……ルーデンドルフあたりが、しきりにレーニンのあとおしをして、親独的な社会主義政権を確立させようと図《はか》っているとか……」

「くわしいのだな」

滋野は、すこしばかり寂しげな微笑みをうかべつつ、金子にむきなおった。

「たしかに、そのとおりだ。ドイツの思惑は、レーニンたちの築きあげようとしているソヴィエトと手を結んで……つまり、休戦して……講和条約を結ぶことにある。それが成ってはじめて、東部戦線から戦火が消えるからだ。戦火が熄《や》めば、東部戦線にある独軍五〇個師団はたちどころに西部戦線に送りこまれるだろう。黒海の艦隊も地中海に移動してくるだろう。そうなれば、われわれは万事休すだ。西部戦線の死傷率は尋常なものではない。英仏の兵士たちはほとんどが老兵となっている。もう、マルヌの会戦のような奇蹟は二度とおきないだろう。要は、レーニンやトロツキー次第だ。ケレンスキーらの臨時政権と手をとりあえば、東部戦線は崩れない。だが、ソヴィエトを中心とした政権に固執し、それがほんとうに成立してしまえば、東部戦線は地上から消滅し、まわりまわって、西部戦線は崩壊してしまうだろう」

「そんな……」

金子は、滑走路の端に置かれている一五〇馬力のスパッドⅦ戦闘機に瞳をやった。胴体には部隊の印であるはずの「鴻」が描かれていなければならないはずが、どうしたことか、一機だけ「丹頂鶴《たんちょうづる》」が美しく描かれ、操縦席側面の排気管下には黒で「WAKATORI」と記されている。

（あれが……わか鳥号か……）

滋野の挿話としては有名になりすぎた話だが、かれには亡くした妻がある。和香子《わかこ》という。清岡公張《きよおかきみはる》子爵の令嬢で、結婚してすぐに一女をもうけたが不幸にも病死した。滋野が欧洲への留学を決意したのはその傷心のゆえであったかもしれないが、ともかく、かれはパリで自ら設計した飛行機に「わか鳥」と名づけた。そして以後、おのれの乗りこむ航空機にはつねに「丹頂鶴」を描きこみ、名も「わか鳥」とつけつづけている。

「……飛んでみれば、いい。あいつで……」

「え……」

「先日も、日置釭三郎《ひおきこうざぶろう》くんが訪ねてきてね。イタリアへ出張するまえの挨拶だといってきたのだが、そのとき、わか鳥号で戦線を視察させてやった。かれは、疲れきった表情で空から降りてきたよ。どこもかしこも、地獄のありさまだとね。ここに敵が大量の新手を繰りだしてきたら、まちがいなく西部戦線は崩壊し、パリは陥落するだろうと嘆息していた。なあ、金子くん。百聞は一見にしかず、だ。自分の瞳で鳥瞰し、たしかめてみればいい。戦線の疲弊度を……」

だが、金子は飛ばなかった。朋友の日置がすでに確認したというのなら、いまさら自分が飛ぶまでもない。かれはフランス領や地中海の情勢を案じながら、この年の師走まで欧洲に滞在したが、結局、滋野や日置のように飛行機に搭乗して戦線をみおろすことはなかった。

八

日置釭三郎と中島知久平《なかじまちくへい》がロシアに革命が勃発したということを知ったのは、ローマにある日本大使館でのことだった。当時、大使館付武官となっていた嶋田《しまだ》繁太郎《しげたろう》と山本信次郎《やまもとしんじろう》から知らされたのだが、ふたりとも、とりたてて感想というほどのものはなかった。というより、かれらはこのとき非常に惹《ひ》きつけられているものがあった。アドリア海の制空圏をとりあっている小型飛行艇の戦いぶりである。

滋野や金子が身をおいている内陸は地上機による戦

場といっていいが、このアドリア海や地中海では車輪を装備した航空機には用がなかった。飛行機の翼下に浮船《フロート》をつけるか、もしくは胴体そのものが浮橇になっている飛行艇が主要であった。その現地調査のために、はるばるフランスから足を運んできていた。

「どうかね」

そう、うながしてきたのは嶋田である。

「……青島では航空機から手製爆弾を艦艇に投下して戦果をあげたそうだが、アドリア海の容子を観察してきたうえでの感想は、どうだ。地中海あたりでも、敵機が輸送船などに爆弾を投下するときが来るとおもうかね」

「来ますな、かならず」

中島は自信ありげに答えた。

「ちかい将来、地中海にかぎらず、世界の海を制するものは戦艦でも潜水艦でもない。航空機になるでしょう。航空機が軍艦の頭上から爆弾を落とし、撃沈するという光景が、いたるところに見られてゆくようになるでしょうな。ですが、それはまだまだ先の話です。現時点では、地中海の覇者はやはり潜水艦でしょうね。ただ、これ以上、敵機の進出をうながしてしまうと、このさき、わが国の特務艦隊が地中海に到着した際、危険な目に遭いかねない」

近々、第二特務艦隊が地中海まで遠征してくるという情報は、すでにかれらのもとへは届けられていた。中島は、どうやら、そのおりのことを案じているらしい。かれは日本へ帰ってからさほど遠くない時期に海軍を辞め、みずから航空機をつくりだすことになるのだが、それはつまり航空機というものの可能性をかぎりなく信じていたからにほかならず、そうであるからこそ、敵機が現在よりも進出してくることを非常に危ぶんでいた。

「ややもすれば、アドリア海などはオーストリア＝ハンガリーの海軍航空隊に席捲されかねません。たとえば……これはつい先日、目撃したばかりなのですが……オーストリアのウーファグＨＡ11という単座戦闘飛行艇は凄まじく強い。これを封じこめないかぎり、わが海軍がマルタ島を泊地にすることはすこしばかり危険ですな」

「手だては、ありそうなのか」

嶋田の問いかけに、今度は日置が答えた。

「イタリア軍の戦闘飛行艇だけでなく、フランス軍からも増援を必要とします。アドリア海において敵を食いとめておけるなら、わが軍は悠々、マルタを核とした船団護衛が可能でしょう。現在、マルセイユにおいてモラン・ソルニエ社が高性能の戦闘飛行艇を完成させつつあるといいます。ちかぢか、中島ともどもフランスに戻り、その性能をたしかめるつもりです」

「期待している」

嶋田は、それでも不安を隠しきれずにいる。

「他力本願のようだが、ロシア革命のおかげで東部戦線が崩れさってしまった場合、アドリア海には敵機の影がますます濃くなるだろう。そのとき、わが特務艦隊が危険にさらされるようなことがあっては困る。なんとか、連合国の小型飛行艇部隊には奮闘してもらわねば、な」

(まったく、そうだ)


と、嶋田の他力本願ぶりにこころのなかだけで苦笑しつつ、日置と中島は駐伊日本大使館をあとにし、フランスへとむかった。フランスにも、この時期、おおくの駐在武官が海軍省から派遣されている。日置や中島とは機関学校と兵学校という違いはあるものの同時期に海軍にはいった三川軍一《みかわぐんいち》のほか、井上成美《いのうえしげよし》、加藤《かとう》隆義《たかよし》、寺島健《てらしまけん》、堀悌吉《ほりていきち》、そして多聞が「筑摩」に乗りこんでいたときに艦長心得をつとめていた松村菊勇《まつむらきくお》などがいる。これらの大使館付武官とも接触して、フランス航空界が恃《たの》むに足る実力かどうかを徹底的に分析しておかねばならなかった。

ところで……。

他力本願といえば、このたびの欧州大戦の趨勢を決定しかねない「他力」がある。

アメリカであった。

開戦のころより、アメリカは中立を宣言していた。古き体制の欧州のいざこざに介入するつもりはない、というのがこれまでに一貫したアメリカの態度であり、実際、現在の大統領であるウッドロー・ウィルソンは「大戦不参加」を公約として当選していた。そして、公約どおり、ウィルソンは中立外交を展開した。ただ、展開しつつも、開戦以来、英仏とは密接な関係を保ち、イギリスへは食糧を、フランスへは工業原材料を輸出しつづけてきた。また、それによってアメリカは未曾有の好景気をむかえるにいたった。合衆国市民はアメリカの中立しつつも英仏との貿易を継続して利潤をあげてゆくというウィルソンの国政をおおいに歓迎した。

ところが、ドイツによる無制限潜水艦戦の勃発によって、おもわぬ暗転をむかえたのである。

簡単にいえば、対岸の火事では済まなくなった。

アメリカの市民の非難の対象となったのは、英仏への輸送船が撃沈されたということよりも、なんの関係もない無辜《むこ》の米国人を乗せている客船が情け容赦なく雷撃を蒙《こうむ》り、おおくの犠牲者を出させられたということであったろう。なかでも、イギリスの定期客船ルシタニア号が撃沈され、一一九八人もの死亡者を出したことであったろう。このあたりのアメリカの対応についてはすでに述べてきたが、結局、一九一七年二月一日、ドイツは三度目の無制限通商破壊戦を宣言した。

ルーデンドルフなどが大国アメリカの反応について意識しなかったわけでは無論ない。しかしながら、勝利への道を模索したとき、ウィルソンの非難をあびるか、ロイド・ジョージを餓死せしめるかという二つを天秤にかけ、ドイツは後者を選択したのである。ただ、これはすぐに間違った選択であることをドイツは知った。

破壊戦再開の宣言がなされて二日後、アメリカはドイツにたいして、

――国交断絶。

を、宣告したのである。

もちろん、国交断絶がそのまま宣戦布告になるわけではない。強硬な措置であることには変わりないが、ウィルソンはまだまだ中立を維持する腹積もりであったのだろう。だから、国交断絶という「程度」でおさめていた。ところが、以前にも触れたように、運命の渦は否が応でもアメリカ合衆国を大戦へ引きずりこも

うとしていた。

事は、一九一七年二月二十四日、イギリス政府からアメリカ政府にひとつの通報がなされたことからはじまった。ドイツ外務省の暗号電を解読し、その内容をそのまま通報したのだが、これが巨大な事件をひきおこすような文章だった。世にいう「チンメルマンノート」である。チンメルマンというのは当時のドイツ外相の名前なのだが、かれがメキシコシティのドイツ代表団に送ったとされる暗号電が、問題の「ノート」であった。ここに全文を掲げておく。

〝われわれは二月一日を期して、無制限潜水艦戦を再開する。しかしながら、アメリカ合衆国にたいしては中立を維持するよう、懸命に努力する。ただ、これに成功しない場合、つぎの条件でメキシコとのあいだに同盟の提案をおこなうものとする。同盟しての戦争、共同しての和平、金融支援、アリゾナ・カリフォルニア・ニューメキシコの失地回復、合意の詳細は貴下に一任する。もし、アメリカとの戦争が開始されたら、秘密裏にメキシコの大統領に上記を通知しなければならない。そして大統領のイニシアチブで、日本もこの同盟に加入することを働きかけ、同時に日本とドイツ本国との仲介の労をとってもらいたい。そのおり、なによりも肝要なことは、日本政府にたいして、わが国がこのたびの無制限通商破壊戦によって数カ月も経たないうちに大英帝国を屈服させられるであろう、ということに注意をむけさせることである〟

この「ノート」を読んだことで、ウィルソンは激怒した。アメリカの参戦がなされるや、米軍が撤退したばかりのメキシコを煽動して米本国に攻めこませようというのである。激怒するのは、あたりまえであろう。すべてはチンメルマンの失策といっていいのだが、とにもかくにも、この「ノート事件」によって、アメリカはおおきく参戦にむかって傾斜した。

九

そして、一九一七年四月二日がやってきた。

「……参戦しましたね、アメリカが……ついに……」

そう、口をひらいたのは五木《いつき》喜久松《きくまつ》であった。

かれの眼の前には、日置釭三郎、中島知久平、三川軍一といった先輩諸氏がいて、ワインを呑みながら食事をとっている。ボルドーの市街に沿って流れるガロンヌ川をすぐかたわらにしたレストランのかたすみだった。さすがにこのローマ時代からの歴史をもつ街までは戦火もおよんでおらず、パリなどにくらべると若干ではあるが食糧事情も良かった。なによりも、ワインだけは底知れぬほどに在庫がある。

「他力本願さまにしてみれば、最高の馳走となるだろうがな」

どうやら、三川は嶋田のことがあまり好きではないらしいが、ただ、他力本願というのはおそらく日本海軍をはるばる地中海まで遠征させたロイド・ジョージやチャーチルのことも暗にいっているのにちがいない。

「アメリカが参戦して西部戦線をもりかえしてくれれば、馳走になるだろうが……はたしてどうかな。参戦ののち、米軍の地上兵力がヨーロッパに到着を完了するまでには相当な時間が掛かる。悪くすれば一年くらい見積もらなければならない。その間、西部戦線をいかにして保《も》ちこたえさせるかが、現実的な課題だろう」

そう、冷静に分析してみせたのは日置だった。

「……つい先日、ちょうどロシアで革命が成立した日のことだが、ドイツは一斉に後退した。ソワシェからラフォーにかけて、ちょうど直線となるように後退した。だが、ただの後退じゃない。ダンケルクからイープル、さらにはエーヌ河畔のラフォーにいたるまで約一五〇キロにもおよぶ南北一直線の防御線が構築されたことになる。しかも、滋野男爵がいわれるには、この防御線は幅およそ七キロという深い陣地になっているらしい。コンクリートで造られた銃座や塹壕、さらには軽便鉄道まで縦横に走っているという。おいそれと突破できるしろものではなかろう。アメリカが一〇〇万の地上兵を送ってはじめて完全な攻略ができるくらいだ」

「……ヒンデンブルク線のことだな」

中島の呟きに、日置はこくりと頷いた。ドイツ側の呼称では「ジークフリート線」というのだが、このルーデンドルフの造りあげた西部戦線における最強の防御線は、たしかに恐るべきものといってよかった。このさき、無数の犠牲者をだすことになる一大軍事線である。

「ただし、ドイツがこの防御線にちからをいれることによって、航空機は西部戦線にますます集中配備されるようになるだろう。アドリア海や地中海方面には独飛行船や墺飛行艇こそ進出するものの、それほど脅威となるような航空機の進出はないとおもっていい。モラン・ソルニエ社製の飛行艇が多数配備されれば、おそらく第二特務艦隊は、空にたいしてはさほど懸念をおぼえる必要もないようにおもうが、どうかな」

「つまりは、日置よ。危惧すべきは、やはり、Uボートのみでいいというわけか」

三川の問いかけに、日置はかすかな笑みをうかべた。じつは、まだ、この時点ではモラン・ソルニエ社製の新型飛行艇は配備されていなかった。もう若干ではあるが、日数が掛かる。日置と中島は、それをたしかめるために、ちかぢかマルセイユへ赴くことになっているのだが、それはおそらく第二特務艦隊がマルタ島へ到着してのちのことになるだろう。

「……いまごろ、どのあたりを航行しているんでしょうね」

喜久松は、ふと、つぶやいた。

かれには辞令が出ている。マルセイユにおいて第二特務艦隊に合流すべし、という艦隊への配属命令であった。欧洲出張の最終任務が、地中海においてドイツ潜水艦と戦うという、おもわず武者震いしてしまいそうなものであったことが、かれを極度に奮励させていた。

「スエズ運河にさしかかったころじゃないかな……」

三川の想像は、正確だった。

このアメリカ参戦の日……。

紅海をなんの支障もなく航走してきた第二特務艦隊は、スエズ運河の入口であるジュバル海峡に到着、翌三日にはスエズ港に入港をはたした。運河は、まさに巨大な水の帯だった。かなたまで一直線につづき、航行する船は、飽くほどにただ直進してゆくのである。実際には三カ所のおおきな曲がりとテムサ、グレートビッター、リトルビッターの三湖水があるのだが、それでも艦隊の乗員たちの感覚では、巨大な砂漠をつらぬいた一直線の水の道をどこまでも、進んでゆくようにしかおもわれなかった。

「……たいしたものだなあ、人間というものは……」

安曇は「榊」の甲板に立って、感嘆している。かれは自分の置かれている任務も忘れて、虚仮《こけ》のようにあんぐりと口をひらきながら、昼夜、感激しつづけていた。人間が、砂漠のなかで鶴嘴《つるはし》をふりあげ、この偉大な道をひらいたかとおもうだけで涙腺を刺激されてしまうらしい。

じつは、かれはこの運河を通過するのは初めてというわけでもなく、欧洲へ出張する際には行き帰りともに経験している。だが、元来が感激家にできているのだろう、ここを通るたびに、艦の舳先に両足をふんばり、諸手をおおきくひろげながら、感激している。

単純明解な掘割式運河であるスエズ運河は、あおあおとした水をたたえながら、完全に砂漠を断ちきっている。艦は南から北へむかって航行しているから、右手はアジア大陸、左手はアフリカ大陸となるのだが、どちらも渺茫《びょうぼう》万里《ばんり》の砂漠がつづいているだけのことだった。眼前に展開しているのは、どこまでも果てしない水と砂の「青と白」だけの光景なのである。

安曇の感動もわからないではない。

余談ながら、この運河をつくりあげたのはフランスの元外交官フェルディナン・ド・レセップスであり、一八五四年十一月にスエズ運河建設の許可書を手にし、一八五八年十二月に資本金二億フランの国際スエズ運河会社をつくった。公募された株は四〇万株で、そのうち二〇万七一六〇株をフランス人が、一七万七六四二株をエジプト政府が買い入れたが、じつをいうとイギリス人はただの一株も申しこんではいなかった。当時、イギリスはスエズ・アレクサンドリア間の鉄道建設を進めており、レセップスの運河建設には大反対の立場をとっていたからだ。ところが、一八六九年十一月、一〇年という歳月をかけて運河が完成するや、レセップスはビクトリア女王から勲章を受けることとなった。それまで喜望峰《きぼうほう》をまわっていた船が、地中海から直接インド洋にはいることができるようになったからで、以来、運河は英国船で溢《あふ》れかえるようになった。しかも、一八七五年十一月、エジプト政府が多額の借財をかかえたとき、イギリス政府はエジプトの持ち株すべてを購入し、運河の経営における発言権を握ってしまったのである。ちなみにその購入価格一億フランをイギリス政府に貸しだしたのは、ライオネル・ロスチャイルドであった。以来、運河地帯はイギリスの支配下にある。

この皮肉きわまりない運河の地中海側の港はポートサイドというのだが、第二特務艦隊がその港に入ったのは四月四日午前十時三十分だった。この港において、旗艦「明石」に座乗する艦隊司令官佐藤皐藏は、ポートサイドとマルタのあいだにUボートの出没が激しいことから、各艦長を召集したうえで、「警戒航行要領」を訓示している。

〝速力は一四ノット半とす。昼間は第一陣列にてジグザグ運動を実施し、夜間は第三陣列にて直進する。各艦はポートサイド出港前、合戦準備を整え、特に防水扉、防水蓋、舷窓金蓋は密閉に注意し、防水部署作業を完成する。前甲板の機砲には昼夜砲員を配し、敵潜水艦発見の時に於ける他砲射撃の指導砲とし、其他の各砲は発砲準備を完成し、適当に砲員を配し、其の砲員は砲の附近に休息させる。昼は二直、夜は四直哨戒。前艦橋、艦橋に下士卒の見張を配し、双眼鏡を持たせ、見張区域を指定して見張に従事させる。夜は釣床《ハンモック》を下さず。兵員は各自受持部署に近い甲板に起臥する。かねて交付せる「ライフ・ジャケット」は昼夜とも肌身離さず着用させること〟

こうして四月十日午前八時、艦隊は「明石」を殿艦《しんがり》にしてポートサイドを発した。

眼前には地中海の波光がある。紅海を航走していたときに比べれば波のうねりも穏やかで、潜水艦に注意しながらのジグザグ運動であるとはいえ、艦隊の行動は見事なほどに軽快なものといえた。そして三日後の四月十三日午前十一時半、各艦の見張員がいちように「前方に島」という声をはりあげた。艦内がいっせいにざわめき、甲板に駈けあがるものの跫音《あしおと》が鳴りひびき、さらには艦をゆるがすほどの歓声とともに、白く浮かんだ島をさししめす指が震えた。

マルタである。

第六章　別杯のくちづけ

一

「これが、おれたちとおなじ人間の住まう島なのだろうか」

というのが、マルタ島の表玄関となっているヴァレッタへ入港した第二特務艦隊の士卒たちの抱いた感想だった。たれもが同様の台詞《せりふ》をおもわず口にしてしまうのはまったく無理もないことで、かれらの眼前には、これまで見たこともないような石造りの港湾都市が広がっていた。なにもかもが石で出来ている。しかも、光まばゆい純白の石灰岩だった。紺碧の海原に巨大な白亜の島が盛りあがっているのである。旗艦「明《あか》石《し》」以下、第十ならびに第十一駆逐隊に所属するすべての艦艇から、乗組員たちはいちように身を乗りだしつつ、マルタの威容に瞳《ひとみ》を凝《こ》らした。そうした飽きずに感嘆しつづけるもののなかには旗艦に参謀として乗りこんでいる藤村《ふじむら》弥市郎《やいちろう》のすがたもあった。

「ついに……マルタまで来たか……」

おもわず、出発前に仕込んでおいた島の歴史が脳裏をよぎる。いつの時代の、たれが造りあげたともわからぬ巨石を組みあげた文明にはじまり、島には幾多もの民族や種族が訪れ、交易し、また支配してきた。フェニキア、カルタゴ、ローマ、またビザンチン帝国に聖ヨハネ騎士団（後の聖マルタ騎士団）の占領を経て、ナポレオンの上陸、そして現在の大英帝国による支配と、ほんとうにめまぐるしい歴史が、この地中海の臍《へそ》ともいうべき島を彩《いろど》っている。

（……戦っていない日々がないような島だ……）

弥市郎は日本にいるとき、漠然とそんなふうにおもっていたものだが、眼の前にひろがる主都ヴァレッタの雰囲気を眺めていると、以前に感じた想いがいっそう濃厚に湧きあがってくる。

街は、湾《グレートハーバー》のほぼまんなかに突きだしたシベラスという名の小さな半島の先端半分に築かれているのだが、三方をめぐる海岸線のほどちかくまで城郭のような建物の群れが押しだしており、建物の前の石畳から港の桟橋まで、なにもかも石で鎧《よろ》われている。また、市街にはいる門の手前には巨大な空壕《ラスカリス》が穿《うが》たれており、徹底的に外敵の侵入をはばむ工夫がなされている。

そもそも巨大な岩山であったこの地に街を建設したのは聖マルタ騎士団の総長ジャン・パリゾ・デ・ラ・ヴァレッテで、オスマン＝トルコの侵寇による「大包囲戦」がその引鉄《ひきがね》となっているのだが、以来三五〇年、首都の印象はさほど変わってはいない。呆れてしまうほどに坂が多く、また道幅はまだるっこしいほどに狭い。だが、この碁盤の目状に区切られた道はおどろくほどに直線的なものだった。これは外敵の侵寇を気に病んでいた証といってよく、敵が上陸した際、敵兵士が身を隠すことができないように工夫したものだった。

が、道路がことごとく湾にむかって直線になっているのには、まだ理由がある。

グレートハーバーは湾口が極端に狭く、半島にむかって敵が上陸しようとしても湾をとりかこむ周辺の岸辺から包囲されてしまい、実際のところ、上陸することはかなり難しいのだが、それでも敵の上陸をゆるしてしまった場合、これを迎撃すべく騎士たちが最短距離と最短時間で港にむかって駈けおりられるよう、すべての道を直線にしたものらしい。念の入ったことには、坂の多くは階段になっているのだが、すべての石段が重い鎧を装着した場合に転ばぬよう、段差をきわめて小さくするように配慮されている。とにもかくにも敵を邀《むか》えうち、決して陥落することのない「まちづくり」がなされた主都であるといっていい。

これほどまでに拘《こだわ》りぬいた道は島内のほかの街では見られず、たとえば、かつての中心地であるヴィットリオザ（ビルグ）やイムディナなどといった街は道路が複雑に曲がりくねっていたりして、かなり趣《おもむ》きが異なっている。

マルタ共和国全図
ゴゾ島
コミノ島
マルタ島
ヴァレッタ
ロニカ
エーゲ海
ミロス島
レタ島
海
アレキサンドリア
ポートサイド

日本帝国第二特務艦隊 作戦関連図
ポートランド
ハーリッジ
プリマス
サヴォア
マルセイユ
ツーロン
カッタロ
タラント
マジョルカ島
シチリア海峡
ビゼルタ
アルジェ
ボン岬
ジブラルタル
マルタ島
パンテラリア島
N

（来島《くるしま》のような……）

と、上陸してすぐに弥市郎などが感想をいだいたのは、むりからぬことだった。来島は瀬戸内海に浮かぶ小島で、古くは村上《むらかみ》水軍の拠点のひとつだった。帝国海軍の巨大な拠点となっている呉《くれ》のほどちかくにあるのだが、毛利《もうり》家と縁のふかい村上水軍は来島のほか、因島《いんのしま》などにも城をもち、瀬戸内の波を支配した。ことに来島は島そのものが城塞といってよく、なんともヴァレッタによく似ている。

とはいえ、

――水軍が拠点とするには、なんとも最適な風光ではないか。

などといって、親近感をおぼえつつ、暢気《のんき》に観光などはしていられない。

乗組員たちは休息する暇もなかった。かれらがマルタに到着した翌日には連合国海軍会議が開催され、第二特務艦隊は正式に軍隊輸送艦船の護衛任務を委任されたし、実際に、その翌日……つまり、四月十五日……には、緊急の出動命令が下っている。

当日、乗組員たちは手分けしてさまざまな役目についていた。泊地へ到着するとともに今次航海における艦体の損傷を修理するもの、艦砲などの兵器の整備をするもの、掃海用具や予備魚雷などといった不要兵器を揚陸保管するもの、罐《かん》の手入れをするものなど、艦という艦が年末の大掃除のような慌しさにとりまかれていた。

そうしたおりの午後六時半、緊急救難作戦が発令されたのである。

〝英国運送船カメロニア号、陸兵三二〇〇を搭載して、英駆逐艦ライフルマン、ソルドレーキ両艦護衛の下に、マルセイユ港よりメッシナ海峡を通過してポートサイド港に向けて航行中、マルタ島東方一三〇カイリ、北緯三六度一六分、東経一七度三〇分の地点において、ドイツ潜水艦の雷撃を受けて沈没しつつあり〟

という緊急警報に接したためだった。

「さっそく、来たか」

駆逐艦「榊《さかき》」に命令伝達のために来艦してきた弥市郎にむかって莞爾《かんじ》と嗤《わら》いかけたのは、水雷長を拝命している安曇十兵衛《あずみじゆうべえ》だった。かれは本来ならば艦長となってもおかしくはないはずだったが、このたび、艦隊は新兵器を搭載しており、その装着ならびに使用実験の指揮という役目もあり、一介の水雷長として参画していた。

ちなみに、その新兵器というのは「爆雷」である。

だが、当時はまだ「爆雷」という訳語はできあがっておらず、たれもが「デプス・チャージ」と呼んでいた。原語の「depth charge」のままである。この「デプス・チャージ」は対潜水艦戦においてはいちばん有効な兵器であるとされ、これを後部甲板に装備させるためには余剰な兵器はすべて揚陸せねばならず、たとえば弾薬なども各砲七〇発という制限が設けられたため、残りの砲弾は港湾の弾薬庫に保管しなければならなかった。弥市郎が旗艦「明石」から「榊」へ駈けこんできたときは、ちょうど、この「デプス・チャージ」の装着が終わったばかりで、日本海軍の将兵は生まれてはじめて見る新兵器に瞳を凝らしている最中だった。

「はやくも、こいつの初陣《ういじん》かな」

といって安曇は呵々と嗤いとばしたが、他の乗組員たちの顔には、いっせいに緊張が走った。なにしろ、はじめての地中海における出動だったし、はじめての救難作戦であるし、はじめての対潜水艦戦である。緊張するなというほうが無理というものだったろう。

「まあ、それはそれとして」

安曇は、真剣な表情で弥市郎にむきなおった。

「司令部参謀たるものが狼狽《ろうばい》したような顔をしているのは、まずかろう」

自分たちがはるばる地中海までやってきたのは、Uボートと戦うためである。たとえ、到着三日目であろうと、味方の輸送船が救難を要請しているとなれば、雀躍《じやくやく》して現場海面に向かい、敵潜水艦にたいして果敢な戦いを挑むべきであろう。そう、微笑《ほほえ》みながら、告げた。

艦隊内はにわかに慌しくなった。いや、火事場のような騒がしさというべきなのかもしれないが、ともかく、乗組員たちは薄明のなか、猛烈ないきおいで出動準備をとりおこなっていった。機関部では「至急点火、強圧通風」が令せられ、午後八時半には「榊」も「松《まつ》」もいっさいの出動準備が完了し、英海軍工務部の汽艇によって湾口まで嚮導《きょうどう》されたのち、第一戦速で驀航《ばくこう》していった。

このおり、海原は西北の風をうけて恐ろしいほどに時化《しけ》ていたが、駆逐艦「榊」と「松」はその三角波をものともせずに急行した。ところが、現場海面に二艦が到着したときには「カメロニア」のすがたはなく、英駆逐艦の影すら見られなかった。おびただしい浮遊物から察するところ、すでに沈没してしまったものと考えられた。

「敵潜の潜望鏡《ペリスコープ》はどうだ、発見できんか……っ」

そう、安曇は艦橋見張員にたいして吹鳴りつけたが、これもまた影もかたちもなかった。

「つまりは……われわれの出動が完全に遅れたということだ」

数日後の四月十九日、安曇は弥市郎をとなりにして呟いた。

「敵艦は、いついかなるときも襲撃してくる。つまり、まったく予断をゆるさないということだ。である以上、われわれもまた、このさきはいつなんどき緊急出動の命令が下されても良いように待機していなければならないということになる」

「……たしかに、そのとおりです」

「にもかかわらず、おれたちは今、パーティにむかっている」

安曇は憮然として列車内の腰掛けに身を沈めながら、腕を組んだ。かれらが乗りこんでいるのはヴァレッタ発サン・アントニオ行の特別列車で、むかっているさきは総督の官邸であった。英総督主催による日本

二

海軍士官の歓迎会が催《もよお》されるためだった。後世、マルタ島から鉄路は廃止されることになるが、この時代はバスよりも鉄道のほうが活発に使用されていたらしい。

「けれど、安曇さん」

弥市郎は、かるい反論めいたことを口にした。

「歓迎会や会議に出席するのもまた、帝国の海軍士官としては当然の役目です。敵を倒すことも使命であるなら、輸送船を護衛するのもおなじく使命であり、さらに他国の士官たちとの親善もまた大切な使命といえます。そうではないですか」

とはいえ、弥市郎は安曇と議論するつもりもない。どのような戦闘であれ、戦うことのみが趣味といっていいような先輩の安曇を、尊敬をこめて、からかっている。安曇にもそうした弥市郎の心持ちがよくわかっている。かといって「おれは、おまえのように洗練されてはいない。デプス・チャージの準備をしていたほうが楽だ」などとは応《こた》えない。ひたすら腕を組んだまま、怒るでもなく嗤うでもなく、ただひとこと「ぬかせ」と嘔《は》きすてるように応えただけで、あとは窓にふりかかってくる雨粒を見つめている。

安曇のそうした態度は、歓迎会の最中もずうっと持続した。この日の宴には在島の英海軍士官のほか、婦人部隊の「看護婦《ナース》」たちも多く招かれており、特務艦隊の士官たちは慣れぬ英語でしきりに交歓をおこなっていったのだが、安曇だけはすこしばかり近寄りがたい印象を醸《かも》しながら、かたすみで地中海の魚介を主体にした料理を頬張りつづけているだけだった。

安曇と正反対なのは、弥市郎だった。かれの英語力は群をぬいて堪能であり、かつまた社交術も充分にこころえている。そのせいか、同盟国の士官たちとの話もはずみ、看護婦《ナース》たちの受けも非常に良かった。

このとき、弥市郎はひとりの看護婦《ナース》と出会っている。レイチェル・クレントン＝ワードなる女性で、マルタ在の婦人部隊のなかではさほど目立った存在でもなかったが、会話がいかにも品良く、かつまた所作のすべてにわたって匂いたつような優雅さが見うけられた。あとでわかったことだが、このレイチェルなる女性はどうやら貴族の血を受け継いでいるらしく、イギリスの宣戦布告とともに志願して、各地の戦場で看護婦《ナース》をつとめ、つい最近、マルタ島に赴任してきたもののようだった。

「堅物《かたぶつ》のおまえにしては珍しい光景だったな」

と、安曇が帰りの車中で冷やかしたとおり、弥市郎は特別列車に乗りこむときもレイチェルの見送りを受け、かるく握手をかわし、三日後にひかえている艦隊内の相撲大会へ招待までするという気の入れようだった。

レイチェルもレイチェルで、

――まいります、緊急な命令が下されないかぎり。

と、瞳をかがやかせながら弥市郎の誘いに応じたところをみると、それなりに弥市郎のことが気に掛かったのだろう。ほかの士官たちのなかにも他の看護婦《ナース》に「日本の相撲を見てみませんか」という誘いをおこなっていたものはあったが、ことごとく失敗していた。

もっとも、旗艦「明石」において催された相撲大会に弥市郎が出場したわけではない。行司をひきうけて、土俵にあがることはあったが、ほとんどが見学に来た英士官や看護婦《ナース》たちの接待役であった。このときも、弥市郎は温雅なものごしで客に接し、日本の文化のひとつとして相撲を紹介し、かれのいうところの「親善」におおきく寄与していた。ただ、やや遅れてやってきたレイチェルをまのあたりにしたときは、まるで少年のように頰を赤らめ、かすかながらも言葉をうわずらせながら、艦内を案内してまわっていた。

そんな弥市郎にたいして、

――男女の出会いばかりは仕方のないこととはいえ、多聞《たもん》が見たら、泣くぞ。

と揶揄《やゆ》した安曇は、総督官邸の歓迎会とは打って変わったように生き生きとしている。セイロン島での柔道指南のおりもそうだったが、かれは海上陸上を問わず、とにかく戦っているときがいちばん生気に盈《み》ちている。まわしを締めて土俵にあがるや、仁王《におう》のような形相《ぎょうそう》で強烈な張り手を披露してつぎつぎに兵卒たちを土俵に沈め、司令官の佐藤《さとう》や、相撲を生まれて初めて見る英海軍士官や看護婦《ナース》たちの喝采を浴びた。

そうした艦を割らんばかりの拍手のなか、安曇は土俵際《ぎわ》に立ち、

「弥市郎、どうだ、一番」

と、声をかけた。

「やめておきますよ。安曇さんが相手では、うっちゃりも効《き》かない」

「け……っ」

という嗤いとも舌打ちともつかぬ安曇の反応をどのように通訳したのかはわからないが、かたわらにいたレイチェルは弥市郎の説明にけらけらと声をたてて笑い、ふたりして相撲会場となっている後部甲板から前部甲板のほうへ移動していった。

安曇は、そんな弥市郎とレイチェルのうしろすがたを眺めつつ、色男は得だな、と呟いたあと、ふたたび土俵の中央に進みでるや、

——さあ、たれか、かかってこい。

声をはりあげて相手をもとめていったが、この日の気迫を維持したまま、四日後の出動をむかえた。

大正六年の四月二十六日、第十一駆逐隊第二小隊（松、榊）に命ぜられた任務は、英国輸送船「トランシルヴァニア」を護衛してマルセイユにはいり、そこで中東戦線に送られる兵員を乗りこませたのち、ただちにひきかえしてアレキサンドリアをめざすというものだった。英船「トランシルヴァニア」は二本の煙突をもつ、速力一四ノットの豪華な客船で、今次大戦の勃発とともに徴用された。午後六時半、小隊はヴァレッタを出港、港外において「トランシルヴァニア」と合流、ただちに護衛陣形をつくり、マルセイユをめざして北上した。

駆逐艦「榊」の水雷長である安曇は勇躍して乗りこみ、旗艦にある弥市郎は帽子をふって安曇たちの出動を見送った。ちなみにこのおり「松」は被護送船の右舷船首一〇〇〇メートルに占位、また「榊」は左舷船首の対応位置を航行している。かれらが独潜水艦の攻撃を受けることもなく、無事にマルセイユ港外に達したのは四月二十九日午前七時半のことで、仏海軍の嚮導艇の出迎えるまま、午前八時、ピネード桟橋に安着した。

そのとき、桟橋から大声で呼びかけてくるものがあった。

あきらかな日本語であり、張りあげられる声のままに顔をむければ、数人からの海軍士官のすがたが見える。参謀飾《なわ》を吊った在仏大使館付武官の寺島健《てらしまけん》（少佐）のほか、日置釭三郎《ひおきこうざぶろう》や中島知久平《なかじまちくへい》、そして五木喜《いつきき》久松《くまつ》などといった連中だった。かれらがすでに第二小隊乗組員の上陸手続をすませておいてくれたものらしく、乗組員たちは「トランシルヴァニア」の安着を見届けるや、ただちにフランスへ上陸をはたすことができた。

「元気だったか」

と満面に笑みをたたえて訊ねてくる安曇に、喜久松はまるで弟のような態度で応えた。また安曇は日置や中島たちとも久闊《きゅうかつ》を叙しあったが、かれらがひさかたぶりの再会を気楽に祝いあえたのは、その晩のことだった。場所は三井《みつい》物産マルセイユ出張所の所長をつとめる浜崎《はまざき》夫妻の自宅で、両艦の士官が招かれ、浜崎夫人の手料理でもてなされた。安曇もそうだったが、じつをいえば日置や喜久松たちも日本料理などしばらく口にしたことがなく、

――うまい、うまい。

と、まるで欠食児童が握り飯にありついたような表情で、たがいの任務を語りあうことすらほとんどないままに、夜をすごした。かれらが正式にフランス海軍省によるもてなしを受けたのは翌三十日のことで、この夜は兵員の半舷上陸もゆるされ、マルセイユの夜はおおいに日本海軍の乗組員たちで賑わった。

三

マルセイユでの歓迎式典は、旧港に面したベルジュ河岸からカヌビエール通りをわずかばかり市街にはいったところに瀟洒《しょうしゃ》な影をおとしているジゼルブという名の高級レストランを借りきって催された。広大な庭園をもつ、煉瓦《れんが》造り三階建ての料理館である。そこで両艦の士官たちは皆、はじめて食べるブイヤベースに舌鼓を打ったり、エスカルゴの珍味に顔を顰《しか》めた

り、さらには接待のために顔をだしてくれている連合各国の婦人部隊や在マルセイユの女性たちと会話をはずませたりと、いろいろ、忙しい。

ことにとても戦争中とはおもえないほどに艶《あで》やかな装束《しょうぞく》で登場した婦人たちは、士官たちの目をひいたらしい。どのような会話があり、いかなる出会いがもたれたのかはわからないものの、シャンパンのグラスをあわせる音色が会場のいたるところで聞こえ、はずんだ笑い声が深更までつづいた。

が、そうしたなかで安曇十兵衛だけは会場のかたすみで、ひとり、黙々と酒を呑んでいる。かれは大食漢だが、どうにも初対面の相手との会話ばかりは苦手だった。だから、式典を彩っている女性たちからも遠く離れ、ひとりで大量のワインをかかえこむようにして呑みつづけていた。

「鬼の水雷長も、陸へ上がるとどうにも物静かになるのだな」

そういって声をかけてきたのは「榊」の艦長をつとめる海軍少佐の上原太一《うえはらたいち》だった。かれのかたわらには「榊」の主要な顔ぶれが揃っている。機関少佐の竹垣《たけがき》純信《すみのぶ》、上等兵曹の酒見今朝一《さかみけさいち》、上等機関兵曹の吉田末《よしだすえ》廣《ひろ》、上等機関兵曹の三浦満夫《みうらみつお》などだった。

「今夜くらいは、デプス・チャージから気持ちを遠ざけてもよかろう」

竹垣などはそういうのだが、安曇にしてみれば、そうはいかない。さほど遠くない日、自分たちはふたたび英船「トランシルヴァニア」を護衛して地中海を縦断していかなければならない。そのおり、敵潜と出くわすようなことがあれば、即座に戦闘が始まることだろう。

「おまえらは、たしかに気楽かもしれんがな……」

安曇は低い声で、わずかに反論した。

「わが海軍では、たれひとりとしてデプス・チャージを使用したものがいない。実戦経験のない兵器をもって、敵と戦わねばならんのだ。のんびりと酒を食らって酔っぱらうわけにもいかんじゃないか」

とはいいながらも、安曇のまわりには空になったボルドー・ワインの罎《びん》が大量に見られる。

――まあ、それだけ呑めれば大丈夫だろう。

と、上原などは大笑して宴の中心にむかっていったが、安曇はそんな同僚たちを横目にしたまま、庭先へと歩をすすめた。夜の海風が火照りはじめた頬に心地よい。梢《こずえ》のはるかむこうに星の明滅が望まれ、港湾の方角から汽笛が幽《かす》かに聞こえてくる。

（来たのだなあ……駆逐艦で遥々《はるばる》と地中海まで……）

やはり、酒精に酔ったのだろうか、妙な感慨が湧きあがっていた。

ふと、そのときのこと。

庭のかたすみで声高に論争する影が視界の端で揺れた。フランス語があまり得意でない安曇にも、それが男女の諍《いさか》いであることはすぐにわかった。どうやら、歓迎式典にやってきた仏海軍士官が、庭まで金髪の女をひきだして呶鳴《どな》りつけているらしい。最低よ、という女の甲《かん》高い声が安曇の鼓膜を刺激し、刹那、黒い髪と眸子《まなこ》をもつ男が女の頬を張った。下生えの草の上に、女はどおっと倒れ、男はそのうえになかば馬乗りになるようにして、さらに頬を張りつけた。

――つけあがるな。

と、男は唾《つば》を飛ばした。

――たれがこの服をあたえてやったとおもっている。この靴も、その顔に塗りたくっている化粧道具も、おまえをつつみこんでいる一切合財《いっさいがっさい》は、いったい、たれがあたえてやったとおもっているのだ。わがままな態度も、なまいきな口だしも、なにもかも許さん。

昂揚した男は、いきなり、女の胸倉をつかんだ。その拍子に痛烈な鍵裂き音が走り、女の装束がひきやぶられ、前がはだけ、下着が覗いた。男は容赦しない。ふたたび頬を張りつけ、おしころすような声音で脅しつけた。

――なんなら、裸にひん剝《む》いて、そこの娼婦街に放りだしてやろうか。

我慢できん、と、安曇はおもった。

おもった瞬間には、駈けだしていた。男にむかって「おい」と呶鳴りつけ、相手のふりむきざま、渾身の拳《こぶし》をくりだした。連合している国の士官であろうが、そんなことはおかまいなしだった。安曇の鉄拳はみごとに相手の男の顔面を強襲し、男はもんどりうって草《くさ》叢《むら》のなかに倒れた。そして相手が眼を丸くしているところへ慣れぬフランス語を叩きつけた。

「どんな理由があろうとも、女にむかって取る態度とはおもえんが。フランスではそういう態度を取ることが男のたしなみなのか……っ」

だが、つぎの瞬間、おもいもよらぬことが勃《お》こった。

倒れている女を助けおこそうと安曇が手をさしのべたときだった。いきなり、女が安曇の頰をはたいたのである。わけがわからなかったが、すぐさま女の口から理由が洩《も》れた。あなたが殴ったのはわたしの主人です、というのである。

「……主人……？」

どうやら、ここで痛む頰をおさえながら腰を抜かしている海軍士官は夫人づれで歓迎式典にやってきたようだった。だが、それにしてもおのれの妻にたいする暴力にしては度が過ぎている。安曇は納得のゆかない表情のまま、庭に転がっている仏士官を睨みつけたが、ちょうどそのとき、館のほうからばらばらと跫音《あしおと》が響き、

――なにごとだ。

という日本語とフランス語のいりまじった呼びかけが聞こえてきた。あらわれたのは日置と中島、そしてフランス海軍省から宴をとりしきるように派遣されてきた主計中尉のソリアノたちで、安曇たち三名の光景をまのあたりにするや、たれもが絶句した。

ともかく、式典に支障のないように場を収《おさ》めなければならないと判断した日置らは安曇をひきはなし、仏士官には叮嚀《ていねい》な詫びをいれたのだが、安曇だけはどうにも気が収まらないらしい。

「なにものなんだ、あの阿呆は……」

会場のかたわらで、ワインを浴びるように呑みながら日置に訊ねた。日置は知っていた。かれの語るところによれば、すでに退役して、いまでは実業家になっているイタリア系の人物らしい。イタリアにおいて多種の事業を営み、このマルセイユでも航空機製造会社

のモラン・ソルニエ社に資本を投下しているのだという。名は、ブリュノ・ピエール・モレッティ。日置は、航空技術の視察をおこなっている関係でモラン・ソルニエとは親密な関係をつくっており、そうしたことからモレッティに関する情報もそれなりに得ているらしかった。

「じつは」

声をひそめて、安曇に説明した。

「あの夫人は、正式な奥方ではありません。まあ、愛人と正妻のあいだのような微妙な立場です。彼女はそもそもギリシャの没落貴族の娘でしてね、親が借金で首がまわらなくなってモレッティを恃《たの》んだのだそうです。そこで金銭とひきかえるようにして……」

「愛人にしたのか」

「もともと、モレッティには正妻がいません。ですから、いちおうは夫人というかたちになっています。ですが、傲慢な男でしてね、かれの悪評はフランスでもイタリアでも耳にします。ですが、フランス海軍に籍を置いていたこともありますし、また、航空界にはそれなりに資本協力もしています。そうである以上、手荒な真似《まね》は慎まなければなりません。なにが理由であのようなことになったのかは聞きませんが、ともかく、やつには近づかないほうが懸命です」

「……彼女の名は、知っているか」

「イレーヌ・キャリスタ・メルクーリ」

日置は、安曇の肩を抱きよせるようにしてワイングラスに注《そそ》ぎこみ、ちなみにキャリスタというのはギリシャ語でこのうえなく美しいという意味だそうな、とだけ補足した。なるほど、たしかにそのとおり、忘れようにも忘れられないほどの容貌だと安曇はおもった。

「それにしても、気位の高そうな女だな」

おのれの家が没落したことで余計にそうなっているのだろうが、助けてやろうとして割りこんだ男の頬をいきなり叩くというのはどういうものかと、安曇などはおもうのである。だが、戦場にあるかぎり、二度とめぐりあうことはなかろう、とも茫洋《ぼうよう》とした口調で呟いた。

ところが、そうではなかった。

四

五月三日夕刻、英船「トランシルヴァニア」は陸兵三〇〇〇にくわえて大砲小銃、そして弾薬糧食などを積みこみ、一路、アレキサンドリアにむけて出航することとなった。むろん、安曇らの小隊（松、榊）はその護衛にあたるのだが、出航する段になって、桟橋にひかえていた安曇は数日前に遭遇した人影を瞳にとめた。

（なんで、また、こんなところにいるんだ）

そう、かれがおもうのは無理もなかった。安曇の視界にはいってきたものはたくさんの使用人をひきつれたピエール・モレッティとイレーヌ・メルクーリのすがただったからである。

ステッキを片手にしたモレッティは、もう片方の肘《ひじ》を愛人のイレーヌにむかって突きだし、それに彼女の腕を絡ませながら、悠々とタラップを登ってゆく。イレーヌにしても、高々と鼻梁《びりよう》をそらし、堂々と胸をはり、おのれの美貌がいかに類稀《たぐいまれ》なものであるかを誇るように歩をすすめてゆく。そんなふたりに、いかにも重そうな荷をかかえた使用人たちがつづいている。

どこから眺めてもフランス航空界に支援をおこなっているイタリア系資本家の旅立ちといった風情《ふぜい》だったが、どうにも安曇には合点《がてん》がいかない。

「……どうして、あいつらがトランシルヴァニアに乗りこむのかな」

ともに桟橋に立って容子《ようす》をながめていた日置や喜久松にむかって囁いた。この問いかけに応えたのは喜久松だった。かれはしばらくのあいだマルセイユに待機して第二特務艦隊の駆逐艦乗組員たちの半舷上陸のおりの世話をすることとなっているのだが、喜久松の語るところによれば、どうやらモレッティは西部戦線に不安をおぼえ、イタリアの屋敷に帰ることになっていたらしい。だが、地中海の情勢からみて他国海軍の護衛がついている「トランシルヴァニア」に乗船するのがなによりも安全であろうと判断したようだった。

「……それで、当局に無理をいって乗船したというわけか」

気に食わないな、という表情で安曇は嘔きすてた。

ありあまるほどに資本力のあるものだけが、好きなように輸送船に乗りこむことのできるという構図が、安曇には許しがたい。輸送船に乗りこんでいるのは中東戦線で命を散らしてしまうかもしれない歩兵や婦人部隊で、かれらは十束《じっぱ》ひとからげにして船倉に詰めこまれてゆくのだろうが、おそらく、モレッティ一行は特別にあつらえられた客室で優雅な船旅を満喫していくにちがいない。

（しかも、おれたちの護衛附きで……だ）

そうした憤懣《ふんまん》がおもわず顔にでていたのだろう、かたわらにあった「榊」上等兵曹の酒見今朝一が忍び笑いを頬にふくみながら、安曇の容子をちらちらと眺めている。安曇は酒見の視線に気づいたのか、なにが可笑《おか》しいとでもいわんばかりの憮然とした顔のままでいる。そんな安曇と、モレッティの視線が絡みあった。

わずかに一瞬のことだったが、モレッティは陽光にひかる口髭をかるく指先で撫でつけつつ、いかにも誇らしげに胸をはり、かつての豪華客船へと乗りこんでいった。

「け……っ」

おもわず安曇は舌打ちしたが、刹那《せつな》、モレッティのすぐうしろにいたイレーヌの視線を感じた。いや、感じたようにおもった。しかし、安曇がイレーヌを見つめかえしたときには、すでにイレーヌはこちらのことなど歯牙《しが》にもかけていないような態度のまま、地中海の波をおもわせる真っ青な瞳を正面にむけ、夫にしたがいつつ、船中のひととなっていった。

「勝手にしやがれ」

だが、高慢ともとれるようなイレーヌ・キャリスタ・メルクーリの態度にたいして、いつまでも腹を立てつづけているわけにもいかない。安曇らもまたすぐさま各駆逐艦に乗艦し、被護衛船「トランシルヴァニア」が出航するまえに沖へ出、待機しなければならなかったからである。安曇は慣れた動作で「榊」に登舷するや、武器の点検を命じた。

午後四時、甲板に西北の風が吹きつけはじめている。桟橋をふりかえれば、ほとんど人影らしいものもない。天からは降っているのか降っておらぬのか判断がつきかねるような毛雨が寄せている。

「兎《うさぎ》が、飛びはじめてますね」

艦の揺れに身をまかせながら、さきほどの酒見が声をかけてきた。兎というのは波の頂点を風が嬲《なぶ》ったときに生ずる純白の波の穂のことで、海が荒れるにしたがい、これが走りはじめ、さらに飛びはじめる。そうしたとき、船乗りたちは「兎が飛ぶ」というのだが、なるほど、銀灰色の雲におおわれた海面には、無数の兎が飛びはねはじめている。

「かなり、ガブられるだろうな」

そう、安曇は呟きつつ、地中海にむかって双眸《そうぼう》を細めてみせた。ガブるというのは海軍用語のひとつで、艦首がおおきなうねりを砕くように進むとき、大波が甲板を洗うときの状態をして、そういう。たしかに安曇のいうとおり、このたびの航海は手荒くガブられるにちがいない。すでに時計の針は四時半をまわりつつある。艦は単調な鳴動をたてながら、マルセイユの沖合で待機している。艦橋に上った安曇の視界を「トランシルヴァニア」が悠然と進みでてゆく。

（あのなかの、いちばん良い客室にいるのだろう……）

イレーヌのことをふと想いだしている自分に、安曇は意外な感じがした。

日本海軍の駆逐艦二隻と旧豪華客船のあわせて三隻は、ゆるゆると航行してゆく。航路はフランス沿岸からイタリア北西部の沿岸に出、そのままイタリア半島の西部に沿って南下し、メッシナ海峡をめざすことになっている。陣形は、往路と変わらない。

「なにごともなければよいがな……」

三日夜、たれにいうともなく艦長の上原が呟いた。ちょうど、安曇はかたわらにあったが、上原の呟きが出航直後に入電してきた警報のせいであることは、かれもよく承知している。警報の内容は「敵潜水艦が前路を扼《やく》している」というものだった。潜望鏡の影をとらえにくい荒天の下がなによりも危険であることは上原もよくわかっているため、そういう呟きが洩《も》れたのであろう。

（たしかに、艦長のいうとおりだ……）

安曇は時を追うごとに時化てゆく海原に瞳をやりながらおもった。

潜水艦による雷撃は、いつなんどき勃発するか予想もたたない。月星のわずかな光の下ですら、潜望鏡によって獲物を確認できるかぎり、海の狼たちは奇襲をしかけてくる。そのため、艦橋見張員は四六時中、周辺の波間を警戒しつづけねばならず、安曇にしても即座に応戦ができるような態勢だけは怠りなくとりつづけておかねばならなかった。だが、そうした緊張の糸も、ふと途切れる間合いがある。多くの場合、緊張しきった夜を終え、朝をむかえたとき、おもわず曙をあおぎつつ気が緩《ゆる》んでしまうのである。このたびの突発的な事態も、例外ではなかった。

五月四日午前七時半、それはいきなり勃こった。そのとき、マルセイユ沖を東行していた三隻の艦船はリビエラ沿岸を通過、リグリア海深奥のジェノヴァ湾にさしかかっていた。バドー岬を北西微北五カイリに見ることのできるサヴォナ沖である。

――北一〇度東に変針。

という航海長の指示があり、各員が荒天準備に入りつつあるころだった。

突如として朝の静謐《せいひつ》をひきさくように鈍い爆発音が湧きあがったのである。なにごとかとおもった瞬間には「松」「榊」両艦の警報機がけたたましく鳴りひびき、それに呼応するようにして戦闘喇叭《らっぱ》が響きわたり、艦内騒然、乗組員は全身を緊張させて戦闘配置についた。

――被雷か。

安曇が叫んだ瞬間には、はやくも、雷撃を蒙《こうむ》ったとおもわれる「トランシルヴァニア」の機関は停止しており、方向ちがいに船首をむけつつあった。どうやら、舵が利かなくなりつつあるようだった。距離もさほど遠くはない。肉眼でも英船の甲板にある人間の動きは明瞭に見てとれた。凄まじいいきおいで船首ちかくの短艇《カッター》が海面に下ろされ、そこへ夥《おびただ》しい数の乗員が殺到している。おおくは婦人部隊の看護婦《ナース》たちで、揉みあうようにして短艇に乗りこみつつあった。

こうした状況下、機敏に動いたのは「松」のほうだった。

艦は「トランシルヴァニア」にむかって疾駆し、風下にあたる左舷側に廻りこみ、船尾に横付けした。船尾には短艇が下ろされていなかったからである。だが、下ろされていないだけで舷側に吊るされてはいた。これが英船が傾きはじめたため、その煽りを食らって大きく揺れた。つぎの瞬間には、横付けしつつあった「松」の後檣《こうしょう》に激突、めりめりと巨大な音をたてて、へし折ってしまった。だが「榊」は救助には出られない。敵潜が明らかに潜んでいるからだった。

「デプス・チャージ、投下用意……っ」

満身、戦意に盈《み》ちて安曇は叫びあげた。

五

デプス・チャージというのは、直訳すれば「深淵を攻撃するもの」という意味になる。要するに「水中爆弾」のことなのだが、この時期はまだ「爆雷」という和製語は存在していない。そんな次元ではなく、実際のところ、このたびの安曇十兵衛の「投下用意」という指示こそが、日本海軍の歴史のなかで初めて為されたデプス・チャージによる戦闘命令だった。

このデプス・チャージは、ドラム缶のようなかたちをしている。むろん金属製で、容器のなかに爆薬と水圧により作動する起爆装置が備えられている。どのように用いるのかといえば、すでに探知した潜水艦にむけ、甲板から数個単位で投下または投射し、標的となっている潜水艦を前後左右から包むようにして次々と爆発させる。このとき、爆発深度は潜水艦が潜んでいるとおもわれる予測深度にあわせ、投下もしくは投射前にあらかじめ設定しておかなければならない。だが、この時代のデプス・チャージはまだまだ開発されたばかりの兵器であり、沈降速度も遅ければ、攻撃精度もはなはだしく悪かった。時が下って、第二次世界大戦の中盤あたりになったとき、ようやく沈降速度の速い涙滴形に改善された。

しかしながら、この「爆雷」の歴史は短かった。戦後になって水上艦の潜水艦探知機《ソナー》が驚くほどの速さで進歩し、それにともなって射程の長い前投式の対潜ロケット弾やホーミング魚雷が開発され、多くの作戦に用いられるようになっていったからで、現代においてはほとんど使われていない。

だが、安曇が麾下《きか》の乗組員たちにむかって、

——戦闘準備。

と、令したときは、デプス・チャージはまさに画期的な新兵器であった。

駆逐艦「榊」は渾身の戦闘速力で波を蹴りあげ、敵潜制圧のためにそこらじゅうを駆けまわりはじめている。あいかわらず波のうねりは大きく、西北に位置するイタリアからの風は強い。兎はそこらじゅうで跳梁《ちょうりょう》している。そうしたなかを「榊」は、艦橋見張員の目だけを頼りにして、地中海の荒波を砕きつづけてゆくのである。だが、そのようななかでも、安曇はちらちらと「松」の救助作業を気にかけていた。

（……トランシルヴァニアは、だいじょうぶなのか……）

どうやら被雷箇所は左舷船尾であったらしく、英船は徐々に左舷にむかって傾きはじめている。それを「松」が艦体でもって支えるような格好になっているのだが、まだまだ沈没するような気配はなかった。

だが「トランシルヴァニア」の甲板は、極端な恐慌状態に陥っている。いたるところで悲鳴が奔騰し、接舷している「松」の甲板にむかって飛びうつろうとするものや、縄をかけてそれを伝って逃れようとするものなど、もはや、指揮も序列もあったものではなかった。いったい、たれが乗員の整理にあたっているのかもわからないような騒然とした情況だった。

（あれでは……松が保《も》たんぞ……）

英船の乗員は三〇〇〇名を超える。それだけの人間をたかが駆逐艦一隻に移乗させることは不可能といっていい。安曇は、こころに不安が芽生えはじめるのを感じていた。だが、いまはまだ「榊」をもって救助にあたることはできない。敵潜が、依然、近辺にいる。

どこかの波の下で息をころしながら、雷撃の機会をうかがっているはずだった。

と、そのとき、艦橋見張員が金切り声をあげた。

――右一点、魚雷近し。

一点は一一度一五分である。咄嗟に反応したのは艦長の上原だった。かれは「後進全速、急げ」を令し、かろうじて「榊」の被雷を回避したものの、魚雷がそこで止まるはずもない。速度を衰えさせることもなく、なお、疾走してゆく。

（松は……っ）

弾かれるように、安曇は「松」をふりかえった。結果からいえば「松」は無事だった。運良く、艦首の前方一〇メートルを魚雷が通過していったからだった。だが、標的はまだ残っている。英輸送船「トランシルヴァニア」であった。漂流しかかっている「トランシルヴァニア」に、回避は不可能だった。魚雷は巨大な音色を轟《とどろ》かせて、左舷中央部に牙を剝いた。だけでなく、ちょうどその近辺に四〇人乗りの短艇が下ろされていた。短艇は「トランシルヴァニア」の舷側で爆発した魚雷の煽りを食らい、またたきの間すらなく噴きとんだ。

「ああ……っ」

という絶叫が、救援作業にはいっていた「松」から湧きあがった。湧きあがるどころか、短艇が木っ端微塵になったときに弾きとばされてしまったものであろう、婦人部隊を乗せた甲板に陸兵の屍体がどすんという音をたてて落下してきた。

いや、実際には「松」も無事ではなかった。触雷の衝撃によって艦首のリベットが抜けおち、たちどころに浸水してきたのである。だが、迅速な応急処理によって、浸水は一区劃《くかく》だけにとどまった。

そのころ、安曇は「デプス・チャージ、投下」を命じていた。敵潜の潜望鏡を波のうねりのまっただなかに発見したからだった。上原はただちにその近辺にむかって「榊」を驀航させ、ころあいをはかった安曇が「投下……っ」と下令した。

日本海軍はじまって以来の爆雷攻撃である。

だが、戦果は確認できなかった。数度にわたって海中での爆発を確認し、そのたびごとに巨大な水柱が地中海に立ちあがったものの、安曇たちは新たな行動に出ざるをえなくなってしまったからである。僚艦「松」との交替だった。すでに「松」には八〇〇名を超える英船の乗員が移乗しており、艦首の浸水もあってそれ以上の収容は不可能にちかいと判断されたためだった。すみやかに上原は「榊」を進出させ、英船に接舷させるや乗員の救出にあたらせた。

「なんたる事態だ……っ」

おもわず、安曇は当惑の声をあげた。

英船「トランシルヴァニア」は大きく傾斜し、甲板では乗員たちが滑り、転び、呻き、泣き、必死になって助けをもとめている。もはや、敵潜をもとめて攻撃しているような場合ではなかった。駆逐艦にある総員が部署をはなれ、ひとりでも多くのひとびとを救わねばならない。

「ほかに……近くに艦船はおらんのか……っ」

とうに「SOS」は打電されているはずだった。この時点で「トランシルヴァニア」の最初の被雷から三時間は経過していた。いちばん近くの港はイタリアのサヴォナであり、もし、そこに伊艦でもいれば、もうそろそろ現場に駆けつけてきてもよさそうなものだった。だが、いまだに来ない。地中海を巡回しているはずの連合軍の艦船すら、すがたをあらわさない。

「いったい、どうなっておるんだ……っ」

憤慨を顔にあらわしながらも、安曇はみずから甲板に立ち、懸命に救助にあたった。海原には本能的に飛びこんだとおもわれる英船の陸兵や、短艇から振りおとされた看護婦《ナース》などが漂い、こちらにむかって諸手をあげ、助けを待っている。どれだけ収容しても終わらない。

「喫水が……っ」

かぎりなく落ちこんでいた。すでに一〇〇〇名の余は甲板にあげているだろう。だが、まだまだ海原には助けを待っているひとびとがいる。かといって、これ以上の収容は不可能にちかくなっている。

(どうすればいい)

そうおもいつつ、看護婦《ナース》たちを甲板にひきあげた刹《せつ》那《な》、安曇の視界に忘れようにも忘れられない人影が見えた。なかば崩れかけた短艇に乗って、恐怖に身を慄《ふる》わせている女性のすがただった。イレーヌ・メルクーリである。眉間に尋常でないほどの皺《しわ》をよせ、青き瞳には切羽詰った光をたたえている。どうやら、彼女を乗せた短艇は「トランシルヴァニア」から下ろされるおりに綱が切れ、海面に叩きつけられたものらしい。そのときの衝撃によって船底に亀裂が走ったか、それとも定数を超えた人員を乗せてしまったために浸水したのか、ともかく、もはや短艇が沈みきってしまうのは時間の問題といえた。

（なにをしているんだ……）

泳ぎが苦手なのか、それよりも夫は……あの傲慢そうなイタリア系の資本家は……どうしたのだ、自分の愛人を見捨ててしまったのか。なににせよ、恐れずに飛びこめばいいのに、イレーヌは顔面を硬直させたまま、短艇の縁にしがみついている。金色の輝きに盈ちた髪に可憐な帽子がいまだに載っている。それがなおさら彼女の存在を目立たせている。だが、目立とうが目立つまいが、いま救助しなければ、まちがいなく彼女は溺死するだろう。

六

（くそったれ……っ）

胸中に叫ぶや、安曇はおのが身を地中海にむかって躍らせた。それはもはや本能的な選択といってよかった。水雷長という責務を負っているかぎり、安曇は艦を離れてはならなかった。だが、反射的にあたりを見まわしたとき、かれをのぞいてイレーヌのもとまで泳ぎ、救いあげることのできそうなものは存在しなかった。すくなくとも、かれの運動神経がそう判断していた。あとは、ただ、飛びこんだ。

（なんで、このおれが……）

という意識はなかった。眼の前に、いまにも波にさらわれそうになっている女性がいる。それを見捨てることはできない。だから、飛びこんだだけのことだった。それは理性的な判断からの行動では勿論なく、鍛えに鍛えあげられた海の漢《おとこ》だけの持つ反射といってよかった。

安曇がほとんど沈みつつあった短艇《カッター》に泳ぎついたときには、すでにイレーヌは海面に露出した短艇の縁にしがみついているだけという状態になっていた。裾《すそ》の長いドレスの下にはおそらくコルセットをつけているはずで、そのために泳ぐことができないのか、はたまた恐怖のために泳ぎを完全に忘れてしまっているのか、どちらともわからない。わかっているのは全身を硬直させるほどの恐怖に、彼女がつつまれているということだけだった。

こういう場合、正面から手をさしのべるのは避けねばならない。死にものぐるいで生きようとするもののちからは尋常ではなく、いかに泳法の達者なものでも溺者に摑みかかられれば行動の自由を奪われてしまう。まかりまちがえば救助におもむいたものが凄まじいちからで沈められかねない。

安曇は落ちついて行動していた。イレーヌにむかって「もう、だいじょうぶだ」とだけ声をかけ、すばやく背後に回りこみ、そっと腋の下へ腕をまわし、彼女の身体をひきよせた。そして「ちからをぬけ、もう、なんの心配もいらない」とフランス語で静かに告げた。イレーヌは安曇におのが身体をあずけつつも、それまでの恐怖のためかしゃくりあげるように痙攣《けいれん》している。

「怖がることはない」

安曇はできるかぎり落ちついた口調で、イレーヌを励ましながら、自艦「榊」の舷側にむかって泳ぎはじめた。そのときである。僚艦の「松」の甲板に救いあげられていた陸兵や婦人部隊から割れんばかりの喝采が響きわたりはじめた。なにごとかとおもって左右の海原を眺めれば、そこかしこに漂っている短艇からも拍手が湧きおこっていた。むろん「榊」の甲板からも海原を圧するほどの歓声があがっていた。

「ばかばかしい」

安曇は一声ほとばしらせるや、イレーヌを胸に抱いたまま、左手と両足で水を搔いた。荒天は収まる気配もなく、波のうねりは恐ろしいほどに高かったが、兵学校時代から鍛練を重ねてきた安曇の達者な泳ぎには、どうというようなものではなかった。かれは泳ぎつづけた。自艦を見やれば舷側のほどちかくに甲板から下ろされた短艇が待機している。安曇はそこで溺者を救いあげている下士卒にむかって声をはりあげた。

「あげろ」

下士卒も救助活動はよくこころえていた。安曇がイレーヌの肩を掬《すく》いあげるように持ちあげた瞬間、すばやく彼女の腋をとらえ、かろやかに短艇のなかへ曳きあげてゆくのである。すでに多少の海水を呑んでしまっていたのだろう、イレーヌは海面にむかって軽く嘔吐するように顔をつきだした。そのころには安曇も短艇のなかに上がってきており、彼女の背を撫でながら、しきりに「安心するがいい」と声をかけつづけていた。

イレーヌはそんな安曇へ、透きとおるように美しい碧眼をむけた。礼こそ口にしなかったものの、その瞳はあきらかに感謝の色に盈ちていた。安曇も安曇で、彼女から感謝のことばを聞こうともしなかった。ただ、ひとことだけ、連れのものたちはどうした、とだけ訊いた。

「わからない……なにも、わからない……」

震えきった声音で、イレーヌはこたえた。

そのときだった。

「おおお……沈む……」

という悲鳴にもにた感慨が、四方に集いはじめた短艇から立ちのぼった。その声のむいている方角に瞳をやれば、ちょうど「トランシルヴァニア」の船首が渦巻きはじめた海原にひきずりこまれようとしているのがわかった。

いったん、ひきずりこまれた船は恐ろしい速度で海中に没する。だが、ある瞬間、ふたたび最後の踏んばりをみせるかのように浮きあがる。単に船内の空気の作用によるものであることは自明のことではあるものの、そうした光景はまるで船そのものが意思をもっているように見えなくもない。

このとき「トランシルヴァニア」は赤く錆びつき、かつ牡蠣殻がこびりついた船底を見せ、鈍い光沢をもったプロペラをあらわにしつつ、船尾を天にむかって突きあげた。が、それも束の間、青く渦巻く海のなかへひとおもいに曳きずりこまれていった。

安曇が烈火のごとく怒ったのは、イレーヌとともに「榊」の甲板にあがったときのことである。甲板には、彼女につきしたがっていた使用人たちの亡骸が横たえられていた。そこにはうらわかい少女もいれば、年老いた執事のすがたもあった。イレーヌは安曇にささえられながら、かれらの側まで近より、ひとりひとりの頰を両掌でつつみこみながら滂沱《ぼうだ》した。たったひとり、彼女の身の回りの面倒をみてきたらしき初老の婦人が、わずかのちになって救助されてきたのだが、彼女はイレーヌの腕のなかで大泣きに泣いたあと、ふるえる指先で僚艦の「松」を指さした。近接していた「松」には、とっくに彼女の夫が助けあげられているのだという。

「まさか……ひとりだけ、さきに短艇に乗りこんだのではないだろうな……」

安曇の問いかけに、婦人は大粒の涙で反応してみせた。二度目の被雷があったとき、夫モレッティは愛人のイレーヌの手をひくこともなく、たったひとりで脱兎のごとく駈けだし、脇目もふらずに短艇のなかへ逃げこんだ。そして、いちはやく「松」の甲板のひととなったのである。安曇は、全身の血が逆流するかとおもった。にぎりしめた拳が小刻みに震えた。かれが怒気を発したところで仕方のないことではあったが、おなじ男として、いや、人間として許しがたいという感情を発露させていることは紛れもなかった。

そんな安曇の肩をかるく叩いた人物がいる。艦長の上原太一だった。上原は毛布を羽織って震えているイレーヌにむかって会釈したのち、かなたの海原にむかって顎をしゃくった。そして「ようやく、おでましだ」と安曇に囁いた。上原のさししめすままに顔をむければ、なるほど、イタリア海軍の駆逐艦が二隻、波の上をやってくる。これで、いまも海原に漂っている英船乗員のあらかたは収容されるにちがいない。

時にして、大正六年五月四日午前十一時三十五分のことである。ちなみに、沈没海面は北緯四四度一三分、東経八度三二分であったらしい。

　上原は救助者を満載したことで船脚が重く沈みこんだ「榊」を、僚艦の「松」にならべてサヴォナの港へむかわせた。伊艦もふくめてサヴォナ港に接岸繋留させたのは午後も三時になったところで、結局のところ、英船「トランシルヴァニア」に乗りこんでいた陸兵二九六四名、看護婦《ナース》六六名、船員二三六名のうち、三〇〇〇名に達するものが「榊」と「松」および伊艦二隻によって救助されたことになったのだが、残りの二〇〇名あまりはジェノヴァ湾の波間に消えた。

(……そのなかには、無辜《むこ》のひとびとも……モレッティ家の使用人たちも、いるのだ)

　安曇は、イレーヌがほかの救助者たちとともにサヴォナ市内の病院に収容されてからも、いたたまれぬ気持ちに苛《さいな》まれつづけた。

　たしかに自分たちは「トランシルヴァニア」の乗員の大多数を救助した。だが、それでも救助しきれなかった大勢の人間がいる。自分たちの任務は輸送船を護衛するというのが本来のものであるはずで、そういう点からすれば、あきらかにこのたびの尊い犠牲は「榊」と「松」の護衛ぶりが徹底していなかったことから生じたものではないのか。そうおもうだけで、安曇は無念きわまりない想いにかられていた。

(ちがうか……っ)

　たれにむかって発してよいのやらわからぬ怒声を、かれは胸中にこみあげさせていた。

　ちなみに、この日、第十一駆逐隊司令の海軍中佐横《よこ》地錠二《ちじょうじ》は、在マルタ第二特務艦隊司令官の海軍少将佐《さ》藤皐藏《とうこうぞう》にたいして、以下のような緊急電報を打ちだしている。

〝トランシルヴァニア被雷沈没せしも、総人員三二六六、収容人員三〇〇〇、松、敵魚雷のため艦首水線下に損害を蒙りたるも、荒天に非ざる限り、航行差支えなし。帰港後、入渠を要す。松、榊とも敵潜ペリスコープを認め、約三〇発砲撃せしも、結果不明なり〟

七

サヴォナ港の桟橋の古びた時計台が、まるで弔鐘を鳴らすように五月六日の正午を告げている。市内のセントポール病院から出棺した「トランシルヴァニア」の遭難者たちの遺骸は、この日、郊外の共同墓地に埋葬された。

これにあたり、駆逐隊司令の横地は「松」から儀仗隊を遣わすこととし、みずからもまた両艦乗組の準士官以上のものをひきつれ、埋葬に参列した。もちろん、引率されているなかには安曇のすがたもある。

（地中海とは、いつも明るく澄みわたっているという印象だったのに……）

いかにも恨めしげに、安曇は雲間から洩れている薄陽をあおいだ。夜来の雨こそ、なんとかあがったものの、とてもではないが五月晴れの天とはいえない。そんな天候のためだろうか、そこかしこに建てられた真新しい十字架と湿った黒い土とが、なおさら寂寥感をただよわせている。

埋葬には市民はほとんど参列しなかったが、遭難者とともに英船に乗りこんでいた家族や知人のすがたは多く見受けられた。十字架にすがりついて涙を流す乙女もいれば、霊柩が土中に下げられてゆくのを正視できず、瞑目して掌《てのひら》を組んだままでいる老人もいる。膝を折って祈りを捧げる女性もあれば、みずからも傷を負ってしまったため看護婦《ナース》に支えられながら参列している若者のすがたもあった。安曇はそうしたひとびとを見つめるともなく眺めつづけた。

（街中と墓地とは、まるで雰囲気がちがう）

そう、こころに浮かんでくるとおり、サヴォナの街は季節はずれの祭のような雰囲気につつまれていた。わからないでもない。これまで地中海でUボートに襲撃された艦船は計りしれないほどの数に上っていたが、乗員のほとんどが即座に救助されたことなどなかった。それが遙々と大洋をこえて日本海軍がやってくるや、献身的な働きによって救助されたのである。しかも、被雷船はとてつもなく大きく、救助者の数は三〇〇〇名におよんだ。これは壮挙といってよく、サヴォナ港に碇泊している「松」と「榊」の乗組員は一夜にして英雄となっていた。市街に出れば、救助された軽傷のひとびとが近寄ってきては握手をもとめ、商店や公的機関の女子職員などは憧れの眸子《まなこ》をむけ、たとえば「松」の通信長などがマルタにある旗艦へ打電するために郵便局を訪れたときなど、局長をはじめ総出で便宜をはかってくれたりした。

それだけでも安曇たちにとっては、このうえなく意外なことであったのだが、じつをいえば、これがイタリア北部の人口二万五〇〇〇という小都市であるからこれくらいな歓迎で済んだものの、マルセイユやジェノヴァ、いや、ロンドンやパリなどといった大都市であれば、安曇らは人間の津浪に押しながされてしまうほどの熱狂的な歓迎を受けたにちがいない。事実、横地がサヴォナ港からマルタの佐藤のところへ緊急電文を打ちだすや、その奇蹟的な救助活動は全世界に報道された。

英国下院議会においても、封鎖大臣ロバート・セシル卿によってこの快挙は報告されたのだが、卿の弁舌が終わるやいなや、議場をゆるがすような喝采が沸きあがり、とある議員が感極まって起ちあがるや「バンザイ」と日本語で叫び、これが驚くべきことにその場にあった議員すべてが起ちあがって「バンザイ」を唱和するという、大英帝国はじまって以来ともいうべき光景が現出したのである。

そればかりか、この海難救助の報告はイギリスの王室にまで伝えられ、海軍出身のジョージ五世の識《し》るところとなり、勲位を与えるべきではないか、という動きにまで達した。いや、動きどころか、現実に勲位勲章を用意するまでにいたっていた。それは、在ロンドン日本大使館付武官の舟越楫四郎《ふなこしかじしろう》（海軍少将）から佐藤皐藏にあてた、

〝運送船トランシルヴァニア号遭難の際、松、榊は頗《すこぶ》る勇敢に行動し、かつ生存者の大部分は両艦によりて救助せられたる由、サヴォナ英領事の報告に接し、英国海軍大臣は取敢えず英国海軍及び英国海軍省

の名を以《もっ》て、右両艦の勇敢なる行為と作業とに深き謝意を表することを貴官に伝致ありたき旨、英国海軍次官より申越せり、右伝達す〃

という予告めいた打電によっても充分に想像できた。

もっとも、そうした英国政府などの動きは安曇らの知るところではない。かれらはUボートの犠牲になったひとびとの冥福を祈りながら、サヴォナ墓地の一角に佇んでいるだけのことだった。

ただ、安曇はほんのすこしのあいだ、祈りを忘れている。視界の端にイレーヌ・メルクーリのすがたが見えたからだった。既製服らしき黒のドレスと合わせの帽子を纏っている。

(従者の埋葬につきあっているのか……)

そうおもったのも束の間、彼女はかたわらに立っていた夫と離れて歩きだしていた。そんなイレーヌを小太りの婦人が追いかけてくる。艦の甲板でイレーヌと抱きあうようにしていた使用人だった。イレーヌは足早にこちらにやってくる。安曇たちは英海軍の用意してくれたT型フォードに乗りこむところだったのだが、そこへイレーヌのほうから声をかけてきた。

「街まで、ご一緒させていただいてもよろしいかしら」

と、泣き腫らした目で頼んできたのである。

日本海軍は万事イギリス仕込みであると自負している。貴婦人の懇請を断ってはいけないという教えこそ受けてはいないものの、おそらく、スマートをもって誇りとする海軍士官であるならば、懇請を受ける前に「街までお送りしましょうか」と声をかけつつ、つぎの瞬間には自動車の扉を開けるくらいなことはしなければならないだろう。

「どうぞ」

ハンドルを握るイタリア人運転手のとなりで、安曇は無愛想に応えた。ただし、車が走りはじめたときに「旦那さまは、よろしいのですか」とだけは質しておいた。が、イレーヌは答えなかった。サヴォナの市街が見えはじめるころになって、イレーヌは「このまま、港へ向かってはいただけないかしら」と口をひらいた。峻拒する理由もない。安曇は旅客待合所のちかくで車を停めさせ、眉間に皺を寄せながら助手席を降り、後部座席の扉を開けた。

すうっと車内から手が伸びてきた。イレーヌのしなやかな手だった。自分が車から降りるのをささえていろ、とでもいうのであろう。安曇は鬱陶《うっとう》しそうな表情のまま、イレーヌの手をとった。

「ありがとう」

まるで召使かなにかに声をかけるような態度で、イレーヌはいった。ほんのすこしだったが、癇《かん》に障《さわ》った。さすがに「助けてなんかやらなければよかった」とまではおもわなかったものの、もうすこし柔和な態度で接したらどうだろうか、という腹立たしさだけは体内に燻《くすぶ》った。灰鼠色の日傘をさしかけたイレーヌにむかって、安曇はなかば反射的に声をかけた。

「ご主人を待たずに船に乗っていかれるのですか」

精一杯の皮肉のつもりだった。ところが、イレーヌはふりかえりざま、えもいわれぬような際立った美しさの微笑みをうかべて「ええ、そうよ」と答えたのち、ギリシャへ帰るのです、ともつけくわえた。と、その瞬間、彼女はやや背伸びをして、安曇の頬に接吻した。救けてくれたことへの礼のつもりだったのだろう。ほのかにオリーブの香りが鼻腔をついたような気がした。

が、それだけだった。あとはなにも語らず、それどころか安曇の反応も待たずに靴をめぐらせ、旅客待合所のほうへ去っていった。夫モレッティと彼女とのあいだにどのような会話の応酬があったのかはわからないし、安曇には興味のないことではあったが、どうしたことか、彼女のうしろすがたが待合所のなかへ吸いこまれてゆくまで、ひとり、立ち尽くしていた。

イレーヌを乗せた船便がいつサヴォナを発したのか、安曇は知らない。すくなくとも、かれらが港をあとにした午後七時よりも先のことだったろう。

横地の直率する小隊は、日没にはまだまだ余裕のあるころに舫《もやい》綱《づな》を解いた。信じられないことに、この解纜《かいらん》時、海岸通りはおろか港湾に面したありとあらゆる建物の窓には、安曇たちを見送る人影が密集していた。男も女も老いも若きも、皆一様に手巾《ハンカチーフ》や帽子をふって、日本海軍の駆逐艦を送りだしてくれた。波の音や機関音を消しさるほどの歓声が港湾をどよもし、曳船の甲板ではイタリアの水兵たちがきりりとひきしまった敬礼をむけてくれていた。

このときばかりは、さすがの安曇も涙腺をおおいに刺激されたが、ここまで感謝されるほど、自分たちの為したことが栄光に盈ちたものであるとは、かれの場合、とてもおもえなかった。

安曇は、どうやら、極端な羞恥屋《はにかみや》であるのと同時に、一風変わった完璧主義者でもあるらしい。かれらがマルタに帰港したとき、すでに英国からバラードなる海軍少将が在マルタ日本海軍司令部に派遣されており、旗艦「明石」の艦上において、佐藤皐藏のほか、このたび「トランシルヴァニア」救難にあたった小隊に所属する二七名の士官たちに勲章が授与されたのだが、じつは拝受のおり、たれよりも褒賞されるべき安曇十兵衛だけがすがたを見せずにいたのである。佐藤が横地に問えば、急に高熱を発したというのだが、藤村弥市郎は、安曇が「榊」の後部甲板で腰をおろしたまま、せっせと「デプス・チャージ」を磨いているのを知っていた。

八

のちになって、

「二百何十人も死なせておいて、勲章など、もらえるか」

そう、弥市郎にむかって安曇は洩らしたというのだが、勲章の授与式に欠礼するというのが、かれの羞恥《はにか》みによるものなのか、おのれの行動が完璧でなかったことへの不満によるものなのか、弥市郎には判断がつかなかった。

おそらく、安曇自身、よくわからなかったにちがいない。だが、かれの脳裏には、しばらくのあいだ、甲板にひきあげられたイレーヌの婀娜《あだ》めいた風情《ふぜい》と、彼女の眼前に横たわるモレッティ家の使用人の無念そうな死に顔が浮かびつづけていた。

（ふしぎなものだ）

つぎなる任務に就いてのちも、ふとしたときに紺碧の瞳をもったイレーヌの面影が浮かび、彼女に叩かれ、さらに接吻された頬が、奇妙なほどに疼《うず》いた。三十代のなかばに達しながらもいまだに妻子どころか浮ついた噂話すらない安曇だったが、どうにも、イレーヌ・メルクーリのことだけは忘れがたい想いにかられていたのである。

（だが……）

二度とふたたび邁《まみ》えることはあるまい、と、安曇はおもっている。また、この妙な情感が恋だの愛だのという歯の浮くような状態に育ってゆくという期待もまったく持たなかった。弥市郎などはマルタの司令部に籍を置いていることもあり、暇を見つけては、総督の館で知り合った看護婦レイチェル・クレントン＝ワードとつれだって郊外のサンアントニオ公園などを散策していたが、自分にはそうした優しげな情景は似合わないとおもいこんでいる風でもあった。

ところで、第二特務艦隊が地中海の波を蹴りはじめるあたりから、Uボートの跳梁はいっそう激しさを増すようになっていた。撃沈船の数は日を追うごとに記録が塗りかえられ、イギリスばかりか、フランス、イタリア、ノルウェーなどの撃沈船も尋常ならざる数字に達しようとしていた。ドイツ側は月に一〇〇万トンの船舶を撃沈すべしと声明していたし、実際はそれの半分くらいではあったものの、本年だけでも五〇〇万トンにおよぶ船舶を失う虞《おそ》れは濃厚にあった。莫大な損失といっていいのだが、こうした損害のなかには傭船料や新造船価の高騰もまた含まれている。当時の船価は重量一噸《トン》あたり五〇〇万円から六〇〇万円で、これらはすべて被害を蒙った国が支払わなければならず、イギリスの財政はかぎりなく逼迫し、ひるがえって、造船景気をむかえて大いに羽振りをよくしたのはほかならぬ日本であった。

とはいえ、日本の船舶も相当な被害を蒙っている。であるからこそ、このたび、日本政府としては商船の武装を奨めたし、各社ともそれにしたがった。いまだ内地にいる山口多聞が発奮して「乗りこみたい」といいだしたのも、そうした武装商船の一隻「宮崎丸《みやざきまる》」であったが、これは小澤治三郎の説得によって断念した。それについては、すでに触れた。

ただ、多聞が日本最初の武装商船である「宮崎丸」の砲手募集に応じなかったのは正解だったかもしれない。というのも、この五月三十一日、日本郵船「宮崎丸」はイギリス海峡の西方においてUボートの雷撃を蒙り、撃沈せしめられてしまったからである。

船は三月二十四日に七三名の船客と一三四名の船員（船長太田儀一《おおたぎいち》、航海長貴島大一《きじまひろいち》、機関長岩崎滝雄《いわさきたきお》、事務長福士徳太郎《ふくしとくたろう》）を乗せて神戸を出航し、五月二十三日にケープタウンを経て大西洋を北上、イギリス海峡をめざしていた。そして同月三十一日午前九時四十五分、突如として一発の魚雷が襲来した。被雷箇所は左舷予備石炭庫で、はげしく振動したかとおもった次の瞬間には、またしても新たな魚雷が叩きつけられた。船はたちどころにして左舷へおおきく傾斜、船長の太田はすみやかに救命艇を下ろさせたものの、南西の風が吹きすさんでいたために波は狂奔しており、左舷にあった救命艇はことごとく水浸しとなり、これに乗りこんだ避難客たちは相当な困難に直面することとなった。こうしたなかの午前十時十分、Uボートがいきなり浮上した。敵潜は風浪に揉まれつづける救命艇をじっと観察し、やがて高波のかなたに消えていった。

あとに残された救命艇の群れは悲惨だった。風浪の激しさはいっこうに衰えず、操舵はまったく自由にならない。ただ、ひたすら漂流し、沈没前に発した緊急電によって近在の船舶が救援におもむいてくれることを祈るよりほかになかった。溺死者もでた。外国人の船客であるローなる人物のほか、水夫の井上伍一《いのうえごいち》、油差しの山城源作《やましろげんさく》、石灰夫の市川昇《いちかわのぼる》と海野清太郎《うんのせいたろう》、料理人見習の高橋米吉《たかはしよねきち》、給仕の鈴木亀一郎《すずきかめいちろう》と田中長之助《たなかちようのすけ》の八名である。かれら以外の乗員は、なんとか救われた。凍え死にしそうになるころ、ようやくイギリスの救助船が到着し、プリマスまで運ばれた。六月二日午前十時二十分に在英武官室から海軍省に着電した報

告によれば、

〝五月三十一日夜半、英国海軍省より左の電話電報を得たり。ただし救助船よりの無線電信報告に基づく。『宮崎丸、午前十時四十二分沈没し、船客六五名（内婦人一三名、小児四名）および船員一二一名、合計一八六名、五月三十一日夕刻、英国哨戒船に救助せられたり』未だ上陸の報告に接せざるも該救助船はプリマス港に向かいつつあり、六月一日正午頃着港のはず〟

とあるのだが、乗員数はのちに新聞紙上において訂正されている。また、プリマスで療養していた船員たちは夏になって、ようやく帰国できた。日本郵船の「伊予丸《いよ》」によってイギリスを発ち、和田岬において検疫を受け、八月二十一日午後三時、神戸にもどった。また同日午後八時より、日本海員掖済会神戸出張所において慰安会がもたれ、船長の太田が代表して答辞を述べ、海運倶楽部からは慰問金三〇〇円が贈られている。

この「宮崎丸」遭難の報道がなされたとき、多聞は複雑な心境になっていた。自分が乗ろうとしていた船舶が雷撃されたという衝撃もたしかにあったが、じつをいえば、それだけではない。地中海において特務艦隊の乗務員たちに防暑服の着用が許された六月一日、海軍中尉となっていた多聞にたいして、ひとつの辞令が出されていたからである。

——駆逐艦「樫」の航海長に任ず。

というものであった。

海軍少佐の北川保橋《きたがわやすきつ》を艦長とする「樫」は同型艦の「柳《やなぎ》」「檜《ひのき》」「桃《もも》」とともに第十五駆逐隊を構成し、佐世保鎮守府を泊地としている。また、駆逐隊の司令は海軍大佐の河合退藏《かわいたいぞう》であった。が、複雑な心境となっているのは、なにも念願の海上勤務となったからではなく、同時に発令された任務内容であった。

——第十五駆逐隊はすみやかに地中海への出動準備に入るべし。

というものであり、要するに第二特務艦隊の増派部隊とされたのだった。

（地中海に征《い》けるのか）

辞令を手にした六月一日は文字どおり、全身が震えた。しかし、翌日の六月二日もまた複雑な思いに身が震えた。自分が小澤の諫めもきかず、ただ焦りにまかせて「宮崎丸」に乗りこんでいたら、どうだったろう。砲手としての腕も見せられぬまま、悪くすればイギリス海峡の藻屑と消えていたかもしれない。そうおもったとき、かれはおもわず、小澤のもとへ駈けていた。小澤は横須賀の鎮守府にいた。いただけでなく、ひとつの辞令を手にしていた。

——駆逐艦「檜」の航海長を命ず。

というものだった。

これには、さすがに驚いた。ふたり揃って、地中海に参戦できるのである。多聞は、抱きつかんばかりのいきおいで小澤の前で破顔し、小澤は小澤で鬼瓦のような顔のなかに若干の嬉しさをただよわせつつ、多聞の肩をちからづよく叩いた。

「征こうじゃないか、ともに」

「はい、参りましょう」


そう、声をはりあげて応えたとき、ふわりと東京駅の情景が脳裏に蘇った。藤村弥市郎を見送りにいったおりの情景だった。あのとき、弥市郎は多聞にむかって「ではな」とことばを区切り、

——地球の裏側でおまえたちを待っている。

地中海にて再会しよう、といってくれた。多聞には、それがお為《ため》ごかしであるのかどうかもわからなかったが、なににせよ、このたびの辞令によって、ほんとうに地球儀を半回転させたところで再会できるようになったのである。

「参りましょう」

幾度も幾度も繰りかえしているうちに、おもわず目頭が熱くなってきた。

そんな多聞のことを、小澤は口許にほんのりと微笑を忍ばせながら、ただ眺めている。

九

ところで、多聞の乗りこむこととなっている桃型駆

逐艦だが、安曇十兵衛の乗りこんでいる樺型よりも、ひとまわりほど大きい。また、攻撃力もわずかながら勝っている。数値をあげておけば、基準排水量七五五トン、水線全長八五・八五メートル、全幅七・七四メートル、速力三一・五ノット、人員一〇九名となる。また、備砲は四〇口径八センチ単装砲二基、四〇口径一二センチ単装砲三基、六・五ミリ単装機銃二基、五五センチ三連装魚雷発射管二基六門という見事なものだった。これならば充分に地中海でも戦いぬけることだろうし、実際のところ、今次大戦において海外への派遣を前提として建造された。とはいえ、艦の建造当初、その「海外」がまさか「地中海」であるとは、たれも明確には想像していなかった。

弥市郎などが多聞にむかって「地球の裏側で」と告げたのも多分に確信に盈ちた予測の域をでない。第十五駆逐隊の地中海派遣が現実のものとして、俎上《そじょう》に乗せられたのは、佐藤皐藏から「トランシルヴァニア」救援などの報告が海軍省に寄せられてからのことである。

これによって海相の加藤友三郎《かとうともさぶろう》が地中海の様相をくわしく識るにおよび、第二特務艦隊の増強を痛感し、軍令部長の島村速雄《しまむらはやお》と協議のうえ、部内関係者にたいして適当兵力の増遣計画の策定を命じた。計画案はすぐに立てられ、それをもって加藤みずからが大正天皇に上奏、御裁可をあおいだ。むろん、そののちには内閣にも通知され、ようやく、そのうえで軍令部から佐世保鎮守府の司令長官である山下源太郎《やましたげんたろう》のもとへ増遣部隊の出動命令が令達されたのである。

多聞にしても小澤にしても、あらかじめ地中海派遣の要員に定められていたのではなく、このたびの増遣にともない、適当な人員を探したおりに、かつての候補者のなかにいたところを掬いあげられたものとおもっていい。

ところで、多聞が航海長となるべき「樫」について、若干くわしく触れておくと、舞鶴工廠において大正五年三月十五日に起工し、同年十二月一日に進水、翌六年三月三十一日に竣工し、二等駆逐艦に類別された。地中海への遠征に従事したのち、昭和七年になって上海事変に参加、その後は揚子江水域の作戦に従事していたが、昭和十二年の五月一日に除籍となった。だが、それだけで「樫」の生涯が終わったわけではなかった。除籍後、満洲国海上警察隊に引渡されて「海威ＨＡＩＷＥＩ」と改名され、渤海《ぼっかい》の沿岸警備をつづけた。さらには太平洋戦争が始まってのちの昭和十七年六月二十九日、日本海軍に無償貸与され、ふたたび帝国海軍の艦となった。だが、昭和十九年十月十日、沖縄において米空母機の爆撃を受けて沈没している。

まあ、右は余談だが、なににせよ、これで多聞は胸をはって地中海へと赴けることになった。ただ、多聞には、ひとつだけ、しておかねばならないことがある。いや、どうしても、しておきたいことがある。

弥市郎の姉忍子《しのぶ》への挨拶だった。

多聞は六月六日、異動の準備をあらかた整えたのち、ひさかたぶりに大森《おおもり》の藤村宅を訪《おとの》うた。忍子は、いた。戦争中のこととて、いまだ、婚儀の準備はさほど進んではいなかったらしい。多聞の顔を見るなり、いかにも嬉しそうに。しかしながら、どことなく寂しそうに微笑み、座敷まで招じいれてくれた。おもえば、弥市郎とびしょ濡れになったとき以来の訪問だった。

「地中海へ参ります」

さしだされた茶に手もつけず、それだけをいった。

忍子の反応はきわめて静かだった。いや、平静を懸命に保っているようにも見受けられた。咄嗟に、いったん顔をあげたものの、すぐに視線を落とし、正座した膝のうえに手を置きながら、座敷の端ちかくに控えたまま、しばらく微動だにしなかった。

すこしばかり、多聞は困った。地中海へ征く、ということを告げる以外、もはや、忍子にたいしてはなにもいうべき台詞が見つからない。沈黙がただよいだし、いよいよ、かれは困惑した。困惑しつつも、どうにも抑えがたい激情が鎌首を擡《もた》げはじめた。

（いっそのこと……）

ここで忍子をおもいきり抱きよせ、小刻みに震える腕のなかで彼女のほんとうの気持ちを聞きだしたうえで、こころゆくまで添い遂げ、そして「地中海から生きて帰ってきたら、自分の妻となってくれるか」と確かめてみようか……と、おもった。

だが、おもった矢先、瞼の裏に東京駅の前で出くわした三河《みかわ》の素封家の堂々たる表情と、いかにも洗練された物腰が浮かびあがってきた。敵は、まぎれもなく正真正銘の大人だった。それにひきかえ、自分はどこから見ても若さだけが取柄の青年士官にすぎず、ひよっこの域をでていない。

（……かなわない）

こんな若造では所詮《しょせん》かなわないという恨めしげな思いが、濃密に蟠《わだかま》りだしていた。

多聞は拳を握りしめたまま、かるく一礼するや、もうそろそろ失礼いたします、とだけ口のなかでもごもごと告げた。だが、そのとき、忍子がはっとしたように顔をあげたのである。

「ちょっとだけ、お待ちになって」

ほのかな期待が体内で爆《は》ぜ、多聞はおもわず頤《おとがい》をあげた。だが、忍子がいうところは「お祝いだけでもさしあげたいから」というものでしかなかった。彼女はおもむろに起ちあがって台所へ急ぎ、硝子の徳利のなかに冷酒をいれ、品の良い酒盃をひとつだけ持って現われた。

「どうぞ」

多聞の前に酒盃をさしだし、徳利を手にした。うながされるがままに、多聞は酒盃をつまんだ。別杯だな、と、こころのなかで呟いた。最後の最後になって幽《かす》かに抱いた期待が凄まじい音をたてて崩壊していくのを感じつつ、忍子の注ぐ冷酒をみつめた。みつめているうちに清酒の芳醇な香が鼻腔を刺激しはじめた。さらに見つめていくうちに、自分の望んでいたものがやけに小さなもののようにおもわれてきた。酒盃のなかで立っていた漣《さざなみ》が鎮まったとき、多聞はきゅうと呑みほした。

「忍子さん」

「……はい」

多聞は優しく、かつ緩やかな仕草で酒盃をさしだした。おかえしをさせてほしいという所作だったのだろう。忍子は酒盃を両手で受け、多聞の酌を待った。そして酒盃に清酒が満たされると、多聞にむかって一礼し、どことなくおもいつめたような眼差しを伏せながら、酒盃を空けた。最後には、まるで茶の作法のように、酒盃にふれていた丹唇の跡をゆびさきで拭った。どこまでも優雅な所作だったが、そうした忍子の一連の動作を多聞は網膜に焼きつけるほどじっくりと眺め、やがてふたたび忍子が酒盃をかえしてきたとき、静かにそれを受け、おそらくはこれが最後になるであろうふたりだけの酒を呑みほした。

「それでは、いってまいります」

口許をひきしめて多聞は告げ、起ちあがった。すくなくとも、この瞬間、忍子にたいする未練はなくなっていた。忍子は玄関の上がり框《かまち》のむこうで膝をつき、叮嚀《ていねい》にゆびさきをあわせて多聞を見送ってくれた。多聞もまた、こころをこめた敬礼で応え、あとは一度もふりかえらずに藤村家をあとにした。

以前、門のわきには、毘沙門天《びしゃもんてん》の縁日でもとめた鬼《ほお》灯《ずき》が置かれていたはずだったが、このときはそれがいまだに置かれていたかどうか、わからなかった。どうやら、情けないことに鬼灯のことをおもいだすほどには冷静でなかったらしい。

ふと、空をふりあおげば、ちょうど月が出かかっている。

この大正六年六月六日は月齢一六・一、満月からわずかに一日経ったばかりの月だった。

多聞が小澤とともに佐世保にむかって横須賀を発ったのは六月九日朝のことで、艦は旧式軽巡の「千代《ちよ》田《だ》」だった。港湾の桟橋に見送りの影はまるでなく、きわめて静かな旅立ちといえた。ただし、艦内はやけに騒然としている。あたりまえのことといってよく、このとき艦には多聞たちのほかに第十五駆逐隊に所属することとなった連中も多く乗りこんでいた。

「山口中尉ではありませんか」

外海に出るや、声をかけてきたものがいる。たれかとおもってふりかえれば、巡洋艦「筑摩《ちくま》」の士官室従卒をつとめていた当時三等水兵の安武又喜《やすたけまたよし》だった。おまえも地中海に赴くのかと聞けば、安武は「はい」とおおきな声で敬礼し、このほど「樫」への乗組を下達されましたと応えてきた。しかも、とうに二等水兵になっているのだという。

「また、ともに戦えるのか」

「どこまでも、お供いたします」

瑞々しいばかりの生気にあふれた表情で、まだ二十歳前の安武はいう。多聞は、なんとなく嬉しくなって、愛すべき従卒の肩をぽんと叩いた。辛酸を舐めるであろう任務が待っているのはよくわかっていたが、それでも前途に希望をもたせてくれるような安武の微笑みだった。

多聞たちは、一路、出動の拠点となるべき佐世保をめざしてゆく。

第七章　生還せしもの

一

山口多聞《やまぐちたもん》が、その驚愕《きょうがく》すべき新聞記事に接したのは佐世保《させぼ》港湾において地中海遠征の準備にはいりつつあったころだった。小澤治三郎《おざわじさぶろう》とともに鎮守府の一隅で肩をならべ、これでいよいよ遙かなる戦場におもむくことができる、などと語りあっていた大正六年（一九一七）六月十五日朝のことである。

記事には、こうある。

〝我が駆逐隊の敵潜水艇攻撃
佐藤《さとう》司令官麾下《きか》の駆逐隊は護送任務の帰途、去る十一日午後、地中海某地点に於《お》いて敵潜水艇を攻撃せり。この戦闘中、榊《さかき》は敵の魚雷により相応の損害を受けしも、幸いに附近の港湾に曳航《えいこう》せらるるを得たり。榊の乗員中多数の死傷者ある見込み、目下取調べ中。敵の損害は未だ不明なり〟

「これは……」

小澤などはひとこえ呻《うめ》いたまま、多聞の顔を凝視した。あとはなにも語ろうとはしない。多聞も多聞で、紙面のなかに「榊」という艦名をまのあたりにするや、かすかに新聞をにぎる指先をふるわせるだけで、絶句したまま小澤のいかつい顔を見かえすことしかできなかった。

（……榊には……安曇《あずみ》さんが……）

乗っているのである。

ふたりはなにも語らぬまま、すぐさま鎮守府内を駆けずりまわり、海軍省からなにか報《し》らされてきてはいないかどうか、わずかばかりの情報でも流れてきていないか、たしかめた。だが、なにもわからなかった。すくなくとも、この日の段階では、海軍の将兵たちにむかってすら、なにも発表されてはいなかったのである。

（……いったい、なにが勃《お》こったというんだ）

そもそも、日本海軍の地中海遠征は完全な秘匿事項であり、隠密行動であった。当時においては国内最大級の軍機であったといっていい。もちろん、それは第二特務艦隊の出撃だけではなく、仏海軍に提供されるため、同時期に地中海まで回航されていった樺《かば》型駆逐艦一二隻の行動についても完璧な軍機だった。この仏海軍むけの輸出艦は「ティープ・ジャポネ」と総称され、アルジェリアンやらアラブやらといった民族名が冠され、それがそのまま級別呼称（民族級）となって地中海の荒波と格闘していったのだが、なににせよ、日本国民のほとんどが帝国海軍の艦艇がまさかヨーロッパを舞台にして奮闘しているなどとは露ほどもおもっていなかった。

そんな情況下での事件である。

精密な報道がなされるはずもなかったし、海軍内部においても詳細な内容が語られるはずもなかった。多聞や小澤が鎮守府中を聞きまわったところで、満足のゆくような答えが返ってくることはありえなかったのである。

ただし、記事には続報があった。

〝榊の戦死傷者（海軍省発表第二報十四日午前着電）

今までに到着せる報告によれば、戦死者／榊駆逐艦長海軍少佐上原《うえはら》太一《たいち》、駆逐隊機関長海軍機関少佐竹垣《たけがき》純信《すみのぶ》、乗組上等兵曹酒見《さかみ》今朝一《けさいち》、上等機関兵曹吉田《よしだ》末《すえ》廣《ひろ》、同三浦《みうら》満夫《みつお》、下士卒五四名。重傷者／乗組大尉庄司《しょうじ》彌一《やいち》、下士卒八名。軽傷者／下士卒六名。地中海において敵潜水艇攻撃中、敵の魚雷によりて損害を蒙《こうむ》りたる佐藤司令官麾下駆逐隊の「榊」は、対独宣戦後臨時軍事費を以《も》って急造したる駆逐艦一〇隻中の一にして、大正三年十一月五日、佐世保海軍工廠に於いて起工《きこう》し、同四年三月二十二日竣工《しゅんこう》したるものなり。その構造、左のごとし。

噸《トン》数六六五噸、速力三〇節《ノット》、吃水七呎《フイート》九吋《インチ》、備砲四吋《インチ》七砲一門、三吋砲四門〟

というもので、記事には「遠征」についても「派遣」についても、まったく触れられていない。関係者のほかには、まったく内容のわからない記事といってよかった。すべてはドイツやオーストリアに情報が疎漏するのを防ぐためで、それはなによりも優先された。

（……安曇さんは、無傷だったのだろうか……）

命に軽重があるはずもないが、しかし、多聞は安曇を兄のように慕っている。たれよりもまっさきに安曇の身を案じてしまうのは無理もないことだった。だが、かれらの耳目に入ってくる情報は、右記のもののほかにはほとんどなかった。

「結局……地中海に乗りだすまで詳細はわからないということだ」

小澤などはいかにも口惜しそうにそう嘔《は》きすてたが、多聞にしても思いはおなじだった。この佐世保にあって遠征の準備をしていることすらまだるっこしく感じられ、一刻もはやく地中海に赴《おもむ》き、同僚たちの蒙った被害について詳細を知りたいとおもっていた。

（宮崎丸《みやざきまる》などの撃沈のほうが、よりわかりやすいというのは、まったくどういうことだ）

民間の船舶には軍機もなにもない。伝えられる記事の内容もまた容赦なく書きこまれてくる。海軍の艦艇はそうはいかない。そんなことはわかっている。わかっているが、やはり、このたびばかりは多聞もいうにいわれぬ焦慮を感じていた。

ところで「榊」損傷は、ほんとうのところ、どの程度のものであったのか。

じつをいえば、Uボートとのあいだに交戦というべきほどの遣りとりがあったかどうか。苛烈に砲を撃ちはなったことも、乾坤一擲《けんこんいってき》のデプス・チャージを放ったこともたしかだったが、しかしながら敵潜を完全に確認してのものではなく、威嚇と防戦にちかい。海軍省が事件を発表したおり、多少の「色」をつけたともっていいのかもしれない。

ともかく、時は、大正六年六月十一日。処は、北緯三六度一五分、東経二三度五〇分というミロス島の近海にしてセリゴ水道の入口附近であった。このとき、横地錠二《よこちじょうじ》を司令とする「松《まつ》」と「榊」は病院船「グルカ」をエーゲ海の深奥部にあるサロニカまで無事に護衛し、その帰途についていた。

前夜半より、頻繁《ひんぱん》に「アロー」が打ちだされている。アローというのは「ＡＬＬＯ」と書き、連合国海軍でとりきめた信号符号で、敵潜水艦の出現警報として発せられる。もとより地中海東部はＵボートの拠点のひとつでもあるイスタンブールに近く、ことに、クレタ島の周辺海域はＵボートがしきりに出没していた。このときも例外でなく、横地直率の小隊は飽きるほどに「アロー」を耳にしていた。ために、両艦の乗組員たちは怠《おこた》りなく、周囲海面の警戒につとめていたはずだった。ところが、そうしたなかに悲劇は勃発したのである。

六月十一日午前八時半、両艦はキクラデス諸島内の南端にあるミロス島の港口に到着した。フランスの水雷艇にむかえられて港内に投錨、乗組員のなかには上陸して買物をしたり、黒人兵を中心にした仏陸軍守備隊や教会、さらには小学校などを訪問するものもあったりしたが、ミロス島内にはこれといって用もなく、ほとんどの乗員は早々に帰艦した。出航は当日午前十時半、やはり、仏水雷艇の先導によって掃海水道を出、六〇〇メートルの単横陣形をつくり、一八ノットの戦速のまま、ジグザグ航行をつづけた。出航時の天候は晴れ、風は北からの微風で、波はわずかに白く泡立つほどで艦が動揺するまでにはいたらない。

ただ、正午をすぎるころになって地中海特有の濛気《もうき》が立ちこめだしていた。この濛気が災いしたといえなくもないのだが、午後一時三十二分、セリゴ水道にさしかかったおり、「榊」の探照灯台の見張員をつとめている瀬戸《せと》一等水兵が叫んだ。

「左舷艦首三〇〇〇メートル、怪しきものが見えます」

どうやら、海面上に敵潜水艦の潜望鏡を認めたらしい。だが、その声に応ずるかたちで当直士官が双眼鏡をむけたときには、なんの異状も見られなかった。しかしながら、注意には万全を期さなければならないと

して当直士官は「左舷の見張りは特に警戒を厳にせよ」と指示し、伝令たちは艦内を駈けまわり、

——潜水艦、近し。

と連呼し、乗組員のおのおのはただちに戦闘配置についた。

安曇十兵衛《じゅうべえ》は、このおり、小躍りするように勇んだという。

「きやがったか……っ」

袖をまくりあげ、獅子の鬣《たてがみ》のような髭《ひげ》をしごきあげて後部甲板にむかって急いだ。

そこには、備砲もあるが、なんといっても爆雷《デプス・チャージ》があった。

二

運命の瞬間は、一分足らずののちにやってきた。

さきほどの瀬戸一等水兵が、ふたたび、大音声《だいおんじょう》に叫びあげたのである。

「左舷に敵潜望鏡、近し……っ」

この絶叫に即座に反応したのは艦長の海軍少佐上原太一だった。かれは雷撃を咄嗟《とっさ》に案じたのだろう、反射的に「面舵一杯、急げ」を令し、ほとんど同時に「前部旋回砲、撃て」と命じた。だが、遅かった。瀬戸の確認したUボートの潜望鏡はこのとき「榊」の正横一八〇メートルの近距離にあり、上原の命ずるもとに撃ちはなたれた四吋七砲弾はその潜望鏡の至近に落下炸裂したものの、すでに敵潜から魚雷は発射されていた。もはや、回避は不可能であろう。

「しまった」

この絶叫が、上原にとって最後の台詞《せりふ》となった。突如として一大爆音が「榊」を揺るがした。艦は激震し、中甲板にあった上原はもんどりうって海中に弾きとばされたのである。そのとき、乗員たちはなにが勃こったのかもわからないようなありさまだった。無理もなかった。魚雷が直撃したのは左舷艦橋下にある前部火薬庫であり、このため一瞬にして火焔が天に冲《ちゅう》し、黒煙が艦をとりつつみ、乗組員のほとんどが弾かれるようにして転がったのである。

「なにが、勃こったんだ……っ」

さすがの安曇も、ふんばりきれずに悲鳴をあげた。

だが、その悲鳴の語尾が終わらぬうちに「榊」は地獄の様相を呈しつつあった。

奔騰《ほんとう》した爆風によって吹きあげられた艦橋は、まっこうから風圧を受けたことで、後檣《こうしょう》をまきぞえにして後方に倒れ、第一煙突を圧《お》し潰《つぶ》している。さらに煙突の破壊は第一罐室の通風孔も破壊し、艦体そのものがおおきく撓《しな》い、傾斜した。肉塊の散乱する電信室は使用困難となり、機関室には海水が奔入し、膝頭にまで達している。まさに瞬きの間の出来事だったが、僚艦「松」から悲鳴が騰がったときには「榊」は艦体の前部三分の一が粉砕されていたのである。

「こんなことが……」

あっていいのか、という激喝を呑みこみつつ、安曇は艦内を見渡した。

上原のすがたはとうに無い。下士卒らが口々に「艦長が弾きとばされ、波に呑まれた」と騒いでいたが、救出しようにも波間に上原を見つけることもできない。いや、上原の身を案じていられるような余裕など、どこにもなかった。機関長の竹垣純信は背骨を砕かれたが現出している。機関長の竹垣純信は背骨を砕かれたばかりか、睾丸までも粉砕されて悶絶しているし、艦橋当直をつとめていた庄司彌一などは右舷側第一通船《ダビッド》の後方に弾きとばされ、全身を朱に染めている。

「庄司、しっかりせえ、庄司……っ」

安曇は駈けよりざまに声をかけ、助けおこそうとした。が、その手をふりはらうように庄司は顔をあげ、朦朧《もうろう》とした意識のなかで「敵潜は……敵潜は……」とばかり、Uボートの所在をもとめ、これを撃沈しようと身体をおこしてくる。だが、全身をしたたかに打ちつけられたためか、まったく手足がいうことをきいてくれないらしい。

「ちぃ……っ」

血潮が全身を逆流するような激情のままに、安曇は叫んだ。

そして、

「有賀《ありが》は、おらんか……っ」

傾斜した甲板に踏んばりながら、中軍医（後の軍医中尉）のすがたを探しもとめた。一刻もはやく、庄司の手当てをしなければならない。ともに地中海まで遠征してきた僚友たちを死地に追いやってはならない。

だが、有賀は有賀で無傷の兵員を動員して怪我人の収容と応急処置に奔走していた。まわりでは血糊で足を滑らせ、転倒しながらも怪我人のもとへ駈ける看護兵のすがたがあり、また鮮血を垂れながしながらも浸水を防ぎつづけている機関兵のすがたもある。たれもが凄まじい形相で艦をまもり、同僚をたすけている。

まさに地獄のありさまといっていいが、そうした情況のなかでも、

——敵潜は、どうした。

という声が異様なほどに高鳴っていた。

声はつぎつぎに広がり、撃沈したのか、とか、反撃したのか、とか、敵をしとめろ、とかいった内容の絶叫が艦をゆるがすほどに連呼されてゆく。

かろうじて掠《かす》り傷ひとつ負わずに済んだ安曇は、そんな怨念にもにた連呼につつまれたまま崛起《くっき》し、艦橋を背に仁王立った。

「吉田《よしだ》……ぁ」

砲術士官の海軍大尉を呼びつけ、

「手空きの兵員を呼集、後部旋回砲をもって砲撃を敢行せよ」

と、苛烈に命じた。

艦は、なるほど、前部こそ巨大な斧をふりおろされたように断ちきられてはいるものの、幸いなことに後部はまったくの無傷であった。当然、四吋七の三番砲は使用可能であろう。それをもって火網を現出し、敵の攻撃を未然に妨がなければならない。敵は、かならずや、とどめの一撃を狙っているにちがいない。いま、なによりも為さねばならないことは、艦を動かし、同時に全兵力でもって攻撃をおこない、第二の被雷を予防することだと安曇はおもった。

「へこたれるな」

まわりにむかって声をはりあげ、安曇はさらに艦内を駈けめぐった。屍のおりかさなっている電信室に飛びこんで「電信だけが頼みだ。なんとか復旧し、SO

Sを打ちつづけろ」と命じ、機関室や罐室に躍りこんでは「航行は可能か。可能ならば微速であろうと動かせ」と励ました。通信兵も機関兵も安曇の下知するがまま、俊敏に動いた。

艦は、なんとか沈没だけは免れている。被雷の際、重油槽の隔壁《バルクヘッド》が水圧を減殺したことがどうやら良かったらしい。だが、自力で航走できるとはいえ、微速で漸進するのが精一杯だった。しかも、不規則な右旋回運動しかできない。このような状態では、はたして「SOS」を受信した味方の艦艇が来航するまで保つかどうか。このミロス島沖にもっとも近い友軍の港はクレタ島のスダだったが、そこに連合国の艦艇がいなければ話にならない。

「案ずるな」

安曇は、戦場錆びの利いた音声を朗々と響かせながら、はげましてゆく。

「松も、いる」

たしかに安曇のいうとおり、僚艦「松」は「榊」から一〇〇〇メートルほど離れた洋上から、こちらにむかって驀航《ばくこう》している。だが、救助に赴こうとしているのではないらしい。おそらく「榊」が沈没することはないだろうと踏んだうえで「総艦点火、全速」ならびに「戦闘開始」が下令されたのだろう。同時に「榊」の被雷点から計算したUボートが潜んでいるとおもわれる海面にむけて、熾烈きわまりない威嚇射撃を敢行している。

「よぉし……っ」

なにが「良し」なのかはわからないが、安曇はおもわず喝声を飛ばし、反射的に時計に目をやった。時に午後一時四十分。いきなり、僚艦「松」の後部甲板からデプス・チャージが投下された。巨大な爆裂音とともに水柱が奔騰する。あくまでも敵潜への攻撃をおこなうつもりらしい。安曇も安曇で、水飛沫《しぶき》をものともせずに投下点のほうに瞳をやれば、まさしく敵潜の航跡らしきものが見える。仕留めるならば今だと、かれの胸中で決戦への鐘が高鳴った。

「デプス・チャージ、投下用意」

吸《ど》鳴《な》りあげつつ、安曇は船尾にむかって駈けだした。途中、酒見今朝一や吉田末廣、そして三浦満夫などのすがたが視界にはいってきていた。あるものは蹲《うずくま》るようにして、またあるものは頽《くずお》れた後檣に寄りかかるようにして、死出の旅路に立っている。

（すまん、ゆるせ）

静かに亡骸を横たえてやることもできぬ情況に口惜しさを嚙みしめ、こころのなかで掌《てのひら》をあわせながらも安曇は駈けた。そのかわり、仇はかならず取ってやる……という強烈な感情を湧きあがらせながら、デプス・チャージの投下台まで駈けた。

「航跡は、わかるか」

必死のおもいで安曇のもとに集った砲手たちにむかって声をあげた。数人のものが洋上の一点をさししめしている。あった。僚艦の「松」がデプス・チャージを投下した附近に、いましがた曳いたばかりの敵潜の水脈がある。いま、ここで攻撃の手を休めてはならない。安曇は、そう判断した。

「投下……っ」

三

自艦をまもるためにも、また、友の魂をやすらげるためにも、安曇は万感の想いをもってデプス・チャージによる攻撃を命じた。ただ、艦の速度があまりにも鈍いために、デプス・チャージの爆裂による衝撃と水柱の飛沫とが、まともに届いてくる。しかし、安曇はやめない。

「つづいて、投下……っ」

だが、このたびの海戦において敵潜をしとめえたかどうかは、わからない。

さきにも触れたとおり、被雷した「榊」も驀航してきた「松」もたしかに応戦の態勢だけは取ったものの、敵潜が火砲もしくはデプス・チャージによって損傷したかどうかは、最後まで判然としなかった。

「くそったれ……」

奥歯をぎりぎりと軋《きし》ませながら、安曇はいかにも無念そうに呟き、甲板を踏みしだいた。

しかし、厳然とした事実ばかりはどうしようもない。海面に漂泊するものは自艦の砕けちった前部分の残骸ばかりで、あきらかにドイツ軍の艦艇のものとおもわれる浮遊物はひとつも発見できなかった。さらには、海中への攻撃をつづけたことで、自艦そのものにも無理が生じはじめているらしい。前方への傾斜はすこしずつ強くなっている。

——航行できるのか。

という不安が、乗組員たちの体内に盈《み》ちた。

「だいじょうぶだ」

安曇は、艦内すべてに轟《とどろ》くような大音声を発した。

「本艦は、沈まぬ。おれたちが団結して、生きる努力をつづけるかぎり沈みはしない」

だから、安心して航行していけばいい……と、安曇は懸命に励ました。実際のところは、艦がどれだけ保つのかなど、安曇にはわからなかった。しかし、かれにできることは機関兵や看護兵などといった乗組員たちの恐怖をすこしでも和らげ、敵が雷撃を敢行できないほどに威嚇射撃と爆雷投下をつづけさせることだけだった。

「機関を信じろ。攻撃の手を休めてはならん」

そこらじゅうを駈けずりまわり、声がかれるまで叫びつづけた。乗組員たちは安曇の激励によくこたえた。血塗れになりながらも砲撃をつづけ、デプス・チャージを投下し、艦をたとえ微速といえども漸進させていった。汗と涙と血に塗れた乗組員たちが戦闘をふくめた行動のすべてを停止させたのは、午後二時五十分。飛電しつづけていた「SOS」によって救助に赴いてきてくれたイギリスの駆逐艦「リップル」がようやく現場に到着したときである。

英艦「リップル」の行動は機敏だった。そして勇気にあふれてもいた。艦はUボートがいまだ附近の海中にいるかもしれないという不安などまったく見せずに「榊」へ接近し、短艇をおろし、きびきびと負傷者の収容をはじめ、さらに曳索《ひきづな》をわたすや、ただちに曳航を開始した。それはまったく見事な操艦といってよかった。

「おお……っ」

すでに六ノットしか出せなくなっていた「榊」に乗りこんだままの安曇らも、この英海軍の手際の良さには感謝の気持ちよりも驚きのほうが大きかった。そして午後三時半、今度はフランスの水雷艇「アーチェー」とイギリスの駆逐艦「ゼッド」が来会、ともに「榊」を護衛するべく隊形を組んだ。さらに午後三時五十五分、かれらがむかっているクレタ島スダ方面から、英軍艦「パートリッジ二世」ならびに掃海艇「ガゼル」も掩護に到着し、船団はおおきく膨れあがった。

「……ありがたいことだ」

そう、司令の横地をはじめとする各将卒は、ともに洋上をゆく友軍の艦艇を眺めやりながら洩らした。英海軍のひきいる船団がスダ港に到着したのは午後十一時をまわったころのことだったが、曳索が切れたときの迅速な対応といい、負傷者たちを島内の英国海軍病院に搬送してくれる手順の明確さといい、なにもかもが鮮やかなものであり、これには「松」「榊」両艦の乗組員たちも感動すらおぼえた。

もっとも、かれらとしても、救助されるだけでなにもしなかったというわけではない。負傷者が「榊」から運びだされてのち、両艦は総員をあげて作業にはいった。戦死者の後始末もあれば、破損箇所の応急処置もある。もちろん、徹宵《てっしょう》作業であったが、この夜、身を粉にして作業に従事したのは両艦総員ばかりではなかった。英国将兵もまた、さまざまに助力してくれ、ことに英海軍先任指揮官にして英艦「セッシューズ」艦長でもある海軍大佐マクローリーは、深夜にもかかわらず、こころからの弔意を表し、さらに火葬をおこなうべき場所への案内から遺骨を納めるべき小箱の用意までしてくれるなど、なにからなにまで快き助勢をしてくれた。乗組員たちにとっては忘れようにも忘れられない夜であったろう。

なかでも、かれらの網膜に焼きついて生涯、忘れることのできなくなった光景がある。艦前部の破損箇所をとりかたづけていったときの光景だった。めくれあがった艦舷や隔壁をひとつひとつ剝がしてゆくたびに、同僚の無惨な亡骸がつぎつぎに目のまえに現われてきたのである。こんなところで無念の死を遂げていたのかという驚愕と憐憫《れんびん》が、乗組員たちの胸を打った。だが、作業はつづけなければならない。かれらはひたすら戦闘の後始末をつけていった。

ひるがえって、英指揮官のマクローリーにとっても、当夜は、忘れえぬ一夜になったにちがいない。かれは騒然とする桟橋のなかに、ひとりの戦死した将兵の遺骸にむかって屈みこみ、あふれる涙をこらえきれずにいる士官を瞳にとめた。あたりには黙々と作業をつづける下士卒や、仲間の遺体を運びながら噎《むせ》び泣いている乗員が渦をなしていたが、どういうわけか、マクローリーはその日本人ばなれした巨軀の背が、あまりにも叙情的であるのに興味をおぼえ、なかば、その逞《たくま》しい肩に魅せられたような気分となって近寄った。そして、相手の昂ぶっているであろう感情をよけいに波立たせないように気遣いつつ、肩口から声をかけた。

「……すこしばかり、いいだろうか」

肩章から、その日本の海軍軍人が自分とおなじ佐官であることはわかっていた。ならば、国境をこえて心情を語りあうこともできるだろう。ふりかえった日本の士官は、美しい髭をたくわえていた。漆のように黒く、そして艶々しい髭は、その漢《おとこ》の悲しみをそのまま顕すように、ちからなく濡れていたが、その上に光る眸子は慟哭をたたえつつも強靭な意志をもった人物であることを如実に物語っている。

マクローリーはおもわず、

――この漢は歴戦の勇士にちがいない。

と、感じた。

ついで、漢の足元に横たわっている亡骸を見やれば、こちらもまた大兵《だいひょう》肥満の堂々たる体軀をしている。どうやら機関長をつとめていたもののようだった。

「きみの……友か」

「おなじ艦に乗りこんだものは皆、家族だ」

その日本人は、静かにこたえた。

「このたびは……突然の災いだったようだな」

「満足な戦いもできぬままに敗れたのは、生まれて初けではない。当直をしていた庄司にしても、おなじことだ。なのに……おれは、こいつらを助けられなかった。仲間の……艦の……仇を討とうと躍起になり、攻撃を命じ、みずから、デプス・チャージを放ちつづけてしまっていたのだ」

「きみ、だったのか……」

マクローリーはかすかに目を瞠《みは》った。

四

「……きみが、あの榊を最後まで奮迅させた水雷長だったのか」

「非情なだけの水雷長だよ。戦果があればまだしも、結局は敵潜をとりにがした。しかも、艦長さえ救えなかった。波間に消えたまま、いまだに遺骸は見つからない。艦長は……さぞや、無念だったろう。……貴国海軍の慣例にしたがい、わが海軍もまた艦長たるものは艦と運命をともにするものという不文律ができあがっている。なのに、上原艦長は、敵の雷撃を蒙った瞬間、急処置をしていれば、助かったかもしれない。竹垣だ

いや……通船《ダビッド》の下に跳ねとばされたとき、すぐさま応

「こいつは……竹垣は……その榊のなかで、逝った。

髭の日本士官は、友の亡骸をふりかえり、

「だが……」

んだ榊ほど、立派に戦いぬいた軍艦はないだろう」

った。世界に海軍はあまたあるが、きみたちの乗りこ

おし、航走し、しかも敵潜をもとめて攻撃までおこな

は、あれほどの被害を蒙りながらも見事に艦をたてな

われわれの戦いはまだ続いている。いや、きみたち

「……たとえ、乗りこんでいた艦が大破しようとも、

なすがたに瞳をやりつつ、

マクローリーは桟橋に繋留されている「榊」の無惨

「たとえ……？」

いは、いまだ中途だ。たとえ……」

「きみたちは、見事に戦いつづけている。この海の戦

マクローリーは、おもわず、かぶりをふっていた。

「敗れてなど、いないだろう」

めてだよ」

間、艦から弾きとばされた。さぞかし、無念だったろう。この竹垣にしても、そうだ」

髭の日本士官は、ふたたび、特徴的な二重瞼の双眸に大粒の涙をあふれさせた。

「……竹垣が逝ったのは、午後三時四十分。貴国のリップルによって曳航されはじめたころだ。おれは、こいつを抱きしめていた。竹垣、竹垣と大声で呼びかけ、もう安心だ、もう大丈夫だ、艦はよく頑張った、だから、おまえも踏んばれと、励ましつづけた。だが、駄目だった。竹垣は……駄目だった」

「……末期《まつご》になって、なにか、きみに告げたのか」

「よくやったと……虫の息のなかで褒めてくれたよ」

「そのとおりだ」

マクローリーは静かに歩みはじめた。

「友の死は、たしかに辛いが……しかし……そこに眠る友は、きみのことを……きみの奮闘ぶりを……しっかりと見つめていたにちがいない。きみは、見事に務めをはたしたのだ。ほんとうに、よくやった」

そして、ゆっくりと桟橋をあとにしかけたが、ふと一度だけ、ふりかえった。

「ところで……ひとつだけ、礼をいっておきたい」

「礼……？」

「先月、貴艦榊によって、わが国のトランシルヴァニアが救助された。あれは、海難史上、最高の功績といっていい。あのとき、救いだされた三〇〇〇名におよぶ若き兵士たちのなかには、わたしの息子がいた」

「あんたの息子が……」

「こころから、感謝している。……ありがとう」

最後にマクローリーは、こうもつけくわえた。

――将来、ふたたび、榊に栄光あらんことを。

翌六月十二日正午過ぎ、スダ郊外において「榊」戦死者が茶毘《だび》にふされた。いまだ遺体が揚がっていない上原をはじめとする行方不明者一一名をのぞいて、士官一名、準士官二名、下士官二八名、水兵および機関兵その他二七名、あわせて五八名の茶毘だった。葬送の火はその夜になっても絶えることなく、乗組員たちはその戦友の魂を天へ送りだす炎をいつまでも眺めつづけた。むろん、マクローリーと深夜の出遭いをもった安曇十兵衛のすがたもそこにあった。

十三日には「松」と「榊」の乗組員が総出で遺髪や遺骨を鄭重に小箱に納め、スダの英国海軍墓地に仮埋葬した。マクローリーは最後まで、この野辺の送りを見守りつづけ、十六日になって「松」がマルタに寄港すべくスダ港を発つおりも、在スダの英国将兵を勢揃いさせて、叮嚀に送りだしてくれた。

ちなみに、安曇とマクローリーとは、この二週間後、再会している。

安曇が、スダ港に繋留されたままの「榊」を受けとるべく、ふたたび「松」に乗りこんでクレタ島を再訪したおりのことだった。

駆逐艦「榊」の損傷は在マルタ司令部の予想よりも遙かに甚大で、スダでは修理がおぼつかず、当初はマルタに回航して修理をおこなうという案も出されたが、結局、ギリシャのピレウス港にあるバイロス造船所において修理補強するのが望ましいと判断された。このため、被雷艦「榊」の乗組員のなかから一〇名あまりの回航員が選ばれ、安曇はその指揮を命ぜられたのである。

回航員たちは僚艦「松」に乗りこんで、六月二十七日午後七時、佐藤皐藏《さとうこうぞう》や藤村弥市郎《ふじむらやいちろう》らに見送られてマルタを出航、翌二十八日午後二時、スダに到着した。桟橋では英海軍先任指揮官マクローリーみずからが安曇らを出迎え、

「なんでも、いってほしい。できるかぎりのことはする」

と申し出、あれこれとなく世話をしてくれた。

安曇らは「榊」を回航するまえに、しておきたいことがあった。スダの英国病院で加療中の乗組員たちを見舞うことと、港湾を望む小高い丘に建てられた戦友の墓に詣でることだった。

そこはさきにも触れたとおり海軍墓地で、間口二〇間、奥行一〇間ほどの可憐な広さのもので、周囲には石垣がめぐらせてある。戦友たちの墓は、幾重にもわたって建ちならぶ十字架の奥に設けられている。安曇らは、蓄音機の音色がやけに騒々しい病院を訪れたあと、そこへむかった。

道すがら、ふと、目にとまった夾竹桃《きょうちくとう》の花を手に手にとりながら、なだらかな坂をのぼり、やがて「榊」の倒れた後檣を削った墓標の前に立ち、静かに掌をあわせた。回航員たちは皆、口中に「……仇はかならず取ってやるからな……」などと呟いて復讐を誓っていたが、安曇はどうも、そういう気持ちにはなれなかった。

──なぜだね。

帰り道、傾《かし》いだ古代の城門跡で待ってくれていたマクローリーが安曇に質した。

「さあ」

安曇は、みずから不思議そうに小首をかしげた。

「なぜかなあ……」

自分にもよくわからなかった。感情の量は他のものよりも圧倒的に多く、自身、吼えくるうような性格であると自負していたのだが、榊戦死者之墓とある前で掌をあわせていたとき、奇妙なことに復讐心は湧いてこなかった。

「……ひさかたぶりに土の香を嗅いだせいかもしれんな」

「土……」

「ああ。墓標のまわりの土はまだ新しくてな、おれの故郷の山肌から醸しだされてくる香によく似ていた。それと……つい、いましがた、蜥蜴《とかげ》を見た」

「……蜥蜴」

「真っ青なやつでなあ、それが道端の草叢のなかから、ひょいと顔をだしたかとおもうと、すぐに石の陰に隠れた。隠れたかとおもえば、また、くいっと顔をだしてくる。まるで、おれたちのことを見送ってくれているような気がした。もしかしたら、戦友たちの魂が青き蜥蜴のすがたを借りて、おれたちの眼の前にあらわれたのかもしれん。それに、この……」

といって、安曇は真夏の青空をふりあおいだ。戦乱などとは縁も所縁《ゆかり》もないような縁《ふち》が緑がかった純白の入道雲が、むくむくと湧きおこりつつある。そして、鷗《かもめ》だろうか、群れをなして風に乗り、港湾のかなたへ飛んでゆく。

「……この天をあおいでいるとな、どうして自分はこんなところにいて、どうして海中にばかり目をやって、敵を潰すことばかり考えているのだろうと……そこかしこに生命が煌《きらめ》いている島のなかにいて……まあ、ふわりと厭戦的な気分になったのだろう。ただ、残念なことに、おれは詩想が乏しいのでな、それくらいのことしか云えぬ」

「……日本人は、草を食べて生きているそうだな」

「米を草というなら、そうだが……。あんたたちは肉を食べているのだったな」

「そうだ。しかも、そのまえに肉を得るために動物を殺す」

「それが、どうかしたのか」

「きみたちには、おそらく戦争は似合わないのだろう」

マクローリーはそういって微笑み、みずからの司令部に安曇らを案内し、榊回航の要領をとりきめる会議の席に立った。そして議題がつきたおり、指揮官の挨拶として、こういった。

「英国海軍の名にかけても、榊はまちがいなくピレウスまで送りとどける。Uボートには、たとえ指一本たりとも、触れさせない」

そう約束したとおり、イギリス側は艦艇数が極度に逼迫しているこの情況下、信じられないような大護送隊をつくりあげた。曳船一隻、横附一隻、前方護衛一隻、後方護衛二隻という一大護衛部隊である。もちろん「松」も行動をともにするから、あわせて六隻におよぶ艦艇が損傷艦「榊」ただ一隻をギリシャまで護送してゆくこととなった。戦線に送る陸兵などを護送するよりも数倍の規模という徹底ぶりだったのである。

「感謝のことばもない」

安曇はそういって、別れ際、マクローリーのさしだしてきた手を両手でつつみこんだ。

五

被雷艦「榊」を護衛した部隊がスダを発したのは六月三十日の午後四時、ギリシャのサラミス湾にあるピレウス港に到着したのは翌七月一日の午後一時をわず組員たちはアテネの市街をぶらつき、アクロポリスなどを暢気《のんき》に観光していたらしい。この時代、一般庶民の購《あがな》う土産《みやげ》というのは、どこにいってもさしてあるものではなく、切手や絵葉書というのが平均的なものであった。榊回航員たちも例に漏れず、絵葉書屋などを冷やかし、馬車に乗って遺跡の見学をおこなっている。まのびしたような日々といっていいのだが、このころの戦争はひとたび最前線をはなれてしまえば、妙に牧歌的な世界がひろがっているのは事実だった。

「たまにはよかろう」

ある日、安曇は部下の提案をのむかたちで、ともに古代の神殿などを拝観してまわることとしたのだが、突発的な事件はそのパルテノン神殿において勃こった。安曇が、いきなり、エンタシスの柱に凭《もた》れかかるようにして蹲りだし、やがて、肩先から床に倒れふしたのである。

このときの記憶が、安曇にはほとんどない。かれは、アクロポリスが夕陽に染まりはじめているのを眺めつつ、ゆるゆると神殿のそこかしこに足を運んでいたのだが、いきなり、気圧が変化したような感覚に襲われ、ほんの一瞬、意識がとぎれた。

いったい誰が云いだしたものか、先日も「松」の乗

「どうせなら、観光でもしましょうか」

かばかり回ったころあいだった。

ピレウスはギリシャの経済を一手にひきうけているような港湾都市であるはずだったが、拍子抜けしてしまうほどにひとの気配がない。造船所にしてもおなじで、鎚の音すら聞こえてこなかった。

（だいじょうぶなのか、こんなところで……）

完璧な修理が望めるのだろうかという不安が、わずかに回航員たちの脳裏をよぎった。だが、考えてみれば無理もなく、バルカン半島に戦火が騰がって以来、その余波はまちがいなくギリシャにまで届いており、この時期、戦地に接しているような地が殷賑《いんしん》をきわめているはずもなかった。

が、なにをどれだけ案じたところで、ここの造船所しか頼るべきところはない。僚艦「松」はほどなく帰途につき、安曇以下の数人のみが「榊」の見守り役として、そのままピレウスに残留することとなった。

われた。鼓膜を中心にした一帯がどうにも気色悪く、やがて脳天から顎まで異様な膨張感をおぼえた途端、立っていられないほどの眩暈《めまい》につつまれた。あとは、まったく記憶がない。割れるような頭の痛みだけは憶えているのだが、まわりのものが大声をはりあげて駈けよってくるのが音のない映像として網膜の端にひっかかっているだけだった。

「水雷長、安曇水雷長、しっかりしてください」

だが、安曇は応えない。

いや、応えられなかったというほうが正しい。すでに意識はなく、馬車に担ぎこまれたことも、造船所に運ばれて寝かされたことも、さらには回航員たちが必死になって病院を探しまわったことも、そして病院に運ばれて検査を受け、入院病棟に収容されたことも、なにもわからなかった。

検査結果はすぐに出た。決して眉間に皺をよせるような病気のためではなかったが、とにもかくにも「極度の精神疲労があり、肉体的にも相当にまいっている」ということだった。信じられないことには、右肩と肋骨に罅《ひび》がはいっているらしい。

回航員たちもさすがにこれには吃驚《びっくり》した。吃驚するというより啞然とした。この獅子のような水雷長は「榊」が雷撃を蒙ったときから今にいたるまで、その怪我について誰にも語らず、黙って痛みに堪えていたのかと、いまさらながらにして安曇の強靭な精神力に感服せずにはいられなかった。

安曇は、おそらく「榊」の補修がはじまるまでは片時たりとも休むつもりはなかったのだろう。マルタに帰還してからも「榊」のことが気にかかり、ようやくピレウスに回航でき、造船所の船渠《ドック》に入れることで肩の荷がおりたにちがいない。そのとき、ふうっと、かれをささえていた心棒がはずれ、崩れおちるようにして倒れふしたのだろう。かれは三日三晩というもの、わずかばかりも目を覚まさずに眠りつづけた。

そうした安曇についてのピレウス発電文をまのあたりにした佐藤皐藏は、

——あいかわらず、ものすごいやつだな。

と呟いたらしいが、まったくそうした感想よりほかに安曇の豪快さは表現しえない。

ただし、このような小さな出来事は地球の反対側にいる山口多聞らのもとまでは届かない。

かれらの耳目に接することができたのは、あくまでも「榊」の被雷時における多少の情報だけで、そのほかの公式電のなかには「榊」やその乗組員についてどのような経過説明もなされていなかった。

多聞らが公報によって把握できたのは、単純な事実だけである。

たとえば「榊」遭難の翌日に、仇討めいた海戦がおこなわれたということも、つぎつぎに入電してくる事実のうちのひとつだった。干戈《かんか》をまじえたのはドイツ軍Uボートと第二特務艦隊の第十駆逐隊に所属する「梅《うめ》」および「楠《くすのき》」で、やや時をさかのぼり、その六月十二日に勃発した出来事について触れておきたい。

その日、両艦は、スエズ運河の地中海側基点であるポートサイドからマルタにむけて帰還しつつあるところだった。かれらの任務は英輸送船「アラゴン」を護衛することで、同輸送船の役務は中東戦線から帰還する陸兵一五〇〇を乗せてマルタを経由してマルセイユまで運んでゆくというものだった。この日夕刻、南東からの微風こそあったものの海は終始穏やかで展望良好、船団はマルタ島を北西のかなたにとらえつつあった。正確にいえば、北緯三四度三〇分、東経一六度二五分の地点にさしかかったときである。すでに日没をむかえており、天は黄金色の夕景を終えさせるごとく群青色の帳《とばり》が下りつつあった。そんな一種、幻想的な情景のなか、船団の中心にある「アラゴン」が警報を発した。

――右舷側に敵潜在り。

という旗信号である。

また同じころ、さきをゆく「梅」も右舷艦首三三度四五分七〇〇〇メートルの洋上に浮上しつつある潜水艦の潜望鏡および司令塔を発見、ただちに梅艦長の平《ひら》山栄《やまさかえ》（少佐）は「総員戦闘配置」を令し、最大戦速をとりながら、捕捉した目標にたいして砲撃を開始させた。

一方、海軍少佐山崎圭二《やまざきけいじ》を艦長とする「楠」は、左舷に回頭して退避しつつある「アラゴン」を掩護すべく、その右側にまわりこみつつ煤煙《すす》幕を展張、敵潜の視界から隔離させた。この適切かつ有効な反応を日本海軍が見せつけたことで、Uボートは形勢不利と判断したのだろう、浮上を中止して急速潜航に切りかえた。

「のがすな」

凛冽に命じたのは平山だった。

昨日の「榊」の遭難はすでに耳にはいっている。なんとしても、ここで戦友たちの仇を討ってやろうという断固たる意気込みが、かれの体内で燃えさかっていた。平山は「左方転舵、敵潜航跡の直角前方を航過」するよう命じ、艦が目標地点まで驀進するや、間髪入れずに「デプス・チャージ、投下」を下達した。

約十秒後、艦尾一〇〇メートル後方で、デプス・チャージは爆発した。一瞬、海面が緩やかな丘のように盛りあがり、その頂きから海底火山が噴火したように巨大な水柱が噴きあがった。柱の高さは、おおよそ三〇メートルちかくまで達しただろうか。海中がおおきく歪み、その衝撃は「梅」の舷側まで痛烈に伝わってきた。

「急速反転、デプス・チャージ投下海面に近接」

冷静な顔色のまま平山は命じたが、じつは二の腕から指先にいたるまで小刻みに震えていた。無理もない。デプス・チャージを投下させたのは生まれて初めてのことであり、実際のところ、世界中から恐れられているUボートに遭遇したこと自体、初の体験だった。やがて「梅」は投下海面ちかくに到着し、附近を観察した。すると艦橋見張員が、いきなり、声をあげた。

「浮遊物があります」

たしかにあった。黒色の残滓油がおびただしく海面に広がり、また水兵の装束、生活物資の欠片《かけら》などといったさまざまな浮遊物が散乱している。さらには、そうした浮遊物の真下で、敵潜の航跡があきらかに途切れている。Uボートの沈没は、ほぼ確実であった。こののち、マルタ島ヴァレッタに帰還するまで敵潜は現われていない。司令部にあった佐藤をはじめ、参謀連もまた「梅」による敵潜撃沈は確実なものとして判断し、これを公式に発表した。

日本海軍による初めてのUボート撃沈の戦いであろう。

六

こうした地中海の戦闘情景を、多聞や小澤は佐世保にあって報らされている。

もっとも、かれらもまた忙しい。

多聞の異動した「樫《かし》」にしても、小澤の乗りこむことになった「檜《ひのき》」にしても、すみやかに長期航海の準備を整えおわらなければならない。かれらの所属する第十五駆逐隊の佐世保出航は六月二十五日とされている。むかうさきはシンガポールで、そこでは「樫」などとおなじように第二特務艦隊に編入される予定となっている装甲巡洋艦「出雲《いずも》」が在泊しているはずだった。現在「出雲」は英濠海軍と協同作戦中で、南海をゆく輸送船舶の護衛にあたっていた。同艦はのちに「明石《あかし》」と交代して特務艦隊の旗艦となるのだが、多聞らがシンガポールに入港するのを待って、駆逐隊の勢揃いとともに地中海をめざして出撃することとなっていた。おそらく、その出撃日時は七月の上旬あたりになるであろう。

ところで、重複するようだが、日本海軍が地中海に遠征しているのはあくまでも軍機であったため、新聞紙上などで詳しく語られることはまずない。このため、どのような戦闘が為されているのか、その景況は海軍部内のものですら関係者をのぞけば把握することはほとんどできなかった。

だが、民間の船舶については、そうではない。海軍の艦艇の行動が謎につつまれたような情況にあるなか、欧洲航路における日本船籍の船舶に被害などが生じたときなど、克明すぎるほど詳細に、さまざまな発表がなされていた。ただし、ほとんどが遭難などの記事であった。

このころ、日本船舶の被害は相当な数に達しつつある。

武装商船の「宮崎丸」が撃沈された五月三十一日以降、多聞らが地中海マルタ島から待ちに待った出撃をおこなった秋あたりにかけても、つぎつぎにUボートの爪牙《そうが》にかけられている。代表的なものをいうだけでも、六月十六日、日本汽船「第七雲海丸《うんかいまる》」がボンベイ沖にて触雷爆沈、七月七日には大連神桟《だいれんしんさん》汽船「神桟丸」が地中海中部において被雷撃沈、七月八日には憲政会代議士橋本喜造《はしもときぞう》所有汽船「信貴山丸《しぎさんまる》」がマルセイユ沖にて被雷撃沈、八月十五日にはイタリア政府の徴用していた神戸大正汽船「万代丸《ばんだいまる》」が被雷撃沈、十月六日には橋本船舶汽船「彦山丸《ひこやままる》」が被雷撃沈、十月二十日には帝国汽船「藻寄丸《もよろまる》」が被雷撃沈されるなど、まったく枚挙に遑《いとま》がない。これらの詳細について述べるだけでもかなりの量となってしまうため控えるが、当時の紙上には続出する被害情況が微細にわたって紹介されている。

ただ、いかに民間の船舶とはいっても、一方的に襲撃されているわけではない。日本郵船の「宮崎丸」をはじめとして各商船には武装がほどこされ、またそれが絶大な効果をあげた例もなくはない。

たとえば、第二武装船として三月三十日に横浜を解纜《かいらん》した「讃岐丸《さぬきまる》」がそうである。

本船は日本郵船の所有する六〇〇〇トンの欧洲航路船舶で、船長は宮沢清熊《みやざわせいゆう》、機関長は柴波幾馬《しばいくま》、一等運転士は大矢新次《おおやしんじ》、事務長は水野定栄《みずのさだえ》、船医は高橋徳郎《たかはしとくろう》であり、乗員の数は七〇余名。横浜を出帆したのちは神戸《こうべ》、門司《もじ》、シンガポール、喜望峰《きぼうほう》を経てロンドンにむかい、イギリス海峡にさしかかったおり、ドイツ潜水艦の砲撃をうけた。

魚雷による奇襲ではなく、敵潜が浮上したかたちで火砲による襲撃をおこなってきたことが、本船に運をもたらしたとおもっていい。

船長の宮沢はこの砲撃にたいして、ただちに応戦すべき指示をあたえた。砲手たちは甲板に備えつけたばかりの二門の六吋砲に走った。左右舷側の砲門の指揮をあずかっているのは予備海軍一等兵曹の馬場恭治《ばばやすはる》と杉村佐十《すぎむらさじゅう》である。ふたりの指揮下にそれぞれ数名ずつの予備役水兵がつきしたがっていた。

「撃《て》ぇ……っ」

　という掛け声がイギリス海峡に轟き、ついで火砲が砲声を殷々《いんいん》と木霊《こだま》させながら火を噴いた。敵潜の砲と比較しても倍の砲弾数を撃ちだせることとなり、砲だけでいうと、その戦闘力はあきらかに「讃岐丸」のほうが優っていた。たがいの至近弾が交叉し、海原は一挙に沸騰した。唸りをあげて砲弾が近接したかとおもえば、舷側間近に水柱が噴きあがる。

「撃ぇ……っ」

　弾着の行方を見定め、俯仰角を微妙に調整し、声がかれるまで馬場と杉村は砲撃を続行した。やがて敵潜が砲撃を中止し、司令塔および附近にあった水兵たちがばらばらと潜水艦のなかに入ってゆくのが目にとまった。瞬時、馬場と杉村の脳裏に「潜航するつもりか」という警報めいた予感が点灯した。もし、ここで潜航されてしまったなら、敵はまちがいなく魚雷によって本船をしとめようとするだろう。

（そんなことをさせてたまるか）

　という切羽詰まった激情が身体のなかで破裂し、馬場は渾身の砲撃を敢行した。これが、みごとな放物線を描いて、敵潜の司令塔を直撃したのである。船内から噴きあがるような歓声が迸《ほとばし》った。だが、砲手たちはそれどころではない。

「照準そのまま、撃て」

　馬場は瞬きすらせずに敵潜を睨みつけ、さらなる砲撃を命じた。つぎの砲弾もまた、奇蹟的な曲線を描いて敵潜の前部甲板に弾着、瞬後、なにが爆裂したものか炎と爆煙が立ちのぼり、炸裂の衝撃が波を伝って届いてきた。

「やった」

　おもわず、馬場は拳をにぎりしめた。

　かれは福島県大沼《おおぬま》郡旭《あさひ》村のひとで、日露戦争のまっただなかである明治三十八年に横須賀《よこすか》海兵団にはいり、大正五年十月、満期退団した。このたびの武装商船への乗組はちょうど退団してすぐのことでもあり、砲術の勘所はまだまだ忘れてはいなかった。それは愛知県碧海《へきかい》郡櫻井《さくらい》村出身の杉村もおなじで、かれが敵潜に直撃弾を食らわせられず、馬場側の六吋砲のみが功を奏したのはただひとえに運によるものといっていい。

が、なんにしても敵潜は沈黙した。

「やった、やった」

ようやく歓喜しはじめた「讃岐丸」砲手たちの見つめるなか、ドイツ軍の誇るUボートは炎を背負ったまま緩やかに傾斜し、やがて横倒しになりながら海中に消えた。とても潜航して去ったとはおもえない。まちがいなく転覆し、そして沈没していったのだろう。

「おみごとでした」

船長の宮沢はそういって馬場や杉村たちをねぎらったが、こうしたかれらの勲功は宮沢の巧みな操船に負うところも大きい。熊本生まれの宮沢は、明治三十七年に東京商船学校を卒業して日本郵船に入社した。海員にしては珍しいほどに穏やかな性格で、まわりからは「篤実なるひと」といわれていた。船員たちの評判も上々の人物ではあったが、これまではどういうわけか遠洋航路には出ていなかった。つねに近海航路の船長として勤務しており、このたび「讃岐丸」が第二武装船となって出帆するにあたり、いきなり、船長に抜擢された。つまり、欧洲への航海は生まれて初めてのものだった。

初航路で敵潜水艦と渡りあい、しかも民間船舶で潜水艦を撃沈するという偉業をうちたてたのは、充分名誉に値するものとおもっていいのだが、英国軍港プリマスに寄港したのち、宮沢も、砲手たちもこうした戦果についてはなんら誇ることもなく、託された仕事に従事していった。ちなみに、かれらのこののちの航路は、ロンドンにしばらく碇泊したのち、大西洋を横断してニューヨークに寄港、さらにパナマ運河を通過して日本に帰国するというものだった。おそらく帰着は秋十月もなかばあたりになることだろう。

もっとも、敵潜と交戦し、これを見事に撃退もしくは駆逐せしめるのは容易なことではない。実際、第一番目の武装商船とされた「宮崎丸」などは戦闘にはいることもできぬまま轟沈させられてしまったし、たとえば十月二十日に撃沈された船舶も武装船であった。

こちらの船舶は神戸大正汽船の「生駒《いこま》丸」で、外国周航の許可をうけたばかりのものだった。撃沈地点はアフリカ北西方に浮かぶマデラ島の北方海面で、在英大使館付海軍武官室の発した電文によれば、敵潜水艦と交戦したのち、武運つたなく敗れ、撃沈せしめられたものらしい。正しくは「爆沈」とあるから、おそらくは砲戦ののち、敵潜が魚雷を繰りだしたのではないかとおもわれる。また、本船は「讃岐丸」のような強靭な備砲は備えていなかった。排水量も三〇五七トンと「讃岐丸」より遙かに小ぶりで、敵潜と戦うのはすこしばかり荷が重かったのかもしれない。ただし、乗組員は全員が救助され、マデラ島のフンシャル港に上陸している。

ともあれ、こうした魔の海ともいうべき地中海をめざして出撃すべく、多聞たちはいまようやく、その準備を整えつつある。

七

ここで、海から陸へ、ほんのすこし瞳を転じたい。

さきに、このたびの大戦を天空から俯瞰《ふかん》している将兵たちについて述べた。たとえば「バロン・滋野《しげの》」と呼ばれた滋野清武《きよたけ》や、のちに中島《なかじま》航空機をつくりあげて日本の航空産業におおきく貢献することとなる中島知久平《ちくへい》などのことである。そうした航空界の草分けのひとりが、幾度も触れてきた日置釭三郎《ひおきこうざぶろう》である。

駆逐艦「榊」が被雷した前後、かれはマルセイユに留まっている。たまに五木喜久松《いつききくまつ》などとも顔はあわせていたが、多くの場合、同期生の中島ともどもフランスにおける航空界の雄ともいうべきモラン・ソルニエ社などに出かけ、航空機の開発研究の技術習得に努めていた。

このころ、同社の設計士であるレオン・モランは、レイモンド・ソルニエの資金援助をうけながら新型の飛行艇の開発に余念がない。中核になっているのは、一六〇馬力のベアードモア・エンジンを搭載した複座もしくは単座の小型戦闘飛行艇であった。すでに試作段階まで漕ぎつけており、このところ、アルル近郊カマログ湿地帯をながれるローヌ河において着水実験が繰りかえし行なわれていた。日置はときおりひとりでアルルを訪れては、その実験を見学している。

かれは、この六月のなかばに試作機の操縦桿を握らねばならない。飛行実験のおり搭乗員を中島とともに買って出たためで、マルセイユのイフ島沖からアキテーヌ盆地やモンドール山を臍《へそ》とする中央高地を越え、さらに長駆してパリまで飛ぶ。そしてセーヌ河に着水するという途方もない実験だった。幸い、西部戦線は依然として膠着《こうちゃく》状態がつづいており、パリ周辺は比較的、空も陸も安全な地帯となっている。飛行艇の航続距離さえ充分にあるならば、決して無理な飛行実験というわけではなかった。

（……に、しても）

日置にはすこしばかり不安があった。というのも、かれが操縦するのは嚮導艇《きょうどうてい》であり、もっといえば複座にまったくの素人を乗せていかなければならないからだった。それも五十歳という初老の日本人である。ただし、通常一般的な人物ではなかった。

名を松方幸次郎《まつかたこうじろう》というのだが、かれは川崎正蔵《かわさきしょうぞう》の志を継ぐかたちで川崎造船所をあずかり、現在、初代社長として経営をおしすすめている。経営をまかされているのは川崎造船所だけではなく、神戸新聞、神戸瓦斯《ガス》、九州土地、旭石油、国際汽船、日本毛織など実に煌《きら》びやかで、このたびの渡欧から帰国してのちは日本でも初めての八時間労働制を導入するという、きわめて先進的な経済人だった。もっとも単なる経済人ではなく、ついさきごろの大正二年（一九一三）三月には中華民国臨時大総統を辞任した孫文《そんぶん》の訪日のおり、あれこれとなく便宜をはかり、川崎造船所や呉錦堂別荘（松海別荘）などで壮行の宴をはった。また同年夏、孫文が独裁傾向を強める袁世凱《えんせいがい》政権に対抗した武装蜂起に失敗して日本へ亡命してきたおりも、神戸沖に碇泊していた「信濃《しなの》丸」まで迎えに出、その後、川崎造船所の構内から諏訪山にある常磐花壇別荘（諏訪山）まで案内し、匿《かくま》ったりもしている。当時の日本政府は借款をあたえている袁世凱に配慮して孫文の入国を認めないという方針だったが、松方はこれを無視した。実際、松方自身、袁世凱ひきいる北京《ペキン》政府から軍艦の注文を受けていた。にもかかわらず、剛腹《ごうふく》にも、かれは孫文を匿ったのである。こうしたところ、まったくもって経済人らしからぬ行動をとる人物で、俠気のひとといっていい。くわえて元老松方正義《まさよし》の三男でもある。

その松方幸次郎が「乗せてほしいのだ」と、日置に頼みこんできた。

——どうしたものだろう。

と、日置は中島に相談をもちかけたところ、中島はあまり良い顔はしていなかった。中島の勘はするどく、どうせ商売がらみであろうと踏んでいた。松方の経営する川崎造船所は、このたびの大戦によって莫大な利益をあげている。

「在庫船《ストックボート》というのだがな……」

中島の説明するところでは、独潜によって撃沈された連合国の船舶の穴埋用船舶がその在庫船なるもので、松方は大戦勃発とともに大量の鉄鋼を買いこんで船体のみをつくりはじめた。どのような種類の船にも造りあげられるよう、船体だけの建造にしたのである。これがいわゆる在庫船で、欧洲やアメリカで飛ぶように売れた。松方は地中海や大西洋、さらにインド洋において膨大な数の船舶が沈むのを見通していたのだろう。こうして松方は船成金となった。

「なんといっても川崎造船の大株主は、わが海軍艦政本部だ。情報も入るし、けたはずれに儲かる。これで鈴木商店のおしすすめている日米船鉄交換契約……簡単にいってしまえば、アメリカの供給した鉄鋼の代金を日本側は船で支払うという契約だが……こいつが成立すれば、川崎造船の利益は鰻《うなぎ》登りだろう。そうなれば、もっと別な事業にも手をのばせるようになる」

「別な事業とは、なんだ」

「……潜水艦と航空機さ」

中島の勘はするどい。すでに川崎造船所は国産潜水艦の研究開発をおしすすめている。が、なにぶんにも資料が乏しい。また、航空機についても同様で、現時点において国産かつ高性能の機体をつくりあげることはおよそ不可能なことといってよかった。

「現在、川崎造船にしても我が艦政本部にしても咽喉から手が出るほどに欲しいものはUボートの設計図だ。だが、これぱかりは戦争が継続している以上、どうにもならん。戦争に勝利し、連合各国との水面下のやりとりにも勝ちのこり、Uボートそのものを手に入れるか、もしくは設計図を確保するか、どちらかだ。しかし、航空機はそうではない。フランスにはモラン・ソルニエ社もあれば、サルムソン社もある。きさまの複座にみずから乗りこみ、マルセイユからパリまでの長距離飛行を体験したいというのも、仏航空界の技術を身をもって体験しておきたいということからだろう」

日置は納得した。事業家の欲望というものは留まるところを知らないのだろうかとも、すこしばかり、嫌な気分にもなった。だが、アルルでいくたびか逢って打合せをするたび、ふしぎな気分にもなった。幸次郎の人懐っこい笑顔のためだけでは決してない。かれはさすがにエール大学などへの留学もはたしたこともあって海外の文化に造詣が深かった。アルルでもゴッホの話などを滔々《とうとう》と語り、日置の気持ちを和ませるだけでなく松方幸次郎という不可思議な魅力につつまれた人物への興味も持たせていったのである。日置が徐々に「頼まれた以上、乗せてやらないわけにもいかない」とおもうようになるまでには、さほど時も掛からなかった。海軍艦政本部が松方幸次郎の背後に見え隠れしていることなどは、どうでもよいとおもえるほどにまで日置の気持ちは変化していた。こうして日置は、松方を背に乗せたまま、飛んだ。

大正六年六月十八日のことである。

一進一退の膠着情況のつづく西部戦線の激戦地帯からはかなり距離のあることもあって、飛行はそれなりに順調に運んだ。僚機の操縦桿をにぎる中島もまた、暢気な空の旅を愉しんでいるとおもわれた。

が、戦争というものは、どこでどのようなことが突発するのか予想もできない。このときも、まさにそうだった。領空侵犯をかけてきた独機部隊と遭遇したのである。それも、最新鋭戦闘機のフォッカーEⅣを核とした飛行中隊だった。くわしくいえば、このおりの敵機の群れはミュールハウゼンの第二六戦闘飛行中隊とドウアイの第六二飛行中隊で、指揮をとっていたのはブルーノ・レルツァーなる尉官だったらしい。

「なんとか遁《に》げきります」

背後の松方にむかって叫ぶや、日置は必死になって操縦した。中島艇は単座であるため、すばやく敵機の攻撃をかわしきって空のかなたに遁走していったが、日置艇はそうもいかなかった。次第に追いつめられ、ついに撃たれた。ドイツの開発した最新式七・九二ミリ機関銃パラベラムによって掃射を浴び、機体が火を噴いたのである。

「なんてこった」

日置が舌打ちした、ちょうどそのとき、三色の円形標識を陽に輝かせた友軍「英仏」の飛行隊が到着した。英陸軍航空部隊第二五飛行中隊ならびに仏陸軍航空部隊第一二飛行隊だった。日置はそのうちのスパッド戦闘機に「丹頂鶴《たんちょうづる》」の絵柄が描かれているのを瞳にとめた。まちがいなく滋野清武だった。だが、なにもかも遅い。すでに、かれの飛行艇は失速していた。

「……不時着します……っ」

結局、日置はみずからの腕のみを頼みとして河面に着水した。ロワール河であり、近在の町はアンボワース、パリからすれば相当に手前の古き町だった。ただ、幸いなことに松方はほとんど無傷であり、このとき、ふたりのあいだには生死をこえた連帯感のようなものが芽生えた。この連帯感も作用して、松方は日置をおおいに認め、とある使命を託すこととなるのだが、それについては若干先の話である。

八

ところで、日置らの飛びたったマルセイユには、いろいろな顔がある。

もちろん、昼の顔もあれば、夜の顔もある。陽射しのなかでは切手や絵葉書などを買いもとめつつアレクサンドル・デュマの小説に描かれた世界に遊んでいる軍人たちも、星影の帳《とばり》が下りるのを境にして猥雑な空間へと足を運び、別なものを漁るようになる。女である。帝国海軍の面々にしても例外ではない。いや、この時期、半舷上陸する駆逐艦乗りたちは、マルセイユの娼婦たちにとって格好の獲物だった。鴨《かも》が葱《ねぎ》を背負ってやってくるようなもので、日本という極東の田舎町から欧洲の玄関ともいうべき大都会に上陸した純朴な若者たちの多くは、この古き港町の女どもに身も心も吸いあげられてしまっていた。

当時のマルセイユの港はサン・ジャン要塞とサン・ニコラ要塞に挟まれた狭苦しい海の関門をくぐったさきにあり、その深奥にあるベルジュ埠頭は数えきれないほどの陸兵たちが別れを惜しんだ場所だった。ここから市街にむかって延びているのが今も昔もカヌビエール大通りで、この雑多な店のならぶ一大繁華街から脇道に逸れたところに数多《あまた》の娼婦街がある。サン・ドミニク通りやマグレブ人街などである。多くの娼館はブイヤベースやポトフなどを自慢とする食堂の裏手にあり、潮の香が風にのって届いている濡れた石畳の端には、雑音交じりの蓄音機の音色がゆるやかに流れ、ワインの空瓶が無造作に転がり、赤唐辛子《ルイユ》の吊るされた軒下にはオマール海老やムール貝の殻が散乱し、鱈《たら》や平目の骨をしゃぶる野良猫が溜まり、大蒜《にんにく》と玉葱を調理する匂いが立ちこめ、さらに男女の体液までもが濃厚に漂っている。

こうした夜の歓楽街を、海軍の将卒たちは、ときに肩を組みながら徘徊《はいかい》し、ときにたったひとりで肩をすぼめながら彷徨し、ときに懇《ねんご》ろになった女とふたりで火照った頬を風にあてた。女、というより娼婦たちは娼館に身を置かされているものもあれば、みずから安宿の一室を借りて、そこを売春部屋《ブローサル》として商売しているものもあった。

そのような個人経営の売春宿のひとつに、このところ、決まったひとつの影が出入りしている。五木喜久松の影だった。かれには乗りこむべき艦もない。将兵たちがマルセイユに上陸する際に便宜をはかるのが大きな役目で、もちろん、パリにある大使館とマルセイユの領事館とのあいだの連絡役もこなしてはいたものの、戦線におおきな変化が見られないこの時期、特務艦隊の世話を焼くくらいしか、とりたてて仕事らしい仕事もなかった。

（……退屈というよりも、たまらないほど寂しかったのだろうな）

自分なりに分析してみるのだが、しかし、そんな分析など、どうでもいい。仕事さえ、しっかりとこなしていれば、どのような私生活をおくっていようと誰からも後ろ指はさされない。いや、なによりも、喜久松はこのサン・ドミニク通りに面した安宿が気に入っていた。軍艦にも領事館にもない家庭的な情景と芳香がここにはある。なんといっても柔らかな肌がある。それも東洋人の肌だった。

娼婦、というよりも現在の喜久松の愛人は、名をカトリーヌ・ブーシェという。いかにもフランス人めいた名前なのだが、おそらく本名ではないだろう。髪も黒ければ、肌も黄色い。だが、望郷の念がひとしお強くなっていた時期の喜久松には、カトリーヌの黒真珠のような瞳がなによりも重要なものにおもわれた。喜久松がカトリーヌと出遭ったのは、半舷上陸してきた駆逐艦の乗組員たちのせいだった。いやがる喜久松を無理矢理、娼館にひきずりこんだのである。そこは「海の天使《ケルビム・デ・ラ・メール》」という看板をかかげたマルセイユでも良質な娼館で、マダムもそれなりに話のわかる人間だった。夜毎、カトリーヌのもとへ通いつめていた喜久松が在る夜、真剣な表情で「落籍《ひか》せたい」と相談にやってきたとき、このあまりにも日本的な商談に、彼女は応えた。冷静に十露盤《そろばん》をはじき、カトリーヌを落籍《らくせき》させたのである。値段は恐ろしく高かった。かれの欧洲で手に入れた給与のすべてといってよかった。

「感謝してるわ、喜久松」

情事のあと、いつも、カトリーヌはそういって喜久松の肩に撓垂《しなだ》れかかってくる。それが本心からの台詞であろうがなかろうが、喜久松はなんとなく幸福な気分になれた。マルセイユという異国情緒が濃密に蟠《わだかま》った港町で、埠頭を訪れる船舶の音色とともに囁かれるカトリーヌの声音は、たとえようもなく喜久松の琴線を刺激し、感傷的にさせていた。

（だが……とても、ひとには云えないな……）

出遭いから現在にいたる爛《ただ》れた生活についてである。

(……まもなく、多聞もやってくるというのに)

　同期の多聞と再会したとき、自分はカトリーヌのことについて話してやることができるのだろうか。それとも、このまま、多聞にすら告げることなく、マルセイユの隠れ家のようなところをときおり訪ねては、異郷の日々を噛みしめつづけるのだろうか。いや、なによりも、カトリーヌとの逢瀬がいったいいつまで続けられるのだろうか。

　喜久松は、かなり弱気になっている。

　男女の別なく、恋をしたときの感情はまったく他人には理解できぬほどに奇妙で複雑なものといっていいが、機微の通じにくい海外での恋はそれに拍車をかける。感情の量もひときわ多くなるし、どうしても切迫したものになりやすい。

　これはなにも喜久松にかぎったことではなく、つねに冷静な態度を崩さない弥市郎にしても、おなじことだった。

　……鐘が、そこらじゅうに鳴りひびいている。

　むろん、弥市郎の胸の奥でも早鐘は鳴りわたっているが、実際、夏をむかえたマルタ島内もまた鼓膜を聾《ろう》するほどに鐘が響きわたっている。いったい、マルタのひとびとは音に関しては鈍感なのかどうか。ひとびとは会話のおりも雷が落ちたような声でもって遣りとりするし、蓄音機の音色も極端におおきい。風土とでもいうのか、なににせよ、この島のひとびとの特性なのだろう。この時期、マルタではカーニバルが催されているのだが、戦争など何処の地で続けられているのだろうとおもえるほど陽気に、かつまた騒々しく祭がおこなわれている。その祭を彩るものこそ、島のそこらじゅうの軒に立てられた旗と打ちつづけられる鐘であった。

　鐘は、狂ったように鳴りわたっている。もちろん、グレートハーバーに「松」が帰港したのを見届けた弥市郎が、レイチェル・クレントン＝ワードと待ちあわせたサン・アントニオ公園でも、ひっきりなしに鳴りわたる鐘の音が轟いている。ただし、鐘を打つ回数は、決まっている。七つである。七回、鐘を打ったらしばらく休み、また七つ、打つ。これが延々と繰りかえされるのである。七月七日に夜を徹して七つの鐘を打ちつづけるという、まことに素朴な祭囃子《ばやし》といっていい。

「日本ではね、今日のことを七夕《たなばた》っていうんだよ」

そう、弥市郎は中国を起源とする星祭の伝説について説明した。

天帝の娘である織姫《おりひめ》と牛飼の牽牛《けんぎゅう》は溢れるような恋をして夫婦となった。だが、あまりにも仲がよすぎるために仕事をしなくなってしまった。そこで天帝は天の川をふたりのあいだに据えて別居させ、ふたりをひきはなし、年にたった一度だけ逢うことを許したのだという。その伝説が中国から日本に渡来して、機織《はたお》りした布を祖先の霊に捧げる土俗的な日本の行事と融合して「たなばた」ができたのだと……。

レイチェルが弥市郎の話をどこまで理解したかはわからないが、ただ、ひとつだけ、こう訊いてきた。

「天の川で隔てられていたものが、どうやって逢うことができるのかしら」

「鵲《かささぎ》が群れをなして橋をつくってくれるんだ。でも……夜になって星座を見てみると、ちょっと違う。織姫は琴座の織女星《しょくじょせい》、牽牛は鷲座の牽牛星、そしてそのあいだにあるのは白鳥座。だから、天の川の上を飛んでいるのは鵲ではなく、白鳥ということになるんだけれどね」

だが、そんな説明も、狂えるごとく鳴りわたる鐘の音で、はっきりとは伝えられない。あまりにも鐘の音が凄まじすぎることに、レイチェルは耳をおさえながら、おもわず笑った。あなたの話をせっかく聴いているのに、この野暮な鐘のおかげで全然わからない。恨めしいわ、鐘が……。

「黙っていろってことなのかな、おたがいの顔だけを見つめあっていろ……と」

「そうかもしれないわ」

微笑んだレイチェルを見つめているうちに、弥市郎のこころにも猛烈に鐘の音色が響いていた。それが高鳴った心臓の鼓動であることは、充分に承知している。サン・アントニオ公園の木蔭は夏の木洩れ陽がふりそそぎ、鐘の音色にあわせて、ゆらゆらと揺れている。その幻惑されそうになるほど美しい光にあふれた新緑のなかで、ふたりは初めて丹唇をあわせた。

鐘は、鳴りつづけている。

九

マルタには、沈黙の街と呼ばれる古い地域がある。迷宮のように路地がいりくみ、すれちがうひともまばらで、地図をもたずに入ったものはあてどもなく彷徨しつづけなければならないほどの地域だった。イムディナである。ここを、弥市郎とレイチェルは訪れていた。ヴァレッタを出れば、すこしは鐘の音も和らぐだろうとおもったからだったが、結局、どこまで逃げようとも鐘の大音声はまとわりついてきた。それどころか、ふとした瞬間、離ればなれになってしまった。ともにマルタの住人ではないふたりは、複雑に曲がりくねった路地を歩きまわり、相手の名を呼びつづけたが、凄まじい鐘の音に掻き消され、たがいの耳まで届かない。小一時間ものあいだ、ふたりは鐘の音につつまれた「沈黙の街」をさまよいあった。

ようやく、街のまんなかあたりで再会できたときは、

「逢えてよかった」

と、おもわず、レイチェルのほうから抱きついてきた。ほんのわずかな時間でも離れているのが辛くなるのが恋というものなのだろうが、このとき、ふたりは紛れもない恋につつまれていた。ふたりは、しっかりと腕を組みながらイムディナを散策し、丘にのぼって先人たちの築きあげた巨石に腰掛けながら寄りそった。そのとき、ふと、レイチェルは弥市郎の瞳が遠く、かなたにひろがる水平線を見つめているのに気づいた。

「どうなさったの」

「いや……」

すこしばかり、弥市郎は逡巡するような表情をみせたのち、

「……弟のようにおもっている漢が、そろそろ、日本を発したころだろうとおもってね」

「弟さん……？」

「ああ。多聞というんだ。山口多聞。いいやつだよ、きみにもいつか紹介しなくちゃ」

「弥市郎には、ほんとうの弟さんはいないのかしら」

「姉が……嫁ぐことになっている姉が……ひとりいるだけだ。けれど、兄弟のようにおもっている人間はたくさんいる。多聞もそうだし……そうだな……いま、ギリシャのピレウスにむかっている榊乗組の安曇十兵衛さんなどは、鬼よりも怖い兄貴のようなひとだよ」

「アズミ……？」

どうやらレイチェルはおもいあたらないようだったが、弥市郎が「ほら、お相撲の見学に来たときに滅法つよい軍人さんがいただろう」といったとき、ぱんと手をたたいて「ああ、あの愉快なひと……」と、あふれるように微笑んだ。

「そう、あれが安曇さんだ」

やさしく頷きながら、弥市郎はレイチェルの肩を抱きよせた。

だが、その安曇十兵衛は現在、あまり愉快な状況にはない。

アクロポリスの神殿で倒れて以来、三日三晩というもの意識をなくして鼾《いびき》をかきつづけ、やがて覚醒したかとおもえば、うわごとのように「……針路スダ、ようそろ……」と号令をかけるように声をあげ、また眠りにはいった。おそらく夢のなかで「榊」を操艦していたのだろう。ピレウスに残留している数名の回航員たちがときおり見舞いに訪れてはいたが、安曇は朦朧とした意識のまま「……迷惑をかけたな……」と告げ、告げおわるや、さらにまた眠った。医師の語るところによれば、この一カ月ほど、安曇はほとんど眠っていないのではないかという。くわえて骨に罅《ひび》がはいった状態のまま放っておいたため、微熱に悩まされていたはずであり、そのようなことが重なって体力と神経が信じられないほどに激しく消耗していたらしい。

そんな安曇にも、どうやら、目醒めのときが訪れようとしている。

意識が明瞭に戻ってきたとき、かれは自分が何処にいるのかすら、よくわからなかった。どうして自分がベッドのうえで横たわっているのかすら、見当がつかないようだった。まわりを見渡してみれば白い漆喰の壁が囲繞《いにょう》している。窓には双眸を刺激する陽射しをさえぎるためだろうか、あまり上等ではない木綿のカーテンが閉められている。

「……ここは、どこだ」

「アテネ市内の病院よ」

どこからか、声音が応えた。

おそらく、看護婦なのだろう。そうおもって顔をむければ、純白の服が瞳にとまった。だが、看護婦の制服と見えたそれは、いかにも高級そうな綾絹のブラウスだった。だいいち、金色にかがやく髪には、ナース・キャップが見られない。

(……たれなんだ……)

そう胸のなかに呟いた矢先、彼女がふりかえった。

信じられないことに、イレーヌ・キャリスタ・メルクーリだった。

「おめざめ、かしら」

「どうして……ここに……」

「ギリシャに帰るとお話ししてあったでしょ」

たしかにそうだった。夫とも愛人ともつかぬ資本家ブリュノ・ピエール・モレッティと別れて、ひとり、故郷ギリシャに帰るのだといっていた。だが、まさか、こんなところで再会するなどとは夢のはしくれにもおもわなかった。いや、サヴォナの港で別れたのが、おおげさにいえば生涯の別れだとおもっていた。だいいち、ゆきずりの船客に出会いも別れもなかろう。

「零落したとはいえ、わたしの実家はアテネでも名の知れたところなの。ここの病院も知らない仲じゃないわ。だから、日本海軍の将官が担ぎこまれたという情報は、すぐに流れてきたの。でも……まさか、担ぎこまれたひとがあなただとはおもっていなかった」

「……たれよりも、病院暮らしの似合わない男だからな」

「そうね」

イレーヌは、くすりと微笑んだ。品の良すぎるほどの微笑みといえた。

彼女の語るところによれば、病院長と会食する機会があって、安曇の話題がでたらしい。日本人ばなれした容貌と体格の、見るからに屈強そうな軍人がアクロポリスの神殿で昏倒し、そのまま担ぎこまれてきたという、酒の肴にはもってこいの話題だった。だが、その瞬間、イレーヌのこころに「あのひとのことかしら」という直感が走った。同時に、どういうわけか、居ても立ってもいられなくなった。病院長に頼んで、眠りつづける安曇の病室に案内してもらい、たしかめた。以来、彼女は一日の大半をこの病室で過ごすようになっていたらしい。

回航員たちは「榊」の修理の進捗状況を見守りつづけなければならないため、安曇の見舞いにはなかなか訪れられない。

「そのかわりに、わたしがいたの」

安曇はすこしばかり唖然《あぜん》とした。

沈みゆく「トランシルヴァニア」から彼女を救けだしたのはまちがいなく自分だが、ここまで甲斐甲斐しく世話をされたのではたまらない。だいいち、この女はギリシャ貴族の末裔にして、伊仏の経済界で羽振りをきかせているらしき人物の愛妾だというではないか。こんなところに出入りしていては、なにかと面倒なことになるのではないか。

「もう、だいじょうぶだ。だから……」

「……だから、さよならってわけにはいかないわ。あなたが元気になるまでは、ね」

生来のものなのだろうか、いかにも威厳にあふれた物腰で、イレーヌはいう。

「ひとつだけ、訊いてもいいかな」

「なにかしら」

「あんた……ずいぶん、強情なんだろうな」

イレーヌは「そのとおりよ」といって、けらけらと笑った。どのような半生を過ごしてきたのかは知らないが、どうにも天真爛漫《てんしんらんまん》そうな笑いっぷりだった。安曇は、すくなからず彼女に興味を持ちはじめている自分に気づいた。だが、あくまでも平静さを装っている。

「ところで、今日はいったい何月何日なんだ」

「七月七日よ」
そうか、七夕か……と、安曇はおもった。おもうと同時に淡い睡魔が訪れてきたが、ふと、眠りにつつまれはじめるなかで、山口多聞の笑顔と小澤治三郎の鬼瓦のような沈黙顔が瞼の裏に浮かびあがってきた。そういえば、やつらもそろそろ日本を出立するころではないのか。

安曇のおもうとおりで、この日、多聞は小澤らとともにシンガポールを出撃した。交替旗艦である「出雲」にしたがい、第十五駆逐隊司令の河合退藏の指揮下、四隻の駆逐艦をつらねての出撃だった。ちなみに、同日、東京の青山葬儀場においては「榊」の艦長上原太一と機関長竹垣純信の合同葬儀が海軍省の主催によって執行されている。もちろん、マルタから弔電も発せられていたが、それについては多聞や小澤はもとより、安曇の知るところでもない。

第八章　地中海をゆく

一

ところで、この時期、戦列から離れた「榊《さかき》」といれかわるように第二特務艦隊に配属されてきた船がある。それも二隻あり、両方ともイギリス海軍のトロール船だった。

トロールというのは底引網の一種で、左右に袖網を付けて三角形の袋状となった網の口をおおきく広げながら機船で引くものをそう呼ぶ。このトロール網をもちいる漁をトロール漁といい、イギリスでおおいに発達し、明治期に日本へ輸入された。おもに遠洋漁業に用いられるのだが、この時期、多数の艦船を撃沈された大英帝国海軍はトロール船を徴用して軍事用に充《あ》てていた。それが第二特務艦隊にも配属されてきたのである。だが、軍事用語ではない「トロール」をそのまま使用するのは宜《よろ》しくないという判断がなされたのだろう、艦隊司令部では特務船と呼称することとし、一隻を「東京《とうきょう》」（原名ＴＯＫＩＯ）と命名し、もう一隻を「西京《さいきょう》」（原名ＭＩＮＩＮＧＳＢＹ）として、旗艦「明石《あかし》」から乗員を募った。おもったよりも志願者は多かった。ちなみに両船は軍艦ではないため、ヘッドを艦長と呼称することはできない。そこで、単に指揮官と呼称することにした。

性能は、さほど、よろしくない。イギリス海軍の好意による配属ではあったが、一本の煙突に二本の帆《マス》檣《ト》、排水量もわずかに二〇〇トンという小ささで、しかも発動機を目一杯に回転させた最大戦速でも、精々九ノット前後しか出せない。火砲にいたっては、五七ミリ砲がたった一門しかない。これでは戦闘艦をあいてどった海戦は不可能といっていい。ただし、デプス・チャージだけは大量に搭載できた。二一個である。くわえて、前部甲板に投射機が二門、船尾にも落下台および落下装置を備えており、いわば、特務船というよりも爆雷船といったほうがよいような船であった。

しかし、それでも既存の駆逐艦に乗りこんでいる連中にすれば、

——高速駆逐艦とは同一任務行動につけないではないか。

という意識が濃厚で、速力から見てほぼまちがいなく敵潜の格好の標的となるにちがいないなどと、口さがないものの悪評ばかりが聞こえてきていた。ところが、この厄介なお荷物とも疫病神とも揶揄《やゆ》されていた二隻の特務船が、わずかののち、おもいもよらぬ殊勲をあげたのである。

七月も下旬にさしかかったころのことだった。

二十一日、特務船「東京」と「西京」は、チュニジアのビゼルタから、英運送船「リオバランサ」と「ハイランド・モナーク」を護衛してマルタにむかっていた。隊形をいうに「西京」は針路方向にむけて右端に、また「東京」は左端に位置し、二隻のあいだに英運送船をはさみこんでいた。ちなみに「リオバランサ」は右で「ハイランド・モナーク」は左であった。各船ともに間隔は二ケーブル（五分の一カイリ）を保っている。ただし、天候にはやや不安を感ずるところがないでもなかった。というのも、頭上の天はまさしく晴朗であったものの、海上には濛気《もうき》が湧きだしており、その溟々《めいめい》とした靄《もや》のために洋上の展望は決して良くなかったのである。とはいえ、風力二で強風とはいえず、また長濤《うねり》もなく、西から吹きよせている風によって小さな碧漣《さざなみ》が立っているくらいなもので、航走にはさしつかえないほどであった。不安といえば、いまも記した靄が立ちこめているというだけだった。

だが、その「靄」が曲者だったのである。

翌二十二日になっても靄は消えず、海上に蟠《わだかま》りつづけていた。そして午後一時五十分、ちょうどマルタ島の西方、北緯三六度五三分、東経一三度二七分の地点にさしかかったとき、靄のなかに、ひとつのものを発見した。Uボートの潜望鏡であった。右端に位置していた「西京」から約八〇〇メートルという、驚くほど近い距離にある。船団を追尾していたのかどうかは

わからないが、ともかく、息を殺して至近距離にまで接近していた。

〝右舷に敵潜水艦発見〟

緊急信号が「ハイランド・モナーク」から発せられ、船団をとりつつむように巨大な汽笛が吹鳴された。同時に英輸送船は左舷方向に急速転舵、緊急退避の姿勢をとる。これとはまるで反対に波濤を蹴りあげるようにして右舷にむかって転舵したのは「西京」と「東京」である。

「総員戦闘配置……っ」

両船を号令が駈けぬけ、乗組員たちは一挙に緊張した。そこへ「西京」の指揮官となっている海軍中尉末《すえ》宗重雄《むねしげお》が、仰天するほどに大胆な命令を発した。

全速驀航《ばくこう》を命じたのはいいが、それにつづいて、

――衝突用意。

という凄まじい決意が披瀝《ひれき》されたのである。

最大戦速のまま、敵潜にぶちあたり、これを撃沈せしめようというものだった。乗組員たちは生唾を呑んで点頭し、取舵をとるや、機関が焼けちぎれるほどのいきおいで「西京」を驀航させた。ところが、真横八〇〇メートルにあった敵潜は急速潜航をおこないだしたのである。このまま疾駆したところで、敵潜の真上を通過するだけのことであろう。

「そうはさせるか」

舳方の砲門と機関銃を旋回させ、距離三〇〇メートルに達した瞬間、全砲火をひらいた。このとき、すでに敵潜は海面上に五〇センチばかり、潜望鏡の突端を露出しているだけだった。歯嚙みする末宗を座乗させた「西京」は、この真横を通過しつつも、さらに砲火を浴びせかけた。これが、奇蹟を呼んだ。猛烈な掃射を浴びたことで、敵潜の潜望鏡が破壊されたのである。途端に敵潜は深々度潜航をとりやめ、面舵に転じた。浅深度のまま、遁走《とんそう》をはかろうとしたのだろう。

だが、末宗は諦《あきら》めない。

「面舵一杯、敵潜の艦首方向にむけて驀進」

とはいったものの、なにせ、最大戦速でも九ノット

である。亀が泡を噴くようにして突っ走る程度の速度しか出せない。末宗はぎりぎりと歯軋《はぎし》りしながら、拳をにぎりしめ、航海長にむかって「もっと出せ、出せんか」と呶鳴《どな》りつけた。だが、機関が破裂せんばかりに船を急がせたところで、速度は出ない。それでも、かれは諦めない。デプス・チャージの投下準備を急がせ、ようやく、敵潜の航跡をとらえ、その進路真横を通過、後檣左側下に破壊された潜望鏡があるのをたしかめるや、ただちに「連続投下」を命じた。

一〇秒後、船尾からわずかに四〇メートルほどの後方において、つづけざまに海が盛りあがり、巨大な爆裂音とともに水柱が噴きあがった。デプス・チャージの爆発である。奔騰した長濤はそのまま驟雨となって「西京」の甲板に降りそそぎ、その衝撃は近接していた「東京」の舷側にまで猛烈ないきおいで伝えられた。

「反転」

末宗は即座に命じた。

首尾をたしかめなければならない。もしも、まだ敵艦の潜望鏡が附近の海面に望まれるようなら、しかも破壊されながらも依然として波を割っているようなら、ただちに攻撃を再開しなければならない。

だが、デプス・チャージの爆発地点には、潜望鏡など影も形もなかった。むろん、地中海の碧波を透かしても、敵潜水艦の影すらない。かといって、数個のデプス・チャージによって、ほんとうにUボートを撃沈できたのかどうかといえば、末宗にも自信がなかった。附近の海面にはデプス・チャージの火薬の残り滓《かす》が浮遊しているばかりで、ほかに目につくものはなにひとつとしてなかったからである。潜水艦を海中において爆裂せしめたのなら、艦体の欠片《かけら》や重油などが一面に浮かびあがってきてもよさそうなものなのに、そうした証拠品ともいうべきものが何処をどう見渡しても、目に触れないのである。

(……取り逃がしたのではないだろうな……)

一抹の不安が、末宗の脳裏をよぎった。自船を衝突させようとしてまで敵を撃沈するべく意気込み、決死のおもいで戦ったにもかかわらず、撃沈の決定的な証摑《つか》めないというのが、どうにも気持ちを暗くさせていた。だから戦闘報告においても「撃沈確実」とは強調しなかったのだが、ところが、司令官の佐藤皐藏《さとうこうぞう》から軍令部長に提出された報告内容はそうではなかった。以下が、それである。

〝其後、連日の情報を綜合整理するに、西京の攻撃当日は、該地点附近に潜水艇両回発見せられたるに、其後敵潜水艇の行動を追跡し得たる情報なく、同艇は爾《じ》来《らい》其影を没したより見れば、奏功確実なりと認む〟

二

特務船「西京」と「東京」の奮迅の模様は、軍令部のみならず、地中海をめざして航行をつづけている装甲巡洋艦「出雲《いずも》」のひきいる増援部隊（第十五駆逐隊）のもとへも即日、報《し》らされていた。在マルタ司令部よりの打電によってであるが、むろん、その報告の内容は「敵潜を撃沈せしめた」というものであったことはいうまでもない。

報に接した第十五駆逐隊の乗組員たちの反応は、さまざまだった。歓声をあげるものもあれば、自分たちの手柄を横取りされたような気分になって、いかにも口惜しそうな表情を浮かべるものもある。

「英国船籍の船にしては……がんばったといってやっていいのではありませんか」

皮肉めいた口を利いたのは、駆逐艦「檜《ひのき》」に乗組んでいる一等機関兵の長瀬長市《ながせちょういち》だった。まだ若く、二十歳をわずかにすぎたばかりだろうか。航海長を拝命している小澤治三郎《おざわじさぶろう》の下で独楽鼠《こまねずみ》のようにして働いているのだが、どこかしら、あどけなさが面に漂《ただよ》っている。いや、あどけなさというより、青臭さといったほうがいいのかもしれない。

「……ですが……西京も東京も、ともにトロール漁船だそうじゃありませんか。新兵器を積みこんだだけで、そこまでの働きができるのなら、英国の艦船だけでも充分に戦いつづけられるでしょうに、どうして英国は、食糧危機になるほど痛めつけられてしまったんでしょう」

もちろん、この台詞《せりふ》の裏には「なにも、われわれが大遠征をする必要もなかったのではないか」という恨めしさが、多少なりとも籠《こ》められていると受けとっていい。だが、小澤はこれといって明確に応えようとはしない。そんな小澤に長瀬はさらに、いう。

「……つまりは、わが日本海軍の技量が、大英帝国海軍の技量よりも遙かに優っていたという証なのではないですか。どのような新兵器があるにせよ、それを使いこなすのはあくまでも人間であり、その技量がなければ所詮《しょせん》は宝の持腐れになってしまいます。今回の戦果が好い例ですよ。ですが……やはり、トロール船のような速度の鈍い船では、高速をもってする海戦はおよそ不可能といっていいかとおもわれます。イギリスをはじめとする国々が、わが海軍に遠征を要請しているのは、やはり、われらの技量をあてにしているばかりではなく、世界に冠たる高速駆逐艦の性能を高く評価しているからではないですかねえ……」

小澤は、やはり、応えない。仏頂面《ぶっちょうづら》のまま、艦の航走にのみ、神経を集中させている。かれが、この部下の問いかけにたいするひとつの解答となるような台詞を口にしたのは、紅海に部隊をすすめ、アデン港に碇泊《ていはく》したおりのことだった。ただし、相手は長瀬ではなく、山口多聞《やまぐちたもん》である。多聞と連れだって港湾に面した安食堂に入ったときだった。

「……決して長瀬は、イギリスにたいして悪意があって云っているのではないのだが……」

辛味が濃厚に利いたスープを口へ運びながら、いうのである。

「……やはり、若いのだろう。すこしばかり、思慮が足らぬ」

小澤は、こうおもっている。大英帝国は日本による支援を必要ないといっているのではない。たしかに高速かつ強靭なちからをもった日本の駆逐艦は、輸送船の護衛戦力としては不可欠と判断したのだろう。そして同時に日本の水兵たちの技量もおおいに買っている。もしかしたら、内地の軍令部よりも大英帝国海軍のほうが、日本海軍の実力を高く評価しているのかもしれない。戦争に勝利するための、地中海を守りぬくための切り札として、日本海軍に期待をかけるのは頷《うなず》けないこともない。だが、イギリスをはじめとする連合国の思惑は、もうひとつある。

――血を流せ。

という要求だった。

このたびの大戦に参加を表明した以上、遙か地中海まで遠征して、ともに戦い、血と汗と涙を流せ、という半ば感情的なものであった。青島《チンタオ》や内南洋をあたかも漁夫の利のごとく奪取し、造船による一大軍需景気を盛りあげたにもかかわらず、友軍としての支援協力をしないで欧洲の情勢をただ傍観するという態度は許しがたいという思いだった。

「そうである以上、われわれは欧洲の戦線に参画しなければならない。地中海における熾烈《しれつ》な戦いにな」

と、小澤はいうのだが、多聞は、いまひとつ、完全には納得できずにいた。

というのも、第二特務艦隊のおこなうものは、あくまでも護衛であって戦闘ではない。そうした厳然とした事実が、このごろの多聞を妙に苛立たせていた。もし、連合国が日本海軍にこころから期待しているのなら、ダーダネルス海峡の突破作戦を任せるか、イスタンブールの封鎖か、もしくはドイツ本国のキール軍港への総攻撃にちかいような作戦への合流を要請するはずではないのか。

「……ところが、かれらは、そういった最前線の重要な戦場を、われわれに与えようとはしません。小澤さん、おれは……エムデンを追撃したおりのことをおもいだします。錫蘭《セイロン》水道において、わが筑摩《ちくま》は敵艦エムデンに最も近接していたはずです。おれたちはエムデンを追えと命ぜられたから、追ったのです。それはひとえに、エムデンと雌雄を決するためでした。おれは、ドイツの東洋艦隊を青島において撃滅できなかった雪辱を果たすのだと、こころに誓っておりました。ですが、エムデンを捕捉するや、戦闘の必要なしと機先を制せられ、輸送船団をただ護衛しろとだけ、告げられたのです」

納得がいかないと、多聞は吼《ほ》えた。

「戦争など、最後の最後まで回避しなければならないものであるということくらい、充分に承知しています。外交で決着がつき、双方の国々が悲惨な運命に翻弄されることのないように、悲劇的な結末に塗《まみ》れることがないように持ってゆくのが、なによりの方策であるのは、よくわかっています。しかし、ひとたび、開戦となったならば、おれは戦いたい。護衛などではなく、正面きって敵と邁《まみ》え、こころゆくまで干戈《かんか》をまじえ、赫々《かっかく》たる武名をあげてやりたいとおもうのです」

「そうかなあ……」

「そうです」

多聞は、エムデンの追撃を制せられたのち、アンザックの兵士たちを護衛して、この荒涼たる地の涯《はて》の港アデンまでやってきた。そのときは、従卒の安武又喜《やすたけまたよし》が涙をうかべてエムデンを撃沈できなかった悔しさを口にし、多聞は必死になって冷静をきどったものだったが、やはり、胸中の漣《さざなみ》は鎮めることができずにいた。その口惜しさがおもわず発露したのかもしれない。もちろん、兄貴分のようにおもっている小澤にたいする甘えもあったろう。ただ、しかし、なんとなく日頃の多聞に似合わぬ、どことはなしに捨て鉢な印象もすこしばかり見受けられた。

「なあ……多聞よ」

小澤は可愛い後輩にむかって諭《さと》すような口調でもって微笑《ほほえ》みかけた。鬼瓦のような顔が微笑んだところで、かえって不気味にしか見えないが、しかし、微笑んだ。

「おれはな、護衛ならば護衛でもいいとおもっている。おれは、艦長でこそないが、航海長だ。航海長の任務は、敵の真正面に船をむけて修羅場に案内することではない。兵の生命をあずかり、与えられている任務が完遂できるよう、できるかぎり安全に航走させることだ。おれは、死場所を探しにゆくのでもなければ、艦を沈めに赴くのでもない。最後まで任務を全うし、無事に日本まで艦を帰還させることだ。護衛任務ならば、それはそれでいいではないか。戦争に参加するということは、最前列で吼えくるうばかりを指すのではない。補給路を確保し、兵站線《へいたんせん》を守りぬき、ときに戦禍に遭った兵士や民間人を救出保護する。つまりは、後方における全般的な支援といっていいのだろうが、これが充実していなければ戦争は遂行できないばかりか、勝利への道は開かれない。……多聞よ」

「……はい」

「おまえの気持ちは痛いほどによくわかるが、後方支援もまた、立派な任務だ。見方を変えれば、戦争における最大級の任務といっていい。胸をはって、堂々とやろうじゃないか。地中海の荒波をこえて、日本海軍の威風を欧洲の連中に見せつけてやろうじゃないか」

そういって肩を叩いたとき、小澤の脳裏に、ふわりと、ひとつの顔が浮かんだ。後輩の藤村《ふじむら》弥市郎《やいちろう》の姉忍子《しのぶこ》の美しい容貌だった。帝都にある忍子は、おそらく、三河の素封家のもとへ嫁ぐための支度で忙しい日々を送っていることだろう。多聞が何処となく捨て鉢な雰囲気を醸しだしているのは、それが要因になっているのではないか。

（……邪推にすぎん）

小澤はおのれにむかって云いきかせたが、ひとがなかば本能的にこころに思ってしまうことばかりは、どうしようもない。多聞の体内に、捨てようにも捨てきれぬ慕情が澱《おり》のように沈殿し、それが自分でも気づかぬうちに神経を逆撫でしているのかもしれない。

（どんな軍人のこころも硝子《ガラス》のように脆《もろ》い。はやく、地中海に出ぬものか……）

そう、小澤はおもいつつ、無味乾燥としたアデンから北の天涯をふりあおいだ。

三

多聞や小澤を乗せた駆逐艦の群れが、旗艦「出雲」とともにマルタへ到着したのは、大正六年（一九一七）八月十日のことである。桟橋には佐藤皐藏をはじめ、司令部員が総出になって出迎えてくれていた。多聞は、なにやら、晴れがましい気分のまま、マルタへの第一歩を印した。

（弥市郎さんは……）

司令部付参謀であるからには桟橋の何処かにいるの

だろう。そうおもいつつ、多聞は目で探した。いた。半年逢わないだけだったが赤銅色《しゃくどういろ》に陽灼けした顔で、手をふり、笑みをむけてくれている。挨拶したとき、弥市郎はともかく多聞の二の腕をぽんと叩いた。

——ついに来たな。

という励ましであったのか、それとも「ほら、おれのいうとおりだったろう」という幽《かす》かな自慢めいた気分からのものであったのか、多聞には判断がつかない。だが、たとえようもなく嬉《うれ》しかった。たしかに小澤が案じているとおり、いまだ、多聞には忍子にたいする堪えきれないほどの未練があったし、弥市郎との再会によって、そうした哀感がことさら込みあげてきそうな気分でもあったが、しかし、兄のように慕っている人間との再会はなによりも嬉しいものといってよかった。ただ、小澤もふくめて、唖然とするようなことも待っていた。

その夜は、多聞と小澤が弥市郎に招待されるかたちでヴァレッタ市街のなかほどにあるレストランで魚介を中心にした晩餐《ばんさん》をとることとなった。その席でのことである。弥市郎のかたわらに、ひとりの女性が控えている。どうやら、イギリスからやってきた従軍看護婦らしいのだが、ひさかたぶりの再会に何故《なぜ》、看護婦が必要なのだろうかと多聞はすこし訝《いぶか》った。

「じつは、な……」

弥市郎の口から、一度聞いただけではとても信じられないような内容の告白がなされた。かたわらにある女性の名はレイチェル・クレントン＝ワードといって、イギリス人であり、しかも貴族の血をひき、さらには現在、弥市郎の恋人となっているのだという。多聞は、しばらく呆然としていた。となりに腰掛けている小澤も垂れさがった瞼《まぶた》を硬直させながら、品良く俯《うつむ》いているレイチェルの顔を見つめている。あまりにも不躾《ぶしつけ》で、かつ睨《にら》みつけるような視線になっていたのだろうが、それが小澤の眼光なのだから仕方がなかった。

「御国では……貴族の子女までもが戦争に駆りだされるような事態となっているのですか」

多聞は、われながら、つまらない問いかけをしているものだとおもったが、ほかにはなにも訊きようがなかった。弥市郎との馴初《なれそ》めなど、面とむかって尋ねられるはずもない。レイチェルは、そんな多聞の質問に微笑みで応えた。

「貴族であろうと庶民であろうと、志願すれば皆、おなじですわ。それに……貴族とはいいましても、わが家はなんの財産もなく、イングランドの湖水地方で多少の領地をもっているにすぎません。ほかにあるものといえば、なかば朽《く》ちたような小さな館と、代々伝わっている虫食いだらけの家系図だけです」

「ですが……なにも、大陸をこえてまでして……」

「単に北から南へ下ってきただけのことです。それに、このマルタへ派遣されたのは偶然に過ぎませんし、いつ、わたしも大陸の戦線に送られるか、わかりません。でも、わたしなどよりも……そう……あなたがたのように海をこえて遙々とやってこられた日本の婦人方のほうが、くらべものにならないほどの辛苦をかさねられたことと想像いたしますけれど……」

そういってレイチェルは、多聞や小澤がまるで知らずにいた日本人の女性の話を披露した。

日本赤十字社の看護婦たちのことだという。

このたびの大戦が勃発してのち、日赤は活発な動きをしめしたらしい。レイチェルの語るところでは、フランス政府の要請を受けた日赤が、大正三年十二月十六日、九人の医師と二二人の看護婦をパリにむけて派遣したのだという。かれらはシャンゼリゼにあるアストリア・ホテルを病院に改装して活動をおこなった。内容は、いうまでもなく前線から大量に送られてくる傷病兵の手当てと看護だった。派遣期間は当初五カ月間（一五〇日間）とされていたが、フランス側の要請でおおはばに延長された。結局、パリにおける日赤の活動に終止符が打たれたのは去年、つまり、大正五年の七月一日であり、活動日数は五〇二日間におよび、とりあつかった患者は延べで五万四八三二名という膨大な数に達している。

「……そんなことがあったのですか……」

多聞にとっては初めて耳にする話だった。

いや、青島戦争のおり、日赤が驚嘆すべき活動をとりおこなっていたことは、むろん、知っていた。軍衛生部の救護作業を援助するうえで、日赤自前の病院船(患者輸送船)である「博愛丸《はくあいまる》」と「弘済丸《こうさいまる》」が派遣されていたからだった。この病院船は明治三十年(一八九七)十二月にイギリスのロブニッツ会社に一隻五四万円という建造費で発注されたもので、二隻とも排水量は二六〇〇トン、全長九五メートル、幅一二メートルという、意外に大きな船だった。二隻の内「博愛丸」が明治三十二年五月に竣工《しゅんこう》し、翌月には「弘済丸」が完成した。最高速力は一三ノットであり、病室は上等が一一室四一床、中等が三室一二床、下等が一室二三二床、伝染病室が三室七床あり、そのほかに医務室、手術室、診察室、消毒室などが完備されていた。さらに医長室、医員室、理事および書記室、海軍将校室、看護長および看護人室などの設備も整っており、当時としては世界にむかって充分に胸をはれるものといえた。

この二隻が、傷病者や捕虜の輸送にあたったのである。ちなみに青島戦争における日赤の活動は大正三年十月から佐世保《させぼ》軍病院、十一月から翌年一月まで青島野戦病院に医療救護班を派遣し、都合六個班(救護員二二三人)でもって患者延べ二万四六六六人を救護している。これだけでも充分な活躍といっていいし、日赤について多聞や小澤の把握できていたものは、その病院船の活動くらいなものだった。

「……恥ずかしながら、まさか、パリにまで派遣されているとは知りませんでした」

小澤は素直にそういったが、レイチェルは微笑みまじりに首をふった。パリだけではないのです。わたしの祖国のイギリスにも、そしてロシアにも、日本赤十字は派遣され、立派に務めを果たしています。そういうのである。多聞は、おもわず、瞳を輝かせた。

イギリスには、四人の医師と二二人の看護婦が派遣されている。大正三年十二月十九日のことで、ネトリーの陸軍病院を活動の拠点とした。活動期間は三三四日間におよび、翌年の十二月に終了した。とりあつかった患者数は延べで二万三四〇五人に達し、イギリス側の病棟にも看護婦が派遣されて協力し、こちらの患者数は延べ八万人におよんでいる。

ロシアには、六人の医師と七人の看護婦が派遣された。大正三年の十月二十三日に発しているから、イギリスへの派遣とほぼ同時期といっていい。かれらは、ペトログラード（現・サンクト・ペテルスブルグ）において特別に設置された「日本赤十字社救護班病院」において患者の診療にあたった。だが、こちらも、当初に予定されていた五カ月間という派遣期間が、ロシア側の懇請によってさらに五カ月間、延期された。ところが、それでも活動は終了せず、大正四年の夏をむかえたころ、避暑地として名を馳《は》せているエラーギンの臨時病院に拠点を移させられ、そこでさらに半年間の延期が要請された。日赤側は承知した。そこで新たに七名の看護婦を増派し、結局、大正五年の四月八日まで活動しつづけた。こうして派遣期間は四七六日間に達し、とりあつかった患者の数は延べで四万三五三一人におよんだのである。

「……もちろん……」

レイチェルは、いう。

「……激戦地に赴いている赤十字のひとびとは、日赤の方々ばかりではありません。けれど、日赤の看護婦さんたちが懸命な活動をしているのはまちがいありませんし、わたしなどはとても敵《かな》いません。ですが、ひとたび出動の命令が下されれば、西部戦線であろうと中東戦線であろうと、わたしも即座に赴くつもりです」

「御立派です」

小澤は、ちからづよく頷きつつ、告げた。

多聞もまた、おなじような気分だった。だが同時に、あまりにも無知であることに、なんとも恥ずかしかった。自分は、これまで地中海をふくめた欧洲の主戦場で戦うことばかりを念じてきた。派遣が下達され、佐世保を出航し、マルタが近づくにしたがい、こらえがたいような焦燥に駆られはじめていた。輸送船団の護衛をおこなうことが主要な任務であると聞かされたときなど、いいしれない憤懣《ふんまん》が体内に渦を巻き、ひたすら、敵と激突することだけを希望するようになっていた。

（おれは、莫迦《ばか》だ）

多聞は、こころからそうおもった。

四

——雑用がありますもので。

といってレイチェルがさきにレストランをあとにしたとき、多聞はあらためて弥市郎にむきなおり、ひとことだけ「申しわけありませんでした」と頭をさげた。多聞が口にしたのはそれだけだったが、弥市郎にはそれだけで通じたらしい。

多聞は、最初、こんなふうに感じていた。弥市郎は身勝手である、と。内地にあって忍子と自分との恋路をひきさいたくせに、重要な遠征に赴いているにもかかわらず、英国女性と甘露の泉に身をひたしているとはどういう了見だろうと、発光するような小さな怒気をおぼえていたのである。

だが、レイチェルと会話をしたことで、そうしたつまらない嫉妬のような……もしくは逆恨みのような……感情は失せていた。失せただけでなく、素晴らしい女性とよく巡りあうことができたものだと、多聞の体内には弥市郎のことを祝福したいような気持ちが湧きあがっていた。そうした複雑な渦潮のような思いが「申しわけありませんでした」という台詞に凝縮されている。もちろん、弥市郎にはそれだけで充分に通じたらしい。

弥市郎は多聞の二の腕をいかにも頼もしそうにぽんぽんと叩き、

——がんばれよ、期待しているぞ。

というような、まるで実の兄のような表情をむけてくれた。

多聞としては、なんとなく嬉しいような気恥ずかしいような、妙に複雑な気分だった。

ついでながら、すこしばかり余談めいてはいるが、第一次世界大戦とロシア革命のおりの日本赤十字の活動について、どうしても触れておきたいことがある。日赤初の外国人難民援護事業についてである。

ひとことでいえば、孤児の救済だった。

シベリアに在住しているポーランドの孤児たちであ

る。

大正八年（一九一九）、つまりヴェルサイユ条約が調印されるあたりまで、シベリアはポーランド愛国者たちの流刑地とされていた。これには一二〇年余におよぶ背景がある。一七九五年、ポーランドはプロイセン、オーストリア、そしてロシアによって分割された。以来、ポーランドの愛国者たちは地下に潜《もぐ》り、祖国の解放と独立をめざして運動を展開してきた。だが、戦うべき相手があまりにも巨大すぎ、ロシアに捕縛されたひとびとはつぎつぎにシベリアへ流されつづけたのである。その地の涯ともいうべき極寒の地において、かれらは肩を寄せあうようにして飢餓や伝染病と戦いつづけてきた。

だが、そこへさらに祖国ポーランドから難民が流入してきた。独立の成った祖国が、革命の成ったソヴィエト・ロシアとのあいだで戦争をひきおこしたからだった。戦争はたしかにポーランド軍の勝利に終わり、リガ条約によって東方領土を獲得した。しかし、このおりの混乱とそれにつづく大粛清によって「スパイ」の汚名を着せられたポーランド共産党の瓦解によってシベリアへの流入は凄さをまし、信じられないことに極寒の地におけるポーランド人の人口はおおよそ一五万人を超えるほどに膨れあがっていた。

一二〇年におよぶ流刑の歴史のなかには作家のジョゼフ・コンラッドもいる。ポーランドに生まれたコンラッドは本名をヨゼフ・テオドール・コンラード・ナリェンチ・コルジェニオフスキといい、父がロシア当局に逮捕されたため、一家ともども流刑となり、シベリアで幼少時代を過ごした。ただし、かれはとうにシベリアから脱出している。両親の死後、マルセイユに渡ってフランス船に乗りこんで船員となり、やがてイギリスに帰化し、多数の作品を書きあげた。

コンラッドについてはともかく、大正八年当時もシベリアに残されたままのひとびとは、講和条約の調印とともに祖国の独立がなされたことを識《し》った。そして当然、流刑者も難民も、そろって懐かしい祖国へ帰ることができると信じた。ところが、そうではなかった。ソヴィエト政府が、かれらにとっては唯一の交通手段であるはずのシベリア鉄道の使用を禁じてしまったためである。

かれらは絶望した。このまま、雪と氷に閉ざされた極寒の地で、極度の飢餓と激しい疫病に翻弄されながら、辛酸を舐めつづけねばならないのかと声をあげて哭《な》いた。

なかでも、親を亡くした子どもたちの悲惨さは筆舌につくしがたいものといってよかった。このまま苦しい生活をつづけていけば、子どもたちは大人になるまでに半数以上は死ぬであろう。

――せめて、この子たちだけでも祖国に帰してやるわけにはいかないものだろうか。

という切々たる願いが鬱勃《うつぼつ》と湧きあがったのは、無理もないことといっていい。

こうして一九一九年九月、ウラジオストック在住のポーランド人によって、ポーランド救済委員会が組織された。だが、どうやって故郷まで送りとどけるのか、なんの手段も浮かばなかった。嘆願した。委員会はともかく欧米諸国に援助を求めた。だが、ことごとく拒否されてしまった。不可能だ……と。

委員会はあたまをかかえたが、もうひとつだけ、頼みの綱となるべき国があった。日本である。日本政府に援助を要請できまいか。だが、困ったことがある。ポーランドは独立してまもなく、日本とのあいだには外交ルートがまるでなかったのである。

――だからといって、もはや、日本のほかに縋《すが》るべき藁《わら》は存在しないのだ。

そう、おもいいたった委員会会長のビエルキエヴィッチ女史は、まず、在ウラジオストック日本領事をつとめている渡辺理恵《わたなべさとえ》のもとへ足を運んだ。そして感触をたしかめたうえで翌年六月に来日し、外務省を訪れて孤児たちの惨状を訴え、援助を懇請した。これが容《い》れられたのである。嘆願は外務省を通じて日本赤十字社にもたらされ、わずか十七日後には、孤児救済が決定された。驚くべき日本の即断といっていいし、異例中の異例ともいうべき決定だった。

日本は孤児たちのために迅速に動いた。活動の中心となったのは、いまも触れた日本赤十字社で、同社は大正九年（一九二〇）からおよそ三年間に亙《わた》って尽力し、日本を経由するかたちで、孤児たちを故国ポーランドまで帰還させたのである。孤児の数は最終的には七六五人におよび、救援活動は第一次受入れと第二次受入れの二度、おこなわれている。

第一次の受入れは、大正九年七月二十日、孤児たちを乗せた船が沿海洲の不凍港ウラジオストック港を出帆したことから始まる。二日後の二十二日、孤児たちは無事に敦賀《つるが》港へ上陸、ここで衣服はすべて熱湯消毒され、浴衣《ゆかた》や菓子が支給され、助骨が透けてみえるほどに痩《や》せほそっている子どもには栄養剤があたえられた。敦賀からは列車によって東京へむかい、翌二十三日、支障なく到着した。人数は五六人だった。以後、翌年四月六日まで都合五回、受入れがおこなわれた。男児二〇五人、女児一七〇人、付添い三三人であった。

この合計して三七五人という児童は、東京の広尾《ひろお》の御料地内にある日本赤十字社病院のとなりに建てられている孤児施設に収容された。この孤児たちのことが全国に知れるや、すぐさま無料で歯科治療や理髪を申してるものが現われた。そればかりではない。学生音楽会も慰問に訪れたし、貞明《ていめい》皇后までもが接見に訪れ、ひとりひとりの子どもたちに話しかけ、健《すこ》やかに育つようにと抱きしめられた。仏教婦人会や慈善協会も子どもらを慰安会に招待してくれた。さまざまな慰問品や寄贈金が届けられ、孤児たちは日本中のひとびとに護《まも》られていった。ちょうど、板東《ばんどう》の俘虜収容所のような光景といっていい。なかでも日赤の看護婦たちは文字どおり寝る間を惜しんで、子どもたちの看護にあたった。そのなかには腸チフスにかかっていた子どもを必死に看病したことで自らも感染し、殉職していった看護婦もいる。

元気をとりもどした孤児たちがポーランドに無事帰国することができたのは大正十年七月八日のことで、まず横浜港から米国船で出航、アメリカを経由してポーランドまで帰国している。

横浜出航に際して、子どもたちには洋服が新調され、航海のおりに寒かろうと毛糸のチョッキも支給されたのだが、民間からも多くの衣類や玩具が贈られてきた。横浜港の桟橋は、祖国へ向けて旅立ってゆく子どもたちを見送るために数えきれないほどの民間人で埋まり、孤児たちは親身になってくれた看護婦や医者、さらには近隣の住民たちにむかって「アリガトウ」と繰りかえした。いよいよ乗船となったおり、かれらは看護婦や住民たちの首にしがみつき、涙をあふれさせ、祖国へ帰ることをこばんだ。

すがりついたまま、

——日本でずっと暮らしたい。

と、おおきく叫んだ。

もはや、子どもたちにとっては看護婦や医者や近所の住人が自分のほんとうの肉親のようになっていたらしい。

しかし、船は出る。祖国にむかって地球を半周していかなければならない。が、まさに子どもたちが乗船していったとき、期せずして船内から「君が代」の斉唱が聞こえはじめた。子どもたちの歌声だった。暮らしているうちにおぼえた「君が代」で、かれらなりの感謝の気持ちを表そうとしたものだったらしい。かれらは繰りかえし歌いつづけたまま港をはなれ、いつまでも見送りつづけた看護婦たちもまた堪《た》えきれない哀愁につつまれながら、彼女らを必要としている職場へと戻っていった。

五

ちなみに、広尾の日本赤十字社病院は明治十九年(一八八六)に設立されている。

提唱者は当時の陸軍軍医総監で初代院長になった橋《はし》本綱常《もとつなつね》という人物で、「日頃は医師と看護婦の養成および物品整備を行ない、戦時にはただちに対応できる準備をしておくべきである」という病院設立の必要性を説いたことにはじまる。ただし、そのころは日本赤十字社ではなく、西南戦争のおりに設立された博愛社という救護団体だったから、当然、病院名も博愛社病院であった。

病院の建設が決められたのは明治十八年十一月十二

日における社員総会の場で、場所は麴町《こうじまち》区飯田《いいだ》町四丁目（現千代田区飯田橋貨物駅付近）にある陸軍からの借地だった。そこに片山東熊《かたやまとうくま》の設計による本社社屋と病院を併設することとされ、翌年八月に着工した。中庭を囲む分棟式の木造社屋ならびに病院の建設期間はわずか三カ月という短さで、同年十一月十七日には昭憲《しょうけん》皇太后（当時は皇后）の行啓を仰いで開院式がもよおされている。

ところで博愛社が有栖川宮熾仁《ありすがわのみやたるひと》親王を総裁に推戴して日本赤十字社と名をあらためたのは日本がジュネーブ条約に加盟してのち、明治二十年になってからである。赤十字国際委員会の承認を得、正式に国際赤十字の一員に加わったおりのことで、同時に病院名も改称された。さらに広尾に移転したのは明治二十四年である。

ただし、右病院はシベリア孤児の第一次受入れには尽力したが、第二次受入れには手を貸すことができなかった。受入れ先が、東京ではなく大阪とされたためだった。

この第二次受入れは、大正十一年（一九二二）七月三日および二十三日、男児二一〇人、女児一八〇人の児童あわせて三九〇人が、四〇人の付添いとともにウラジオストックを出帆、敦賀港を経由して大阪に案内された。

収容先は市経営の公民病院付属看護婦寄宿舎とされたが、ここでも手厚い保護をうけている。そこらじゅうのひとびとが、児童たちを見舞い、さまざまな世話をしてくれた。親に手をひかれてやってきた日本人の子どもが、まのあたりにした孤児たちがあまりにも惨めな服装をしていたため、おもわず自分の着ていた衣服を脱いで与えようとする光景は幾度となく見られたし、大人たちもまたリボンや櫛《くし》、さらには飾り帯や指輪にいたるまで、祖国から遠く離れた日本で生活している孤児たちに分けあたえようとした。すべて善意の行動であり、寄宿舎においては日常的に見られる光景といってよかった。

この孤児たちもまた、わずかの滞在期間を経て祖国をめざした。同じ年の十月十七日までに神戸港からロンドンを経由してポーランドまで帰国している。神戸港からの出発も同様で、子どもたちのひとりひとりにバナナと記念の菓子が配られた。バナナは当時はとても高価な果物で、病弱なものにしか与えられないような食べ物だった。感極まった子どもと見送りのひとびとは汽笛が鳴ってもひしと抱きあい、なかには「わたしが育ててあげるから、このまま日本でお暮らし」といって離さない婦人のすがたまで見受けられた。すくなくとも大戦によって疲弊し、独立したばかりで混乱の極みにあるポーランドにいるよりは日本で暮らしたほうが幸せではないかとおもったからだったろう。だが、子どもたちは祖国に帰らなければならない。港にあふれたひとびとは涙に噎《むせ》びながら、手をふった。

――幸せにおなりよ。

という声がそこかしこで湧き、見送りのひとびとは船が瀬戸内海のかなたへと消えてゆくまで手をふりつづけた。子どもたちは船のなかでも愛された。船長をはじめとする乗組員らは、毎晩のように子どもたちのベッドを見てまわって毛布を首まで掛けてやり、子どもの額《ひたい》に掌《て》をあて、頭を撫でて励まし、寒くはないか、風邪をひいている子はいないか、熱は出ていないかとあらゆる注意をはらいつづけた。

――その手の温かさは生涯、忘れない。

と、孤児のひとりが回想しているとおり、かれらには後日談がある。

余談の余談になるが、第一次世界大戦後のヴェルサイユ条約が生みだした枝葉の歴史的な事実として把握しておいていいとおもわれる二、三の後日談である。

孤児たちのなかにイエジ・ストシャウコフスキなる少年がいた。かれは荒廃した祖国で成長したのだが、十七歳になった一九二八年、ひとつの組織をつくった。シベリア孤児による組織で「極東青年会」という。

会はイエジの努力もあって順調な発展をしめした。もっとも、この発展の陰には日本公使館の存在もある。イエジは会を設立したのち、日本公使館を表敬訪問したのだが、そのおり、おもいがけない邂逅《かいこう》があった。ウラジオストックの日本領事をつとめていた渡辺理恵が、この時期、偶然にもポーランド駐在代理公使となっていたのである。

渡辺は自分の関係した孤児たちが祖国で立派に成長しているすがたをまのあたりにしたことで感激したのだろう、目を潤《うる》ませながら、イエジの肩を抱きしめた。

――なんでもいってきなさい。できるかぎり、あなたたちには協力しよう。

その約束どおり、渡辺は陰になり日向になり極東青年会を支援した。催しものがあれば可能なかぎり全館員をつれて出席したし、資金についても援助をしつづけた。こうした協力者を得たことで、青年会は国内九都市に支部まで設けられるようになり、十年後には会員数も六五〇名におよんで隆盛期をむかえた。

だが、皮肉なことに歴史は日本とナチス＝ドイツとを結びつけていった。そして一九三九年、ついにナチスはポーランドに侵攻し、青年会はレジスタンス組織の一員となった。イエジキ部隊である。この部隊はおおきく膨れあがった。シベリア孤児だけでなく、かれらが祖国において面倒を見てきた孤児にくわえ、ナチスの侵攻によって孤児となってしまったものも吸収したためで、数年後には一万数千人という規模にまで膨張したのである。

かれらの拠点は青年会の経営するワルシャワの孤児院だったが、ナチスはここへも強制捜査の手をおよぼした。そのとき駆けつけてきたのは日本大使館の書記官だった。書記官は、ドイツ軍の兵たちに告げた。

――当孤児院は日本帝国大使館が保護している。

そして孤児院院長を兼ねていたイエジにたいして「こちらのドイツの客人たちに、日本の歌を聞かせてやってくれないか」と頼んだ。イエジたちは、見事に歌った。美しい日本語で「君が代」や唱歌を合唱してみせたのである。ドイツ兵たちは、呆然とした。信じられないといった表情だった。だが、同盟下にある日本の保護している孤児院に手荒な真似はできない。かれらは「失礼した」といって引きあげ、以後もイエジキ部隊は日本大使館によって庇護されつづけた。

たしかに不幸なことにポーランドと日本とは第二次世界大戦時には戦争の当事国同士となってしまったが、こうした小さな小さな交流は決して消えず、成長した孤児たちの胸に残りつづけていった。

――ポーランドが日本から受けた恩は決して忘れない。

そう、孤児たちは胸に誓い、それは七五年という歳月ののち、たしかめられた。

平成八年（一九九六）夏、ポーランドは阪神・淡路大震災の震災孤児三〇人を招き、三週間にわたって歓待した。そして震災孤児たちが帰国するおりに催されたパーティに、四名の老人が出席した。シベリアの孤児たちだった。かれらは付添いがいなければ満足に歩行すらできないような高齢者となっていたが、このパーティだけはどうしても出席しなければならないとして、やってきた。

――この日本の子どもたちは、七五年前の自分たちなのだ。

といい、震災孤児のひとりひとりに薔薇《ばら》の花を手渡していった。会場が万雷の拍手につつまれたことはいうまでもないが、シベリアの孤児たちは涙に噎びながら、日本の子どもたちの頭を撫で、手を握り、励ましつづけた。

そして平成十一年（一九九九）八月、ポーランドから、とある民族舞踊団が来日した。正式には「ジェチ・ポーツク少年少女舞踊合唱団」というのだが、団長をつとめていたフィリペック教授はひとつの感謝状と写真を託されていた。託した本人はヘンリク・サドスキ氏なる当年八十八歳の老人で、シベリア孤児のひとりである。感謝状は日本赤十字社に贈られたもので、写真は救出当時の情景を撮影したものらしく氏にとっては生涯唯一の宝物だった。それを日本の皇室に渡してほしいというのである。氏は博愛社病院を慰問した貞明皇后に抱きしめてもらったことをかたときたりとも忘れてはいないと語り、舞踊団に書状を託したものらしい。舞踊団をつれたフィリペック教授は、ポミャノフスキ駐日ポーランド共和国大使とともに、八月二日、日赤本社を訪問し、この使命を果たした。

第一次世界大戦の尻尾となったポーランドとロシア・ソヴィエト戦争から、じつに七五年という歳月ののちに渡された感謝状だったが、もちろん、そのような歴史が巡ることになるなど、おなじ大戦のまっただなかの海に漕ぎだそうとしている多聞や小澤らの識るところではない。かれらは、かれらなりの戦いを演じてゆくよりほかになかった。

六

多聞は、海の上にいる。

大正六年八月二十三日の地中海である。多聞は「樫」に、小澤は「檜」に乗りこみ、ともに航海長としての職務に精励している。すでに旧旗艦の「明石」は地中海を去っており、佐藤皐藏ひきいる第二特務艦隊の司令部は「出雲」に移駐し、そこから各駆逐隊への命令が伝達されていた。もちろん、弥市郎も在ヴァレッタの「出雲」において勤務している。

このたび、多聞らが海に出たのは地中海遠征における最初の任務であり、護衛する船舶は英運送船の「サキソン」であった。船の任務は、イタリア半島の先端にあるタラントからイオニア海に漕ぎだし、地中海を突っ切ってポートサイドまで陸兵を運ぶことだった。いうまでもなく中東パレスチナ戦線への補充である。

こちらのほうの戦線については、これまでほとんど触れてはこなかったが、おおきく分ければふたつの戦線がある。パレスチナ（アラビア）戦線とメソポタミア戦線である。トルコに対する連合国の宣戦布告がなされた一九一四年十一月一日以来……といっても、実質的には、三カ月後のスエズ運河攻防戦が戦端となるのだが……前者はイギリス側が、後者はトルコ側が有利に戦争を推移させていた。

戦争は、兵站《へいたん》の補給によって勝敗が決まる。

トルコはイスタンブールからの鉄路を利用して軍需物資を輸送していたのに対し、連合国は地中海とスエズ運河という巨大な補給路を確保してカイロに一大補給拠点をかたちづくった。これが戦争の行く末をおおきく左右することとなった。とはいえ、スエズ運河の攻防戦だけは勃発したものの、この中東方面における戦闘は目立った動きをしめすこともなく、時が流れていた。

本格的な軍事衝突は本年、つまり一九一七年になってからのことで、イギリス軍は「猛牛」なる綽名をもつエドムンド・アレンビイのもとにエジプト遠征軍（EEF）と改称され、トルコは現在のイスラエルにあたる地域にドイツから派遣されたエーリッヒ・フォン・ファルケンハインを総指揮官とする第四・第七・第八軍を展開し、英軍と対峙させていた。

戦場となったのは、おもにスエズ東方のシナイ半島だったが、イギリス軍は徐々に地場をかため、現時点においては地中海に面したガザから、紅海の最奥部にしてシナイ半島の東の付け根にあたるアカバをむすぶ線が……つまり、エジプトとトランスヨルダンの国境線が……最前線となっていた。つまり、ポートサイドに送られる兵士は、即日、最前線に送られるのである。多聞や小澤は、そうした兵士や武器弾薬を運びこんでゆく輸送船を護衛していることになる。

多聞らの護衛している「サキソン」の物資は、ガザに展開しているエジプト遠征軍にのみ届けられるのではなく、つい先日の七月六日にアラブ人部隊が奪取に成功したトルコの要衝アカバにも送られる。

じつは、このアカバの失陥はトルコにとって大きな痛手であった。アカバはオスマントルコ帝国における南海への玄関口であり、ここを拠点にアラブの叛乱が渦潮のように昂揚してしまってはとりかえしのつかない事態となる虞《おそ》れがあった。それも濃厚にあった。

アラブの冀《き》望《ぼう》するところはトルコからの完全なる自主独立であり、メッカのシャリフ・フサインはアラブの独立を軍事的に支援保証するというイギリスとの約定によって、このたび連合国側について参戦していた。トルコ軍はこの強靭な叛乱軍に、あたまを悩ませている。正面にはイギリス軍があり、横っ腹にはアラブ軍があるという状態だったからである。

ただし、栄光ある叛乱軍をひきいているのはフサインではなく、三男のファイサルだった。さらにいえば、いまひとり、毛色の変わった英軍の情報将校がファイサルと肩をならべてアカバにいる。そもそもアカバの攻略は、このウェールズ生まれのイギリス将校が知恵をしぼり、みずから指揮した。かれは、そもそもオクスフォードで考古学を学んだのだが、恩師が英国情報部の協力者であったことから、英国陸軍がカイロに情報部を創設したおり、中尉として赴任することとなり、以来、地図課員となってトルコの情報を収集していた。一九一四年の十二月である。だが、一九一六年六月、アラブ局に転属したことが、かれの生涯を決めてしまった。情報工作員としてアラビアへ潜入したのだが、アラブの叛乱を助勢しろという密命を帯び、アラビア人に扮し、遊牧民であるベドウィンの遊撃隊をひきい、いまも砂漠で生活をつづけている。

名は、トマス・エドワード・ロレンスという。

このロレンスのもとへ、多聞らに護衛された「サキソン」は物資を送りこまなければならない。多聞や小澤の任務がいかに重要なものであるかは、おのずと知れよう。だが、この初陣《ういじん》は決して上首尾にはゆかなかった。

（……噂よりも遥かに凄い波濤だな……）

いまさらにして多聞は感じている。

地中海の季節風《ミストラル》については、弥市郎からだけでなく、ほかの駆逐艦からも聞いていたが、まさか、これほど波高のある三角波が襲ってこようとはおもってもみなかった。

三角波についてすこしばかり説明しておけば、方向の異なるふたつ以上の波が重なってできる波をいう。地中海は海とはいえ大洋とは呼べず、潮流も複雑になり、おもわぬ長濤があり、波が重複する。このため、艦船の航走が定まらず、とくに排水量の小さな海防艦や駆逐艦では木の葉の船のように翻弄されてしまう。

そもそも、駆逐艦は日本の近海における邀撃《ようげき》用の艦艇で、速戦即決を主眼として造られている。居住艤装はあまりにも貧弱で、過労が重なってくれば、乗組員たちの体力を容赦なく奪っていく。これがイギリスのような先進国の艦であれば居住環境は比べものにならないくらい良いのだが、この当時、日本はやはり貧乏国だった。海軍の態勢をととのえるのが精一杯で、乗員の生命まで気にかけてはいられなかったのである。

（……それにしても、凄い……）

多聞は艦の動揺に、あらためて吃驚《びっくり》している。

地中海の波は、春がいちばん、穏やかであるという。夏を過ぎ、秋にはいるあたりから徐々に荒くなり、真冬は驚くほどの波が生じる。たしかに多聞らの庭のような瀬戸内海も四方を陸地にかこまれており、潮汐の差は激しく、ところによっては流れも凄まじい。だが、波ばかりは地中海の比ではない。凌波性のさして高くない駆逐艦では、それを乗りきるのは並大抵の技ではなかった。

速力が一〇ノット以下の場合は艦がいかに動揺しようとも波濤の衝撃で艦体が損傷するようなことはないのだが、これが一五ノットをこえて最大戦速に近づけば近づくほど、艤装品を破損されてしまう可能性は著しく高くなる。無理もないことで、艦橋よりも高くなるような波にむかって吶喊《とっかん》し、波を斬り、凌ぎ、掬《すく》いあげてゆくのだから、内火艇《ボート》が流失するだけならばまだしも、乗員が激浪にさらわれることも実際にあるし、艦橋自体が破壊されてしまうこともある。

——じつは大変なのだ。

と、出撃を間近にひかえた或る夜、ヴァレッタの港へつづく石段脇の食堂で、弥市郎は多聞に説明した。なにより樺型が被害に遭いやすい艦体をしているらしい。というのも、樺型は多聞らの乗りこんでいる桃型とちがって船首楼が低い。日本の周辺の海ならば、それでも充分なのだろうが、地中海はちがっていた。高速になった瞬間、船首は波と対決しなければならず、予想をはるかにこえる被害情況となっている。

——艦底の外板が凹《へこ》まされたり、舷側が破られたり、マルタの船渠《ドック》に入ったときなど、舷側から艦底にかけて肋板が透けてみえるほどに、ちょうど痩せ馬のように甲板が反りかえってしまう。酷《ひど》いものだ。船渠では、つねに艦底を二重板にするよう施工しているのだが、それでも充分ではない。

多聞よ、と弥市郎は顔をつきだした。

——護衛任務は敵潜との戦いもあるが、まずは長濤との戦いだ、こころしておけよ。

そう、忠告してくれた。

どう転んでも、旗艦の「出雲」と回航旗艦の「多《た》摩《ま》」とフランスに輸出した艦は別にして、自分たちの運用できる艦は一五隻の駆逐艦しかない。とりあえずイギリスから二隻の特務船は貸与されているものの、高速艦ではない。しかも、現在、ギリシャの船渠に「榊」が入渠している以上、一四隻しかない。それだけで護衛任務を遂行しなければならない。

（これは……大変なことだ……）

いまさらながらに、多聞はおもった。

同時に、ふと、ギリシャのピレウスにあって「榊」の修復を見守っているという安曇のことがおもいだされた。さぞかし髀肉《ひにく》の嘆《たん》をかこっていることだろう。戦うことだけが生甲斐のような男が陸にあって過ごさなければならないのは辛かろうなと、暮れなずみはじめた天を眺めながら、おもった。

（入院していると弥市郎さんはいっていたが、大丈夫なのだろうか……）

七

大丈夫もなにも、安曇十兵衛はじつはピレウスにはいない。カイロにいる。正確にいえば、ギゼーのピラミッドを眼の前にした「メナハウス・ホテル」に宿泊している。しかも、われながら、どうしてこんなところで暢気《のんき》にピラミッドを眺めていなければならないのだろうかと、すこしばかり妙な疑問をおぼえながら露台《バルコニー》に出て、雪花石膏《アラバスター》の盃に注《つ》がれた葡萄酒《ワイン》を愉しんでいる。

あいにくと月明かりはさほど期待できない。新月が過ぎたばかりで、天には萱《かや》のように細い三日月が眺められるばかりだ。

「こういう夜は、事故が多い。よほど注意して航走しないと……とくに地中海のような長濤の読みにくい海では遭難しやすいものだ……」

そう呟く安曇にむかって、マルセイユから届けられたばかりらしい葡萄酒《ワイン》を注いでいるイレーヌ・キャリスタ・メルクーリは、くすくすと微笑んだ。せっかく転地療養に連れてきてあげてるっていうのに、どうして砂漠に来てまで船の話をするのかしら、といった微笑みだった。

「……あんたが、船旅は不安だからというから、ついてきただけのことだ」

安曇は、そういう。

たしかに順序はそうなっている。イレーヌはモレッティから慰謝料も貰わず、みずから商売をはじめようとしている。零落したとはいえ、最後の勝負を賭けるくらいな財産がないわけではない。知合いの船主に頼んで輸送船舶を借り、オリーブに始まる食材を満載してエジプトをめざした。勝算は充分にあった。カイロはイギリス軍のみならず、アンザック部隊の駐屯するところでもあり、空《から》になりかけた胃袋が無数に漂っている。しかも、カイロ以東は悲惨な戦場と化しており、食糧事情はかぎりなく悪い。さらにいうと、すぐとなりで戦争をしているというのに、アレキサンドリアからカイロにかけては現時点においても有数の観光地として機能しているのである。食材はなにがなんでも必要だった。

――あなただって、パルテノン神殿で倒れたときは観光の途中だったものね。ねえ、知ってるかしら。パリはすぐちかくまでドイツ軍が迫ったこともあるっていうのに、いまでも大勢の観光客が訪れるのよ。ヴェルサイユなんて、大入り満員なんだから。

ただし、観光客の半分ちかくは諸外国の武官であるという。もちろん、日本の武官も混じっているのだろうが、安曇にはどうしても理解できない。かれにはそもそも遊山《ゆさん》という思想がない。戦いに来たのだから戦えばいいではないかという考えかたしかできない。

「あなたに必要なものは、入院よりも文化面の教育だわ」

「教育ならば、もう、充分に受けている。それに、傷も充分に癒えた」

「そうかしら」

イレーヌは欄干《らんかん》に凭《もた》れつつ、また微笑んだ。

船がアレキサンドリアについて物資をさばくときだって、あなたはぽかんとしたまま、ただ、わたしの商売を眺めていただけだったし、だいいち、アレキサンドリアからカイロまで列車の切符を買うことすらできなかった。あなたが今纏《まと》っているここの民族衣装を買うときだって、結局、わたしが布の選別から色の指定までしなくちゃいけなかった。そればかりか、あなたは駱駝《らくだ》にすら乗れなかった。乗馬のように鐙《あぶみ》立ちしては駱駝には乗れないのよ。片足は駱駝の瘤《こぶ》のうえに回して、胡座《あぐら》を半分かくようにして手綱と鞭をとるように教えてあげたのはわたしなのよ。

そう、彼女の微笑みが告げてきている。

「……このあいだ、スダにある英軍病院の院長が患って、転地療養が必要だからって、あなたがたの駆逐艦に便乗してマルタまで行ったそうよ。欧米の将官は、みんな、そう。戦場では脇目もふらずに戦うけれど、一歩、身をひいたときは、こころを安らかにして愉しむの」

「日本人は、そんなふうに小器用にはできておらん」と苦虫《にがむし》を嚙みつぶしたような顔で応えたものの、駱駝に揺られてピラミッドのちかくまで散策したときは、戦闘を忘れてしまいそうになるくらい愉快だった。夕陽が巨大な三角の塔のかなたに望まれ、渺茫《びょうぼう》とひろがる砂がまるで黄金色の海のように煌《きらめ》いてみえたときは、おもわず溜息をついてしまいそうになるくらい美しかった。風紋が穏やかな長濤にみえた。あの砂の海を、小さな帆舟で渡っていったら、どれだけ愉しいだろうか。

……それに……ピラミッドのすぐ手前でなかば埋もれたままのスフィンクスに攀《よ》じのぼったとき、下からイレーヌが大笑いしながら、スフィンクスにスフィンクスが登ってるのね、と揶揄《からか》ってきたときなど、恥ずかしいような嬉しいような複雑な気分になったものだった。まるで少年の日、憧れの的となっていた良家の娘が、洟《はな》垂れ小僧の安曇にむかって声をかけてきたときのような気分だった。胸がときめき、頰が火照《ほて》り、叫びだしたいような衝動にかられた懐かしい日々が、いきなり蘇ってきたような感覚だった。そのとき、安曇は「なにをいいやがる」と鼻で嗤い、発掘の進捗状況をたしかめているのだと応えたが、あまりにもつまらない言い訳でしかなかった。とはいえ、スフィンクスの発掘はたしかに進んでおらず、安曇たちのほかにも訪れていた観光客のすぐかたわらで多くの作業員が下半身を掘りすすめていた。

（……あの獅子か人間かわからぬような動物は砂漠に座っているのだろうか、それとも四肢をふんばって、ちょうど壮麗な山門にある仁王《におう》のごとく、ピラミッドを守護しているのだろうか。それにしても、あの奇怪な人面獣に似ているとはなんという失礼な言い草だろう……）

「ねえ」

イレーヌは、にこやかな顔のなかにも、ほんのすこし熱をおびた双眸《そうぼう》で囁《ささや》きかけてきた。

「明日、朝一番にピラミッドに登りましょうよ。ピラミッドの頂上から、朝陽が昇るのを眺めるの。一度、やってみたかったの。ね、そうしましょう。ただし、わたしが落ちないように下から支えてくれてなくちゃ駄目よ」

「こんなふうに、か」

いきなり、安曇は起ちあがり、欄干を背にしていたイレーヌの尻に手をかけ、ぐいと持ちあげた。イレーヌは重心を失い、露台の真下の地面を一瞬だけ眺め、ちいさな悲鳴をあげた。安曇はすぐにイレーヌの腰をひきよせ、さも面白そうに呵々《からから》と嗤った。が、右の掌にイレーヌの肉臀《ししおき》の羽二重《はぶたえ》のような柔らかさが残っている。

「もう……っ」

イレーヌは安曇の腕のなかで、頰を膨らませた。

「いきなり、悪戯《いたずら》しないで……」

と、いいかけたときには、すでに安曇の無精髭に蔽《おお》われた丹唇が、彼女の口を塞いでいた。

ふたりは露台で夢中になったまま抱きあい、そして縺《もつ》れあうようにして室内に入り、そのまま天蓋から刺《し》繡《しゅう》をほどこされた羅布《うすぎぬ》のかかっている牀榻《ベッド》に倒れこんでいった。

安曇は自分ながらに信じられないような想いだった。武人としての箍《たが》が外れてしまったのかと、イレーヌの魅惑的な肢体に自らの肌を擦りあわせながら、おもっていた。地球の裏側までやってきて、なにをしているのだと、脳裏の奥底で正座しているもうひとりの自分が諫《いさ》めていた。だが、とまらなかった。海のなかから掬いあげたとき、いや、マルセイユで愛人のモレッティを殴りとばしたときから、こういう結果になるのは自明であったのではないかとおもいこもうとしていた。

やがて、仄《ほの》かな月光がさわさわと音をたてるように射しこんでいる室内で、安曇のぶあつい胸板に顔を埋めたまま、イレーヌが口をひらいた。

「……あなたが、ギリシャに残ってくれればいいのに……」

もちろん、それが無理な相談だということくらい、聡明な彼女にはよくわかっている。だが、どれだけ甘えるのが苦手な女性でも、儚《はかな》い望みを口にするのが許される瞬間というものはあるはずで、この短い間がまさにその場であったのだろう。

だが、安曇は無粋である。

「……この海は美しい。だが、おれが残るべき海ではない」

おれは信州《しんしゆう》というところの……山の……生まれでなと、安曇はいった。

「人間というのは、ふしぎなものでな……縁《えにし》のある土地というものにであったときには美しいとかどうとかという感想より、えもいわれぬほどに懐かしさをおぼえることがある。それが、おれにとっては瀬戸内という名の海だった。やはり、四方を陸にとりまかれた内海だ。もし、おれが残るとすれば、日本の瀬戸内の海だろう。だが、おそらくは、おれは生まれ故郷の山のなかで生涯を終えることになるにちがいない。懐かしさにあふれた瀬戸内ですら、生涯を終えようとおもわない。この陽光に盈《み》ちあふれた地中海に残ることなど、できるはずがなかろう」

「どうして……その日本の海が懐かしくおもったのかしら……」

「また、話すこともあるだろう」

そういって安曇は瞳を閉じた。

なんとも心地よい疲れが全身をつつみこみはじめていたが、まさか、この瞬間、かれが弟のようにおもっている小澤に危機が迫っているとは、想像の端にも浮かべてはいなかった。

八

危機というのは、こういうことである。

安曇がイレーヌを胸に抱いたまま眠りにつきつつあったころ、駆逐艦『樫』の艦橋において、見張員となって双眼鏡を覗いていた安武又喜が、いきなり、声をはりあげた。左舷前方にある「サキソン」が、潮の道にはまりこんだのか、それとも過失であったのか、船首を左にむけはじめたかとおもうや、左舷約五〇〇メートルを並走していた「檜」の前方にむかっているという。しかも「檜」の針路を扼するかのごとく、極度に舵を切っているという。

「まさか……っ」

多聞だけでなく、艦長の北川保橘《きたがわやすきつ》（少佐）らも一斉に双眼鏡をかまえ、遠望した。

すると、安武のいうとおりだった。英輸送船「サキソン」は急な潮の流れにでくわしたか、それとも深夜の航行とあって気持ちに緩みが生じたものか、よけいに速度をあげて「檜」に接近してゆく。このままいけば、まちがいなく衝突するであろう。

「緊急、緊急。警戒信号……送れっ」

北川は即座に命じた。だが、安武はさらに悲鳴をあげた。

「もう、まにあいません。接触します……っ」

月はすでに真上にはない。あるのは仄かに明滅する星影だけだった。多聞はおもわず歯を食いしばった。こころのなかで「……小澤さん……回避してください……」とだけ念じつつ、舵をとった。舵をとることしかできずにいる自分にたいして無性に腹が立ったものの、多聞にできることはなにもない。ただ、一〇〇〇メートルあるかないかの洋上において僚艦「檜」が初陣の真っ最中に悲鳴をあげているであろうことを想像するだけだった。

実際、そのとおりだった。懸命に「サキソン」の肉薄を回避しようとつとめていた「檜」の艦内は極度の恐慌状態にあり、艦長の田川薫《たがわかおる》（少佐）が「取舵、取舵……一杯……っ」と絶叫しても、もはや、舵は限界に達しており、いかに小澤の腕前が優れていようとも完全なる回避は不可能といってよかった。

やがて、強烈な衝撃が艦体を揺るがし、艦橋内部にあったものたちを弾きとばした。小澤は田川とともに必死になって踏んばっていたが、見張員をつとめていた長瀬などは護謨《ごむ》の弾むようないきおいで司令塔の端から端まで、もんどりうって転がった。

「艦首、破損……っ」

という報告が、電光の走るごとく、艦内を駈けめぐっている。

遅かった、と小澤は奥歯を軋ませた。まちがいなく人為的な過失なのだろうが、英船「サキソン」が極度に取舵をとり、自艦「檜」の針路を扼するかのごとく、おおいかぶさってきた。その結果、深夜の洋上において触衝、艦首を破損したにちがいない。

田川は周囲にむかって「正確な情況把握に努めよ」と下達したが、すでに乗員たちは懸命に排水作業にはいっており、破損した箇所がどうなっているのかを明確に把握するまでには十数分を要した。

「航行可能」

「単独航行には差支えなし」

というような報告が矢継ぎ早にはいってきたものの、艦首の被害は予想をこえて酷く、とてもではないがポートサイドまで航行するのは不可能といってよかった。

一方「サキソン」の被害情況はどうかといえば、こちらの被害はおもったよりも軽微であったらしく、航走にはまったく支障なしという信号が闇をとおして送られてきた。もちろん、僚艦「樫」とのあいだにも信号のやりとりがおこなわれ、三隻ともにおおよその情況を把握することができた。

ともあれ、かれらにおける共通の認識は、一刻もはやく「サキソン」をポートサイドに向かわせなければならないというものだった。であるなら、ここは「檜」が離脱し、何処かの港に退避するべきで、あとは「樫」が単艦でもって「サキソン」を護衛してゆくよりほかになかろうという結論に達した。こうして「檜」は自力でもってタラントまで引きかえすこととなり、とりあえずは「樫」のみが護衛したかたちで「サキソン」をイオニア諸島内の一島であるコルフまで向かわせることが決められた。

不幸中の幸いであったことは、コルフの港に僚艦の「桃」と「柳」が仮泊していたことだった。右二隻は英運送船「アラゴン」を護衛してタラントまで向かう途中であったらしく、協議の結果、右二隻が「サキソン」を護衛してポートサイドをめざし、残った「樫」が英船「アラゴン」を護衛してタラントまで引きかえす段取りとなった。

（……出鼻を挫かれたようなものだな……）

多聞は口惜しさにつつまれたまま、タラントへ「アラゴン」を護送していった。

タラントには多聞以上の悔しさを噛みしめている小澤がすでに到着しているはずだった。こうして多聞と小澤の地中海における最初の任務は終了したが、まずは「檜」の修理をしなければならない。幸いなことにタラントには船渠があったので、小澤たちはこのイタリアの先端のちいさな港に留まり、艦の復元を待つこととなった。

だが、話はすこしばかり先走るが、どうにも「檜」にとって大正六年という年は、運に見放された年であったのかもしれない。十月下旬に修理が成って、あらたな任務のために「樫」とともにマルセイユに赴き、そこから英輸送船「ブリトン」を護衛してマルタへ向かったところ、またもやイタリア汽船と接触してしまったのである。この不手際のため、今度はフランス南岸にあるツーロンの海軍工廠で修理にはいるという憂き目に遭ってしまった。

「……小澤さんの操艦が悪いのではなく、運が悪かったのだ」

多聞は「檜」がツーロン工廠に入渠したおり、ひさかたぶりに再会した五木喜久松《いつききくまつ》にむかってそういったが、たれよりも無念さに歯噛みしていたのは、当の小澤であったにちがいない。

ところで、ツーロンとの折衝にあたって工廠で「檜」の修理をするように取りはからってくれたのはほかならぬ喜久松であった。かれはマルセイユにおいて第二特務艦隊付となっており、フランス国内におけるさまざまな便宜をはかるのが当面の役務となっていた。それについては以前にも触れた。

——さぞかし、艦に乗りたかろうに。

そう、多聞はおもったが、訊くに訊けない話題だった。

喜久松はほんとうにひさしぶりに多聞や小澤に再会したこともあり、つとめて笑顔で接していたが、やはり、どことなく悄然とした雰囲気だけは拭いされないようだった。いや、それだけではない。再会したおり、ちょうど喜久松は艦隊士官らのパリ観光の段取りをつけるため、仏主計中尉のソリアノとふたりで駈けずりまわっていた。そうした瑣末《さまつ》な仕事が重なっているためなのだろうか、なんとなく荒んだような……鋒《ほこ》鋩《さき》のむけようのないような……不満が双眸の奥に蟠《わだかま》っているのを、多聞は感じた。

「はやく、海上勤務になるといいな」

あとからやってきたものの台詞だろうかとはおもいつつも、多聞は慰め半分にそういい、同期である喜久松の肩をたたいた。だが、喜久松は愛想笑いを浮かべるだけで、快活に応じるというふうでもなかった。

多聞はマルセイユに残ることとなった小澤を喜久松に託したまま、別な任務に勤しんでいったが、フランスやイタリアとアフリカを結ぶ線を幾度となく往来するあいだも、ふとしたときに喜久松の悄然とした顔をおもいうかべていた。

（……どこか患っているのではないだろうか）

多聞はそのように案じたが、喜久松の荒みは病のせいではない。海上で勤務できないということでもない。かれにはすでに辞令が下っており、年が明けるとともに「桃」へ配属されることとなっていた。じつをいえば、それがまずい。多聞はもとより、おなじ市内に滞在する小澤にも告白してはいないのだが、マルセイユの小路には喜久松の巣があった。

巣にはカトリーヌ・ブーシェなる仏名をもった黒い目に黒い髪をもったエキゾチックな娼婦が待っている。待っているだけでなく「あんたが艦に乗っちゃったら、あたしはどうなんのよ」という、きつい台詞まで突きつけてきている。

喜久松はそのたびごとに宥《なだ》めすかし、金のことは心配するなといって黄色い肌を抱きしめ、任務でマルセイユに来たときはかならずおまえのもとに来ると約束しつつ、奎《また》を割った。そして、カトリーヌの嬌声が洩れる狭い部屋のなかで果てながら、おれはなにがどうなってこんな腐臭のするような部屋のなかで女の世話を焼いているんだろうと、落籍したときの躍るような気分が次第に失せつつも、しかし、カトリーヌと離れがたくなってしまった自分にたいして、こらえきれぬ嫌悪感を抱きはじめていた。

「……ねえ、喜久松」

ふと彼女は、戦争が終わったら、ふたりして自分の故郷にいかないかと誘ってきた。故郷は何処なんだと喜久松が問えば、彼女は「すくなくともパリじゃないわ」と答える。それじゃ、連れていきようがないじゃないかと喜久松は嗤った。すると、カトリーヌはさらにこう呟いた。

「シナイ半島のさきにあるの。赤い色をした砂漠……

ワディ・ラム……という砂漠のちかく」

九

「……美しいところよ」

カトリーヌは狭苦しい路地のなかを流れる蓄音機の音色に耳をあずけながら、夢見るような口調で呟く。

どこまでもつづく大地があるの。ひとすじの線をひくだけで、ほかにはなにもない大地があるの。でも、その地平線のかなたまで、血のように赤い色をしているの。ときおり井戸があって、ときおり岩山があるわ。岩山はね、大地から急にそそり立ってるの。真っ赤な色をした岩山よ。あたしの親たちは、いまもそこで駱駝や羊を飼って生活してるはずよ。なんにもないの。家も服も食べるものも、満足にないの。草すら、まともに生えてないのよ。ところが市場《スーク》にいくと、なんでもあるの。肉も野菜も食べることには事欠かないし、あたしの大好きな黒い長衣もある。トルコはそんなに酷い政事《まつりごと》はしなかったけど、やっぱり、生まれてこなけりゃ良かったっておもうことは何度もあった。でも、やっぱり……。

「……故郷をもう一度だけでもいいから見てみたい。そのためには……」

もっとお金が必要なのよ……という言葉をいうまえに、カトリーヌは喜久松とともに眠りについてしまったが、この大正六年秋、彼女の故郷は……ベドウィンの大地は……壮絶な戦いの渦の中心となっていた。

さきにも触れたとおり、中東戦線である。

日本海軍などの護衛によってつぎつぎにポートサイドに揚陸された兵備と兵員は、この時期、恐ろしいほどに稼動した。軍隊にとって、軍備の充実しきったときが、そのまま決戦のときとなる。エジプト遠征軍をあずかったエドムンド・アレンビイは、この十月、一気に攻勢にでることを決意した。精鋭をもってなる騎兵隊によって、現在イスラエルの地となっているガザ北方の大地を……つまり、トルコ側の縦深陣地を……突貫しようというものだった。

当時、トルコは地中海から死海にむかって順に第八軍、第七軍、そして第四軍を布陣させており、聖地エルサレムに最もちかいのが第四軍の陣地であった。ほかの二軍とはやや離れた布陣といっていい。この隙間に、アレンビイは騎兵隊を突撃させたのである。

このアレンビイの一大攻勢に支援協力したのが、アカバを奪取していたアラブ軍、すなわちファイサルとロレンスのひきいるゲリラ部隊だった。かれらは地中海をこえて届けられてきた武器を手にするや、二手に分かれ、北へむけて進撃した。

アラブ軍の主力はアカバから古都ペトラをおおきく東に迂回し、標高一三〇五メートルのダバーブ山の東の裾野にあるハーサから死海にむかって折れ、山をのぼり、尾根にあるタフィラに達するや北にむかって尾根を進撃しつつ、第四軍のちょうど背後にあたるアンマンをめざした。一方、ロレンスらは途中まで主力と行動をともにしていたが、かれらはダバーブ山にむかうことなく、ハーサからさらにマンジル、カトラナを踏破して直進、アンマンにむかって疾駆した。もちろん、駱駝による一大部隊である。異様な喚きをあげて突進する駱駝部隊は、いたるところでトルコ側と戦闘をおこない、徹底的に兵站線の分断をはかった。

トルコ側は、このアラブ軍にはまったく手を焼いた。かれらは徐々に困難となってゆく補給と、手の打ちどころがないほどに強靭な駱駝部隊の突貫に虞れをなし、自然、北へ北へと退きさがっていった。当初はガザの周辺にまで進出していた第八軍にしてもおなじだった。かれらは海岸線をたどり、退いた。

この敗勢に怒気を発するというよりも驚愕《きょうがく》したのは、ドイツから遙々と派遣されていた指揮官ファルケンハインである。かれは必死になって頽勢を挽回すべく、ありとあらゆる指示をくだした。

そもそも、ファルケンハインほど戦いの日々を生きぬいてきた軍人はいない。かれは北清事変を経験し、ゴルリッツ突破戦ではロシア軍をポーランドから駆逐し、ベルダンにおいてフランス軍に痛撃をあたえ、ルーマニア進攻軍の司令官となるや、わずか三カ月でルーマニア全土の占領に成功した。輝かしい経歴をもっているといっていいのだが、この名将に相対したのが、どこまでも突貫するしか能のないようなアレンビイだった。

アレンビイは、じつをいうと、独立した指揮権を手にしたのは、このたびが初めてである。かれはともかく猛牛のように前進するしか戦法らしい戦法は持たなかった。だが、兵員や兵備の量において圧倒的にトルコ側よりも優っていることを前面におしだし、徹底的な正面からの激突を指示していた。

こうした激突戦の横っ腹で縦横無尽に動きまわり、戦いつづけているのがアラブ軍であった。かれらの働きがなければ、おそらくアレンビイは鎧袖一触《がいしゅういっしょく》のもとに叩きのめされてしまったかもしれないのだが、ともかく、ファイサルとロレンスの戦いぶりはついにパレスチナの主都エルサレムを陥落させるまでに到らしめた。十二月九日のことである。

――エルサレム陥落。

という衝撃的な報告は、またたくまに欧洲全土に鳴りひびいた。

この一九一七年という年は西部戦線の膠着《こうちゃく》は頭を

かかえるほどに甚《はなは》だしく、連合国は疲弊の度をかさね、まかりまちがえば降伏に追いこまれたかもしれないというほどの惨めさだった。つまり、エルサレム陥落という完璧な勝利は、連合国側にとっては年内における唯一の勝利だった。そのたったひとつの勝利の報告が、西部戦線で膝をかかえている兵士たちに希望をもたらした。おおいに士気を高める結果となったのである。

そして、マルセイユのカヌビエール大通りから路地をはいった売春宿《ブローサル》でも、小さな喝采と乾杯がおこなわれていた。エルサレム陥落にたいしての喜久松とカトリーヌによるささやかな祝いの宴だった。

カトリーヌはわが事のように喜び、

——これで、ワディ・ラムに帰るのも楽になったわ。

といい、大英帝国万歳といって、葡萄酒《ワイン》を空け、冬場がいちばん美味しいとされるブイヤベースに舌鼓をうった。

喜久松はひさしぶりに眺める愛人の笑顔をいかにも満足そうに眺めていたが、ふと、おなじマルセイユ市内にあって「檜」の二度目の復元を待っている小澤はなにをしているのだろうとおもった。小澤には、内地に妻がいる。喜久松も幾度となく遭ったことのある女性で、石蕗《つわ》といって高鍋《たかなべ》藩秋月《あきづき》氏の一族にあたるのだという。なにごとにも控えめなひとで、寡黙な小澤とはほどよく釣合いのとれている印象があった。おそらくは年の瀬も迫りつつある今、小澤は宿舎となっているホテルの一室で、内儀への手紙でも綴っているのだろう。いや、乗りこむべき艦がないのは小澤だけではない。安曇もまた、そうだった。ギリシャのピレウス造船所にちかいところで「檜」の小破とは比べものにならないほど痛めつけられた「榊」を見つめながら、いったい、安曇はどのような日々を送っているのだろうと、カトリーヌの肩を抱きながら喜久松はおもった。

マルセイユの湾内には、そろそろ「松」「杉」「樫」の一群がやってくるはずだった。十二月十九日にマルタを発し、二十二日に泊地進入の予定となっている。季節風に頬をかじかませながら、多聞らは上陸してくるにちがいない。そしてして部隊揃って、クリスマスのデコレーションを飾りたてることになるのだろう。また、忙しくなる。乗組員たちには刺身や葡萄酒《ワイン》を与え、とくにこのブイヤベースを味わわせてやろう。なんなら、娼婦を世話してやってもいい。そしてクリスマスが終われば、復元された「檜」とともに英輸送船の「ベレロホン」と「カシューガー」らを護衛してマルタをめざして出動することになる。かれらの越年は、マルタのヴァレッタとなるにちがいない。

(ということは……)

おれは、ここでひとり、年を越すことになるのだろうか。なんともいえない侘しさにつつまれていたが、そんな喜久松の首にカトリーヌが腕をからめてきた。そうか、こいつがいるのだったな、エルサレムの陥落にこれほどまでに喜んでいる黒い瞳のこいつが……。

(……だが)

年が明けたら、海に出なければならない。駆逐艦「桃」へ乗りこまなければならない。そういえば「桃」はさきごろ、天皇皇后両陛下の「お言葉」を伝達すべく遙々と地中海までやってきた四竈孝輔《しかまこうすけ》侍従武官を乗せ、マルタまで案内したのだそうだが、在マルタの将官たちはさぞかし晴れがましい気分で「お言葉」を耳にしたことだろう。その「桃」は今、何処の海にいるのだろうか……と、喜久松は音もなく降りはじめている窓外の雪に目をやった。

じつは「桃」は、この日、僚艦の「柳」とともにタラントにむかって出発していた。タラントから英輸送船「オスマニア」を護衛してアレキサンドリアまで赴くことになっているのだが、じつをいうと輸送船はほどなく敵潜の敷設した機械水雷に触れ、轟沈する運命にあった。

そのおり「桃」と「柳」は協力しあって、それぞれ、二五七名に二五四名という英乗組員を救助したのだが、これについては喜久松はなんの関係もない。かれは両艦がマルセイユにすがたをあらわすまで、海に出ることはない。それまでは、ここにいる黒い瞳のカトリーヌの魅惑的な海のなかに身をさらし、溺れつづけることくらいしかできそうにない。

第九章　守護神

一

——クリスマスには戦争も終わる。

大戦が勃発したころ、兵士たちはそう声をかけあって戦場へとむかっていった。一九一四年（大正三）夏のことである。

ところが、聖夜には帰還するどころか、さらなる進軍と相次ぐ戦闘が下令されていた。それでも初期のころには聖誕祭を祝うべく、両軍の兵士たちがどちらからともなく歩みよって、ささやかな交歓会なども催《もよお》された。両軍兵士によるサッカーの試合まで催された。だが、戦闘が激化し、そして泥沼のような膠着《こうちゃく》状態となってゆくにつれ、兵士たちの顔つきも精神も悲愴なものとなっていき、クリスマスなどという物柔らかな安らぎのひとときなど、西部戦線でも東部戦線でも、また中東戦線においても見かけられなくなっていった。

ことに前線は著しいまでに殺伐《さつばつ》とし、そこへ倦怠《けんたい》と絶望が重なり、そして混ざりあい、砲弾の炸裂する音色があたかも雷鳴のように聞こえるなか、たまさか擦れちがった友軍の兵士が銃をかかえたまま、

——メリークリスマス。

と、声をかけてきたとき、ようやく、聖誕祭だったのかと気づくという状態だった。

無理もないことで困憊《こんぱい》しきった兵士たちの頭上はひっきりなしに砲弾の風が吹きすさんでおり、そのさらに天空にはこのところ急激に武装の充実してきた航空機の群れが飛びかい、すぐ近辺では戦車が無限覆帯《キャタピラ》を軋《きし》ませながら進出している。毒ガスをはじめとする大量殺戮《さつりく》兵器がいたるところで使用され、大蚯蚓《みみず》のような塹壕や坑道が無数に掘られ、そのなかには遺棄された白骨が累々《るいるい》と並び、ふと、木蔭の石に腰を降ろして

憩《いこ》っているかのような兵士のうしろすがたを見つけたとしても、その兵士の息はすでに絶えているというありさまだった。

ただし、こうした悲惨きわまりない戦場のなかでも、ある特別なところだけは限りある灯燭《とうしょく》を点《とも》して聖誕の日をむかえている。野戦病院だった。従軍している看護婦部隊が中心となって、飯事《ままごと》にちかいようなものではあったが、クリスマスの集《つど》いをおこなっていた。傷病兵たちのなかにはそこで灯された蠟燭《ろうそく》のせつない揺らめきのなかに故郷に残してきた家族をおもった者もあったであろうし、戦争がすこしでもはやく終わるようにと神に祈る看護婦たちに恋人の面影をもとめた者もあったことであろう。

これが寒風吹きすさむ前線ではなく、やや後方に離れた市街地ともなれば、たとえ瓦礫《がれき》にちかいような家屋でも、すこしはましなクリスマスの夜をむかえることはできたし、戦場から遠く離れたところ、たとえば、上陸戦のおこなわれる不安がほとんどない島などであれば、かなり温雅な聖夜をむかえられた。

マルタが、そうである。

なるほど、島の周辺は洋上海中を問わず、片時たりとも油断はできない。クリスマスだからといってUボートの襲撃が為《な》されないという可能性はわずかばかりもなかったし、アドリア海などに近づけば嫌でも敵の小型飛行艇が蚊蜻蛉《かとんぼ》のように群がってくる。だが、ひとたび、島へ上陸すれば、酷烈な戦場を忘れることはできた。北から吹きよせる風は、季節柄もあってか強烈なものではあったが雪の舞いおちる欧洲戦線とはちがって気温も一七度前後で、日本人にとってみれば年の瀬のちかづいたクリスマスというよりは晩秋の清爽な一日といった印象のほうが強かった。

もっとも、開戦時から数えて四度目のクリスマスであるこの日、在マルタの艦隊司令部に所属している藤《ふじ》村《むら》弥《や》市郎《いちろう》の表情は、かなり硬い。恋人であるレイチェル・クレントン＝ワードの美しい顔をまえにしながらも、レストランの片隅でワイングラスを手にとることすら忘れてしまったかのように、やや硬直しかけた眼《まな》差《ざ》している。

理由はきわめて簡単なことで、レイチェルがマルタから離れなければならなくなったからにほかならない。それも故郷のイギリスに帰還するというのではなく、彼女の属している看護部隊が西部戦線に従軍するためだった。

——ほんとうなのか。

という問いかけは愚かなものであったろうし、

——なぜ。

という質問もまた無粋にちかいものであったろう。戦場に身を置く軍人としては、まずはなによりも「おめでとう」といって激励するべきであろう。立派に務めをはたしてきてくださいといいつつ、肩のひとつも抱いてやるべきであるのかもしれない。

だが、弥市郎にはそんなことはできない。

たしかに戦線の一角とはいえ、野戦病院は最前線よりも遙かに後方にある。もしも、レイチェルの身に危険がおよぶような事態となるようなら、それはすなわち西部戦線の何処かが解《ほつ》れるということを意味している。黴《かび》が生えてしまうような膠着状態にある今、そこまでの懸念は感じられない。

実際、レイチェルは自分たちの部隊が西部戦線にむかうようになったことに、それなりの誇りを感じているらしい。いや、あらたな使命に、いうにいわれぬ喜びを憶えているようにも見える。弥市郎との日々に区切りをつけなければならないことには多少の哀惜もあるようだったが、さきに山口多聞《やまぐちたもん》にも語ったとおり、日本赤十字の看護婦たちのように立ちはたらきたいという希望が叶《かな》えられそうだという興奮のほうが勝《まさ》っているようにおもわれた。

「……ともかく、充分に気をつけて」

月並みな台詞《せりふ》しか想いうかばなかったが、それ以外に声のかけようもなかった。だが、レイチェルがマルタをあとにするのは年が明けてからのようで、それまでは僅《わず》かばかりではあるが、弥市郎と過ごす時間もあろう。

「つぎのクリスマスは、平和ななかで過ごすことができるかしら」

「できるさ、ふたりで過ごそう」

それが、聖夜にかわしたふたりの会話だった。

あたりまえのことながら、レイチェルの異動が決まったことなど、マルタにほとんどいることのない多聞は知る由《よし》もない。かれの護衛任務は年の瀬も松の内もなんら変わることなく続いている。クリスマスをマルセイユで送った「樫」は、ツーロンの船渠《ドック》で修理に入っていた「檜」とともにマルタへ戻り、ポートサイドにむけて護衛航海中、洋上において大正七年（一九一八）の元旦をむかえた。

ところで、艦にあっても、正月などの行事はある。舷門に門松を立て、船艢《ほばしら》に注連縄《しめなわ》を飾り、内地からすでに届けられている糯米《もちごめ》を搗《つ》いて御供《おそな》えをつくり、艦内神社に供える。また余った餅《もち》は雑煮《ぞうに》をつくって将兵ともに愉《たの》しむのである。とはいえ、たらふく餅が食べられるわけではなく、ひとりあたり二切れか三切れくらいなものだった。ちなみに屠蘇《とそ》もある。冷酒を屠蘇のかわりにするのだが、これもまた総員に配られる。さらにはこの時代の海軍らしく、午前九時になるとともに各艦そろって遥拝式をとりおこない、聖寿万歳を三唱するのである。

こうした風景は、イギリスより引き受けている特務艦船においても例外ではない。この時期、英国海軍から供出されてきた艦船は四隻をかぞえるようになっている。さきにトロール船の東京《とうきょう》と西京《さいきょう》については触れてきたが、大正六年の秋になって、さらに二隻の駆逐艦が第二特務艦隊に編入されている。一隻を栴檀《せんだん》（原名MISTRAL）といい、もう一隻を橄欖《かんらん》（原名NEMESIS）という。第二十三駆逐隊臨時附属艦となり、やはり、日本海軍の乗員を募集して乗艦させているため、門松や注連縄を飾り、正月をむかえていた。

ちなみに五木喜久松《いつききくまつ》の乗りこむことになっている「桃」は、僚艦の「柳」とともにアレキサンドリア港外で越年しているが、喜久松自身はいまだマルセイユにいた。カトリーヌ・ブーシェの部屋《アパルトマン》で新年をむかえつつ、艦への乗組の準備に入っている。

「……そんなことも準備の内なの」

と、カトリーヌが訊《たず》ねてきたものがある。

喜久松がノートに単語をいくつも書きならべているのを覗きこんだおりのことだった。カトリーヌは読めるはずもなかったが、そこに綴《つづ》られているのは妙な熟語だった。……先存、丸輪、大村、樫宮、荒権、繪煉瓦、貸借、理想城、金本城……などとある。見ようによっては暗号とも見てとれないこともない。

「準備さ、立派なね」

そう答えて、喜久松は微笑んだ。

二

カトリーヌを膝の上に置きながら、喜久松は羅列されている単語を読んでいった。

「……サキソン、マルワ、オムラ、カシミヤ、アラゴン、エレンガ、カシュガー、リーソーカッスル、キンホンカッスル……」

すべて、地中海を航行している輸送船の名であるらしい。この時期、日本人は英語にまったく慣れておらず、船名も非常に憶えにくかった。なにより電信を打ちだす場合、カタカナの船名では電文が非常に長くなってしまう。日露戦争のおりもそうだったが、そのようなとき、漢字をあてて艦名を表記し、まるで日本語のようにして憶えた。それがここでも慣例のようになり、友軍の輸送船に漢字をあてているのだという。海へ出ることとなっている喜久松としては、一日でも早く、すべての輸送船名を憶えておかねばならない。

「……マルセイユで解纜《かいらん》したときには、かならず、ここへ戻ってくる。だから……」

浮気などはするな、と喜久松は口に出したかったのだろう。だが、いざ、膝の上に乗せているカトリーヌの濡れた双眸を鼻先にしてみると、どうしても云えなかった。彼女のことが哀れにもおもえたし、それ以上に、なんとなく自分が卑屈なようにも矮小なようにもおもえたし、なにより言わずもがなのことではないかともおもえたからだった。

喜久松が駆逐艦の「桃」に乗りこんで海に出たのは、二月上旬のことである。英駆逐艦「ウェランド」と合同で、英輸送船「ボヘミアン」「ベレロホン」と仏輸送船「オーストラリアン」を護衛して、マルタを経由し、アレキサンドリアまで進むというものだった。乗艦のおり、喜久松はカトリーヌが「桟橋まで見送りにいく」というのを拒んだ。たれの目にも触れることなく、たったひとりでアパルトマンを出、港まで向かい、艦に乗りこむつもりだった。

「どうして、見送りに行ったらいけないのよ」

カトリーヌは瞳を潤《うる》ませつつ、かるい怒気を発した。

「……どうしてって……」

わかっているはずじゃないのか……とでも告げたそうな顔のまま、喜久松は口籠《くちご》もった。カトリーヌはそんな喜久松を……おなじ屋根の下に棲みつづけてきた愛人を……悪戯《いたずら》好きな少女のような目つきで睨みつけたあと、小さな溜息をつき、なにもかも諦めたような微笑みを投げだしてきた。

「だいじょうぶよ、わかってるから」

ちょっぴり、喜久松《あなた》のことを困らせてみただけ……とでも云いかけたのだろう。だが、言葉にならないまま、縋《すが》りつくようにして抱きついてきた。

そしてむしゃぶりつくように愛人の丹唇《くちびる》を奪いながら、

——ひとつだけ約束して。

喘ぐように口をひらいた。

戦争が終わったら、ふたりでパリを散歩したい。あたしはアラビアからフランスまで来たけど、これまでに一度もパリを見たことがない。だから、パリに行ってみたい。この瞳でパリを見て、それから、平和になっているはずの故郷に……独立しているはずのアラビアに……戻りたい。

「だから、パリへ連れていってくれるって約束して」

「それは……」

できるとはおもえなかった。

自分は、軍艦に乗るのである。陸上勤務になっていれば、多少の無理をしてでもパリくらいならば行けるかもしれない。だが、駆逐艦に乗りこんだままでは、どうにもならない。マルタからそのまま日本へ帰還してしまうという可能性だって、ある。濃厚に、ある。

だいいち、ほんとうに勝利の日が来るのかどうか、わからない。西部戦線が予断を許さぬように、地中海の戦いもまた明日をも知れない。Uボートとの戦闘に勝てるかどうか、いいや、生きのこることができるのかどうかすら、わからないではないか。

だが、カトリーヌは執拗《しつよう》にせがんだ。濃厚な接吻をくりかえし、頬に涙を伝わらせながら縋りついている。

「……約束して。喜久松……」

「……わかった。約束しよう」

なんという好々《いい》加減な男だろうかと、喜久松は自己嫌悪に陥《おちい》りながら、カトリーヌを退けた。ちからまかせに突きはなしたといったほうがいいかもしれない。そのまま彼女に背をむけて螺旋《らせん》階段を降り、小路に出る扉をあけた。

あけた瞬間、凍てついた潮風が喜久松の頬を嬲《なぶ》った。急激に悴《かじか》みはじめた顔のなかで、カトリーヌの丹唇の感触の残っている口許だけが妙に熱い。喜久松はおもわず階上を振りかえった。そこには黒髪を風に嬲らせたままの彼女が、身を乗りだすようにして、じっと見下ろしている。喜久松はなにも告げずに靴をめぐらせ、早春の朝の光につつまれたマルセイユの大路に出た。

そのとき、偶然にも、上陸したばかりらしき部隊に出くわし、すれちがった。イギリスの従軍看護婦の部隊だった。おそらく西部戦線にむかうのだろう。ひとまずパリまで北上し、そこから各地の前線に送られてゆくにちがいない。在マルタの看護婦たちが西部戦線まで異動するというのは耳にしていたが、まさか、マルセイユからの出航時、彼女らと入れ違いになるとはおもわなかった。

看護婦たちの表情は、厳しい。これから僅か数日後には、死線をさまよっている兵士たちの看護にあたることになるのだという痛烈な現実に直面しているためか、いまにもぷつりと切れてしまいそうな緊張感が、宿舎にむかって市街を行進してゆく足並みにも十二分に見てとれた。マルセイユの紅巷《こうこう》に生きる女たちとはまったく異なった、まるで別の世界の住人のように、調和のとれた規則正しい靴音を響かせてゆく。

もっとも、喜久松は知らない。

血腥《ちなまぐさ》い戦場にむかってゆくこの従軍看護婦たちのなかに、もはや藤村弥市郎の許嫁《いいなずけ》といってかまわないレイチェル・クレントン＝ワードのすがたがあることなど、かれが知っていようはずもなかった。喜久松は「桃」に乗りこんだおり、おなじ港湾内に「樫」の艦影があり、甲板で護衛任務の疲れを癒《いや》している多聞のすがたを瞳にとどめたが、そのときも単に、彼女らがこの「樫」によってマルタから護送されてきたのだなという感想しか持たなかった。多聞がどのような思いで、熾烈な戦場への玄関口であるマルセイユまでレイチェルたちを護衛してきたのか、そうした背景など想像することすら、できなかった。

駆逐艦「樫」がマルタを発するおり、多聞は弥市郎から「頼む」とだけ告げられ、頭まで下げられた。レイチェルの身を守ってやってくれ、無事にマルセイユまで護衛してやってくれという意味をこめた「頼む」のひとことだったが、多聞は実の兄のように慕っている弥市郎の瞳のなかに、いうにいわれぬ惜別の情光が宿っているのを如実に感じとっていた。そして今朝、多聞は立派に務めを果たした。

そんなことなど、喜久松は夢にもおもっていない。

ともあれ、五木喜久松は海に出た。

ちなみに、かれが護衛してゆく英船「ボヘミアン」には英陸軍の将兵五五〇名ならびに馬匹八五〇頭が乗りこみ、おなじく英船「ベレロホン」には英陸兵二五〇名ならびに馬匹五六〇頭が、さらに仏船「オーストラリアン」には仏陸兵六〇〇名にくわえて一般船客二〇〇名が乗りこんでいた。喜久松にとっては地中海における初陣であり、護衛すべき対象も申し分のない規模といってよかった。

船団の隊形をいうに、英船「ボヘミアン」を嚮導《きょうどう》船とし、右に「ベレロホン」を配し、左に「オーストラリアン」を配している。船と船との距離はそれぞれ七三〇メートルを維持して並行した。任務に服している「桃」は「ボヘミアン」の後方四〇〇メートルに占位し、僚艦の「柳」は「オーストラリアン」の左舷後方五五〇メートルに位置し、また英駆逐艦「ウェランド」は「ベレロホン」の右舷後方五五〇メートルを航行した。

雪まじりの如月《きさらぎ》の風はおもったよりも冷たく、かつ激しく、地中海の波は相当に荒かった。が、船団の航走に支障は見られなかった。マルセイユからマルタまでの航海は、万事、順調に推移していった。そういって、かまわない。

喜久松もまた、出航してすぐのころは久方ぶりの海上勤務に緊張の色を隠せなかったが、やはり、船乗りは船乗り以外のなにものでもなく、船団が南下するにしたがい、次第に勘をとりもどし、駆逐艦の参謀としての役割をとどこおりなくこなしていった。

だが、地中海に巣食う魔物は……魚雷という必殺の刃を研《と》ぎすましたUボートという名の刺客《しかく》たちは……いつ、どこで、どのように出現するのか、想像もつかない。片時たりとも気をぬけない任務であることは、疑いようもなかった。

三

（……カトリーヌのぬくもりが恋しい）

波をおおきく長濤《うね》らせる朔風に身をさらしながら、喜久松はかすかにおもっている。海上にある男たちのなによりも恋しいのは酒であり、かつ人肌であった。これればかりは人類がどのような進歩発展を遂げようとも、未来永劫、変わらないのではあるまいか。そうした人恋しさは、海が吼《ほ》えるように荒れくるっているときよりも、退屈なほどに凪《な》ぎ、波穏やかな水平線をひろがらせているときのほうが、より一層、募ってくるものらしい。

その日も、そうだった。

大正七年二月十二日。マルタ島ヴァレッタを発した船団は、午後一時、泊地のあるマルタの島影を後方遙かに霞ませていた。正確な地点でいえば、北緯三五度三〇分、東経一四度四〇分に達していた。早春の陽射しは午睡を誘うほどに穏やかなものとなり、洋上は碧《さざ》漣《なみ》が晶々《しょうしょう》と煌《きらめ》いているばかりで、鷗《かもめ》の声すらもないほどの静謐《せいひつ》につつまれていた。蒼天の下、東からの微風が頰に心地よい。

「航海日和とは、こんな日のことをいうのだろうなあ……」

喜久松は欠伸《あくび》を嚙みころしながら、胸中に呟いた。

そのときのことである。僚艦の「柳」が悲鳴をあげた。艦の左舷後方より艦首にむかって疾走する一条の雷跡を認めたからだった。雷跡から自艦までの距離は、わずかに三〇〇メートル余りしかない。

——近し。

という悲鳴を見張員があげたのは無理もない。だが、近し、どころの騒ぎではなかった。

「面舵一杯、両舷停止、右舷後進全速……っ」

急げぇ……と、柳艦長の岩崎本彦《いわさきもとひこ》（少佐）が令した。

的確な指示といってよかった。また、操艦も驚くほどに巧《たく》みなものだった。戦闘経験など皆無にひとしいような新鋭駆逐艦の「柳」は左舷艦首四〇メートルというまさにすんでのところで魚雷をかわし、同時に旗旒《きりゅう》信号と汽笛の連続吹鳴によって全船団に対し、敵潜水艦の出現という緊急警報を発したのである。

この警報は、すぐさま功《こう》を奏した。

魚雷は失速することなく海中を突きすすみ、やがて仏船「オーストラリアン」の土手っ腹に食らいつかんばかりとなっていたのだが、これを同輸送船は咄嗟《とっさ》の回頭により、かろうじて、かわすことができた。魚雷は船首五〇メートルという、まさに間一髪のところを通過し、やがて航跡を失った。海中へと没したのであろう。

「応戦せよ」

岩崎も、駆逐艦「桃」の艦長をつとめる古川良一《ふるかわりょういち》（少佐）も、機敏に反応した。

「ただちに砲撃、敵潜を制圧すべし」

喜久松にとっては待ちに待った戦闘といってよかった。かれは、おもわず武者震いをするや、双眼鏡を握りしめ、洋上を睨みつけた。一刻も早く、Uボートの潜望鏡か、もしくは航跡を発見し、火力を集中させなければならない。全身の血潮が逆流するような興奮につつまれはじめているのが、自分ながらによくわかった。

だが、敵の動きをいちはやく察したのは「柳」のほうだった。僚艦「柳」は敵の第二撃をたくみにかわすや、右舷正横約四点（四五度）に敵潜水艇の航跡を発見……とばかり、艦内に雄叫《おたけ》びを走らせ、午後の陽光をちりばめた海原を蹴りあげ、苛烈な砲撃を続行しつつ、驀航《ばくこう》した。どうやら、このとき岩崎は、砲撃だけでは敵をとりにがしてしまうと判断したらしい。すぐさま「最大戦速」を令しつつ、艦首を敵の航跡にむけさせた。もし、敵潜が浅沈度にあるなら、文字どおり、自艦「柳」は潜水艦の頭上に蔽《おお》いかぶさることだろう。艦首でもって潜望鏡を砕き、艦底でもって敵潜の艦橋に衝撃を走らせる覚悟だった。

「無茶だ……っ」

喜久松は「柳」にむかって叫んだ。

衝突攻撃などという、肉を切らせて骨を断つという攻撃方法は戦闘艦にとっては最終的な攻撃手段であり、悪くすれば、そのおりの損傷により、自艦までもが沈没の憂き目に遭わないともかぎらない。だが「柳」は幸か不幸か、たった一歩、遅れたらしい。砲撃を集中させていた地点には、すでに敵潜はいなかった。懸命に移動し、衝突を回避したものとおもわれた。

一方、喜久松の乗りこんでいる「桃」は、僚艦「柳」の後方五〇〇メートルを驀航している。英駆逐艦「ウェランド」によって各輸送船は遙か後方まで退けられており、戦闘海面には守らねばならない船はない。追えるかぎり、敵潜を追いつめることができる。

――左舷正横一点約五〇〇メートルに敵潜望鏡を発見。

色は黒ぉ……という報告が艦内を駈けぬけるや、艦長の古川は「ただちに砲撃」を下達し、艦を鼓舞して驀航させ、敵の頭上からデプス・チャージによる攻撃を敢行させた。海面は一挙に沸騰した。水面が盛りあがって爆裂し、水飛沫《しぶき》を通して億万の陽光が洋上に洩れた。ちょうど、繁った樹木の葉を透かして陽が木洩れてくるのに似ていた。

こうした潜望鏡を追撃しての爆雷攻撃は、そののちもかなりの時間を費やしておこなわれたが、結局のところ、敵潜を海の藻屑《もくず》とできたかどうかはわからずじまいだった。だが、どうやらドイツ・オーストリア軍としては地中海における無制限潜水艦戦の方法を確立したものらしく、つねに二隻の潜水艦による共同攻撃を仕掛けるようになったものと判断された。このたびの戦闘において喜久松たちの得たものといえばそれくらいだったが、しかし、三隻の輸送船を守りぬくという使命だけは立派に果たしおえている。

ところで、本戦闘に関して、二月十五日、在マルタ英国艦隊司令部は、ひとつの機密情報を関係先に通報している。もちろん、その「先」のなかには、在マルタ第二特務艦隊司令部もある。左に掲げる。

〝二月十二日午後九時、我が陸上無線電信所は、北緯三五度五四分、東経一五度二七分の地点に於《お》いて、敵の一潜水艇が損害を被《こうむ》りたる件につき、敵根拠地と通信せるを確実に傍受せり。該艇は明らかに桃および柳の攻撃のため損害を被り、根拠地に引きかえしつつあるものなり〟

ということは、五木喜久松の初陣は、それなりの戦果をあげたことになるのだろう。

もっとも、かれの経験した小戦闘など、この時期、地中海の船団護衛についている駆逐隊は数えきれないほどに体験していた。

喜久松たちが双眸を血走らせて戦った二月十二日から ちょうど一週間後の二月十九日にも、ひとつの戦闘が勃発している。第十五駆逐隊司令の河合退藏《かわいたいぞう》（大佐）の直率する別小隊による戦闘だった。小隊にあるのは小澤治三郎《おざわじさぶろう》を航海長とする「檜」と、山口多聞を航海長とする「樫」であった。また「樫」には、ひとり、ツーロンの海軍工廠へ向かわねばならない海軍将校が乗りこんでいた。ギリシャのピレウス造船所に自艦を残したままの安曇十兵衛《あずみじゅうべえ》であった。修理の打ち合わせのためのツーロン出張であったらしい。

さて、その日の午前九時半、河合直率の「檜」と「樫」は、英輸送船「ハイダスベス」と「セシウス」を護衛してヴァレッタを出航、ゴザ島とマルタ島のあいだに横たわるコミノ水道を通過して北上、一路、マルセイユへと向かった。船団の隊形をいうに、二隻の輸送船は二〇〇メートル間隔で並航《へいこう》し、小澤の乗りこんでいる「檜」は右に位置している「ハイダスベス」のさらに右舷後方三三度四五分に占位し、発動機は快調な音色をたてている。また多聞の乗りこんでいる「樫」は「セシウス」の左舷後方二二度三〇分に位置して、堂々と波を切りさいている。天空から俯瞰すれば、ちょうど、扇が要《かなめ》を先頭にして海の上を滑ってゆくような水脈の描かれているのがわかったにちがいない。

かれらの船団に異変が勃こったのは、北北西にシチリア海峡の南東部に浮かぶ島パンテラリアを望見しつつ、チュニジアのボン岬方面に航行している最中、時刻は午後五時を五分ほど回ったばかりのころあいだった。マルタ島を東に眺める北緯三六度一五分、東経一三度二分の地点にさしかかったおり、多聞のすぐちかくで双眼鏡を両目に貼りつけていた安武又喜《やすたけまたよし》が、いきなり、大声を発したのである。

「左舷正横後方に雷跡、距離一五〇〇……っ」

なるほど、又喜の叫ぶとおり、一条の雷跡が「樫」をめがけて突貫してくる。

だが、艦長の北川保橘《きたがわやすきつ》は落ちついたものだ。おもむろに「総員戦闘配置」を令するや、多聞にたいして「転舵」を指示、かろやかに雷撃をかわさせるとともに、こう口をひらいた。

「全船団に警報、これより攻勢に転じ、敵潜を制圧する」

四

これを受けた「檜」はあらかじめ打ち合わせてあったとおり、輸送船の警護にあたりつつ、戦闘海域からの退避をはかり、あとには「樫」のみが残った。多聞は魚雷回避のために取舵を一杯にとり、魚雷を完全にかわしたのち、魚雷発射地点にむけて驀航を開始した。

「多聞よ」

安曇の囁《ささや》きに、多聞はかるく振りかえった。

司令艦橋のかたすみに佇《たたず》む安曇は、莞爾《かんじ》と微笑みながら、可愛い後輩の緊張した顔を見つめている。おもうがままに戦ってみろ、おもしろい戦さを演じてみせろと、安曇の強烈な眼光は明らかにそう投げかけてきている。

多聞は、こくりと頷くや、最大戦速で艦を急がせた。

艦長の北川は艦の突進に身をまかせつつ、再度取舵一杯を下令したが、そのとき、右舷正横約一五〇〇メートルの地点に敵潜水艦の潜望鏡を発見、咄嗟に「敵は雷撃の機をうかがっているのではないか」と判断、さらに面舵一杯を下令した。

「……艦首を潜望鏡に指向、敵潜の後方より接近、すみやかにデプス・チャージ攻撃に移れ」

多聞は、北川の指示どおり、艦を急がせた。双眸は前方の海面を凝視している。いや、海面のまっただなかに顔をのぞかせている潜望鏡のみを睨みつけている。だが、あと二〇〇メートルというとき、いきなり、敵潜が急速潜航をはじめてしまったのである。

「ちい……っ」

司令部のなかに一斉に舌打ちの音色が響いた。なかには地団駄《じだんだ》を踏んで悔しがるもののすがたもあった。だが、安曇ばかりは腕を揖《く》んだまま、微動だにしない。眉間に深い皺《しわ》を寄せ、前方をひたすら睨みつけている。そして「まだだ」と突然、叫んだ。

「まだ、敵は眼前にある。あきらめるには早すぎる」

「安曇のいうとおりだ」

北川は発奮した。そして「艦を敵潜の想定針路上にむけよ」と命じるや、敵潜の潜没地点から約一〇メートルの地点まで進むや、針路にたいして約三〇度の交角をもって「大型爆雷《デプス・チャージ》二個を三秒間隔で投下せよ」と叫んだ。

駆逐艦「樫」は、寸分の狂いもなく、北川の下令どおりに運動した。操艦は惚れ惚れするほど見事なもので、海面を破裂させるようないきおいでデプス・チャージはおおいに爆《は》ぜた。

「……どうだ……っ」

北川は、攻撃の凄まじさに満足したかのごとく、後方を振りかえった。敵潜の水中速度を咄嗟に計算したうえでの爆雷投下である。逃げられるはずはない、という自負が北川の表情に強く浮かびあがっている。多聞もまた、自分たちの操舵の妙に満足しているかにみえた。

だが、安曇だけは、ちがった。

——艦長。

とばかり、大声で意見を具申したのである。

「第二次攻撃の要ありと認む」

というのが、安曇の意見だった。

（……第二次攻撃の……要あり……）

多聞は、おもわず、口中に反復した。

第二次攻撃の要あり……つまり、いまの爆雷攻撃では明らかに不充分とおもわれるため、即座にとどめをさすための行動に移れというのか……と、多聞は唸った。

安曇はたしかに客人という立場ではあったが、そんな仕切りは、かれの強固な意志の前には障子紙のように脆《もろ》い。北川にたいして臆すことなく、こう、具申した。敵潜は我が攻撃を予測し、いちはやく面舵をひいて爆雷攻撃を回避したかもしれない。であるなら、われらは即応し、ふたたび取舵一杯にとり、第一次の爆雷投下地点から敵潜のとったと予想される針路に驀航、すばやく爆雷攻撃に入るべきである……と。

北川は安曇の意見を容《い》れた。

そして取舵一杯を下令、艦を突進させるや、予想される敵針路の右側前方約二〇〇メートルの海面に爆雷を投下させた。瞬後、艦に爆裂のおりの衝撃が猛烈ないきおいで届いていた。艦がおおきく揺れ、海中におけるデプス・チャージの炸裂がいかに凄まじいものであるか、実感された。北川はすみやかに「投下地点へ引きかえせ」と指示した。

多聞がおもわず膝を叩いたのは、それから僅かあとのことである。爆雷を投下した海面へ身を乗りだしてみると、周囲一面には多量の重油がひろがっていた。期せずして艦内から歓声が騰《あ》がり、水兵たちは泡沫のまにまに浮かびあがってくる木片などをはじめとする潜水艦の艦内構造物の欠片をまのあたりにし、拳をにぎりしめた。

「安曇さん……っ」

多聞は、ちいさな眸子《まなこ》をいかにも得意げに見開いて、安曇を振りかえった。だが、安曇の表情はいまだ硬い。艦橋中央に踏んばっている北川にしてもおなじだった。敵潜は一隻だけではない。共同して自分たちに牙を剥いてきているはずだった。

「一番目の魚雷発射点に急行」

北川の命令が下るや、駆逐艦「樫」は波を蹴りたてるようないきおいで猛進、ほどなく左舷艦首四五度に潜望鏡を発見した。

潜望鏡までの距離はおよそ一五〇〇メートルと判断した北川は即座に取舵を下令、敵への接近をはかった。艦首砲による砲撃で仕留めようと決意したようにおもわれたし、多聞もそれが適切な戦いかただと咄嗟に信じた。

ところが、北川は躊躇《ちゅうちょ》したのである。のちになって北川は「最初の弾着に敵が驚き、それによって急速潜航をはかられては元も子もないと判断し、逸《はや》る気持ちをおさえつつ近接した」と語り、さらに「やはり急速潜航をはじめたため、敵針路前方に爆雷を投下したのだ」と語った。だが、これはあきらかに失敗だった。爆雷の投下海面には、残留物も浮遊物も発見できなかったのである。どうやら、二隻の敵潜の内、残っていた一隻は遁走《とんそう》に成功したらしい。

だが、なにはともあれ、多聞らの護衛は充分な戦果をあげつつ、支障なきままに運び、二月二十二日、無事にマルセイユに安着した。このおり、多聞らには休養が与えられている。三月七日まで「檜」「樫」ともにマルセイユ港に繫留ということになったためだった。多聞らは、ひさかたぶりに大陸の土を踏んだ。

「……おかげで、こうして安曇さんの見送りもできます」

多聞はそういいつつ、小澤と肩をならべてマルセイユ・サン・シャルル駅のホームに立ち、安曇のツーロン行きを見送った。

安曇がツーロンまでわざわざ出かけねばならなくなったのは、ピレウス造船所では「榊」の修理を完全にするための資材が足りないとされ、急遽、ツーロンの海軍工廠からギリシャまで資材を運搬する必要が生じたためだったが、それにしても、構内は多数の人間でごったがえしている。おびただしい傷病兵がホームから溢れ、列車の進入の妨げになりかねないほどで、さらには新たに増員されてゆく兵士の群れが軍用列車の到着を待ちかね、緊迫した面持ちで銃を肩にかけ、背《はい》嚢《のう》を背負っている。

そうした噎《む》せかえるような情景のなか、ふと、多聞の瞳にひとつの集団が映じた。列車の入線を待っている看護婦たちの部隊だった。ほとんど化粧っ気のない顔で、白衣のまま、やはり、背嚢を背負っている。

「あれは……」

多聞は、そのなかにレイチェルの顔を見つけた。

どうやら、レイチェルたちは西部戦線まで向かう列車を待って、今日までマルセイユの宿舎にいたらしい。多聞はおもわず駈けよろうとしたが、ちょうどそのとき、列車が鉄路を軋ませながら到着してきた。ほんの一瞬、レイチェルも多聞のことに気づいたようだったが、それも束の間のことでしかなかった。すぐに列車の巨大な壁ができあがってしまい、彼女の姿態は多聞の視界から掻きえてしまった。

だが、数分も経たぬころ、多聞は鼓膜に自分の名を呼んでいる涼やかな声音があることに気づいた。顔をあげれば、鮨詰め状態になった列車の窓辺からレイチェルが身体を乗りださせている。

「お願いがあるの」

片手を口許に添えながら、レイチェルは多聞にむかって声をあげた。多聞は線路に降りるようなかたちで小澤と安曇を背後に控えさせながら、歩みでた。構内のざわめきが一層激しくなり、レイチェルは声が嗄《か》れてしまいそうなほど大声を飛ばさなければならなくなった。

「弥市郎に伝えて。このさき、もし、邂逅《かいこう》できなくなっても、戦争が終わったら、かならず、わたしが日本まで行くからって……。それで、わたしがあなたのもとへ辿りつくまで、絶対に無事でいてくださいって……」

だが、多聞はすべての台詞《せりふ》を聞きとることはできなかった。無情にも列車がホームから滑りだしていったからだった。かれは粉雪が吹きこんでくるマルセイユ駅の鉄路に降りたったまま、必死になって耳に手をあてながら、去りゆくレイチェルの叫びを懸命に聞こうと努めることしかできなかった。

列車は非情な金属音と黒々とした蒸気を残しながら、北へむかってゆく。

五

「まえにも、こんな光景に出会ったことがあったな……」

駅からの帰り道、ふと、小澤が多聞に洩らした。

告げられるまでもなく、多聞にはまざまざと思いだされている。竣工なったばかりの東京駅のプラット・ホームで弥市郎を見送ったおりのことだった。あのとき、多聞は小澤と肩をならべ、弟の見送りに立っている忍子《しのぶ》の悄然とした肩を見つめていた。いや、思いだされるのは姉と弟の別れではない。その姉を駅頭で待ちつづけていた再嫁先の男、すなわち三河の素封家の後継ぎの余裕綽《しやくしやく》々とした物腰だった。

（あのときほど、自分の青臭さを知らしめられたことはない）

多聞は、歯嚙みしたいほどの口惜しさを、いまも忘れてはいない。掌《てのひら》につつみこもうとしていた美しい鳥を、よこあいから現われた完璧な狩猟家によって引きさらわれたような、そんな感覚だった。もちろん、弥市郎は多聞の気持ちを知っていたであろう。だが、可愛い後輩の将来や、子どもを産むことがおそらくできないであろう姉が山口家という名家に嫁いだときの辛さをおもったとき、どうしても多聞と姉の仲は認められなかった。ふたりを添遂げさせるよりも、子を産むとか産まぬとかは関係がないといってくれる人物の後妻となって余裕のある後半生を送ったほうが、どれだけ幸せであるか。もちろん、それは多聞にとっての幸せでもある。そう、弥市郎は考えたにちがいないし、多聞にもそのあたりの絡みあう心根はよくわかっている。わかっているからこそ、どうしようもない己れの気持ちに整理がつかなかった。そんな弥市郎の許嫁《いいなずけ》といっていいイギリス生まれの女性を、いま、見送った。

（どうして、いつもいつも、送りだすばかりなのだろう……）

歯痒《はがゆ》さが、ふつふつと胸の奥に込みあげてくる。

だが、多聞はそうした他人には語れそうにない感情を腹の底に仕舞いこみながら、今度は安曇十兵衛の旅立ちを見送った。ツーロン方面へむかう列車に乗りこみながら、安曇は多聞と小澤にむかって、ひとこと告げた。

「海で、待っていろ」

そして、髭《ひげ》におおわれた牡丹《ぼたん》のような口をおおきく開きながら、嗤《わら》った。

「もっとも、弥市郎は、あの美しい恋人を待つわけだが、おまえたちはこのむさくるしい男を待つだけではあるがな」

聞けば、駆逐艦「榊」の修理はほとんど仕上げの段階にさしかかっているらしい。現在、安曇が必要としているのは司令艦橋内の細かな部品であり、それがピレウスに届けられるや、船渠《ドック》に眠っている「榊」は復活の日をむかえることができるだろう。そしてふたたび、雄々《おお》しく海原へ漕ぎだすにちがいない。

安曇は「その日を愉しみにしている」とだけ告げて、機関車の噴きあげる蒸気とともにコートダジュールを東へとむかっていった。もっとも、その晴れがましい復活の日、安曇もまたピレウスの桟橋でひとつの別れの場面を演じなければならないことについては、すこしも口にはしなかった。たとえ、口にされたところで多聞も小澤も応えようがなかったろう。

多聞は小澤と並んでサン・シャルル駅を出、大理石の階段をゆっくりと降り、アテーヌ通りからカヌビエール通りへと歩をはこんだ。街路はどこもかしこも、なんとなく薄汚れたような雰囲気があった。戦争が始まってより、この港町はただの一度も清掃されたことがないのだろうかとおもわれてしまうほど、いたるところにゴミが散らかり、砂埃が巻きあがり、なんともいえぬ匂いが漂っている。その匂いのなかには娼婦たちのものであろうか、やけに扇情的な、そして安物っぽい香水の香が混ざりあっていた。

(そういえば、以前よりも娼婦の数が増えたようだが……)

おそらく、多聞の観察はまちがってはいなかったろう。パリを最後の砦としている西部戦線が果てしなく戦闘をつづけることによって、フランス北部から南部にむけての避難民の数は増大しつづけている。職を失ったひとびとが倍増し、男は職をもとめて軍隊に志願し、女は食をもとめて兵士に抱かれた。戦線から戻った兵士や久方ぶりに陸の味を嚙みしめる水兵らがこぞって女性の柔肌をもとめる以上、娼婦が増えるのは悪《あ》しき必然というよりほかにない。

「そういえば……」

ぽつりと小澤が洩らした。

「……クリスマスのころだったか、喜久松を見かけたことがあった。そのとき、やつもまた、派手な衣装を身に纏《まと》った女と腕を組んでいたような気がしたが……まあ、ひとちがいかもしれぬとおもって声はかけなかったのだが……」

「どんな印象の相手だったんですか、やはり……」

「娼婦か……と、聞きたいのか」

小澤は多聞の反応も待たずにカヌビエール通りを見まわした。ベルジュ埠頭へとつづいている真っ直ぐな大路のそこかしこには男女の影がある。兵士と娼婦らしき女性の影だった。街路樹の木蔭で、小路の角口で、ホテルの軒下で、食堂の入口で、やにさがった男と蠱惑《こわく》的な眼差しの女が肩や腰を抱きあい、肌をすりあわせながら歩き、佇んでいる。

「……喜久松には、喜久松なりの生きかたというものがあるのだ」

そう、小澤に呟かせた当人は、このとき、海の上におり、一枚の写真をふところに抱いていた。クリスマスの前夜にカトリーヌと撮ったものだった。ふたり寄りそって撮った唯一枚の写真を後生大事に胸元へ入れ、暖めつづけていた。

だが、喜久松にはまったく知る由もないことながら、多聞と小澤が通りすぎていったカヌビエール通りのかたすみで、カトリーヌ・ブーシェはひとりの英国兵士の腕をとりながら、安食堂の扉を潜ろうとしていたのである。

ところで、多聞と小澤はこのマルセイユから別行動をとった。多聞の乗りこんでいる「樫」は英輸送船が物資を積みこむのを待ち、それを護衛しつつマルタへと帰ったが、小澤が乗りこんでいる「檜」はひとあしさきにヴァレッタへと戻り、さらに長駆して「柳」とともにアレキサンドリアへと向かった。タラントで仏輸送船「ラ・ロアール」に物資を積載し、アレキサンドリアで下ろしたのち、今度は陸軍部隊四三七名を乗せ、ポート・サイドへと向かったのである。中東戦線への補充兵であった。

このおり、海難が勃発している。

三月三十一日午後七時四十分、アレキサンドリア港から東北四〇カイリの地点にナイル河のデルタ地帯が顔を見せているのだが、その沖、すなわち北緯三一度三七分、東経三〇度二二分の地点においてジグザグ航行中、いきなり「ラ・ロアール」が左舷船首に雷撃を蒙《こうむ》った。

この夜、月が子午線を通過するのは明け方に近いころで、宵《よい》の口《くち》あたりでは天に月影などはなかった。ために星のかぼそい明滅ばかりが幽《かす》かな明かりであり、視界は甚だしく悪かった。

だからであろう、即座に敵潜への応戦もかなわず、小澤は舌打ちしながら手を拱《こまぬ》くしかなかった。駆逐小隊（檜、柳）の行動は、ほとんど救助のみに向けられたのである。が、これが却って良かったのかもしれない。洋上にはおびただしいばかりの救命艇や筏《いかだ》が漂流し、小隊は懸命にこれらの収容にあたった。こうして「檜」は陸兵四三五名、僚艦「柳」は船員その他七五名を救助しえたのである。被害は、たったの二名であった。奇蹟的な救助活動といっていい。

だが、それだけでは終わらなかった。仏輸送船「ラ・ロアール」は完全に沈んではいなかったのである。ただし、船首ばかりに浸水があったため、なるほどスクリューの三分の二が海面から出てしまい、いくら機関を始動させても空回りしてしまい、推力はまったくなかった。

どうしたものかと、小隊も「ラ・ロアール」本船も考えあぐねていたが、やがて「やむをえぬ」という小隊の判断によって「柳」が曳航することとなった。しかしながら、敵潜の動向もわからぬ海域で曳航索《さく》を取りつける作業は困難をきわめ、さらにアレキサンドリアへ退きかえそうにも速度は三ノットから四ノットのあいだが精一杯という状況であり、くわえて曳航途中に索が二度も三度も引き千切れるという憂き目まで味わわされることとなってしまった。さらにいえば、海水の浸水が甚だしくなり、ついには前甲板を海水が洗うまでにいたった。それでも「柳」は曳航をつづけ、小澤の座する「檜」では救助された乗員たちが手をあわせるようにして「ラ・ロアール」を見守りつづけた。かれら陸兵たちは、このおり、あたえられた被服を着こんで毛布にくるまり、故郷の歌をうたいつづけた。闇につつまれた洋上に歌が響き、曳航された「ラ・ロアール」は亀が歩むような速度で、静かに波に抗《あらが》いつづけていったのである。

ただ、四月一日の黎明をむかえようとするころ、ようやくアレキサンドリア港を指呼のうちにとどめたものの、すでに「ラ・ロアール」はほとんど沈没寸前の状態に追いこまれていた。船内には船長をはじめとする数名が踏みとどまってはいたが、観念しなければならない時は目前にさしせまっていた。結局、小隊各艦長とも協議の上、アブキール湾内ネルソン島の北東一カイリ半にある岩礁に擱座《かくざ》させて船体を助けることとし、小隊はそのとおり行動した。

だが、闇夜、いきなりの雷撃をうけて僅か二名の犠牲者だけに留めながら、五〇〇名をこえる数の人命を救助した「檜」と「柳」の活動はおおいに褒《ほ》められていいし、以前に衝突事故をひきおこした小澤にしてみれば、充分に面目を躍如できたものといっていい。

六

ところで、多聞たちがUボートと格闘し、マルセイユにむかっていた大正七年の早春、東部戦線ではおおきな変化が生じつつあった。

それまではロシアの内部崩壊にともない、おおむね静謐《せいひつ》が保たれていたものの、フィンランドやウクライナなどで民族独立をさけんだ叛乱が勃発、ルーデンドルフと手打ちをしたかたちのレーニンは創設前夜の赤軍を投入して制圧にあたり、ついに一月三十一日、ソビエト連邦の成立を宣言するまでにいたっていた。だが、おおきな変化というのはそれではない。二月十七日にドイツ軍が五二個師団という途方もない軍団をもって休戦ラインを突破、進攻を開始したことにある。

ドイツ軍は二十日の時点でミンスクを制圧、二十四日にはエストニアに進攻、バルト三国を占領した。こうして三月三日、ひとつの条約が調印された。

ブレストリトウスク条約である。

この条約は以後八カ月間しか効力を持たなかったが、ここにおいてドイツ側は巨大な領土を得るにいたった。すなわち、フィンランド、バルト三国、ポーランド、白ロシア、ウクライナ、ベッサラビア、そしてトルコと係争中のコーカサスという広大な地域であり、さらにバルト海および黒海の制海権からペルシアおよびアフガニスタンの独立にいたるまで、一四カ条におよぶ内容がレーニンとトロツキーの連署によって承認されたのである。また、捕虜の送還もすぐさま行なわれた。

だが、それでもドイツ軍の進撃は止まらなかった。なかでも三月十一日、オデッサにはいったドイツ軍は、黒海に展開している戦艦をはじめとする艦隊の大多数を鹵獲《ろかく》している。以後も割譲地域におけるドイツ軍の進軍は続けられ、四月の末日までに、北はヘルシンキから南はクリミア半島の先端にあたるセバストポリにいたる長大な線の占領がなされた。ついでながら、ウクライナには暫定的な軍政が敷かれることとなり、四月二十九日、のちにルーデンドルフの後任となるヴィルヘルム・グレーナーが総督に任命された。

ともあれ、こうして旧ロシアは敗れ、東部戦線は地上から消えた。消えずに残されたものはドイツ軍の五〇個におよぶ歩兵師団であり、その兵員総数は二〇〇万の余を数えた。要するに余剰の部隊が一気に現出したことになる。常識的に考えれば、この巨大な軍団はすぐさま西部戦線に送りこむべきであろう。事実、ブレストリトウスクにおいてトロツキーを相手どって条約の成立をおしすすめた東部軍参謀長のマックス・ホフマンは、西部戦線への軍団の移送を検討せよと参謀本部から命ぜられていた。だが、ホフマンは「諾」とはしなかった。

――東部戦線の軍団は、三十五歳をこえた老兵が中心である。このような連中を送ったところで無価値である。

とだけ答え、ルーデンドルフもこれにしたがった。

ホフマンとルーデンドルフの方針がはたして正解であったかなかったかは歴史が語ることであろうが、実際のところ、西部戦線における三〇〇万人のドイツ軍兵は非常に疲れていた。戦線に展開している全兵士の約半数が、開戦よりこのかた休みなく戦いつづけてきたためで、戦線を堅持するだけでも精一杯の状態であったといっていい。

ひるがえって連合国軍はどうであるかというに、開戦以来、戦線に置かれつづけた兵士は全体の一割しかなく、補給路がしっかりと固められていたこともあり、あらたな兵員がつねに送られつづけていた。師団数こそ、一九二個師団をかぞえるドイツ軍にたいして連合軍は一六一個師団しかなく、兵士の熟練度も下回っていたものの、体力的な面においてはまだ充分に戦いぬくことができたのである。ただし若年層の新兵はあらかた消耗しつくされており、西部戦線に送りこまれてくる兵士は後備旅団の「老兵」ばかりであった。こうした事実に、ドイツ参謀本部は気づいていたのかどうか。

なににせよ、中央同盟側にとって、もはや戦線はふたつしかない。中東戦線と西部戦線である。重要なのはもちろん西部戦線であり、はなはだしく膠着《こうちゃく》し、かつ絶望的なまでに泥沼化した戦争をこのあたりでひとおもいに終熄《しゅうそく》させるためには、たったひとつの方法しかなかった。

――イギリス軍を海へ追いおとし、パリを陥落させる。

ということである。

フランス軍はもはや死に体といっていい。意気軒昂としているのはアメリカ軍の増援を受けたことで体力をおおいに快復させたイギリス軍であり、やつらをフランス軍と分断させて海峡まで追いつめ、しかるのちにパリを占領することができれば、無間地獄のような戦争に終止符を打てるにちがいない。すくなくともルーデンドルフはそう考え、行動に移した。

カイザー戦である。

このヴィルヘルム二世に敬意を表した作戦名をもつ最終的な突破作戦は、西部戦線におけるドイツ軍の全力を傾注するものとなった。軍団はおおきくいって南北のふたつに分かれ、北方集団軍はバイエルン王国のルプレヒト王太子が司令官となり、南方集団軍はヴィルヘルム皇太子が司令官の椅子に座った。作戦の第一次攻勢（作戦名ミヒャエル）は三月二十一日、六〇〇〇門におよぶ集中砲火によって開始された。一斉に射撃された砲弾はほとんどがガス弾で、ジフェニール砒化塩素が核となり、ほかにマスタードガスやホスゲンガスなどといった毒ガスが使用されている。この一斉射撃とともにドイツ軍の強襲がなされ、イギリス軍の前線は初日で早くも崩壊した。ドイツ軍は勢いづき、一気に膨張した。

北方集団軍に属する第十七軍の指揮官はオットー・フォン・ベロウで、ドイツ軍のなかでも、かれほど皇帝に忠実な地主貴族《ユンカー》はおらず、突破戦術についても相当な才能をもっていた。かれの使命はアミアンを包囲陥落してイギリス軍を駆逐することにあった。

――北アミアン方向に軍をむけよ。

そうとだけ命じ、ベロウは進撃の途についた。

一方、南方集団軍に属する第十八軍の指揮官はオスカー・フォン・フーチェルだった。かれはのちに「フーチェル戦術」と呼称されることとなる巧妙な歩兵戦術によってリガの攻略をはたしたばかりで、麾下《きか》にひきいる第十八軍はドイツ軍のなかでは最強を謳《うた》われていた。ちなみにフーチェル戦術というのは、単純にいえば少数精鋭部隊を選抜し、一斉砲撃のすぐあとに突貫し、敵の前進塹壕には脇目もふらずに突破、後方に回りこんで殲滅《せんめつ》するというものである。このたび、フーチェルひきいる第十八軍のめざすところはアミアンとパリの分断、いいかえればイギリス軍とフランス軍の分断であった。フーチェルはよく戦った。眼前に展開しているイギリス軍をまたたくまに撃破、さらに登場してきたフランス軍もまた難なく砕き、強引なほどに部隊を旋回させながら、南西パリ方面へと進路をとった。

この第十八軍の進撃ぶりをまのあたりにしたのが南方集団軍司令官たるヴィルヘルム皇太子であった。皇帝ヴィルヘルム二世もそうだったが、かれもまた、生まれてより唯の一度も、パリに行ったことがない。パリは、かれにとって憧れの地であった。

（搶《と》りたい）

渇望した。

同時に、かれの脳裏では南方集団軍をひきいて堂々と凱旋門をくぐっている自分のすがたを想像し、狂おしいほどに昂揚した。南方軍の使命は北方軍を支援することにあり、パリの攻略を下達されているわけではない。まずは北方軍のアミアン奪取を支援し、次いでイギリス軍を海峡まで追いつめることが先決の課題であるはずだった。

だが、パリの魅惑が許してくれなかった。

――パリに向かおう。

信じられないような突然の方針変更であったが、たとえフーチェルといえども皇太子の命令は覆せない。フーチェルらは自軍の攻勢すべき地点をパリに設定しなおし、部隊をおしすすめた。ここでも、フーチェルは奮迅《ふんじん》した。驚異的ともいうべき速度で進撃し、敵正面の前線を幅四〇マイルに亙って砕いてみせ、ついにパリを射程内におさめてしまった。

ここで登場したのが、重量一三八トンにして砲身の長さが三〇メートルというクルップ社製の巨大砲であった。この途方もない怪物がパリの西方七五キロの地点に据えられ、市内への砲撃が敢行された。当初この巨大砲に名はつけられていなかった。だが、二二発の砲弾が撃ちだされてパリの市内を直撃した瞬間、たれがいうともなく「パリ砲」と呼ばれるようになった。

パリ砲の洗礼をパリが受けたとき、レイチェル・クレントン＝ワードはパリ市内のイギリス軍兵舎に身を置いていた。

戦線の病院にむかうべく部隊の準備を整えているころで、地響きとともに瓦礫と化した壁が崩れおちるのをまのあたりにした。この日、パリは七五キロの彼方から撃ちだされた砲弾によって一六名の死者をだしたが、それらの怪我人の応急処置のために駆けずりまわることとなったのが、ほかならぬレイチェルたちの部隊だったのである。

つまり、レイチェルの活動は、この三月二十五日、ようやく始まったことになる。

七

パリ砲がパリに襲いかかったときの情景について、

——ちょうど、空から弾道を見たよ。

と、滋野《しげの》清武《きよたけ》は日置《ひおき》釭三郎《こうざぶろう》に話してきかせた。

ただし、パリにおいての会話ではない。リヨンである。この時期、リヨンはパリにくらべて後方の補給基地のような存在となっており、なにより、滋野の拠点となっているのはリヨンだった。

これには若干《じゃっかん》ながら理由がある。滋野は昨年の三月、五機目のドイツ機を撃墜したことでエースの称号を受けた。空の英雄として、たれからも賞賛されるべき名誉を手に入れたのである。ところが、不運に見舞われた。夏八月、持病といっていい胃病が悪化したことだった。即座に入院した滋野は、ほどなくソンムからリヨンへの転地療養をよぎなくされたが、どうやら、不運ばかりでもなかったらしい。

「人間、幸運と不運とは常に合わせもっているものらしいよ」

微笑みまじりにいうとおり、滋野はリヨンにおいて、ひとりの女性と出会った。ジャーヌという名の二十一歳の女性だったが、すでに良人のある身だった。いや、正確にいえば、戦争未亡人だった。

身体をこわして療養させられている軍人と夫を戦争で失った女性とが恋に落ちるまではさほどの時間も必要とはしなかった。ふたりはほどなく結婚し、現在、ジャーヌ夫人の子宮には小さな生命が息づきはじめている。この数奇な愛の結晶はやがて巡り来る秋十一月に長女として生まれることになるのだが、ともかく、滋野としてはリヨンを拠点とせざるをえなくなっている。

すでに、かれはレジオン・ド・ヌール勲章も受けており、フランス在住の日本人のなかでは、かなり知られた存在となり、かれと面識のないものでも「バロン・滋野」の名だけは耳にしたことがあるというくらいには名を馳せるようになっていた。

そんな滋野のところへ、日置はときおり顔を見せにやってくる。

日置は、すこしばかり妙な事情のもとに現在、ボルドーに居を置いている。そのため、かれが足を運ぶのは、パリよりもリヨンやマルセイユのほうが多かった。とはいえ、ほとんどボルドーから出ることはなく、滋野のもとを訪れるのは同じように航空界に身を置いているという親近感からにほかならない。

そんな日置に、滋野は訊く。

「ところで……海軍はギュスターヴ・エッフェルと接触することに成功したようだね」

「はあ、いちおう。駐在武官の松村《まつむら》さんが尽力してくださり、中島《なかじま》などが会談をおこなったようです。ちょうど、そのころは、わたしはアンボワースに不時着していたものですから、会談には間に合いませんでしたが……」

「エッフェルというのは、なんだか、不運な才人だね。パリ万博のおりに建設した鉄塔はどうやらパリジャンには不評だというし……鉄にとりつかれてしまったおかげで、さんざんな人生のように見受けられる。

まあ、航空機にとりつかれてしまった僕がいうのも、なんだが……」

「ですが……フランス軍に見向きもされなかったことが、かえって我が海軍には良い結果をもたらしたともっていいでしょう。エッフェルの製作した風洞実験装置はかなり優れたものです。航空機が飛行するおり、どれだけ大気と気流の影響をうけるのか、どのような形にすれば風の抵抗を軽減できるかということについて、非常に明確な数値をはじきだすことができます。ここにドイツ軍の戦闘機資料が手にはいれば、わが国でも独自の戦闘機が開発できるようになるでしょう。……まあ、そのあたりのことは、松方《まつかた》さんの受け売りですが……」

「松方さんといえば……」

滋野は、自分とおなじくレジオン・ド・ヌール勲章を受けている松方幸次郎《こうじろう》の話題が出たついでに、という前置きで身を乗りだした。どうやら、海軍などの動向よりも、おなじような立場にある松方の動きのほうに興味があるらしかった。

「……あなたに、妙なことを頼んだようだね」

それが、日置のボルドー行きだった。

モラン・ソルニエ社の小型飛行艇に同乗してロアール河に不時着して以来、松方の日置にたいする信頼ぶりは加速度的に増していた。日置がロンドンにむかってイギリス航空の技術開発を研究しようとしたときも、下宿を紹介してくれたのは松方だった。日置の下宿先は「テンプル・ロッジ」という名を冠されたブラングィンなる高名な画家の屋敷で、そこの居間には松方幸次郎の肖像画が掛けられていた。当時、松方は川崎造船のロンドン支店に身を置いており、そこで在庫船をおおいに売りさばき、途方もない利潤をあげていた。松方のいる社長室には、入れかわり立ちかわり、さまざまな客が訪れていた。駐英大使の林権助《はやしごんすけ》や、その補佐となる吉田茂《よしだしげる》などはベルサイユ会議ののちには毎日のように顔を出すこととなるし、川崎造船とは切っても切れない関係にある山中《やまなか》商会ロンドン支店長の岡田友次《おかだともじ》、鈴木《すずき》商店ロンドン支店長の高畑誠一《たかはたせいいち》などはこの当時からの常連といってよかった。さらには帝国海軍艦政本部の面々から、在英の海軍武官たちも頻繁に訪れていた。日置がボルドーまで行く羽目になったのは、そうした戦時中とはおもえないほどに活気のある社長室でのことである。

——じつは、おりいって頼みがあるのだが。

と、松方は日置にむかって口をひらいた。

その日、社長室には常連たちが顔をそろえており、日置はすこしばかり場違いなところに顔を出してしまったのではないかと恥じ入るほどの雰囲気が漂っていた。

——すでに、海軍の艦政本部から航空技術委員会のほうには通してあるのだが、きみに頼みというのは、ここにいる岡田くんとともにボルドーまで出向いてほしいのだよ。なに、用は大したものではない。アンリ・ヴェヴェルというフランスではかなり著名な宝石商がいるんだが、その人物がどうやら日本の浮世絵を大量に所持しているらしい。しかも、このたび、全作品を売りに出しているという。総数は八二一三点におよぶらしい。話を持ちかけてきたのは岡田くんだから、当然、かれにはボルドーまで英ポンドを運んでもらわなければならない。だが、この御時世だ。不安がある。そこで、日置くん、きみに随行してもらいたいのだ。ボルドーで浮世絵を購入したあとは、岡田くんとともに戦争が終了するまで浮世絵の保管にあたってほしい。虫のいい話かもしれないが、きみの身分はあくまでも艦政本部付ということで話がついている。どうだろうか。

話がついているものにたいして、一介の海軍大尉がなにをどうしたところで拒むことなど出来るはずもない。日置としては、うなずくよりほかになかった。さらに訊けば、買取金額は英ポンドで五〇万ポンドであるという。天文学的な数字といってよかった。

「最初に金額を耳にしたときは、心底、吃驚《びっくり》しました。岡田さんとともにポルトガル船籍として売られた在庫船の客となってフランスに渡り、そのヴェヴェルなる人物から浮世絵を買いとるまで、ほんとうに気が気ではありませんでしたよ。もっとも、いいしれない緊張感は、いまも続いています。なにせ、八〇〇〇点からの浮世絵の管理保管ですから……。航空技術の研究に来たはずが、まさか、絵の番人をさせられることになるとはおもってもみませんでした」

「傑作だね、それは」

滋野は上品ながらも快活に笑いとばしたが、日置はかなり精神的に疲れているようだった。

「……松方さんは、その浮世絵のコレクションを皇室に献上するおつもりのようですが、そんな話を聞けば、なおさら、責任を感じてしまいます。まんがいちにもドイツ軍の進攻が怒濤のように始まって……まさか、そんなことはないとおもいますが……もし、パリが陥落するようなことにでもなれば、ボルドーに戦火がおよばないという保証はありませんから」

「そういう心配もあって、前線にほどちかいリヨンまで容子をうかがいに来ているわけだね」

滋野は、そこでふたたび微笑んだ。

「ねえ、日置くん。人生というのは、ほんとうに妙なもので、こんな戦争のなかでもさまざまな出会いがある。ぼくとジャーヌの結婚もそうだし、きみと松方さんの出会いもそうだ。おそらく、地中海に展開している連中も、ぼくらのようにさまざまな出会いを経験していることだろう。たしかに、ぼくは飛行機乗りだし、フランスの軍人となっている。きみもまた帝国海軍を代表して欧洲まで出向いてきた飛行機乗りだ。飛行機乗りにしては、おたがい、数奇な出会いをしているようだが、なにも、戦いは空の上にあるばかりじゃない。浮世絵を守りつづけることも、またひとつの戦いにはちがいない。もうすぐ、この泥沼のような戦争も終わるだろう。それまでは、立派に自分の役目をはたしてくれよ」

日置はこくりと頷いた。

じつをいえば、日置は自分の置かれている何処となく不安定な立場に自信が持てなかった。岡田と浮世絵の保管にあたることに不満はなかったが、しかし、同僚たちが天空や海上で雄々しく戦っている最中に、なんとも軍人らしからぬ役目を背負わされているのではないかという不安があったからだった。だが、滋野に面会したことで、そうした懸念がほんのすこし氷解したような安堵感があった。

日置はボルドーへと戻った。

八

日置釘三郎がひょんなことから浮世絵の番人をさせられはじめたころ、また小澤たちが仏輸送船「ラ・ロアール」を救助した日、マルタでは大きな変化があった。大正七年（一九一八）三月三十一日を期して、第二特務艦隊所属の駆逐隊の隊番号が変更になったのである。これはほどなく迫った一大任務のためもあっての編制替えで、すべての駆逐隊の番号が改められた。

以下に記す。

一・第十駆逐隊は第二十二駆逐隊と改称す

司令　海軍中佐　中山友次郎《なかやまともじろう》

桂《かつら》艦長　海軍少佐　江口喜八《えぐちきはち》

楓《かえで》艦長　海軍少佐　森田弥五郎《もりたやごろう》

梅《うめ》艦長　海軍少佐　田村重彦《たむらしげひこ》

楠《くすのき》艦長　海軍少佐　山崎圭二《やまざきけいじ》

二・第十一駆逐隊は第二十三駆逐隊と改称す

司令　海軍中佐　青木董平《あおきくんぺい》

杉《すぎ》艦長　海軍少佐　小籏巍《たかし》

柏《かしわ》艦長　海軍少佐　後藤章《ごとうあきら》

松《まつ》艦長　海軍少佐　中原市介《なかはらいちすけ》

榊艦長　海軍少佐　蒲田静三《かまたせいぞう》

同隊臨時附属艦

栴檀艦長　海軍少佐　田尻敏郎《たじりとしろう》

橄欖艦長　海軍少佐　石川光儀《いしかわみつよし》

三・第十五駆逐隊は第二十四駆逐隊と改称す

司令　海軍大佐　河合退藏

樫艦長　海軍少佐　植松練磨《うえまつとうま》

柳艦長　海軍少佐　岩崎本彦

檜艦長　海軍少佐　田川薫《たがわかおる》

桃艦長　海軍少佐　古川良一

四・特務船

東京指揮官　海軍大尉　中円尾義三

西京指揮官　海軍大尉　板垣盛

この改められた第二特務艦隊に課せられたものが、いまも触れた一大任務である。もちろん、地中海をゆく輸送船の護衛にはちがいないのだが、これまでのものとは規模が遙かに異なっていた。

このたび、西部戦線の急激な旋回により、連合軍は大量の兵員の補充をはからなければならなくなり、急遽、九隻の快速船「カイゼル・アイ・ヒンド」「カレドニア」「インダラ」「カンバラ」「リーソーカッスル」「マルワ」「オムラ」「オルモンド」「ノルマン」による大輸送船団をかたちづくり、アレキサンドリア港からマルセイユ港まで決死のピストン輸送をすることとなった。その護衛である。

九隻からの大型輸送船を護衛するには、これまでのように小隊編制の駆逐隊では到底、不可能といっていい。となれば、艦隊の全兵力を投入した一大護衛部隊を構築するよりほかにない。そうしたこともあって司令官の佐藤皐藏《さとうこうぞう》は隊番号の変更もおこない、それによって全乗員の気分一新をはかろうとしたのだろう。

もっとも、地中海をゆく連合軍の補給船舶は、なにも右記のものばかりではない。それこそ、数えきれぬほどの大小船舶が各地の戦線へむけて兵馬を運び、武器弾薬から糧食にいたるまで、ありとあらゆる兵站《へいたん》物資を輸送している。そこには連合諸国の護衛艦船が連なっているし、第二特務艦隊もまた参加している。

たとえば、大輸送船団の護衛活動は四月十一日から始められたのだが、そのおり、護衛艦となったのは「檜」「樫」「桃」「楠」「梅」であり、アレキサンドリアから中継港のマルタまで護衛し、マルタからマルセイユまでは「柏」「栴檀」「橄欖」および英駆逐艦「コルヌ」「レナルド」「フェニックス」が護衛につくという日英海軍合同による一大作戦となった。したがって艦隊に所属するすべての艦艇がいちどきに出払うわけではなく、任務から外れた艦艇は他の輸送船の護衛に立つというように按配された。

「なににしても……」

そういって口をひらいたのは「檜」に乗りこんでいる長瀬《ながせ》長市《ちょういち》だった。

「……先鋒として重大任務に赴くのは気分のいいものです」

かれは吹きよせる春風に顔をむけながら、航海長の小澤のもとに就いている。それなりに名誉なことであったのだろう、これまでの業務のおりとは顔つきも物腰も違ってみえた。だが、小澤ばかりは普段どおりの仏頂面《ぶっちょうづら》で、船団の水先案内に立っている。

「ところで、航海長」

昂揚感のためだろうか、長瀬の口数はいつになく多い。

「じつをいうと、地中海に乗りだした当初は、護衛任務というのはあまり嬉しくはありませんでした。ですが、このごろ、こんなことを考えるようになったのです。たとえば、アミアンあたりで弾薬が造られたとしますね。すると、弾薬は鉄路を通ってパリからマルセイユまで運ばれ、そこから輸送船で地中海をわたり、やがてアレキサンドリアまで運びこまれ、さらに陸路を利用してアカバにあるアラブ軍の拠点まで運送されてゆくことになります。反対に、たとえば、エルサレムで負傷した英軍兵士はアレキサンドリアからマルセイユ、そしてボルドーもしくはパリに移送され、やがてロンドンにまで送還されてゆきます。物資にしても兵員にしても、途方もない距離を移動することになるのですが、どの場合も、地中海を……その重要な中継基地となっているマルタを……通っていかねばなりません。そして、そのおりには、ほとんど、かならずといっていいほど、われわれが護衛に立っている。つまり、われわれは、たとえ後方支援とはいえ……それは兵站線を死守するという、輝かしき後方支援をおこなっているということになります。航海長」

「なんだ」

「われわれは、充分に胸を張ってもよろしいのですね」

「あたりまえだ」

いまさら、ばかばかしいことを口にするな、というような顔つきで小澤は口の端で嗤った。

「つまりは……扇の要というやつだ」

「……扇の要……ですか」

「そう」

あたまのなかに大きな欧洲の地図をひろげてみろと、小澤はいった。地図の上にこれまた巨大な扇をのせてみるがいい、すると、扇の片方の端はパリにとどき、もう片方はエルサレムにとどく、そして扇の幾本もの骨は地中海のどまんなかにある島を中心にして開かれていることがわかる。

「その島こそが、マルタだ」

要するに、われわれは扇の要のような島にあって、戦争の要ともいうべき任務に就いている。われわれの任務は決して表舞台に出て戦闘行為をしているのではないが、なによりも重要な後方支援を受けもっている。それは十二分に自負していいことであろう。

「男冥利に尽きる任務ではないか」

なかでも、このたびの大輸送船団の目的は、危機に瀕しようとしている西部戦線に、ありったけの連合軍の兵員を送りこむという、いわば戦争の趨勢《すうせい》を定めることになるといっても過言ではないほどの重要さを孕んでいる。輸送業務は七月の半《なかば》（実際には十四日）まで行なわれることになるだろうが、おそらく往復五回は輸送業務が取りおこなわれるにちがいない。われわれは決して臆することなく護衛をつづけ、輸送船の被害を最小限に食いとめ、ひとりでも多くの兵士を西部戦線に送りこまねばならない。

「われわれが失策するようなことにでもなれば、そのときは連合軍が敗北することになる」

だから、こころして業務を遂行しろ、と小澤はしめくくった。

もちろん、小澤のそうした台詞はなにも長瀬にのみ向けられたわけではない。艦内にあるすべての将兵にたいして発せられたものでもあり、もっといえば自分自身にたいしても戒めるように呟かれたものでもあった。

九

ここに第二特務艦隊は、遠征最大の任務に就いた。

ただし、いかに司令官の佐藤皐藏が一大号令をかけようと、また新たな編制表に名を掲げられようとも、一歩たりと動くことのできぬ駆逐艦がある。ギリシャのピレウスにある造船所で復活のときを待ちつづけている「榊」であった。なるほど、安曇がツーロンの仏海軍工廠から持ちかえってきた備品によって復元まではあと僅かなところにまで漕ぎつけてはいたが、海原にその復調した体軀を進ませるまでには到っていない。

「……いましばらくは、時間が掛かりそうだ」

そう、陽春のあわあわとした旭光が窓辺から注がれてくる寝室のベッドで、安曇はいった。

かたわらでは髪をやや乱したイレーヌ・キャリスタ・メルクーリが、眩しげに双眸をほそめつつ、天井を見つめていたが、やがてむくりと起きあがり、シーツをからだに巻きつけたまま窓辺に立った。

窓からは白亜《はくあ》に彩られた露台《バルコニー》越しにエーゲ海が眺められる。寄せては返す波の音ばかりが耳朶《じだ》にとどき、どこからか近在の子どもたちのたてる笑い声が潮風とともに漂ってくる。

イレーヌの父の遺したもののひとつにイドラ島の別荘がある。オリーブの木が点在する庭に囲まれた丘の上の瀟洒《しょうしゃ》な建物で、赤甎《あかがわら》のやや勾配のきつい屋根が特徴だった。ピレウスからは彼女所有の小船で一時間あまりという近さにあり、安曇も転地療養の名目で、このところ頻繁に訪れるようになっていた。

「そこの棚にパイプがあるな」

何気なく、安曇は口をひらいた。

寝室の壁に備えつけられた大きなガラス戸棚のなかに、海泡石を削ったパイプがある。壺のところが獅子の顔になっている代物だった。イレーヌがいうにはイスタンブールの職人が彫ったものらしい。だが、相当に凝った彫りで、これだけの職人はもう、トルコ中を探してもいないだろうと、かすかに自慢した。

「父のね、形見なの。海泡石のパイプは最初はここにあるように純白なのよ。でも、使っていくうちに脂《やに》のせいで飴色に変わり、やがて琥珀色に輝いていくのよ。父が愛用していたパイプは、琥珀色になっていて、とても綺麗だったわ。父はね、わたしの夫になるひとに……メルクーリ家の資産を……もう、ほとんど残ってないけれど……それを継いでくれるひとに、このパイプを贈るつもりだったのよ」

「ならば……おれは……手を触れる資格すらないわけだ……」

自虐気味に、安曇はひとりごちた。

「……こんなことを、ときおり、おもうの」

ベッドのなかに戻った彼女は、安曇の胸に顔をうずめながら、囁く。

「……造船所に忍びこんで、あなたの艦《ふね》に火をつけてやろうかしらって……」

「物騒なことをいうんだな」

「あなたがそうしてもいいっていうんなら、明日にでもマッチを持っていくけれど、どう？」

「マッチごときでは、駆逐艦は燃えないぞ」

「燃えるかもしれないわよ。ね、でも、もし燃えたら、また修理しなくちゃいけないわ。そうなったら、もうしばらくどころか、今年の夏休みはこの島で過ごすことができるわ。どうする、十兵衛……？」

安曇は、すこし考えた。どうせ、火をつけるなら、造船所に爆弾を仕掛けて爆発させたほうが、長くイレーヌとの日々を過ごせるかもしれないなと、なかば、真剣に想像していた。そんな自分に気づいたとき、かれは「おれも、仕様もないやつだな」と自嘲気味に微笑んだ。安曇は優しくイレーヌの髪を撫で、シーツにつつまれている魅惑的な肌を抱きよせた。

「まえに、瀬戸内が懐かしいという話をしたが、憶えているか」

「なんとなく……」

「おれの安曇という名は、日本語のなかでもかなり古いことばでな。もともとは、海に生きる民のことをそう呼んだらしい。ヨーロッパでいえば、ポセイドンのようなものとでもいえばいいのかな。おれのこの濃い顔は、おそらく、先祖が南方の何処かから流れついてきたからなのだろう。だが、いつの時代からか、おれの祖先は山のなかで生きることを選んだらしい。それが信州というところだ。信州というところは不思議なところでな、山に囲まれていながら、海に関わりが深い。おおきな神社に祀られている神も、海の神だ。また、ふるい血筋の家があり……村上《むらかみ》というのだが……これもまた、一族から水軍が生まれている。そして、その水軍は瀬戸内海に跋扈《ばっこ》した。どういう精神の流れが、信州と瀬戸内のあいだにあるのか、おれにはわからない。だが、おれは譬《たと》えようもなく信州が懐かしいし、瀬戸内もまたこよなく懐かしい。たぶん、おれは、そのどちらかで生涯を終えるのだろう」

「……エーゲ海で死のうとは、おもわないのね」

「エーゲ海でも、クレタ海でも、アドリア海でも、イオニア海でも、おなじことだ」

「だったら……」

わたしのなかで死ぬのはどう……といってイレーヌはその均整のとれた美しい四肢をからめてきた。そして安曇に接吻の雨をふらせながら、おもむろに彼にまたがり、腰を律動させはじめた。安曇のなかの血潮が騒ぎだし、イレーメもまた体内の奥深くで海神が目覚め、彼方へ去っていたはずの潮騒が、大きな長濤《うねり》となって寄せはじめていた。イレーヌは突きあげてくる海《かい》嘯《しょう》のような情動のなかで両掌を安曇の首にまわした。おもわず、ちからがはいる。かすかに咽喉が締めつけられ、息がつまった。

「ちょっぴり、本気よ……」

「……おまえの海のなかで死ぬのなら、それでかまわない」

咽喉を締めつけられる苦しさよりも何故か嬉しそうな微笑みをみせながら、安曇はこたえた。イレーヌはさらに両手にちからをくわえたが、それも束の間、ほとばしるような叫びをあげて激しく四肢を動かし、やがてそのまま全身を安曇の胸に浴びせかけるようにして抱きつき、津浪の頂点へと、こころを漕ぎださせていった。

ちょうど、おなじころ、マルセイユでは五木喜久松の鉄拳が、英国水兵の頬骨を砕いていた。水兵はもんどりうって小路のかたすみに転がり、つみあげてあった葡萄酒《ぶどうしゅ》の空き瓶のなかで呻き、切れた口許から血をながし、腰をぬかしたまま、あとずさった。

——やめて。

という金切り声が喜久松の行動を制しようとしたが、この声の主のカトリーヌにたいしても、喜久松はふりむきざまに頬を平手打ちにし、そのまま、震えあがっている水兵には一瞥もくれず、彼女の手をちからまかせに引っぱり、ついいましがたまで男を連れこんでいた懐かしい安アパートの一室にはいり、おしたおした。

「なぜだ……っ」

涙に濡れている頬を、いま一度、張りとばした。

「……なぜなんだ……っ」

おれはおまえにありったけの金をあたえてある、おれは文無しのまま海にでている、海にでて敵と戦いつづけている、にもかかわらず、どうして、おまえは昔のような商売をするのだ、男をおれの金で借りてやった部屋に誘い、連れこんで肌をあわせ、どうして金を稼ごうとするのだ、おまえはそんな浮気性だったのか、それとも男無しでは生きていけないとでもいうのか、どうして待てない、戦争が終わっておれが迎えに来るまで、なぜ、待てないのだ。

「こたえろ、カトリーヌ」

わなわなと怒りに震えながら、喜久松は呶鳴《どな》りつけた。だが、カトリーヌにもカトリーヌなりの抗弁はある。あんたを信じてないわけじゃない、でもお金は要るんだ、生きていくためだけじゃないお金が要るんだよ、それにあんたがここへかならず戻ってくるって一体誰が保証してくれるんだい、あたしをパリに連れていって、それから故郷まで見せてくれるって、どこの誰が保証してくれるんだい、あんたの残してくれた金がいつまで続くっておもってるんだ。

「……あんたのことは大好きだけど……世界で、いちばん、好きだけど……」

「……生きていくために……また、身体を売ろうっていうのか」

この売女《ばいた》が……という一喝を、喜久松はかろうじて堪えた。堪えて良かったろう。なぜなら、つぎにカトリーヌの発した台詞は、喜久松の怒りも辛さもなにもかもをけしとばし、さらに大きな苦悩を導きかねないものだったからである。

「あたしのお腹のなかには……あんたの子どもがいるんだよ……子どもができたんだ。今度のクリスマスには生まれてるんだ。あんたがいるかどうかわからないクリスマスには……」

「……子ども……おれの子ども……っ」

喜久松は、おもわず絶句した。

「だから……」

カトリーヌは、喜久松に縋《すが》りつき、さめざめと泣きながら、いった。

「……だから、クリスマスには帰ってきて。そう、約束して。待ってるから。ちゃんと待ってるから。あたしと子どものところに戻ってきて……」

第十章　永《えい》訣《けつ》

一

事象《ものごと》には、定義というものがある。

成立するための条件といいかえてもいいのだが、ここに幾つか、あげられる。たとえば、みずから戦さの場は求めない、対峙する相手にたいして先制攻撃は仕掛けない、あくまでも邀撃《ようげき》に徹して定められた領域の外まで深追いはしない、行動の目標とするものは対象物の守護をおこなうことよりほかには絶対的に無い、という条件（定義）があったとしよう。それらを完璧に満たすものは、ときに「守護神」と呼ばれる。

一般的に「守護神」なるものは、国家や民族や家や個人や職業や寺院や団体などを守るものとされている。きわめて特定された範囲の「まもりがみ」である。この場合、かれらの守るべきものは「地中海を渡ってゆく船団」であったが、このころ、連合国のひとびとはかれらをして「船団の守護神」とは呼ばなかった。

船団という小さな対象物ではなく、もっと大きくひろがりをもたせたうえで、

——地中海の守護神。

と、誰言うともなく呼ぶようになっていた。

もちろん、その「守護神」とは遙か地球の反対側から派遣されてきた第二特務艦隊のことであり、かれらがそう呼ばれるようになっていったのは、とりもなおさず、戦線から戦線へと物資を運んでゆく大輸送船団《コンヴォイ》の護衛を立派に果たしたからにほかならない。

第二特務艦隊は、たしかによくやった。がんばった、という表現はきわめて安易ではあるが、そういってやるのが、いちばん好《よ》いかもしれない。なるほど、かれらは敵と戦うために出撃しているのではなく、あくまでも後方支援に過ぎない。地中海を運ばれてゆく

兵員や物資の護衛に任じられているにすぎない。しかしながら、かれらの艦隊行動は、地中海を遊弋《ゆうよく》する連合各国の艦船の注目をあびた。

いや、目を瞠《みは》らせたといっていい。なにより、かれらのすがたが美しかった。どのような国の艦隊であっても、航行してゆくおりに多少の列の乱れはあるものだが、第二特務艦隊にかぎっては微塵たりともそのようなことはなかった。藍《あお》き波を割ってゆく艦首は陽光をきらびやかに反射させ、蒼き天にむかって衝きあげている艦橋はかぎりなき矜持《きょうじ》をたたえ、黒き光沢をおびた煙突からは雄渾を絵に描いたように濛々《もうもう》と煙が噴きあがり、主砲も魚雷発射管もデプス・チャージの投下装置もいつなんどき敵潜が出現してもよいように緊張の糸を張りつめさせて洋上を睨《にら》みつけ、僚艦との距離をつねに一定に保ちながら運送船を臍《へそ》とした輪形陣を威風堂々と組みつづけていった。

まさに一糸乱れぬ航走ぶりといっていいのだが、その操艦術は、もとをたどれば明治のころに英国海軍より直伝されたものであった。が、大正期にいたって、日本海軍は遙かに師《イギリス》を凌駕《りょうが》するほどの操艦ぶりを誇るようになっていた。

他国の艦船は、そうした護衛のさまをまのあたりにするたび、

——真似のできる操艦術ではない。

と、驚嘆し、さらに誰が言いはじめたものか、

——地中海の守護神。

と、褒《ほ》めそやすようになっていった。

最終的に、かれらのおこなったアレキサンドリアとマルセイユ間における大輸送船団の護衛業務は、計五回（往復一〇回）におよんだ。そのひとつひとつについて詳細に述べることも可能だが、あまりにも膨大なものになるし、煩瑣《はんさ》を避けるためにも簡潔に触れておきたい。

第一回の護衛航行は輸送船七隻の護衛で、往航は四月十一日、復航は四月二十日におのおの出航した。第二回は往航が五月一日、復航が五月十日。第三回は往航が五月二十六日、復航が六月六日。第四回は往航が六月十八日、復航が六月二十六日。第五回は往航が七

月五日、復航が七月十四日となっており、輸送船団はおおむね一度の航行で二万名におよぶ兵士を中東戦線の補給拠点であるエジプトから西部戦線の主要な舞台であるフランスまで運びこんでいる。

　護衛に立った艦船は第二十四駆逐隊（樫、檜、桃、柳）、第二十三駆逐隊（杉、柏、松、栴檀、橄欖）、第二十二駆逐隊（桂、楓、梅、楠）、そして特務船（東京、西京）から抽出された小隊数個だった。この、常時おおむね四小隊八隻前後とされた護衛部隊は、中継地点となっているマルタへ安着するたび、あらたな数個小隊と交替した。乗員の体力の問題というよりも、航続距離に限界があるためだった。ともあれ、そのようにして執《と》りおこなわれていった今回の護衛任務で、第二特務艦隊は、おおよそ一〇万名という数の兵士を守りつづけ、西部戦線へ投入するための支援行動を成立させていったことになるのである。

　とはいえ、いちどきに二万もの数の兵員を輸送するのはたしかに巨大な任務ではあったが、数千規模の兵員輸送もまた、片時たりとも休むことなく続けられていた。かつ、それらの小さな輸送船団の護衛には、ほとんど第二特務艦隊の艦船が充《あ》てられていた。

たとえば、山口《やまぐち》多聞《たもん》の乗りこんでいる「樫」なども、大輸送業務のすべてにわたって参加しているわけではない。若干《じゃっかん》、くわしく足跡を追ってみる。第一回時は往航を中途まで任され、僚艦ともどもアレキサンドリアから中継地点のマルタまで護衛した。第二回時は参加しておらず、第三回時は往航の中途から参加した。つまり、マルタからマルセイユまでの護衛である。また第四回時は復航に参加したものの、このおりはタラント・アレキサンドリア間の護衛にとどまった。そして最後の第五回時は往航ではあったが、航路は前回と逆でアレキサンドリアからタラントまでの護衛行動に就いている。それらの護衛航行のほかは、多聞は大輸送船団とは行動をともにしておらず、毎時、あらたな任務をあたえられ、服していた。

　そのような小任務のなかで、たったひとつだけ、多聞には忘れがたい思い出がある。

　大正七年（一九一八）五月三日のことだった。

多聞を航海長とする「樫」は、そのおり、五木喜久《いつききく》松《まつ》の乗りこんでいる「桃」とともに二隻の英輸送船を護衛しつつ、アレキサンドリアからマルタに急いでいた。輸送船の名は「パンクラス」と「メノミネ」といった。

午後一時三十五分のことである。北緯三六度三二分、東経一九度五二分という、ちょうどクレタ島とマルタ島の中間地点であり、アレキサンドリアからマルタへいたる航路でいえば、道なかばを過ぎたあたりといっていい。このころ、Uボートが出没するのはイタリア半島とシチリア島のあいだを流れるメッシナ海峡、チュニジアのボン岬沖、そしてアレキサンドリアおよびタラントの港湾近海と目されていた。実際、それらの重要な航路において第二特務艦隊は敵潜の影を発見し、跳ねとぶようにして攻撃に出るという活動をつづけてきた。どちらかといえば、大海原のなかにあっては敵の襲撃は数少なかった。ところが、このたびはそうではなかった。

地中海のどまんなかで敵が牙を剝《む》いてきたのである。

——右舷正横四〇〇メートル、魚雷。

という悲鳴をあげたのは「パンクラス」だった。

このとき、多聞の乗りこんだ「樫」は最後尾にあった。もっとくわしくいえば先導左側の「メノミネ」の左舷後方七六〇メートルにあり、喜久松の乗る「桃」は先導右側の「パンクラス」の右舷後方七六〇メートルに占位しつつ、航走していた。

「しまった……っ」

そう、多聞は自分の迂闊《うかつ》さに声をあげたし、喜久松もまた司令部付参謀としてはあまりにも気が緩《ゆる》んでいたと舌打ちした。

いや、ほんとうのところをいえば、喜久松は自分でも気づかぬうちに余分なことを……カトリーヌのことを……考えるようになってしまっていた。海原を眺めていると、あわあわとした濛気《もうき》のなかに彼女の顔が浮かびあがり、涙をこらえた視線をむけてくるのである。だが、喜久松にはなにもしてやれない。子が宿っているという腹に手をあてて撫《ぶ》してやることもできなければ、彼女の落ちつかぬ気持ちを和《やわ》らげてやるような手紙さえ出してやれなかった。もしも、このままカトリーヌが子を産んだら、どうすればよいのか。

――おれは、海軍を辞めなければならないのか、艦を降りなければならないのか。

などと海路を眺めながら自問するばかりで、どんな回答すらも考えられなかった。

そのような煩悶をかかえた護衛活動のなかの、いきなりの雷撃であった。

「なんてことだ……っ」

と、おもわず頭をかかえるようにして、喜久松は叫んだ。

が、なにをどう悔しがったところで「パンクラス」の被雷は現実であり、緊急電によれば右舷側に夥《おびただ》しい浸水が見られるという。いまは、なにをさておいても救助活動に出なければならない。喜久松はカトリーヌの幻影を必死になって振りはらいながら、前方で傾斜している「パンクラス」に視線をむけた。

二

このとき、樫艦長の植松練磨《うえまつとうま》（少佐）は総員にたいして「メノミネの右舷正横へ進出、ただちにパンクラス乗員の救助にあたるべし」と告げ、艦を驀航《ばくこう》させた。最大戦速で長濤《うねり》を割りはじめた「樫」は煤煙を濛々と立ちあげながら、二隻の英船のあいだに進出した。ちょうど「メノミネ」を背にして敵潜の襲撃に備えるといった態勢になったのだが、眼前には数隻の短艇が漂っていた。退去した「パンクラス」の乗員が乗りこんだ短艇だった。どうやら、雷撃されてすぐ、傷病兵たちだけでも脱出させようとしたものらしい。

「すみやかに救助活動にはいれ」

という植松の指示によって「樫」の総員は二隻の短艇からイギリス人たちを甲板まで助けあげた。だが、数は少ない。船員四六名に軍人四六名という僅少なものでしかなく、そのほかの三〇〇〇名をこえる乗船員たちはいまだに「パンクラス」のなかに残留しているという。

「なぜだ……っ」

　と、植松が叫んだのは無理もないことだった。

　が、理由はある。被雷の衝撃によって、この二隻以外の短艇が弾きとばされてしまったため、短艇による脱出がほとんど不可能になってしまったからだった。また、船がいまだ沈没していない以上、焦って海原へ身を躍らせることもないと「パンクラス」の船長は判断したらしい。

　植松と多聞は、そうした説明を耳にするや、前方にある「パンクラス」を睨みつけた。なるほど傾斜はしているものの、さしあたって沈むような気配はない。

「しかし……このままでは……」

　漂流するのが落ちだ、という台詞《せりふ》を多聞が口にしかけた瞬間、英船の向こう側で巨大な爆裂音とともに水柱が奔騰《ほんとう》した。おそらく僚艦の「桃」がデプス・チャージによる攻撃にけいったのだろう。だが、結局のところ、喜久松たちの攻撃が功を奏したかどうかは判断がつかなかった。

　このおり、駆逐艦「桃」には小隊司令の河合退蔵《かわいたいぞう》（大佐）が乗りこんでいた。河合は参謀職となっている喜久松、そして桃艦長の古川良一《ふるかわりょういち》（少佐）とも協議の上、

　――中継地点のマルタまで曳航するべきである。

　という結論に達した。

　もっとも、一口に「曳航する」といっても並大抵な作業ではない。わずかまえに「檜」と「柳」が「ラ・ロアール」を曳航したが、そのおり、曳索は三度も切れたし、最後には擱座《かくざ》せしめるよりほか、手の施《ほどこ》しようがなかった。だいいち、いまも敵行した爆雷攻撃の効果はまったく判然としていない。おそらく、敵潜はいまだに附近の海面下にあって身を潜めているにちがいない。よほど厳重な警戒をしたうえで曳索のとりつけをしなくてはならないし、かつ、曳きはじめてからも脂汗がでるほどに細心の注意をはらいつつ航行していかねばならないだろう。

　だが、

「どのような懸念があろうとも、沈没する気配のない

船を見捨ててはおけない」

　という河合の判断は、海の漢《おとこ》としてはきわめて当然なものであったろう。

　結果、曳船の役目は「桃」が執《と》ることとなり、多聞らの「樫」は護衛のために最後尾についた。英船「パンクラス」の甲板には残留している乗員たちが山のように蹲《うずくま》り、毛布を肩にかけながら、曳航されるがままになっている。駆逐艦の「桃」から自船にわたされた曳索のぴんと張りつめた容子《ようす》に瞳を凝らしている。なかには故郷の歌を口ずさんでいるものもあり、いつしか、それが大合唱となって「桃」の甲板にまで届いてくるようになった。

　こうしてマルタへむけての曳航作業は始められたのだが、やはり、ほどなくして敵潜の襲撃に見舞われた。

「来たか……っ」

　艦内で一斉に声があがり、多聞らは周辺洋上に瞳を馳せた。

　刹那《せつな》、ふたたび、司令艦橋内に大声が張りあがった。叫んだ艦橋見張員が報告するには、艦の左右に敵潜望鏡が望まれるという。なんだと……とばかりに双眼鏡を覗きこめば、たしかにそのとおり、二隻のUボートのものとおもわれる潜望鏡がある。左右両側にある。そして、どちらも艦にたいしてほぼ直角となりながら、突きすすんでくる。しかも、ただ、まっしぐらに向かってくるだけではなかった。

「魚雷です、左舷二点八〇〇メートル……っ」

　安武又喜《やすたけまたよし》が、金切り声をあげた。

　植松の指示どおり、多聞はすぐさま取舵をとって魚雷を躱《かわ》したものの、いったい、左右の敵のどちらにたいして攻撃を仕掛けたものか、考えあぐねた。左にむかって突進すれば背後から強襲されるであろうし、右にむかって攻撃を仕掛けたところで同じ展開が待っているにちがいない。だが、左右どちらかの敵を仕留めないかぎり、挟撃の窮地からは逃れられないだろう。

「艦長……っ」

　どうすればいいんですか、という表情のまま、多聞は顔をむけた。だが、植松は即答しない。かれもどうやら、どのようにこの緊急事態に対処してよいのやら即座には決断しかねているらしい。

だが、敵が待ってくれるはずもない。実際、艦橋内では「つづいて魚雷……っ」という叫びが噴きあがっていたし、多聞は無我夢中になってジグザグ航行をつづけ、かろうじて魚雷を回避しつづけるのが精一杯というありさまだった。もはや、思考するという段階ではなく、本能的に危険を躱しつづけているという状態で、視界そのものが限りなく狭まりだしていた。

ところが、

（このままでは、やられる……っ）

そう、多聞がこころのなかで悲鳴をあげたとき、信じられないことが勃発した。ふたたび、安武又喜が声をあげて「右舷三点、別な艦影があります」という報告を飛ばしてきたのである。そして、瞬後、おなじ右舷方向で巨大な爆裂音が轟いた。

（……いったい、なにが勃こっているんだ……）

なかば恐慌状態となりながらも咄嗟《とつさ》に前方へ眼をやれば、僚艦「桃」に曳航された「パンクラス」がよろめきながら波をかきわけ、そのかたわらでは「メノミネ」が介添えするようなかたちで航走している。つづいて左方に瞳をむければ、いまだに敵潜の潜望鏡が遊弋し、雷撃の機会をうかがっている。では右方はどうか。これが、信じられないことに潜望鏡があったとおぼしき海面が爆裂し、天を衝くほどの水柱が騰がっていた。

（……水雷か……）

そう、多聞が察した瞬間、緊急電が飛びこんできた。安武が視認した「別な艦」からの緊急電だった。打電されてきたのは平文で、冒頭には「我れ、榊」とあった。

つづいて「敵潜襲来の救助信号に接し、すみやかに敵潜制圧の支援に入らんとす」とある。多聞は、信じられないような思いのまま、いまいちど、右方のかなたをふりかえった。

まちがいない。ギリシャはピレウスのバイロス造船所で修理にはいっていた駆逐艦「榊」の勇姿が、そこにある。

ということは……と、多聞は胸中につぶやいた。

（……ということは……安曇《あずみ》さんか……っ）

多聞の察したとおりだった。

安曇十兵衛《じゆうべえ》の撃ちはなった魚雷が、敵潜の艦橋をとらえたのである。樺型駆逐艦「榊」には四五センチ連装魚雷発射管が二基、備えられている。戦闘海面に到着し、敵潜水艦の潜望鏡を発見するや、ただちに乾坤《けんこん》一擲《いってき》の雷撃を敢行したのであろう。

「安曇さん……っ」

呵々《からから》という安曇の嗤《わら》い声が届いてきそうな気になるほど、多聞は感激していた。

だが、あとで「榊」の乗員に聞いたところによれば、安曇は嗤ってなどいなかったらしい。魚雷の敵潜炸裂を確認するや、その直撃点めがけて「榊」の主砲を旋回させた。そして苛烈きわまりない砲撃を敢行しはじめていたという。

容赦ない猛撃といってよかった。多聞たちの危急を救うべく攻撃を続行しているのか、それとも、かつての被雷の復讐を誓っているのか、多聞にはどちらとも判断はつかなかった。だが、僚艦「榊」の出現によって戦闘の趨勢《すうせい》は一気に逆転した。

「護衛艦隊左八点、一斉回頭。目標を左舷後方七〇度の敵潜に絞れ……っ」

という植松の指示が飛び、多聞らは一斉に左舷後方に遁走《とんそう》しつつある敵潜への攻撃にかかった。

主砲が凜々《りんりん》と吼《ほ》え、海原に無数の水柱が立ちあがった。一気に海面の温度が上昇し、濛気が蟠《わだかま》り、極端な長濤《うねり》が生じた。だが「樫」は攻撃をやめない。ここでわずかでも隙を見せれば、敵潜はふたたび雷撃の態勢をととのえるであろう。そのようなことになれば、今度は「メノミネ」が襲われることになるかもしれず、悪くすれば「パンクラス」が止《とど》めの一撃を食らうことにもなりかねない。いや、曳船となっている「桃」までも窮地に陥りかねない。敵を完全に撤退させるか、もしくは撃沈せしめるまで、多聞らは攻撃の手を休めてはならなかった。

「脇目をふるな。徹底的に撃ちつづけよ……っ」

仁王のように踏んばりながら、植松は声が嗄《か》れるまで命令しつづけていった。

三

　ときに、この大戦のころ、ドイツ海軍のUボートは、いったいどれくらいの数が世界の海に出撃していったのだろうか。簡単な数値をあげておくが、驚くほどの膨張を遂げていることがわかる。開戦前夜、Uボートはたった二八隻しか存在していなかった。ドイツ海軍は、信じられないほどに僅少な数の潜水艦で開戦をむかえたのである。ところが、恐ろしいほどのいきおいで増殖した。オーストリア海軍も保有することとなったUボートには各種あるが、そのすべてを網羅して大戦の終了までを見れば、じつに三四三隻という数を就役させている。しかも、それら三四三隻のUボートの挙げた戦績は連合国の船舶数でいうと五五五四隻、総噸《トン》数にすると一二一九万一九九六トンという驚異的な量に達する。国がひとつ潰《つぶ》れるほどの被害数である。だが、無制限潜水艦戦を繰りひろげたUボートも、ただではすまなかった。半数をこえる一九八隻が海の藻屑《もくず》となり、犠牲となった乗組員の数は五一三二名におよんだ。

　また、空の戦いにエースが存在するように、海中の戦いにもエースは存在している。海軍少佐アルノルト、海軍大尉フォルストマン、同ファレンティナーなどがそうで、かれらは連合国の船舶を信じがたいほどに沈めてみせた。順にいうとアルノルトが一九四隻で、以下、一四六隻、一四一隻という驚くべき数値が記録されている。この撃沈数は、後の第二次世界大戦のエースたちとは比べものにならないほど多い。これは水中聴音機や音波探知機などがおおいに発展し、洋上をゆく船舶が潜水艦の動向を未然に察知できるようになってしまったためなのだが、ここで詳しくは触れない。

　ともあれ、Uボートが第一次世界大戦においては最も恐れられた海の存在であることはまちがいなく、この群狼の集団と、多聞や小澤《おざわ》らの第二特務艦隊はまっこうから対峙し、戦いつづけた。しかも、互角どころか、ときには相手を圧倒するほどの奮迅《ふんじん》ぶりを見せつけた。これはおおいに褒められていいし、労《ねぎら》われるに値する。

なるほど、この五月三日の海戦ではたしかに多聞は敵潜を仕留めることはできなかったものの、それでも「パンクラス」を守りつづけたことは、残りのUボートに手痛い一撃を食らわすことができなかったことをさしひいても、充分に賞賛されるべきものだった。

駆逐艦「樫」「桃」そして復調した「榊」は、敵潜による奇襲の恐怖と戦いながら、懸命に「パンクラス」を曳航していった。かれらは敵魚雷の襲撃を蒙ってから三日三晩というもの、ほとんど睡眠らしい睡眠もとらずに航行した。

残り一隻のUボートは実に執拗で、潜望鏡を海面に顕したかとおもえば、すぐに急速潜航し、またしばらくして艦影をあらわし、雷撃をおこなってきた。そのたびごとに多聞は無我夢中で艦を操り、安曇は主砲やデプス・チャージをもって応戦し、それこそ一心不乱になって護衛活動に従事した。

太陽が天高くにあるころは、まだいい。だが、旭日が上るころや夕陽が沈みゆくころは、海面全体があたかも溶鉱炉のなかの鉄が輝いているような状態に見えるため、潜望鏡を確認することが非常に困難だった。また、この五月四日あたりは月齢二二・九、つまり下弦の月で、満月のころよりは海面の反射も少ないとはいえ、波浪が金銀に煌《きらめ》いている。

そんななかで敵潜の影を視認するというのは至難の業《わざ》といってよく、相当な精神力を必要とした。ときには体力をはなはだしく消耗させた見張員が「敵潜を発見……っ」と叫びあげ、その発見したという地点にむけて主砲弾をぶちこむことも少なくなかった。静寂につつまれた深夜の地中海に、はたして潜んでいるのかどうかもわからぬUボートにむけてデプス・チャージを投下せねばならぬようになるとは、多聞も喜久松も夢にもおもわなかったろう。しかし、わずかばかりでも懸念があれば、見えぬ敵に対して攻撃を仕掛けなければならない状況に追いこまれていたのは事実だった。

兵員は、日を追うごとに困憊《こんぱい》していった。恐怖と困惑と焦慮とが複雑に絡まりあい、心身ともに譬《たと》えようもないほど衰弱していった。だが、かれらは互いに「がんばれ」という励ましをかけあいながら、歯を食いしばった。そして三日三晩にわたる曳航をやりとげた。大正七年五月六日朝、ついにマルタ島ヴァレッタへの入港をはたしたのである。

そのときの感激を、多聞は生涯、忘れることができなかった。

一朶《いちだ》の雲とてない五月《さつき》晴れがひろがっている。その紺碧の空の下に、マルタ島をつつみこむように白堊の建物が建ちならび、港湾に寄せる波は瑠璃《るり》色に映えていた。

多聞らは「桃」を先頭に微速のまま大港に進入していったのだが、やがて桟橋から市街にかけて万千の旗がひるがえっているのを瞳にとどめた。ユニオンジャックと日の丸だった。いや、圧倒的なほどに日の丸が多い。どうやら島民たちのもとへは、とうに「パンクラス」の遭難と曳航の情報が伝わっていたらしい。遭難船を曳航した駆逐艦隊が帰ってきたと知るや、その名誉ある小隊を一目でも見ようと、仕事や家事を放りだして港まで駆けつけてきてくれたのだろう。マルタのひとびとが総出で港まで出迎えに来てくれたのではないかとおもえるほどの圧倒的な旗幟の量だった。

（……身にあまる光栄だ……）

おもわず、多聞は涙腺のあたりに沁《し》みいるような痛みをおぼえた。そして徐々に目頭が熱くなってくるのを感じていた。

島のひとびとは、漣《さざなみ》の上をゆるゆると入港してゆく「桃」以下の駆逐艦に喝采を送り、傷つきながらも必死のおもいで辿りついてきた英輪送船に渦潮のような拍手を送ってくれている。

（海軍にはいって以来、どのような任務を遂行してきても、これほどの出迎えはなかった）

それは多聞ならずとも、すべての乗組員たちがおなじような思いであったにちがいない。

桟橋に殺到してくるひとびとは、いったい、どれだけの数がいるのか、まったく計りしれないほどだった。皆が皆、手に手に日の丸を掲げ、懸命に多聞らにむかって、ひるがえしてくれている。

まさしく、このとき、多聞たちは海の英雄になっていた。

実際、のちになって「樫」と「桃」の士官たちは英国国王から勲章を授けられることとなるのだが、それよりなにより、多聞にとってはこの日のマルタ島のひとびとの歓迎ぶりが嬉しかった。

島民たちは多聞らにたいして尽きることなく賞賛しつづけ、かれらが桟橋に降りたったときなど、神話伝説の勇者が舞いおりてきたような歓迎ぶりをしめしてくれたのである。口々に「英雄だ」とか「守護神だ」とか叫びながら、多聞らの肩をたたき、かなたから褒め言葉を飛ばしてくれた。もしかしたら、かれら第二特務艦隊の将兵らにとって、自分たちのことをして地中海に生きるひとびとが実際に「……守護神……」と呼んでくれたのは、このときが初めてだったのかもしれない。

だが、そんなことを悠長に考えていられるような余裕はなかった。言葉は渦となり、やがて潮騒のような音色となった。言葉が巨大な渦潮になってゆくという現象があるのなら、まさしく、いまの瞬間がそうなのだろうと多聞はおもった。

そのときのことである。

多聞の脳裏に、ふわりと蘇ってきたものがあった。ひとつの情景だった。無数のアセチレンランプが揺らめいている光景で、あたりにはこの桟橋とおなじように数えきれないほどの人間がいた。ひとの群れだけではない。双眸に染みいるような鬼灯《ほおずき》が群れており、鬼灯のかなたでは色鮮やかな風車が回り、そのわずか手前に美しい女性の浴衣《ゆかた》姿がある。ちょうど梅雨が明けたころ、神楽坂《かぐらざか》をのぼりきった毘沙門天《びしゃもんてん》の境内《けいだい》で眺めた情景だった。

「……忍子《しのぶ》さん……」

おもわず、多聞の口から、その名が洩れた。

同時に、あれからほんの数年しか経っていないはずなのに、やけに情景そのものが気の遠くなるほど昔のもののようにおもわれた。忍子は多聞にむかって羞恥《はにか》んだような微笑みをむけている。……多聞さん……という吐息まじりの呼びかけまで聞こえてきそうな気さえした。だが、すべては一瞬の幻に過ぎない。

「ああ……」

溜息であったのか、詠嘆であったのか、多聞は知らず、声をあげていた。自分は忍子から遠く離れてしまった。時の流れからしても、現実の距離からしても、彼女の微笑みのとどくところに自分はいなくなってしまったのだと、そうおもったとき、述懐の欠片は無惨に砕けた。

刹那、

——多聞よ。

といって肩を叩いてきた人物がいる。

ふりかえれば、あいかわらず濃密な無精髭をたたえた安曇十兵衛の厳《いか》つい顔があった。多聞は安堵しきった表情で手をさしだし、安曇の掌をにぎりしめた。もし、被雷地点に「榊」が合流してくれなかったら、どうなっていただろう。そうおもうだけで、多聞は、安曇にたいしてどれだけ感謝しても足りないくらいだとおもっていた。

「これからは、ともに戦えるなあ」

そう、安曇は告げてきた。

多聞は忍子の残像を胸にしまいこみながら、即座に「はい」と応えたが、ふと、安曇の表情が気にかかった。これまでの安曇ならば、いかにも海将じみた爽やかな笑みをむけてくるはずだったが、どことはなしに寂しげな翳《かげ》がさしている。戦いの海に帰ってきた嬉しさというものが、ぴりぴりと伝わってきてもよさそうなのに、それが感じられない。ピレウスの造船所でなにかあったのだろうか……と、多聞は素朴におもった。

四

たしかに、なにか、あった。

だが、それは「榊」とはなんの関係もない。駆逐艦「榊」は最終的な仕上げはマルタ島のヴァレッタでとりおこなうこととして、この五月一日、ピレウスをあとにした。推進器をはじめとする艦の状態はじつに良好で、艦内も隅々まで清掃され、船脚は驚くほどに快適だった。案ずるものは、なにもなかった。安曇の表情が親しいものにしかわからない程度に曇っているのは、あきらかに安曇個人の問題によるものだった。いわずとしれたイレーヌ・キャリスタ・メルクーリが、その元である。

自艦「榊」の修復および快復状態について、在マルタの艦隊司令部へ赴いたおりも、

（……おれも、やきがまわったか……）

と、報告書を提出しながら、こころのなかでは自嘲的に嗤っていた。どうにも、イレーヌの面影が脳裏を去らないでいるのである。

ピレウスを出港する際、安曇は彼女になにも告げることなく「榊」へ乗りこんだ。置手紙のひとつすら、残さなかった。彼女がベッドのなかで眠っていると き、そっと跫音《あしおと》を忍ばせて部屋を去り、そのまま登舷した。

さぞかし、イレーヌは驚いたことだろう。目覚めたとき、かたわらで眠っているはずの愛しい漢がいなくなっていたのだから、驚くよりも当惑したか、もしくはかすかな怒りが体内で発火したかもしれない。もちろん「榊」の出港がせまっていることは、船渠から「榊」が姿をあらわしたときから予想していたにちがいない。だが、イレーヌにとって安曇の帰還の日はあまりにも早かった。

靴を履くことすらもどかしかったのだろう、彼女は素足のまま自宅を飛びだし、港へむかって駈けた。だが、桟橋まで駈けつけたときには、すでに「榊」は岸壁から離れていた。そのとき、安曇は前部甲板にいた。主砲のかたわらにあって、桟橋に立って見送ってくれている疎《まば》らな人影を見るともなく眺めていた。

「十兵衛……っ」

というイレーヌの絶叫が届いてきたのは、そうした瞬間だった。

安曇は、にかりと嗤った。いや、嗤ったつもりだったが、ほんとうはどんな表情になっていたのか、自分でもわからない。そんな安曇をイレーヌは強烈な眼光

で睨みつけ、艦が波間を滑りだしてゆくのと並行して駈けだしていた。じつをいうと、それは安曇にとって、はなはだ意外な光景だった。

（まさか、あの気位の高い女が……）

どのような状況であろうと、そう、たとえば安曇とたったふたりでベッドのなかにあるときですら、イレーヌは自分自身を見失うことはなかった。官能の淵に溺れているように見えても、その実は、どこかで客観的に自己を見つめているイレーヌ・メルクーリという別な存在があるような女だった。また、ピレウスやアテネの住人たちには人生を陽気に過ごしているのだという潑溂《はつらつ》とした笑みこそ振りまきながらも、感情の波立ちは微塵たりとも見せなかった。

（ところが、どうだろう……）

裸足で桟橋を駈けながら、こちらを睨みつけているイレーヌには、高貴な印象はどこにもない。まったく別な女だった。透きとおるような羅衣《うすぎぬ》の裾からは、陽に灼けた太腿があられもないほどに露出している。髪は乱れ、首や指先を飾るものとてなく、ただ愛しい漢との別れに、すべての感情を集中させているひとりの女のすがただけが、そこにあった。

（……イレーヌ……）

安曇は、おもわず一歩、踏みだした。このまま舷側から身を投げて、桟橋まで……彼女のもとまで……ひとおもいに泳いでいってしまいたいという感情が、瀧が逆流するようないきおいで体内にこみあげていた。

ところが、つぎの瞬間、おもわぬことが勃こった。ひたりと立ちどまったイレーヌの足元に、なにか光るものがあった。酒壜らしい。すると、なにをおもったか、彼女は壜を手にとり、桟橋の端まで駈けよるや、ちからいっぱいに放りなげたのである。

壜は信じられないほどに華麗な放物線を描いて、桟橋から徐々に離れてゆきつつある「榊」の艦首《バウ》にぶちあたり、あまりにも切ない音色を立ちあげながら、こなごなに砕けた。

「なんということを……っ」

咄嗟にそう叫んだのは、安曇の後方にあった水兵たちだった。だが、安曇は片手をあげて連中を制するや、莞爾《かんじ》と微笑みながら「進水式にシャンパンはつきものだ」と、告げた。そして、桟橋に佇むイレーヌを見つめた。イレーヌは肩で息をつきながら、両手を口にあてた。

「死んだら、ただじゃおかないから……っ」

「わかった」

安曇もまた、大声に応え、そしてこう叫んだ。

「また、逢おう」

だが、この台詞に彼女がどんな応えをかえしてよこしたのかはわからない。荒く呼吸している彼女の華奢《きゃしゃ》な肩の輪郭だけが、安曇の網膜に焼きついた。艦は微速を保ちながらも確実に桟橋を離れ、ギリシャのピレウス港をあとにした。

ほんとうにイレーヌが流していたのかどうかわからないが、安曇はこのとき、彼女の双眸に大粒の涙が光っていたように記憶している。その哀愁に盈《み》ちた記憶の欠片が、安曇をして普段とは異なった表情をさせているのかもしれない。

だが、そんな恋物語を安曇が語るようなことはなかったし、多聞にしても武骨を絵に描いたような安曇の印象とあまりにも懸《か》けはなれた出来事があったとはとても想像がつかなかった。だいいち、かれらが語らねばならないものは、自分たちの今後の任務をおいてほかにない。

とはいえ、なにを語るにせよ、海の漢たちに必要なものはまず酒だった。

――ひさかたぶりのマルタの水だ。

そういって、安曇は多聞と喜久松をひきつれて市街の酒場に繰りだした。

どのような艦隊の碇泊地でもそうだが、海軍の連中が上陸するところには、かならず溜まり場となるべき居酒屋がある。もちろん、マルタ島内の酒場の軒先に赤提灯《あかちょうちん》がぶらさがっているわけではないし、道行くものを誘いこむように暖簾《のれん》がひらひらと踊っているわけでもない。多くの場合、港を見下ろす白い壁のかたすみに木戸があり、それを潜ったさきに淡い照明につつまれた男たちの空間がある。かたちばかりの楽団を置いているところもあれば、地中海特有の陽気さをもった娘たちが微笑んでいるところもある。客は、島民よりも軍人のほうが明らかに多い。英国の海軍士官や日本の水兵たちだった。むろん、すみわけはある。日本海軍御用達《ごようたし》の多聞たちが上陸するたびに訪れるのは、日本海軍御用達のような雰囲気になっている酒場だった。

酒場「セント・エルモ」には、つねに、幾組かにわかれて海軍士官たちが屯《たむろ》している。在マルタの第二特務艦隊司令部員もしくは在泊中の駆逐隊員たちである。かれらはマルタ娘がひとりずつ附いている卓子と卓子のあいだを縫うように挨拶してゆくマダムに慣れぬ英語で声をかけ、マダムはそうした田舎出の青年のような雰囲気につつまれた遠き国からの客に微笑みをかえしてゆく。水兵の多くはマダムの名を知らないものの、ただ、彼女の歌声が素晴らしいことだけはよく知っていた。

マルタは交易の中継地点という歴史を背負っているためか、さまざまな歌が似合う。このごろ流行りのブルースもあれば、船員や商人たちの愛したファドもあったし、もちろん、南イタリアのひとびとの好きなカンツォーネもあった。マダムはそのどの歌も見事に歌いこなしたが、なんといっても一番の得意は司令部の連中のせがんでやまないシャンソンだった。

この夜も、酒場のかかえている楽団をバックに、ボローニャの生まれであるというドイツ系イタリア人のマダム、ラウラ・ボッカルド・アンジェリの歌は、たびかさなる出撃から帰還してきた駆逐隊員たちのこころを癒《いや》し、また同時にかすかな郷愁をよびおこしていた。

「弥市郎《やいちろう》さん」

多聞らが訪れてくるものと、どうやら、待ってくれていたらしい。ただ、藤村《ふじむら》弥市郎にはひとりの連れがいた。それも英国士官である。士官は背をのばして立ちあがり、まっさきに安曇にむかって手をさしだしてきた。英海軍先任指揮官マクローリーである。ひさかたぶりの再会だった。安曇は「榊」の修理についてさまざまな便宜をはかってくれたことの礼をいいかけたが、マクローリーは軽く制しつつ、かたわらへ誘い、空いていたグラスに葡萄《ぶどう》酒を満たした。

「榊の再就航とあらたな戦勲に……」

乾杯が終わったのち、マクローリーはあらためて安曇との再会を喜びあったが、そのとき、冗談まじりにこういった。まるで女と別れてきたばかりのような顔だな……と。安曇はそれにたいして「察しがいいな」といって呵々と嗤った。真実なのかどうか、多聞にはわからない。

「ところで……西部戦線の具合はどうだ。聞いているか、マクローリー」

安曇のあらたまった問いかけに、マクローリーは小さな溜息をついた。

「地上軍には、きみたちの奮迅を無にすることがないよう戦ってほしいと願っているだけだ」

五

日本海軍の第二特務艦隊は、たしかに欧洲大戦のゆくすえに多少なりとも関与した。それは決して云いすぎではなかろう。西部戦線は兵士を必要としており、パレスチナ戦線は武器弾薬を必要とし、それらは地中海をゆく輸送船によって運ばれたからである。

もちろん、西部戦線こそが今次大戦の要であることは論を俟《ま》たないし、マクローリーのいうとおり、多聞たちが必死になって輸送船を守りつづけてゆく以上、兵員だけは供給されつづけてゆく。となれば、その兵員が多聞らの期待に応えて戦いきれば、西部戦線における勝利は見えてくるにちがいない。

実際のところ、西部戦線はこの時期、いよいよ天王《てんのう》山《ざん》をむかえつつある。

多聞や喜久松、そして安曇などはマクローリーと出会った翌日から、あらたな護送任務に就いていったが、大陸に展開している戦線もまた、憩《いこ》うことなど許されぬ日々が続いていた。カイザー戦の開始よりこのかた苛烈に続行されているドイツ軍による一大攻勢のためだった。

カイザー戦の第一次攻勢は作戦名を「ミヒャエル」といって三月二十一日に開始され、超長距離砲がパリにむかって撃ちはなたれた。これについては、すでに述べた。第二次攻勢は「ゲオルク・ウント・マルス」といい、四月九日に開始された。ここでもドイツ軍はフーチェル戦術を用いて敵を痛撃し、連合軍の一員であるポルトガル軍（イギリス陣営）などは大壊走させられてしまった。もっとも、この第二次攻勢までルーデンドルフの期待していたことはイギリス軍にたいして大鉄鎚を食らわせることであり、できるならばアミアンを奪取したのち、英仏海峡の藻屑となるよう海へ追いおとしてしまいたかったろう。

が、それは画に描いた餅にすぎなかった。

イギリス軍を海峡へ叩きおとし、ひとつの勢力を完全に駆逐してしまうためにはどうしても強靭な機動力が必要であり、それは歩兵中心の戦術ではおよそ不可能といってよかった。ドイツはこのおりの失策をおおいに反省し、第二次大戦の緒戦、戦車による電撃的な機動力を見せつけてパリを陥れることになるのだが、この時点では歩兵中心の軍団に機動力をもたせることなど出来ようはずもなかった。なによりも四月十七日、リス川沿いの戦闘において、ドイツ軍はついにイギリス軍の猛抵抗に遭い、攻勢を頓挫《とんざ》させられてしまったのである。これがカイザー戦の最初のつまずきとなったのだが、ルーデンドルフにはそれが決定的なつまずきであると認識するだけの余裕がなかった。

――後退は考えられない。

というのが、ドイツ参謀本部を牛耳るルーデンドルフの主張するところだった。

とはいえ、すでにイギリス軍を潰滅させることも海峡に追いおとすこともできない今、ドイツ軍としては新たな戦略をもって連合国軍に挑まねばならない。

このとき、ルーデンドルフの胸中に浮上してきた目標が、ひとつある。かねてよりヴィルヘルム皇太子が口にし、実際に隷下の部隊をむかわせていた欧洲最大の都パリだった。そもそも、ルーデンドルフは、今回の進軍にあたって、パリの占領など考えていなかった。イギリス軍を北の海峡に追いおとしてしまうことに神経を集中させていた。が、もはや、それが不可能となった今、敵の士気を砕くための別な戦術を捻出しなければならない。だが、敵軍を消沈させられる目標など、おいそれとあるはずもない。たったひとつあるとすれば、パリであろう。ルーデンドルフは、パリを目標とした。第十八軍のさらに南側左翼に第一軍と第七軍を配し、乾坤一擲の気合をもってパリへむけて進軍させたのである。五月二十七日のことであり、翌日には皇帝ヴィルヘルム二世みずからが前線の一角であるカリフォルニア展望台まで訪れて督戦し、兵の士気はおおいに騰がった。そして三十日には昂揚しきった士気を持続させつつ、ついにドイツ軍はマルヌ河東岸のシャトウチェリーまで到達したのである。ルーデンドルフの打開策は功を奏したといっていい。

当時、シャトウチェリーには、はるばる大西洋をわたってきた軍隊が布陣していた。ジョン・ジョセフ・パーシングを司令官とするアメリカ遠征軍（AEF）である。だが、今日からでは信じられないことに、このころのアメリカの陸上部隊は驚くほどに貧弱だった。武器の自製能力がなく、戦車から航空機、さらには鉄兜から小銃にいたるまで自国製のものをもたず、なにもかも現地で調達して戦線に参加した。しかも徴兵された常備陸軍ではなく、志願兵たちによる海兵隊が主力だったのである。これではドイツ軍の猛攻を防ぎきれない。米仏連合による背水の陣は一気に破りさられ、ドイツ軍はついに念願であったマルヌ川の渡《と》渉《しょう》をなしとげた。

これによって、パリは、恐慌状態に陥った。

市民は家財をかかえて逃げまどい、市中はどこもかしこも混乱しつくした。わずかまえのパリ砲撃による心理的な切迫感もあったのだろう、このままパリにいてはドイツ軍の蹂躙《じゅうりん》に遭ってしまうにちがいないという衝きあげるような不安が、暴動を生みかねないほどの状態となった。かつてのマルヌ会戦のおりは、英仏軍がパリを守っていた。またパリ軍団が絶妙な動きをみせてドイツ軍を駆逐した。だが、今回、イギリス軍はすでに退いている。アミアン方面に逼塞《ひっそく》してしまい、残っているのは装備も訓練も未熟なアメリカ軍と傷つきはてたフランス軍だった。

――パリを捨てよう。

そう、政事をあずかる大統領のレイモン・ポアンカレは決断した。一旦パリを捨てるのは四年前にも経験している。情勢が好転すれば、また戻ってくればいい。これにたいして「なにを弱気な」とばかり、烈火のごとく奮起した人物がある。日本の元老西園寺公望《げんろうさいおんじきんもち》の旧友でもある首相のジョルジュ・クレマンソーだった。かれは開戦のころは戦争について否定的な立場をとりつづけたが、決して弱音を吐くような人間ではなく、消極的な性格でもなかった。クレマンソーは「戦争は将軍に任せておくには重大すぎる」という、後世、有名になった台詞を発したことで知られるが、このおりも、勁烈《けいれつ》な言葉を口にした。

「われわれはパリの前で、パリの中で、パリを後にしても戦いつづけるのだ」

この台詞は前線の視察に訪れていたチャーチルの回顧録にも登場するが、いかにクレマンソーが戦争の完遂を声高に主張し、かつ最後の勝利を確信していたとしても、この時点において、連合軍が最終的に凱歌をあげられるだろうと信じていたものはほとんどいなかった。英首相のロイド・ジョージも、英参謀総長のウィリアム・ロバートソンも、連合国軍最高司令官のフェルディナン・フォシュも、ベルダンの戦いを勝利に導いた元帥のペタンですら、

——もはや、他方面からの増援がないかぎり、完全な勝利への道はないのではないか。

という諦観《ていかん》めいた呟きをもらした。

だが、他方面とはいっても、どこをどう探せば強靭無比な兵力が温存されているというのだろう。ドイツ軍にはある。老兵とはいいながらも、東部戦線に展開している二五〇万という途方もない兵力がある。もし、ここで東部戦線から西部戦線に兵が移動するようなことがあれば、まちがいなく連合国軍は木っ端微塵《こ ぱ》に叩きつぶされるにちがいない。

しかしながら、

——兵はある。

と、クレマンソーは断言した。

「日本陸軍が、無傷なまま残っているではないか」

たしかにそうだった。

青島《チンタオ》戦争は経験したものの、日本にはまだ余剰の兵

力として精鋭二〇個師団が待機している。当時の日本陸軍の歩兵部隊は、世界最強というべき陸軍を擁していたロシアが崩壊した今、世界でも頂点に立つほどの強靭さを誇っていると信じられていたし、なかば、事実といってよかった。

またいえば、日本軍の小銃の評判が絶大だった。海外で「アリサカライフル」と呼ばれていた三〇年式歩兵銃を改造した三八式歩兵銃がそうなのだが、この全長一二八〇ミリ、口径六・五ミリにして装弾数五発という、先進国のなかではいちばん小ぶりな銃は、すこしでも多くの弾薬を携帯できるという利便性が高いのにくわえて諸外国の銃よりも命中率がよく、ことにロシアやフィンランドには迫撃砲などとともに大量に輸出されていた。もっとも、ロシアに販売された九八万挺におよぶ小銃の場合、代金は回収不能になっている。革命がひきおこされてしまったためだが、それらの些細なことどもについてはともかく、このとき英仏両国は日本陸軍の参戦をこころから期待していたし、実際に交渉もおこなった。

だが、日本陸軍はそれを拒否したのである。

なるほど、海軍は……第二特務艦隊は……すでに地中海へ遠征している。この大正七年五月二十七日も、護衛部隊となっていた「杉」「楠」「楓」「桂」「橄欖」が、英輸送船「リーソー・カッスル」の救難にあたっている。アレキサンドリア沖において敵潜の雷撃を受けたためで、このおり、英船は陸軍部隊二九五四名ならびに船員二〇八名を乗せており、痛ましくも船長ほか船員八名、陸軍将校一一名、兵員八一名、合計一〇一名が犠牲となった。が、そのほかの将兵および船員は無事に救助され、他六隻の輸送船とともに日本海軍の護衛のもと、五月二十九日、中継地点マルタまで到着している。

海軍はそうした活躍を見せていたが、しかし、陸軍は欧洲の主戦場へ兵を派遣することは拒みつづけた。これには、それなりの理由がある。端的にいえば、アメリカが反対していたからである。ところが、とあることから日本は別なかたちの介入をとることとなった。

シベリア出兵である。

六

この稿は第一次世界大戦の様相をことこまかに見てゆくものではないが、シベリア出兵だけは避けてとおることはできない。実際、マルタ島にある将兵たちの耳にも、本国の陸海軍が関与したシベリア出兵については充分に聞こえていた。おそらく、島内の「セント・エルモ」あたりの酒場では、顔をあわせた士官たちは「シベリアに干渉のための兵を繰りだすらしいな」という会話をかわしたにちがいないし、自分たちの参画している欧洲大戦の戦火がついにユーラシア大陸の東端にまで達してしまったことに「いったい、このさき、世界はどうなっていくのだろうか」という畏《い》怖《ふ》をおぼえたものも少なくなかったに相違ない。もちろん、多聞も喜久松も、上陸した際、小澤や安曇などとシベリア方面の情勢について想像をめぐらしていったことだろう。

ちなみに正式な出兵時期は大正七年八月二日であり、物語の現時点からいうと、ややさきのことになるのだが、海軍はとうに行動をおこしていた。

大正七年一月四日、イギリスは香港《ホンコン》に駐留させていたグルカ兵部隊五〇名をして、ウラジオストックにあった軍事物資を確保させるため、居留民保護を名目に巡洋艦「サフォーク」を派遣した。このおり、イギリスは共同派遣を日本に要請しており、日本海軍はこれを受入れ、一〇〇名の陸戦隊をともなう第五戦隊、つまり旧式戦艦二隻（石見《いわみ》、朝日《あさひ》）をウラジオストックへ派遣している。指揮官となったのは「エムデン」の追跡にあたった加藤寛治《かとうひろはる》であった。

かれらは湾内に碇泊したが、このころのウラジオストックの治安は収拾が不可能なほど乱れていた。外国人居留民会議をとりおこなうことすらできず、加藤は「石見」を開放して会議を催させたほどだった。

そんななか、ひとつの事件が勃発したのである。四月四日、同市内の石戸商会が強盗に襲われ、三名の日本人が殺傷された。このため、加藤は陸戦隊を上陸させせ、英国部隊とともに同市警備の任についた。が、これによって出兵が開始されたわけではなく、事実、当時の寺内正毅《てらうちまさたけ》内閣は欧洲大戦への陸軍部隊の介入については逡巡をつづけていた。

アメリカ国内でも大統領のウィルソンをはさんでロシア革命後のボルシェビキ政権を承認するかどうかで揉《も》めているころ、日本国内も出兵をめぐって対立が展開していた。ブレストリトウスク条約をドイツとソヴィエトが締結した今、これに対抗する白系ロシア軍を支援するためのシベリアへの出兵は、英仏の期待するところであったことはまちがいない。

しかしながら、日本は最後の決断をできずにいた。介入の急先鋒となっているのは元駐露大使の本野一郎《もとのいちろう》外相や陸軍参謀次長田中義一《たなかぎいち》や枢密顧問官の伊東巳代治《いとうみよじ》で、かれらに対抗していたのが寺内のほかには臨時外交調査委員会の原敬《はらたかし》や牧野伸顕《まきののぶあき》であり、元老の山県有朋《やまがたありとも》もアメリカの出方を憂慮して出兵反対の立場をとりつづけていたし、海軍の山本権兵衛《やまもとごんのひょうえ》も対米協調路線に徹していた。

もし、ここでとある事件が勃発しなければ、シベリア出兵はなかったろう。だが、不幸なことに、勃こってしまった。

チェコ軍団によるチェリヤビンスク事件である。

当時、日本人のほとんどはチェコという地名を知らなかった。知っているはずもない。チェコは三〇〇年間というもの、オーストリア＝ハンガリー帝国に併合されつづけており、このたびの大戦が勃発したおり、民族の独立をもとめてロシア軍の傘下にはいってオーストリア軍と干戈《かんか》をまじえ、革命がひきおこされてからは連合軍から派遣されてきたフランスの督軍武官の指揮下にあった。英仏は、このキエフに集結している四個旅団四万五〇〇〇人をかぞえるチェコ軍団をして西部戦線に参入させようと図り、パリにあったチェコ臨時政府ベネシュ政権の承諾を得つつ、シベリア鉄道や東清鉄道、さらには南満洲鉄道によって満洲里《マンチユウリ》から大連《だいれん》へと運び、さらに日本を経由してマルセイユまで輸送することをおしすすめた。ところが、ウラル山中のチェリヤビンスクに到着したとき、突発的な事態に遭遇したのである。西送されてゆくオーストリア＝ハンガリーの捕虜たちとの遭遇であった。チェコ軍団にとっては恨みかさなる連中とのおもいがけぬ出会いであり、どうしようもない感情にひきずられるかたちで戦闘が始まってしまった。

この不慮の事態に対処するべく、赤軍の軍事人民委員であるトロツキーはすみやかにチェコ軍団にたいして武装解除を要求したが、聞きいれられるはずもない。それどころか、フランスはあくまでもチェコ軍団の危急を救うことこそが西部戦線の兵力欠乏をおぎなうものであるとして出兵を決意、仏印から安南《アンナン》軍一個大隊を派遣した。またボルシェビキ政権の膨張に危機感をいだいていたイギリスはここが正念場であるとして白海に面した港湾都市であるアルハンゲリスクとカスピ海の要港となっているバクーへ派兵をおこない、同時にシベリア方面へも救援部隊（グルカ兵一個大隊）を上陸させた。こうして英仏のシベリアにたいする干渉が開始され、さらにアメリカへも出兵を要請した。アメリカはアメリカで別な反応をしめした。理想主義者といっていい大統領ウィルソンはチェコの独立を支援するために兵を興し、これまでの態度とは打ってかわり、日本にたいしてシベリアへ共同出兵をとりおこなわないかと提案してきたのである。日本は、はじかれるようにして乗った。

そもそも、寺内内閣にはひとつの思惑があった。革命の波及を防ぐために北満洲から沿海洲にかけて日本をうしろだてにした白軍による緩衝国家を建設するというもので、単純にいえば日本による勢力拡大政策であった。だが、イギリスとおなじく大義名分がなければシベリアには出兵できない。そうしたなかのチェリヤビンスク事件であり、チェコ軍団の救援というアメリカからの提案は充分すぎるほどの名分といっていい。

こうして日本もまた、大谷《おおたに》喜久蔵《きくぞう》（大将）を総指揮官としてシベリア出兵に踏みきった。

まずは八月十一日、大井《おおい》成元《しげもと》（中将）ひきいる第十二師団がウラジオストックに上陸した。ついで満洲からは藤井《ふじい》幸槌《こうつち》（中将）ひきいる第七師団がチタへ、大《おお》庭二郎《ばじろう》（中将）ひきいる第三師団がバイカル湖周辺のザバイカル州へと進撃した。以上は陸軍だが、海軍もまた活発に動いている。

八月二日に間宮海峡の対岸にある沿海洲ニコライエフスク・ナ・アムーレ（尼港）に進出した田所廣海《たどころひろみ》（少将）を司令官とする第三水雷戦隊（軍艦および駆逐艇など五隻）がそれで、これはウラジオストックにあった加藤のもとより、ニコライエフスクにあるロシア砲艦四隻の行動封鎖と居留民保護のため軍艦派遣を海軍大臣加藤友三郎《かとうともさぶろう》に進言したことによるものだった。

だが、かの地は強盗が跋扈《ばっこ》し、あまりにも政情が不安定であった。憂慮した田所はニコライエフスクの副領事をつとめている石田《いしだ》虎松と協議の上、すみやかに海軍大臣にたいして居留民の引揚げを具申した。ところが、海軍中央部の反応は決して芳《かんば》しいものではなかった。

〝我が居留民全部の撤退は、数十年来扶植せる帝国の利権（主として漁業権および付帯事業）と勢力とを一朝にして放棄するものにして、他日その恢復《かいふく》を図るは甚《はなは》だ困難なるべく、将来、我が国勢の進展上、少なからざる不利を生ずべし〟

要するに「居留民の撤退はまかりならぬ」という回答が返ってきたのである。海軍としては「ニコライエフスクを確保するは、沿海州の交通の動脈である黒《こく》龍江《りゅうこう》を管制しうるもの」であるという判断をしていたのだろうが、同地において軍艦が冬営することはおよそ不可能であった。このため、ウラジオストック派遣軍司令官の大谷は第三艦隊司令長官の有馬良橘《ありまりょうきつ》と協議して陸軍部隊の派遣を決定、九月二十四日、陸軍派遣隊が陸戦隊と交代した。

だが、この時点では、日本国内にあるものは誰ひとりとして、この総勢七万二〇〇〇人も兵員を投入した一大干渉戦争が無惨なまでの失敗に終わるとはおもってもいなかった。

失敗の理由は、連合各国の思惑が入り乱れたことにあるといえる。たとえば、イギリスはアルハンゲリスクで北ロシア政府を樹立し、また同時にチェコ軍団の占拠しているオムスクに入って黒海艦隊司令官であった提督コルチャックを擁立し、全ロシア臨時政府の成立を宣言させている。またフランスはロシア軍の残党であるデーニキンを支援し、日本は日本でグリゴリー・セミョーノフなるコサック出身の反革命派軍人を支援して「特別満洲里支隊」という白衛軍を組織させ、参謀本部から武器と資金を提供した。そのように各国おのおのがてんでんばらばらに干渉戦争を繰りひろげたため、指揮系統が完全に破綻してしまった。これでは赤軍をおさえるどころか、チェコ軍の救出すらもままならない。

結局のところ、なんら有益な結果もだすことができぬまま、コルチャックもデーニキンも敗れ、英仏米をはじめとする各国の軍隊はシベリアから手をひいた。

最後に日本だけが残された。日本は戦費が一〇億円ちかくまで跳ねあがり、死傷者はのちにひきおこされたニコライエフスク事件（大正九年三～五月）もあわせて二万三〇〇〇人（死者三五〇〇人）を数えた。にもかかわらず、日本が得ることができたのは皮肉なことに各国の不信くらいなものだった。唯一あるとすれば、事件の際に北海道まで逃れてきた中国人「王文《おうぶん》彩《さい》」が伝えたとされている「札幌ラーメン」くらいなものだが、これは余談にもならない。

ちなみに日本軍の撤退完了は大正十一年（一九二二）十月二十五日のことだったが、海軍単独による地中海遠征とシベリア出兵とのいちばん大きな違いは、あくまでも前者が後方支援のみに徹したということであったろう。

七

ところで、ときに歴史は皮肉なことをする。

この時期、どのような兵器をもってしても戦場から砲撃の音色を消しさり、兵士たちに休息をあたえることはできなかったが、当時ある如何《いか》なる兵器よりも小さなものが、まったくいきなり、あらゆる戦線を沈黙させた。

ウイルスであった。

のちになって「スペイン風邪」と呼ばれるにいたるインフルエンザの大流行である。

こんにちでは、このウイルスは豚を宿主とするA型H1／N1タイプということも判明しているが、当時は遺伝子分析などもできず、有効なワクチンもないままに全世界を疫病の惨禍につつみこんだ。原発地については、いちばん可能性が高いとおもわれるのはアメリカと中国南部であったらしい。というのも、アメリカの場合、一九一八年の三月十一日にカンサス州のフォートライリー基地で初年兵が風邪にかかり、わずか数日で五〇〇人の兵士から喉の痛み・発熱・頭痛などの症状が報告されるまでにいたったという記録が残されているからである。これがスペイン風邪の最初の報告であるらしく、原発地うんぬんの話題はそのあたりから出たものとおもわれる。もっとも、当時は各地ともにインフルエンザの被害状況をほとんど報告していないため、その初年兵へいたるまでの感染経路がよくわからない。

おそらくは中国南部で発生したものが苦力《クーリー》などから米水兵に感染し、それが米本土まで広がったのだろう。というのも、そもそもインフルエンザのウイルスはシベリアに棲んでいる鴨の腸内にある。この鴨は中国に飛来する。そのおり、ウイルスはあらたな寄生体をさがし、家鴨から豚へと感染し、やがて人間に襲いかかるのである。

この猛威をふるったウイルスは、中国南部からインドへも飛び火した。想像されるものはやはり水兵で、これは香港において感染した英水兵がインドへ持ちこんだというのがいちばん妥当ではないか。インドからはやはり航路によってスエズ運河に達し、さらにアレキサンドリアからマルセイユまで運ばれた。そういう経路でいえば、皮肉なことに第二特務艦隊はウイルスまでも護衛してしまったことになる。

が、どのような経路をめぐろうとも、わずか数カ月でウイルスは世界中に飛び火した。

なんとも始末の悪いことに、このウイルスが狙いをさだめたのは二〇代から四〇代という働きざかりのひとびとだった。むろん、各地の戦線にある兵士も例外ではない。四月には西部戦線のすべてにわたって広がり、四月末にはピレネーをこえてスペインに蔓延《まんえん》し、さらに六月には海峡をこえてイギリス全土を罹患《りかん》させた。この性悪なインフルエンザが「スペイン風邪」と呼ばれるようになったのは、そのあたりからである。またイギリスに発生が報告されるころには中国のすみずみまでウイルスが跳梁するようになり、災いの渦はわずか数週間のうちに世界全土をおおいつくしてゆこうとしていた。もはや、兵士も市民も区別はなかった。

実際、このウイルスは地球上の人間の半数に襲いかかり、かぞえきれないほどの命を奪った。ことにドイツ軍はこの異常事態に辟易した。パリを正面八〇キロという至近距離に据えたマルヌ川の最前線は崩壊に瀕した。ドイツ軍としては信じられないおもいだったろう。

——こんな莫迦《ばか》な話があってたまるか。

と、ヴィルヘルム二世などは髪の毛を掻きむしるような叫びをあげたにちがいない。

ひとまず撤退したさきの絶対防衛線といっていいヒンデンブルク線もまた病原菌の巣となった。にもかかわらず、ドイツ軍は……ルーデンドルフは……カイザー戦を続行させた。後退することは、すなわち、自軍の敗北を意味してしまう。ドイツ軍は攻めつづけるよりほかに方法がなくなっていた。だが、あまりにも長大な兵站線を維持しながら戦いつづけるには、このたびの「スペイン風邪」の災禍は酷すぎた。兵站線は断絶し、兵士たちの体力どころか気力すらも根こそぎ毟《むし》りとっていった。

すでに暦は一九一八年の六月を刻んでいる。カイザー戦も第三次攻勢「ブルーヒャー」から第四次攻勢「グナイゼナウ」に移行していたが、ドイツ軍の将兵がスペイン風邪に見舞われたのは後者の作戦中であった。パリ砲が殷々《いんいん》と撃ちはなたれ、パリが瓦礫《がれき》に埋もれてゆきつつあるなか、先鋒となったのは第十八軍と第七軍だったが、すでに両軍ともにスペイン風邪が蔓延しており、体力は格段に低下していた。そこへアメリカ軍がおもいもよらない粘り強さで踏んばりをみせた。シャトウチェリーちかくのノヨンモンダディールでのことだった。

　もっとも、ドイツ軍だけでなく、ついいましがたも述べたように、連合軍の長大な塹壕にも、この恐ろしいウイルスは蔓延した。アメリカ軍はたしかに敢《よ》く闘い、フランス軍とともにドイツ軍の猛攻を防ぎ、進撃を停止させたばかりか後退させるという赫奕《かくえき》たる戦果をあげたものの、罹患者の数は決して少なくなかった。アメリカ軍の戦死者の数は最終的に一二万四〇〇〇人を数えたが、その八〇パーセントが「スペイン風邪」による戦病死であった。にもかかわらず、かれらはドイツ軍をすんでのところで撃退することに成功したのである。

　なるほど、英仏の期待した日本陸軍はついに西部戦線にはやってこなかった。かわりにシベリアへの出兵にいそしんでしまった。また、つぎに期待したチェコ軍団も到着することはなかった。だが、それでも、かれらは目睫《もくしょう》の危機は凌いだ。自分たちの決死の奮迅もたしかに功は奏したが、それ以上に、ドイツ軍は長駈の進撃に耐えられるだけの体力をすでに失っていた。連合国軍は、スペイン風邪のウイルスにどれだけ感謝しても足りなかったろう。

　だが、かれらもまた重大な危機に見舞われてしまった。あいつぐ激闘のために限りなく体力を消耗させていた兵士たちにウイルスは容赦なく襲いかかり、激しい咳と高熱、そして嘔吐や出血をまねき、凄まじい勢いで命を奪いさっていったのである。

　戦線は、沈黙した。

　スペイン風邪は、まったく前代未聞の伝染力といっていい。

　このウイルスの特徴は潜伏期がきわめて短いことで、たったひとりの患者しかいなかった軍隊でも、翌朝をむかえたときには数百人の患者が発生するという物凄さで、死亡原因の最大のものは肺炎の合併症であった。死者の数は鰻《うなぎ》登りに増え、アメリカでは五五万人、イギリスでは二二万人、ドイツでは二三万人、イドでは一二〇〇万人をこえる人間が犠牲になり、直撃をうけた日本でも二三八四万人の患者を出し、三八万人をこえる死者をかぞえた。当時の人口五六〇〇万人のうち実に〇・七パーセントの人間が、この流行性感冒によって命を失ったのである。とある統計にしたがって計算してみれば、地球上の人間の二五人にひとりが死んだことになる。いかに凄まじい病魔が世界に蔓延してしまったのかがわかるというものであろう。

幸いなことに、東京にある忍子は被害をまぬがれていた。

このころの大森の実家での暮らしは決して贅沢《ぜいたく》なものではなかったが、それなりに安らかな日々といえた。三河の素封家は弥市郎が凱旋《がいせん》するまで婚儀の日取りは決めずにおきましょうといってくれていたし、さらにはお手伝いの女性も寄越してくれていた。そのため、普段の買物もほとんどすることもなく、どうしても欲しいものだけを探しに上野《うえの》や銀座界隈に出かけるという生活をおくっていられた。

罹患せずにいられたのは良かったが、上野駅には毎日数十件ものスペイン風邪による遺体の搬送依頼があったとか、熱冷まし用の氷が底をついてしまったとか、火葬場には処理しきれない遺体が山積になっているとか、ろくな噂は聞こえてこない。忍子はそういう噂をお手伝いの女性から耳にするたび、こらえきれぬ不安がこみあげて眉間《みけん》に皺をよせたが、それらの噂はすべて事実だった。ちなみに僅かばかりのちのことになるが、忍子も多聞の家で口ずさんだ「カチューシャの唄」を歌っていた松井須磨子《まついすまこ》の愛人島村抱月《しまむらほうげつ》もこの感冒によって死をむかえ、須磨子は抱月のあとを追って自殺している。

（……ヨーロッパは……フランスや地中海の戦場はどうなのかしら……）

忍子は、いまだに、弟弥市郎に許婚《いいなずけ》といってもいい女性ができていることを知らない。

いや、許婚というより、弟が現地の女性と交際していることなど、夢にもおもわずに過ごしている。当然、その恋人が看護婦であり、しかも病原菌が渦をなしているなかで懸命に働いていることなど、知り得よううはずもない。

そう、戦線にほどちかい野戦病院でも、スペイン風邪は猛威をふるっていた。医者も看護婦も総動員され、苦しみぬく病人たちの看護をし、伝染を防ぐことに努めたが、人間のちからは自然の脅威的なちからには勝てなかった。各地の戦線は、この突然出現した目に見えぬ敵に対して、まったく為《な》す術がなかった。患者の数は日を追うごとに激増し、やがては傷病兵はおろか、医者や看護婦までも感染した。

ヨーロッパ中のどこもかしこも、まったく別な戦いに突入したのである。そして、その戦いはパリ郊外の野戦病院で兵士たちを必死になって看病しつづけるレイチェル・クレントン＝ワードの身体をも蝕《むしば》んでいった。

八

レイチェルが病に倒れたことなど、マルタにある藤村弥市郎には報告されていなかった。

あたりまえであろう。家族でもなんでもない関係の弥市郎のところへなど、緊急の報《し》らせが入ってくるはずはない。弥市郎がレイチェルの日々の情景を知ることのできる唯一の方法は、彼女自身の認《したた》めた手紙を読むことしかなかった。

だが、それも幾日も掛かって、パリからマルセイユ、マルセイユからマルタへと届けられるのである。その戦場から届いてくる手紙には、毎日の看病がいかに大変なものであるかということや、この果てしなく絶望的な戦いが一刻もはやく熄《や》んでほしいという祈りなどが書きこまれ、末尾にはかならずといっていいほど、

――いつか、あなたについて日本へ行きたい。

という言葉が添えられているばかりだった。ほかの文章は、一文のこらず塹壕《ざんごう》戦の悲惨さを訴えるようなものに終始していた。それは、現実の世にちからずくで描きだされた地獄のありさまであった。

たとえば、

——西部戦線に配属されてようやく、マルタでの日々がいかに穏やかなものであったかということを噛みしめるようになっています。塹壕戦がどれだけ苦しく辛いものであるのか、これまで想像はしていたのですが、まのあたりにして初めて、人間の我慢の限界点にある戦いなのだと実感しました。塹壕での病気は赤《せき》痢《り》と塹壕足です。塹壕ではお便所の設備など、ちいさな穴があるばかりで、そこに糞尿が満たされれば、つぎの穴を掘るだけなのです。やがては塹壕そのものが巨大なお便所となって、それがうねうねと幾度も複雑に曲がりながら、敵と対峙しているのです。不潔などという生易しいものではありません。赤痢がおびただしく発生するのは、悲しいほど明確に理解できます。

また塹壕足というのは、こちらに来て、はじめて視認しました。塹壕のなかはいつもいつも水が溜まっています。敵の砲弾によって地面に大穴が穿《うが》たれ、そこに雨水などが流れこみ、決壊して塹壕のなかに浸水してくるのです。ときには塹壕を掘ったおりに地下水が湧きあがってくることもありますが、とにかく恐ろしいほどの湿気に満ちています。そのようななかで戦いつづけねばならない兵士たちの足は、ふやけ、むくみ、ただれていきます。血が通わなくなって青くなり、そのあと赤く腫れあがり、肉が裂け、そして剝がれおち、指がなくなり、そこへ新たな肉が盛りあがり、まるで足に瘤《こぶ》ができたようになって壊疽《えそ》をおこし、やがて切断にいたります。すべては不衛生な環境のせいです。長靴を履かせたところで、靴下を日に何度もとりかえたところで、乾布摩擦をおこなったところで、鯨油のグリースを塗りこんだところで、塹壕そのものを潰し、そこから兵士たちを去らせないかぎり、この哀れな足の病は無くせないのです。

という、マルタの将兵たちにとっては想像の端に浮かべたこともないような現実が綴《つづ》られている。おそらくレイチェルは、鉄兜をかぶせられた墓標が無数に並びつづける戦場を傷病兵とともに彷徨しながら、こうした地獄を見つづけているにちがいない。同時に文面からの手紙は、どこまでも克明だった。レイチェルは、たれにむけることもできない怒りが静かに、しかし沸々と滾《たぎ》りはじめているのが充分すぎるほどに感じられた。

——兵士たちの体力は日に日に落ちています。間断なくつづけられている銃撃戦などのせいで睡眠もとれずにいることも要因のひとつですが、なにより、かれらの体力を維持できるだけの食事が供給されてこないこと、それがいちばんの原因でしょう。前線にはマルタのように食堂があるわけではありません。移動厨房に竈《かまど》が用意され、そこでお湯も沸かせば、調理もします。野菜を煮たかとおもえば、紅茶もつくります。かれらにあたえられる食糧は一日につき肉六オンス（一七〇・一グラム）に野菜八オンス（二二六・八グラム）となっているのですが、パンは後方で焼いていますので前線に到着するころには固くなってしまいます。馬肉もいつのものかわかりませんし、スープといっても数粒の豆が浮かんでいるかどうかという味など期待できない代物です。缶詰にはいったコンビーフがなによりのご馳走で、ビスケットは石のようになっていますから小銃の底で砕いてみるか、コンデンスミルクで煮てみるかしないかぎり、とても食べられません。もはや、栄養事情がどうのといっていられるような次元ではなくなっているのです。塹壕のなかで肥え太っているのは、兵士の身体にまとわりつく蚤《のみ》や虱《しらみ》、もしくは遺体を齧《かじ》る鼠《ねずみ》くらいなものでしょう。

——以前に塹壕のなかに水が浸水してくることをお話ししましたね。兵士たちは土嚢《どのう》を積んで水を防ごうとしています。けれど、土嚢そのものが足りません。ときおり水が止まったかとおもえば、それは遺体が山積になって水を堰《せ》きとめているのです。遺体は腐乱し、やがて水没し、肉か泥か見当もつかなくなります。鶴嘴《つるはし》やシャベルで塹壕をひろげようとしたとき、兵士たちの遺体が水のなかから発見されることも少なくありません。泥と血の混ざりあった異様な臭気を醸《かも》しだしている液体が、つねに兵士たちの踝《くるぶし》や膝を濡らします。敵弾を浴びた兵士はそのなかに倒れ、小さな水柱を立ちあげます。仮眠所も通信室も地下壕も、もう、区別すらできないようなありさまです。土嚢を積んだ泥囲いなのか、材木を用いた胸壁なのか、ちょっと見ただけでは区別すらつきません。そんなところへ運ばれてゆく食事は冷え、食べられるような代物ではなくなっていきます。けれど、まだ食事の供給される前線はましなのです。敵の防塁を突破して前進していった兵士たちには食事が配給されません。かれらは保存食を携帯していくのですが、それが無くなったときはせっかく奪った敵陣地も放棄して後退しないかぎり、体力がつづかなくなってしまいます。これでは戦線が膠着《こうちゃく》するのはあたりまえでしょう。

弥市郎もまた、最前線にあって決死の看護をつづけているレイチェルにたいして、つねに励ましの文章を綴りつづけた。そして、いつかかならず、貴女《あなた》を日本に連れてかえりたいという純粋な希望を添えつづけた。だが、まさか、医者や薬に囲まれているレイチェルそのひとまでもがウイルスに冒されてしまうとは、さすがに夢にもおもわなかった。
もっとも、それは実をいえば弥市郎の認識不足といっていいのかもしれない。たしかに、レイチェルたちは彼女たちなりの重装備で患者の看護にあたっていた。だが、それも手拭いに毛の生えたようなマスクをつける、というただひとつのことを徹底したにすぎず、手袋なども揃っておらず、手洗や嗽《うがい》の水すら満足にないという状況下の看護だった。こんにち、ウイルスには簡易マスクなど通用しないことは誰でも知っている。マスクの目よりもウイルスは明らかに小さく、通常の風邪が接触感染であるのにたいしてインフルエンザは空気感染であり、いくら手洗を徹底して汚れた指先で鼻などを触らぬようにこころがけていても、ウイルスは情け容赦なく看護婦たちの体内に侵入していった。マスクは咽喉を潤《うるお》すくらいの役にしか立たなかった。なるほど、ウイルスは湿気には弱く、マスクはしないよりもしたほうが好《よ》いにはちがいないが、所《しょ》詮《せん》、それだけのことだった。医者も看護婦も、つぎつぎにウイルスに冒され、そして死んでいった。そうした現実は、弥市郎の想像をはるかに超えていたのである。

いや、なにより、弥市郎はこの時期、猛烈に忙しかった。

戦没者の慰霊祭をとりおこなわなければならなかったからである。

戦没者の大部分は駆逐艦「榊」の乗組員だった。ちょうど一年前の六月十一日、ミロス島近海のセリゴ水道入口において「榊」は被雷した。艦の前部を寸断され、艦長をつとめていた上原太一《うえはらたいち》（死後・中佐）をはじめ、五九名にのぼる将兵が、鮮血にまみれた戦死を遂げた。その不運かつ悲惨な戦闘から、はやくも丸一年が経とうとしていた。榊将兵たちは、英海軍大佐マクローリーの献身的な尽力もあって、クレタ島のスダ湾をのぞむ英国海軍墓地に仮埋葬されていた。が、かの地はあまりにも遠い。このまま大戦が無事に終了しても、日本海軍とは直接の関係がない土地へ、いったい、どれだけのものが参拝におもむけるだろう。そう、たれもがこころにおもっていた。

――マルタ島に正式に埋葬してやってはどうか。

という声がにわかに湧きたっていたのは、あたりまえのことであったろう。

幸い、マルタにも海軍墓地はある。ヴァレッタ市街からいうと東側の郊外にあたるカルカラなるところに、イギリスの海軍将兵の墓標が並んでいる。

――そこへ合葬させてもらってはどうだろうか。

在マルタの艦隊司令部の面々はそのように考え、司令官の佐藤皐蔵《さとうこうぞう》にも意見をもとめた。

九

マルタに戦没者を葬ることにおいて、佐藤に異論のあるはずもない。将兵らの立ちあげた議は、やがて第二特務艦隊総員の意見となり、どうせならこれまでに不慮の事故や戦病死した同胞すべてを合わせて葬り、墓標を建立《こんりゅう》してはどうかという具体的な議まで持ちあがった。たしかにそうで、墓碑をつくれば、末永く戦没者たちの芳名を伝えてゆくこともできる。

「本省に具申しよう」

佐藤は、黒髭《ひげ》をしごきながら、ちからづよくいった。昨年、つまり大正六年夏のことである。

八月九日には、海軍省宛に第二特務艦隊戦没者墓碑建設費支出方が諮《はか》られた。海軍省は即座に承認、建設費は三〇〇〇円という回答が送られてきた。こうして墓碑の建設は実行に移された。

とはいえ、設計から施工まで、すべて艦隊司令部がおこなわなければならない。多忙のなか、弥市郎が中心となって事がすすめられていった。設計はかれらが自らの手でおこない、島内の石工業者であるタルマニン商会に工事を請負わせることとし、大正六年十月三十日に工事を起こした。

ちなみに墓碑銘は艦隊司令部付の池田大主計《いけだだいしゅけい》が筆を揮《ふる》い、碑の側面に刻まれた戦死者の氏名はおなじく司令部付のS上等筆記の筆によった。なお、邦字の彫刻は旗艦「出雲」に乗組んでいたY一等水兵の苦心の作であると記録にはあるものの、後者ふたりの名については、残念なことにイニシャルしかわからない。遙かな地中海の島で鑿《のみ》をふるったYなる水兵は、いったい、どのような経歴の持ち主だったのだろう。石工の心得がはたしてあったのだろうか。実家が石材商でも営んでいたのだろうか。それは、いまのところ、想像するよりほかにない。

弥市郎には、佐藤から「一周年に間に合わせてほしい」という厳命が下っていた。弥市郎は通常の業務のほか、碑の建設という仕事が増えたものの、かれは亡き友らのために身を粉にして行動した。そして本年六月十日、ついに二メートル余におよぶ石碑は竣工《しゅんこう》した。

納骨式が盛大に催されたのは、六月十五日のことである。

大港には海原を睥睨《へいげい》するごとく第二特務艦隊の艨艟《もうどう》どもが一隻たりとも欠けることなく投錨し、舳艫《じくろ》をならべた。祭典の式場となったカルカラ墓地には、司令官の佐藤をはじめ、司令部幕僚、各司令、各艦長、各指揮官、そして準士官から下士卒にいたるまで、艦隊のほとんどの将兵が居並び、英国マルタ総督、英国海軍司令長官、マルタ駐在名誉領事など、同盟国イギリスの官民が多数、訪れた。墓前には各方面から贈られた生花や花環が飾られ、儀仗兵が見守るなか、軍楽隊によって日英両国の国歌が、蒼き天にむかって嚠喨《りゅうりょう》と吹奏された。

多聞も小澤も喜久松も、そして安曇も、粛々たる面持ちで弥市郎らとともに並んでいる。耳朶《じだ》に届いてくるものは、佐藤の朗読する祭文であった。

「……義は山岳よりも重く、死は鴻毛《こうもう》よりも軽しと覚悟し、一意専心、君国のため、身命をいたすは、これ、古来我が日本武士の最も本懐とせしところなり。客歳《かくさい》、我が第二特務艦隊、大命を拝し、連盟與国《よこく》と協同作戦の目的をもって欧洲海面に進発せんとするや、余は諸士に告ぐるに、この征戦は我が日本民族空前の壮挙にして、これに従う吾人の栄誉はきわめて大なるものあると同時に、その責任、またきわめて重大にして、吾人、勤労の成果如何《いかん》はここに戦勢の消長に関係を有するのみならず、直接に神洲帝国の栄辱を表明するものなるをもって、誠意誠心、協同一致、その任務に盡瘁《じんすい》すべきことをもってせり……」

……泣くまい……と、安曇は決意していた。だが、体内から急《せ》きあげてくる云いしれない悲しみと口惜しさは、如何ともしがたかった。網膜には、あの日の修羅場がどうしても浮かびあがってくる。無念にも艦から放り出された上原の姿が瞼《まぶた》の裏に湧きあがり、苦しみ悶《もだ》えながらも敵潜に挑みかかろうとした朋友たちの決死の形相が蘇ってくる。ついで脳裏を占めてくるものは、地中海へと急いでいた往路の日々の情景だった。シンガポールを出港したおりの壮気に盈《み》ちあふれた僚友たちの表情が、あざやかな色彩をともなって安曇の脳裏に溢れてくる。

「……爾来《じらい》、幾星霜《いくせいそう》、諸士はつねにこの意を體《てい》し、万難を排し、善く勇往し、能く邁進し、しばしば頑敵を撃攘し、偉勲を樹て、ついに壮烈なる戦死を遂げたり。諸士の忠勇義烈なる功績はまことに後昆《こうこん》の仰ぎてもって永く武人の亀鑑《きかん》とすべきところなるかな……」

（こらえきれぬ）

おもわず、あとずさりかけた。

涙がとめどもなく溢れ、頬を伝った。佐藤の祭文が「……諸士の霊、それ、髣髴《ほうふつ》として来り、饗《くつろ》げよ」という文句で終了するや、ついで海軍大臣加藤友三郎と軍令部長島村速雄《しまむらはやお》連名による祭電が朗読されていったが、もはや、安曇は聞きつづけることはできなかった。自分の眼の前で死んでいった戦友たちの笑顔ばかりが脳裏に盈ち、胸がつまった。

祭典が終わったのちも、安曇は墓前から離れることができなかった。碑の前に蹲《うずくま》り、おのれひとりがこうして生きのこり、そればかりか日頃の生きかたにそぐわぬような恋の日々まで経験してしまったことに、爆裂するような自責の念をわだかまらせていた。

（……ゆるしてくれ……）

こころに叫んだとき、かたわらに人影があるのに気づいた。イギリスの士官のようだった。士官は安曇の横でおなじようにしゃがみこみ、肩を並べて碑をふりあおいでいる。海軍大佐マクローリーだった。

「美しい碑だ」

かれは、囁くように口をひらいた。

「マルタには数々の石がある。古代の石柱もあれば、街をかたちづくる石壁もある。だが、この碑は、どの石にもひけをとらぬほど美しい。……安曇さん。わたしは、ここに眠る勇士たちとおなじ海で戦うことができた。それは、わたしの人生の誇りだ」

「……キャプテン・マクローリー、おれは……」

「自分を責めてはいけない」

マクローリーは微笑みつつ、告げた。

「きみは、どうやら、古風な生きかたが好きなようだ。たしかに見るからに偉丈夫ではあるし、声量も、表情も、海の漢《おとこ》にふさわしい。あたりに威をはらい、むかうところ敵のない強さが前面に突きだしている。だが、わたしは知っているよ。きみが軍人にしては信じられないほどに繊細で、あふれるような感情をもちそなえた人間であることを……」

「おれは、そんな……」

「そうでなければ、そこまで自分を責めたりはしない。きみは、おそらく、こうおもっているのではないか。あのとき、敵の潜水艦にデプス・チャージによる攻撃など仕掛けているべきではなかったと……。ひとりでも多くの負傷兵にたいして応急処置をするべきではなかったのかと……。そうしていれば、もしかしたら、友を失わずに済んだのではないかと……。だが、ちがう。きみの行動は正しかった。きみの判断にまちがいはなかった。だから、自分を責めてはいけない。以前にも、わたしは、そう、きみに告げたはずだ」

「しかし……こうして、あらためて碑の前に立つと……」

「だが、きみは生きている。生きて、いまもなお、敵と戦いつづけている。もしも、友にたいして、なにかしてやれることがあるとするなら、きみは友の分まで戦わなければならないし、人生を愉しまなければならない。後悔するような人生を送っては、友はなおさら悲しむだろう。……先日、きみは浮かない顔をしていたな。恋をした……。そうだろう」

安曇の反応は正直だった。はっとしてマクローリーを見つめ、かえす言葉を懸命に捜したが出てこないという表情をした。そんな安曇にマクローリーは微笑みをさしだし、ぽんと肩を叩いた。そして、こういった。自分もおなじだ、自分も恋をしているのだと。

「相談に乗ってくれないか。おたがいの人生をさらに有意義なものにするためにも……」

そういって、安曇の肩を抱くようにして立ちあがり、ヴァレッタへ戻った。そして、一軒の酒場へ連れていき、こう、耳打ちしたのである。……ここのマダムに、自分は今、恋焦がれているのだ……と。

酒場は「セント・エルモ」だった。安曇は一瞬、呆気にとられた。わずかに頰を染めたマクローリーとともに扉をひらいて店内にはいれば、いつもとおなじように瀟洒《しょうしゃ》なドレスに身をつつんだマダム、ラウラ・アンジェリの微笑みが待っていた。

「安曇さん……」

奥のほうから声が掛かってきた。多聞と弥市郎が小さな卓子を囲んでいる。安曇はつとめて笑顔をみせつつ、おう、と答え、マクローリーをつれて多聞たちのもとへ足をすすめた。

と、そのときである。

店の扉が砕けるようにして開き、ひとつの人影が飛びこんできた。小澤であった。手には、一通の封書が握りしめられている。小澤は弥市郎のもとまで早足で辿りつくや、その封書をかすかに震えつつ、さしだした。そして、こう、報《し》らせたのである。

「……ミス・レイチェルが、パリ郊外の野戦病院で亡くなった」

第十一章　無《む》韻《いん》の哀歌

一

レイチェル・クレントン＝ワードは、パリ東方のヴァンセンヌの森をこえたマルヌ河岸に設置されていた野戦病院で死んだ。

スペイン風邪に罹《り》患《かん》してからも看護婦としての勤めをつづけていたらしい。彼女の死期をはやめさせてしまったのは、ほかの患者の看護を最優先にし、みずからの熱を冷まそうとか薬を飲もうとかいった意思がほとんど観られなかったことによるという。そのように、同僚の看護婦が第二特務艦隊司令部へ宛《あ》てた手紙に書いてよこしている。手紙によれば、その同僚はレイチェルの死後、遺品を故郷のイギリスへ送るべく整理していたところ、衣服のポケットから藤村《ふじむら》弥市郎《やいちろう》宛の綴《つづ》りかけの手紙を見つけたらしい。なにかのおりに地中海のマルタ島にある日本海軍の司令部に許嫁が勤務しているとレイチェル自身から聞いていた同僚は、綴りかけの手紙を同封してマルタまで手紙をだし、報《し》らせてくれたもののようだった。

――日を追うごとに、スペイン風邪による患者の数は増えつづけています。そのため、わたしたちは休む間もなく、寝る間もなく、立ちはたらいています。けれど、すこしも辛くはありません。ときどき、水を汲《く》んだりする際に腕が重いと感じることはありますが、熱に魘《うな》されている兵士たちの顔をまのあたりにすると、そんなことはすこしも気にならなくなります。それに、どうやら、ドイツ軍はパリへの進撃をあきらめたようです。ペタン元帥《げんすい》の勝利だという声がちらほらと聞こえてきます。希望をもっていいのでしょうか。そして、その希望のさきに、わたしたちの再会を期待してもいいのでしょうか。戦争が無事に終わり、あなたが日本へ凱旋《がいせん》していったあと、わたしが故郷の両親を説得して、横浜へ向かう船に乗ることが現実のものになるのでしょうか。そうなればいいと、いいえ、そうするためにも、一日もはやく戦争が終わってくれればいいのにと、毎日のように祈っています。病院のなかはあいかわらず鮮血の匂いに盈《み》ちています。消毒液の匂いも漂《ただよ》っています。それに混じって硝煙の匂いも鼻腔《びくう》をつきます。兵士たちの身体はどれだけ洗っても硝煙の匂いが立ちこめるのです。なによりも辛いのが、毎日のように亡くなっていく患者たちから共通した匂いが立ちのぼることです。消毒液の匂いでもなく、硝煙の匂いでもない、まったく別な匂いです。それがなんの匂いなのかはわかりませんし、説明しがたいものなのですが、決して芳《かんば》しいものではありません。けれど、そんな匂いに顔を顰《しか》めているわけにはいきません。傷病兵たちは、わたしたちを待っているのですから。信じられないかもしれないけれど、これだけの文章を書くのに丸三日も懸《か》かってるのよ。一行書いたかとおもえば急患が運びこまれてきたり、続きを書きはじめたかとおもえば警報が鳴りひびいて避難をはじめたり、あとすこしで書きあがるとおもいながらも風邪薬の搬入をしなければならなかったり、たった一文を書くのに吃驚《びっくり》するほどの時間が懸かってしまうの。だから、いつも、この手紙は白衣のポケットにいれて持ちあるいているのよ。イギリスの両親にさえ忙しさにかまけて葉書すら書いていないっていうのに、わたしったら、とんだ親不孝な娘になってしまったわ。けれど、いま、仕事の合間にぼんやりと考えているのは、わたしの故郷の風景ではなく、あなたの生まれ育った国の風景です。わたしがこれまでに見たこともないような鮮やかな緑につつまれた明るい陽射しの下の風景です。あなたは知っているかしら。二〇世紀が始まってから、このパリでは、日本のことがとても関心をもって語られているんですよ。いろんな芸術家が日本に興味をもって、画家たちは浮世絵に熱中して、自分たちの絵のなかにも浮世絵を取り入れたりしているの。パリで待機しているとき、わたしはそんな奇妙な絵を……新しい絵というべきかしら……たくさん観ました。だから、そんなこともあって、わたしのなかで日本はとても大きく膨《ふく》らんでいるの。あなたがどんなところで生まれたのか、どんなものを見て育ってきたのか、それを知りたくてたまりません。戦争が一日もはやく終わってくれるのを待っています。なぜなら、その日こそが、わたしとあなたのほんとうの旅立ちの日なのですから。

手紙はそこで終わっていた。いつも末尾につけられている「あなたのレイチェルより」という署名《サイン》はどこにもなく、追伸もまた見られない。風邪をおして、なんとか本文だけは書きあげておいたという印象だった。

おそらく、弥市郎やレイチェルのような別離の悲しみをあじわった恋人たちは、この時期、かぞえきれないほどの数にのぼったことだろう。出征していった恋人が戦死するというだけでなく、突如襲いかかってきたウイルスによって夢にもおもっていなかった永訣の時をむかえなければならなくなった男女は、世界中でいったいどれだけあったのだろうか。松井須磨子の例をみてもわかるとおり、災いは戦線から離れて芸術や文化の世界に生きていたものたちにも情け容赦なくふりかかっている。

たとえば「ミラボー橋」などで知られる詩人アポリネールもそうである。かれはパリにおいてパブロ・ピカソと知りあい、アトリエ「洗濯船」でエコール・ド・パリを代表する芸術家たちと交流し、なかでも画家マリー・ローランサンとは運命的な恋をした。ふたりは不幸なことに訣別するにいたったが、アポリネールがスペイン風邪のために死の床についたとき、その枕元にはローランサンが描いた「アポリネールと友人達」が架けられていたという。もしもスペイン風邪が猛威をふるわなければアポリネールはそののちも多くの優れた詩を世におくりだしたにちがいないし、もしかしたら、ローランサンとの恋も復活したかもしれない。

連合国側でそうした恋の風景があれば、中央同盟側にもまた別な恋の光景がある。ウィーンにおいて画家としての地位を確立したエゴン・シーレの光景である。シーレは戦線から無事に帰還したにもかかわらず、最愛の妻であるエディットをスペイン風邪で亡くし、そのあとを追うようにして妻の死後三日目、みずからも風邪のために他界した。

　ウイルスは連合国側であろうが同盟国側であろうがなんの躊躇《ちゅうちょ》もなく蔓延《まんえん》した。のちの世にどれだけ素晴らしい芸術作品を残すことになるか想像もできないというほどの才能であっても、容赦なく潰《つぶ》していった。それは日本国内もおなじことだった。村山槐多《むらやまかいた》と関根正二《せきねしょうじ》なる天才的な画家がいる。槐多は当節流行のデカダンスにのめりこみ、貧困の暮らしをつづけていたが、とある霙《みぞれ》混じりの嵐の夜、失恋の痛手もあったのだろうか、スペイン風邪で寝こんでいるにもかかわらず、いきなり畑のなかへ飛びだし、自殺としかおもえないような死をむかえた。関根は槐多とはまったく逆に生きることへ非常に執着していたものの、やはり絵の具に不自由するほどの貧困生活をつづけ、さらには失恋や病気で錯乱状態に陥り、やがて追撃ちをかけるようなスペイン風邪によって他界した。

　たしかに、こうした芸術家たちは戦争による直接の被害者ではない。あくまでも死の最大の要因となったのはスペイン風邪のウイルスにはちがいない。しかしながら、かれらに共通していえることは悲しいほどに貧困であったということである。貧困はこの当時、世界中をおおっていたものの、もしも陣営の別なく、軍隊の充実よりも市民生活の向上をめざしていたら、どうだったろう。戦争を回避することは、すなわち、都市や農村の破壊を未然に防ぎ、食糧難なども起こりえず、さらには庶民たちへ……貧困にあえいでいた芸術家たちも含めて……病気に打ちかてるような体力を得られるだけの食糧と薬品を提供できたはずである。となれば、戦争と感冒の蔓延は決して無縁ではなく、もしかしたら、大局的にではあるが人的な災害であったということもいえなくもない。

　なににしても、レイチェルは逝《い》ってしまった。

　以来、弥市郎の顔からは生気が失せた。多聞《たもん》たちともほとんど口をきかぬようになり、あたえられている仕事だけをひたすら澹々《たんたん》とこなしてゆくだけの毎日となっていった。

祭典の翌日から各駆逐小隊にはつぎつぎに新たな命令が下り、ある小隊は大輸送船団の護衛に立ったし、ある小隊は小規模な輸送船隊を出迎えるためにアレキサンドリアやマルセイユへと艦首をむけていった。

多聞らも例外ではない。かれの乗艦である「樫《かし》」は祭典後しばらく待機を命ぜられていたが、やはり、近々に出撃してゆかねばならない。ただ、待機中、多聞はほとんど弥市郎と会話をもつことはできそうになかった。

実際、多聞には慰《なぐさ》めの言葉が浮かんでこない。

（……なんという阿呆《あほ》さ加減だろうか……）

悲しみに沈む弥市郎を、どう励ましてよいのやら、見当もつかないのである。いかに自分がこういう場面に不向きな人間であるか、親しきものへの慰めひとつ満足にできない語彙の少なさと機転の悪さに、多聞はおもわず腹立たしさすら憶えていた。

二

そんな日々がしばらくつづいた或る一日、多聞は喜《き》久松《くまつ》とふたりで在マルタ司令部ちかくの安食堂で夕食をとっていた。やはり、このときも、多聞は苛立ちを隠しきれない。兎《うさぎ》の煮込みを頬張りながら、おもわず発した。

「……おれは、あまりにも無能だ」

もう厭《あ》きるほどに口にした台詞《せりふ》だったが、しかし、発せずにはいられない。それほど、多聞が遠目に眺める弥市郎の背は痛々しくおもわれたし、依然として多聞は兄のように慕ってきた先輩を遠巻きに見つめることしかできずにいるのである。

だが、喜久松は喜久松で、別な感情がこみあげてきているらしかった。

「おれのほうが、もっと愚かだ」

といい、つきあえ、とばかりに行きつけの「セント・エルモ」へ多聞をひきずりこんだ。

そして、多聞の眼の前に一葉の写真をさしだしたのである。

「これは……」

「見てのとおりだ」

喜久松は消沈した表情で応え、そいつがおれの恋人だと告げ、マルセイユではひとつ屋根の下に棲《す》んでいたともつけくわえた。だが、さすがに、もうすぐ子どもまで生まれるのだとは告白できなかった。もし、なにもかもを吐露していたら、呆気にとられている多聞は驚きをとおりこして困惑してしまったかもしれない。

「……どうするつもりなんだ」

という問いかけの口調も、いくぶんなりと荒くなっていたことだろう。

だが、すべてを告白してしまえるほどの勇気は、喜久松は持ち合わせていなかった。

「……どうするもなにも……親に報らせることすらできないしな……ともかく、戦争が終わるまではなんともならない。いまは、ただ、あいつが……彼女が……

スペイン風邪に罹《かか》らないことを祈るだけだよ……」

喜久松は、マルセイユへ寄港するたび、カトリーヌのもとへ通ってはいる。いるものの、このさき、どうして良いのか、自分でもわからない。できれば日本へ呼びよせ、ともに暮らしたいのだが、実家で喜久松の凱旋を愉しみにしている両親が許してくれるかどうかも自信がない、というようなことも脈絡なく呟《つぶや》いた。

多聞は「……なんとまあ……」などと感想にもならない溜息まじりの言葉のかけらを洩らしただけで、あとはどのような言葉をなげかけたものか、しばらく考えあぐねた。

いや、じつをいえば、この時期、第二特務艦隊の将兵のなかで喜久松のような煩悶《はんもん》をかかえているものは決して少なくなかった。マルセイユやマルタあたりで土地の娘と懇《ねんご》ろになった乗組員は数多く、実際、マルタにおいてはなんといっても日本の海軍将兵は「英雄」だった。英雄に抱かれることはマルタの純朴な娘たちにとっては夢のようなことだったし、その結果、マルタには立派な蒙古斑《もうこはん》をもった赤ん坊がつぎつぎに生まれ、人類学上、どうにも不可解な局地的民族分布をつくりあげるまでに到るのである。

「わかった」

多聞は決意した。

「聞くところによれば、連合軍は精一杯、戦線を死守しているという。このたびのドイツ軍の一大攻勢を凌ぎきれば、勝利への道も見えてくるかもしれない。戦争は、かならず終わる。もし、終わって日本へ無事に凱旋できたら、ともにご両親のもとまで行こう。おれも、きさまとともに肩をならべて、その……カトリーヌさんとかいったか……彼女を日本へ呼びよせられるよう、頼んでみることにしよう」

「……多聞……」

「それでどうだ」

多聞は、小澤《おざわ》の台詞を思い出していた。喜久松が娼婦のような娘をつれてマルセイユの街を歩いていたという台詞だった。カトリーヌという恋人は、おそらく、その娘のことだろう。しかし、相手が娼婦であろうとなかろうと、男女の恋物語になんの関係があるだろうか。現実に、自分たちの故郷でも、貧農の家の娘などは家計をたすけるために身売りしているではないか。女性がおのれの意思とは関係なく身を売らねばならなくなってしまうには、それなりの事情というものがある。そのカトリーヌという女性が喜久松と知りあったのもなにかの縁だし、もし、ふたりが添いとげることで幸せな生涯をおくることができるのなら、一肌も二肌も脱いでやろうじゃないか。

（それに……）

外地での恋を成就させてやるのは、もしかしたら、弥市郎へのささやかな慰めにもなるのではないか。そう、多聞は信じた。信じると同時に、鬼灯《ほおずき》が凋《しぼ》むようにして終わってしまった自分の恋の相手の……忍子《しのぶ》の……美しい容貌が脳裏に浮かびあがってきていた。

「なにがなんでも、幸せになれ」

堪《こら》えきれぬような顔つきで、多聞は喜久松の肩を抱いた。

こののち、喜久松がカトリーヌと幾度再会し、どのような会話をかわし、どのような時間を共有したのか、多聞は知らない。多聞たちの日常はほとんど海の上にあった。夏をむかえ、いよいよ輸送作戦は活発となり、アフリカ大陸からユーラシア大陸にむけて、夥《おびただ》しい数の兵士が送りこまれていった。それにつれて、西部戦線にある連合軍は体力をもりかえしつつあった。

最高司令官フェルディナン・フォシュのひきいる連合軍が起死回生の一大攻勢に出たのは、ちょうど、そういう時期である。実際、連合軍がこのたびの大戦に終止符を打つには、ドイツ軍がスペイン風邪のためにカイザー戦に頓挫《とんざ》をきたしてしまったこの時期をおいて、ほかになかったろう。かれらの反撃の狼煙《のろし》があがったのはカイザー戦の第五次攻勢「マルネ」がたった三日で終了した翌日、つまり、一九一八年七月十七日のことである。

そして、このエーヌ川沿いの反撃こそが、このたびの大戦における最終的な攻勢となった。またいえば、この七月十七日は、ちょうど、第二特務艦隊に課せられていた大輸送船団の護衛任務が終了した日でもある。海と陸の両方において、折りかえしの記念日になったといっていいのかもしれない。

ついでながら、連合軍の最終攻勢について、ほんのすこし触れておきたいのだが、フォシュが命じたものは全方面の戦線における多点突破、つまり全面的な攻勢作戦であった。これにはアメリカ軍などの戦略予備軍による支援も期待されていたが、なんといっても英仏軍にはドイツ軍の歩兵にたいして充分な威圧をくわえることのできる最大の武器が備えられていた。

戦車である。

この大戦時、イギリスはMk戦車……いわゆる菱形戦車……を改良型もふくめて二〇〇〇輛も生産し、戦線に投入させた。またフランスは世界で初めて全周旋回できる砲塔を装備したルノーFT17軽戦車を多数、投入させた。このFT17は大戦の終結後も生産され、最終的には四六三五輛という数の発注を受けることとなるのだが、こうした戦車を歩兵部隊の支援兵器として付随させ、攻勢を徹底させていったのが元帥のペタンであった。たしかに当時の軽戦車は装甲も薄く、速度も自転車とさほど変わりはないものの、歩兵の補完物として突進隊を構築するには充分なものがあり、ペタンはそれに期待してシャトウチェリーを基点とした一大反撃に出、見事、ドイツ軍を大後退させることに成功した。

この成功は、また、ペタンをして当時のフランスにおける最大の英雄にまで駈けのぼらせ、反対にルーデンドルフを亡国の将軍という惨めな地位に凋落《ちょうらく》させたことになる。

戦線は七月末にむけていよいよドイツ軍に不利なものとなってゆき、七月二十二日にはルーデンドルフみずからがヴィルヘルム二世に宛てて、

——戦局は連合国の反撃により不利になっている。

という旨の報告をするまでにいたった。

こうなると、ドイツ軍の蟻潰《ぎかい》はほぼ決定的となり、八月四日、ついにフランス軍はソアッソンにおいて強靭《きょうじん》な攻勢に出、ドイツ軍は三万におよぶ捕虜をだすにいたる。

ちなみにこの八月、バイエルン歩兵隊に所属していたひとりの兵士が「個人的勇気と全般的な精励」により、ユダヤ人の中佐の推薦もあって、ドイツ軍においては最高の栄誉といっていい功一級鉄十字勲章を受章している。下士官にすらなっていない伍長補に与えられたものだったが、その荒れた口髭《ひげ》の貧相な兵士は一九一六年十月にソンムにおいて足に砲弾の破片を受けて前線からはずされた経験をもっており、受章から二カ月後の本年十月にはイギリス軍の毒ガス攻撃によって失明の危機にさらされた。かれは戦争後、ミュンヘンで旗揚げされたドイツ労働者党に入党、のちになって一揆を起こすことになる。

アドルフ・ヒトラーである。

だが、このとき、ヒトラーには発言力などあるはずもなく、潰走しつづけるドイツ軍のなかにあって退却するだけの兵士だった。

三

ドイツ軍の撤退はつづいている。

八月八日には、連合軍の一大攻勢が本格的に始められた。アミアンへむかって突出していたドイツ軍の最前線は崩壊し、もはや完全な勝利への道は閉ざされたと判断したルーデンドルフは、この日をして「暗黒の日」と呼んだ。ドイツ軍はたった二日で数万におよぶ被害をだし、後退につぐ後退をつづけ、ヒンデンブルク線の後方にヘルマン線なる防禦《ぼうぎょ》線を構築したものの、ここも支えきれず、さらに後方にムース－アントワープ線なる絶対防御線の構築にはいった。とはいえ、それでもドイツ軍は自国領内で戦争をおこなっているのではなく、あくまでもカイザー戦をはじめたときの交戦ラインまで後退したにすぎなかった。

だが、八月一杯まで続けられた連合軍による第一次大攻勢はまさに突風のようないきおいでドイツ軍をつつみこみ、尋常でない被害をあたえたことは戦争の趨《すう》勢《せい》に大きく影響していったのである。

また、このころ、海の上でも最大級の戦闘がおこなわれている。

九月九日、第二十三駆逐隊小隊の「松」および「榊」は、ジブラルタル港からマルセイユにむかっていた。じつをいえば、このおりの任務は、第二特務艦隊の遠征中、最大のものであった。七月なかばまで続けられた大輸送船団の護衛任務は、どれだけ輸送船の数が多くなっても一〇隻をこえることはなかったし、通常の任務では二、三隻の護衛をするのが平均的なものだったのである。ところが、この九月初旬の護衛任務は桁《けた》がちがっていた。被護衛船の数は一八隻に達し、このため、英海軍よりスループ一隻、トローラー一隻の支援を受け、また米海軍より特務船一隻が合同した。駆逐小隊もふくめて、都合五隻の艦船でもって輸送船に満載した物資と兵員を護衛していたのである。指揮は、駆逐隊司令の海軍中佐青木薫平《あおきくんぺい》が執《と》っていた。また、マルセイユには第二十四駆逐隊小隊の「樫」と「檜」が待機していたが、あまりの船団の規模であるため、敵の襲撃が非常に懸念され、中途まで出迎え、ともに警戒にあたるものとされていた。その会同日が、九月九日だったのである。

夕刻、巨大輸送船団はマジョルカ島とアルジェの中間あたり、正確には北緯三八度一一分、東経四度五八分の洋上にさしかかっており、すぐ近海には「樫」と「檜」が到着しつつあった。

戦闘は、まさにその瞬間、勃発した。

いきなり、一隻の英輸送船が雷撃を蒙ったのである。被雷した輸送船は名を「ダスキー・スラッシュ」といい、軍需物資のほか、陸軍の将兵をおおよそ二八〇〇名、乗船させていた。被雷直後、ただちに行動をおこしたのは「松」と「榊」だった。二艦は全速力で想定射点海面に突進したが、洋上にも海中にも敵影は発見できなかった。

だが、このとき「榊」に乗りこんでいた安曇十兵衛《あずみじゅうべえ》は「敵潜よりも輸送船だ」と、胸に叫んでいた。

輸送船は「ダスキー・スラッシュ」のほかにも一七隻、ある。当船が被雷するや、すぐさま英海軍の別指揮のもとに一七隻すべての輸送船が一角に集められ、その周囲を英米の護衛船舶が遊弋《ゆうよく》して、Uボートによる第二次攻撃に備えていたが、それがかれらにできる精一杯のことで、とてもではないが大きく傾斜しはじめている「ダスキー・スラッシュ」の乗員を救助するための行動は起こせそうにない。となれば、海原に漂流しはじめている船員と陸兵を救助できるのは「松」と「榊」だけということになる。

――ただのひとりも犠牲者は出させない。

安曇は、そう、決意していた。

敵潜の動向を知ろうともおもわなかったし、たとえ敵の潜望鏡が波間に発見されたとしても、かれは備砲へ駈けよることすらしなかったろう。このとき、安曇は一心不乱に救助活動にあたっていた。また、そうした安曇の姿勢を、新艦長の蒲田静三《かまたせいぞう》は大いに認め、総員でもって救助にあたらせた。だが、敵はまだ近くにいる。救助活動だけに気をとられていたのでは、敵のさらなる攻撃を回避できない。

――松は、敵の撃攘にはいるべし。

司令の青木は、そう命じた。

この場合、敵潜の攻撃を抑止する方法としては、デプス・チャージを投下して接近させずにおくのが最良とおもわれた。が、たった一隻の駆逐艦で、どのような戦いが披露できるのだろう。

輸送船「ダスキー・スラッシュ」は艦首を槍のごとく天に突きあげ、いまにも艦尾から沈みつつある。あたりには尋常でない渦がひろがり、そのなかを「榊」は懸命に救助作業をつづけている。青木は「敵を探せ」と声をかぎりにして命じた。敵潜水艦の動きがつかめないかぎり、どのような対処もできそうにない。

そうしたなか、ひとつの平電が飛びこんできた。

──我れ、樫。

と、ある。

多聞の乗りこんでいる「樫」からのものだった。

──檜とともに会同地点へ驀進《ばくしん》中、緊急電に接す。ただちに敵潜への攻撃に入らんとす。

水平線を背負って登場してきた駆逐艦「樫」と「檜」は、すぐさま、驚異的な速度で海原を疾駆しはじめた。と、刹那《せつな》、ひとつの雷跡が発見された。敵潜の撃ちはなった魚雷であるらしく、驚いたことにその魚雷は「榊」の真横を通過し、さらには救助されつつある「ダスキー・スラッシュ」の短艇の真下を凄まじいいきおいで過ぎていったのである。

「なんちゅうこっちゃ……っ」

おもわず安曇も叫んでしまったとおり、まさに間一髪の出来事だった。短艇の喫水《きっすい》が浅かったために危機をまぬがれることができたのだろうが、もしも、陸兵たちが満載されたままであったら、まちがいなく非常に悲惨な事態に追いこまれていたことだろう。

「多聞よ」

安曇は、ジブラルタルから遠路やってきた陸兵たちを甲板まで引きあげてやりながら、戦闘を開始した「樫」と「檜」に目をやった。二隻の駆逐艦は、敵の射点とおぼしき海面にむかって驀航するや、猛烈な爆雷攻撃に入っている。安曇はその容子《ようす》をにらみつけながら、おおいに拳をふりあげ、ゆけゆけ、と声をはりあげた。

「ゆけ、多聞。ゆけ、小澤……っ」

もちろん、そんな安曇の声が多聞らに届くはずもない。だが、多聞は敵潜の潜んでいるとおもわれる海面に「樫」の艦首をむけながら、ふわりとこんなことをおもっていた。さぞかし、安曇は悔しがっているのではないか……と。ほんとうならば、たれよりも先陣切って戦いたかったろうに……と。だが、それは多聞の想いこみがすこしばかり強すぎたらしい。安曇は、以前にもマクローリーに語ったとおり、自艦「榊」の仇を討とうとか、雪辱をはたそうとか、そういったことには、このところ、さほど執着してはいなかった。だいいち、仇討は「パンクラス」を曳航したおりに済んでいる。

「もはや、多聞、おまえたちの時代だ」

とでもいいたげな表情で、安曇は黙々と甲板に陸兵たちを引きあげ、同時に艦の水兵らを動員して羹《あつもの》を配り、海に投げ飛ばされていた英陸兵たちの面倒をみていった。

そのあいだも「樫」や「檜」は、司令駆逐艦「松」とともに奮迅していた。そして、とあることから敵潜の捕捉に成功していた。曳航水雷《バラベン》という水雷を曳索で曳きながら掃海してゆく新型兵器があるのだが、これを「松」が曳きながら附近海面を捜索していたおり、突如、右側の水雷が反応し、水中で大爆発をひきおこした。あきらかに海中にある「なにものか」と接触したことによる炸裂であった。

瞬後、大量の油が海面に流れだし、そのわずかあと、堪えきれぬようないきおいで洋上に、ひとつの物体が急速浮上してきた。最新鋭の大型Uボートである。

「おおお……っ」

眼前に敵の潜水艦が飛びだしてきたのは、多聞も生まれてはじめてのことだった。だが、そんな光景に驚いてなどいられない。敵潜は手傷を負っている。潜望鏡がへしおれ、艦橋の破損は誰の目にも明らかだった。応急的なものであろうとなんであろうと、ともかく適切な処置をほどこさないかぎり、潜航することは不可能だろう。

「……なににしても、おおきい……」

多聞は、おもわず、そう呟いた。

たしかに鼻先へ浮上してきたUボートは予想以上に巨大だった。おそらく二〇〇〇トンちかくの排水量があるのではないかと、多聞はおもった。しかも、甲板には艦橋をはさんで二門、火砲があった。五・九インチ（一四・九九糎《センチ》）甲板砲だったが、そんな名称など多聞は知らない。気がつけば、敵の撃ちだした砲弾が風を斬りさいて至近に落下し、つぎつぎに水柱が立ちのぼり、そのたびごとに艦橋内を衝撃が駈けぬけている。もっとも「樫」にしても「檜」にしても、死にものぐるいになって応戦していた。両艦に装備されている火砲は一二センチ砲三門で、これにくわえて四五センチ三連装魚雷発射管が二基、備えられている。

「撃て」

司令の青木は「松」の司令艦橋から全艦（樫・檜）にたいして集中砲火を下令した。

四

Uボートはじつによく戦ったといわねばならない。兵装を見るに、Uボート側は五・九インチ砲二門であり、第二特務艦隊側は「松」が一二センチ砲一門であり「樫」と「檜」はともに一二センチ砲三門ずつであったから合計一二センチ砲七門を備えていた。これでは、いかに口径が大きくとも数量で圧倒されてしまう。だが、こうした歴然たる兵力差ながらも、敵潜はまっこうから駆逐隊に挑みかかってきた。海に生きる男として、あっぱれな決意といっていいし、かれらの奮闘ぶりは敵ながら感嘆すべきものといってよかった。

潜水艦の甲板上に小さな発火点を確認したかとおもった瞬間には、砲弾が風を斬って迫り、至近弾となって海面を沸騰させる。そうかとおもえば、駆逐艦の舷側に吊りさげられている短艇に直撃し、巨大な破裂音とともに木っ端《こっぱ》を水兵たちの頭上に降りそそがせてくる。見事な砲戦にはちがいなかった。が、やはり、物量の差は如何《いかん》ともしがたい。潜水艦の甲板上で火砲を撃ちはなっていたドイツ軍の兵士たちが、こちらの銃砲撃によって、ひとりふたりと倒れはじめた。飛びかう銃砲弾の数の差によるものといっていい。

ところが、敵が撃ちはなっていたのは火砲だけではなかった。ほどもなく、多聞らの瞳に敵の雷跡が視認されたのである。

「敵魚雷、近し……っ」

安武又喜《やすたけまたよし》が双眼鏡を握りしめたまま、絶叫する。

敵の魚雷をすんでのところで躱《かわ》すとともに「樫」と「檜」から、あわせて六本の魚雷が射出された。このうちの、どの魚雷が功《こう》を奏《そう》したのかはわからないが、ともかく、やや傾斜しかけていた弾痕だらけの敵潜は、どてっぱらに食らった魚雷のために巨大な水柱を奔騰させ、その飛沫が海面に落ちるころから徐々に沈下をはじめていた。沈没すると見せかけた急速潜航などではなく、あきらかな撃沈であった。巨大な閃光とともに魚雷の炸薬がいちどきに爆裂し、爆煙が天を衝《つ》いている。

駆逐艦の甲板では、双眸《そうぼう》を見開いた水兵たちの狂喜するすがたが身うけられる。皆、ちからを出しきってしまったのか、よろよろと起ちあがり、急激に傾斜してゆく潜水艦を口々に指差し、生まれてはじめて眺めるドイツ軍潜水艦の没してゆくさまに瞳を凝らしている。それは舵をあずかっている多聞や小澤も変わらない。

ふたりもまた、海上においてUボートと真正面から渡りあうことになろうとは、おもっていなかった。だが、いまや、それが現実のものとなり、眼前で展開しているのである。

（……やった……おれたちは、ついにUボートを……）

仕留めたのだ……という感慨が、ゆるやかに満ちはじめていた。

これまでの戦闘では海中にある敵潜の影にむけて、もしくは敵の魚雷の射出点や敵潜の針路方向に先回りしてデプス・チャージを投下し、そののち浮きあがってきた油や艦体の欠片などによって撃沈せしめたかどうかを判断してきた。だが、今回はそうではない。あきらかに戦い、そして打ち勝ったのである。

（……やった……）

おもわず、胸が躍り、膝が震えた。

護送船団のほうをふりかえれば、英米軍の護衛船舶に護られた船団への攻撃はなかったとみえ、まったく無傷なままに退避していた。このまま「樫」と「檜」が合流して護衛行動をとっていけば、無事にマルセイユまで到着させられるだろう。

また戦闘には参加せず、ひたすら人命救助にのみ徹していた「榊」も、このたびはひとりの犠牲者もなく救助作業を終えていた。その報告をうけたとき、多聞はおもわず「ああ、そうだったのか」と声をあげた。

（……安曇さん）

多聞には、安曇十兵衛の胸の内がよくわかるような気がした。安曇はかつて輸送船「トランシルヴァニア」の救助にあたったおり、獅子奮迅の働きをしめしたが、しかし、すべての乗客と乗員を救うことはできなかった。それが勲章授与のおりに「二百何十人も死なせておいて、勲章など、もらえるか」といって欠礼するという行為に繋がったのだろうが、そうした安曇の強烈な自責の念をもとにした複雑な感情も、このたびの三〇〇〇名を超える完全な救命作業により、解消の瞬間をむかえることができたのではないか。そう、多聞はおもった。

護送船団は、堂々たる船列をひきながらマルセイユ港にはいった。

ジブラルタルから輸送された兵員は総勢で五万四〇〇〇名をかぞえ、かれらはすみやかにフランスとベルギーの国境方面、つまり西部戦線のまっただなかへ送りこまれていったが、しかし、輸送船の任務はまだ終わらない。一八隻すべてに課せられたわけではないが、中東戦線へ物資の供給をおこなわねばならない。

中東戦線は、あきらかに連合軍に有利なかたちで展開している。

ことに、この秋、物資の輸送と弾薬の補給が十二分に為されてからというもの、連合軍のなかでもアラブ軍の動きは活発なものとなっていった。ファイサルおよびロレンスのひきいる遊撃部隊のことであるが、かれらはトルコ側の大動脈といっていいヘジャズ鉄道を爆破、分断に成功した。これによってトルコ側は前線への補給に支障をきたし、後方への撤退を余儀なくされた。日本においてはすこしばかり考えられないことだが、その当時の駅舎や鉄路の跡などは今日でも見ることができるし、ロレンスたちが爆破した車輌もまた転がったまま砂漠のなかに残っており、さらに爆破によって引きちぎられたレールは近在の農家が柵として現在でも使用している。

ともかく、トーマス・エドワード・ロレンスひきいるアラブ部隊は超人的な強さをみせつけている。

かれらのもとには爆薬から火器にいたるまで充分な装備が運びこまれ、これを砂漠に不可欠な移動手段である駱駝《らくだ》に括りつけ、縦横無尽に戦い、ついにはイギリス軍のエドムンド・猛牛《ブル》・アレンビイひきいる騎兵部隊とともにダマスカスへの入城をはたしてしまった。ブル・アレンビイはすでに昨年の段階で少数の騎兵ながらもガザやエルサレムを突破、そののちもまた完璧にちかい補給を受けながら進撃をつづけ、ついさきごろの九月十九日、メギッドにおいて撤退中のトルコ第七軍の側面を強襲して勝利をおさめたばかりだった。

トルコはこのたびのダマスカス失陥によって急速に戦意が衰え、講和へとむかっていくことになるのだが、こうした背景にはまちがいなく「アラビアのロレンス」と謳われた英情報将校の働きがある。ただし、イギリスの場合、こちらの戦線にたいしてはかなり無茶な秘密外交で臨んでいる。

のちにイギリスの三枚舌とも揶揄《やゆ》される外交だが、これほど無慈悲かつ手前勝手な多重外交は歴史上、まことにめずらしい。

まず、一九一五年のフサイン・マクマホン書簡と呼ばれるものがある。トルコ領内のアラブ人が独立の旗のもとに戦闘行為をひきおこすことを条件にアラブ人による独立国家の建設を約束したもので、ロレンスもこの書簡のとおりに行動した。つぎに一九一六年のサイクス・ピコ協定がある。これはイギリス・フランス・ロシアによるトルコ領の分割協定で、イギリスはヨルダンを、フランスはシリアを、ロシアはグルジアおよびアルメニアの宗主国となり、さらにくわえてパレスチナを国際管理地とする旨をおりこんだものだった。アラブの独立など、どこにも謳《うた》われていない。そして一九一七年のバルフォア宣言がある。イギリスとアメリカに在住しているユダヤ人から戦争継続のための資金援助を受けるかわりにユダヤ人による独立国家の建設を支持するというもので、これら三つの秘密協定は相互に矛盾し、結局のところ、連合国が有利に戦争を完遂でき、またイギリスがいちばん得をするというものでしかなかった。

こうした裏取引が生みだすものはアラブ人とユダヤ人の民族抗争でしかなく、現在にいたるまで泥沼のように続いているパレスチナ問題の発端となってしまった。パレスチナのひとびとはひたすら独立という甘美な言葉にふりまわされ、気がつけばイスラエルとのあいだに軋轢《あつれき》だけが生まれ、無辜のひとびとがいまもなお犠牲になっているのである。

だが、後世のパレスチナ問題など、物資輸送の護衛に徹していただけの第二特務艦隊はまったく想像すらできなかったし、多聞にしても小澤にしても与えられている後方支援の役割を必死になって務めていただけのことだった。

いや、これは個人的なことだが、ことにアレキサンドリアからマルタまで帰還した多聞には、アラビアの砂漠に展開している戦いよりも、島内で蔓延しはじめたスペイン風邪によって同僚たちが倒れはじめているという現実問題のほうが、より重要におもえていた。なにより、兄のように慕っている弥市郎まで罹患していた。自艦の投錨とともに司令部に足を踏みいれたときの多聞の衝撃は想像するにあまりある。

「……弥市郎さんまで……そんな……」

莫迦《ばか》な、という絶叫を多聞はかろうじて呑みこんだ。

だが、すべては遅かった。多聞が在マルタの英海軍病院に駆けつけたときには、すでに弥市郎の意識は朦《もう》朧《ろう》としており、会話すらもできない状態にあった。弥市郎さん、弥市郎さんと多聞は声が嗄《か》れるまで呼びつづけたが、しかし、いくら揺すろうと叫ぼうと冥府《めいふ》へ旅立ってゆく弥市郎をひきもどすことはできなかった。

弥市郎は、レイチェルのもとへ去った。

五

碑《いしぶみ》は、さきに落成している。それまでの戦没者の名がすべて彫りこまれ、英海軍墓地に蕭然《しょうぜん》と佇《たたず》んでいる。いま、あらたにスペイン風邪の犠牲者となったものたちの名を彫りくわえることはできなかった。弥市郎は、司令部の面々によって碑のほどちかくに合葬されたが、はたして、のちの世のひとびとに、かれの芳名までもが語りつがれてゆくのかどうか。

「……皮肉なものだ」

カルカラの墓前で掌をあわせながら、小澤が呟いた。

「碑の建設に必死になった男が、そこに名すら刻まれないとは、なんという皮肉だろう」

小澤の呟きに、多聞は忍子のことをおもいだしていた。ほどなく、弥市郎の戦病死については忍子のもとまで正式に通達されてゆくのだろうが、そのとき、彼女はどのような気持ちで、弟の死に相対するのだろうか。弥市郎は姉の再嫁をたれよりも案じ、もしものことがあってはいけないと気に懸け、心置きなく出撃できるようにと三河《みかわ》の素封《そほう》家との見合いを急がせた。今回の不幸を虫が知らせていたとはおもえないが、しかし、結果的にはそうなってしまった。

（……忍子さんがマルタまでやってくることは、あるのだろうか……）

そんなことが、もしもあって、墓碑銘のどこにも弥市郎の名がないとしたとき、彼女はどのような感慨を抱くのだろう。そのとき、まんがいちにも弥市郎たちの粗末な墓が朽《く》ちてしまっていたとしたなら、どうなのだろう。最愛の弟の名が刻まれていない墓碑にむかって、彼女は果たして掌をあわせるのだろうか。そう、多聞はおもった。

ところで、多聞は「ダスキー・スラッシュ」の救助活動を最後に、Uボートとは遭遇していない。これは小澤も喜久松も、そして安曇もおなじだった。記録によれば、以後、敵潜を発見してその制圧に努めたのは、日付でいうと九月二十日、同二十五日、そして十一月一日の三度だけで、どれもが海面に浮遊した褐色油と破損した魚雷気室などの発見によって「大破撃沈確実」と報告されている。だが、多聞たちに戦闘はなかった。かれらはおたがいに寄港地などで擦れちがうこともほとんどなく、唯一あったのが十月二十四日、マルセイユでの待機中、多聞が喜久松と再会したのだが、そのおり、喜久松はふところから一葉の写真をとりだした。

「……こいつのことだがな……」

この写真については、多聞も憶えている。以前、祭典のあとで見せてもらったもので、マルセイユの写真館でカトリーヌとふたりで撮影したものであるらしい。

喜久松は、弥市郎の病死以来、どうやら、毎日のように考えてきたのだろう。多聞にカトリーヌを紹介しておきたいといいだした。

「西部戦線は、たしかにドイツ軍が劣勢に立たされている。だが、いまだ、ドイツ軍はキール軍港をはじめとする要衝に無傷の艦隊を擁しているし、オーストリア海軍もアドリア海に健在だ。おれたちが無事でいられるという保証はどこにもない。だから、せめて、おまえにだけは、あいつを紹介しておきたいんだ。そして……まんがいちのときはこれを渡してくれ」

多聞は「縁起でもないことをいうな」といって写真をつきかえしたが、さすがにカトリーヌに逢わないわけにはいかなかった。喜久松とはいつ再会できるのか予想も立たないし、なるほど、喜久松の気持ちもわからないではない。逢うことにした。ちいさなカフェで待っているところへ喜久松がカトリーヌを抱きかかえるようにして現われてきた。

刹那、多聞は絶句した。

「……まさか、喜久松……彼女は……」

あきらかにそれとわかるくらい、腹がこんもりと突きだしている。説明などは必要なかった。彼女の体内には喜久松の子が宿っているのである。多聞は「どうするつもりなのだ、おのれの子を欧洲の地に残したまま、帰国できるのか」という台詞をかろうじて呑みこんだが、しかし、訊ねたところでどうなるものでもない。カトリーヌは、多聞の目から見ても、弥市郎と結婚の約束をかわしていたレイチェルとは別な世界に生きている女性だった。いま、商売をしているとはおもえなかったが、どうにも賑々しい服装と化粧であり、ことばづかいも決して上品なものとはいえなかった。もちろん、彼女の境涯など瑣末なものでしかない。そんなことはわかっている。だが、生まれてくる子はどうするのだ。まんがいちのことが喜久松に起きたとき、どうするつもりなのだ。

多聞はふたりと別れて「樫」へ戻る道すがら、

——なんてこった。

と、おもわず呟いたが、それはかれらの将来を考えたとき、どうしても口をついて出てしまう台詞だったにちがいない。

ただ、多聞はマルタやサロニカなどで小澤や安曇に出会ったとき、カトリーヌと腹のなかの子のことについては口にしなかった。口にしたところで、なにもしてやれない。だが、おれたちは戦争に来ているのではないのか、という憤慨めいた感情だけは湧いてこなかった。湧いてくるものは、かすかな憐憫《れんびん》ばかりで、生きるか死ぬかの瀬戸際ほど、ひとは異性をもとめてしまうものなのかもしれないという現実ばかりが脳裏に渦巻いていた。

（……なににせよ、戦争が終わらねば、どうにもならない）

という思いは、多聞ならずとも、第二特務艦隊のすべての将兵が抱いている感情だったし、実際、欧洲の戦場にあるすべての兵士はおなじ思いであったろう。

かれらはとうのむかしに厭戦《えんせん》気分に蔽《おお》われていたし、たれひとりとして、これ以上の戦争行為はなにものも生まないことを承知していた。スペイン風邪はいまだに猛威をふるっており、両軍の士気も体力もかぎりなく落ちていた。なかでも戦線を破壊されつづけているドイツ軍兵士の心身はもはや絶望的なほどの臨界点に達しつつある。

両軍にとって絶対的に必要なものは休戦のほかないだろう。

ただし、途方もなく困った存在がある。いわずとしれたルーデンドルフで、かれは参謀本部をあずかるという最重要な地位にありながらも、戦争の継続と休戦とのあいだで揺れつづけていた。イープルを完全に取りもどされてしまった九月末の段階では、米大統領ウィルソンの提示していた十四カ条を受諾する旨、連合軍に打電している。しかしながら、ほどなくヘルマン線やヒンデンブルク線において連合軍の進撃速度が鈍りはじめ、さらにはアメリカ軍がアルゴンヌで敗北を喫したなどという報告を耳にするや、十月二十四日には各戦線の司令官にたいして「和平提案の取り消し、ならびに全軍による徹底抗戦の準備開始」を打電してしまった。

このような人物が軍をにぎることほど危険なことはなく、結局のところ、多聞が「樫」に乗りこんでマルセイユを出港した大正七年（一九一八）十月二十七日、ルーデンドルフはヴィルヘルム二世によって更迭された。

だが、精神的に疲労しつくしていたのはルーデンドルフだけではなかった。同口、ドイツ外洋艦隊をあずかる提督ラインハルト・シェールは「たとえ全滅しても名誉ある最期を遂げるのだ」とばかり、最後の無謀な賭けにでようとした。外洋艦隊の全艦による出撃であり、これによってヴィルヘルムスハーフェンをはじめとする各軍港は一挙に動揺した。動揺は、ほどなく崩壊を呼びおこしてしまった。崩壊の決定的な引鉄となったのは、各地の海軍基地における水兵の叛乱である。

叛乱の最初の勃発地は、バルト海岸の軍港キールだった。十一月三日のことで、シェールの無謀な命令にたいして汽罐の火を消して出撃を拒否した兵士たちは労兵評議《レーテ》会を結成し、市内をデモ行進、ここに憲兵隊が解散を命じたことで発砲事件となり、翌四日、水兵たちは艦船を占拠し、赤旗を掲げた。かれらの要求するところは「政治犯の釈放、皇帝の退位、普通選挙の実施」などであったが、こうした叛乱は三日後にはすべての海軍基地にひろがっていった。リューベック、ハンブルク、ツークスハーフェン、ヴィルヘルムスハーフェン、ブレーマーハーフェンなどが瞬《またた》く間に占領され、これに触発されてか、七日にはバイエルン王国の首都ミュンヘンで独立社会民主党のアイスナーの指導のもとに革命が勃発、やはりレーテが権力を掌握した。

さらに九日、ベルリンで独立社会民主党左派のスパルタクス団が、おなじようにレーテによる独裁をめざしている革命的労働者組織「オップロイテ」と共同でゼネストを呼びかけ、ドイツ全土は一挙に革命へと傾斜、十日の時点でヴィルヘルム二世がオランダへ亡命するとともにホーエンツォレルン家の支配は終わった。

そしてついに十一月十一日、パリ郊外のコンピエーニュの森にあった連合軍総司令部において、ドイツの代表となったM・エルツベルガーが休戦条約に調印、ここに四年三カ月におよんだ大戦は終結した。

総兵力でいえば、同盟軍は二二八五万人、連合軍は四二一八万人を投入し、戦死者は同盟軍が三三九万人、連合軍が五一六万人を数え、負傷者は同盟軍が八三九万人、連合軍が一二八〇万人に達した。あとに残った兵士たちも怪我のないものなどひとりもなく、休戦の速報が両陣地に届けられたおり、塹壕《ざんごう》から諸手をあげて駆けだした兵士たちは、ひとりのこらず、血と汗と涙につつまれていた。

ただ、ここにひとつの光景がある。塹壕から抜けだした兵士たちは、後方へむかって駆けだしたのではなかった。皆、銃を放りなげ、命のかぎりに声をはりあげながら、昨日まで戦っていた敵の陣地にむかって駆けだしていた。それは同盟軍も連合軍もおなじことで、かれらは塹壕と塹壕のあいだで初めて声をかけあい、歓喜にうちふるえながら抱きしめあったという。

六

しかしながら、休戦による歓喜の渦が広がっているのは、じつをいえば西部戦線を中心としたあたりだけで、東部戦線では依然として熾烈な戦いが繰りひろげられている。ただし、同盟軍と連合軍という明確に大別された戦闘ではなく、当然のごとく噴出した諸民族の自主独立へ邁進する戦闘および戦勝国の領土拡張のための戦闘といったほうがよく、おもにオーストリア＝ハンガリー帝国の周辺、ことにバルカンにおいて勃発した。

このあたりのことは、わずかな文章ではとても説明しきれないほどに難しい。国とはいったいなんなのだろうかという命題が、文字どおり流血とともに浮上したのが、このころのバルカンの情勢であるといっていい。

簡潔に順を追っていけば、まずはブルガリアが九月二十七日に、トルコが十月三十日に、それぞれ、降伏した。これによって一大打撃をこうむったオーストリア＝ハンガリーもまた、カール一世がスイスに亡命するのとともに単独休戦し、中世よりヨーロッパに君臨してきたハプスブルク朝が崩壊した。この巨大帝国の解体によって、ロシアからバルト三国が独立したように、周辺の継承国家群が独立にむけて走りだしたのである。なるほど、ドイツは版図を削られただけであり、またトルコも周辺の自治領を引き離されただけにとどまったが、オーストリア＝ハンガリーの場合は完全なる解体であった。

オーストリアはあまりにも肥大しすぎた。このため、帝国内部に多くの異民族をかかえこんだ。民族はそれぞれに国家をもちたがる。そのいわば本能的ともいうべき感情の爆発によって、スロバキア、クロアチア、スロベニア、ブコビナ、トランシルヴァニアなどが帝国からの離脱をめざし、おのおのの地域で戦時と変わらぬような局地戦が勃発した。わずかのちに、さまざまな条約によって、他の民族国家に編入されてゆくのだが、この時期はひたすらの混沌をまねくばかりだった。

余談めくが、その混沌としつつある世界のなかに、ひとりの軍人がいる。

Uボートの艦長ではあったが、ドイツ海軍の士官ではなく、オーストリア海軍の士官である。アムシェル・ロスチャイルドとは遠縁にあたり、ユーゴスラヴィアの海辺の町ザーラで生まれ育った。名をゲオルク・リッター・フォン・トラップといい、父のあとを継ぐべく海軍士官を希望した。一八九八年にオーストリア＝ハンガリー帝国海軍士官学校を卒業し、北清事変に際し北京に出征、勲功をあげたのち、アガーテ・ホワイトヘッドなる女性と結婚した。じつをいえば、このアガーテの祖父こそ、魚雷の発明者ロバート・ホワイトヘッドである。ホワイトヘッドの事蹟については、以前にも触れた。アガーテはその祖父の魚雷工場で幼年時代をおくったが、まさか、魚雷で戦う男と結婚することになるとは幼き日、おもってもいなかったろう。

ゲオルクとアガーテは帝国の海軍基地のあるユーゴスラヴィアはイストリア半島のポーラに屋敷を建てて新婚生活をおくったが、夫はほどなく潜水艦「U－5」の艦長として欧洲大戦に参戦した。

一九一五年四月二十七日には、フランス海軍のアドリア海封鎖を突破せんとして出撃、仏装甲巡洋艦「レオン・ガンベッタ」をオトラント海峡で撃沈した。以後もつぎつぎに連合軍の艦船を撃沈し、その噸《トン》数はオーストリア海軍で次席となり、マリア・テレジア騎士十字勲章を授与され、同時に男爵に叙せられた。大戦途中、浮揚修理させた仏潜水艦ブルメール級「キュリー」に乗りつぎ、これを「U－14」とあらため、無制限潜水艦戦にも否も応もなく参画した。

かれの担当区域は地中海であり、なかでもアドリア海からイオニア海は庭のようなところであり、タラントにやってくる連合軍の輸送船は当然、標的となったし、戦果もあげた。また、これも当然ながら第二特務艦隊はかれらにとって目の上の贅瘤《たんこぶ》であり、トラップが直接指揮した潜水艦はオーストリア海軍の撃沈数の五分の一はまちがいなく叩きだしているから、多聞や小澤などとは追いつ追われつの海戦を繰りひろげたとしても一向に不思議ではない。じつをいえば、安曇の乗りこんでいた「榊」を被雷せしめたのも、オーストリア海軍所属のUボートであった。もっとも、その雷撃はトラップ自身が挙げた功績かどうかはわからないが……。

トラップは、一九一八年にはモンテネグロの軍港カッタロのUボート戦隊司令となったが、まさしく国家的な英雄のひとりであったといっていいし、ハプスブルク家にたいする忠義の念も非常に篤かった。かれは帝国が崩壊してゆくおりも、黙ってはいなかったらしい。

「カール一世の退位も、祖国が分裂するような休戦も、ともに承知できない」

と、涙ながらに帝国の存続を主張して東奔西走した。

しかし、すべては徒労に終わった。

いましがたもふれたように祖国オーストリア＝ハンガリーは解体され、かぎりなく縮小し、海岸線は寸毫《すんごう》もなくなり、内陸の国にまで追いこまれていったのである。もちろん、海軍など必要なくなったわけだが、そのまえに連合軍による武装解除に応じなければならなかった。トラップは終戦時もカッタロの潜水戦隊の司令をつとめており、かれの当面なさねばならない仕事は、軍港にやってくる連合軍を誇りたかく堂々とむかえることだった。

カッタロへ武装解除のために長濤をこえてきたのは

第二特務艦隊第二十三駆逐隊の「松」と「榊」で、かれらは十一月の末日、カッタロに到着した。

安曇は桟橋に降りたってトラップに邁《まみ》え、おなじ海で戦いつづけた勇士にたいして鄭重《ていちょう》な敬礼をおくり、

——貴官の類稀《たぐいま》れな勇気と戦術の妙をこころから讃《たた》えてやみません。

と、最大級の賛辞をおくった。

安曇のみならず、駆逐艦「榊」の乗組員にとって、Uボートはどれだけ憎しみの炎を燃やしても足らぬ、いわば仇も同然の存在だったが、戦争が終わった今、海に生きる軍人同士、恨みをもつべきではなかった。

トラップにも、そうした安曇のこころねが理解できたし、昨日までの敵にたいしてこうまで爽《さわ》やかな笑みをなげかけてくれる日本海軍の士官がいたことを嬉しくおもい、武装解除が滞りなく終了し、駆逐隊がカッタロを離れてポーラ軍港へと向かうおり、かたく握手をして別れた。

ところで、トラップは戦後ほどなく「VEGA」なる海運会社をハンブルク・グライフスヴァルトに設立

し、北海やバルト海の海運に従事した。また、一九二一年にはドナウ河の水運事業にも着手した。翌年には不幸にも妻アガーテを猩紅熱《しょうこうねつ》で失うという悲しみに遭遇したが、事業は順調に推移し、ザルツブルクに居をかまえ、ウィーンとルーマニアのギュールギウをむすんだ多岐の事業に才を発揮、企業家として財をなしていった。

ただし、かれの場合、このののちの経歴がやや興味深い。

トラップは、ナチス＝ドイツによるオーストリア併合ののちはナチスの一員ともなったが、その主義主張とは相容れず、ヒトラーからのUボート艦長への就任要請も峻拒《しゅんきょ》し、結局、次女の家庭教師マリアと再婚したのち、家族ともどもアメリカへ亡命していった。

トラップ本人は一九四七年に他界したが、あとに残った男爵一家は、一九九三年になってザルツブルク州知事より、文化功労賞を贈られた。また、一九九七年には米バーモント州でホテルを営む末息子のヨハネスとオーストリアのニューヨーク総領事とのあいだで和解の会見も催された。そのおりに交わされた会話はこのようなものであったらしい。

「お父上もお母上も、すでに英雄なのです。あなたがた家族をモデルとした映画は、これまでオーストリアでは上映されておりませんでしたが、おそらく、これからはオーストリア中の市民の希望どおり、上映されてゆくことでしょう」

映画とは「サウンド・オブ・ミュージック」のことである。

視点を、第二特務艦隊に戻そう。

このころ、艦隊の将兵たちは休戦の喜びを嚙みしめるまもなく、安曇らとおなじように、いたるところへ分派され、おのおの同盟軍の武装解除に任じられていた。

たとえば、小澤の乗りこんでいる「檜」や「柳」などは「出雲」とともに英国プリマス軍港まで赴き、ドイツ外洋艦隊の武装解除に協力していたし、はるばる新たな旗艦として日本から到着していた「日進《にっしん》」は多聞の乗りこんでいる「樫」や喜久松の乗りこんでいる

「桃」ほかの駆逐艦をひきいてイスタンブールへ赴き、ついでイズミールからサロニカへとむかい、休戦監視作業にはいっていた。またイギリスから貸与されていた「東京」や「西京」などの特務船については十一月中旬には返還されていた。

ただし、おおくの将兵はクリスマスを祝うこともなく任地で越年することとなったが、そうでないものもいる。たとえば多聞や喜久松などがそうで、かれらは「日進」とともに地中海へやってきた「春日丸《かすが》」に乗りこんで、ひとあしはやく内地へ帰還するように命ぜられていた。十二月の定期人事異動によるものだった。

喜久松の落胆ぶりは尋常ではなかった。このまま「春日丸」に乗りこんで帰還してしまっては、カトリーヌとの再会は果たせない。だが、命令は厳守しなければならない。喜久松は多聞に慰められながら、地中海から去るよりほかになかった。ところが、おもわぬことから、かれらは逆戻りさせられることとなり、スエズ運河からマルタ島へひきかえすこととなったのである。

それこそ、Uボートの日本への回航任務であった。

七

Uボートの回航というのは、ほかでもない。終戦時、同盟軍側には一四〇隻からのUボートが残されていた。それらはすべてイギリス南部にあるハーリッジ軍港に集められ、英海軍に引渡されたのだが、これを連合各国に分配しようという案が持ちあがり、日本海軍にも七隻のUボートが戦利艦として引渡されることとなったのである。

七隻のUボートは最新式の大型艦である「U－125」をはじめ、以下「U－46」「U－55」「UC－99」「UB－125」「UB－143」で、これらをすべて日本海軍の手によって内地まで回航することとなった。

しかも、イギリス海軍の艦艇が母港へ帰還してくる関係上、すみやかにハーリッジから曳きだしてほしいという旨の要請が第二特務艦隊の司令部にまで届けられていた。だが、すみやかにとはいわれても、潜水艦を回航するには乗組員が必要となる。そこで司令官の佐藤皐藏《さとうこうぞう》は、急遽、人事異動によって早期帰還が命ぜられていた将兵をひきかえさせ、Uボートの回航員に任ずることとしたのである。多聞や喜久松がスエズの玄関口であるポートサイドからマルタへ逆戻りしていったのは、そういうわけだった。

喜久松の喜びようはひととおりではない。かれらはすぐさまイギリスまで赴かねばならず、そのためにはマルタからマルセイユに出、そこから鉄路でパリへむかい、さらにドーバー海峡をこえてイギリス本国にはいるというもので、予定は一月初旬とされた。となれば、クリスマスにはちょうどマルセイユあたりに上陸することになるだろう。

「カトリーヌに逢える」

喜久松にしてみれば、なによりも嬉しい命令であったろう。

だが、人生というのは、どうやら残酷にできているものらしい。

「多聞よ。マルセイユに、はやく行こう。あいつが待っている。約束したんだ。クリスマスにはかならずマルセイユに帰るって。なあ、多聞、信じられるか。おれは、あいつとの約束をはたすことができるんだぜ」

と、ヴァレッタの艦隊司令部ですれちがうたびにうきうきとした表情をしていた喜久松に、おもいもかけぬ災いがふりかかったのである。依然として跋扈《ばっこ》しつづけているスペイン風邪のウイルスが、緊張のとけた喜久松の身体を猛烈に蝕《むしば》みはじめたのだった。

「なぜだ……」

喜久松は我が身を呪うように、ヴァレッタの英海軍病院で白い天井をみあげつつ呟いた。窓辺から望まれている港湾一帯は、いまも日章旗とユニオンジャックが無数にはためき、休戦の喜びに島民たちは毎日のように酒を浴び、肴に舌鼓《したつづみ》を打っている。だが、ふと振りかえれば、今日もまた路地のかたすみからスペイン風邪に倒れたものの棺が担ぎだされ、葬送の黒い列がつづいている。

「……多聞、多聞」

大正七年十二月十八日の朝、見舞いに訪れていた多聞にむかって、喜久松はちからなく手招き、血の気を失った顔をあげた。頬には幾筋もの涙の跡がみえた。喜久松はかたわらにあった略帽をにぎりしめながら、なさけない話だなと、自嘲するように頬をゆがませた。

「もう、休戦の報《し》らせが島内を駈けめぐったころには、おれの子どもが生まれているはずなんだ。けれど、おれはまだ……こんなところにいる。名前すら知らないまま……あいつにご苦労さんのひとことも云ってやれずに……こうして熱にうなされている。クリスマスに、あいつは桟橋に来てるんだ。おれを出迎えに、子どもを抱きながら、埠頭に来るにちがいないんだ。だけど……おれは……おれは、立てない。莫迦だろう。情けないだろう……」

「そんなことはない」

戦争だったんだ、風邪なんだ、仕方ないことじゃないか、きさまが悪いのではないと、多聞は喜久松の手を握りしめながら、いいつづけた。

二十六歳をむかえたばかりの朋友の手は、火傷《やけど》しそうなほどに熱い。だが、どれだけ励まそうとも、もはや、喜久松が目に見えない悪魔によって冥府へ追いやられつつあるのは明らかだった。喜久松は熱にうなされながら、囈言《うわごと》のようにカトリーヌの名を呼び、申しわけない、申しわけない……と、幾度も繰りかえした。

「しっかりしろ、喜久松」

カトリーヌ嬢と子どもをつれて日本に帰るんじゃないのか、故郷の親御さんに孫の顔を見せてやるんじゃないのか、いいや、なによりもおれたちは勝ったんだ、ともに日本へ凱旋しようじゃないか。多聞は咽喉が張りさけんばかりの声で喜久松にむかって叫んだ。叫びつづけた。だが、すでに多聞の励ましは喜久松の鼓膜には遠い潮騒のような音色でしかなかった。喜久松は喘ぎながら、多聞よ、多聞よ……と名を呼び、略帽をちからなく差しだしてきた。

「……おれは、もう、だめだ。だから……だから……

これを、あいつに……」

「喜久松、喜久松……っ」

「子どもの……子どもの顔だけ、おれのかわりに……見てやってくれ……」

それが、海軍大尉に進級したばかりの五木《いつき》喜久松の最期のことばだった。

多聞は、その日の昼過ぎにはヴァレッタを発った。Uボート回航のためにマルセイユへとむかう船が出港したからである。悪夢を見ているようだと、地中海の波濤を眺めながら、多聞はおもった。

マルセイユには十二月二十二日に到着し、ここで三日間の待機が命ぜられた。パリ行きの列車の待ち合わせのためだった。こうして多聞は、まさに聖夜にあたる十二月二十四日、マルセイユのベルジュ埠頭に立つことができたのだが、これは喜久松が希望していたことで、かれのかたわらにはその友はいない。かわりに、多聞の手に、埋葬にすらつきあってやれなかった同期生の略帽と写真が、握りしめられているだけだった。

のちになっても、多聞はこの日の埠頭の情景は忘れることができなかった。

カトリーヌ・ブーシェはたしかに埠頭の端にいた。喜久松が彼女のもとへ帰ってくるのを待っていた。おそらく、朝から子どもをかかえて立ちつづけていたのだろう。多聞は最初、地中海のかなたに目をやりつづけているカトリーヌに声すら掛けられなかった。自分が、残酷な使者となってしまっていることが、あまりにも辛かった。だが、友の遺品だけは手渡さなければならない。喜久松の誠実を、彼女に語ってやらなければならない。

多聞は、カトリーヌにむかって歩きだした。だが、近づくにつれて、櫛《くし》すら入れていないような髪と、化粧っ気のない顔、さらに虫食いだらけのブーケなど、薄汚れた衣服が目につきはじめ、彼女の暮らしぶりがどのようなものであるか如実にわかった。

（おれは、だめな男だ）

多聞は、のちのちまでも、この日のことをおもいだすたび、呵責《かしゃく》の念にとらわれた。結局、多聞はなにひとつ喜久松についてカトリーヌに語ってやることはできなかったのである。

だいいち、彼女のほうがさきに気づいた。多聞の顔を見つけるなり、花が咲くように微笑み、首が座るか座らないかというくらいの赤ん坊を抱きかかえながら足早にやってきた。ところが、多聞の双眸から大粒の涙が溢れているのを見た途端、彼女の顔は硬直した。そして、多聞の手から、喜久松の残り香のある略帽と彼女の肩を抱きながら羞恥《はにか》んだように笑っている喜久松の写真が静かに手渡されたとき、彼女はなにもかもを悟った。

多聞は、なにも云えなかった。ただ、赤ん坊の顔を見つめ、両掌でその瑞々しい頬をつつみこみ、そして嗚咽を洩らし、やがてカトリーヌにむかって震える手で敬礼した。それを見たカトリーヌは赤ん坊を抱きしめ、涙をにじませた。多聞は敬礼をつづけたままでいた。なにか告げてやらなければならないとは承知していたが、ここで口をひらいてしまっては慟哭《どうこく》が迸るだけだということもわかっていた。

そのときである。そんな多聞にたいして、カトリーヌは気丈にも頤《おとがい》をあげ、嚙みしめていた口許をゆるめ、にこりと微笑みかけたのである。しかも、すぐあとにこう、日本語でいった。

「アリガトウ」

あとは、なにも告げなかった。

喜久松の略帽を赤ん坊の頭にかぶせ、喜久松とふたりで写したたった一枚の写真をふところに仕舞い、ブーケを颯爽とひるがえしながら、多聞に背をむけた。そしてカヌビエール大通りにむかって歩きだした。彼女がふりかえることはなかった。ちからづよく赤ん坊を抱きしめたまま、マルセイユの市街にむかって歩いてゆく。

通りには紙吹雪が舞っていた。戦争で勝利した最初のクリスマスを祝おうとするためか、通りの両側に面した窓という窓から紙吹雪が舞いおりている。通りのそこかしこには抱きあう男女のすがたが見られた。軍服の男と粗末ながらも目一杯に洒落《しゃれ》てみせた女だった。だが、一方では道端にしゃがみこんでしまった兵士のすがたもあれば、客をひこうとしている娼婦のすがたもある。子どもたちが歓声をあげて走りさり、乳母車をひいた年若の母親が通りすぎてゆく。どこからか、シャンソンが洩れはじめ、港湾に碇泊している艦艇が誇らしげに汽笛を鳴らした。

多聞は、ほかの回航員らとともにマルセイユをあとにしてパリへむかった。

八

深い悲しみをかかえたままの多聞がイギリスに到着したのは大正八年（一九一九）も明けた一月三日だったが、このとき、ハーリッジに先乗りして出迎えてくれたのは巡洋艦「出雲」と駆逐艦「檜」の面々であった。もちろん、そのなかには小澤治三郎《じさぶろう》もいる。ただし、このとき、小澤もまた云いしれぬ悲しみの淵をさまよっていた。

「長瀬長市《ながせちょういち》が死んだのだ」

と、小澤は多聞に告げた。

まさか……とおもわず多聞は呻いたが、事実だった。長瀬の死因はやはりスペイン風邪で、他界したのは一月一日であったという。それも「檜」の甲板上で、小澤に抱きかかえられながら逝った。

そのころ、先乗りしていた第二特務艦隊員たちは、Uボートの整備に余念がなかった。艦隊司令部の予定では、一月五日までに潜水艦の整備整頓をすべておこなうつもりだった。これは五日をすぎるころに地中海から「樫」「杉」「柏」「桃」などが応援に駆けつけてくることが予定されていたためもあったが、なによりもイギリス側が急《せ》かしていたということもある。整備すべきところは主電動機、錨、操舵、艦内通信装置などで、これらを万全なものとしておけば、曳索が切れても電力で自力航走ができるのである。

だが、生まれてはじめて乗りこんだ他国の潜水艦の整備がすみやかに運ぶはずもない。恐ろしいほどに手間取った。本省からの命によってフランスから日置釭三郎《ひおきこうざぶろう》をはじめとした機関将校たちが派遣され、整備の手伝いにあたったが、なかなか上手くは捗《はかど》らなかった。当然、兵たちの体力はかぎりなく消耗し、いまだ英国内に蔓延していたスペイン風邪に罹患するものが続出しはじめた。一等機関兵の長瀬も、そのうちのひとりだった。

「あいつは……ばかだ」

小澤は、鬼瓦《おにがわら》のような顔をくしゃくしゃにして多聞にいった。

「……高熱で、さぞかし苦しかったろうに……それを誰にも語らず、黙々と作業に励んだ。おれは、そんなことも知らず、顔をあわせるたびに、仕事に励めよと軽い気持ちで云いつづけた。あいつは、そのとおり、励んだのだ。あいつは……ばかだ……」

長瀬は、たれよりも小澤に可愛がられた。大晦日になるまで高熱をおして働きつづけ、倒れたときにはすでに快復もかなわぬ状態にあった。

しかも、このおりは数隻のUボートをハーリッジ軍港からポートランド軍港まで曳航している真っ最中だった。これがおもったよりも難儀で、エセックス州コルチェスターちかくのハーリッジからドーバー海峡をこえたさきのコーンウォル半島の付け根ウェイマスちかくのポートランドまでは僅か二三〇カイリではあったが、馴れぬ潜水艦の曳航というのは予想以上に困難なものといえた。大晦日はちょうど寄港地のサンダウンにあり、翌日出港、一月二日にポートランド着という予定だった。

「……ポートランドへ……ポートランドへ……」

と、熱に魘《うな》されながら、長瀬は呟きつづけた。

小澤はそんな長瀬の手をにぎり、もうすぐだ、もうすぐだと繰りかえした。

日本人にして初めてのUボートの曳航であり、その成功が寸前に迫っている。やりとげなければならないという情熱が、機関兵としての長瀬を生かしていたといっていい。だが、ポートランド着の前日、つまりサンダウンを発してすぐ、かれは逝った。

「いい眺めだ……」

Uボートを曳航しつつ、無数の日章旗とユニオンジャックの振られるなかを出港した際、長瀬は最期のことばを洩らした。

その日、小澤は長瀬を背負って甲板に出、ふたりで腰をおろして海原を見つめた。そして、小澤に掻き抱かれたまま、逝ったのだという。

多聞は、小澤の話を聞きながら眦《まなじり》を熱くし、そののち、喜久松もまた逝ったことを告げた。小澤の衝撃はさぞかし大きかったろう。

こののち、かれらは順次、ポートランドに曳航されてくる七隻のUボートを曳航して、来るべき春、マルタまで向かうこととなった。多聞も、フランスから派遣されてきた日置も、別々のUボートに乗りこむよう配置された。指揮を執るのは新旗艦の「日進」であり、第二十二・第二十三・第二十四駆逐隊の全艦艇が曳航部隊とされた。もちろん、安曇も「榊」に乗りこんで、このたびの任務に参画している。

ただ、マルタへの回航は二月十八日に開始されたのだが、じつをいえば、これに海軍二等兵曹の安武又喜は参加していない。三週間前の一月二十五日に、喜久松や長瀬とおなじくスペイン風邪によって他界している。

ちょうど「U－46」を修理するためにポーツマス軍港の船渠《ドック》にいれた日のことで、多聞はその容子をほかの艦隊員とともに軍港内の桟橋において眺めていた。又喜は、そこでいきなり倒れ、その日のうちに逝った。多聞が実家へ宛てた絵葉書を立ちながら認《したた》めているときで、又喜にむかって「おまえも手紙をだしてはどうか」と投げかけたときだった。又喜は朝から顔色が悪く、ひごろの快活さはなりをひそめていたのだが、多聞をふりかえって「いや、わたしは……」となにか云いかけた瞬間、倒れた。

「又喜、又喜、死んではいかん、又喜……っ」

多聞は軍港内の病院に又喜をはこびこみながら、絶叫した。絶叫しつつ、休戦が島に報らされた日の情景が、脳裏に蘇っていた。

かの日、多聞は「樫」の繋留されている大港の桟橋を歩いていた。岸壁の周囲には石畳の街路がめぐり、そこから幾つも坂が延びている。在マルタの司令部も坂の上にあるのだが、その石畳の坂を一台の自転車が駈けおりてきた。

サドルに跨《またが》っているのは又喜で、かれはなにやら大声で喚きながら、疾風のような速度で坂を駈けおりていた。坂に面した集合住宅の窓から老人や子どもが半身をのりださせ、道沿いの店舗からは店主や従業員がなにごとが勃こったのかと顔をのぞかせた。だが、皆一様に、又喜の自転車が駈けすぎるや、諸手をあげて狂喜した。

それはまったく奇妙な風景だった。

灰色に打ち沈んでいたヴァレッタの市街が又喜の自転車の通りすぎたところだけ鮮やかな花が咲くように活気をとりもどしてゆくのである。まるで、得体の知れない魔法をみているような情景だった。

やがて桟橋に佇む多聞のもとへ又喜の自転車が近づき、かれは両手をはなして万歳をしたのである。

刹那、

――戦争が、終わりました。

という大声が多聞の耳朶にとどき、魔法の正体がわかった。

その日の情景が、いつまでも多聞の脳裏にこびりついている。

だが、ヴァレッタ中に魔法をふりまいた当人にはた。

……又喜には……もはや、魔法も奇蹟も通用しなかった。ポーツマスの海軍病院内は、やはり又喜とおなじようなスペイン風邪の患者があふれかえっており、熱冷ましの薬すら欠乏していた。又喜は担架に乗せられて運びこまれてから数時間後、こときれた。はるかな故郷までUボートを曳航しながら凱旋する又喜の夢は、そこで途切れたのである。

ちなみに、多聞の綴っていた絵葉書は、同僚たちとともに撮った写真を葉書にプリントしたもので、これは今日まで残されており、多聞の遺児宗敏《むねとし》氏が所蔵しておられる。若き日の多聞はにこやかに微笑み、大戦が終結した安堵感に盈ちているのが如実に窺いしれる。

ところで、このUボートの曳航には仏海軍も挑戦したがドーバー海峡で一隻を沈没させてしまったし、米海軍はあまりの難事業であるとして戦利艦のすべてをイギリスに残したまま母国へ帰還してしまっていた。

だが、第二特務艦隊はこの試練に挑戦した。

そして、七隻のＵボートがヨーロッパにおける日本海軍の唯一の基地であるヴァレッタに到着したのは三月二十五日であった。当初、英海軍はＵボートの状態からして、ジブラルタルをこえることができるのは約半数であろうと予測していたらしい。ところが、全艦を日本海軍は曳航してしまった。これには在マルタの英海軍当局も驚嘆し、かぎりない敬意をはらって第二特務艦隊を出迎えた。

「……今夜の酒は、さぞかし美味かろう」

そういいつつ、入港する駆逐艦の舳先《へさき》で堂々と胸をはっているのは安曇十兵衛である。

かれは、艦が接舷したとき、出迎えてくれている英士官のなかにマクローリーのすがたを発見していた。そして、どうやらマクローリーが連れだしたのだろう、かれのかたわらには酒場「セント・エルモ」のマダムがおり、右手に日章旗をひるがえしていた。

さらにマクローリーは島へ降りたった安曇と抱擁するや、日本海軍の快挙だと告げ、さらに莞爾《かんじ》と嗤《わら》いつつ、

――プレゼントを用意してある。

といい、群衆のかたすみにむかって顎をしゃくった。

そこには、掌《てのひら》ほどに小さな日章旗をもったひとりの女性がいる。まさか……と安曇は口中に呻いたが、その女性はまちがいなくイレーヌ・キャリスタ・メルクーリであった。

なんとも驚きに盈ちた信じられないような話だったが、おそらくはマクローリーがアテネまで「安曇の恋の相手はいるか」という探索の手をのばしたのだろう。安曇は緊張と歓喜のこもった表情で朋友をふりかえり、貴官は海軍士官にしておくのは惜しいといい、こう、つけくわえた。

「帰国したら、すぐに情報局にでも転出することだな」

九

以後、第二特務艦隊がUボートを曳航してマルタ島をあとにするまで、安曇はイレーヌとの日々を愉しんだ。ことに四月三日、マルタ総督をはじめ、在マルタ英国陸海軍将官夫妻、そして島民二〇〇〇名をまねいてコラジノハイトの丘で催された記念大運動会では、柔道の模範試合に安曇が出、来会者から万雷の拍手をうけ、イレーヌは安曇が相手を投げとばすたびに大喝采をおくったりした。マクローリーも、意中の女性ラウラ・ボッカルド・アンジェリを随伴して日本の艦隊員の手による見よう見真似のフランス料理の意外な美味さに舌鼓をうち、日英両国歌の吹奏のおりにはふたりして口ずさみ、五日後にひかえた安曇との別れを惜しんだ。

第二特務艦隊のその後について先に記しておけば、七隻のUボートは地中海まで差しむけられていた特務艦「関東《かんとう》」の指揮下にはいり、巡洋艦「日進」以下、第二十二駆逐隊ならびに第二十三駆逐隊の各駆逐艦とともども四月八・九・十日におのおのマルタを出発した。また巡洋艦「出雲」と第二十四駆逐隊については、司令官の佐藤以下、日進艦長、出雲艦長、さらに各司令および副官をひきつれてイタリアとフランスを親善訪問したのち、五月十五日にマルタを発し、帰国の途についた。

すでに二月の段階でイギリスおよびベルギーへの親善訪問はなされていたが、どの友邦国においても、かれらは歓迎された。ベルギーでは「王冠勲章」および「レオポルド勲章」を授与され、またイギリスでは「コンパニオン・オブ・バス勲章」「コンパニオン・オブ・セントマイケル・アンド・セントジョージ勲章」「ディスティングイッシュ・サービス・クロス勲章」を授与、さらにイタリアでは「王位勲章」「セントラザロ勲章」を、そしてフランスでは「レジオン・ド・ヌール勲章」をおのおの授与され、英国王ジョージ五世からはバッキンガム宮殿で拝謁したおり、つぎのような言葉を賜っている。

〝日本帝国と協同してドイツを撃破することを得たるは、余の最も満足するところにして、就中《なかんずく》第二特務艦隊が地中海に在りて、困難なる潜水艦戦に従事し、苦難を忍び辛労に堪え、克《よ》く偉功を奏したる事績は、余が永久に記憶に存して忘るる能わざるところなり〟

ちなみに大正天皇が崩御された際も、イギリス国民は第二特務艦隊のことを決して忘れてはいなかった。さまざまな弔《とむら》いのことばが贈られたが、そのなかに、戦時首相をつとめていたロイド・ジョージが下院において演説したものがある。以下に記す。

〝陛下の偉大な国とイギリスとのあいだの同盟が最大の試練にかけられたのは陛下の御治世中であったが、陛下と忠励な閣僚は全国民の支持のもとに同盟の義務を忠実に履行した。逆境にあったわれわれが陛下の国の援助を必要としたとき、われわれの全資源が本国の海岸線や北海、大西洋に集中を余儀なくされていたとき、われわれが太平洋において通商をまもり自治領や同盟国からの兵員の海上輸送をまもるのに十分な兵力を持たなかったとき、陛下の国は同盟の義務を忠実に解釈し、これらの兵員輸送を護衛し通商をまもってくれたのである〟

さて、安曇十兵衛が、多聞や日置の乗りこんでいるUボート数隻とともにマルタ島を発していったのは大正八年四月八日のことである。大港内には無数の日章旗がひるがえり、官民総出で歓送に立ってくれたが、そのなかで安曇は、イレーヌをまえにして一言だけ告げた。

「今生《こんじょう》の別れだ」

日本へ来るか……という問いかけをしたかったが、そんなことは噫気《おくび》にも出さない。出したところで、彼女は爽やかな笑みとともに「いいえ」と答えるにちがいない。そう、安曇は信じていた。ほとんど遺されていないとはいえ、彼女には受け継ぐべき資産もあれば、このところ順調に滑りだしている事業もある。それを「捨ててこい」とは、さすがに云えなかった。盛んな登舷礼がなされるなか、安曇はマクローリーと固い握手をかわし、イレーヌには万感の思いをこめた敬礼をおくった。そのときのことである。

「十兵衛、瞳を閉じて」

いきなりのことに、安曇はほんのすこし戸惑いながらも、いわれるがままに瞳を閉じた。すると、丹唇にイレーヌのしなやかな指先が触れたかとおもった矢先、なにやら硬いものが口に突っ込まれた。いいわよ、という彼女の囁きとともに瞳をあけてみれば、口許にパイプがひっかかっている。

「これは……」

イレーヌの父の形見、獅子《しし》の浮彫のほどこされた海泡石のパイプだった。

「よく、似合うわ」

台詞の陰にどんな意味が籠められていたのか、それは判然としない。ただ、透きとおるような声音で投げかけた彼女の言葉が、安曇とイレーヌの別れの会話になった。こののち、安曇が彼女と再会したかどうかはわからない。すべては地中海に咲いた小さな花の記憶に過ぎない。

ともあれ、安曇たちは六月十八日、無事に横須賀《よこすか》に凱旋し、後発部隊となった佐藤皐藏たちも、それからほどもない七月二日、横須賀への凱旋をはたした。

その日、横須賀は空が割れんばかりの歓声にどよめき、軍楽隊は嚠喨《りゅうりょう》と楽曲を鼓吹し、出迎えのひとびとは桟橋が崩れんばかりに殺到したが、そこに忍子がいたかどうか。それはわからないが、ともかく多聞は再会していない。また佐藤は三日後、参内して「上奏文」を奏上している。以下、その抜粋。

〝臣は第二特務艦隊司令官として地中海方面に出征いたしておりましたが、五月下旬、帰朝の命を受けまして、本月二日、横須賀軍港に帰著いたしました。よって、第二特務艦隊の行動その他につき、大要を申しのべます。（中略）当隊の護送いたしましたる艦船の数は総計七八八隻に達しまして、内英国のものは軍艦二一隻、運送船六二三隻、仏国のものは運送船一〇〇隻、伊国のものは運送船一八隻、その他諸国の船舶二六隻で、その約四分の三は軍隊輸送船でございまして、護送しました人員数は約七〇万に上ると算定いたします。これらの任務を遂行しまするあいだ、戦闘をいたしました回数は三四回でございまして、内一三回は当時の状況より考察しまして攻撃奏功確実なりしものと認めるのでございまする。（中略）光栄ある本日を迎うるにあたりまして、まことに恐懼《きょうく》に堪えませぬのは、一昨年六月駆逐艦「榊」が戦闘の際力戦戦死を遂げました艦長以下の将卒、および護送任務中激浪のため海中に溌《さら》われたる者、および公務に原因せる罹病により戦地において死没いたしました者等が、総計七八名の多数に上りましたことで、遺憾、このうえなき次第でございます。この貴重なる犠牲者の英霊に対しましては、根拠地モルタにおいて英国海軍墓地の一部を譲受け、ここに墓碑を建設しまして功績を永久に伝うることにいたしました。また、遺族に対しましては、すでにそれぞれ御沙汰を賜りましたことは、当人等、死後の光栄、このうえもなきことでございます。（中略）本征戦を通じて艦隊の軍紀風紀は厳粛でありまして、各地いたるところ内外人の賞讃を博し、士気きわめて旺盛に、衛生状況もまた良好でございました。乗員は長期に亘りまして遠く御国を離れ、寒暑風濤に堪え、艱苦欠乏《かんくけつぼう》を忍び、連綿不断、周到なる注意と剛毅不抜の精神をもって頑敵と戦い、終始一貫いたしまして大日本帝国を代表し、遺憾なくその本分を尽し、聯合諸国と協同の実を全うしましたがために、各国よりは至大の信義と敬意を払わるるにいたりましたことは、ひとつに、陛下の御稜威に依ることと深く感佩《かんぱい》いたしておる次第でございます。ここに、天顔に咫尺《しせき》して右大要を奏上つかまつりまする光栄に浴しましたることは誠に感激に堪えざるところでございます〟

ついでながら、七月九日には軍港沖において大正天皇臨幸のうえで親閲式が盛大に催され、つぎのごとく勅語が発せられている。

〝朕親しく凱旋の艦隊を閲《けみ》するにあたり、深く汝等の堅忍忠武よく其の任務を尽したるを嘉《よみ》す。なお倍々奮励、もって報効を期せよ〟

また、七月二十日、第二特務艦隊は海軍大臣の命によって任務を解かれ、解散した。

この解散をもって、いちおう、第一次世界大戦への海軍の参加は終止符を打つこととなる。ただ、いまさらながら想ってみれば、日本海軍が海外にその決戦の場をもとめたのは大きくいうと日清、日露、第一次世界大戦、そして第二次世界大戦の都合四度となるのだが、このたびの地中海遠征における凱旋が、最後の凱旋となった。以後、日本海軍は最終的な勝利を飾ることなく、この世から消滅したのである。

もっとも消滅していないものもある。地中海に遠征した駆逐艦のなかで唯一隻、今日もなお、日本国内において現存している。第二十四駆逐隊に所属していた桃型二等駆逐艦「柳」で、北九州の若松《わかまつ》港にある。ただし、浮かんでいるわけではなく、岸壁に防波堤として埋められている。艦体は赤錆に蔽われ、かろうじて原形はとどめているものの、火砲は撤去され、船体には石や廃材が詰めこまれ、舷側の甲板はめくれあがり、上甲板は削りとられ、艦橋の基礎部分だけが往時のかすかな面影をとどめている。そもそも、ここに「柳」を沈設させたのは響灘《ひびきなだ》の荒波から洞海《どうかい》湾を護るためであったらしいが、今日では埋立もすすみ、艦体へ猛烈な風浪が押寄せることはなくなっている。ただ、今世紀をむかえようとするあたりから甲板の腐食が加速され、ついさきごろまでは見るも無惨な状態となっていた。これが北九州市港湾局の手により、ようやく補強された。周囲をコンクリートで固めるなどの作業だったが、驚くほど見事に補強がなされた。平成十二年（二〇〇〇）夏のことで、第二特務艦隊が凱旋してより、じつに八十一年が経過していることになる。

一〇

地中海の遠征に参加したひとびとは、さまざまな人生を全うした。

小澤治三郎は帰還した冬十二月から海大甲生となって海軍大学に戻っていったが、そののちの経歴については多数の伝記もあり、ここで記すまでもない。ただ、晩年についてすこしだけ書いておけば、かれは第二次世界大戦末期、最後の聯合艦隊司令長官となった。戦後は愛妻の石蕗《つわ》と娘夫婦とともに世田谷《せたがや》の自宅で隠棲した。軍人恩給も貰っていなかったため自宅の大部分を他人に貸し、その乏しい家賃収入だけで生活した。貧窮の暮らしといっていいが、小澤は公の場に立とうとはせず、ただ遺族会と防衛庁の戦史室にのみ通い、あとは死ぬまで隠遁《いんとん》暮らしをつづけた。かれが石蕗に看取られて生涯を全うしたのは昭和四十一年(一九六六)秋のことである。

帝国海軍飛行の嚆矢《こうし》とされた金子養三《かねこようぞう》は、そののちも航空畑の第一人者として海軍航空の教官などを勤めたが、昭和二年(一九二七)に予備役となり、昭和十六年十二月二十七日、日米開戦の報を聞いて十九日後、世を去った。かれの事績はいまも横須賀の碑文などで知れるが、訪れるものは稀であるかもしれない。

牧師を父にもった和田秀穂《わだひでほ》もまた、金子とおなじく航空畑に生きた。かれは昭和十二年に予備役となったが、それでも航空への思いは熱いものがあったらしく、昭和十九年には明治書院から「海軍航空史話」を上梓している。他界したのは昭和四十七年(一九七二)四月三日である。

数奇な生涯となったのは、かれらとおなじ航空に生きた滋野清武《しげのきよたけ》ではなかったか。滋野は大戦のさなか、小説中の人物として描かれたこともある。実業之日本社発行「日本少年」の大正四年(一九一五)春季増刊号に掲載された松山思水《まつやましすい》の「少年義勇小説血染の電線」で、観戦武官を父にもった日本人の少年が、フランスの少年義勇軍に参加し、敵飛行船から攻撃を受けたとき、当時フランスの空に舞っていた滋野が鮮やかに助けてくれるという血湧き肉躍る痛快冒険小説だった。つまりは、それほど当時の日本でも滋野の活躍は話題になっていたとおもっていい。大戦が終わってまもなく、滋野は妻子をともなって帰国した。そして、奈良原三次《ならはらさんじ》や白戸栄之助《しらとえいのすけ》、さらに伊藤音次郎《いとうおとじろう》や小栗常太郎《おぐりつねたろう》など、民間人にして飛行免許を取得し、かつ飛行練習所を設立したものたちに触発されたものか、大正十年（一九二一）五月、おなじように練習所の設立をおもいたって「航空路開拓計画案」を作成、航空局に提出した。だが、待てど暮らせど許可がおりず、そうこうするうちの大正十三年（一九二四）十月十三日、四十二歳という若さで胃病にくわえて腹膜炎と肺炎を併発して他界してしまった。数奇といえば、たしかにそうだが、さらに数奇な生涯となったのは滋野本人よりも、フランスで後添となったジャーヌだったのではないか。彼女は滋野の死後、前妻の息子ふたりをひきとったものの、男爵家と宮内省の入籍拒否によって爵位と国籍を失った。が、そののちも東京に残り、フランス語の教師をして子どもらを育て、昭和四十三年（一九六八）十二月十六日、夫のもとへ旅立っている。

ところで、日置釭三郎もまた、余人では真似のできない生涯をおくった。かれがUボート回航員として帰国したころ、すでに同期の中島知久平《なかじまちくへい》は海軍を退役して故郷の群馬県に飛行機研究所（中島飛行機製作所）を設立し、日本最初の民間飛行機工場をはじめていた。そうした容子《ようす》をまのあたりにした日置がどのようにおもったかはわからないが、かれもまた海軍を辞した。だが、独立して事業をはじめようとはしなかった。松方幸次郎《まつかたこうじろう》からの招聘《しょうへい》があったためである。当時……大正八年だが……松方は渡仏中にサルムソン偵察機の製造権と同エンジンの製造販売権を獲得し、川崎造船所の一部署として飛行機科を設立していた。機関将校である日置の協力は、松方としてはどうしても必要であったのかもしれない。もっとも、この飛行機科は見る間に拡充され、昭和十二年に川崎航空機工業として独立し、おもに陸軍機の製造に携わり、戦闘機の製造では中島飛行機と制式機の座を二分するにいたった。さらにBMW社やダイムラー・ベンツ社との技術提携が、川崎を一種、特殊な地位に押しあげていった。液冷発動機を製造できるのは当時の日本では川崎だけであったからである。戦後は川崎機械工業製作所となって再出発したが、じつをいえば日置は飛行機科とは関係をもたなかった。社長秘書としてふたたび渡欧し、松方幸次郎の芸術コレクションの蒐集を手伝っていった。このコレクションは、のちに「松方コレクション」と呼ばれ、日置は第二次世界大戦が終わるまでパリ郊外のアボンダンで保管し、連合軍からもナチス＝ドイツからも守りつづけた。戦後になって連合軍の接収に遭い、ひとたびはフランス政府の所有するところとなったが、サンフランシスコ講和条約ののち、日本へ返還されることとなった。日置はその返還交渉が終わって三年後の昭和二十九年（一九五四）十二月二十七日、パリで客死した。年代こそ違え、金子養三と命日はおなじである。ちなみに「松方コレクション」はのちに展示場が上野に建設された。ル・コルビュジエ設計の国立西洋美術館がそれで、印象派をはじめとする絵画のほか、彫刻「考える人」や「地獄の門」など、ロダンの作品が圧倒的な質量をもって、今日でも常設されている。

最後に山口多聞について触れておかなければならないのだが、その後の多聞については小澤とおなじく、かぞえきれないほどの伝記や戦記のたぐいがあり、ことにかれが航空に目覚めてからの事績はいまさら語ったところでほとんど同じものとなってしまうにちがいない。

ただ、日本海軍の地中海遠征について貴重な資料を提供してくださった多聞のご子息の宗敏氏に、こんなことをお尋ねしたことがある。多聞は、若き日、どのような恋愛をしていたのでしょうか……と。氏は、莞爾と微笑まれながら、このように答えられた。

「わたしの生まれるまえのことですから、わたしにはさっぱりわかりません」

たしかにそのとおりで、多聞の若き日については恋にかぎらず、わからないことが多い。ただし、宗敏氏の「敏」の字は、多聞の妻となった女性の名から取られている。敏子《としこ》というのだが、不幸なことに昭和七年（一九三二）九月十八日に宗敏氏を出産した僅か二日後に急逝している。多聞はこの敏子をこころから愛していた。山本五十六《やまもといそろく》の労で再婚した孝子《たかこ》にもまた一層こころをくだいたらしい。戦さの海に勇名を遺した多聞ではあったが、女性にたいしては常にかわらず、誠をつらぬく性質であったと断言できる。

さて、ミッドウェー海戦の敗北を隠蔽しようとした大本営は、多聞の死の公表を昭和十八年（一九四三）四月二十二日まで伏せつづけたが、その秋、三河足助《あすけ》町の飯盛《いいもり》山にある広壮な田舎屋敷を訪ねてきた総白髪の老人がいる。

――奥平《おくだいら》さんのお宅はこちらですか。

という老人の問いかけにふりむいた当家の主婦忍子《しのぶ》は、声をなくすほどに驚いた。そこに立っていた還暦まぢかな男は、安曇十兵衛だったからである。ふたりは屋敷ちかくを流れる巴《ともえ》川のほとりに出て、小一時間ほど昔を懐かしみながら語りあった。

「お幸せそうで、なによりです」

という安曇に、忍子は恥じらうように微笑んだ。日本中が餓えはじめているこの時期、忍子の手はほとんど荒れてもおらず、髪も乱れてはいない。おそらく、なにひとつ不自由のない生活をおくっていられるのだろう。生活ぶりについては、安曇もひもじさは感じていないようだった。故郷の諏訪《すわ》で悠々自適の隠居生活をしているのだという。聞けば、安曇は地中海から帰還したのち、大正八年十二月に中佐となり、軍令部付としてウラジオストックへの出張を命ぜられた。そこで、ニコライエフスク事件に遭遇し、やがて昭和七年、上海《シャンハイ》へ出撃したが艦砲射撃を峻拒して軍令部と衝突、そのまま軍を辞した。というより、軍籍剝奪の処遇となり、海軍から経歴の一切が消えてなくなったのだという。安曇には安曇なりにおもうところがあったらしく、自分は何処までも頑固一徹な人間であるらしいと苦笑いを浮かべ、手にしていたパイプを燻《くゆ》らせた。パイプは日本では珍しい海泡石で、獅子の模様が彫りこまれている。よく使いこまれているとみえ、美しい飴《あめ》色に変色している。

「地中海で戦っていた同僚たちは、はたして、こんな時代を望んでいたのかどうか……」

そののちも安曇はなにか云いたげだったが、目尻をそっと拭きながら腰をあげた。忍子もそれ以上、安曇の退役についてては問いかけようとはしなかった。ただ、帰り際、鮮やかな紅葉《もみじ》をふりあおぎながら、安曇はいった。

「多聞も、逝きましたな」

あいつも……と、紅葉のかなたにある蒼天をふりあおぎながら、安曇は静かに語った。あいつもまた、このたびのごとき戦争をひきおこすような日本は望んでいなかったでしょう。多聞は、もしかしたら、おのれの死をもって、いまの日本を目覚めさせようとしたのかもしれません。ですが、それ以上に、おそらく、多聞は最後の最後まで海将としての誇りを保ちつづけようとおもったのでしょう。望むと望まぬとにかかわらず、海の漢《おとこ》としての人生を全うしようとおもったにちがいないのです。安曇は静かな口調で、そんな台詞をぽつりと口にしたのち、忍子に別れを告げた。

そのとき、こう、つけたした。

「勝っても負けても、ともかく戦争が終わったら……地中海へ行こうとおもっています。マルタへ行って、友の眠っている墓碑でも磨いてやろうかと……できれば、多聞も連れていってやりたかったが……まあ、いまごろ、冥土で懐かしい連中に邂逅《かいこう》していることでしょう……」

そのとき、忍子は、ふとおもった。安曇は、多聞が戦死したことで、当時の多聞を知るものと会話をかわしたいとおもったにちがいない。だが、日本が危急存亡を告げている今、海軍に残っている連中のもとへも行けず、たったひとり、多聞のこころをよく知る自分のことをおもいだしてくれたのだろう。ならば、もっと語るべきなのではないか。多聞とふたりで連れだっていった浅草《あさくさ》や上野のこと、食べた料理のこと、オペラを観劇したことなど、若き日の多聞について語れるかぎりのことを語り、多聞の弔いをしてやるべきではないか。だが、安曇はふりかえることもなく去ってゆく。香積寺《こうせきじ》第十一世の参栄《さんえい》禅師が寛永年間に植えたという紅葉の、鮮やかすぎるほどの紅に彩られた下を、ゆっくりと肩を落としながら去ってゆく。忍子は安曇の悄然とした背から紅葉の赫に瞳を馳せた。

血のように、炎のように紅葉は燃えたっていた。

安曇十兵衛がほんとうにマルタを再訪したのかどう

か、それはわからない。

だが、マルタの碑は立ちつづけた。

墓碑は、物語の冒頭でも述べたように第二次世界大戦のおり、ドイツ軍の爆撃によって破損した。その復元が為されたのは昭和四十八年（一九七三）秋であった。それからさきは、しばらくのあいだ、どのような修復も為されていなかったが、それでも碑は佇みつづけた。そして、二〇世紀末になって、ようやく多少の手が入れられた。外務省の「カルカラ日本海軍墓碑修復について」という文章を借りれば、以下のようになっている。

〝第一次世界大戦のときに同盟国であった英国の要請を受け、地中海方面に派遣された日本海軍の艦隊は、主に重要な軍隊輸送船の護衛業務をおこない、「地中海の守り神」と呼ばれるほど活躍した。その際の戦没者七十一名の慰霊碑がマルタの英軍墓地内に建てられている。同墓碑は老朽化のため銅板が錆び、碑文が見えないなどの問題があったことからその修復が懸案となっていたが、九八年度我が国予算にて大理石の研磨をおこなった。また、碑文の書かれている銅板の修復が懸案となっているが、現在、銅板交換の予算をつける方向で調整中である〟

さて、現在、マルタ共和国には世界遺産が三つ、登録されている。ハル・サフリエニ地下墓地、巨石神殿群、そしてヴァレッタ市街自体がそれである。ただ、世界遺産にはなっていないものの、世界が忘れてはならないモニュメントもある。マルタ島の東部にある人口三〇〇〇という小さな漁村マルザスロックにある。

一九八九年の十二月二日から三日にかけて、この漁村の沖合にソヴィエトの戦艦が投錨した。その艦上において、当時のアメリカ大統領ジョージ・ブッシュとソヴィエト最高会議議長ミハエル・ゴルバチョフが会談し、冷戦の終結宣言と調印式がおこなわれた。当時、マスコミは大量殺戮兵器が歴史に登場したのは欧洲大戦における「マルヌ」であり、第二次世界大戦を終結に導くのと同時に冷戦の時代の幕開けとなったのは

「ヤルタ」であり、そしてベルリンの壁の崩壊にはじまる冷戦の終結となったのが「マルタ」であるなどと語呂合わせのようなことを謳いあげたが、ともかく、そのモニュメントは冷戦終結を記念して建てられた。

だが、世界は冷戦ののちの、まったく新しい戦争の時代に突入しつつあり、わたしどもの国がそれに巻きこまれないという保証は何処にもない。しかしながら、この国がそうした渦に巻きこまれようと巻きこまれまいと、瑠璃色の濤《なみ》にとりまかれた美しき島に日本がおこなった史上最初の後方支援の記念すべき碑があることもまた、事実なのである。

あとがき

別段、だいそれたことを主張しようとして、この作品を書いたわけではありません。

日本にはかつて海軍があって遙かな地中海まで遠征した事実がありました。そうした風光を背景にした小説をおこしてみようという、ただそれだけの単純な動機でした。とはいえ、この地中海への遠征は日本の海軍史のなかでは特別な位置にあります。日本海軍における最初にして唯一の後方支援活動であり、同時に日本海軍にとっては最後の凱旋ともなったからです。

もっとも、小説ですから、当初、登場する人物たちはすべて仮名にし、想像のおよぶかぎりの情景を点描してゆこうとおもっていました。ところが、山口多聞と小澤治三郎なる海軍史のなかでも特筆すべき人物がふたりとも、この遠征にくわわっていたという事実を識《し》るにおよんで、にわかに登場人物の半分ほどは実名でゆこうと決意しました。どこまでのひとびとが実在したのかについてはここには記しませんが、かれらは大正という時代に、いいかえれば日本海軍が隆盛をむかえつつあるころに、青春時代を謳歌したはずです。この青春という甘酸っぱく、同時に恥じらいもふくんだ言葉に象徴される日々は、男女を問わず、いかなる情況にあっても異性をもとめ、未知なる世界に憧れ、異国のなかに身を置いてみたいという濃厚な願望を抱きつづけているものです。そういうことからいえば、地中海のマルタ島まで遠征していった日本海軍の若き士官たちは、かれらなりに一生懸命な青春の日々をおくったはずで、それはおそらく、多少の後悔と多少の充実感が入り交じった、ほろにがい日々であったにちがいありません。その日々を、虚実まじえて描いていこうとしたのが、この拙作です。

青春期における最大の主題は、誰もが認めるとおり、恋愛でしょう。マルタで過ごしたかれらもまた、恋をしたにちがいありません。それがどのような女性を対象とした恋であれ、儚《はかな》くも美しく、かつまた誇り高いものであったろうと推測します。現にマルタ島ではお尻に蒙古斑《もうこはん》のある赤ちゃんが現代でもなお生まれてくるというのですから、日本海軍のある一部の若者たちは世界における民族分布の特例をかたちづくってしまったことになります。遠征のなかの風景のひとつとして恋愛劇があったろうと想像するのは、決して間違ってはいないでしょう。とはいえ、かれらはマルタ島において漁師たちとも友好を保ったでしょうし、農夫たちとも笑みをかわしあう間柄を築いていったにちがいありません。お年寄りと慣れぬ言葉で語りあい、同盟国の士官たちともさまざまな交歓があったことでしょう。魚はなにが美味《うま》いとか、日本の酒のほうが舌に合うとか、トランプと将棋の面白さの差とか、そんな他愛もないことをあれこれと語りあい、一種の文化使節のような役割も立派に果たしていったことでしょう。

残念なことに、そうした若き海軍のひとびとの生活は、資料のなかからは完全には読みとれません。前半の第一次世界大戦の勃発から青島《チンタオ》戦争にいたるまでは日本が主な舞台でもあるため、かなりの部分、想像しやすかったのですが、後半の遠征については山口多聞提督の御子息である宗敏氏のお宅で見せていただいた「地中海遠征写真集」がほとんど唯一無二の手がかりでした。参考とした「日本海軍地中海遠征記」は、おそらく当時の戦闘詳報をもとにして綴《つづ》られたとおもわれますが、そのおかげでひとつひとつの戦闘（護衛行動）の詳細については十二分に把握できるのですが、ここには多聞も小澤もそのすがたはありませんでした。ですから、多聞にかぎらず、多くの恋愛譚《たん》は著者の脳裏に澎湃《ほうはい》と浮かんできたものを繋いでいったものに過ぎません。将官たちの名誉のためにも、この場をお借りして、一応のお断りだけ、させていただきます。

ところで、この拙作は小説誌に十一ヵ月にわたって連載させていただいたものなのですが、その中途、ひとつの書籍が世に出ました。当時、海軍中主計（主計中尉）として遠征に参加した片岡覚太郎なる若者の手記で、大正八年十一月十八日に日本海軍第二特務艦隊整理部の編纂によって世に出された『遠征記』の後半部分であるということでした。手記ですから、当然、視点はただひとつとなるのですが、紀脩一郎著の「日本海軍地中海遠征記」の記述とほとんど違いはなく、同一の戦闘詳報をもとにして綴られたものであることが容易に想像できます。ただし、そこにもやはり多聞や小澤の名はありませんでした。とはいえ、多聞が地中海で活躍したのは疑いなく、多聞の遺《のこ》した「遠征写真集」も当時の詳細な戦闘地点と戦果ならびに統計まで添えられており、資料的な価値は相当に高いものとおもっていいでしょう。

第二次世界大戦と違い、この地中海への遠征は資料も非常に乏《とぼ》しく、右のもののほかには大枠的なものしかありません。ですが、大戦の周辺で展開していたさまざまなことどもについては多数、触発される文献がありました。それらは、当時の雰囲気が如何《いか》なるものであったかということと日本人がどのようにして欧洲大戦へ関与していったのかを知るためにも、また、読者の方々へ伝えるためにも、余談のかたちとして描きだすおりの資料とさせていただきました。

そうした資料から浮かびあがってくるものは、日本人のたぐいまれなほどの優しさのほかにはありません。当時、日本人は健気すぎるほどに頑張っておりました。当時の日本は、決して物質的な面では豊かではなかったでしょうし、とてもではありませんが世界の一等国として胸をはれるような情況とはいえなかったはずです。しかしながら、わたしどもの先達たちは一等国になろうと歯を食いしばり、シベリアの孤児をひきとり、ドイツ軍の俘虜を歓迎し、スペイン風邪にも果敢に立ちむかい、戦地にある邦人の安全をはかり、立派に後方支援をやりとげ、世界中から賞賛を受けました。そうした大正のころの日本人を見つめるのは、拙作を書くうえで唯一の楽しみでもあったことをお伝えして、ここに筆を擱《お》きます。（文中、敬称略）

参考文献

尚、参考および引用文献として、

日本海軍地中海遠征記（原書房、紀脩一郎／著）、第一次世界大戦と日本海軍・外交と軍事との連接（慶應義塾大学出版会、平間洋一／著）、父・山口多聞・空母「飛龍」の最後と多聞「愛」の手紙（光人社、山口宗敏／著）、山口多聞・空母「飛龍」に殉じた果断の提督（PHP研究所、星亮一／著）、炎の提督山口多聞（徳間書店、岡本好古／著）、勇断提督・山口多聞（徳間書店、生出寿／著）、提督小沢治三郎伝（原書房、提督小沢治三郎伝刊行会）、小沢治三郎・最後の連合艦隊司令長官（PHP研究所、二宮隆雄／著）、捨身提督・小沢治三郎（現代史出版会、生出寿／著）、〈海鳴り〉提督小沢治三郎・最後の連合艦隊司令長官の生涯（光人社、岡本好古／著）、日本陸海軍総合事典（東京大学出版会、秦郁彦／編）、日本海軍総覧（新人物往来社）、駆逐艦・その技術的回顧（原書房、堀元美／著）、日本の軍艦（出版協同社、福井静夫／著）、海軍技術戦記（図書出版社、内藤初穂／著）、日本海軍風流譚（ことば社、海軍思潮研究会／編）、世界の歴史（中央公論社、木村靖二他／著）、一億人の昭和史（毎日新聞社）、日本航空史（毎日新聞社）、二〇世紀特派員（産経新聞ニュースサービス、産経新聞二〇世紀特派員取材班／著）、目録二〇世紀（講談社）、週刊二〇世紀（朝日新聞社）、世界近現代全史（山川出版社、大江一道／著）、第一次世界大戦（中央公論新社、リデル・ハート／著、上村達雄／訳）、第一次世界大戦の起原（みすず書房、ジェームズ・ジョル／著、池田清／訳）、八月の砲声・第一次世界大戦（筑摩書房、バーバラ・タックマン／著、山室まりや／訳）、俘虜生活とスポーツ・第一次大戦下の日本におけるドイツ兵俘虜の場合（不昧堂出版、山田理恵／著）、板東俘虜収容所・日独戦争と在日ドイツ俘虜（法政大学出版局、富田弘／著）、板東ドイツ人捕虜物語（海鳴社、林啓介他／著）、「第九」の里・ドイツ村（井上書房、林啓介／著）、ドイツ兵士の見たニッポン・習志野俘虜収容所一九一五～一九二〇（丸善、習志野市教育委員会／編）、日本人とドイツ人・人間マツエと板東俘虜誌（光人社、棟田博／著）、ボーイスカウト・二〇世紀青少年運動の原型（中央公論社、田中治彦／著）、陸軍中将樋口季一郎回想録（芙蓉書房出版、樋口季一郎／著）、善意の架け橋・ポーランド魂とやまと心（文藝春秋、兵藤長雄／著）、日本のみなさんやさしさをありがとう・救出された七六五人の孤児（手島悠介／文、吉田純／絵）、四千万人を殺したインフルエンザ・スペイン風邪の正体を追って（文藝春秋、ピート・デイヴィス／著、高橋健次／訳）、砂漠の反乱・アラビアのロレンス自伝（角川書店、T・E・ロレンス／著、柏倉俊三／訳）、アラビアのロレンスを探して・揺れる英雄像（平凡社、スティーヴン・E・タバクニック、クリストファー・マセスン／著　八木谷涼子／訳）、アラビアのロレンス（岩波書店、中野好夫／著）、アラビアのロレンス（平凡社、ロバート・グレーヴズ／著、小野忍／訳）、アラビアのロレンス（新書館、ジェレミー・ウィルソン／著、山口圭三郎／訳）、サウンド・オブ・ミュージック（文渓堂、マリア・フォン・トラップ／著、谷口由美子／訳）、サウンド・オブ・ミュージックの世界／トラップ一家の歩んだ道（求龍堂、ウィリアム・T・アンダーソン／文、谷口由美子／構成・訳・文、デイヴィッド・ウェイド／写真）、明治および大正期の新聞（半田市立図書館蔵）

などを使用させていただきました。

篤く、御礼を申し上げます。

※ Back Ground Music From 「THE ORIGINAL MOTION PICTURE SOUNDTRACK LAWRENCE OF ARABIA (MUSIC COMPOSED AND CONDUCTED BY MAURICE JARRE)」 AND 「THE ORIGINAL MOTION PICTURE SOUNDTRACK THE BRIDGE ON THE RIVER KWAI (MUSIC COMPOSED AND CONDUCTED BY MALCOLM ARNOLD)」 AND 「Maurice Jarre's Musical Tribute to David Lean/LEAN by JARRE with Maurice Jarre and The Royal Philharmonic Orchestra」 AND 「DIE ORIGINAL FILMMUSK DAS BOOT (ALLE TITEL KOMPONIERT, ARRANGIERT, DIRIGIERT UND PRODUZIERT VON KLAUS DOLDINGER)」 AND 「THE ORIGINAL MOTION PICTURE SOUNDTRACK RODGERS AND HAMMERSTEIN'S THE SOUND OF MUSIC (CONDUCTED BY IRWIN KOSTAL)」

注・この作品は、月刊『小説NON』（祥伝社発行）に、「マルタの碑」と題し、平成二三年四月号から平成二四年二月号まで連載されたものに、著者が刊行に際し、加筆・訂正したものです。

――編集部

キリトリ線

ノン・ノベル百字書評

マルタの碑

なぜ本書をお買いになりましたか（新聞、雑誌名を記入するか、あるいは○をつけてください）

- □（　　　　　　　　　）の広告を見て
- □（　　　　　　　　　）の書評を見て
- □ 知人のすすめで
- □ タイトルに惹かれて
- □ カバーがよかったから
- □ 内容が面白そうだから
- □ 好きな作家だから
- □ 好きな分野の本だから

いつもどんな本を好んで読まれますか（あてはまるものに○をつけてください）

●**小説**　推理　伝奇　アクション　官能　冒険　ユーモア　時代・歴史　恋愛　ホラー　その他（具体的に　　　　　　）

●**小説以外**　エッセイ　手記　実用書　評伝　ビジネス書　歴史読物　ルポ　その他（具体的に　　　　　　）

その他この本についてご意見がありましたらお書きください

最近、印象に残った本をお書きください			ノン・ノベルで読みたい作家をお書きください		
1カ月に何冊本を読みますか	冊	1カ月に本代をいくら使いますか	円	よく読む雑誌は何ですか	
住所					
氏名		職業		年齢	
Eメール			祥伝社の新刊情報等のメール配信を希望する・しない		

あなたにお願い

この本をお読みになって、どんな感想をお持ちでしょうか。

この「百字書評」とアンケートを私までいただけたらありがたく存じます。今後の企画の参考にさせていただきます。

あなたの「百字書評」は新聞・雑誌などを通じて紹介させていただくことがあります。そして、その場合はお礼として、特製図書カードを差し上げます。

前頁の原稿用紙に書評をお書きのうえ、このページを切りとり、左記へお送りください。Eメールでもお受けいたします。

〒一〇一—八七〇一
東京都千代田区神田神保町三—六—五
九段尚学ビル　祥伝社
NON　NOVEL編集長　辻　浩明
☎〇三（三二六五）二〇八〇
nonnovel@shodensha.co.jp

長編小説　マルタの碑《いしぶみ》　日本海軍地中海を制す

平成14年12月10日　初版第1刷発行

著　者　秋《あき》月《づき》達《たつ》郎《ろう》
発行者　渡辺起知夫
発行所　祥《しよう》伝《でん》社《しや》
〒101-8701
東京都千代田区神田神保町 3-6-5
☎ 03（3265）2081（販売）
☎ 03（3265）2080（編集）
印刷・製本　図書印刷

ISBN4-396-63219-3 C0093

祥伝社のホームページ・http://www.shodensha.co.jp/